पुनश्च

(मोहन राकेश व अश्क दंपति
का पत्राचार : 1951-1969)

पुनश्च

(मोहन राकेश और अश्क दंपति का पत्राचार)

[1951-1969]

संपादक

जयदेव तनेजा

राधाकृष्ण प्रकाशन

ISBN : 978-81-7119-611-1

पुनश्च

पहला संस्करण : 2000
This book is printed on **Print on Demand** Technology : 2026

मूल्य : ₹995

प्रकाशक
राधाकृष्ण प्रकाशन प्राइवेट लिमिटेड
जी-17, जगतपुरी, दिल्ली-110 051
शाखाएँ : अशोक राजपथ, साइंस कॉलेज के सामने, पटना-800 006
पहली मंजिल, दरबारी बिल्डिंग, महात्मा गांधी मार्ग, प्रयागराज-211 001
1, अनमोल सोराबजी संतुक लेन, धोबी तलाव, मरीन लाइंस, मुम्बई-400 002
वेबसाइट : www.radhakrishnaprakashan.com
ई-मेल : info@radhakrishnaprakashan.com

PUNASHCHA (Letters)
Edited by Jaidev Taneja

अपनी ही उन अमृता प्रीतम जी को जो मुझे
'अपनी ही अनीता' कहती हैं

—अनीता राकेश

एक छोटी-सी शिकायत[1]

उपेन्द्रनाथ 'अश्क' 5, खुसरो बाग रोड
इलाहाबाद
16.10.93

"कौशल्या आजकल लेटे-लेटे तुम्हारी किताब पढ़ती रहती है। उसे तुम्हारी भाषा, उसकी रवानी, वस्तु और संस्मरणों या कहानियों के लिखने का ढंग बहुत अच्छा लगा है। एक ही बात की शिकायत उसे राकेश से और तुमसे भी है। तुम लोग हमारी जिंदगी में काफी रहे हो, फिर यह कैसे हुआ कि राकेश ने अपनी डायरी में न उस समय का जिक्र किया जो उसने बार-बार मेरे यहाँ आकर गुजारा, न उस कठिन काम का जो मैंने उसके अनुरोध पर सँवारा...

अनीता राकेश नई दिल्ली
16.10.99

कितनी मीठी और कितनी संगीन शिकायत—अपने में वजन लिये हुए। मीठी इतनी कि आँखों में सैलाब उतर आए और संगीन इतनी मानो नश्तर। मैं जान पाई कि कौशल्या भाभी और अश्कजी के मन में मेरा क्या स्थान है—वर्ना कौशल्या भाभी और अश्कजी के लिए यह शिकायत बहुत ही छोटी-सी बात थी। न जाने किन अस्त-व्यस्तताओं के कारण तब चाहकर भी उत्तर नहीं दे पाई और अब...

1963 में विवाह के बाद मैं पहली बार 'कौशल्या' और उपेंद्रनाथ 'अश्क' के घर 'बहू' के नाते गई थी। कहना न होगा कि बचपन में अन्य साहित्यकारों के साथ-साथ मैं उपेंद्रनाथ 'अश्क' को भी पढ़कर बड़ी हुई थी, यह न जानते हुए कि एक दिन मैं उनके घर बहू बनकर जाऊँगी। राकेशजी ने तो मुझे स्वाभाविक तौर पर इलाहाबाद भेजा था, यह न जानते हुए कि मेरे लिए वहाँ जाना न सिर्फ अस्वाभाविक ही था बल्कि

1. अश्कजी ने 16.10.93 को अनीता राकेश के नाम लिखे अपने पोस्टकार्ड में 'एक छोटी-सी शिकायत' की थी। कुछ व्यक्तिगत कारणों से वह तब उसका उत्तर नहीं दे सकीं। अब छह साल बाद यहाँ प्रस्तुत है, उनके मन की बात। सं.

असंभव भी, और वो भी अकेले। मना भी नहीं कर सकती थी, क्योंकि अम्माँ उन दिनों इलाहाबाद में थीं और कौशल्या भाभी ने मेरा पहला करवा चौथ वहीं मनाने का फैसला किया था। अश्कजी की बातें तो राकेशजी अकसर टाल भी दिया करते थे, लेकिन कौशल्या भाभी के आगे—नतमस्तक।

'अश्क' परिवार में जाने की घबराहट तो एक तरफ, उन लोगों से आज अचानक एक रिश्ता, एक अधिकार लिये मिलना विश्वास से परे था।

घर पहुँचकर पता चला दोनों 'नीलाभ प्रकाशन' गए हुए हैं। प्रकाशन पहुँची तो भाभी कहीं दिखने को ही नहीं थीं। सब तरफ मर्द-ही-मर्द काम करने में जुटे हुए थे। दीवारों से सटी शैल्फों पर 'अश्क' साहित्य का झंडा फहरा रहा था। मुझे उनमें से एक शैल्फ के पास ले जाया गया। वहाँ पर एक लंबी-सी सीढ़ी पुस्तकों की ऊँचाइयाँ नाप रही थी। सीढ़ी पर नजर दौड़ाई तो एक इकहरे बदन की महिला, शलवार-कमीज में लैस फुर्ती से नीचे उतर रही थीं। नीचे उतरते ही उन्होंने मुझे गले से लगाया। गले से लगाने में जो आत्मीयता थी वो मुझे आज भी याद है। एक ऐसी आत्मीयता जिसमें असीम स्नेह और सुरक्षा का सम्मिश्रण हो। मैं जब-जब अपने सपनों के साहित्यकारों से मिलती, मेरा मन यही कहता, 'मैंने ऐसा तो कभी नहीं सोचा था !' और यह सिलसिला निरंतर एक सपने की तरह चलता रहा—तब तक जब अचानक एक दिन वो सपना टूट नहीं गया।

मेरे लेखन में सबसे बड़ी कमी शायद यही रही है कि लिखना कुछ होता है और पहुँच कहीं और जाती हूँ। शायद इसलिए भी कि मेरी जिंदगी का जुगराफिया भी कुछ-कुछ ऐसा ही रहा है।

कौशल्या भाभी की वो खिली मुसकराहट मेरी आँखों में आज भी बसी हुई है। तराशे नैन-नक्श और चेहरा तेजस्वी। कंधे से होता हुआ दुपट्टा कमर पर ऐसा जाकर लिपटा मानों वो एक प्रकाशन में नहीं किसी जिहाद में लगी हुई हैं...निस्संदेह मुझसे बातें करते-करते उन्होंने कर्मचारियों को बेहिसाब दिन-भर के आदेश-निर्देश दिए। फिर मुझे पकड़ वह गोली की तरह किले से बाहर सड़क पर निकल आईं मानों अब वो किसी रेस में हिस्सा ले रही हों।

घर आते ही वो चूल्हे-चौके में लग गईं और आनन-फानन में उन्होंने खाने की मेज सजा दी। अश्कजी को जब भाभी का पूरा ध्यान नहीं मिला तो बोले, "अरे भाई, मैं भी यहीं हूँ।" तो भाभी बोलीं, "अश्कजी, अज नूँ घर आई है, कुछ तो लिहाज करो।"

यह मेरी कौशल्या भाभी और अश्कजी से पहली मुलाकात थी। और सब बातें एक तरफ, मुझे भाभी का 'राकेश' की जगह 'रकेश' बुलाना बहुत प्यारा लगा। उसमें एक आजादी, एक उन्मुक्तता झलकती थी। ऐसे प्यार-दुलार को कभी भी अक्षरों में नहीं समेटा जा सकता, और न ही उनका कोई ब्यौरा होता है। मेरा रिश्ता अश्क परिवार से उनके चरण-स्पर्श को शुरू हुआ था और आज भी मैं वही हूँ। अश्कजी ने जो शिकायत की थी वो एक प्यार का इजहार था और सही मानों में तो एक बहुत ही

छोटी-सी बात।

साहित्यिक मतभेद या फिर झड़पें एक तरफ़, लेकिन यह सब जानते हैं कि रिश्ते में भाभी और अश्कजी राकेश परिवार के ज्येष्ठ रहे हैं और हमेशा रहेंगे।

"लेकिन हाँ...यह कोई छोटी बात नहीं।"

—अनीता

पृष्ठभूमि

कैसी विडंबना है कि आज जब हम एक ओर सारे संसार को एक गाँव बना देने के लिए तत्पर हैं, वहीं दूसरी ओर मनुष्य के व्यक्तिगत, पारिवारिक और सामाजिक जीवन एवं संबंधों के तार लगातार टूटते जा रहे हैं। आत्मीय, अंतरंग तथा अनौपचारिक व्यक्तिगत लंबे पत्र लिखने की तो बात ही क्या; आज के आत्मसीमित और कुंठित व्यक्ति के पास बात करने तक की फुर्सत नहीं रह गई है। टैलीफोन, फैक्स, ई-मेल और इंटरनेट जैसे सूचना-संचार के आधुनिक इलेक्ट्रॉनिक माध्यमों की निरंतर बढ़ती लोकप्रियता ने आज के अतिव्यस्त एवं तनावग्रस्त व्यक्ति के जीवन से पत्र जैसे पारंपरिक एवं समृद्ध अभिव्यक्ति-माध्यम को लगभग समाप्त ही कर दिया है। पत्र-साहित्य बहुत जल्दी ही एक दुर्लभ विधा बनकर रह जाएगा। यह सोचकर ही दहशत होती है कि लेखकों-कलाकारों के निजी जीवन से जुड़े रहस्यों और उनके मूल साहित्य-स्रोतों को प्रामाणिकता के साथ उद्घाटित करने वाले साहित्यिक महत्त्व के दस्तावेजी पत्रों के ही नहीं, बल्कि सामान्य व्यक्ति के दुःख-सुख भरे खतों और प्रेम-पत्रों के रोमांस-रोमांच के बिना हमारा जीवन कितना नीरस और साहित्य कितना कंगाल हो जाएगा।

सामान्यतः साहित्यकारों के पत्र, उनकी व्यक्तिगत 'डायरी' और निर्वैयक्तिक-सार्वजनिक 'साहित्यिक कृति' के बीच की चीज होते हैं। परंतु मोहन राकेश जैसे आत्मकथात्मक रचनाकार में यह भेद प्रायः मिट-सा जाता है। इसीलिए राकेश के जीवन और उनके साहित्य के बीच न केवल संवेदन, अनुभूति और अनुभव के अनेक समान स्वरों की अनुगूँज सुनाई देती है बल्कि कई बार तो घटना, चरित्र और परिवेश के रंग-रूप भी एक-से दिखाई देने लगते हैं। यही कारण है कि राकेश जैसे किसी भी रचनाकार के पत्रों के माध्यम से हम उसके व्यक्तित्व और कृतित्व के मूल स्रोतों या प्रेरक-तत्त्वों को आसानी से देख और पहचान सकते हैं। इस संदर्भ में यह भी कहा जा सकता है कि नई कहानी आंदोलन के मूलाधार 'भोगा हुआ यथार्थ' का सबसे सटीक एवं महत्त्वपूर्ण उदाहरण/प्रमाण मोहन राकेश का संपूर्ण कृतित्व ही है।

राकेश और अश्क को चिट्ठियाँ लिखने की लत थी। कभी-कभी तो वे एक ही दिन में एक ही व्यक्ति को तीन-तीन चिट्ठियाँ भी लिख डालते थे। इस संग्रह में 1951 से 1969 के पंद्रह सालों के दौरान राकेश और अश्क दंपति (उपेंद्रनाथ और कौशल्या अश्क) द्वारा एक-दूसरे को लिखे गए छोटे-बड़े लगभग सवा-चार सौ पत्रों में से चुने हुए कुल 321 पत्र तारीखवार प्रस्तुत किए गए हैं। इनमें 208 राकेश के, 72 उपेंद्रनाथ अश्क

के और 41 पत्र श्रीमती कौशल्या अश्क के हैं। तिथिहीन पत्रों का क्रम-निर्धारण उनके कथ्य, प्रसंग, किसी संदर्भ-विशेष या डाकखाने की मोहर पर अंकित तारीख के आधार पर अनुमान से ही किया गया है। राकेश शहर, मुहल्ले, घर और अपने पते बहुत जल्दी-जल्दी बदलते थे। यहाँ संकलित उनके पत्रों में से कुछेक के पते लेखक ने स्वयं लिखे हैं। शेष का अंदाजा हमें खुद ही लगाना पड़ता है। इसके विपरीत डलहौजी, कैलिम्पाँग, कसौली, बंबई तथा दिल्ली से लिखे अश्क दंपति के दस पत्रों को छोड़ दें (जिनके पते संबंधित पत्रों के साथ ही दिए जा रहे हैं) तो उनके शेष सभी 113 पत्रों का पता—5, खुसरो बाग, इलाहाबाद-1 ही है। पुस्तक में पुनरावृत्ति और स्पेस को बचाने के लिए बार-बार पूरा पता देने की बजाए सिर्फ 'इलाहाबाद' ही रहने दिया गया है।

इन पत्रों में राकेश और अश्क के समकालीन अनेक साहित्यकारों के नामों और कामों की व्यापक चर्चा हुई है। व्यक्तिगत एवं अनौपचारिक स्तर/स्वरूप के कारण स्वभावतः उनके अधूरे और संक्षिप्त नामों का प्रयोग इन चिट्ठियों में किया गया है। आगामी पीढ़ी के सामान्य पाठकों की सुविधा के लिए उनके पूरे नामों की सूची अलग से परिशिष्ट में दे दी गई है। अश्क एक ख़ासे बड़े परिवार के सदस्य थे। वे छः भाई थे। नरेन्द्र (शर्मा) के विवाह से संबंधित अनेक पत्र तो इस संग्रह में हैं ही, उनके अन्य निकट या दूर के अनेक रिश्तेदारों के नामों का जिक्र भी इन पत्रों में बार-बार आता है। दो-तीन को छोड़कर शेष का कोई विशेष साहित्यिक महत्त्व नहीं है। उनकी थोड़ी-बहुत जानकारी स्वयं पत्रों के संदर्भ से मिल ही जाती है। अतः उन्हें सूची में शामिल नहीं किया गया है। पाठकों को पढ़ने में व्यवधान न पड़े इसलिए पाद-टिप्पणियों से बचने की कोशिश भी यथासंभव की गई है। कहीं-कहीं किसी शब्द या संदर्भ के अर्थ के लिए छोटे कोष्टकों का प्रयोग भी हुआ है। छपे हुए पैड वाले पत्रों के नाम-पते बोल्ड में दिए गए हैं। पाठकों की सुविधा के लिए संपादक द्वारा जोड़े गए नाम इटैलिक्स में हैं।

मनुष्य की तरह हर पुस्तक का भी अपना भाग्य होता है। वास्तव में इस पुस्तक के प्रकाशन की मूल योजना राकेश की सहमति से स्वयं ओमप्रकाशजी (राधाकृष्ण प्रकाशन के तत्कालीन स्वामी एवं राकेश के गहरे मित्र) ने ही बनाई थी। उन्हीं दिनों राकेश का आकस्मिक निधन हो गया और योजना पूरी नहीं हो सकी। राकेश के मरणोपरांत छपने वाली किताबों में यह भी एक थी। अज्ञात कारणवश यह पुस्तक तब छपने से रह गई और ओमप्रकाशजी का भी स्वर्गवास हो गया। इसके बाद राकेश के अन्य पत्रों के साथ ये पत्र भी 1992 में मेरे पास आ गए। पत्रों को छाँटते वक्त मुझे लगा कि इन लगभग सवा चार सौ पत्रों को उस प्रस्तावित पुस्तक में छापना कई दृष्टियों से उचित नहीं होगा। इसके बाद अशोकजी को लगा कि बड़ी पुस्तक बाद में आती रहेगी, पहले इसी को छाप देते हैं। 15 अगस्त, 1993 को मैंने भूमिका सहित पुस्तक की पांडुलिपि राधाकृष्ण प्रकाशन को सौंप दी। लेकिन फिर से किसी (अज्ञात) कारणवश यह तब छप नहीं सकी। और 1995 में जब 'राकेश और परिवेश : पत्रों में' प्रकाशित

हुई तो इन पत्रों को 'शेष फिर' की उम्मीद में छोड़ दिया गया। उसके बाद 'एकत्र' के कारण इसका प्रकाशन नहीं हो पाया। अब जब इसके छपने का मुहूर्त एक बार फिर से निकला है तो मैं नहीं कह सकता कि यह इसी शताब्दी में छप जाएगी या अगली सहस्राब्दी में छपेगी। इस बीच कई-कई बार इन पत्रों को पढ़ने का मौका मिला। और यकीन जानिए कि इन जीर्ण-शीर्ण, पीले, मुर्झाए और धुँधलाए शब्दों वाले पत्रों को फिर से पढ़ते हुए यही महसूस हुआ कि—

मिट चुके मेरी उम्मीदों की तरह हर हर्फ़ मगर
तेरे ख़तों से तेरे हाथ की .खुशबू न गई।

यह कैसी विडंबना है कि आज इन खतों के जरिए अपने अतीत को फिर से जी सकने वाले न मोहन राकेश हमारे साथ हैं, न उपेंद्रनाथ अश्क और न ही श्रीमती कौशल्या अश्क। फिर भी साहित्य-प्रेमियों, परिचितं-अपरिचित पाठकों और उनके व्यक्तित्व एवं कृतित्व में दिलचस्पी रखने वाले, अनुसंधाताओं और इतिहासकारों को मैं इतना विश्वास जरूर दिला सकता हूँ कि इन तमाम खतों में अश्क और राकेश के खून की गर्मी, दिल की धड़कन, दिमागी उथल-पुथल, बेताबी, बेसब्री, जद्दोजहद, हँसी-खुशी, दुःख-दर्द और सफलता-असफलता के नमालूम कितने रंग बिखरे हुए मिलेंगे। उनके सम्मोहक व्यक्तित्व की भीनी-भीनी महक का भी अहसास होगा।

अश्क ताउम्र बीमारियों से ही संघर्ष नहीं करते रहे, वह अपने को कटु होने से बचाने और अपनी सेंस ऑफ ह्यूमर को बरकरार रखने के लिए भी लड़ते रहे। और राकेश ने भी अपने आचरण से बार-बार अपनी इस बात को प्रमाणित किया कि 'मैं जिंदगी को एक हारे हुए आदमी के दृष्टिकोण से ग्रहण नहीं कर सकता—कि जो कुछ मिलता है, वही सही।'

अश्क राकेश से पंद्रह वर्ष बड़े थे। जिन दिनों मदन मोहन उर्फ़ मद्दी अपने अमृतसर की जंडी वाली गली के पुराने मकान की छत पर पतंग लूटने और घर आए पिता के दोस्तों, परिचितों और मेहमानों को चाय-पानी देने में व्यस्त बच्चा ही था, उपेंद्रनाथ अश्क उर्दू साहित्य में अपनी अच्छी-खासी पहचान बना चुके थे। वह राकेश के पिता के मित्र थे। स्पष्टतः अश्क और राकेश में कई जन्मजात अंतर थे। परंतु आज हैरत होती है यह देखकर कि दोनों में कई समानताएँ भी थीं। दोनों का जन्म पंजाब में हुआ। दोनों (निम्न) मध्यवर्गीय परिवार से संबद्ध थे। दोनों ने बहुत कम उम्र से ही लिखना आरंभ कर दिया था। दोनों का प्रमुख लेखन-क्षेत्र कथा-साहित्य और नाटक रहा। दोनों ने डी. ए. वी. कॉलेज, जालंधर में अध्यापन किया। दोनों फिल्मी दुनिया से जुड़े और साहित्य में वापस लौटे। दोनों ने तीन विवाह किए। दोनों की पहली पत्नियों का नाम 'शीला' था। दोनों का दूसरी पत्नी से संबंध विच्छेद हुआ। दोनों के जन्म एवं मृत्यु मास जनवरी-दिसंबर ही रहे। फिर भी यह कैसी विडंबना है कि इतनी सारी समानताओं और पारिवारिक संबंधों के बावजूद दोनों के आपसी रिश्ते आजीवन काफी उलझे हुए और तनावपूर्ण-से रहे। इसका प्रमुख कारण यह था कि—मद्दी से मदन मोहन

गुगलानी, मदन मोहन गुगलानी से मदन मोहन, मदन मोहन से एम. मोहन राकेश और एम. मोहन राकेश से मोहन राकेश और इसके बाद सिर्फ राकेश बनकर करमचंद का वह बेटा जिस तेजी से लगातार जल्दी-जल्दी अपनी पहचान और प्रतिष्ठा बनाने लगा—वह बहुतों के लिए आश्चर्य की ही नहीं बल्कि ईर्ष्या की भी बात थी। इस बीच प्रेमचंद की प्रेरणा से अश्क भी उर्दू से हिंदी साहित्य में आ गए थे। अश्क की यह खासियत थी कि वह निरंतर बीमार रहने के बावजूद हमेशा अपने आपको सदाबहार, खुशमिजाज और हर नई पीढ़ी का हमउम्र बना लेते थे। साहित्यिक क्षेत्र में बहुत जल्दी अश्क और राकेश एक-दूसरे के आमने-सामने आ खड़े हुए और मित्र भी बन गए। जन्मजात रक्त-संबंधों को छोड़ दें तो अश्क और उनके परिवार से राकेश का रिश्ता शायद सबसे ज्यादा आत्मीय, घरेलू, गहरा और अटूट रहा है। इसीलिए इस संग्रह के अंत में अनीता राकेश को संबोधित कौशल्या अश्क के 19-12-72 के उस पत्र को भी शामिल कर लिया गया है जो राकेश के आकस्मिक निधन के बाद शोक-संवेदना व्यक्त करने के उद्देश्य से लिखा गया और जो राकेश और अश्क परिवार के घनिष्ठ एवं अभिन्न अमृत-संबंधों को भावना एवं भावुकता के एक दूसरे ही स्तर पर बड़ी सहजता और तरलता के साथ रेखांकित करता है। जाहिर है कि पारिवारिक रिश्तों के हिसाब से अश्क राकेश के अग्रज, बड़े भाई जैसे और सम्माननीय थे—और दोनों ने यथासंभव इस संबंध को आखिर तक निभाने की भरसक और पूरी कोशिश भी की। लेकिन साहित्यिक संबंधों का गणित अकसर उन रिश्तों से मेल नहीं खा पाता था। संबंधों के इस दोहरे रूप के कारण उनके रिश्ते काफी जटिल, संवेदनशील और अंतर्विरोधी-से बन गए। गलतफहमी और मतभेद के समय अश्क और राकेश अपने-अपने सींग निकाल कर आमने-सामने आ खड़े होते थे। ठीक इसी बिंदु पर कौशल्या अश्क एक बफर स्टेट की तरह उन दोनों के बीच आ जातीं और शांतिपूर्ण समझौते के लिए एक निर्णायक की भूमिका निभातीं। अश्क और राकेश दोनों उनकी बात टाल नहीं सकते थे। राकेश अपनी कौशल्या भाभी को बेहद प्यार और सम्मान देते थे तो भाभी भी अपने आत्मीय स्नेही 'रकेश' के लिए कुछ भी करने को सदैव तत्पर रहती थीं। राकेश की डायरी और अश्क की इधर-उधर छपी व्यक्तिगत प्रतिक्रियाओं में भले ही उनके मन की भड़ास निकलती दिखाई दे जाए लेकिन पत्रों में आपसी गिले-शिकवे और शिकायतों के बावजूद रिश्ते टूटने की हद तक पहुँचकर भी यदि टूटते नहीं थे तो इसके लिए उनका परस्पर आंतरिक लगाव तथा अपनेपन का गहरा अहसास ही जिम्मेदार था। अश्क की कहानी 'बेबसी' पर लिखी राकेश की बेबाक आलोचना और अश्क की प्रतिक्रिया इसका अच्छा उदाहरण है। एक ओर रिश्तों की आत्मीयता, शालीनता और स्पष्टता की ये हद है कि राकेश बेझिझक अश्क को लिख भेजते हैं कि 'मैं आपको बड़ों की जगह मानता हूँ, इसलिए आपकी गलत बात को भी चुपचाप सह जाना ही फर्ज समझता हूँ। भाभी के सेंटीमेंट्स को भी हर्ट करना नहीं चाहता। इसलिए सोचा था कि चुप ही रहूँ तो ठीक है।' दूसरी तरफ आत्म-सम्मान की हद यह है कि राकेश अश्क से लिये कर्ज के बदले

तुरंत अपनी पत्नी के 'गहने का सेट' भेजने को भी तैयार हो जाते हैं।

व्यक्तिगत और साहित्यिक संबंधों के दोहरे रूप की इस पेचीदगी से मित्र और प्रतिस्पर्द्धी अश्क एवं राकेश के बीच कई बार गलतफहमियाँ और मतभेद भी पैदा हुए। लेकिन संबंधों को बनाए रखने और निभाने की खातिर दोनों ने एक शालीनता बराबर बनाए रखी। इसलिए मुँहफट अश्क और बेबाक राकेश के इन पत्रों से जिन पाठकों को किसी विस्फोट या हंगामे की उम्मीद है, उन्हें शायद निराश होना पड़ेगा। हाँ, इन पत्रों में उन्हें अश्क एवं राकेश के व्यक्तिगत जीवन की उथल-पुथल तथा रचनाशील अंतर्मन और संघर्ष के दर्शन तो पूरी प्रामाणिकता के साथ होंगे ही। तत्कालीन साहित्यिक परिवेश की झलक भी अवश्य मिलेगी।

गहराई से देखें तो पता चलेगा कि तीन व्यक्तियों का यह पत्राचार मूलतः राकेश पर ही केंद्रित है। राकेश की लेखन-प्रतिबद्धता, द्वंद्वग्रस्त मानसिकता, घर की अनवरत तलाश, टूटन, नौकरी, त्यागपत्र, घुमक्कड़ी के साथ-साथ एक पूर्णकालिक स्वतंत्र लेखक के संघर्ष, आत्म-सम्मान, नियति एवं विपरीत परिस्थितियों के बावजूद अपनी शर्तों पर अपनी तरह से जीवन जीने की अदम्य लालसा, उसके लिए कभी न खत्म होनेवाली समझौताविहीन लड़ाई और उसके परिणामों को हँसते-हँसते झेलने की हिम्मत इन पत्रों के शब्द-शब्द से प्रकट होती दिखाई देगी। राकेश और अश्क के जीवन, साहित्य और उनके समय में दिलचस्पी रखनेवाले जिज्ञासुओं-अध्येताओं को अवश्य ही ये पत्र इतिहास के कालजयी संदर्भ-स्रोत जैसे लगेंगे।

पत्रों से स्पष्ट है कि लेखन को अपने जीवन की पहली प्राथमिकता मानने वाले राकेश को अपने जीवन के आरंभिक दौर में ही यह ज्ञात हो गया था कि नौकरी उनके बस की नहीं। बिशप काटन स्कूल, शिमला में अध्यापकी करते हुए 22-6-51 के अपने पत्र में आत्म-व्यंग्यात्मक लहजे में उन्होंने स्पष्ट लिखा था कि 'इन दिनों कोई काम किया है तो वह है स्कूल में गधों को 'गधे' के हिज्जे याद कराना। इस तरह भारत की युवा नस्लों का निर्माण कर रहा हूँ।' स्कूली बच्चों के अध्यापक के रूप में ही नहीं डी.ए.वी. कॉलेज, जालंधर में हिंदी विभाग के अध्यक्ष के रूप में नौकरी करते हुए भी 15-11-54 को उन्हें लगा था कि 'फाँसी की तरह यह अध्यापकी गले पड़ी है।' आर्थिक समस्याओं से दिन-रात जूझते रहने के बावजूद उन्होंने पैसे की जगह आत्म-सम्मान को अधिक महत्त्व दिया। 22-1-56 के पत्र में राकेश कहते हैं कि 'भारती भंडार से प्रकाशन के संबंध में मुझे इतनी बात कहनी है कि उन्होंने इन दिनों जो उपन्यास प्रकाशित किए हैं, उन पर 20 प्रतिशत रॉयल्टी दी है। ऐसी स्थिति में 15 प्रतिशत रॉयल्टी पर उनसे एग्रीमेंट करना ठीक नहीं जँचता। इसमें आर्थिक प्रश्न के अतिरिक्त प्रेस्टिज का भी प्रश्न है।'

यह जानना दिलचस्प है कि कौशल्या भाभी को राकेश द्वारा 20-9-57 को लिखे गए पत्र का यह टुकड़ा 'आषाढ़ का एक दिन' के कालिदास की द्विधाविदीर्ण मानसिकता का प्रतिबिंब ही लगता है कि 'मैं सदा दो पाटों के बीच में पिसता रहा हूँ। सोचा था, धीरे-धीरे मन व्यवस्थित हो जाएगा, परंतु परिणाम इसके विपरीत ही हुआ।' इसी प्रकार

9-2-58 के पत्र का यह कथन कि 'मैं व्यापार समझता नहीं। गणना करके निष्कर्षों पर पहुँचने की आदत नहीं रही। गणना करना चाहूँ भी तो उलझ जाता हूँ।'—'लहरों के राजहंस' के श्यामांग के चरित्र के काफी नजदीक दिखाई देता है। अश्क के प्रश्नों का उत्तर देते हुए राकेश ने अपने 7-8-58 के लंबे पत्र में (पृ. 87-89) 'आषाढ़ का एक दिन' के बारे में जो उत्तर और स्पष्टीकरण दिए हैं—वह आनेवाली नाट्य-समीक्षा में निश्चित ही उद्धृत किए जाएँगे।

विभिन्न पत्रों में मौजूद 'अँधेरे बंद कमरे' की लंबी लेखन-यात्रा के मानसिक तनावों तथा नौकरी करने-छोड़ने के दौरान उपजे आर्थिक दबावों के अलावा इस उपन्यास के प्रकाशन के बाद की प्रतिक्रियाओं और शंकाओं को लेकर लेखक का स्पष्टीकरण तथा उत्तर हमें 26-7-61 के पत्र में न केवल पहली बार पढ़ने को मिलता है बल्कि रचनाकार के दृष्टिकोण को समझने और सोचने पर बाध्य भी करता है। यही बात 'कहानी' और 'नई कहानी' विवाद के बारे में भी कही जा सकती है।

तटस्थ आत्मालोचन और साहित्यिक-राजनीति पर करारे व्यंग्य के दर्शन हमें 21-4-59 को श्रीनगर से लिखे राकेश के उस पत्र में होते हैं जिसमें वे कहते हैं कि 'मैं लेखन-कार्य में जी-जान से अपने को खपा देना चाहता हूँ—मगर इस साहित्यिक माहौल में एक लेखक में जो गुण होने चाहिए, वे मुझमें नहीं हैं। मैं लोगों की झूठी प्रशंसा नहीं कर सकता, रुपए-पैसे के मामले में छोटा दिल रखकर नहीं चल सकता, किसी को सरपरस्त बनाकर उसके इर्द-गिर्द नहीं घूम सकता। मुझे डिप्लोमैटिक ढंग से मुसकराना नहीं आता, किसी के मुँह पर कुछ और पीठ पीछे कुछ (और) कहना नहीं आता, मित्रों से ईर्ष्या रखकर चलना नहीं आता। अपने मुँह अपनी प्रशंसा मुझसे नहीं होती, और समय की स्ट्रेटजी को देखकर आलोचना लिखना मुझे नहीं आता। इन सब गुणों से रहित होते हुए भी अपनी जगह पर कायम रहने के लिए भी बहुत धैर्य चाहिए या बहुत पैसा। मेरे पास दोनों नहीं हैं।'

पहलगाम से लिखे 11-7-59 के पत्र में राकेश के अंतिम और अधूरे रह गए नाटक 'पैर तले की जमीन' के कथा-बीज का संकेत देखा जा सकता है। इसी प्रकार राकेश और अश्क की कई कथा-कृतियों तथा साहित्यिक विवादों/आंदोलनों की विस्तृत चर्चाएँ और नेपथ्य-कथाएँ यहाँ प्रकाशित अनेक पत्रों में विद्यमान हैं। ये पत्र राकेश तथा अश्क के जीवन और लेखन की दृष्टि से सर्वाधिक उद्वेलनपूर्ण, सक्रिय एवं महत्त्वपूर्ण अठारह वर्षों की रचनात्मक विकास-यात्रा के प्रामाणिक दस्तावेज हैं।

आदरणीय श्रीमती अनीता राकेश और श्री अशोक महेश्वरी का आभारी हूँ, जिन्होंने मुझे इन पत्रों के संपादन के गुरुतर दायित्व के योग्य समझा और आग्रहपूर्वक मुझसे यह कार्य करवा लिया।

आशा करनी चाहिए कि 'राकेश और परिवेश : पत्रों में' के अभिन्न पूरक के रूप में यह पुस्तक भी पाठकों को रुचिकर और उपयोगी लगेगी।

नई दिल्ली

—जयदेव तनेजा

संबंध-सूत्र : राकेश और अश्क

देखो, बच्चू...!

● मोहन राकेश

मेरे पिता वकील थे। उनकी बैठक में अकसर बहुत भीड़ रहती थी, क्योंकि वहाँ जितने मुवक्किल आते थे, उनसे कहीं ज्यादा दूसरे मिलनेवाले लोग आया करते थे। मुझे बैठक में जाते हमेशा डर लगता था, क्योंकि कुछ पता नहीं होता था कि वहाँ जाने पर कब प्यार से गाल सहला दिए जाएँगे और कब एकाएक डाँट पड़ जाएगी। यह इस पर निर्भर करता था कि मैं किन लोगों के सामने और पिताजी के किस मूड में बैठक में जाता हूँ। मैं बहुत छोटा था और यह तय नहीं कर पाता था कि कब मुझे बैठक में जाना चाहिए, कब नहीं। मुझे सब लोग एक-से लगते थे—अपने से बहुत बड़े और हमारे लिए बिलकुल अजनबी। इसलिए मैं बैठक में जाने से बचता था और ऊपर छत पर जाकर पतंगों के पेंच देखता रहता था।

मगर जब-तब बैठक से बुलाहट हो जाती थी। जब भी बुलाहट होती, मुझे पता होता कि नीचे कोई ऐसे सज्जन आए हैं, जिन्हें जाकर 'जय श्रीकृष्ण' कहना होगा। हमारा घर कट्टर सनातन-धर्मी था और 'नमस्ते' कहना हमारे घर में वर्जित था, क्योंकि नमस्ते आर्यसमाजी अभिवादन समझा जाता था। जब भी बुलाहट होती, मैं छत से नीचे जाता हुआ अपने हाथों को पहले से तैयार कर लेता कि जो भी आया हो, उसे जल्दी से 'जय श्रीकृष्ण' कहूँ और वापस छत पर पहुँच जाऊँ।

इसी तरह एक दिन बुलाहट हुई तो बैठक में जाकर देखा कि एक काले कोटवाले सज्जन अपनी फाइल खोले बैठे हैं और उसमें से कोई चीज पढ़कर पिताजी को सुना रहे हैं। मैंने बिना पिताजी का आदेश पाए उन्हें 'जय श्रीकृष्ण' कह दी और झट से वापस लौटने को हुआ। परंतु तभी पिताजी की डाँट सुनाई दी, "सुन !"

मेरे पैर अपनी जगह पर जकड़ गए। पिताजी की हलकी-सी डाँट से भी मेरे पैरों को फौरन ब्रेक लग जाती थी।

"तुझे पता है, ये कौन हैं ?" पिताजी ने पूछा।

मैंने एक बार काले कोटवाले सज्जन को फिर गौर से देखा और सिर हिला दिया

कि मुझे नहीं पता ये कौन हैं।

"ये अश्कजी हैं, उपेंद्रनाथ अश्क।" पिताजी ने कहा।

मेरा मुँह कानों तक लाल हो उठा क्योंकि अश्क शब्द में बेशर्मी की गंध थी। हमारी दादी कहा करती थी कि इस तरह के शब्द बोलना बेशर्मी की बात होती है और ऐसा ही एक शब्द बोलने पर हमारे चाचा को एक दिन उनसे मार खानी पड़ी थी। मैं सोचने लगा कि कहीं चाचा उस दिन इन्हीं सज्जन का नाम तो नहीं ले रहे थे ? मन में डरा भी कि पिताजी की आवाज कहीं दादी के कानों न पड़ गई हो, और ऐसा न हो कि दादी वहीं आकर उनके मुँह पर चपत लगा दें।

मुझे और कुछ नहीं सूझा तो मैंने उन्हें दूसरी बार 'जय श्रीकृष्ण' कर दी। वे सज्जन मेरी तरफ देखकर गंभीर ढंग से मुसकराए और एक बार बाईं आँख को जरा-सा दबाकर अपनी फाइल में से आगे पढ़ने लगे, "जाओ-जाओ प्राण, बसाओ एक नया संसार... ।"

मैं डरा कि मामला किसी के प्राण जाने का है। सोचा कि मुझे ऊपर ही चलना चाहिए। मगर इससे पहले कि मैं चलने का निश्चय करता, पिताजी ने फिर पूछा, "तुम्हें पता है, ये क्या करते हैं ?"

मैंने मासूम ढंग से सिर हिलाया कि मुझे नहीं पता ये क्या करते हैं।

"ये भी मेरी तरह वकील हैं।" पिताजी ने कहा, "मतलब मेरी तरह इन्होंने भी वकालत का इम्तिहान पास किया है; मगर ये वकालत नहीं करते, कविता लिखते हैं।"

मुझे यही नहीं पता था कि वकालत करना क्या होता है। मैं रोज देखता था कि लोग हमारे यहाँ आते हैं, पिताजी को कुछ नोट देते हैं और चले जाते हैं—कोई हमारे यहाँ से ले कुछ नहीं जाता। पिताजी की अलमारियों में जो किताबें थीं वे हमेशा ज्यों-की-त्यों रखी रहती थीं—पैसे देने वाला कभी एक भी किताब ले नहीं जाता था। यह बात मुझे बहुत आश्चर्यजनक लगती थी। हमारे ताऊजी की पंसारी की दुकान थी। वहाँ आकर जो एक पैसा भी देता था, वह बदले में कम-से-कम नमक की पुड़िया जरूर ले जाता था। कविता लिखना क्या होता है, यह मेरे लिए और भी टेढ़ा सवाल था। मगर मैंने भी मन-ही-मन अटकल भिड़ाई कि कविता लिखना कोई बहुत बड़ा काम होगा। उन दिनों अकसर यह चर्चा कानों में पड़ती थी कि महात्मा गाँधी आजकल अनशन कर रहे हैं और मैं सोचा करता था कि अनशन करना भी कोई बहुत बड़ा काम है। इस नतीजे पर मैं तब तक पहुँच चुका था कि जितने बड़े काम हैं, उनमें न हाथ से कुछ करना होता है और न ही किसी को कुछ देना-दिलाना होता है। जिस श्रेणी में मैंने वकालत और अनशन को रख रखा था, उसी में मैंने अब कविता को भी शामिल कर लिया।

"तू भी बड़ा होकर कविता लिखेगा ?" पिताजी ने पूछा।

मेरी समझ में नहीं आया कि हाँ कहूँ या न कहूँ। मगर मैंने सोचा कि बड़ा काम

है, इसे करने से इनकार नही करना चाहिए। इसलिए मैंने कहा, ''लिखूँगा।''

''तो जाकर इनके लिए चाय बनवा ला।'' उधर से आदेश मिला। मुझे पहले पता होता कि 'लिखूँगा' कहने का यह फल होगा, तो मैं जरूर कह देता कि नहीं लिखूँगा। मगर अब क्या था ! बात मुँह से निकल चुकी थी ! ऊपर मैं लाल और नीली पतंगों का पेंच लगा छोड़ आया था। छत से लड़कों की जोर-जोर से चिल्लाने की आवाजें आ रही थीं। जब मैं मन-ही-मन कुढ़ता हुआ अंदर को चला, तो मैंने दिल में यह तय कर लिया था कि बड़ा होकर और चाहे जो करूँ, कविता कभी नहीं लिखूँगा। पिताजी कहें, तो भी नहीं लिखूँगा।

हमारे घर में चाय अपनी ही तरह की बनती थी। सर्दी के दिनों में हमारे लिए डेढ़ पाव दूध में एक घूँट चाय का पानी मिला दिया जाता था जिससे उसकी तासीर गरम हो जाए। मगर चाय खुश्की न करे, इसलिए उसमें खूब मलाई और बादाम की गिरियाँ डाल दी जाती थीं। माँ को जाकर मैंने बताया कि कोई बहुत बड़े मेहमान आए हैं, उनके लिए बहुत बढ़िया चाय बनाकर ले जानी है। यह मैंने इसलिए कहा कि कहीं चाय में कोई कसर न रह जाय जिससे बैठक में जाकर मुझे डाँट सुननी पड़े और फिर दूसरी बार चाय बनवाकर ले जाने का तरद्दुद करना पड़े। माँ ने 'बढ़िया' चाय बनाने के सिलसिले में उसमें और भी मलाई और गिरियाँ डाल दीं। मैं ऊपर तक भरा हुआ आधा सेरवाला बड़ा गिलास लिये इस तरह गुमान के साथ बैठक में दाखिल हुआ जैसे मैंने कोई बहुत मार्के का काम कर लिया हो। मगर जब मैंने गिलास ले जाकर उन सज्जन के सामने किया, तो वे गिलास पर सरसरी नजर डालकर बोले, ''काका, मैंने दूध नहीं, चाय लाने को कहा था।'' और अपनी फाइल में से आगे पढ़ने लगे, ''विस्मृति में जो दबी हुई थी, धधका दी फिर आग...।''

मुझे बहुत गुस्सा आया कि मैं इतनी मेहनत से चाय बनवाकर लाया हूँ, और इस बीच जाने ऊपर कितनी पतंगें कट गई हैं, और इन्हें अपनी आग धधकाने की पड़ी है। पर मैंने पिताजी के डर से अपना गुस्सा पी लिया और कहा, ''जी, यह चाय है।''

इस पर उन्होंने फाइल बंद कर दी, एक बार फिर गिलास की तरफ देखा और जोर से ठहाका लगाकर हँस दिए। मैं एक कदम पीछे हट गया। मुझे शक हुआ कि कहीं मैंने गलती से उन्हें गुदगुदा तो नहीं दिया। मेरे हाथ से दूध का गिलास थोड़ा छलक गया।

''यह चाय है ?'' उन्होंने हँसी रुकने पर कहा और फिर उसी तरह ठठाकर हँस दिए। मैं एक कदम पीछे हट गया, यह जतलाने के लिए कि मैं बिलकुल निरपराध हूँ, मैंने चाय का गिलास पिताजी को दिखला दिया जिससे उन्हें पता चल जाए कि मेरे हाथ रुके हैं और मैंने उन सज्जन के साथ कोई शरारत नहीं की।

पिताजी ने गिलास की मलाई को देखा, तो वे भी जोर से हँस दिए। यह सोचकर कि कोई हँसने की बात है जो मेरी समझ में नहीं आई, मैं भी समझदारों की तरह हँस दिया।

"तू क्यों हँस रहा है ?" पिताजी ने कहा, तो मुझे लगा कि शायद वे लोग मेरी किसी बात पर हँसे हैं। इससे मुझे रुलाई आने को हो गई।

उन सज्जन को चाय देकर जब मैं ऊपर छत पर पहुँचा, तब तक सबकी-सब पतंगें कट चुकी थीं। मैंने दाँत भींचकर सोचा कि अब पिताजी मुझसे उस व्यक्ति के सामने फिर से पूछें कि क्या मैं बड़ा होकर कविता लिखूँगा, तो मैं पटाक्-से उत्तर दूँ, "नहीं लिखूँगा, नहीं लिखूँगा, नहीं लिखूँगा... ।"

तब से अब तक जिंदगी का एक लंबा फासला तय हो चुका है। बीच के इन वर्षों में मैंने उन्हें बहुत पास से और बहुत अच्छी तरह देखा है, और देखा है एक निकट स्वजन और मित्र के रूप में। इस बीच कई बार उनके मुँह से उनकी कविताएँ सुनी हैं। इलाहाबाद में, डलहौजी में, पहलगाम में, जालंधर में और दिल्ली में। डलहौजी में रहते उनकी रचना-प्रक्रिया को भी जाना है। 'सड़कों पे ढले साए' की दो-एक कविताएँ उन्होंने वहीं लिखी थीं। 'संगतरी चाँद' और 'टेरता पाखी' उन्हीं दिनों की रचनाएँ हैं। उनके साथ मेरे बचपन के परिचय का रूप इस दृष्टि से आज भी नहीं बदला कि उनकी रचनाएँ पढ़ते-सुनते समय मैं उनमें विशुद्ध साहित्यिक दिलचस्पी न लेकर आज भी उन्हें एक वैयक्तिक कोण से ही लेता हूँ। आज सुनते हुए मन में अर्थ का अनर्थ नहीं होता, परंतु उन कविताओं के भाव और अर्थ के आगे कुछ सोचूँ ही नहीं, ऐसा आज भी नहीं होता। मुझे याद है जिस समय डलहौजी में मुझे वे अपनी कविताएँ सुना रहे थे, तो मन में बनते संगतरी चाँद और केलू के वन के खाके से थोड़ा हटकर मैं एक और बात सोच रहा था। सोच रहा था कि पचास को पहुँचकर भी अश्क देखने में जितने युवा लगते (हैं) अपने साहित्यिक व्यक्तित्व में भी वे कैसे वही यौवन बहाल रखे हैं ? उस पीढ़ी के और किस साहित्यकार में यह व्याकुलता है कि वह अपनी विशिष्टता के दायरे में सीमित न रहकर हर नई पीढ़ी के साथ उसी पीढ़ी का होकर चलने का प्रयत्न करे ? बात कविता की हो या कहानी की, पचास को पहुँची पीढ़ी में अकेले अश्क ऐसे हैं जो बाद में आनेवाले लोगों के कृतित्व को उपेक्षा और (अ) सहिष्णुता की दृष्टि से न देखकर, एक नई चुनौती के सम्मान के साथ देखते हैं। और अपनी मर्यादा के जड़ चबूतरे पर न खड़े रहकर उस चुनौती को स्वीकार करके अपने लिए उस मार्ग की संभावनाएँ खोजने में जुट जाते हैं। मुझे पहलगाम की याद है—वे नवयुवकों की तरह वहाँ की सड़कों पर कहकहे लगाया करते थे और मेरे कंधे पर हाथ मारकर कहा करते थे, "देखो बच्चू, यह मत समझो कि तुम नए लोग अब तीर मारने लगे हो, तो मैं मैदान छोड़कर हट जाऊँगा। जिस तरह डटकर तुम लोग लिखोगे, उसी तरह डटकर मैं भी लिखूँगा। मैं ऐसे हारनेवाला नहीं हूँ।" और मैं जानता हूँ कि यह केवल कहने की ही बात नहीं, इसमें पूरी आस्था भी है। मुझे विश्वास है कि आज जो लड़के छत पर पतंगों के पेंच देख रहे हैं, जब दस-पंद्रह साल बाद वे साहित्य में अपनी नई-नई रचनाएँ लेकर आएँगे तो अश्क इसी आस्था के साथ उनके कंधों में भी अपना कंधा मिलाए होंगे।

अश्क जैसे तब लगते थे जब मैंने उन्हें बचपन में देखा था, लगभग वैसे ही वे आज भी लगते हैं (अपने सिर के सफेद बालों के बावजूद) और मैं समझता हूँ कि आने वाले कई साल वे उतने ही युवा और सजीव लगते रहेंगे और हर नई पीढ़ी के लोगों से इसी तरह कंधे पर हाथ मारकर कहते रहेंगे, "देखो बच्चू, यह मत समझो कि...।"[1]

1. दुर्भाग्य से 19 जनवरी, 1996 को शाम 6 बजकर 50 मिनट पर यह चिरयुवा रचनाकार भी हमसे सदैव के लिए विदा ले गया। सं.

अनुक्रम

आज काफी देर सोचता रहा कि खामखाह क्यों अपना डिप्रेशन चिट्ठियों में उँड़ेल देता हूँ ? मगर—लगता है इस पर भी मेरा वश नहीं है। बड़ी एक्सट्रीमिस्ट हैबिट्स—या तो बिलकुल फॉरमल लेटर लिखता हूँ और या फिर अपना सब कुछ कह देना चाहता हूँ।

—मोहन राकेश : 6.9.59

[1]

मोहन राकेश एम. ए.
सुशीला राकेश एम. ए.

बिशप काटन स्कूल, शिमला-2
22.6.51

अश्क भैया,

हिमाकत तो है कि सुशीला के नाम आए पत्र का उत्तर मैं लिखूँ—पर हिमाकतें इतनी और होती हैं तो यह भी एक सही—

मैं जीवित हूँ और इलाहाबाद से जितने पाउंड वजन लेकर आया था, अभी तक बदस्तूर उतना ही है। इन दिनों कोई काम किया है तो वह है स्कूल में गधों को 'गधे' के हिज्जे याद कराना। इस तरह भारत की युवा नस्लों का निर्माण कर रहा हूँ।

आप शिमला आए नहीं। अब भी प्रोग्राम बना सकें तो मजा रहे। वरीन (मेरा छोटा भाई) अमृतसर कॉलेज में प्रविष्ट हो गया है और माताजी उसे लेकर 1 तारीख को वहाँ जा रही हैं। तब से मेरे घर में ही एक कमरा, एक छोटा कमरा और एक रसोई—इतनी जगह आपके लिए उपलब्ध हो सकेगी—घुमाइए सुई का काँटा शिमला की तरफ...

'राजकमल' का एक प्रस्ताव राजबेदी द्वारा—या राजबेदी का प्रस्ताव 'राजकमल' के लिए पिछले दिनों मुझे मिला था। उसमें उपन्यास के प्रकाशन का जिक्र था। उपन्यास तो अभी तैयार नहीं—कहानी-संग्रह के प्रकाशन का डौल करना चाहता हूँ। यदि चाहें तो दोनों पुस्तकों के लिए भी उनसे लिखा-पढ़ी कर लूँगा। मैं इस संबंध में बंबई शाखा को पत्र लिख रहा हूँ। आपने जिनसे बात की है, वे बंबई शाखा से संबंधित हैं या दिल्ली से ? आप भी उन्हें हो सके तो इस संबंध में लिख दीजिएगा। यदि वे दोनों पुस्तकें प्रकाशित कर लें, तो मुझे 15 प्रतिशत लेने में कोई आपत्ति नहीं। स्कूल में दिसंबर से त्याग-पत्र दे दिया है, अतः स्वयं प्रकाशन के लिए तो शायद ही दो वर्ष तक धन संचय हो सके।

भाभी कैसी हैं ? उनसे आदाब अर्ज कहिए।

सस्नेह
राकेश

[2]

मोहन राकेश

बिशप काटन स्कूल, शिमला-2

2.6.52

प्रिय अश्क भाई,

इलाहाबाद से अचानक ही चल पड़ा—मिल नहीं पाया, इसका मुझे खेद है। सुना था आप इधर आ रहे हैं, पर देखा नहीं, इसलिए शायद जो सुना, वह गलत ही था।

मैं इन दिनों कहानियों का एक संकलन तैयार कर रहा हूँ, अत्तर चंद कपूर के लिए। उसमें मैं आपकी कहानी—'कैप्टेन रशीद' देना चाहता हूँ। आशा है आप शीघ्र अपनी अनुमति भेज देंगे। पांडुलिपि मुझे तीन सप्ताह के अंदर भेज देनी है।

रिप्रोडक्शन की रॉयल्टी प्रकाशक द्वारा भेज दी जाएगी।

और क्या क्रम चल रहा है ? मैं यहाँ आकर एम. ए. हिंदी की तैयारी में व्यस्त हो गया था, अभी फारिग हुआ हूँ।

भाभी से नमस्ते कहिएगा।

सस्नेह

राकेश

[3]

मोहन राकेश

बिशप काटन स्कूल, शिमला-2

18.9.52

कौशल्या भाभी,

पत्र मिला। अभी तक कहानी संग्रह का मैनुस्क्रिप्ट मैंने नहीं भेजा। एक प्रेमचंदजी की कहानी को छोड़कर शेष कहानियों के लिए मैं 50 रुपए से 80 रुपए तक रॉयल्टी के रूप में भिजवा रहा हूँ। 'कैप्टेन रशीद' के लिए भी 80 रुपए भिजवा सकता हूँ। वैसे आपकी माँग मैंने प्रकाशक को भेज दी है। यह लिख दीजिएगा कि प्रकाशक उतने के लिए सहमत न हो तो 80 रुपए भिजवा दूँ या नहीं।

और हाँ, मैं एक अन्य प्रकाशक के लिए एकांकी नाटकों के एक संग्रह का संपादन कर रहा हूँ। उसमें अश्कजी का नाटक 'जोंक' सम्मिलित करने का विचार रखता हूँ। उसके लिए रॉयल्टी के रूप में 75 रुपया भिजवा सकता हूँ। इस संबंध में भी लिखिएगा।

मेरे एक विद्यार्थी ने 'जोंक' खेलने के संबंध में अश्कजी के नाम पत्र लिखा था, आपका उत्तर उसने मुझे दिखलाया है। अंग्रेजी के किसी भी 'थ्री एक्ट प्ले' के खेलने के लिए सर्वत्र लगभग 40 रुपए रॉयल्टी दी जाती है। एक एकांकी के लिए 25 रुपए के लगभग देना स्कूल शायद नहीं चाहेगा। कम-से-कम क्या भिजवाया जाना चाहिए, लिखिएगा। मैं तो स्वयं चाहता हूँ कि एक एकांकी के खेलने के लिए लोग 500 रुपए तक रॉयल्टी दे सकें, पर फिलहाल स्थिति ऐसी नहीं है।

संभव हो, तो यह पत्र अश्कजी को भेजकर उनका भी विचार जान लीजिएगा।

शीला स्वस्थ है। उसकी ट्रेनिंग पूरी हो गई है।

शुभकामनाओं के साथ।

मोहन राकेश

[4]

मोहन राकेश
अध्यक्ष हिंदी-विभाग

डी. ए. वी. कॉलेज, जालंधर
180, मॉडल टाउन, जालंधर
15.11.54

अश्क भैया,

बड़ी मुद्दत के बाद पत्र मिला। यह गिला तो है ही कि आप जालंधर आकर भी नहीं मिले—मुझे पता तो खैर चल ही गया था। काश्मीर इस वर्ष मैं भी गया था अगस्त के अंत में। वहाँ से आने पर फिक्र तौंसवी ने बतलाया कि आप भी उन दिनों वहाँ थे। कौशल्या भाभी की तबीयत के विषय में भी उसने कुछ जिक्र किया था। अब उनकी तबीयत कैसी है ? नीलू[1] कैसा है ?

पिछले तीन वर्ष जिस गर्दिश में गुजरे हैं, उसका हाल फिर कभी सुनाऊँगा, बहरहाल, अब दिमाग इस स्थिति में है कि कुछ सोच सकूँ या लिख सकूँ...

'गर्म राख' मैंने राजेंद्र यादव से लेकर ही पढ़ा था। उसने लेख भी मुझे सुनाया था। व्यक्तिगत रूप से मैं हरीशजी को छोड़कर शेष पात्रों के चरित्र-चित्रण के लिए बधाई देता हूँ—वस्तु-संगठन और जीवन-दृष्टि के संबंध में बहस करना चाहूँगा।

प्रगति प्रकाशन वालों ने मेरा सफरनामा[2] छापकर तबाह कर दिया है। प्रतियाँ आते ही भेजूँगा। उसमें कहीं कोई छींटा नहीं है। छींटा एक व्यंग्य लेख में है, जो शायद

---

1. नीलाभ 2. आखिरी चट्टान तक

'समाज' के आगामी अंक में प्रकाशित हो।

...और फाँसी की तरह यह अध्यापकी गले पड़ी है।

अपने समाचार लिखें।

सस्नेह
राकेश

[5]

मोहन राकेश

180, मॉडल टाउन, जालंधर
2.3.55

अश्क भैया,

सुनता हूँ कि इन दिनों आपका स्वास्थ्य कुछ ठीक नहीं है। अब कैसी तबीयत है, लिखिएगा।

मेरा पिछले दिनों एपेंडेसाइटिक का ऑपरेशन हुआ है—अब ठीक हो गया हूँ।

16-17 अप्रैल को यहाँ प्रादेशिक साहित्यकारों की एक कान्वेंशन करने का विचार कर रहे हैं। उद्‌देश्य है प्रादेशिक साहित्य की प्रगति के लिए एक केंद्र का निर्माण ! विराट कार्यक्रम भेजूँगा। स्वास्थ्य ठीक हो तो आपका आना अनिवार्य है।

कौशल्या भाभी कैसी हैं, और नीलाभ ?

स्वास्थ्य का समाचार अवश्य दीजिएगा।

सस्नेह
राकेश

[6]

मोहन राकेश

डी. ए. वी. कॉलेज, जालंधर
12.5.55

प्रिय अश्क भैया,

पत्र आज मिला। मैं इन दिनों यहीं हूँ और छुट्टी होने में पूरे दो महीने बाकी हैं। आप अवश्य आएँ। पहले से सूचना दे देंगे तो जगह ढूँढ़ने की दिक्कत नहीं होगी। वैसे मॉडल टाउन में मेरे घर का नंबर 568 है और यह पाकिस्तान पुलिस चौकी से चार

मकान के आगे बाईं ओर का मकान है।

और अपने हालचाल लिखिए। मेरे पहले पत्र का तो उत्तर आपने दिया ही नहीं। और मिलने पर बातें होंगी।

कौशल्या भाभी को नमस्ते कहें।

सस्नेह
राकेश

[7]

मोहन राकेश

568, मॉडल टाउन, जालंधर
7.9.55

प्रिय अश्क भैया,

मुझे खेद है कि पहले आपको पत्र नहीं लिख सका क्योंकि यहाँ आते ही बुखार ने धर दबाया और छह-सात दिन खूब लताड़ा।

आशा है अब आपकी चोट बिलकुल ठीक हो गई होगी ! कितने नाटक और लिख डाले ? मैं तो कल से इस लायक हुआ हूँ कि बैठकर पत्र भी लिख सकूँ। सबमिशन की अंतिम तिथि इंटर, बी. ए. के लिए 15 सितंबर है और रत्न, भूषण, प्रभाकर के लिए 15 अक्तूबर।

आते हुए एक-दो दिन ठहरिएगा न ?

गूजरों का गीत साथ लिखकर भेज रहा हूँ।

सस्नेह
राकेश

[8]

मोहन राकेश

जालंधर
18.10.55

अश्क भैया,

बहुत दिनों से पत्र नहीं लिख सका—सबसे बड़ा कारण तो यही था कि पत्र लिखने से पहले कहानी भेजना चाहता था।

मनीऑर्डर मिल गया था—धन्यवाद।

परिस्थिति में एक नया मोड़ आ गया है—उसका जिक्र मिलने पर करूँगा।

निन्नी उस दिन के बाद एक बार बस धीर की पुस्तक लेने के लिए ही आया था।

'संकेत' जनवरी में तैयार हो जाएगा न ?

कौशल्या भाभी और मुन्ने को स्नेह दें।

सस्नेह
राकेश

[9]

मोहन राकेश

568, मॉडल टाउन, जालंधर
22.1.56

अश्क भैया,

पत्र मिला। इन दिनों उपन्यास टाइप कर रहा हूँ। आशा है मार्च तक तैयार कर लूँगा। हालाँकि कॉलेज के झंझट आजकल वक्त कम देते हैं।

अपनी ओर से प्रकाशन का उद्योग शायद नहीं कर पाऊँगा—यह चंचल चित्तवृत्ति वाले आदमी से शायद निभेगा नहीं। फिर आर्थिक प्रश्न भी है। परंतु भारती भंडार से प्रकाशन के संबंध में मुझे इतनी बात कहनी है कि उन्होंने इन दिनों जो उपन्यास प्रकाशित किए हैं, उन पर 20 प्रतिशत रॉयल्टी दी है। ऐसी स्थिति में 15 प्रतिशत रॉयल्टी पर उनसे एग्रीमेंट करना ठीक नहीं जँचता। इसमें आर्थिक प्रश्न के अतिरिक्त प्रेस्टिज का भी प्रश्न है। पाठकजी से इस संबंध में और बात हो तो मुझे लिखिएगा।

रंगमंचीय एकांकी कुछ पुराने छपे हुए हैं—मुझे ज्यादा पसंद नहीं। दो-एक बुकपोस्ट से भिजवा दूँगा—देख लीजिएगा।

जब मन कुछ उदास होता है तो प्रेमीजी से आपकी चर्चा छेड़ देता हूँ—वक्त कट जाता है।

'संकेत' की प्रतीक्षा है।

भाभी और नीलाभ को स्नेह दीजिएगा।

आपका
राकेश

[10]

मोहन राकेश

568, मॉडल टाउन, जालंधर
1.3.56

प्रिय अश्क भैया,

उत्तर लिखने में देर इसलिए हो गई कि फरवरी के महीने में कॉलेज के काम ने कमर तोड़ रखी थी। परसों से होश कुछ ठिकाने हैं।

उमेश जीवन सिंह से पैसे ले गया, इसके लिए बधाई।

इन दिनों कुछ नहीं कर सका। कल-परसों से मैनुस्क्रिप्ट तैयार करने में जुटता हूँ। मैंने देवराजजी को लिखा था कि शायद स्वयं प्रकाशन का कार्य मुझसे न हो सके। उन्होंने उत्तर में लिखा है कि मैं जो भी पुस्तकें प्रकाशित कराना चाहूँ, वे अपनी ओर से प्रकाशित करने को प्रस्तुत हैं। अंतिम निर्णय जो भी होगा आपकी सलाह से ही होगा।

'संकेत' की क्या स्थिति है, मार्च में निकल जाएगा या नहीं ?

भाभी को मेरी याद दीजिएगा। माँजी और देशी कैसी हैं। नागार्जुन पटना से लौट आए कि नहीं ? मैं उनका उपन्यास पढ़ने के लिए विशेष रूप से उत्सुक हूँ।

आशा है कि अब स्वास्थ्य पहले से ठीक है।

सस्नेह
राकेश

[11]

मोहन राकेश

568, मॉडल टाउन, जालंधर
12.4.56

अश्क भैया,

इधर-उधर 'संकेत' की चर्चा सुन रहा हूँ, पर अभी मेरी कापी नहीं पहुँची। मैं सोलह आने यहीं हूँ और कम-से-कम तीन महीने यहीं रहूँगा। इस बार कहीं भी आने का इरादा छोड़ दिया है। क्योंकि आर्थिक स्थिति कहीं जाने लायक नहीं है। पिछले दिनों कुछ ऐसे खर्च कर दिए कि सब प्रोग्राम चौपट हो गए। अब जुलाई-सितंबर की छुट्टी में कहीं निकलने का प्रयत्न करूँगा। भाभी को स्नेह दीजिएगा।

सस्नेह
राकेश

[12]

मोहन राकेश

453-आर, मॉडल टाउन, जालंधर
12.4.56

भाभी,

पत्र मिला। मेरा पहला पत्र भी मिल गया होगा।

भाभी, बहुत दुखी हूँ क्योंकि परिस्थितियाँ मेरा दम घोट रही हैं। मेरा लिखने-पढ़ने में जरा मन नहीं लगता। उसके (पत्नी सुशीला के) नए रवैए ने मुझे बहुत अव्यवस्थित कर दिया है। मुझे तुरंत लिखिए कि मैं तार दूँ तो आप एक दिन के लिए आगरा आ सकेंगी ?

गुड्डे को मेरा प्यार दीजिए। अश्कजी मुंबई से लौट आए कि नहीं ?

सस्नेह
राकेश

[13]

मोहन राकेश

453-आर, मॉडल टाउन, जालंधर
21.12.56

अश्क भैया,

यह केवल अपने जिंदा होने की खबर है। पिछले दिनों मन बहुत असंतुलित रहा है। हालात कुछ सुधरे हैं। आगे देखो।

रूस का ट्रिप कैसा रहा ?

सस्नेह
राकेश

[14]

मोहन राकेश

453-आर, मॉडल टाउन, जालंधर
23.1.57

भाभी,

वही बात हुई जिसकी आशंका थी। सचमुच तलाक का प्रकरण उठाने पर उसने[1] बिलकुल दूसरा ही रवैया अख्तियार कर लिया है। एग्रीमेंट का महत्त्व उसकी दृष्टि में एक साधारण कागज से अधिक नहीं है। यह अच्छा ही है जो बात जल्दी स्पष्ट हो गई, नहीं बाद में और दुःख होता। उसका शायद मतलब इतना ही था कि इस समय माँ वहाँ पास आ जाएँ, बाद में जो होगा, देखा जाएगा। उसके अंतिम पत्र से मेरे दिल से बल्कि काफी बोझ उतर गया है, क्योंकि उसके वास्तविक इरादे मुझ पर स्पष्ट हो गए हैं।

आप जालंधर कब आ रही हैं ? मैं 3-4-5 फरवरी को बाहर जा रहा हूँ, आपका उन दिनों आने का इरादा हो तो प्रोग्राम कैंसिल कर दूँ।

अश्कजी और गुड्डे को स्नेह दीजिए।

सस्नेह
राकेश

[15]

मोहन राकेश

453-आर, मॉडल टाउन, जालंधर
8.2.57

अश्क भैया,

प्रसन्न होंगे।

परिस्थिति की कड़ुवाहट आजकल अपने क्लाइमेक्स पर है।

मैं अब मार्च तक कहीं नहीं जा रहा। भाभी कब आ रही हैं ? नरेंद्र को दो-एक बार मिला हूँ। आजकल इलेक्शनों की वजह से वह खूब व्यस्त है।

'फिलिफ' के लिए मुबारकबाद–

सस्नेह
राकेश

---

1. सुशीला/शीला (राकेश की पहली पत्नी)

[16]

मोहन राकेश

अश्क भैया,

अभी-अभी आपका पत्र मिला है। कौशल्या भाभी के पत्र का उत्तर मैं पहले दे चुका हूँ। मैंने शीला के पत्र के उत्तर में उसे लिखा था कि वह 28 अप्रैल को मुझे दिल्ली में मिल ले तो पिछले दिनों पैदा हुई कड़ुवाहट को हटाकर सद्भाव बनाए रखते हुए संबंध विच्छेद की मानसिक भूमि तैयार की जा सकती है। आरंभ से मेरी आंतरिक इच्छा रही है कि यह अध्याय बगैर तलखी के पूरा हो जाए तो अच्छा है। आपका पत्र पाने के बाद मैं उसे दूसरा पत्र लिख रहा हूँ कि 28 को दिल्ली आने की बजाय मैं 8 मई को इलाहाबाद आ सकता हूँ। यदि शीला मुझे समझने की कोशिश करे तो मेरे हृदय में कभी उसके लिए सद्भाव की कमी नहीं रही है। किंतु पिछले दिनों उसके रवैए की वजह से मेरा मन अव्यवस्थित अवश्य रहा है। मैं बहुत दिनों से, मैत्री भाव में, एक बात उसके हृदय में बैठाने का प्रयत्न करता रहा हूँ, पर दुर्भाग्यवश तब मुझे सफलता नहीं मिली।

यदि शीला 8 मई के लिए चाहेगी, तो मैं 7 मई की शाम को इलाहाबाद आपके यहाँ पहुँच जाऊँगा। बच्चे के जन्म के उपलक्ष्य में कौशल्या भाभी हम लोगों को चाय बना देंगी। परंतु भाभी के, आपके, शीला के और मेरे अतिरिक्त उस अवसर पर और किसी का...सम्मिलित होना उचित न होगा। यह बात मैं शीला को भी लिखे दे रहा हूँ।

भाभी का स्वास्थ्य अब कैसा है ? उनके भाई की स्थिति में कोई अंतर आया या नहीं ?

नरेंद्र ने बड़ा ड्रामाई फैसला किया है। वह आज ब्याह कर डालने के बारे में सीरियस मालूम होता था। और जल्द ही। आज दो घंटे उस मसले पर बातचीत होती रही।

शीला को आप या भाभी भी 8 तारीख के प्रोग्राम के बारे में लिखकर पूछ लें।

भाभी, गुड्डे और उमेश के लिए स्नेह।

सस्नेह
राकेश

[17]

कौशल्या अश्क

इलाहाबाद-1
21.3.57

प्रिय राकेश,

दिल्ली ठीक से पहुँच गई थी। उसी रात यहाँ से इलाहाबाद के लिए चलना था, इसलिए सामान घर पर रखकर और तैयार होकर सुबह-सुबह ही जरूरी काम निपटाने निकल गई। शाम को सामान आदि लेकर स्टेशन जाने को तैयार हुई तो अश्कजी का

तार मिला कि वे अस्वस्थ्य हैं और 20 मार्च सुबह की गाड़ी से दिल्ली पहुँच रहे हैं। मैं रुक गई। दूसरे दिन पाँच बजे सुबह तैयार होकर स्टेशन पर गई, पर अश्कजी न आए। चिंता और भी बढ़ गई। तब कॉल बुक की। अश्कजी बोले भी। वे पहले से तो कुछ ठीक हैं, जैसा कि उन्होंने फोन पर कहा, जरूरी काम से रुक गए हैं। मुझे अब चिंता लगी हुई है। कल रात को गाड़ी से इलाहाबाद के लिए चल पड़ी। आज सुबह ग्यारह बजे पहुँच गई। बच्चे बेहद खुश हुए। उसी समय से काम में जुटी हूँ, नए प्रकाशन 20 तारीख को आउट करने थे, अभी तक नहीं किए गए। सो अब बैठी बंडल बँधवा रही हूँ। इस समय ग्यारह बजे हैं और अभी दो-तीन घंटे और काम करना होगा। जिस दिन से बाहर गई हूँ, बारह बजे से पहले सोना नसीब नहीं हुआ, आज तो दो बजेंगे। सोचा, तुम्हें पत्र ही लिख दूँ।

तुम्हारी पुस्तक की कई कहानियाँ रास्ते में पढ़ गई। 'भूखे' पढ़ते-पढ़ते आँखों में आँसू आ गए। उस बच्चे का चित्र और फिर माँ का स्नेह और विवशता साकार होकर आँखों के आगे घूमने लगे। 'अपरिचित' पहले की पढ़ी है, फिर से पढ़ गई। और कहानियाँ भी अच्छी लगीं, पर मैं आलोचक नहीं हूँ। मेरी तो यही कामना है कि जिनके हाथ में कलम और कलम में शक्ति है, वे खूब लिखें।

तुम अपने हालचाल देते रहना। कोई नई बात हो तो बताना।

शरत[1] ने तुम्हारा संदेशा दे दिया था। तुम शायद उसे 'नए बादल' की प्रति भेजने वाले थे, उसने पूछा था।

माताजी को मेरा प्रणाम कहना। जब कभी उनका मन हो और वे आ सकें, उन्हें मेरे पास अवश्य भेजना। उन्हें यहाँ कष्ट न होगा।

दिल्ली में अश्कजी ने मेरे लिए मामाजी को रुपए भेजे थे। मैं उन्हें तुम्हारा पता दे आई हूँ। दो-तीन दिन में वे चेक अथवा ड्राफ्ट तुम्हें भेज देंगे। इस बार मेरे कारण तुम्हें काफी परेशानी हुई, पर धन्यवाद भी न दूँगी और क्षमा भी नहीं माँगूँगी।

छुट्टियों में दिल्ली जाओ तो इलाहाबाद का चक्कर भी लगा जाओ। अश्कजी से भी मिल लोगे।

निन्नी ने अभी तक इधर आने का निश्चय किया या नहीं ? मुझे उसकी चिंता है, जरा तुम मुझे इस संबंध में पता दे देना।

एक बात का पता करके मुझे लिखना—जालंधर से चंडीगढ़ यदि रेल से जाएँ तो सेकेंड क्लास का कितना लगता है और फर्स्ट का कितना। बस से कितना लगता है, यह भी पता करके लिखना। जालंधर से दिल्ली का भी क्लास II तथा I का किराया पूछ कर लिखना। मुझे इसकी जरूरत पड़ गई है।

सस्नेह
तुम्हारी भाभी
कौशल्या

---

1. सत्येंद्र शरत

[18]

कौशल्या अश्क

इलाहाबाद

27.3.57

प्रिय राकेश,

आशा है, मेरा पहला पत्र तुम्हें मिल गया होगा। तुम्हारे पत्र की प्रतीक्षा थी, पर शायद तुम व्यस्त हो या परेशान हो। लिखो क्या बात है ?

अश्कजी अभी तक नहीं आए, कल आएँगे। छोटा भाई भी जयपुर में है। मैं अकेली पड़ गई हूँ और काम काफी ज्यादा है। फिर बड़े भाई के कारण बहुत परेशान हूँ। उसे फिर आगरा ले जाना पड़ेगा। मैं अश्कजी की प्रतीक्षा कर रही हूँ। आगरा गई तो शीला से मिलूँगी। कोई खास बात हो तो वापसी डाक लिखो।

पिछले पत्र में मैंने कुछ सूचना माँगी थी। अब फिर लिख रही हूँ। तुम साथ की चिट पर केवल रकम लिखकर भेज दो। मुझे इसकी तुरंत आवश्यकता है, इसलिए कष्ट दे रही हूँ। आशा है, बुरा न मानोगे।

अप्रैल में कुछ दिन यहाँ चले आओ। तुम्हें कष्ट न होने दूँगी। तुम्हारा मन बहल जाएगा। इतनी दूर से कुछ कर सकना संभव नहीं, यहाँ आओगे तो जो उलझन होगी, उसे सुलझाने का प्रयास मिलकर करेंगे। अश्कजी भी होंगे और उनकी राय सहायक होगी। मैं तो ऐसा ही समझती हूँ।

तुम तारनुमा पत्र लिखते हो (लड़ पड़ो तो चाहे बड़े और लंबे लिखो, पर मैं वैसा नहीं चाहती) और मैं संक्षिप्त लिखने का संकल्प करके भी लंबा कर देती हूँ।

माताजी को हम सबका प्रणाम कहना और उत्तर कृपा कर वापसी डाक से देना।

सस्नेह

तुम्हारी भाभी

कौशल्या

[19]

उपेंद्रनाथ अश्क

इलाहाबाद

29.3.57

प्रिय राकेश,

तुम्हारे पत्र मिले। तुम बड़े दिलचस्प आदमी हो। तुमको मैंने यह कब लिखा था कि मेरा पत्र पाते ही शीला को पत्र लिखो। बातों-बातों में उसने इच्छा प्रकट की थी। तुम चुपचाप यहाँ आ जाते तो मैं बात करवा देता, लेकिन तुमने फिर चिट्ठियाँ लिखकर

लगता है सब बात बिगाड़ दी। ऐसी स्थिति में सब्र, दूरअंदेशी और दृढ़ता की परम आवश्यकता होती है, लेकिन तुम तो हद हो। अब मैं तुम्हें क्या कहूँ। तुम तो हमारी स्थिति भी हास्यापद बना दोगे।

सस्नेह
अश्क

[20]

एम. मोहन राकेश
हेड ऑफ दि डि. ऑफ हिंदी

डी. ए. वी. कॉलेज, जालंधर
30.3.57

भाभी,

दोनों स्नेहपूर्ण पत्र मिले।

मैं तारनुमा पत्र नहीं लिखता भाभी, मगर जब मन उद्विग्न होता है तो किसी चीज में मन नहीं रमता। पढ़ाता हूँ तो बला टालता हूँ। लिखता हूँ तो बला टालता हूँ। चार-चार महीने चिट्ठियाँ लिखता ही नहीं। अजब-सी मनःस्थिति रहती है।

दूसरा दिन ठीक से कट गया था। रात को उसे (पत्नी शीला) गाड़ी पर चढ़ा आया था। उसके बाद कल ही उसका पत्र आया है कि 'तुम चाचाजी और पिताजी से मिलकर बात कर लो।' मैं फिर अजब परेशानी में हूँ। समझ में नहीं आ रहा कि अब वह क्या चाहती है ?

भाभी सच कहता हूँ कि जो कुछ मैंने इन बरसों में महसूस किया है, उसका दशमांश भी शब्दों में व्यक्त नहीं कर सकता। यदि इसी का नाम 'विवाहित जीवन' है तो यूँ दम घुट जाना ज्यादा बुरा नहीं है।

अश्कजी अब तक लौट आए होंगे। जयपुर जाना सार्थक रहा या नहीं ?

नरेंद्र मिला था। उसकी समस्या भी एक्यूट रूप धारण करती नजर आती है।

अगर आगरा जाना हो तो उससे यह जानने का प्रयत्न करें कि आखिर अब उसका इरादा क्या है ? हर दो सप्ताह के बाद फिर से पुराण खोलकर बैठ जाने की हिम्मत मुझ में नहीं है। सचमुच मुझे डर लगता है कि उसका ऐसा ही रवैया रहा तो मैं आउट ऑफ फ्रस्ट्रेशन ही जिस किसी लड़की से शादी न कर डालूँ।

अप्रैल में आने के बारे में अभी कुछ नहीं लिखता। पहले तो कोशिश करूँगा कि बैठकर कुछ लिख लूँ। नहीं बन पड़ा तो सैर के लिए निकल पड़ूँगा। इस हालत में कम-से-कम एक सप्ताह वहाँ आकर रहूँगा।

ड्राफ्ट की कोई जल्दी नहीं है—अभी आर्थिक संकट में नहीं हूँ।

किराए की फेहरिस्त साथ भेज रहा हूँ।

माँजी स्नेह भेजती हैं।
अश्कजी आ गए हों तो नमस्कार कहें।

सस्नेह
राकेश

[21]

मोहन राकेश

भाभी,

मेरा पहला पत्र मिला गया होगा, जिसमें किरायों की फेहरिस्त भेजी थी।

आपका भेजा हुआ 50 रुपए का मनीऑर्डर मिल गया है।

मैं अभी तक जालंधर में ही अप्रैल का महीना बिताने की सोच रहा हूँ। मैं चाहता हूँ कि इन लोगों की निश्चित दृष्टि का पता चल जाए तभी इलाहाबाद आऊँ। आगरा से कल एक पत्र आया है जिसमें लिखा है—"एक बार मन, बुद्धि और शरीर ने जिसे पति स्वीकार कर लिया, फिर वर्षों तक संबंध रहा हो, वह न तो कानून ही मिटा सकता है और न समाज ही।"

जिस व्यक्ति से वास्ता है, उसे आप आंशिक रूप से जान चुकी हैं। पूरे पत्र की ध्वनि यह है कि निर्णय उसके पिता और चाचा करेंगे। अब परिस्थिति ऐसी है कि दो-चार दिन व्यवस्थित रहता हूँ फिर वही अव्यवस्था लौट आती है। वर्तमान मनःस्थिति में नौकरी पर रहना भी मेरे लिए असंभव है। मुझे एक डर और है कि वह फिर पहले की तरह अपने आप यहाँ चली आई तो कोई भयानक घटना न हो जाए। पिछली बार तो जैसे भी हुआ मैं अपने को नियंत्रित किए रहा हूँ, लेकिन...

अश्कजी, उमेश और गुड्डे को स्नेह दीजिए।

सस्नेह
राकेश

[22]

मोहन राकेश (अप्रैल 1957)

स्नेहमयी भाभी,

पत्र मिला। शीलाजी के जाने के बाद उनके दो पत्र आए थे, उनके संबंध में मैंने आपको तथा सरदार रवींद्र सिंह को अवश्य पत्र लिखे थे। और जगह-जगह और हर एक से मैंने क्या चर्चा की है, यह नहीं समझ पाया। भाभी, एग्रीएबली समस्या हल हो जाए,

यह मैंने कितना चाहा है, यह आप जानती हैं। इसे बल्कि मेरी कमजोरी भी कहा जाता रहा है। मैंने आरंभिक स्टेजिज में जहाँ तक मेरे वश में था, उन्हें अकमोडेट करने की चेष्टा की है। छह महीने पहले तक आपके और मेरे दो और मित्रों के सिवा इस संबंध में कोई नहीं जानता था। परंतु मुझे जिन कारणों ने पिछले दिनों हताश कर दिया था, उन्हें आप अच्छी तरह जानती हैं। शीलाजी यहाँ कुछ कमिटमेंट्स करके गई थीं और वहाँ जाकर उन्होंने दूसरा रवैया अख्तियार कर लिया था। इस बार भी मुझे उनके पत्रों से ऐसी ही आशंका हुई थी। अगर उन्होंने सद्भाव और मैत्री से कही हुई मेरी बातों पर ध्यान दिया होता तो जो कटुता पिछले दिनों पैदा हुई है, वह कदापि न होती। पिछले दिनों मैं जिस फ्रस्ट्रेशन की स्थिति में से गुजरा हूँ, उसके लिए कह नहीं सकता कि मेरा उत्तरदायित्व कितना है। जो बात आज आपने मुझे लिखी है, वह मैं अर्से से शीलाजी को समझाने का प्रयत्न कर रहा हूँ। मैंने अर्सा पहले उन्हें समझाया था कि हम सद्भाव से अलग हो जाएँ तो यह हमारे लिए भी हितकर होगा और बच्चे के लिए भी। परंतु तब उन्होंने मेरी बात नहीं समझी। यह मुझसे अधिक कोई नहीं चाहेगा कि अगली स्टेजिज में दोनों पक्षों की डिगनिटी कायम रहे और बिना किसी तरह की कटुता के संबंध-विच्छेद हो जाए। शीलाजी के हिंदू संस्कार हैं तो मेरे भी कुछ इनसानी संस्कार हैं। मैंने शीलाजी पर कभी कोई झूठा आरोप नहीं लगाया है। जहाँ श्लाघा अपेक्षित है, वहाँ उनकी श्लाघा भी की है। परंतु स्त्री और पुरुष का संबंध एक पारस्परिक अपेक्षा पर आश्रित रहता है, अन्यथा वह विडंबना है। शीलाजी पिछले दिनों जान-बूझकर बौखला देनेवाली स्थितियाँ न खड़ी करतीं तो यह सब कटुता भी न आती। मैं उन्हें केवल यह हृदयंगम कराना चाहता हूँ कि आज संबंध-विच्छेद न हो तो भी हमारा दांपत्य संबंध कभी नहीं रह सकता। संबंध-विच्छेद के बाद जो मैत्री बनी रह सकती है, इस स्थिति में वह भी संभव नहीं। मेरे सामने संबंध-विच्छेद चाहने के लिए कोई प्रलोभन नहीं है, यह आप भी जानती हैं। हमारा आज का संबंध केवल दिखावटी है, और यह दिखावट दूर हो जाए, अंततः नैतिक दृष्टि से यह हम दोनों के लिए ही अच्छा है। मई में मेरी वहाँ बुलाहट होगी, तभी छुट्टी लेकर आऊँगा। ज्यादा बात अप्लाई करने पर नहीं, आगे मैटर को उनके कंडक्ट करने पर निर्भर करती है।

सस्नेह
राकेश

[23]

मोहन राकेश (अप्रैल 1957)

स्नेहमयी भाभी,

पत्र मिला। नरेंद्र संभवतः मई के पहले-दूसरे सप्ताह में इलाहाबाद आएगा। हो सकता है मैं भी साथ ही आऊँ। निश्चित कार्यक्रम का पता अगले पत्र में दूँगा। उस

संबंध में पहले शीला को भी लिख रहा हूँ। उसका एक पत्र कल आया था। वैसे उसने उस दिन इलाहाबाद आने के संबंध में नहीं लिखा है।

भाभी मेरी समझ में नहीं आता कि अपने मन की व्यथा मैं किन शब्दों में प्रकट करूँ ? मैं जैसा आज अनुभव करता हूँ, ठीक वैसा ही विवाह के पहले दिनों में करने लगा था। शीला के कोण से न सोचता, उसके दुख का अनुमान न लगाता तो शायद मुझे निश्चय करने में इतनी देर भी न लगती। मैं सदा दो पाटों के बीच पिसता रहा हूँ। सोचा था कि धीरे-धीरे मन व्यवस्थित हो जाएगा। परंतु परिणाम उसके विपरीत ही हुआ।

मैंने शीला की बेसिक ईमानदारी पर कभी संदेह नहीं किया है। उसकी समझ-बूझ और कार्यक्षमता की भी मैं दाद देता हूँ। परंतु हम लोग टेंपरामेंटली बिलकुल दो भिन्न श्रेणियों के प्राणी हैं। मैंने बहुत बार आरंभ से ही संकेत और सुझाव के रास्ते से कई बातें उसे बताई थीं—बाद में स्पष्ट भी कहीं। Saner moments में उसने इस अंतर को समझा और स्वीकार भी किया है—और यह भी कि विवाहित जीवन के इन कुछ वर्षों ने हम दोनों को अपनी-अपनी जगह पर तोड़ा ही है—बनाया नहीं। यह जानते, स्वीकार करते हुए भी उसके संस्कार—और उसकी प्रस्टिज की भावना—उसे हर स्थिति में इस संबंध को बनाए रखने के लिए ही प्रेरित करती रही है। आरंभिक दिनों में जितने संकेत अपनी व्यथा के मैंने उसे दिए—कोई मुझे उससे शतांश भी संकेत दे तो मैं तुरंत अपने को उससे दूर हटा लूँगा। हम दोनों में यह मौलिक प्रवृत्ति-भेद है।

रूटीन लाइफ होती तो भी शायद निभ जाती। मगर मुझे अपनी व्यर्थता की चेतना बुरी तरह कुचलती रही। परिणामतः दो ही रास्ते थे—आत्महनन या संबंध-विच्छेद।

आज भी मुझे दुख की चेतना बहुत सताती है। बच्चे की परिस्थिति भी मन को बहुत कुरेदती है। अपने किसी कृत्य का दूसरों के लिए दुष्परिणाम मुझे बहुत कचोटता है। ऐसी परिस्थिति में मुझे लगता है कि आत्महनन का मार्ग ही शायद अधिक श्रेयस्कर है।

मैं नहीं चाहता कि वह बाध्यता समझकर संबंध-विच्छेद के लिए अप्लाई करे। उसे वही करना चाहिए जो उसे अपने लिए अधिक श्रेयस्कर प्रतीत हो। भविष्य में किस परिस्थिति का किसके लिए क्या परिणाम होगा, कैसे कहा जा सकता है ?

कल उसका पत्र आया था कि वह मुझ पर कोई आक्षेप नहीं लगाना चाहती इसलिए मैं उसे बताऊँ कि उसे किन ग्राउंड्स पर अप्लीकेशन देनी चाहिए। यह सद्भाव, भाभी एक स्थिति की वास्तविक स्वीकृति के प्रतिकूल नहीं पड़ता क्या ?

इस समय जैसा इमोशनल स्ट्रेन है, उसके मद्देनजर हम लोगों का इलाहाबाद में 8 मई के दिन मिलना कहाँ तक संगत होगा, यह आप बताइए। मुझे आने में तनिक आपत्ति नहीं है। मैं यह बात शीला को भी लिखे दे रहा हूँ।

सस्नेह
राकेश

[24]

कौशल्या अश्क

इलाहाबाद
5.4.57

प्रिय राकेश,

तुम्हारा पत्र मिला, पढ़कर मन दुखी हुआ। पत्रों में कुछ सलाह नहीं दी जा सकती। अश्कजी यहीं पर हैं और महीना-दो महीना यहीं रहेंगे। उनका खयाल उधर (शीलाजी के यहाँ) जाकर उनसे बात करने का था, पर मैंने कहा, शायद राकेश आ जाए, तभी सलाह करके बात कीजिएगा।

मैंने तुम्हें दिल्ली में भी कहा था और जालंधर में भी कि यह सब इतना आसान नहीं जितना तुम समझते हो। तुम बड़ी जल्दी विश्वास कर लेते हो, चाहे दूसरा टाल रहा हो अथवा अपनी Position मजबूत कर रहा हो। अश्कजी तुम्हें पत्र लिखते, लेकिन बहुत-सी बातें लिखी नहीं जा सकतीं।

आने का निश्चय करो तो अपने पहुँचने की सूचना देना।

माँजी को हमारा प्रणाम ! अश्कजी स्नेह भेजते हैं।

सस्नेह
तुम्हारी भाभी
कौशल्या

प्रिय राकेश,[1]

देखो भाई चिट्ठियों से यह सब तय नहीं होता। इसके लिए दृढ़निश्चय की आवश्यकता होती है। तुम्हें न किसी से मिलने को जाने की जरूरत है, न चिट्ठियाँ लिखने की। अपना मन पक्का करो और फिर बीस रास्ते निकल आते हैं। इच्छित... पाने के लिए...strength of mind की बड़ी जरूरत होती है। ढिलमिल यकीनी से कुछ नहीं बनता।

—अश्क

1. ये पत्र कौशल्या अश्क के उपरोक्त पत्र के साथ ही है। सं.

[25]

कौशल्या अश्क

इलाहाबाद

22.4.57

प्रिय राकेश,

तुम्हारा पत्र मिला। बहुत-सी बातें हैं, पर पत्रों में लिख पाना संभव नहीं। यह स्थिति बड़ी दुखद होती है—दोनों पक्षों के लिए भी और उनके स्नेही-मित्रों के लिए भी। खैर, तुम मई में आओगे ही।

यह पत्र मैं तुम्हें अपने एक काम से लिख रही हूँ—नरेंद्र का पत्र मिला है कि उसने शादी करने का निश्चय किया है। उसने हममें से एक को दिल्ली तक आने को लिखा है, पर मेरा स्वास्थ्य इधर बहुत गिर गया है। अश्कजी मुझे कहीं जाने नहीं देंगे, यह मैं जानती हूँ। स्वयं भी उनका स्वास्थ्य अच्छा नहीं। मैंने नरेंद्र को लिखा है कि वह इलाहाबाद चला आए। शायद वह तुमसे मिले। यदि वह स्वयं न भी मिले तो तुम इतना कष्ट करना कि उधर चले जाना और उससे मिल लेना। मैंने उसे लिखा है कि राकेश से रुपए लेकर चले आओ। तुम उसे रुपए दे देना, मैं तुम्हें बाद में भेज दूँगी। आशा है मेरा यह काम शीघ्र ही कर दोगे और मुझे पत्र भी लिखोगे।

आजकल क्या-कुछ लिख रहे हो ? इस बार कहीं पहाड़ पर जाने का इरादा है या नहीं ? हम एक महीने के लिए कहीं जाने की सोच रहे हैं। अभी स्थान का निश्चय नहीं किया।

मई के किस सप्ताह में यहाँ आओगे ? शीला तो आठ तारीख तक पहुँचेगी।

माताजी को हमारा प्रणाम। अश्कजी प्रेस गए हैं, उनका स्नेह लो। शायद आकर तुम्हें लिखें।

उत्तर की प्रतीक्षा करूँगी।

सस्नेह

कौशल्या

[26]

कौशल्या अश्क

इलाहाबाद

29.4.57

प्रिय राकेश,

तुमने पत्र-व्यवहार रोकना चाहा, मैंने शीला को समझाया और वह तुम्हें पत्र न लिखती यदि तुम उसे स्वयं न लिखते। अपने मन में तुम स्वयं निश्चय नहीं कर पाए

कि तुम क्या चाहते हो—बनाने और चलाने के लिए बहुत निष्ठा, साहिष्णुता, सहानुभूति और त्याग की आवश्यकता है और तोड़ने के लिए दृढ़ता और निठुरता की—तुम मन को अच्छी तरह टटोलकर देखो, तुम क्या कर सकते हो, क्या करना चाहते हो ! तुम्हारे कहने पर उसे समझाया था, तैयार किया था, तुम सोचे-विचारे बिना झट पत्र लिखने लगे। जब तुमने पत्र-व्यवहार न करने का संकल्प किया था तो फिर पत्र क्यों लिखे ? तोड़ने में कटुता ही होगी, उस कटुता के लिए (तुम) तैयार नहीं। अब बताओ हम क्या करें ?

मैंने पहले भी लिखा था कि पत्रों में सब बातें नहीं लिखी जा सकतीं। चुपचाप चले आओगे तो जैसा चाहोगे, हो जाएगा लेकिन मन को पक्का करके आओ कि तुम्हें क्या करना है।

निन्नी का पत्र मुझे नहीं मिला, मेरी सेहत अभी तक ठीक नहीं। मई के बाद कहीं एक महीने के लिए जा पाएँगे।

माताजी को हमारा प्रणाम—

सस्नेह
कौशल्या

पी. एस.
अपनी व्यथा में तुमने संकेतों की ओर ध्यान नहीं दिया। परेशान मत होओ और जो करना चाहते हो, निश्चय करके दृढ़ता से कर डालो !

—कौशल्या

[27]

मोहन राकेश

अश्क भैया,

अभी-अभी कॉलेज से आकर पत्र पढ़ा है।

एक बात तो यह कि आज प्रिंसिपल से छुट्टी लेने गया था। इस बिना पर कि इन दिनों कॉलेज फाउंडर्स-डे बहुत निकट है, और उसके कुछ फंक्शंस का भार मुझ पर है, उन्होंने इन दिनों छुट्टी न लेने का अनुरोध किया है। इसलिए 8 मई को मैं नहीं आ पाऊँगा।

अब दूसरी बात। आपने मुझे बिलकुल गलत समझा है कि मैं अभी ढुलमुल चल

रहा हूँ। मेरी ओर से संबंध-विच्छेद बिलकुल हो चुका है—इस बात को लेकर मेरे मन में कोई दुविधा नहीं है। मैंने शीला को पत्र लिखा था—भाभी के आगरा से प्राप्त हुए पत्र के प्रभावस्वरूप, जिसमें उन्होंने इस बात को विशेष आग्रह के साथ दोहराया था कि अलग होने में सद्भाव बनाए रखा जा सकता है और ऐसा होना चाहिए। उसके बाद ही आपका पत्र मिला था कि शीला चाहती है कि मैं 8 मई को इलाहाबाद आऊँ। भाभी के पत्र से यह भी लगता था कि अब उसने मई में कार्यवाही करने का दृढ़ संकल्प कर लिया है और तब तक आपस में किसी तरह की कटुता को प्रश्रय नहीं देना चाहिए। शीला का भी इसी आशय का पत्र मुझे प्राप्त हुआ था।

मैं कदापि नहीं चाहता कि मेरी वजह से आपकी स्थिति हास्यास्पद बने—यदि ऐसा हो तो मुझे वास्तव में दुःख होगा। आपने और भाभी ने इस मामले में मेरी जो सहायता की है, उसके लिए आभार का अनुभव करता हूँ। इसे भले ही मेरी मूर्खता कह लीजिए जो मैंने फिर से इस विश्वास के साथ परिस्थिति को देखना आरंभ किया कि वह वास्तव में ही 31 मई से पहले-पहले इस निश्चय को कार्यान्वित करने जा रही है। शीला ने मुझे यह भी लिखा था कि दिल्ली में उसने अपने पिता और चाचा से बात करके उन्हें समझा लिया है; अतः अब इसमें कोई बाधा नहीं है।

कटुता बचाने की प्रवृत्ति मेरे स्वभाव का अंश है—यदि ऐसा न होता तो इतने दिन यह कशमकश चलती न रहती। आज मेरे सामने परिस्थिति इस रूप में स्पष्ट है कि 31 मई तक का जो समय शीला ने लिया है, उसके अंत तक, देखना चाहिए कि वह कहाँ तक इस बात को पूरा करती है। यदि वह नहीं करती, तो मेरे पहले के पत्र के अनुसार हमारा पत्र-व्यवहार और शेष संबंध तो यूँ भी सदा के लिए समाप्त हो जाता है—उसमें जिंदगी-भर एक-दूसरे का चेहरा देखने की भी संभावना नहीं रहती। उस परिस्थिति के समयानुसार—मैं अपनी ओर से डायवोर्स के लिए अप्लाई अवश्य करूँगा—परिणाम कुछ भी हो। यदि वह 31 मई तक अप्लाई करती है और परिस्थिति को समझ स्वीकार कर चुकी है, तो तनाव हटाकर इन कोल्ड ब्लड हम लोग अलग हो जाएँ, यह ज्यादा अच्छा है।

मैं ऐसा सोचता हूँ। 8 मई को नहीं आ पाऊँगा, इसलिए उसके दावा करने पर ही आवश्यकता हो तो वहाँ हाजिर होऊँ, अब यही उचित समझता हूँ। उससे पहले मिलने पर फिर खामखाह की गलतफहमियाँ पैदा हो सकती हैं। मैं उसे हर हालत में 31 मई तक ट्राई करूँगा। अगर वह अपनी कमिटमेंट पर नहीं रहती, तो परिणाम उसके सामने भी अस्पष्ट नहीं है। भाभी को मेरा स्नेह दें।

सस्नेह
राकेश

[28]

एम. मोहन राकेश
हेड ऑफ दि डि. ऑफ हिंदी

डी. ए. वी. कॉलेज, जालंधर
453-आर, मॉडल टाउन, जालंधर

अश्क भैया,

अभी-अभी आपका पत्र मिला है और उसके साथ ही शीला का पत्र भी। इस पत्र में उसने लिखा है कि मई में वह अप्लाई कर रही है—जिस शार्पनेस के साथ उसने यह पत्र लिखा है, वह बनी रहे तो संभव है कि समस्या हल हो जाए।

मुझे यह स्वीकार करने में कोई संकोच नहीं है कि मैंने कटुता बचाने और आपसी समझौते से बात तय करने का प्रयत्न किया। इसे आप मेरी दुर्बलता कह लीजिए, लेकिन मेरी प्रकृति ही ऐसी है तो मैं क्या करूँ ? यदि ऐसा न होता तो इतने दिन अंदर-ही-अंदर घुटने की भी क्या जरूरत थी ? मैं यह सोचता था कि शीला एक परिस्थिति को समझकर उसे स्वीकार कर लेगी। सुझाव, संकेत, व्याख्या, बहस, इन सबका विशेष परिणाम नहीं निकला। अंततः वह कटुता पैदा हो ही गई, जिससे मैं बचना चाहता था।

सच बात तो यह है कि व्यक्ति रूप में उसमें कुछ अपनी विशेषताएँ भी हैं। मैंने उसे समझाने का प्रयत्न किया था कि हमारा संबंध केवल व्यक्ति और व्यक्ति का संबंध न होकर बिलकुल दूसरी तरह का है। पति-पत्नी के संबंध में एक खास तरह की परस्परापेक्षिता होती है। उसके अभाव में चिड़-चिड़ाते हुए साल-दो साल काटे जा सकते हैं, सारी जिंदगी क्योंकर काटी जा सकती है ? मैं समझता था कि एक समझदार व्यक्ति की तरह वह बात को समझ जाएगी। अगर वह सचमुच अपने निश्चय को अब भी कार्यान्वित करती हे तो अब भी कम-से-कम मेरे दिल में कोई कड़ुवाहट नहीं रहेगी।

इन दिनों मैं कुछ लिखने-लिखाने की कोशिश में हूँ इसीलिए इलाहाबाद नहीं आया। शीला ने मई में अप्लाई किया तो शायद उन दिनों वहाँ आना पड़े।

भाभी आई हों तो मेरा नमस्कार कहें।

सस्नेह
राकेश

पी. एस.

नौकरी छोड़ दी तो पहाड़ पर चलने का बजट नहीं रहेगा। अन्यथा कहीं का भी प्रोग्राम बनाया जा सकता है। आप लिखिए कहाँ जा रहे हैं। नौकरी के मामले में एक ही अटकन है। अगले पत्र में विस्तारपूर्वक लिखूँगा।

—राकेश

मोहन राकेश

स्नेहमयी भाभी,

मुझे खेद है कि अकसर मेरे इंटेंशंज का गलत अर्थ लग जाता है। आपके पत्र से लगता था कि उसने अपना माइंड मेक अप कर लिया है और ऐसे में आपसी अनप्लेजेंटनेस को प्रश्रय नहीं देना चाहिए। उधर शीला ने लिखा था कि उसने सबसे बात कर ली है और मई में वह हर हालत में प्रोसीड करेगी। इस पर अश्कजी का पत्र आया कि मुझे 8 मई को इलाहाबाद आना चाहिए क्योंकि शीला की ऐसी इच्छा थी, और यह इच्छा पूरी की जा सके तो अच्छा है। शीला के पत्र की ध्वनि में ऐसा अनुरोध था कि अब कम-से-कम 31 मई तक के लिए वह तनाव दूर हो जाना चाहिए। मैंने इस परिस्थिति में उसे पत्र लिखा—किसी अनिश्चित मनःस्थिति के कारण नहीं।

इलाहाबाद आना तो वैसे ही खैर टल गया है। कुछ दिन हुए यहाँ प्रिंसिपल से सारी बात हो गई थी। इस संभावना को दृष्टि में रखते हुए कि मुझे शीला के अप्लाई करने पर फिर कुछ दिनों की छुट्टी लेनी पड़ सकती है, और सेशन के केवल छह-सात सप्ताह बाकी हैं—उन्होंने अनुरोध किया है कि मैं इस वक्त छुट्टी न लूँ। इधर कॉलेज फाउंडर्स-डे सेलीब्रेट हो रहा है और कुछ आइटम मेरे सिर पर हैं। दूसरी दृष्टि से भी यह अधिक उचित प्रतीत होता है क्योंकि इन बीस दिनों के अंदर शीला के इंटेंशंज स्पष्ट हो जाएँगे। प्रिंसिपल ने फिर कॉलेज न छोड़ने का अनुरोध किया था, और मैंने उनसे कहा था कि मैं रह जाऊँगा। जिस मनःस्थिति के कारण मैं कॉलेज छोड़ रहा था आज वह नहीं रही। मेरे सामने स्थिति बिलकुल स्पष्ट है। शीला अप्लाई न करे तो उचित समय पर मैं करूँगा ही। तब-तक के लिए भी व्यावहारिक रूप से संबंध-विच्छेद हो ही चुका है। मैंने अंत तक अपनी गुडविल जाहिर करने का प्रयत्न किया है। इसे कमजोरी कह लीजिए। मगर 31 मई मेरे लिए डैड लाइन है। शीला इस गुडविल का उचित-अनुचित कोई भी अर्थ ले—वह अपने कमिटमेंट्स ऑनर नहीं करती तो उसका परिणाम उसके सामने भी अस्पष्ट नहीं है। यहाँ जालंधर में बात तय हो गई थी इसलिए नए सिरे से बात करने को तो कुछ है नहीं।

नरेंद्र कुछ कारणों से मुझसे एक दिन बाद चलने को कह रहा था। वह मुझे 5 तारीख को मिलेगा। तभी उसके निश्चित कार्यक्रम का पता चलेगा।

कॉलेज अभी रहता है, इसलिए 15 अगस्त से 15 सितंबर तक किसी पहाड़ी यात्रा का प्रोग्राम बनाएँ तो मेरा भी प्रोग्राम बन सकता है। धर्मशाला-कुल्लू का इलाका मेरे लिए बहुत अच्छा है।

आपका स्वास्थ्य कैसा है ?

सस्नेह
राकेश

[30]

कौशल्या अश्क | इलाहाबाद
4.5.57

प्रिय राकेश,

कल गर्म कपड़े रख रही थी तो मैंने उमेश से कहा कि राकेश और निन्नी आ रहे हैं, बिस्तर आदि ठीक करके रख देने चाहिए ताकि उन लोगों को कष्ट न हो, तभी थोड़ी देर बाद तुम्हारा पत्र मिला कि तुम आठ को नहीं आओगे। मैं कल ही तुम्हें पत्र लिखना चाहती थी, पर वहाँ लेखकों का सेमिनार हो रहा है और मैं लिख न पाई। फिर शाम को मीटिंग में भी...कि तुम्हें वहीं बैठे-बैठे लिखूँगी, पर वहाँ भला क्या लिखा जाता। आज तुम्हारा एक और पत्र मिला है, मैं सुबह इंजेक्शन लेने गई थी तो पैड आदि साथ में ले गई थी, पर पैड वैसे ही लौटा लाई।

तुम असल में हमारी बात समझे नहीं या हम तुम्हें समझा नहीं पाए। तुम्हारे पत्रों से लगता है कि तुम झुँझला गए हो। बात यह है कि तुम्हें आना जरूर चाहिए। तुम्हारे आए बिना यह काम ठीक से न हो सकेगा। यहाँ पर वकील को बुला लेंगे, सलाह कर लेंगे और केस को ठीक ढंग से शुरू करके चलाया जाएगा। शीला को समझा देंगे और मुझे विश्वास है कि हमारी बात उसकी समझ में भी आ जाएगी। अश्कजी का भी यही विचार है कि वकील के सामने तुम दोनों का होना अच्छा रहेगा फिर हम तो यहाँ हैं ही। बच्चे[1] के जन्म दिन पर ही आओ, चाहे दो दिन के लिए ही। यदि किसी कारण वश आठ को न आ सको तो दो दिन बाद आ जाओ। परेशान न होवो, सब ठीक हो जाएगा। निन्नी को साथ लेते आओ और मुझे अपने यहाँ पहुँचने का पता तार से दो।

पत्रों में कई बार बातें स्पष्ट नहीं हो पातीं। किसी बात से तुम्हें बुरा लगा हो या दुःख हुआ हो तो क्षमा करना। अपनों को लिखते समय जो मन में होता है लिख देते हैं, पर (भावना) बुरी नहीं होती, इतना जा़न लो।

मैं फिर से कहूँगी कि तुम्हारा आना बहुत जरूरी है, अश्कजी का भी यही विचार है। उनके सिर में दर्द है, उनका स्नेह लो। माताजी को हमारा प्रणाम !

सस्नेह
तुम्हारी भाभी
कौशल्या

---

1. नवनीत (शीला-राकेश का बेटा)

[31]

मोहन राकेश (5.5.57)

भाभी,

शीला का अभी पत्र आया है। मैं 7 की शाम को या 8 की सुबह इलाहाबाद पहुँचूँगा। 10 को चल दूँगा। नरेंद्र का भी यही प्रोग्राम बन जाएगा, ऐसी संभावना है।

8 की शाम को शीला वहाँ हम लोगों के साथ चाय पी सकती है। वैसे मैंने उसे दोपहर को वहाँ खाने के लिए लिखा है।

आपके स्वास्थ्य का अब क्या हाल है ? अश्क भैया से मेरा नमस्कार कहें।

सस्नेह
राकेश

[32]

कौशल्या अश्क इलाहाबाद
15.5.57

प्रिय राकेश,

आशा है तुम अच्छी तरह पहुँच गए होगे और मेरा यह पत्र मिलने तक काम में व्यस्त हो गए होगे।

निन्नी का एक पत्र कल आया है।

कपड़े तुम उसे बनवा देना। उसे यहाँ भेज सको तो कुछ दिनों के लिए अवश्य भेजो। उसने लिखा है कि 15 तारीख को स्वर्ण जालंधर आएगी। शादी शायद वह अदालत में (सिविल मैरेज) करे। मैंने उसे एक सख्त खत लिखा था, पर वह पत्र उसका समाचार शीघ्र जानने के उद्देश्य से ही लिखा था। उसे बुरा लगा है, लगता भी, पर हमें बड़ी चिंता थी। उससे मिलकर सारी बातें करो—यदि वह न आए तो तुम्हीं कष्ट कर उधर चले जाओ—और हमें सारी बातों का पता दो। उसे समझाना, यदि वह समझ जाए (समझता तो वह है), मान जाए। यदि सब बातों के बाद उसका यही निश्चय हो तो मुझे पता देना। फिर जो और जैसा करना होगा, मैं तुम्हें लिखूँगी। कष्ट के लिए क्षमा माँगना अच्छा नहीं लगता, तुम्हें भी बुरा लगेगा।

कपड़े तुम बनवा ही दोगे, कुछ रुपए भी (चाहे एक साथ नहीं) उसे दे देना। यदि वह शादी करने का निश्चय करे तो बता देना कब कर रहा है। मैं डलहौजी जाने का

प्रोग्राम बनाने की कोशिश करूँगी और दो-तीन दिन जालंधर रुक कर आगे जाऊँगी।

अपने हालचाल भी देना। इस बार तुम्हारे आने का मजा नहीं आया। तुम भी परेशान रहे, शीला भी और इस स्थिति में हमें भी अच्छा नहीं लगा। फिर कभी छुट्टियों में प्रोग्राम बनाकर आना। अपने मन को स्थिर करके अच्छी-अच्छी चीजें लिखो।

माताजी को प्रणाम ! अश्कजी प्रेस गए हुए हैं, उनका स्नेह लो। यहाँ का कोई काम हो तो निःसंकोच लिखो।

पत्र की प्रतीक्षा करूँगी—

सस्नेह
तुम्हारी भाभी
कौशल्या

[33]

एम. मोहन राकेश
हेड ऑफ दि डि. ऑफ हिंदी

डी. ए. वी. कॉलेज, जालंधर
453-आर, मॉडल टाउन, जालंधर
17.5.57

भाभी,

कल एक पत्र अश्कजी के नाम लिख चुका हूँ। उसमें मैंने फोनोग्राम के संबंध में लिखा था। अगर फोनोग्राम[1] दिया गया हो तो उसके डिटेल्स मुझे अवश्य भिजवा दें।

नरेंद्र उस रात के बाद फिर नहीं मिला। 15 को स्वर्ण यहाँ नहीं थी, क्योंकि उसी रात नरेंद्र आया था। उसने बतलाया था कि वह दो दिन यहाँ रह गई है, पर वह उसे नहीं मिल पाया। मैंने नरेंद्र को सारे पक्षों पर विचार करने के लिए मजबूर किया था। फिर भी मुझे इसकी संभावना कम ही प्रतीत होती है कि वह बात मानेगा। उसका तो कहना था कि शादी दस-बारह रोज में ही हो जाएगी और हिंदू पद्धति से होगी, क्योंकि उसके घरवाले सिविल मैरेज के हक में नहीं हैं। नरेंद्र इस मसले को लेकर परेशान काफी है मगर अपने को हेल्पलेस अनुभव करता है। वह केवल coersion की वजह से शादी कर रहा है। मैंने उसे बहुत समझाया है और तसवीर का दूसरा रुख अच्छी तरह उसके सामने पेंट किया है। वह हर बात में सहमत होकर भी यही कहता है कि अब कुछ नहीं हो सकता। मेरी बातें सुनकर उसने यह भी कहा था कि अगर आप लोगों की ऐसी

---

1. राकेश ने इलाहाबाद से छुट्टी बढ़वाने के लिए 11.5.57 को कौशल्या भाभी से अपने कॉलेज फोनोग्राम भिजवाया था, जो वहाँ नहीं पहुँचा।—सं.

ही राय है तो वह इलाहाबाद नहीं जाएगा। इलाहाबाद आने का उसका यूँ भी इरादा नहीं था। आप अगर डलहौजी जा रही हों तो उसे तार देकर अपने कार्यक्रम से सूचित कर दीजिए और व्यक्तिगत रूप से मामले को हाथ में लीजिए। अगर उसे शादी करनी ही है और अभी करनी है तो भी आपका पास होना ज्यादा अच्छा रहेगा। यूँ दर्शन सिंह और दो-एक और व्यक्ति लड़की को समझा चुके हैं, पर वह भी नहीं समझती या समझना चाहती। नरेंद्र आजकल में फिर मिलेगा तो और बातें लिखूँगा। मगर बगैर नरेंद्र की रजामंदी के दर्शन सिंह से बात करना मुझे सही प्रतीत नहीं होता। वह मान जाए और नरेंद्र इनकार कर दे तो...? और जैसा उचित होगा, परिस्थिति के अनुसार मैं देख लूँगा।

मेरा मन स्वस्थ है। अब उधर से कोई डेवेलप्मेंट न हुई तो आशा है कुछ लिख-पढ़ सकूँगा।

सबको स्नेह दें।

सस्नेह
राकेश

[34]

एम. मोहन राकेश
हेड ऑफ दि डि. ऑफ हिंदी

डी. ए. वी. कॉलेज, जालंधर
17.5.57

स्नेहमयी भाभी,

अभी कॉलेज से आने पर आपके दोनों पत्र एक साथ ही मिले हैं। आपका पत्र आने से पहले मैंने नरेंद्र को बहुत समझाया था कि शादी करनी ही है तो ढंग से करनी चाहिए। मैंने उससे यह भी कहा था कि मैं आपको उस अवसर पर आने के लिए अनुरोधपूर्ण पत्र लिख रहा हूँ—भले ही उसने मनाही लिख दी है। वह कहता था कि बस वहाँ जाएँ और फेरे हो जाएँ और चले आएँ। मैंने जोर दिया था कि ऐसा नहीं होना चाहिए—जाते समय लड़की के लिए कुछ प्रेजेंट्स ले जाने चाहिए या पहले भेज देने चाहिए। इसके अतिरिक्त लौटने पर जालंधर में दोस्तों की एक पार्टी करनी चाहिए। पार्टी के संबंध में उसे एक एतराज था कि जालंधर में उसके इतने परिचित हैं—वह किसे छोड़ेगा और किसे बुलाएगा ? इस पर मैंने सुझाव दिया था कि पार्टी मैं अपनी तरफ से दे सकता हूँ और कुछ चुने हुए लोगों को बुलाऊँ, इसमें किसी को आपत्ति न हो सकेगी और न किसी को गिला होगा। वह आज बाहर गया है। परसों अर्थात् रविवार सुबह मेरे यहाँ आएगा। उमेश का भी कार्ड आया है कि वे रविवार आ रहे हैं। उसने

तार दे दिया गाड़ी के संबंध में, तो अवश्य रिसीव कर लूँगा। नहीं, जनता तो जरूर देख लूँगा।

अब जैसा आपने लिखा है, मैं भरसक प्रयत्न करूँगा कि विवाह की तिथि बदल जाए। 2 जून का ही ऐसा क्या मुहूर्त है ? मगर पहले नरेंद्र मिल जाए तो आगे बात हो। वह जालंधर में होता तो मैं आज ही उससे मिल लेता। आशा करता हूँ कि परिवर्तन हो जाएगा—इस संबंध में नरेंद्र को ज्यादा हठ नहीं करना चाहिए। मैं वैसे आज दर्शन सिंह से मिलने जाऊँगा—वह भी यदि बाहर न गया हुआ तो उससे अनुरोध करूँगा कि वह मुझे साथ स्वर्ण के गाँव ले चले। उस स्थिति में नाप आदि शायद कल भेज सकूँ। अन्यथा सोमवार के बाद ही यह काम हो सकेगा।

मैं वहाँ के हालात अच्छी तरह समझ सकता हूँ—लेकिन नरेंद्र कुछ मामलों में बहुत अल्हड़ है। आप उसके सोचने की बात छोड़कर स्वयं जो उचित समझें वही करें। अगर ऐसी ही स्थिति हुई कि तिथि न बदल सकी तो भी आपमें से एक का हर हालत में यहाँ पहुँचना बहुत ही आवश्यक है। नरेंद्र से मैंने कहा था कि वह तुरंत नए कपड़े, जूते वगैरह ले ले—जितने पैसे की जरूरत हो वह मैं यहाँ से दे दूँगा। उसने हर बात के लिए इतवार की डेट मुकर्रर कर रखी है। इस समय मेरे पास बैंक में तीन-साढ़े तीन सौ रुपए हैं—चालू खाते में। मैंने उससे कहा था कि इतने तक का जो भी खर्च हो वह मैं यहाँ कर दूँगा, बाद में भाभी से हिसाब कर लूँगा। परसों तक जो भी पोजीशन होगी उसका फिर पता दूँगा।

सस्नेह
राकेश

[35]

कौशल्या अश्क इलाहाबाद

22.5.57

प्रिय राकेश,

कल तुम्हें पत्र लिखा था, तार की प्रतिलिपि भी भेजी थी, आशा है कि वह पत्र तुम्हें मिल गया होगा ? तुम्हारा एक और पत्र आज सुबह ही मिला है, मैं आभारी हूँ। नरेंद्र का भी एक और पत्र उसी डाक से आज मिला है और उसी समय से हम पत्र लिख रहे हैं।

तुम जानते ही हो कि नरेंद्र को हम कितना चाहते हैं। हम दोनों की इच्छा है कि शादी पर पहुँच सकें। यहाँ की हालत तुम देख ही गए हो। अश्कजी पटना वाली मीटिंग

के कारण रुके पड़े हैं। नरेंद्र के कारण ही डलहौजी का प्रोग्राम बनाया है। नरेंद्र से मिलकर उसे समझाओ और शादी की तिथि 15 जून के बाद अथवा 15 जून करवाने की कोशिश करो। शादी करनी ही है तो ढंग से करे। इस प्रकार वह न केवल अपना और स्वर्ण का अपमान करेगा, वरन् भाइयों का भी अपमान करेगा और उनके स्नेह और भावनाओं को ठेस पहुँचाएगा। 15 दिन में कोई फर्क नहीं पड़ता। नरेंद्र को भी लिखा है, स्वर्ण को भी पत्र लिखा है। तुम उससे मिलकर मुझे तुरंत पता दो।

शादी यदि 15 जून को होती है तो हम दोनों पहुँच जाएँगे, बड़े भाई साहब भी पहुँच जाएँगे, दूसरे भाइयों को भी सूचना दे दी जाएगी और कोई-न-कोई उनमें से भी पहुँचेगा। यह ठीक है कि आडंबर करने की जरूरत नहीं। आडंबर में मेरा अपना कोई विश्वास नहीं, पर ढंग और सलीके में मेरा विश्वास है, वह तुम जानते ही हो, नरेंद्र भी जानता है। ज्यादा न सही, थोड़े-बहुत कपड़े, एकाध सेट जेवरों का होना जरूरी है। मेरे पास स्वर्ण का नाप नहीं। मुझे यह भी पता नहीं कि वह साड़ी पसंद करती है या नहीं। तुम्हें कष्ट तो बहुत होगा, पर यदि तुम स्वर्ण के गाँव जाकर उसकी माँ से (हमारी तरफ से) मिलो और सारी बातें समझाकर शादी की तिथि आगे करा सको तो बड़ा अच्छा हो। स्वर्ण का नाप भी तुम उनसे ले लेना। उसकी कोई पुरानी कमीज-शलवार लेकर मुझे भेज दो। अँगूठी का नाप भी ले लेना। बाजार में लोहे के छल्ले मिलते हैं, संभव हो तो 3-4 छल्ले अंदाज से ले लो और उसको पहनवाकर अँगूठी का नाप कपड़ों के साथ ही भेज दो। मैंने तुम्हारे बारे में स्वर्ण को भी लिख दिया है। तुम कहना कि अश्कजी और भाभी ने लिखा है, वे लोग दूर बैठे हैं, मुझे यह काम सौंपा है। तुम उनसे मिलकर बात करोगे तो मुझे विश्वास है कि शादी की तारीख वे आगे कर देंगे। मैं तो स्वयं जाकर उन लोगों से बात करना चाहती थी, पर अश्कजी एक बार अब और एक बार फिर मुझे सफर करने नहीं देते। आज सुबह भी उनसे बहुत कहा, उन्हें विश्वास भी दिलाया कि मेरी तबीयत खराब न होगी, मैं सीधे जालंधर जाकर और बातचीत करके शादी की डेट आगे कराके और स्वर्ण का नाप लेकर वापस आ जाऊँगी, पर तुम उनकी आदत जानते ही हो। अब तुम्हीं को यह कष्ट दे रही हूँ।

नरेंद्र को भी समझाना। वह वृथा ही परेशान है। यदि शादी की तिथि वह किसी तरह न बदलेगा तो अश्कजी पहुँच जाएँगे। मुझे पटना जाना होगा। 15 जून तक तो इधर का सब झँझट खत्म हो जाता है, वे Free mind से उसकी शादी में शामिल होते। अब वे आएँगे तो अवश्य पर उन्हें झुँझलाहट होगी।

नरेंद्र से मिलो तो उससे कहो कि वह घबराए नहीं, न चिंता करे। हमें केवल स्वर्ण की सेहत का खयाल था, उसकी शादी के विरुद्ध हम नहीं हैं। अब उसने निश्चय कर लिया है तो तुम भी उसे साहस बँधाओ। सब ठीक हो जाएगा।

अश्कजी ने एक पत्र दर्शन सिंहजी को भी लिखा है कि वे स्वर्ण के गाँव जाकर शादी की तिथि आगे रखने को कहें और उसका नाप भिजवाएँ। तुम्हे लिख रही हूँ क्योंकि विश्वास है कि तुम कष्ट उठाकर भी यह काम शीघ्रातिशीघ्र कर दोगे। तुम्हारा

पत्र आने तक चिंता लगी रहेगी।

यदि किसी सूरत तिथि में परिवर्तन न हो तो नरेंद्र को दो दिन के लिए यहाँ भेज दो। अश्कजी के और मेरे संतोष के लिए उसे यहाँ चले आना चाहिए। और जो भी करना है, वह कर-कराके चला जाए। फिर अश्कजी उस दिन पहुँच जाएँगे। शादी की तिथि आगे हो जाए तो कृपया तार से पता दे देना।

सुबह से पत्र ही लिखे हैं, यही साहित्य-सृजन किया है जिसका अधिकांश भाग तुम्हें भेजा जा रहा है। मुझे अफसोस है कि मैं तुम्हें कष्ट दे रही हूँ, पर करूँ भी क्या ? तुम स्वर्ण के गाँव जाओ तो उसकी माँ और बहन से बात करना और हमारा हवाला देना। तुम प्रोफेसर और लेखक हो, बात-चीत कैसी करनी है, यह सब जानते हो। वास्तव में शादी की तिथि उन्हें हमीं से फिक्स करनी चाहिए थी, तभी शादी ढंग से होती। अब अकेला लड़का आकर लड़की को ले जाए, यह उन्हें भी उतना अच्छा नहीं लगेगा। स्वर्ण को जो पत्र लिखा है, उसकी प्रतिलिपि भेज रही हूँ।

नरेंद्र को मेरा बहुत-सा प्यार देना और कहना कि किसी तरह की चिंता न करे।

माताजी को हमारा प्रणाम—अश्कजी इस समय प्रेस गए हैं, उनका स्नेह लो। स्वर्ण के यहाँ जाने की बात उनसे पूछकर ही लिखी है। यह पत्र हम दोनों की ओर से है।

उमेश, नीलाभ कल रात चले गए हैं। 2-3 दिन में तुम्हारे पास पहुँच जाएँगे।

सस्नेह
तुम्हारी भाभी
कौशल्या

पी. एस.

उमेश और नीलाभ को 80-100 रुपए दे देना। मैं 15 जून को आऊँगी तो तुम्हें दे दूँगी। नरेंद्र को भी रुपए दे देना और यहाँ भेज देना—

—कौशल्या

[36]

मोहन राकेश

भाभी,

आपके पत्र का उत्तर दे दिया था। पर नरेंद्र इतवार को लौटकर आया इसलिए उससे पहले कोई डेवेलप्मेंट नहीं हो सकी। सोमवार को स्वर्ण के गाँव एक कामरेड गया और डेट पोस्टपोन करने का निश्चय हो गया। उसी दिन आपको टेलिग्राम दिया गया

था और नरेंद्र ने रात को फोन किया था। आज स्वर्ण नरेंद्र के यहाँ अपने जंपर वगैरह दे गई है, जो आपके पास भेजे जा रहे हैं।

उमेश और नीलाभ रविवार को आए थे। जनता में न आकर ये रात की गाड़ी से आए। गुड्डा आज सुबह बहुत होमसिक फील कर रहा था, और कहता था कि मैं सीधा इलाहाबाद जाऊँगा। शिमले वह बिलकुल नहीं जाना चाहता। चंडीगढ़ के लिए भी उसे मुश्किल से राजी किया है। अब कल ये लोग चंडीगढ़ जाएँगे, वहाँ से दिल्ली होते हुए 3 जून तक इलाहाबाद पहुँच जाएँगे। मैंने उमेश से कहा था कि उसे सौ रुपए तक जितने की जरूरत हो वह ले ले, लेकिन उसने 50 रुपए लिये हैं। उसका कहना है कि इससे ज्यादा की जरूरत नहीं पड़ेगी। नरेंद्र के लिये आपने जो 30 रुपए दिए थे, उनमें से अभी उसने 15-17 रुपए ही लिये हैं (यद्यपि कपड़ों के लिए नहीं)—नरेंद्र की आवश्यकताओं के संबंध में मैं यहीं पर आपको बतलाऊँगा। इस मामले में वह बहुत संकोचशील प्राणी है।

आप अपना कार्यक्रम लिखिए। विवाह की तिथि तो बदल ही गई है। अब !

माँजी स्नेह भेज रही हैं। कुछ दिनों से उनकी टाँग का दर्द बहुत बढ़ गया है। कई बार रोने लगती हैं कि अब मेरी टाँगें रह जाएँगी। डॉक्टर ने उन्हें और वहम डाल दिया है। उस बात को लेकर मैं थोड़ा परेशान रहा हूँ।

गुड्डा और उमेश बिलकुल ठीक-ठाक हैं। गुड्डा आपको अलग से पत्र लिख रहा है।

अश्कजी से नमस्कार कहें।

सस्नेह
राकेश

[37]

कौशल्या अश्क

इलाहाबाद
31.5.57

प्रिय राकेश,

अभी-अभी तुम्हारा पत्र मिला है, मैं सचमुच बहुत आभारी हूँ। कल स्वर्ण का पत्र मिला था और तारीख का पता चल गया था। नरेंद्र ने उसके बाद कोई पत्र नहीं लिखा, इतना भी नहीं लिखा कि नाप भेज रहा है। तुम्हारे पत्र से यह जानकर संतोष हुआ कि नाप स्वर्ण दे गई है और मुझे भेजा जा रहा है। अभी तक तो मिला नहीं, शायद कल मिल जाए। मुझे उसके पाँव का नाप भी चाहिए। नरेंद्र को फोन पर भी कहा था। जंपर से कमीज का नाप मिल जाएगा, शलवार की लंबाई और पौंचों का नाप लिखा

भी जा सकता है। अँगूठी का नाप और चूड़ियों का भी मुझे चाहिए। स्वर्ण के कपड़े, जेवर आदि मैं यहीं से बनवा लाऊँगी, हालाँकि मुझे उतनी समझ नहीं। मैंने शादी का सामान कभी बनवाया नहीं। मेरी शादी जैसे हुई वह तुम जानते ही हो। फिर भी अपनी समझ के अनुसार सब चीजें बनवा लाऊँगी।

अब नरेंद्र के कपड़ों का सवाल है। अच्छा तो यही होता है कि वह हमारे आने तक बनवा लेता। तुम किसी दर्जी से बात कर रखो कि दो दिन में उसके दो सूट बना दे। अश्कजी परसों पटना जा रहे हैं। 6-7 तक लौटेंगे। उनके आ जाने पर हम 9-10 को यहाँ से चलेंगे, दो-तीन दिन दिल्ली ठहरकर और भाई साहब से मिलकर हम तेरह तक जालंधर पहुँचेंगे। वहाँ खादी भंडार तो होगा ही, सिल्क वहाँ से ले लेंगे, पैंट आदि का कपड़ा किसी और जगह से ले लेंगे और दो दिन में उसके कपड़े बनवा लेंगे। आज मैं बाजार गई थी, स्वर्ण के कपड़े खरीद लाई हूँ, नरेंद्र के लिए सिर्फ रुमाल खरीदे हैं। कपड़ा मैं यहाँ से भी ला सकती हूँ, पर सिलेंगे वहीं। नरेंद्र का साइज मेरे पास नहीं है। नरेंद्र के पाँव का नाप भेजो तो दिल्ली से उसके लिए तिल्ले वाला चकवाल का जूता खरीद लाऊँ। स्वर्ण के पाँव का नाप भी जरूर भेजो। नरेंद्र पर कोई बात न छोड़ना, स्वयं कष्ट उठाकर यह सब करना।

अश्कजी स्वयं तुम्हें लिखना चाहते थे, पर उनके सिर में दर्द है। फिर भाई साहब को उन्हीं का लिखना जरूरी है और यह पत्र आज पोस्ट कर देना चाहती हूँ। उनका स्नेह लो !

माताजी की अस्वस्थता जानकर बड़ी चिंता हुई। उन्हें किसी अच्छे डॉक्टर को दिखा कर उनका इलाज कराओ। माँएँ अपने सिलसिले में लापरवाह होती हैं, उनकी देखभाल बच्चे ही कर सकते हैं। नौकर तो तुम्हारे पास होगा ही, उन्हें आराम करने को कहो। मैं भी अपने साथ एक नौकर ले आऊँगी ताकि उन पर ज्यादा बोझ न पड़े। मैं जानती हूँ कि वे स्नेहवश सब करती हैं और कष्ट को कष्ट नहीं मानतीं, पर उनके स्वास्थ्य पर तो असर पड़ता ही है। उन्हें हमारा प्रणाम कहना। उनके पत्र का उत्तर मैं नहीं दे सकी, क्षमा चाहती हूँ। अब तो स्वयं ही उनके पास आ रही हूँ।

नरेंद्र की शादी के सिलसिले में मैंने तुम्हें खासा परेशान किया है, कर रही हूँ और अभी वहाँ आकर करना है। क्षमा माँगना और धन्यवाद देना तुम्हारे स्नेह के मूल्य को घटाना है, इसलिए ऐसा नहीं करूँगी।

उत्तर वापसी डाक से देना, नरेंद्र के पाँव का नाप जरूर भेजो, स्वर्ण के पाँव का भी।

स्वर्ण के यहाँ कोई खास रस्म-रिवाज हो तो लिखो।

सस्नेह
तुम्हारी भाभी
कौशल्या

[38]

एम. मोहन राकेश

डी. ए. वी. कॉलेज, जालंधर
2.6.57

भाभी,

पत्र अभी-अभी मिला है। नरेंद्र अब छह तारीख से पहले नहीं मिलेगा। इसलिए जो कुछ उससे कहना-पूछना हो, वह तभी हो सकता है। नाप और गोरे-साँवले रंग का ब्यौरा नरेंद्र ने भेज दिया होगा। जूते-ऊते यहीं आकर खरीद लीजिएगा—जालंधर जूतों का मार्केट है। तिल्ले की जूती नरेंद्र पहनेगा, इसमें मुझे संदेह है। खरीदकर बर्बाद करने का क्या फायदा है ? नरेंद्र के साथ चलकर छह तारीख के बाद ही कपड़े खरीदने का प्रोग्राम था। आप तुरंत लिखिए कि आप खरीदकर ला रही हैं या यहाँ से खरीद लिये जाएँ या आपके यहाँ आने पर खरीदे जाएँ, क्योंकि आपके पत्र में ये सभी बातें लिखी थीं—एक निश्चित बात नहीं।

माँजी का दर्द पहले से कुछ अच्छा है। जालंधर के सबसे अच्छे डॉक्टर का इलाज कर रहे हैं। मगर अभी आराम नहीं आया। संभव है कि आपके आने तक ठीक हो जाएँ।

अपने आने की गाड़ी की सूचना दीजिए।

अश्कजी से नमस्कार कहें।

सस्नेह
राकेश

[39]

मोहन राकेश

अश्क भैया,

कल भाभी का पत्र मिला था, आज आपका। मैं अभी तक घर में जम नहीं पाया। प्रायः सुबह घर से निकल जाता हूँ और रात को लौटकर आता हूँ।

माँजी को आने में छह-सात दिन और लगेंगे। उनका डलहौजी साथ आना शायद कठिन होगा। फिर भी उनके आने पर मशविरा करूँगा। 13 या 14 को चलकर 15 तक पहुँच जाऊँगा। भाभी का क्या कार्यक्रम है ?

नौकरी छोड़ देने का निश्चय हो गया है।

नरेंद्र ने लिखा है कि उसने घर बदल लिया है। उसे कुछ पैसों की जरूरत थी—वे दे दिए थे।

डॉक्टर ने बताया है कि स्वर्ण को अब टी. बी. नहीं है।

सिर बहुत भारी है इसलिए संक्षेप में लिख रहा हूँ।

सस्नेह
राकेश

[40]

कौशल्या अश्क

Metro Hotal, Dalhousie

27.6.57

प्रिय राकेश,

तुम्हारा पत्र आज मिला। हमारी इच्छा थी कि तुम जल्दी आ जाते, पर लगता है यह संभव न हो पाएगा। मैं तो 15-20 दिन और ठहरूँगी, सोचा था तुम जल्दी आ सको तो कुछ दिन सभी इकट्ठे रह लेते।

यहाँ पर सर्दी काफी है, कई दिनों से मेरी टाँगों में दर्द है। माँजी के आने की खुशी हमें जरूर बहुत होती, पर इस सर्दी से डर है कि उनकी टाँगों का दर्द बढ़ न जाए। यों तुम डॉक्टर से सलाह ले लो।

होटल में जगह बहुत अच्छी मिल गई है, पर खाना अच्छा नहीं मिलता। आज इलाहाबाद पत्र लिखा है कि नौकर को शीघ्र ही भेज दें। फिर हम अपना खाना बनाएँगे। यहाँ के फ्लैट की बात-चीत हो गई तो यहीं रहेंगे, नहीं तो कोई कोठी-बँगला ले लेंगे। नौकर के आ जाने पर भी कुछ दिन मैं खाना पकाऊँगी। अब यदि तुम्हें मेरे हाथ का खाना खाना है तो जल्दी चले आओ।

तुमने लिखा है कि नौकरी छोड़ने का निश्चय नया ही है, पर भाई, तुम तो नौकरी के हाथों बेजार थे और कभी के छोड़ने वाले थे। तुम खूब लिखो-पढ़ो, तुम्हारी सब कमी पूरी हो जाएगी। जिसके पास गुण है, उसे कभी नौकरियों की कमी नहीं रहती, पर वह बिना नौकरी के भी चला लेता है। तुम्हारा मन असल में उखड़ गया है, उसे टिकाओगे तो टिकेगा।

तुम जल्दी न आ रहे हो तो हम जालंधर ही में मिलेंगे। मैं केवल 15-20 दिन ही और रह सकूँगी।

यह जानकर बड़ी खुशी हुई कि स्वर्ण ठीक है। सच जानो, भारी चिंता मिट गई। नरेंद्र ने कोई पत्र नहीं लिखा। मेरा भी कसूर है, मैंने उसे देर से पत्र लिखा। नरेंद्र से कहो कि कुछ दिन के लिए स्वर्ण को लेकर यहाँ घूमा जाए। उधर जाओ तो स्वर्ण से भी कहना।

अपने हाल-चाल लिखो। माताजी अब आने वाली होंगी। उन्हें हमारा प्रणाम कहना। अश्कजी स्नेह भेजते हैं।

नरेंद्र ने मकान क्यों बदल लिया है ? जरा उधर एक चक्कर लगाकर उनके हाल चाल देख आना और मुझे लिखना। स्वर्ण चाय पिलाए तो एक प्याला मेरे नाम का भी पीना।

आने का पता देना ताकि कुछ मँगाना हो तो तुम्हें लिख दूँ।

सस्नेह
तुम्हारी भाभी
कौशल्या

[41]

मोहन राकेश 1957

भाभी,

पत्र मिला। तीन दिन से फ्लू का शिकार हूँ। अम्माँ आज सुबह आ गई हैं—इसलिए खाने-पीने में परहेज बरत सकूँगा।

नरेंद्र ने जगह बदल ली है, क्योंकि वह जगह हवादार नहीं थी। तीन-चार रोज से उससे मुलाकात नहीं हुई। ठीक होने पर उसके यहाँ जाऊँगा। एक दिन पहले भी गया था।

कॉलेज 13 जुलाई को बंद होगा। हो सकता है कि फ्लू की वजह से पहले भी बंद हो जाए। मेरा कॉलेज के बंद होने पर ही निर्भर करता है। अपनी आर्थिक स्थिति का भी जायजा ले रहा हूँ। आप किस तारीख तक वहाँ हैं, यह लिखिए। जब मैं दो-एक बार डलहौजी गया हूँ तो मुझे जगह बहुत डल लगी थी। आपका कैसा अनुभव है ?

डॉ. मदान से स्कॉलरशिप के बारे में बातचीत हुई थी। उनका कहना है कि स्कॉलरशिप मिलने पर जालंधर और शिमला में से एक जगह रहना होगा। शिमला में इसलिए कि यूनिवर्सिटी लाइब्रेरी वहाँ है। मैं अपना निश्चित कार्यक्रम बनने से पहले एक महीने के लिए डलहौजी आऊँ—आऊँगा जरूर।

माँजी आपको तथा अश्कजी को स्नेह भेजती हैं।

सस्नेह
राकेश

[42]

मोहन राकेश 7-7-57

अश्क भैया,

आपके दोनों पत्र आज अमृतसर से लौटने पर मिले। अपने तायाजी की लड़की की शादी के सिलसिले में मैं वहाँ गया था।

मेरा डलहौजी जाने का कार्यक्रम निश्चित है। मैं 12 तारीख को सुबह वहाँ पहुँचूँगा। कॉलेज जल्दी बंद हो जाने पर भी मुझे इस शादी और दो-एक रेडियो टॉक्स की वजह से रुकना पड़ा है।

मैं भी कम-से-कम अगस्त के अंत तक डलहौजी रहूँगा। भाभी ने जो चीजें लिखी हैं, लेता आऊँगा।

नरेंद्र से दो-तीन बार डलहौजी चलने के लिए अनुरोध किया था, पर उसका कार्यक्रम नहीं बन पाएगा।

स्वर्ण के अकेली आने के संबंध में उस बात को दृष्टि में रखकर निश्चय कीजिए जो नरेंद्र ने आपको तथा भाभी को समझाई थी।

भाभी से नमस्कार कहिए। कोई विशेष बात हो तो वापसी डाक से सूचित कीजिए।

सस्नेह
राकेश

[43]

मोहन राकेश

जालंधर
10.7.57

भाभी,

पत्र मिला। चीजों की सूची देखकर डलहौजी आने की हिम्मत छूट गई। आधा बिस्तर लेकर चलनेवाला जीव भला इतनी चीजें लेकर कहीं कैसे आ-जा सकता है ?...सुबह अर्थात् दो घंटे पहले नरेंद्र से मुलाकात हुई थी। उसने बताया कि स्वर्ण का वहाँ आने का प्रोग्राम नहीं बन रहा। उसने आपको पत्र भी लिखा है। मेरा उस समय तक प्रोग्राम निश्चित था। अभी-अभी बाजार से नया होलडाल और बरसाती कोट लाया हूँ।—मगर—सच, अब हिम्मत नहीं रही। जिंदगी-भर मैं कभी इतनी चीजें लेकर नहीं चला।

वहाँ के पते से मेरे कुछ पत्र आएँगे। वे जालंधर रीडायरेक्ट कर दीजिएगा। संभव है मैं कुल्लू या कश्मीर चला जाऊँ। डाक वहीं मेरे पास पहुँच जाएगी। माँजी यहीं हैं और अभी यहीं रहेंगी। उन्हें अमृतसर जाना हुआ तो आपके लौटने के बाद जाएँगी। नाराज मत होइएगा, मैं ट्रैवलिंग के बारे में बहुत मस्त-मौला आदमी हूँ।

आपने व्यय का ब्यौरा वहाँ भेजने के लिए कहा था। वह इस प्रकार है—

1. बैलेंस	18-7-0
2. कैश टू नरेंद्र ऑन	25-0-0 22-6-57

3. टेलर	22-8-0
टोटल	65-15-0

जहाँ कहीं भी पहुँचा, वहाँ से फिर पत्र लिखूँगा। अश्कजी से नमस्कार कहें।

सस्नेह
राकेश

[44]

उपेंद्रनाथ अश्क

स्नो व्यू, डलहौजी
11.7.57

प्रिय राकेश,

आज जब कौशल्या सारे घर में नए पर्दे लगाकर इस बात की व्यवस्था कर रही थी कि तुम्हें किसी चीज की कठिनाई न हो और प्रोग्राम बना रही थी कि कल तुम्हें बस पर लेने जाएगी—लाइक ए बोल्ट फ्रॉम दी ब्लयू तुम्हारा खत उसे मिला।

तुम्हारे इस फिलिम्जी व्यवहार से उसे कष्ट तो बहुत हुआ है, पर मेरी कोई कड़ुवी बात न सुननी पड़े, इसलिए भाग गई।

अरे भाई अगर तुम्हें डलहौजी नहीं आना था तो यह लिखने की क्या जरूरत थी कि इसी कारण तुम नहीं आ रहे हो। हम घर से कोई भी चीज लेकर नहीं आए, यदि तुम्हें दो-चार चीजें लेकर आने को कह दिया तो कौन-सा गुनाह हो गया। यह तो खैर बड़ी मामूली बात है, कल आदमी किसी ऐसी बात के लिए भी कह सकता है जिसमें सचमुच तुम्हें तकलीफ करनी पड़े।

अगर तुमने यह सोचा है कि कौशल्या ने यह चीजें इसलिए तुम्हें लाने को कहा कि तुम्हें भी यहाँ चंद दिन को रहना है और वह उसका रुपया तुम्हारे जिम्मे डालती तो तुम ने उसके साथ बड़ा अन्याय किया है।

और यदि यह पत्र तुमने अपनी उसी अधकचरी स्नाब्री के अधीन लिखा है, जिसके कारण तुमने पहलगाम में मुझे तकलीफ पहुँचाई थी तो फिर मैं बुरा नहीं मानता। क्योंकि मैंने कौशल्या को कई दफा वार्न किया है, वह अपनी आदत से बाज नहीं आती।

—अश्क

[45]

एम. मोहन राकेश

डी. ए. वी. कॉलेज, जालंधर
20-7-57

अश्क भैया,

कल रात आराम से यहाँ पहुँच गया। रास्ता-भर बरसात रही और यहाँ भी बरसाती मौसम चल रहा है, इसलिए ज्यादा अंतर महसूस नहीं हुआ। नरेंद्र को अभी तक पकड़ नहीं पाया—शायद रात तक उसका कोई सुराग मिले।

डलहौजी में ये छह-सात दिन बहुत अच्छे कटे—खासतौर पर भाभी के स्नेह के कारण। भाभी जब परेशान होती हैं तो उन्हें और परेशान करना अच्छा लगता है। मगर वे बहुत थकी हुई थीं, इसलिए ज्यादा परेशान नहीं किया।

यहाँ कई छोटे-मोटे काम अधूरे छोड़ गया था, जो अब आसपास सिर उठा रहे हैं। फिर भी पूरी उम्मीद है कि 24-25 तक यहाँ से चल दूँगा। जाकर यह अच्छा रहेगा कि मैं माऊंट व्यू में एक छोटा-सा सेट ले लूँ। आपके पास भी रहेगा, और दोनों आदमी अपनी-अपनी तबीयत से काम कर सकेंगे। भाभी उस बात से भी नाराज होंगी तो मैं अपने-आप बाद में ठीक कर लूँगा। जो अतिरिक्त सामान मैंने बैलून से मँगवाया था, वह मैं आकर वापस भिजवा दूँगा।

माँजी का स्वास्थ्य ठीक है। उन्हें फिर साथ डलहौजी चलने के लिए कहा है, पर वे नहीं मानतीं। इन्हें जर्नी से बहुत डर लगता है। उनकी टाँगों का दर्द अलबत्ता अभी ठीक नहीं हुआ। जालंधर से मेरी दो रजिस्टर्ड चिट्ठियाँ वहाँ भिजवाई गई हैं। वे ले लीजिएगा। और भी शायद दो चिट्ठियाँ हों।

भाभी को नमस्कार कहें।

सस्नेह
राकेश

[46]

मोहन राकेश

मैट्रो, डलहौजी
11.8.57

भाभी,

पत्र मिला, सब कागजात भी।

9 तारीख को हम लोग पठानकोट गए थे और वहाँ कागज पर दोनों के हस्ताक्षर

हो गए।

दो दिन मन बहुत उदास रहा—इसलिए कि यह एक ऐसी समस्या थी, जिसका निदान भी कम Painful नहीं था।

मैं समझता हूँ कि इसके बाद दोनों के हृदय में एक-दूसरे के लिए कटुता नहीं रहेगी।

आज दिन-भर कुछ पत्र ही लिखे हैं। कल से लिखना-पढ़ना आरंभ करूँगा।

और वहाँ के क्या समाचार हैं ? आशा है गुड्डा और उमेश स्वस्थ हैं।

अश्कजी ठीक-ठाक हैं और काम में जुट गए हैं।

सस्नेह
राकेश

[47]

कौशल्या अश्क

इलाहाबाद
21.8.57

प्रिय राकेश,

तुम्हारा 11.8.57 का पत्र मुझे यथासमय मिल गया था। उत्तर शीघ्र नहीं दे सकी, इसका खेद है। यहाँ आते ही व्यस्त हो गई और पता ही नहीं चलता दिन कैसे बीत जाता है।

आशा है अब तुम पढ़ने-लिखने में लग गए होगे और उपन्यास समाप्त करके ही जालंधर लौटोगे। दिसंबर तक पूरा करने का तुम्हारा वादा है, इसे याद रखो।

दिल्ली में देवराजजी से बात हुई थी। वे तो तुम्हारी किसी भी पुस्तक से शुरू करने को तैयार हैं। तुम्हें पत्र भी शायद उन्होंने लिखा होगा। यों तुम छापना चाहो तो इसमें भी उन्हें आपत्ति न होगी।

अश्कजी के और तुम्हारे पत्र से सारा हाल मालूम हुआ है। आगरा से तो कोई पत्र नहीं मिला। आशा है शीला सकुशल वापस पहुँच गई होगी। हमारी स्थिति ऐसी है कि पत्र लिखते भी डर लगता है। मैंने भी पत्र नहीं लिखा। जाऊँगी तो मिलूँगी।

मन की उदासी को लिखने में लगाओगे तो मन स्वस्थ हो जाएगा। पहले भी तुम कम दुखी नहीं थे। यह समस्या ऐसी है कि समाधान में भी दुख और दर्द अनिवार्य है, पर तुम समाधान के बिना परेशान थे, इसलिए अब तुम मन से कुछ तो स्वस्थ हो गए होगे।

यहाँ पर बेहद गर्मी पड़ रही है। थोड़ा-सा काम करने से थकान हो जाती है। यों

मैं स्वस्थ हूँ और दवाइयाँ ले रही हूँ ताकि life line 50 साल के बाद टूटे हुए हिस्से में जुड़ जाए।

नीलाभ-उमेश याद करते हैं। गुड्डा तो काफी उदास हो गया था। इस बार दो महीने उसे अकेले छोड़ दिया।

पत्र लिखते रहना, पर लिखने में हर्ज करके नहीं।

सस्नेह
तुम्हारी भाभी
कौशल्या

[48]

मोहन राकेश 7.9.57

अश्क भैया,

अभी-अभी अमृतसर से आया हूँ—शाम को फिर चला जाऊँगा।

...अभी-अभी सोमेश का तार मिला है कि नौकर आज पहुँच रहा है। इस स्थिति में उसे रिसीव करके ही जाऊँगा। तायाजी की स्थिति पहले से बेहतर है। विशेष प्लस्तर उतरने पर पता चलेगा। अभी मदान साहब से भी नहीं मिल पाया। थोड़ी देर तक उनके यहाँ जाऊँगा।

आप अपना कार्यक्रम लिखिए। आपको जो पुस्तकें चाहिए उनकी सूची तथा उनके प्राप्ति-स्थान का ब्यौरा लिख भेजिए। आशा करता हूँ कि आप दत्त चित्त होकर काम में जुट गए होंगे।

निन्नी से भी अभी मुलाकात नहीं हुई। मिलने पर लिखूँगा।

सस्नेह
राकेश

[49]

मोहन राकेश

जालंधर
17.9.57

अश्क भैया,

पत्र अभी-अभी मिला है। आपका जो भी कार्यक्रम निश्चित हो सूचित कर दीजिएगा। मेरा तो खयाल था कि उमा गुरदासपुर में आ गई होगी और आप जमकर काम कर रहे होंगे। मैं अब जालंधर में ही हूँ। एकाध दिन के लिए फिर अमृतसर जाऊँगा।

कॉलेज 23 से खुल रहा है। अभी तक फैसला नहीं हो पाया। 22 को सिंडीकेट की मीटिंग है। प्रिंसिपल उसके बाद ही निश्चित बता सकेगा कि उसके लिए कुछ करना संभव है या नहीं। यूँ यूनिवर्सिटी से स्कॉलरशिप का ऑफर आ गया है।

नीत का ऑपरेशन दिसंबर में हो तो मैं सुविधापूर्वक वहाँ जा सकता हूँ। मेरे विचार में यह अधिक उचित होगा कि ऑपरेशन क्रिसमस के आरंभ में या क्रिसमस से एक सप्ताह पहले इलाहाबाद में ही कराया जाए। वहाँ अच्छे सर्जन भी हैं, शीला को भी घर का सुख होगा और मुझे भी सुविधा रहेगी और लोगों के पास होने का साइकोलॉजीकल असर भी पड़ता है और छुट्टियाँ होने में शीला एक्सक्लूसिवली अपना समय भी उसे दे सकेगी। अगर शीला यह समझती हो कि ऑपरेशन हर हालत में अक्तूबर में ही होना चाहिए तो भी मैं सुझाव दूँगा कि ऑपरेशन इलाहाबाद में ही हो। मैं पहले भी विदाउट पे लीव ले चुका हूँ—अब और ले लूँगा। उसमें कोई फर्क नहीं पड़ता। शीला को लिख दें कि वह इस संबंध में जो भी निश्चय उचित समझे, कर ले।

जहाँ तक चीजों का सवाल है—वे शीला के पास रहें तो उसे दुःख होगा—मेरे पास रहे तो मुझे भी कम दुःख नहीं होगा। ऐसी परिस्थिति में बताइए, क्या किया जा सकता है ?

अपने समाचार दीजिए।

सस्नेह
राकेश

[50]

मोहन राकेश

453-आर, मॉडल टाउन, जालंधर
20.9.57

भाभी,

चाहते हुए भी इतने दिन पत्र नहीं लिखा। डलहौजी से जल्दी आ जाना पड़ा। कॉलेज का झगड़ा अभी तय नहीं हुआ इसलिए आने का कार्यक्रम अभी अनिश्चित है। यूँ यूनिवर्सिटी से स्कॉलरशिप का ऑफर आ गया है। इन आठ-दस दिनों में स्थिति स्पष्ट हो जाएगी।

शीला अलीगढ़ चली गई है। वहाँ से उसका एक पत्र आया है जिसमें नवनीत के ऑपरेशन के संबंध में लिखा है। मैंने उसे सुझाव दिया है कि वह ऑपरेशन दिसंबर में इलाहाबाद में कराए तो अधिक उचित होगा और मेरे अलावा उसके और बच्चे के लिए भी अधिक सुविधाजनक रहेगा। अलीगढ़ नई जगह है और आगरा जाकर ऑपरेशन कराने का कोई तुक नहीं। फिर भी यदि वह वहीं ऑपरेशन कराना चाहेगी तो मैं दो-चार दिन के लिए चला जाऊँगा और किसी होटल में रह लूँगा। मैंने उसे लिखा है कि यदि वह अक्तूबर में अलीगढ़ ऑपरेशन कराना चाहे तो मुझे तार दे दे और यदि दिसंबर में इलाहाबाद कराना चाहे तो आपको पत्र लिख दे—मुझे सूचना आपसे मिल जाएगी।

दूसरी बात उसने चीज़ों के बारे में लिखी है। उसने लिखा है कि मैं ये चीजें भेज रही हूँ, क्योंकि ये मुझे तकलीफ ही देंगी और मेरे किसी उपयोग में भी नहीं आएँगी। अश्कजी के पत्र में भी उसने ऐसा ही लिखा था और अश्कजी ने मुझे लिखा था कि मुझे वे चीजें रख लेनी चाहिए। परंतु मैं इस हक में नहीं हूँ। उपयोग के अतिरिक्त चीजों का एक और भी मूल्य होता है, और उस मूल्य की वजह से कई बार हम निरर्थक चीजों का भी संचय कर लेते हैं। वह मूल्य न रहने पर केवल उपयोग के लिए किसी चीज को रख लेना हृदय के लिए बोझ बन सकता है। मैं ऐसा बोझ नहीं लेना चाहता। मैंने यह बात उसे भी लिख दी है।

आशा है अब आपका स्वास्थ्य अच्छा होगा। यहाँ 'अंजो दीदी'[1] के लिए प्रयत्न तो किया है—आगे जो भी स्थिति होगी, उसका पता दूँगा।

उमेश और गुड्डे को स्नेह दें।

सस्नेह
राकेश

---

1. अश्क का चर्चित नाटक

[51]

मोहन राकेश

453-आर, मॉडल टाउन, जालंधर
24.9.57

अश्क भैया,

कार्ड मिला। चीजों का पता करने अभी बाजार नहीं जा सका। चार-छह रोज से कुछ काम निकालने की कोशिश में हूँ। कल एक कहानी पूरी करके 'कहानी' के लिए भेजी है। 27 तारीख को रेडियो पर 45 मिनट का ड्रामा है, जो इस चिट्ठी के बाद लिखना शुरू करूँगा।

शीला का एक डायरेक्ट पत्र भी इसी संबंध में आया था। उसे उत्तर दे दिया है कि दिसंबर में इलाहाबाद कराना ठीक रहेगा। वैसे वह अभी नितांत अरजेंट समझे तो मुझे तार दे दे, मैं जहाँ कहीं भी पहुँच जाऊँगा।

कल भाभी को भी पत्र लिखा है। आशा है, उपन्यास अच्छी प्रगति कर रहा होगा।

सस्नेह
राकेश

[52]

मोहन राकेश

जालंधर
18.10.57

भाभी,

पत्र अभी-अभी मिला। आपसे और सब-कुछ सीख सकता हूँ, लेकिन तकल्लुफ बरतना नहीं। आपका पत्र निहायत पुरतकल्लुफ शब्दों में लिखा है और मैं इस पर सख्त एतराज करता हूँ।...आप अच्छी तरह जानती हैं कि घर में बहुत लोगों के रहने में मुझे क्यों और कितना अच्छा लगता है। और फिर आपके रहने से मुझे परेशानी होगी, यह सोचकर भी आप ज्यादती करती हैं।

चेकबुक मैं यूँ भी भेजने की सोच रहा था। आज नहीं तो कल रजिस्ट्री हो जाएगी। अश्कजी के 'दोआबा' के अंक भी छूट गए हैं। वे बुकपोस्ट से भिजवा दूँगा। एक आपका कंटेनर छूट गया है, जो उधार में चलेगा।

कल दिन-भर माँजी का कमरा सेट करते रहे। वह कमरा कुछ ऐसा चमका है कि माँजी से इश्क होने लगा है।

माँजी स्नेह भेजती हैं। अश्कजी और उमेश-गुड्डे को स्नेह दीजिए।

सस्नेह
राकेश

[53]

मोहन राकेश

453-आर, मॉडल टाउन, जालंधर
19.11.57

भाभी,

बहुत दिन हुए आपका पत्र मिला था। उत्तर देने में खामखाह आलस्य करता रहा। सोचता था कि कॉलेज का भी कुछ तय हो जाए। उनकी वही टाल-मटोल चल रही थी। आखिर त्यागपत्र दे दिया। इस दिसंबर में रिलीव हो जाऊँगा। पहली जनवरी से यूनिवर्सिटी स्कॉलरशिप मिल जाएगी।

मैं 15 दिसंबर को इलाहाबाद पहुँचूँगा—सुबह की गाड़ी से। लौटते हुए राँची जाने का इरादा है।

नरेंद्र आज सोनीपत गया है। बहुत संभव है कि वहाँ से इलाहाबाद आए। उस स्थिति में स्वर्ण भी आएगी।

मुझे नवनीत के ऑपरेशन के संबंध में कोई सूचना नहीं मिली। आपको कुछ सूचना हो तो लिखिएगा। कल-परसों Brownie Camera (ब्राउनी कैमरा) के दो थर्ड क्लास स्नैप एक लिफाफे में आए थे।

अश्कजी का स्वास्थ्य कैसा है ?

उमेश व गुड्डे को तथा उन्हें स्नेह दीजिए।

सस्नेह
राकेश

[54]

मोहन राकेश (जालंधर)

अश्क भैया,

आपका पत्र अभी-अभी मिला है। भाभी के पत्र का उत्तर कल दे चुका हूँ। आपके नाम आई कुल दो ही चिट्ठियाँ यहाँ थीं (जिनमें से एक भाभी के नाम थी), वे दोनों उसी समय रिडायरेक्ट कर दी थीं। एक तार इलाहाबाद से ही आया था। तार मैंने खोल लिया था कि कोई ऐसी आवश्यक बात न हो। वह भेजना मैंने आवश्यक नहीं समझा।

यह जानकर कि भाभी की सेहत बदस्तूर खराब चल रही है, चिंता हुई। उन्हें जहाँ तक हो सके, विश्राम करने के लिए कहें। नरेंद्र से मिलने पर स्वर्ण को इलाहाबाद भेजने के बारे में बात करूँगा। दरअसल मैं इन दिनों पर्चों के काम में बुरी तरह फँसा हूँ। एफ. एस. सी. के कैंडीडेट का परीक्षण इन चार-पाँच दिन के अंदर भेज देना है और उसके तुरंत बाद ही एफ. ए. के कैंडीडेट्स का परिणाम भेजना है। 14 सब-एक्जामीनेशन की इंस्टॉलमेंट्स आ रही है और मैं तीन हजार पर्चों में घिरा हुआ दिन-भर लिस्टों पर हस्ताक्षर करता हूँ। दो सप्ताह तक यह रश समाप्त होगा। काम में तो मैं फिर भी समय निकाल लूँ, मगर इस बीच किसी भी तरह आउट ऑफ स्टेशन नहीं जा सकता इसलिए उसी को लिख रहा हूँ कि वह अमृतसर से सारी डिटेल का पता करके या मुझे लिख दे या स्वयं किसी दिन किसी के साथ चली आए। वैसे मैं मेडिकल में किसी को जानता नहीं—फिर भी जो संभव सहायता वह मुझसे चाहेगी, मैं अवश्य करूँगा। अमृतसर कॉलेज में सुना है कि एडमिशन स्ट्रिक्टली अकोरडिंग टु दी ऑर्डर आफ मैरिट होती है—कई बार बहुत बड़े-बड़े लोगों के लड़कों की एडमिशन नहीं हो पाती। डॉ. प्रेमनाथ को लिख रहा हूँ कि उन प्रोफेसर महोदय के नाम आदि का पता भेज दें। परंतु सबसे बड़ी मजबूरी मेरे इन दिनों जालंधर में वर्तमान रहने की है। फिर भी विदिन दी लिमिटेशनूस भरसक प्रयत्न करूँगा। आप भी उमा को लिख दें कि समयानुसार वह अमृतसर में फॉर्म इत्यादि लेकर अप्लाई कर दे। इसके लिए साथ होने की ऐसी आवश्यकता भी नहीं। इस बीच यहाँ का बोझ हलका हो जाएगा और मैं प्रोसीजर आदि का भी पता कर लूँगा।

अभी इतना ही। आज का रिजल्ट अभी तैयार करके भेजना है। भाभी को स्नेह दें।

सस्नेह
राकेश

[55]

कौशल्या अश्क

इलाहाबाद
25.11.57

प्रिय राकेश,

तुम्हारा 19.11.57 का पत्र मिला, बहुत दिनों से इसकी प्रतीक्षा थी। मैं सोचती थी तुम उपन्यास लिखने में लगे हो और समाप्त करके ही उत्तर दोगे।

दिसंबर में आ रहे हो, खुशी की बात है। 15 के बदले 13 रात या 14 सुबह पहुँचो, ऐसी मेरी इच्छा है। 14 को अश्कजी का जन्मदिन है।

शीला का कोई समाचार नहीं मिला। हमें शायद वह पत्र लिखना पसंद न करे। तुम एक पत्र लिखकर पूछ लो। अपने सिर पर गलती नहीं लेनी चाहिए। यों दिसंबर की छुट्टियों में वह यहाँ आएगी, ऐसा मेरा अनुमान है।

दिसंबर में शीला आई तो नीत की तसवीरें अश्कजी के कैमरे से लेंगे। शीला के पास संभवतः अच्छा कैमरा न हो।

तुमने जो मेरी तसवीर ली थी, अच्छी आई है। एक कापी तुम्हें भेजने को बनवाई थी, पर इस समय तो अपनी भी सुध नहीं, तसवीर की कौन कहे। तुम आओगे तो देख लेना। वही तसवीर जो तुमने बया देते समय ली थी।

अश्कजी का स्वास्थ्य बहुत अच्छा नहीं, पर वे इस समय कलकत्ता में हैं। बिहार होते हुए वहाँ गए हैं और 5-7 दिन में लौटेंगे।

दो पुस्तकें तैयार कराई हैं—'लाजवंती' और 'पत्थर-अल-पत्थर'। दिन-रात काम किया है और अभी भी कर रही हूँ। 'पत्थर-अल-पत्थर' की तुम्हारी प्रति भेज नहीं रही, अब तुम आ ही रहे हो, ले लेना।

नरेंद्र के आने की मुझे आशा नहीं। तुम आते-जाते उन लोगों से मिल लेना। देख लेना, उन्हें किसी चीज की जरूरत तो नहीं।

माँजी को मेरा सादर प्रणाम !

उमेश और नीलाभ याद करते हैं और अभी से तुम्हारी प्रतीक्षा होने लगी है।

और कोई बात हो तो लिखना।

सस्नेह
तुम्हारी भाभी
कौशल्या

[56]

मोहन राकेश

453-आर, मॉडल टाउन, जालंधर

29.11.57

भाभी,

आपका पत्र मिला।

ऑफिशियली कॉलेज से संबंध-विच्छेद इस दिसंबर में होगा। क्रिसमस की छुट्टी 22 दिसंबर से है। हिसाब यह तय किया है कि 13 की क्लासें पढ़ा कर उस रात को चलेंगे। आगे शनिवार और इतवार गोल कर जाएँगे। 16-17-18-19 की छुट्टी लेंगे। 20-21 फिर गोल कर जाएँगे। चार दिन की छुट्टी ऑन ड्यूटी मिल जाएगी वर्ना लंबी छुट्टी लेनी पड़ेगी और वह भी विदाउट पे। इस परिस्थिति में 15 से पहले नहीं पहुँच पाऊँगा, इसका मुझे बहुत खेद है।

क्योंकि शीला ने मुझे कोई सूचना नहीं दी है, और न ही आपको कुछ लिखा है, इसलिए मैं उसकी स्वीट विल के आसरे इलाहाबाद जमा नहीं रहूँगा। अपनी नेकनीयती से जितनी नेकनामी मुझे पहले मिली है, उससे अधिक नेकनामी नहीं चाहता। इस औरत का बेहतर इलाज तो यही था कि लड़के को भी इसके पास न रहने दिया जाता। बहरहाल, मैं अपनी अंडरटेकिंग का पालन, जहाँ तक बन पड़ेगा, करूँगा, मगर अब किसी भी परिस्थिति में वह मुझसे मिलेगी नहीं। मैं कांफ्रेंस के बाद ही इलाहाबाद से चला जाऊँगा। चाहता था कि बच्चे का ऑपरेशन मेरी उपस्थिति में हो। परंतु जो एटीट्यूड इस औरत का है, उसे देखते हुए मुझे अब यह भी संभव प्रतीत नहीं होता। मैंने संबंध- विच्छेद से पूर्व और उसके बाद भी सद्भावना बनाए रखने का प्रयत्न किया था। परंतु परिणाम हर बार उलटा ही हुआ है।...मैं अब जिंदगी-भर के लिए इस औरत की सूरत नहीं देखना चाहता।

नरेंद्र यहाँ लौट आया है। उसके काम की नेचर ही ऐसी है कि वह बहुत हेल्पलेस हो जाता है। इन दिनों फिर किसी कारखाने का झगड़ा चल रहा है।

अश्कजी लौट आए होंगे। उन्हें और उमेश-नीलाभ को मेरा स्नेह दीजिए।

सस्नेह

राकेश

[57]

मोहन राकेश

453-आर, मॉडल टाउन, जालंधर
3.1.58

भाभी,

मैं 28 तारीख को यहाँ पहुँच गया था। परसों शाम को आपका तार भी मिला था। तार इलाहाबाद से आया था, जबकि मैं सोच रहा था कि आप लोग दिल्ली में होंगे। नवनीत के ऑपरेशन के बारे में शीला का तार भी मुझे मिल गया था। उस सिलसिले में दो सौ रुपए का चेक भेज रहा हूँ। सौ रुपए का एक चेक्र आपके नाम से भेज रहा हूँ।

इन दिनों स्ट्रेन की वजह से आपका स्वास्थ्य ठीक नहीं रहा था। आशा है कि अब कुछ रेस्ट मिल गया होगा। मैंने यहाँ आकर चार-पाँच दिन मटरगश्ती ही की है। आज कुछ लिखने-पढ़ने का सिलसिला आरंभ किया है।

अश्कजी की पुस्तक की भूमिका लिखी गई या नहीं ? डॉ. मदान 'पत्थर-अल-पत्थर' का रेडियो से रिव्यू कर रहे हैं। कल उन्हें पुस्तक दे दी थी।

निन्नी अभी केरल से लौटकर नहीं आया है। शायद छह तारीख को आएगा।

वीरेंद्र (मेरा छोटा भाई) अभी बम्बई में ही है। संभवतः वह लौटकर सीलोन नहीं जाएगा। उसके यहाँ आने पर ही पता चलेगा कि उसका इरादा क्या है ?

देर से ही सही—नए वर्ष की शुभकामनाएँ लीजिए। अश्कजी, उमेश और गुड्डे को मेरा स्नेह दीजिएगा। पुशी भाई वहीं हैं या बंबई ? हों तो मेरी याद दीजिए।

सस्नेह
राकेश

[58]

मोहन राकेश

453-आर, मॉडल टाउन, जालंधर
9.2.58

अश्क भैया,

कल दिल्ली से आकर पत्र पढ़ा। इससे पहले कि मैं शरत् वाले प्रसंग को उठाऊँ, मैं आपके और अपने संबंध को लेकर कुछ बातें स्पष्ट करना चाहता हूँ। यह संभव है कि किसी बात को लेकर मेरा आपसे मतभेद हो, या कभी किसी बात को लेकर

गलतफहमी भी पैदा हो जाए, किंतु यह कभी मत सोचिए कि मैं आपसे मौखिक या औपचारिक संबंध बनाकर रखने का प्रयत्न करता हूँ। यदि मैं दिल में कुछ रखकर ऊपर से कुछ कहने की कला में अभ्यस्त हो पाता, तो शायद आज यह बात खड़ी ही न होती। आपको याद होगा कि इस तरह की कांपलीकेशंस क्यों खड़ी होती हैं। इस बारे में मेरी आपसे यहाँ प्लाजा होटल में लंबी-चौड़ी बात हुई थी। मैंने तब भी मन में कोई गुत्थी रखकर बात नहीं की थी। एक बार डलहौजी में भी बात हुई थी। फिर इलाहाबाद में। उस दिन इलाहाबाद में बात करने का मेरा एक ही उद्देश्य था—वह यह कि किसी तरह आपसी वैमनस्य दूर हो जाए। भारती के और आपके वैमनस्य की बात से भी मुझे दुःख हुआ था, और मैंने उसे दूर करने का प्रयत्न किया था। क्यों, इसका मैं क्या उत्तर दूँ ? शायद कमजोरी मेरी ही है। जब मैं दो व्यक्तियों में स्नेह रखता हूँ, तो उनका मनमुटाव मुझे बुरा लगता है। बल्कि ऐसी स्थिति में मुझे अपने से झुँझलाहट होती है। यही बात शरत् के प्रकरण में भी थी। ऐसी परिस्थिति में मैं न्यायाधीश की तरह निर्णय नहीं करता, न कर सकता हूँ, न करना चाहता हूँ। केवल यही चाहता हूँ कि आपसी मनमुटाव न रहे। और भी लोगों से जिन्हें मैं जानता हूँ, आपकी मिसअंडरस्टैंडिंग्स या मतभेद रहे हैं, पर मैंने कभी बीच में आने का प्रयत्न नहीं किया। मुझे स्वयं इस तरह का रोल प्ले करना अच्छा नहीं लगता। परंतु शरत्, मैं और आप में एक लकीर बनी रहे, यह मैं नहीं चाहता। इसलिए मैंने उस दिन बात चलाई। परिणामतः आप लोग और दुखी हुए। आप अनुमान लगा सकते हैं कि इससे मुझे कैसा अनुभव हुआ होगा। आपके और भाभी के स्नेह से मेरी अपनी एक रिक्तता की पूर्ति होती है। इसे अपना ही दोष मानता हूँ कि जब-जब मैंने यह प्रयत्न किया कि आपकी किसी के साथ मिसअंडरस्टैंडिंग को दूर करूँ, परिणाम उलटा ही हुआ। फिर भी यह मेरी सद्भावना पर संदेह करने का कारण नहीं है।

...पुशी भाई के साथ मैंने कानुपर तक यात्रा की थी। उस यात्रा में कई तरह की बातें हुई थीं। हो सकता है किसी प्रसंग में मैंने कहा हो कि यह मेरी समझ में नहीं आया कि शरत् की किताब 55 प्रतिशत कमीशन पर क्यों ली गई। समझ में न आने की बात का अर्थ शाब्दिक था—मैं व्यापार समझता नहीं, कभी भी गणना करके निष्कर्षों पर पहुँचने की आदत नहीं रही। गणना करना चाहूँ भी तो उलझ जाता हूँ। इसलिए अपनी आज तक की पुस्तकों पर मैंने नहीं के बराबर ही रॉयल्टी प्राप्त की है। यह पक्ष मैंने शरत् को भी समझाया था। प्रकाशन एक व्यवसाय है, और व्यवसाय की अपनी अपेक्षाएँ होती हैं। पुस्तक किसी विशुद्ध व्यावसायिक की छापी होती, तो शायद मेरी उलझन न होती। परंतु ट्रेजडी यही है कि शरत् कभी आपको विशुद्ध व्यावसायिक रूप में ग्रहण नहीं कर पाया। मैं तो आपके व्यावसायिक रूप से कतई परिचित नहीं हूँ। मैं आपको जिस रूप में जानता हूँ, उसी रूप को सामने रखकर बात करता हूँ। व्यावसायिक दृष्टि में संभव है आपको इस या उस अंडरटेकिंग में घाटा हो। मगर जहाँ व्यक्तिगत स्तर पर भी डीलिंग्स होती हैं, वहाँ हम दृष्टि से हटकर बात समझ-समझा भी जाएँ, मैं यही उचित समझता हूँ। मैं चाहता यही था कि आप शरत् को स्थिति ठीक से समझा दें। आप बड़े हैं, और

इस नाते अधिक कूल रहकर बात कर सकते हैं। बहुत छोटी-सी बात थी। यह भी नहीं कि समझाई न जा सकती। मैं जानता हूँ कि इससे कहीं बड़ी बात हो, तो भी आप कूल रहकर स्थिति स्पष्ट कर सकते हैं। परंतु इस मामले में दोनों पक्ष बहुत टचिंग बने रहे। मुझे इसी बात का दुःख हुआ। इसका यदि यह अर्थ लिया जाए कि मेरे हृदय में आपके लिए कोई ऐसी-वैसी भावना रही है, तो यह मेरे साथ न्याय न होगा। यूँ मैं आज भी चाहता हूँ कि यह सारी बात आपस में साफ हो जाए। आप सहमत हों तो आप वाला पत्र शरत् को भेज दूँ। यदि नहीं, तो नहीं भेजूँगा। आपके निर्देश की प्रतीक्षा करूँगा। उसके साथ मैं यह भी मानता हूँ कि शरत् ने यदि उत्तेजित होकर कुछ अनुचित लिखा है, तो यह उसकी गलती है। उसे ऐसा नहीं करना चाहिए था। जब कभी मिलूँगा, मैं और विस्तार से इस संबंध में बात करूँगा। मगर तब तक, आपको मेरी ओर से कुछ गलतफहमी रहे तो मुझे दुःख होगा।

पंजाब में अध्यापन-कार्य करनेवाले व्यक्ति ही एम. ए. की परीक्षा प्राइवेट रूप से दे सकते हैं। और लोग नहीं। पहले वहाँ ऐसी सुविधा कई तरह के लोगों को थी। महिलाएँ तो कोई भी परीक्षा प्राइवेट रूप से दे सकती थीं। किंतु नए कोर्सेज में ऐसा नहीं है। हाल ही में नियमों में फिर कुछ परिवर्तन हुए हैं। यदि कोई ऐसा नियम हुआ, तो मैं डॉ. मदान से बात करके फिर सूचना दूँगा—दो-एक रोज में ही।

कल पत्र पढ़ने के बाद मन बहुत उदास हो गया था। अभी तक है।

शीलाजी का प्रकरण मैं मस्तिष्क से बिलकुल निकाल देना चाहता हूँ। समय की कोई शक्ति उन्हें या उनके परिवार को नहीं समझा सकती। इस विषय को छेड़ना अपने को दुखी करने के सिवा कुछ नहीं।

आपके और भाभी के पत्र की प्रतीक्षा करूँगा। नीलाभ और उमेश को स्नेह दीजिए।

सस्नेह
राकेश

[59]

मोहन राकेश

अश्क भैया,

पुरस्कार के सिलसिले में मेरी बधाई लीजिए। इस रुपए में चार हजार और मिलाकर चंडीगढ़ में जमीन खरीद लीजिए। इलाहाबाद में इस पुरस्कार की क्या प्रतिक्रियाएँ हैं ?

मैं तीन दिन से अस्वस्थ हूँ। गर्मी का दौर आरंभ हो गया है और अपने साथ इस

मौसम की खासी दुश्मनी है।

नाटक[1] अभी पूरा नहीं कर पाया। दस बारह रोज और लगेंगे। सोचता हूँ इसके साथ ही एकांकी नाटकों का एक संग्रह भी प्रकाशित करा दूँ।

और वहाँ के समाचार दीजिए।

सस्नेह
राकेश

[60]

मोहन राकेश

भाभी,

पत्र मिला था। इन दिनों नियमित रूप से लिखने-पढ़ने की कोशिश में रहता हूँ। मगर कभी-कभी बहुत boredom हो जाती है।

नरेंद्र से रोज भेंट होती है। उसकी जिंदगी का पहिया उसी तरह घूमता रहता है—यहाँ मीटिंग है, वहाँ स्ट्राइक है, उससे मिलना है, उससे चंदा लेना है। कुछ दिन हुए अपनी साइकिल गँवा बैठा है और किसी की साइकिल से काम चला रहा है।

पानवाला भइया अकसर आप लोगों के बारे में पूछ लेता है।

काम बहुत है—पर अवकाश निकालकर पत्र तो लिखेंगे ही ?

अम्माँ याद करती हैं।

वीरेंद्र वापस सीलोन चला गया है।

आप हाथ के काम पूरे कर लें तो कभी इलाहाबाद आऊँगा—मतलब जब यह रश नहीं रहेगा। तब तक मैं भी कुछ-न-कुछ कर-धर लूँगा।

स्वास्थ्य कैसा है ? उमेश और गुड्डे को स्नेह दीजिए।

सस्नेह
राकेश

---

1. आषाढ़ का एक दिन

[61]

मोहन राकेश 453-आर, मॉडल टाउन, जालंधर

अश्क भैया,

पत्र मिला। शीला के चेक लौटा देने के संबंध में मैं कुछ भी नहीं कहना चाहता। यदि उसे ऐसे ही अच्छा लगता है, तो मैं खामखाह कोई चीज उस पर लादना नहीं चाहूँगा। वह अपने कोण से सोचती है, अपनी दृष्टि से देखती है। फिर भी, वह मुझे वहीं कह सकती थी। अब मेरी ओर से कोई पत्र या चीज उसके पास नहीं जाएगी।

रात ड्रामा सुना था। प्रोडक्शन काफी अच्छा था, कुछ स्थानों पर तो वातावरण बहुत सजीव हो उठा था। परंतु विशेष स्थलों पर पार्श्व संगीत का अभाव अखरता रहा। दोनों मुख्य चरित्रों में अप्पी का रोल ज्यादा अच्छा था। दिलीप का अभिनय जिसने किया, वह कई जगह लगता था कि हिंदी के संवाद अंग्रेजी में बोल रहा है—उसकी इंटोनेशन कुछ ऐसी थी। फिर भी ड्रामा का टोटल इफेक्ट जैसा चाहिए था, वैसा ही था।

मैं बीच में दो-एक बार दिल्ली हो आया हूँ। कई बार जालंधर के एकांत से मन ऊबता है। बहुत प्रयत्न करके भी सुस्थित नहीं हो पाता। आदमी जिंदगी में एक बार उखड़ जाता है, तो फिर जमना बहुत मुश्किल हो जाता है। चाहता हूँ कि किसी तरह शीघ्र जालंधर से निकल सकूँ। ईवनिंग्स बहुत डल होती हैं। दोस्त लोग या ताश खेलते हैं या बियर पीते हैं। मुझे दोनों में ही रुचि नहीं होती। जितना बन पड़े, पढ़ता-लिखता हूँ। मगर फिर ख़ला घेर लेता है।

और क्या कर रहे हैं ? कहानी संग्रह की भूमिका हो गई या नहीं ? कुल कितनी कहानियाँ दे रहे हैं ?

सस्नेह
राकेश

[62]

मोहन राकेश 453-आर, मॉडल टाउन, जालंधर

अश्क भैया,

आपके दोनों पत्र मिल गए हैं। दिल्ली में एक मित्र के साथ ठहरा था। वहाँ पूरी सुविधा नहीं थी, इसलिए दूसरी जगह देखता रहा। आठ-दस दिन की कोशिश के बाद

लौट आया हूँ। फिलहाल यहीं हूँ। यह घर नहीं छोड़ा है। आपके और सत्येंद्र (शरत्) के बीच जो भी कटुता पैदा हुई है उसे मैं अनफॉरचूनेट समझता हूँ। आपके पत्रों से आपके व्यू प्वाइंट को मैं अच्छी तरह समझ पाया हूँ। मैं सत्येंद्र को उस संबंध में कुछ भी नहीं लिख रहा हूँ, कभी मिलने पर बात ही करूँगा। जहाँ तक मेरा संबंध है, मुझे कतई कोई गलतफहमी नहीं है कि आपको इस दिशा में सोचना भी नहीं चाहिए। भविष्य के लिए आप मुझे इस प्रकरण में सर्वथा अलग समझें और सत्येंद्र के साथ जैसा उचित समझें निर्णय कर लें। सत्येंद्र को 5 प्रतिशत अधिक मिलता है या कम मुझे इसमें कुछ भी उपलब्धि-अनुपलब्धि प्रतीत नहीं होती। मैं एक ही उपलब्धि चाहता था और वह यह है कि आप लोगों में फिर यह भाव पैदा हो सके। वह नहीं होता, तो और किसी बात के लिए मैं बीच में आना व्यर्थ समझता हूँ। जो बात आप सत्येंद्र को समझाना चाहते हैं, वह मैं तो समझ रहा हूँ, वह समझता है या नहीं, यह नहीं कह सकता। और क्योंकि मैं पारस्परिक सद्‌भाव की प्रतिष्ठा में सहायक नहीं हो सकता इसलिए खेद के साथ इस प्रकरण के बीच से हट जाना चाहता हूँ।

भाभी के पत्र की प्रतीक्षा थी—यह जानकर दुःख हुआ कि उनका स्वास्थ्य फिर ठीक नहीं है। इधर कुछ अर्से से उनका स्वास्थ्य ऐसे ही गिरा-गिरा रहता है। क्या यह उचित न होगा कि उन्हें कुछ दिनों के लिए फोर्स्ड रेस्ट दिया जाए ? जहाँ तक मैं समझता हूँ भाभी को थकने में भी एक तरह के गर्व का अनुभव होता है, और वे यह भूल जाती हैं कि अंततः शरीर पर उसकी क्या प्रतिक्रिया होती है। मेरा सुझाव है कि आप उन्हें कुछ दिनों के लिए जालंधर भेज दें।

कल ही आया हूँ, इसलिए अभी निन्नी से मुलाकात नहीं हुई। उसके समाचार फिर लिखूँगा।

आपका इस बार गर्मी में कहाँ जाने का इरादा है ?

माँजी सबके लिए स्नेह भेजती हैं।

सस्नेह
राकेश

[63]

कौशल्या अश्क

इलाहाबाद
5.3.58

प्रिय राकेश,

तुम्हारे सभी पत्र मिले। तुम्हें लंबा पत्र लिखना चाहती थी, पर काम बहुत ज्यादा रहा, अब भी वही हाल है और मैं चाहकर भी तुम्हें लिख न पाई। फिर कुछ बातों से इतना दुःख होता है कि उन्हें न लिखना ही अच्छा है। जिन बातों को लिखने में मुझे

दुःख होता है, उन्हें पढ़कर तुम्हें भी दुःख ही होगा। इसलिए मैं यह लंबा पत्र डायरी के लिए रखकर तुम्हें यह पत्र लिख रही हूँ।

तुमने मुझे जालंधर आने का निमंत्रण भेजा है, इसके लिए मैं धन्यवाद नहीं दूँगी। तुम्हारा स्नेह बना रहे, यही कामना करती हूँ।

दो महीने डलहौजी की सैर की है, उसका जो स्वाभाविक परिणाम होना था, वही हुआ है—काम काफी पिछड़ गया और निरंतर श्रम करके उसे पूरा करने की कोशिश में हूँ। सितंबर से लेकर अब तक छह नई पुस्तकें छापी हैं, 'गिरती दीवारें', 'पिंजरा', 'नए रंग-एकांकी', 'निशागीत' आदि का नया संस्करण छापा है। अश्कजी की कहानियों का बड़ा संकलन प्रेस में है, मार्च के भीतर ही उसे निकाल देने की सोच रहे हैं। उसके बाद छुट्टी मिल जाएगी। अप्रैल में अश्कजी दिल्ली जाएँगे, उन्हीं के साथ आऊँगी और तब तक तुम जालंधर में रहे तो वहाँ भी अवश्य आऊँगी।

तुमने लिखा है—भाभी को थकने में भी एक प्रकार का गर्व होता है—यह ठीक हो सकता है, पर इतना समझो कि केवल गर्व करने के लिए नहीं थकती। यह काम ही ऐसा है। फिर अश्कजी बहुत स्वस्थ नहीं रहते। वे अपना लिख न सकें तो बेहद चिड़चिड़े और दुखी हो जाते हैं। चाहती हूँ उन्हें एकदम लिखने को छोड़ दूँ, पर ऐसा संभव नहीं हो पाता। 'रंगसाज' का अनुवाद उन्होंने समाप्त कर दिया है, पर अनुवाद करते-करते बहुत खीजते रहे। अब नाटक आदि लिखने की सोच रहे हैं और कुछ प्रसन्न हैं।

तुम्हारा क्या प्रोग्राम है ? तुम कब तक इलाहाबाद आने की सोचते हो ? अप्रैल के शुरू में आ सको तो बड़ा अच्छा रहे, 15-20 दिन तुम यहाँ रहो, फिर इकट्ठे दिल्ली चलेंगे और वहाँ से जालंधर।

माँजी का क्या हाल है ? हमारा प्रणाम कहना। उनके स्नेह को प्रायः याद करती हूँ। तुमने जालंधर आने की बात लिखी है, तो इतना जान लो, संभव होता तो कुछ दिन के लिए अवश्य चली आती। मार्च का महीना बड़ा व्यस्त महीना है और काम छोड़कर कहीं जाना तो दूर, जाने की कल्पना करना भी संभव नहीं लगता।

नरेंद्र का पत्र कई दिन हुए आया था, तुम्हारे दिल्ली जाने से भी पहले। उसे भी उत्तर नहीं दे सकी। अब दूँगी।

तुम्हारी पुस्तकें छप गई हैं या अभी कुछ कसर बाकी है ? उपन्यास तो समाप्त हो गया होगा।

उमेश, नीलाभ, पुशी तुम्हें याद करते हैं। अश्कजी स्नेह भेजते हैं। नरेंद्र और स्वर्ण को मेरा स्नेह देना।

पत्र स्टेशन पर भेजना है, इसलिए बंद कर रही हूँ। कल होली की छुट्टी है, फिर पड़ा रह जाएगा।

सस्नेह
तुम्हारी भाभी
कौशल्या

[64]

मोहन राकेश

453-आर, मॉडल टाउन, जालंधर

15.3.58

भाभी,

पत्र मिला। यह जानकर बहुत प्रसन्नता हुई कि आप दिल्ली से जालंधर भी जाएँगी। मैं चाहता हूँ कि आप जालंधर आएँ तो पंद्रह-बीस दिन यहाँ रहें। अश्कजी भी साथ आ सकें तो और भी अच्छा है। अपना निश्चित कार्यक्रम मुझे लिखिएगा। मैं भी अप्रैल के प्रारंभ में दिल्ली जाने की सोच रहा हूँ। वहाँ से सब लोग जालंधर साथ-साथ आ सकते हैं। यह भी लिखिएगा कि इस बार कहीं पहाड़ पर जाने का इरादा है या नहीं ? मैं सोच रहा हूँ कि जून-जुलाई में एक महीने के लिए कुल्लू हो आऊँ।

नरेंद्र ठीक-ठाक है और आपके पत्र की प्रतीक्षा में है। अभी मैं उसके और स्वर्ण के आने की आशा कर रहा हूँ।

आपकी नई पुस्तकें निकल चुकी होंगी। अश्कजी की सत्तर कहानियाँ छप गई हों तो मेरी प्रति दिल्ली लेती आइएगा। मेरा कहानी संग्रह 'जानवर और जानवर' लगभग छप चुका है। इस समय एक लंबा नाटक[1] लिखने में व्यस्त हूँ जो मार्च के अंत तक अवश्य पूरा हो जाएगा। अप्रैल तक वह भी छप जाएगा।—राजपाल एंड संस से।

इसके तुरंत बाद उपन्यास के पीछे हाथ धोकर पड़ूँगा।

इलाहाबाद सर्दी में आऊँगा, अक्तूबर के बाद। तब तक कुछ काम-धाम भी हो जाएगा। अश्कजी, उमेश, गुड्डा और पुशी स्वस्थ होंगे। उन्हें मेरा स्नेह दीजिए।

अपना कार्यक्रम शीघ्र ही लिखिएगा।

सस्नेह
राकेश

[65]

मोहन राकेश

453-आर, मॉडल टाउन, जालंधर

19.3.58

भाभी,

पत्र अभी-अभी मिला है। मेरा पहला पत्र मिल गया होगा, शायद मैंने 15 तारीख को लिखा था। इन दिनों कमर कसकर काम कर रहा हूँ। नाटक पूरा करके दो-तीन

1. आषाढ़ का एक दिन

कहानियाँ लिखूँगा, फिर जी-जान से उपन्यास में लग जाऊँगा। बरसों की कुढ़न से मुक्ति प्राप्त करने के अनंतर आज जो लगन और आत्मविश्वास अनुभव करता हूँ, ये बने रहें तो नौकरी छोड़ने का तनिक खेद नहीं होगा।

मैंने कुल्लू के संबंध में लिखा था। मई-जून में प्रोग्राम बन सके तो अवश्य बताइए। कुल्लू का इरादा न हो तो जहाँ कहीं का भी बनाइए। इस बार जो-जो बर्तन आप कहेंगी, सब ले आऊँगा।

अभी दिल्ली जाकर रहने का इरादा छोड़ दिया है। वहाँ जगह या दूर मिलती है या बहुत किराया देना पड़ता है। जिस दोस्त के साथ फ्लैट शेयर करने का इरादा था, उसने घर को एक तरह से पीने-पिलाने का अड्डा बना रखा था। दस दिन के अनुभव से ही संतुष्ट होकर चला आया। अब गर्मी के बाद देखूँगा।

चिट्ठी लिखने में मैंने जानबूझकर देरी नहीं की। नाटक दिमाग पर सवार था, इसलिए शायद दो-चार दिन निकल गए हों।

इधर वजन कुछ और बढ़ गया है (2 पाउंड) और मैं चिंता में परेशान हूँ। दोपहर का खाना गोल कर देने का निश्चय किया है।

लड़की कोई नहीं देखी। It is a matter of accident to come across the right one. फिलहाल अपना आप है, किताबें और कागज हैं।

नरेंद्र और स्वर्ण उसी दिन आए थे जिस दिन आपको पत्र लिखा था। वे लोग फिर सेंट्रल टाउन चले गए हैं। दोनों स्वस्थ हैं।

मुझे कुछ बागवानी का शौक भी चर्रा आया है। लॉन बनाया है, फूलों की क्यारियाँ बनाई हैं, कुछ तरकारियाँ भी लगवाई हैं। अफसोस यह है कि यह शौक इस महीने चर्राया है—वर्ना पहले कुछ अच्छे फूल हो जाते।

आपने अपने दिल्ली के कार्यक्रम के संबंध में नहीं लिखा। ठीक से लिखिएगा—और शीघ्र ही क्योंकि मेरा इरादा अप्रैल के पहले सप्ताह में जाने का है। एक बार ही जा सकता हूँ। आजकल पैसा प्रूडेंटली खर्च करने का अभ्यास कर रहा हूँ। इसका एक कारण शायद यह भी है कि I am not so desperate as I used to be. और दूसरा इरादा यह कि पहले से कहीं टाइट हूँ।

अश्कजी की नई किताबें भेजिए। मैं कहानी संग्रह और नाटक दोनों अप्रैल में भेजूँगा। 15 अप्रैल तक छप जाएँगे।

माँजी स्नेह भेजती हैं।

अश्कजी, पुशी तथा उमेश-गुड्डे को स्नेह दीजिए।

सस्नेह
राकेश

[66]

कौशल्या अश्क

इलाहाबाद
27.3.58

प्रिय राकेश,

तुम्हारा 19.3.58 का पत्र यथासमय मिल गया था। उत्तर पहले देना चाहती थी, पर पुशी, अश्कजी और स्वयं मैं—सब बीमार पड़े हैं। काम ज्यादा है, मार्च का महीना है, चाहने पर भी आराम नहीं ले सकते।

अश्कजी 18-19 अप्रैल को दिल्ली पहुँचेंगे। मेरा आना अभी निश्चित नहीं, आई तो दो दिन बाद मैं भी पहुँच जाऊँगी।

इस बार कहीं जाने का निश्चय नहीं हो सका, पर अश्कजी को जरूर 2-3 मास के लिए कहीं भेज दूँगी। नीलाभ को मई में छुट्टियाँ होंगी, उसके बाद ही 10-15 दिन के लिए कहीं जाना चाहूँगी।

तुम इतने जोरों से लिख रहे हो, यह जानकर बड़ी प्रसन्नता हुई। पुस्तक छपने पर हमारी प्रति भेज देना। तुम्हारे लिए पुस्तकें दिल्ली पहुँच जाएँगी। अश्कजी की कहानियों का संग्रह अभी तैयार नहीं हुआ। उसी पर लगी हूँ। वह तैयार हो जाए तो मैं एक्स-रे आदि कराके अपना इलाज कराऊँगी। इधर तकलीफ ज्यादा हो गई है।

कोई नई बात हो तो पता देना। माँजी को हम सबका प्रणाम कहना। अश्कजी स्नेह भेजते हैं और पुशी, उमेश, नीलाभ याद करते हैं।

नरेंद्र का पत्र मिला है, उसे भी लिख रही हूँ।

सस्नेह
तुम्हारी भाभी
कौशल्या

[67]

उपेंद्रनाथ अश्क

इलाहाबाद
27.3.58

प्रिय राकेश,

मैं साहित्य समारोह में 18-19 को दिल्ली पहुँचूँगा। 21 को मीटिंग है। दो-चार दिन रहूँगा। यदि कौशल्या स्वस्थ हुई तो वह भी पहुँचेगी। तभी अगला प्रोग्राम बनाएँगे। अभी

मन बड़ा बुझा हुआ है। एक प्रहसन मैंने भी लिखा है। बुझे मन में मुझे सदा प्रहसन सूझते हैं।

—अश्क

[68]

मोहन राकेश 6.5.58

भाभी,

पत्र मिला। दस दिन प्रतीक्षा-ही-प्रतीक्षा की। फिर एक दिन चंपालाल राँका ने बताया कि आप लोग नहीं आएँगे। इस बीच नरेंद्र भी दिन में दो-दो बार चक्कर लगाता रहा। वह सोचता था कि शायद शादी के सिलसिले में ही आप 5-6 तक पहुँच जाएँ। कल दोपहर तार मिला तो निश्चय हुआ कि आप लोग वापस पहुँच गए हैं।

अब स्वास्थ्य कैसा है ? कम-से-कम संदेह तो दिमाग से निकल गया होगा। इलाहाबाद में ही सही, कुछ दिन लंबी तानकर सोइए। सब ठीक हो जाएगा।

मैं गर्मी-गर्मी तो इलाहाबाद नहीं आ पाऊँगा। शायद इस बार पहाड़ पर भी न जाऊँ। घर से निकलकर सिर्फ तफरीह होती है, काम-आम कुछ नहीं होता। इन दिनों दो-तीन कहानियाँ लिखने के चक्कर में हूँ। फिर उपन्यास पूरा करूँगा।

आप आगरा से जालंधर अवश्य आइए—'जरूरत' वाला मसला तो नहीं ही खड़ा होगा। मैंने यहाँ आकर इस बात पर काफी गौर किया है और इसी नतीजे पर पहुँचा हूँ कि यह 'समाधान' भी संतोषजनक नहीं। इसमें और तरह की उलझन पैदा हो सकती है। और मुझे ऐसा खास इंट्रेस्ट भी नहीं है।

नरेंद्र को आज 11 रुपए भिजवा रहा हूँ। 10 रुपए आप दोनों के आने की आशा करते हुए 'केराला बाई इलेक्शन फंड' में दिए गए थे आप की ओर से। 20 रुपए नरेंद्र को एक बार और दिए थे। मैंने उससे कल-परसों भी कहा था कि वह इस महीने के आरंभ में ही 60 रुपए मुझसे लेकर स्वर्ण को दे दे, और आगे हर महीने के आरंभ में 60 रुपए देता जाए, मगर उसने टाल-मटोल कर दिया। इस संबंध में आप जैसा परामर्श दें, वैसा किया जाए।

मैं स्वस्थ हूँ। अश्कजी, नीलाभ, उमेश और पुशी को स्नेह दें।

सस्नेह
राकेश

[69]

मोहन राकेश

4, स्नो व्यू होटल, मनाली (कुल्लू वैली)
.5.58

अश्क भैया,

आपका पत्र जालंधर में ही मिल गया था। एक्स-रे की रिपोर्ट थी कि स्टोन नहीं है, और तीन दिन दर्द भी नहीं हुआ तो मैंने तुरंत चल देने का निश्चय किया। चार-पाँच रोज धर्मशाला में रहा, दो-एक रोज रास्ते में। बीच में बेडिंग गुम हो गया और चौबीस घंटे के बाद मिला। खैर, परसों यहाँ पहुँचा हूँ। जगह बहुत खामोश और प्रिमिटिव-सी है—प्राकृतिक सौंदर्य की दृष्टि से बहुत सुरम्य। अभी यह निश्चय नहीं कर सका कि कितने दिन यहाँ रहूँगा क्योंकि यह कई कारणों पर निर्भर करता है, जिनमें आर्थिक कारण भी एक है। अगर आप निन्नी के हिसाब के रुपए मुझे यहीं भेज दें तो मुझे कुछ सुविधा रहेगी। निन्नी ने कहा था कि इस संबंध में वही लिखेगा, परंतु मैं समझता हूँ कि इसमें संकोच की कोई बात नहीं। इन दिनों मेरी आर्थिक स्थिति जैसी है, वह आपको पता ही है। रुपए मनीऑर्डर से ही भेजें क्योंकि यहाँ कोई बैंक नहीं है और उस प्रोसेस में देर भी लगेगी।

मैं आज से कुछ लिखना-पढ़ना आरंभ करूँगा। नाटक की प्रति शीघ्र ही आपको भेजूँगा। आशा कर रहा हूँ कि भाभी का स्वास्थ्य अब पहले से बेहतर है। और वहाँ के समाचार क्या हैं ? आप आना चाहें तो लिखें। आना हो तो इन्हीं दिनों आना चाहिए क्योंकि जुलाई में सड़क टूट जाती है। आप आएँ तो लाहौल की यात्रा का कार्यक्रम बनाएँ।

सस्नेह
राकेश

[70]

मोहन राकेश

भाभी,

आपकी लिखी हुई पंक्तियाँ पढ़कर इतना आश्वासन तो हुआ कि आप घर से दफ्तर तक चक्कर लगा जाती हैं—निन्नी ने तो खासी डिप्रेसिंग रिपोर्ट दी थी। मैं अब ठीक ही हूँ—(जब तक कि फिर दौरा नहीं पड़ता) डॉक्टर अभी ठीक डायगनोज नहीं

कर सका कि यह है क्या बला ? पहाड़ पर आकर मन पहले से स्वस्थ है। अकेलापन यहाँ अवश्य अखरता है, फिर भी प्रयत्न करूँगा कि कुछ दिन रहकर लिख-पढ़ सकूँ। जालंधर में तो मन बुरी तरह ऊब रहा है। गर्मी न होती तो अवश्य इलाहाबाद ही आता ...यहाँ के संबंध में और विस्तार से अगले पत्र में लिखूँगा।

उमेश, पुशी, गुड्डे को स्नेह–

सस्नेह
राकेश

[71]

उपेंद्रनाथ अश्क

इलाहाबाद

प्रिय राकेश,

यहाँ बेहद गर्मी पड़ी है, पर अब मौसम बहुत अच्छा हो गया है, तुम जरूर यहाँ आओ। मेरा भी मन नहीं लगता। काम यहीं ले आओ। यहीं बैठकर कर लेना।

बरसात में सुनता हूँ मिर्जापुर में टांडा फाल देखने की जगह है। तुम आओ तो वहीं देख आएँ। आठ बरस से हम तो जा नहीं सके।

तुम्हें पेट की तकलीफ हो गई है। मेरी राय यह है कि तुम भी दिल्ली के प्रसिद्ध होम्योपैथ डॉक्टर गुहा को एक बार दिखा लो, उसकी दवाई से फायदा न हो, तो फिर कुछ और इलाज करो।

कौशल्या को मैं 5-6 डॉक्टरों को दिखा चुका हूँ और बड़ा परेशान हूँ। एक बार डॉक्टर गुहा को दिखाऊँगा, उसके इलाज से लाभ न हुआ तो फिर बंबई ले जाऊँगा। खैर, उसकी बीमारी तो किंचित पुरानी है, तुम इसके पुरानी होने से पहले इसका इलाज करो।

पुस्तक–70 श्रेष्ठ कहानियाँ–की एक प्रति भेजी है, राय देना।

सस्नेह
अश्क

[72]

कौशल्या अश्क

इलाहाबाद
9.6.58

प्रिय राकेश,

तुम्हारा पत्र मिला था, हमने भी तुम्हें एक पत्र लिखा था। तुम शायद अस्वस्थ हो, इसलिए उत्तर नहीं दे सके। तुम्हारे स्वास्थ्य की बड़ी चिंता लगी है। स्वयं न लिख सको तो माँजी से पत्र लिखवा दो। डॉक्टर क्या कहते हैं ? क्या इलाज हो रहा है ? मुझे अफसोस है कि मैं भी बीमार पड़ी हूँ। पत्र तक लिखने को मन नहीं होता। कहीं आना-जाना अभी संभव नहीं, नहीं तो आकर तुम्हें देख जाती। अपने स्वास्थ्य के संबंध में वापसी डाक से पता दो।

तुम्हें 14 रुपए का चेक भेज रही हूँ—100 रुपए निन्नी ने आती बार लिये थे, 20 रुपए पहले लिये थे, और 10 रुपए हमारा चंदा—और कुछ खर्च किया हो तो लिखो। मुझे इतना ही याद है।

स्वर्ण की माताजी शायद बीमार हैं। निन्नी का पत्र उसे मिला था, वह उदास हो गई है। निन्नी को मैंने पत्र लिखवाया है कि वह पूरा हाल लिखे, उसका पत्र आने पर मैं स्वर्ण को भेज दूँगी। मेरी बीमारी तो लंबी है। मैं स्वयं ऊब उठी हूँ, दूसरे तो ऊबेंगे ही। डॉक्टरों की राय मिलती नहीं और मुझे कुछ लाभ नहीं होता नजर आता। मन को लगाए रखने की कोशिश करती हूँ फिर भी कभी-कभी उदासी आ घेरती है। अब तुम्हारी ओर से भी चिंता हो गई है। यहाँ बैठे हम कुछ भी कर सकते हों तो निःसंकोच लिखो। क्या ही अच्छा होता यदि तुम कुछ दिन को यहाँ आ सकते ! यों बीमारी में तुम बिलकुल कुछ न करो, पूरा आराम करो, दवा करो और स्वस्थ होकर मुझे मिल जाओ !

माँजी को हमारा प्रणाम कहना। अश्कजी का दिमाग मेरे कारण परेशान है। कल बेरियम टेस्ट होगा, फिर जैसा होगा, तुम्हें लिखूँगी। एक डॉक्टर कहता है intestinal T.B. है, दूसरा कहता है एबेविक हैपाटाइटिस्ट है, तीसरा कहता है गॉल ब्लैडर में सूजन है। तुम कल्पना कर सकोगे कि इस सूरत में हमारी समझ में क्या आ सकता है। अश्कजी का स्नेह लो, नीलाभ-उमेश याद करते हैं। पुशी नमस्ते कहता है। निन्नी को हमारा स्नेह देना। उसके पत्र की प्रतीक्षा कर रही हूँ।

उत्तर की प्रतीक्षा में,

सस्नेह
तुम्हारी भाभी
कौशल्या

[73]

कौशल्या अश्क

इलाहाबाद
30.6.58

प्रिय राकेश,

तुम्हारा पत्र मिला, मन उदास हो गया। मैं कल दिल्ली जाने को तैयार थी, तुम्हें लिखने वाली थी कि तुम भी दिल्ली आ जाओ और वहाँ से इकट्ठे इलाहाबाद आ जाएँगे। मामाजी का तार मिला कि डॉ. गुहा मसूरी में हैं। इसलिए अभी रुक गई हूँ। डॉ. गुहा के लौटने पर दिल्ली जाऊँगी। तुम भी आ जाना और डॉ. गुहा को दिखा लेना।

स्वर्ण और नीलाभ दिल्ली जाने को तैयार थे, सीटें बुक हो चुकी थीं। अपनी जगह मैंने उमेश को भेज दिया। अब नीलाभ और उमेश एक सप्ताह रहकर लौट आएँगे और स्वर्ण 2-4 दिन दिल्ली रुककर जालंधर पहुँच जाएगी। 'सत्तर श्रेष्ठ कहानियाँ' की एक प्रति तुम्हारे लिए उसी के हाथ भेजी है। अपनी राय देना।

चेक मैंने पहले भेज दिया था, पर तुम्हारा पत्र आया तो मैंने तार से रुपया मनाली भेज दिया। आशा है, तुम्हारे चलने से पहले तुम्हें मिल गया होगा। जरूरत हो तो चेक रख लो, नहीं, लौटा देना।

जालंधर छोड़ कर कहाँ जाना चाहते हो ? इलाहाबाद ही चले आओ। फिलहाल तो तुम यहाँ आने की तैयारी कर ही रखो, मैं यहाँ से चलने के पहले तुम्हें तार दूँगी, तुम दिल्ली मुझे आ मिलो और डॉ. को दिखाकर हम इलाहाबाद लौट आएँगे। कुछ दिन यहाँ रहकर स्वास्थ्य ठीक करो। फिर यहाँ आने पर सब मिलकर सोचेंगे और तब तुम निश्चय करना कि जालंधर से कहाँ settle होना है। अभी चिंता छोड़कर अपना स्वास्थ्य ठीक करो।

सर्दियों में मैं अमृतसर जाकर दिखा लूँगी। फिलहाल कोई दवा लेनी जरूरी है ताकि सर्दियों तक इस योग्य रह सकूँ। इधर तबीयत फिर गिर गई है, depression भी बहुत है, मन भी उदास है।

माताजी को प्रणाम कहना। उन्हें भी साथ ले आओ तो अच्छा रहे। उनके आने से हमें भी खुशी होगी और तुम्हें भी उनकी चिंता न रहेगी।

अश्कजी तुम्हें पत्र लिख रहे हैं। पुशी याद करता है।

शेष अगले पत्र में—उत्तर शीघ्र देना—

सस्नेह
तुम्हारी भाभी
कौशल्या

पी. एस.

तार से मनीऑर्डर 25.6.58 को भेजा था। पता नहीं तुम्हें मिला या नहीं। अभी चेक वापस न भेजना। मनीऑर्डर तुम्हें Redirect होकर मिला जाएगा या हमें लौट आएगा। रसीद अभी तक हमें नहीं मिली, रुपया इधर-उधर सैर कर रहा होगा–

–कौशल्या

[74]

मोहन राकेश

453-आर, मॉडल टाउन, जालंधर
2.8.58

भाभी,

पत्र मिला। निन्नी उस समय नहीं था और दिल्ली न जा पाने के लिए गिल्टी महसूस कर रहा था। इन्हीं दिनों उसकी यहाँ दो-एक पेशियाँ थीं। पत्र पढ़कर उसे बहुत रिलीफ हुआ कि न जाकर वह दोष का भागी नहीं बना।

मैं 25 को ही मनाली से चल दिया था और रास्ते में रुकता हुआ 29 को यहाँ पहुँचा। मैं वहाँ डाकखाने से हर चीज री-डायरेक्ट कर देने का निर्देश दे आया था। चिट्ठियाँ तो कुछ इन्होंने भेजी हैं, मनीऑर्डर अभी नहीं भेजा। तार-मनीऑर्डर होने से संभव है तार घरवालों ने वापस भी कर दिया हो। बहरहाल...यहाँ पहुँच गया तो मैं सूचना दे दूँगा। वहाँ पहुँच गया तो आप पता दे दीजिएगा। आशा कर रहा हूँ कि कुछ दिनों में स्थिति ठीक हो जाएगी, क्योंकि यूनिवर्सिटी से मेरे चेक 15-20 दिन के अंदर आ जाने चाहिए।

निन्नी ने बताया था कि आप दिल्ली आ रहे हैं। हम सोच रहे थे कि डॉक्टर साहब को तार देकर पता कर लिया जाए, जिससे आप वहाँ पर हों तो मैं भी पहुँच जाऊँ। अब आप जब भी दिल्ली जाएँ, मैं अवश्य वहाँ पहुँच जाऊँगा। इलाहाबाद तक आ सकूँगा या नहीं, यह वहीं बता दूँगा। उपन्यास का कुछ काम मैंने मनाली रहते हुए किया था, अब भी कर रहा हूँ। सिलसिला इसी तरह जमा रहा तो उसे जालंधर में रहते हुए पूरा कर दूँगा। और सब बातें दिल्ली में ही विस्तार से बताऊँगा। पिछले दो सप्ताहों से दर्द की शिकायत नहीं हुई। अब चाहते हुए भी परहेज नहीं कर पाता। उसी तरह खाना-पीना चलता है। यूँ मनाली के दस दिनों का स्वास्थ्य पर अच्छा ही प्रभाव पड़ा है।

मेरा एक सुझाव और है। आप दिल्ली से कुछ दिनों के लिए यहाँ आकर पूरा विश्राम करें तो कैसा रहे ? खैर, यह बात भी दिल्ली में तय हो सकती है। जहाँ तक

डिप्रेशन का सवाल है, उसे अपने हिस्से में मत रखिए। यह एक आदमी ही उसके लिए काफी है।

कमला यहीं है। वह और माँजी स्नेह भेजती हैं। उमेश, गुड्डे और पुशी को मेरा स्नेह दीजिए।

सस्नेह
राकेश

[75]

मोहन राकेश

जालंधर
7.8.58

अश्क भैया,

पत्र कल मिला। बहुत दिनों से पत्र न आने से मुझे चिंता हो रही थी। दो-एक बार यह भी सोचा कि इलाहाबाद नहीं पहुँच पाया इसलिए भाभी नाराज ही न हों।

आपने जालंधर आने के संबंध में लिखा है। यह आप जानते ही हैं कि आप लोग कभी भी यहाँ आएँ मुझे हार्दिक प्रसन्नता होती है। इस बात में तनिक भी औपचारिकता नहीं है। परंतु आपने लिखा है कि मैं स्थिति के हर पहलू के संबंध में स्पष्टरूपेण लिखूँ, और मैं ऐसा ही कर रहा हूँ। जहाँ तक रहने की जगह का संबंध है, मैं आपके इस सुझाव को पसंद करता हूँ कि यहाँ मॉडल टाउन में पास ही हम लोग एक कमरा ले लें। सामान्यतः मेरा अपनी ओर से यह आग्रह होता कि आप घर में ही रहें—किंतु इस समय ऐसा आग्रह नहीं कर रहा, क्योंकि आपके साथ किसी तरह का तकल्लुफ नहीं बरतना चाहता। आप मेरी प्रवृत्ति को जानते हैं। इसे कॉम्प्लेक्स कह लीजिए, किंतु जब तक बिलकुल अकेला न होऊँ मैं कुछ काम नहीं कर सकता। डलहौजी में भी इसीलिए मैंने अलग होटल में कमरा लेने के लिए झगड़ा किया था। उस बार लखनऊ में रमेश का आग्रह था कि मैं डेढ़-दो महीने वहीं रहकर काम करूँ। उसके पास बिलकुल स्वतंत्र दो कमरे हैं और उसने यह भी ऑफर किया था कि मैं चाहूँ तो वह रात तक घर नहीं आएगा—परंतु मुझे यह स्वीकार नहीं था, और जब मुझे जल्दी में जालंधर लौटना पड़ा तो मैंने यह अनुभव किया कि लिखने-पढ़ने की दृष्टि से संभवतः यह अच्छा ही हुआ।

यहाँ आकर दो सप्ताह से मैं नियमित रूप से काम कर रहा हूँ। इन दिनों काम का तरीका यह है कि सुबह उठने से रात तक सभी कुछ करता हूँ—कभी उपन्यास लिखने

लगता हूँ, उससे मन ऊबता है तो कहानी लिखने लगता हूँ और उससे ऊबकर शाम को घूमने निकल जाता हूँ—आर्थिक कारणों से प्लाजा और बियर शॉप जाना अब कम कर रहा हूँ—कुछ दिनों में और भी कम कर दूँगा। बहरहाल, यह वर्तमान रूटीन काफी अच्छा चल रहा है। और मुझे आशा है कि अक्तूबर में हर हालत में उपन्यास पूरा कर दूँगा—यदि रूटीन इसी तरह चलता रहा तो।

इसीलिए मैंने कहा कि मैं अलग कमरे के सुझाव का समर्थन करता हूँ। मैं जानता हूँ कि आप डिस्टर्बेंस के बीच भी काम कर लेते हैं, जो मैं कतई नहीं कर पाता। इसका एक कारण यह भी है कि आप अपने असर्टिव स्वभाव के कारण और बड़े होने के नाते डिस्टर्बेंस को स्नब (snub) भी कर देते हैं—और मैं अपने स्वभाव के ही कारण चुप रहकर उसकी प्रतिक्रियाओं में कुढ़ता रहता हूँ।

जहाँ तक खाने की व्यवस्था का संबंध है वह तो घर में होगी ही—इस संबंध में आपको केवल एक तरद्दुद करना होगा। हम लोग अम्माँ के पास चौके में बैठकर खा लिया करेंगे। आजकल भी मैं प्रायः यही करता हूँ। शाम ने मुझे गाँव से लिखा था कि वह वापस आना चाहता है, परंतु मैंने उसे मना कर दिया है, क्योंकि इन दिनों नौकर पर 35-40 का खर्च करना भी भारी पड़ रहा है। अपने स्वभाव के कारण मैंने पहले छह-सात महीने तो खर्च उसी तरह किया जैसे कॉलेज छोड़ने से पहले था—परंतु उसमें अपने इधर-उधर के सब साधन चुक गए। अब इस स्टेज पर आकर प्लानिंग शुरू कर दी है—फिर भी 200 रुपए महीने का गैप भरना असंभव लगता है। जैसे भी हो, ऋण से बचना चाहता हूँ, इसलिए (गीता के अनुसार) अभ्यास और वैराग्य से मन को साधने का प्रयत्न कर रहा हूँ। पहले सोचा था कि घर बदलकर साढ़े 37 रुपए के पोर्शन में चला जाऊँ—तीस इसी में बचेंगे—परंतु यही सोचकर नहीं गया कि यहाँ जैसे सैट होकर काम कर रहा हूँ, वहाँ शायद न कर पाऊँ।

मैं आशा करता हूँ कि मेरे स्पष्ट लिखने का आप कतई बुरा नहीं मानेंगे। मैं जानता हूँ कि बात अस्पष्ट रखी जाए तो आपको अच्छा नहीं लगता।

नाटक के संबंध में आपकी सम्मति पढ़कर बहुत प्रसन्नता हुई। (हालाँकि इस बात के लिए गिल्टी महसूस करता हूँ कि आपको तथा पाठकजी को प्रतियाँ अभी तक नहीं भेज पाया। जो प्रतियाँ मेरे यहाँ आई थीं, वे स्थानीय बंधुवर्ग ही उठाकर ले गया और राजपाल एंड संस को कई दिनों से लिख रहा हूँ, पर अतिरिक्त प्रतियाँ अभी तक नहीं पहुँचीं।) नाटक मैंने स्ट्रिक्टली रंगमंच के लिए लिखा है, इसलिए इसकी अभिनेयता के संबंध में भी आपके विचार जानना चाहूँगा।

जहाँ तक तीसरे अंक का संबंध है, मैं समझता हूँ कि उसमें आपको थोड़ी भ्रांति हुई है। मल्लिका विलोम की विवाहिता पत्नी नहीं है और उसके दारिद्र्य से लाभ उठाने वाला व्यक्ति केवल विलोम ही नहीं है। यह बात निम्नलिखित संकेतों से स्पष्ट हो जानी चाहिए थी—पेज 100-101—"जो भाव तुम थे, वह कोई नहीं हो सका और अभाव के कोष्ट में न जाने **कौन-कौन** आकृतियाँ हैं ? जानते हो मैंने अपना नाम खोकर एक

विशेषण उपार्जित किया है और अब मैं नाम नहीं केवल **विशेषण** हूँ ?"

"व्यवसायी कहते थे, उज्जयिनी में यह अपवाद है कि तुम्हारा बहुत-सा समय वारांगणाओं के साहचर्य में व्यतीत होता है।...परंतु तुमने वारांगणा का यह रूप भी देखा है ? आज तुम मुझे पहचान सकते हो ?"

पेज 115-116—"विलोम अब तो इस घर में कदाचित अतिथि नहीं है। अब तो वह अधिकार से आता है।"

"मैं इसलिए कह रहा था कि संभव है कालिदास ही देख कर बता सके कि बच्ची की आकृति सचमुच विलोम से मिलती है या..."

मेरी दृष्टि में यह नाटक वस्तुतः मल्लिका की ट्रेजडी है—कालिदास और विलोम की नहीं। वह कालिदास को प्रेरित करके उज्जयिनी भेजती है, पर इस तरह अपने लिए एक emotional chaos की सृष्टि कर लेती है। फिर कालिदास जब काश्मीर जाते हुए उससे मिलने नहीं आता, उसकी भेंट उसके पास पड़ी रहती है तो उसकी tragedy accentuate होती है। और अंत में जब कालिदास लौटकर आता है तो अपनी ही बात कहकर और उसकी परिस्थिति के संबंध में अपना ही एक अनुमान बनाकर चला जाता है। कालिदास निःसंदेह यही impression लेकर जाता है कि मल्लिका विलोम के साथ विवाहित जीवन व्यतीत कर रही है। मल्लिका अपनी बात उसके आने से पूर्व ग्रंथ को संबोधित करके ही कहती है। कालिदास के आने के अनंतर मल्लिका के लिए ऐसा कोई संकेत नहीं है जो उसके सामने मल्लिका की स्थिति को स्पष्ट कर दे, परंतु दर्शक के लिए कई छोटे-छोटे संकेत हैं, क्योंकि वह पहले से ही मल्लिका को वारांगणा के रूप में जानने लगा है। विलोम का पहले द्वार खटखटाना और यह कहते हुए लौट जाना—'हर समय द्वार बंद...हैं, हर समय द्वार बंद ! भी दर्शक के लिए उस तथ्य को प्रकाशित कर देता है, यद्यपि कालिदास के लिए नहीं। इस दृष्टि से नाटक का अंत मल्लिका की ट्रेजडी को क्लाइमेक्स पर ले जाता है, जहाँ वह उसकी बात सुन चुकी है, परंतु अपनी कोई भी बात उससे कह नहीं पाई, अपने वर्तमान की व्याख्या नहीं कर सकी—और उसकी बच्ची वह...है जो उसे जकड़े है—और वह उसके पीछे अपनी ड्योढ़ी की देहलीज से बाहर नहीं आ पाती। विलोम की ट्रेजडी यह है कि वह जानता है कि उसने मल्लिका के दारिद्र्य का लाभ उठाते हुए उसका शरीर प्राप्त कर लिया है, परंतु उसके मन से वह कालिदास के प्रति उसकी भावना को नहीं निकाल सका। वह अपनी विजय में भी हारा हुआ है। और पूरे नाटक की irony इसमें है कि कालिदास आया भी तो एक भ्रांति लिये हुए ही चला गया—मल्लिका की वर्षों की पीड़ा फिर भी व्यक्त न हो पाई।

नहीं जानता कि उसका निर्वाह वैसे हो पाया है या नहीं जैसे मैं चाहता था। इस दृष्टि से तीसरे अंक को फिर से पढ़कर मुझे विस्तारपूर्वक अवश्य लिखें।

अंत में फिर एक बार अनुरोध करूँगा कि पहले लिखी हुई बातों की स्पष्टता का बुरा नहीं मानें—आप ही ने कई बार कहा है कि 'तुम कोई बात दिल में रखकर ऊपर

से कुछ कहोगे तो मुझे बुरा लगेगा।'

भाभी, गुड्डे, उमेश और पुशी को स्नेह दीजिए।

सस्नेह
राकेश

[76]

मोहन राकेश 16.8.58

अश्कजी,

पत्र मिला। मैं बुखार में पड़ा था। आज सुबह ही नॉर्मल हुआ है। देर न हो जाए इसलिए ये दो पंक्तियाँ लिख रहा हूँ। मैं समझता हूँ कि 40-45 रुपए में दो कमरे का सैट ले लिया जाए, यह अधिक अच्छा रहेगा। नहीं, अकेले आदमी को कमरा देने में यहाँ लोग सौ तरह की शर्तें लगाते हैं। उसमें जो असुविधा है, सो अलग।

10-12 सितंबर तक तो जगह आसानी से मिल जाती है—फिर कॉलेज खुल जाने पर जरा कठिनाई होती है। अतः अपना निश्चित कार्यक्रम लिखें।

भाभी तथा अन्य सबको स्नेह दें।

सस्नेह
राकेश

[77]

मोहन राकेश 30.9.58

भाभी,

पत्र आज सुबह ही मिला है। अश्कजी के पिछले पत्र का मैंने संक्षिप्त-सा उत्तर दिया था, क्योंकि उन दिनों बुखार आ रहा था। कह नहीं सकता कि वह मिला या नहीं। इन दिनों दूसरा पत्र लिखने की सोच ही रहा था।

इधर मैं अपनी दादी को घर ले आया हूँ। उनकी आँखों का काले और सफेद मोतिया का ऑपरेशन होना है। डॉक्टर ने तो ऑपरेशन तुरंत ही करा देने को कहा था, पर वे श्राद्धों के कारण रुकी हुई हैं। आज या कल वे अमृतसर जाएँगी और दस-ग्यारह

दिन बाद लौटकर आएँगी। शायद मेरी बुआ भी साथ ही आएँ। मैंने उन्हें आने के लिए इसलिए लिखा है कि ऑपरेशन के समय वे भी दादी के पास हों तो अच्छा है। बुआ छूआछूत बहुत मानती हैं इसलिए अस्पताल में माँजी दादी के पास रहेंगी और बुआ घर में चौका सँभालेंगी (यूँ दादी ने आकर हमारा प्याज-अंडा तो पहले ही बंद कर दिया है)। मैंने यह सब इसलिए लिखा है कि आप इन छोटी-छोटी साधारण बातों को असुविधा न मानें, और कुछ दिनों के लिए यहाँ अवश्य आएँ। वैसे मैंने दादी से आज कहा तो है कि हो सके तो वे पंद्रह तारीख तक अमृतसर रहकर यहाँ आएँ। आप लोगों से मिले बहुत दिन हो गए। इधर नरेंद्र भी काफी परेशान रहा है। आपके आने से शायद उसका मन भी कुछ व्यवस्थित हो सके। आप 7-8 तारीख तक आ जाएँ तब तो बहुत ही अच्छा है। छह-सात दिन ठीक निकल जाएँगे। बाद में अगर 'वैष्णवता' अपनानी ही पड़ी तो अधिक कठिनाई न होगी।

मैं इन दिनों दिल्ली शायद न आ पाऊँ। आर्थिक तराजू को हमवार रखने के लिए यात्रा लगभग नहीं कर रहा। अब दिसंबर में ही जालंधर से निकलूँगा। दिल्ली में थोड़ा-सा काम भी था, मगर टाल दिया है। फिर भी लिखिएगा कि किन दिनों आप लोग दिल्ली में होंगे।

शीला ने देहरादून से दो पत्र लिखे हैं। वहाँ वह प्रिंसिपल लगकर गई है। मैं समझ नहीं पाया कि उसे क्यों अब भी वही पत्र लिखने का आग्रह है। पत्रों में वही पुरानी बातें लिखी रहती हैं। मुझे केवल झुँझलाहट होती है। मैंने उसके किसी पत्र का उत्तर नहीं दिया, और न ही दूँगा। उसका भाई कभी अश्कजी से मिले तो वे उससे कह दें कि अपनी बहन को लिख दे कि वह व्यर्थ में पत्र लिखकर पोस्टेज के पैसे बर्बाद न किया करे। मेरा उससे कोई संबंध नहीं है और न ही कभी मैं उसे एक पंक्ति भी लिखूँगा। हाँ, उसे बच्चे के लिए किसी चीज की जरूरत हो तो वह आपके माध्यम से मुझे सूचना दे। इस विषय में भी यदि वह मुझे ही सीधा पत्र लिखने का हठ रखना चाहे तो मैं उसका भी उत्तर न दे पाऊँगा और न ही कुछ कर पाऊँगा। कल-परसों जो पत्र आया था वह रजिस्ट्री शुदा था। मैंने इसलिए ले लिया कि कोई कानूनी कार्यवाही फिर से आरंभ न हो रही हो। आइंदा उसकी रजिस्टर्ड और साधारण सभी चिट्ठियाँ मैं वापस कर दूँगा। अगर वह मेरा वक्त और दिमाग इन बातों से न ही खराब करे तो ज्यादा अच्छा है।

कई दिनों से बारिश हो रही है। हम लोग स्वस्थ हैं।

सबको मेरा स्नेह दें।

सस्नेह
राकेश

[78]

मोहन राकेश 28.10.58

भाभी,

लौटकर चिट पढ़ी। नरेंद्र से बात भी हुई। माँ अपनी जगह सोच में पड़ी थीं कि आप लोगों ने ठीक से खाया-पिया नहीं।

मैंने नरेंद्र से पहले ही कहा था। मगर उसका कहना था कि यह ऐसा कारण है कि आपको बुरा नहीं लगेगा। बहरहाल, चला गया इसकी पूरी जिम्मेदारी मुझ पर है, उस पर नहीं। दिल्ली जरूर आता लेकिन दादी ऑपरेशन कराने आ रही हैं। घर पर न हुआ तो उधर गलतफहमियाँ पैदा होंगी। मुझे लगता है कि व्यक्ति के स्नेह, सद्भाव और सौहार्द का कोई मूल्य नहीं। मूल्य केवल इस बात का है कि वह ठेठ औपचारिकता का पालन कहाँ तक करता है। पिछली बार कितने उत्साह से आप लोगों को लाने दिल्ली आया था, यह मैं जानता हूँ। आपने बाद में आने का आश्वासन दिया और नहीं आ सके तो मेरे मन में कोई वैसा भाव पैदा नहीं हुआ, कोई गलतफहमी पैदा नहीं हुई। यहाँ से पर्चे भिजवाना छोटी-सी बात थी, जिसके लिए एक घंटा समय चाहिए था। नरेंद्र को इतना समय नहीं मिल सका और मुझे उसके लिए लखनऊ से आना पड़ा—मगर मेरे मन में कभी गिला नहीं आया। मगर ठीक या गलत—में एक मजबूरी में पकड़कर चला ही गया तो उसमें आप इतना बुरा मानें—इसमें मेरा भी दिल बुरा होता है। ऐसी बात के लिए आप जितना गुस्सा निन्नी पर करेंगी उतना ही मुझ पर करें तो मैं उसे सहर्ष स्वीकार करूँगा। मगर उसमें ज्यादा नहीं। मैंने आपके और अश्कजी के साथ अपने संबंध को साहित्यिक संबंध की श्रेणी में कभी नहीं रखा। स्नेह-संबंध में गिला होता है, शिकायत होती है, तोड़ फेंकने की बात नहीं होती। मगर शायद मेरी अप्रोच ही गलत है—शायद इस घर का केवल प्राणी मैं ही हूँ, माँ के अस्तित्व का कोई महत्त्व नहीं है। अन्यथा ऐसा भाव आपके मन में न आता। मुझे समारोहों में जाने का तनिक भी मोह नहीं है। एक बहुत बड़ी मजबूरी समझकर ही गया था, और वह भी तार द्वारा सूचना देकर और इस खयाल के साथ कि लौटते में आपको केवल एक दिन ही ठहरना है। यह जानता कि आप लोगों को 22 को आना है और 25 तक ठहरना है तो 23 को लौटकर भी जा सकता था। मगर शायद यह सब लिखने का कोई अर्थ नहीं। व्यक्ति की भावना चीज ही क्या है ? वह किस स्नेह के साथ क्या 'करता' है इसका कोई महत्त्व नहीं, महत्त्व उसी का है कि वह क्या 'नहीं करता'।

सोचा था लंबा पत्र लिखूँगा, मगर मन दुःखी है इसलिए नहीं लिख पाऊँगा। घर आते ही पिछले छह-सात दिन के सारे उत्साह पर पानी फिर गया।

यूँ मुझे अब भी कोई गिला नहीं है।

अश्कजी को स्नेह दें।

सस्नेह
राकेश

[79]

कौशल्या अश्क इलाहाबाद

13.11.58

प्रिय राकेश,

तुम्हारा 28.10.58 का पत्र मिला। जहाँ इस बात का मुझे खेद हुआ है कि मेरी एक पंक्ति से तुम्हें इतना दुःख पहुँचा, वहाँ इस बात का संतोष और खुशी भी हुई कि तुम्हें मेरी नाराजगी का खयाल है। तुम्हें खयाल न होता तो मेरी एक पंक्ति के उत्तर में तुम्हारा दो पेज का झुँझलाहट, खीज और व्यंग्य से भरा पत्र मुझे यहाँ न मिलता। स्नेह और भावना पर जो लंबा लेक्चर तुमने लिख भेजा है, वह मैंने पढ़ा है, पर राकेश, क्या सचमुच तुम समझते हो कि मुझे इसकी जरूरत थी '!

तुमने लिखा है—व्यक्ति के स्नेह, सद्भाव और सौहार्द का कोई मूल्य नहीं। मूल्य केवल इस बात का है कि वह ठेठ औपचारिकता का पालन कहाँ तक करता है—निश्चय ही तुमने यही धारणा मेरे लिए भी बना ली है। नहीं तो पत्र में यह न लिखते। यदि ऐसा ही है तो मुझे अपनी सफाई में कुछ नहीं कहना। यों स्नेह की अपनी औपचारिकता होती है जो विवशता और दिखावे के लिए नहीं वरन् मन से होती है। औपचारिकता में मेरा विश्वास है, उसका पालन भी मैं करती हूँ पर सबके साथ नहीं।—दाल के साथ बैंगन का भुर्ता पका लीजिए, नाश्ते के लिए पराँठे नहीं, टोस्ट और आमलेट बनेगा, दही में आलू का रायता बनेगा, स्वर्ण और नरेंद्र आज यहीं (मॉडल टाउन में) खाना खाएँगे. ..यह सब कहना और इतने अधिकार और विश्वास के साथ यदि तुम्हें यही धारणा बनाने को विवश करता है तो मैं तुम्हें रोकूँगी नहीं।

पिछली बार तुम्हारे दिल्ली आने से मुझे सचमुच बहुत खुशी हुई थी (इसके लिए कृतज्ञता प्रकट करना मैंने जरूरी नहीं समझा), जालधंर न आ पाने का खेद भी हुआ। इसलिए इस बार जालंधर आने का निश्चय और भी पक्का किया था। अश्कजी ने तो कहा था कि मैं दिल्ली में ही आराम करूँ और इलाज कराऊँ पर मैंने कहा, आते-आते डॉक्टर को दिखाएँगे। जालंधर जरूर जाऊँगी। स्नेह और भावना को न जानती तो चुपचाप दिल्ली पड़ी रहती। यह और बात है कि स्नेह का प्रदर्शन करना और उसका विश्वास दिलाना न मेरे बस में है, न मुझे अभीष्ट।

शिमले में तुम्हारी बहुत याद आती रही। कई बार हम दोनों ने कहा कि राकेश होता तो अच्छा रहता। कई बार खयाल आया, क्यों न तुम्हें घसीट लाएँ। शिमले से लौटते हुए दोबारा जालंधर रुकने का प्रोग्राम तुम्हें दिल्ली अपने साथ ले आने को ही बनाया था। फिर तुमने कहा था कि शायद करवा चौथ का व्रत भी 21-22 को होगा। सोचा था, तुम्हें परेशान करूँगी—जाओ सरगी की लिए फल-मिठाई ला दो, अरे, मेंहदी नहीं लाए ! अब जाओ मेंहदी लाकर दे दो, सुबह चार बजे तुम्हें और निन्नी को जमा

कर फेनियों की खीर खिलाती—पर तुम्हें वहाँ न पाकर मन को अच्छा नहीं लगा।

जालंधर में 3-4 दिन रुकना पड़ा। तुम्हारा पता मालूम न था, नहीं तो तार से अपने रुकने की सूचना तुम्हें दे देते। 25 की सुबह भी तुम्हारे आने की आशा लगी रही। आखिर वह एक पंक्ति लिखकर चली आई हालाँकि लंबा पत्र लिखना चाहती थी। मेरी उस एक पंक्ति से तुम्हें इतना दुःख और झुँझलाहट हुई कि स्नेह और भावना पर एक लंबा लेख लिख भेजना पड़ा। मेरी भाभी यह पंक्ति लिखती तो मुझे शायद बुरा भी लगता, पर खुशी ज्यादा होती। उस नाराजगी में छिपे स्नेह को मैं पहचान लेती। अपनी सफाई मैं जरूर देती, पर व्यंग्य से नहीं। नाराजगी और गिला अधिकार से ही होता है और स्नेह के अधिकार से बड़ा अधिकार कौन-सा है !

'आप जितना गुस्सा निन्नी पर करेंगी उतना ही मुझ पर करें तो मैं उसे सहर्ष स्वीकार करूँगा। मगर उससे ज्यादा नहीं,' तुमने लिखा है। मुझे हँसी आ गई। बच्चे प्रायः कहते हैं—मैं भैया जितनी ही चीज लूँगा। मेरे भाई, मुझे किसी पर गुस्सा नहीं। तुम्हें वहाँ न पाकर मन को बुरा लगा। तुम्हें दुःख पहुँचाना मुझे कभी अभीष्ट नहीं। तुम मुझे थोड़ा-बहुत (क्योंकि ज्यादा तुम नहीं जानते, नहीं औपचारिकता के पालन के संबंध में वह पंक्ति न लिखते) तो जानते ही हो। मैं स्वयं कुढ़ लूँगी, दुःख पा लूँगी, पर चाह कर भी किसी को दुःख पहुँचाना मुझसे नहीं होता। फिर जिनसे मुझे स्नेह है, जिनसे मुझे स्नेह मिला है, उन्हें भी क्या दुःख पहुँचाऊँगी ? अनजाने में मुझसे किसी स्नेही को दुःख पहुँचे और मुझे पता चल जाए तो मुझे बहुत दुःख होता है, मैं क्षमा माँग लेती हूँ।

फिर तुमने लिखा है—स्नेह-संबंध में गिला होता है, शिकायत होती है, तोड़ फेंकने वाली बात नहीं होती। मुझे अफसोस है कि उस पंक्ति से या मेरे व्यवहार से तुम्हें केवल 'तोड़ फेंकनेवाली' बात का ही आभास मिला है, स्नेह की स्निग्धता तुमने महसूस नहीं की। यदि तुम्हें सचमुच ऐसा ही लगा है तो मैं क्षमा माँग लेती हूँ।

तुमने यह भी लिखा है कि शायद इस घर का केवल प्राणी मैं ही हूँ, माँ के अस्तित्व का कोई महत्त्व नहीं है अन्यथा ऐसा भाव आपके मन में न आता। कैसा भाव ? मैं नहीं समझी। वह पंक्ति केवल तुम्हारे लिए थी—तुम्हें दुःख पहुँचाने के लिए नहीं, तुम लेखक हो, मेरी भावना समझ लोगे, इसलिए माँजी से उसका कोई संबंध नहीं। फिर माँजी के अस्तित्व का महत्त्व न होता तो मैं दूसरे ही दिन दिल्ली चली आती। मकान के झगड़े में मेरी कोई जरूरत न थी। माँजी के स्नेह ने ही बाँध रखा था। माँजी में मैंने माँ और सास दोनों को पाया है, इसीलिए उनसे लिपटकर प्यार भी कर लेती हूँ और श्रद्धा से उनके चरणों में भी झुक जाती हूँ। उन्होंने मेरे एक अभाव की पूर्ति की है। अब तुम जान लो उनके अस्तित्व का महत्त्व मेरे लिए कितना है। रही उनकी शिकायत तो चाहे खा-खाकर पेट फूल जाए, उन्हें कभी संतोष नहीं होता, न कभी होगा। उनकी उस शिकायत से मुझे बहुत खुशी हुई। उन्हें हमारा इतना खयाल रहता है कि कुछ भी करके वे संतुष्ट नहीं होतीं। और भी करते जाना चाहती हैं। शिकायत में प्यार छिपा

है। इसे मैं अपना सौभाग्य ही मानती हूँ। हाँ, मेरी किसी बात से, मेरे किसी व्यवहार से उन्हें दुःख पहुँचा तो मैं उनसे सच्चे मन से क्षमा चाहूँगी।

तुमने इलाहाबाद आने का वादा किया था। कब आ रहे हो ? इसका पता दो। नाराज हो तो भी आओ जरूर। यहीं फैसला कर लेंगे।

एक पार्सल भेज रही हूँ, वह माँजी को दे देना। उसमें माँजी के लिए एक साड़ी है। फल-मिठाई यहाँ से नहीं भेजी जा सकती। तुम उन्हें बताए बिना उनकी पसंद की फल-मिठाई लाकर मेरी ओर से उन्हें खिला दो। स्वयं वे नहीं खाएँगी। साड़ी वे पहन लेंगी तो मुझे बहुत खुशी होगी। यह काम कर दोगे।

अश्कजी स्नेह भेजते हैं।

पत्र शीघ्र दोगे तो मुझे संतोष हो जाएगा कि इस बार तुम गलत नहीं समझे।

सस्नेह
तुम्हारी भाभी
कौशल्या

[80]

कौशल्या अश्क | इलाहाबाद
21.11.58

प्रिय राकेश,

मैंने 13.11.58 को तुम्हें एक लंबा पत्र यहाँ से भेजा था और उत्तर की प्रतीक्षा कर रही थी। तुम्हारे 18.11.58 के पत्र से लगता है कि तुम्हें मेरा वह पत्र नहीं मिला। उसकी कापी तुम्हें अलग से भेज रही हूँ।

इधर तीर-चार दिन से फिर तबीयत ज्यादा खराब है और कल से दिमाग भी बेहद परेशान है। माँजी ने साड़ी वापस क्यों भेज दी, मैं समझ नहीं पाई। वह तो 'बए' की चीज है और उसे वापस नहीं भेजना चाहिए था। इसमें अपशकुन समझा जाता है। बहरहाल, मैं वह फिर भेज रही हूँ। माँजी पहन लेंगी तो मैं अपने को सौभाग्यशाली समझूँगी। वे किसी कारण ऐसा न कर सकें तो उसकी तुम्हारी कमीजें बन जाएँगी। 'बए' की चीज न वापस भेजी जाती है, न ली जाती है। आशा है तुम मेरी (रूढ़िवादी) इस भावना को समझोगे और माँजी को पहनने के लिए मना लोगे।

तुम शायद बहुत नाराज हो, मेरा लंबा पत्र तुम्हें मिला नहीं और जैसा कि मैं तुम्हें जानती हूँ, गलतफहमी में कुढ़ रहे हो। यहाँ ज्यादा न लिखकर इतना ही कहूँगी कि मैं नाराज हो भी जाती हूँ (हालाँकि नाराज मैं वहीं होती हूँ जिनसे बहुत स्नेह करती हूँ,

जिनके स्नेह पर विश्वास करती हूँ) पर इससे मेरे स्नेह में रत्ती-भर भी अंतर नहीं आता। तुम्हें मेरी जिस बात से दुःख पहुँचा हो, उसके लिए क्षमा कर दो और उत्तर वापसी डाक से भेज दो। मेरा मन बेहद उदास है, बीमारी ने इस उदासी को और भी बढ़ा दिया है। तुम्हें मिलने को मन बहुत चाहता है। जैसे भी हो, दो-चार दिन के लिए मिल जाओ। आभारी हूँगी। तुम्हारी सब शिकायत, नाराजगी और गिला दूर कर दूँगी। पत्रों में क्या-क्या लिखा जा सकता है, मिलने पर सब बातें होंगी। तुमसे बहुत-सी बातें करनी थीं, पर तुम जालंधर में मिले ही नहीं। खैर, छोड़ो इसको। पहले ही मैंने तुम्हें अनचाहे में नाराज कर लिया है जिसका मुझे बहुत दुःख है।

माँजी को मेरा प्रणाम कहना। मेरी किसी बात से वे नाराज हों तो उनसे कहना मुझे क्षमा कर दें। दिल्ली जाऊँगी तो जालंधर भी आऊँगी और तब स्वयं उनसे क्षमा माँग लूँगी।

उत्तर की प्रतीक्षा में,

सस्नेह
कौशल्या

[81]

कौशल्या अश्क

इलाहाबाद
25.11.58

प्रिय राकेश,

तुम्हें एक पत्र 3-4 दिन पहले लिखा था, आशा है मिल गया होगा। तुम्हारा उत्तर नहीं मिला, मैं रोज प्रतीक्षा करती हूँ। तुम्हें जो लंबा पत्र मैंने लिखा था, उसकी प्रतिलिपि भेज रही हूँ। इधर 5-6 दिन से तबीयत इतनी खराब रही कि बैठा तक नहीं गया। वह पत्र भी हाथ से न लिख पाई। टाइप ही कराया है। इसके लिए तुम बुरा न मानोगे, ऐसी आशा है।

देखा भाई, अपनी नाराजगी को दूर करो और पत्र जल्दी लिखो। मेरा मन तुम्हें मिलने को बहुत चाहता है। यदि किसी तरह संभव हो सके तो कुछ दिनों के लिए चले आओ।

तुम्हारे रुपए नहीं भेज सकी। इस बार खर्च बहुत हो गया और हाथ बहुत तंग हो गया, पर मैं दो-चार दिन में ही तुम्हें ड्राफ्ट भेज दूँगी। जहाँ तक मुझे याद है, 140 रुपए मुझे देने हैं। यदि तुमने कुछ और खर्च किया हो (स्वर्ण को दिए हों तो) लिखो, मैं भेज दूँगी। तुम्हारे ऊपर भी काफी खर्च पड़ा होगा। दादीजी का ऑपरेशन कराना

था। मुझे पहले ही भेज देने चाहिए थे, इस देरी के लिए क्षमा कर देना।

माँजी की चूड़ियाँ भी शीघ्र ही बनवाकर भेजूँगी। जरा-स' स्वस्थ हो जाऊँ। अभी तो मन-प्राण पर थकावट और उदासी छाई हुई है। दिल्ली वाले डॉक्टर की दवा suit नहीं की। अब फिर यहाँ के डॉक्टर की दवा शुरू की है। दुआ करो, मैं शीघ्र ही अच्छी हो जाऊँ।

तुम्हारा उपन्यास छपे तो हमें एक प्रति भेजना न भूलना।

दीवाली वाले दिन शीला की माँ बाजार में मिल गईं। बातें तो वे करती रहीं, पर तेवर उनके चढ़े रहे। खैर, यह तो स्वाभाविक ही है।

बहुत-सी बातें हैं, मिलने पर करेंगे। तुम कब तक आ सकोगे, पता देना !

अश्कजी का स्नेह लो। यहाँ आकार वे भी 8-10 दिन बहुत बीमार रहे। अब अच्छे हैं और काम भी कर रहे हैं।

माँजी को हमारा प्रणाम ! दादीजी वहाँ हों तो उन्हें भी प्रणाम कहना।

उत्तर की प्रतीक्षा में,

सस्नेह
तुम्हारी भाभी
कौशल्या

[82]

कौशल्या अश्क

इलाहाबाद
29.11.58

प्रिय राकेश,

तुम्हारा 23.11.58 का पत्र मिला और सच जानो मन से एक भारी बोझ उतर गया। मैं हैरान थी कि माँजी ने ऐसा क्यों किया और तुमने उन्हें ऐसा क्यों करने दिया। अब समझ में आया है कि उन्हें भ्रम हो गया था। उनकी प्यार से दी हुई चीज लौटाने की धृष्टता मैं कैसे कर सकती थी और वह भी इतने दिनों बाद ! खैर, वे नाराज नहीं, यह मेरे लिए बड़ी खुशी की बात है। मुझे केवल पार्सल ही मिला, तुम्हारा पत्र नहीं मिला। इससे तुम अंदाजा लगा लो कि मेरा दिमाग कितना परेशान रहा होगा।

दिसंबर में नीलाभ को छुट्टियाँ हो जाएँगी और उसे घुमाने के लिए मुझे दिल्ली जाना होगा। 14 को अश्कजी का जन्मदिन है, उसके बाद ही हम जाएँगे। तुम यदि अब आ सको तो बड़ा अच्छा हो। उस दिन तुम यहाँ रहोगे तो अश्कजी भी और मुझे भी बड़ी खुशी होगी। यहाँ तो, तुम जानते ही हो, कोई ऐसे स्नेही लोग नहीं हैं जो सचमुच

खुशी में भाग लें और दुःख में संवेदना प्रकट करें। तुम आ जाओगे तो बड़ा अच्छा होगा।

अपना प्रोग्राम लिखो ताकि मैं उसके अनुसार ही अपना प्रोग्राम बनाऊँ। अच्छा यही है कि तुम चले आओ !

अश्कजी पिछले कई दिनों से अपनी पुस्तक 'ज्यादा अपनी कम परायी' का मसविदा तैयार करने में लगे थे। आज ही पूरा किया है और इस समय बाहर घूमने चले गए हैं। तुम्हें बहुत याद करते हैं तथा स्नेह भेजते हैं। तीन-चार दिन पहले की बात है—मैंने कहा, आपके जन्मदिन पर किस-किस को बुलाएँ। कहने लगे, क्या बुलाना है। मैंने कहा, हो सकता है, राकेश यहीं हो। खुश होकर बोले, वह आ रहा है क्या ? मैंने कहा, आने को तो उसने लिखा है। मैं उसे लिखूँगी कि आ जाए। जन्मदिन की formality की बात नहीं, यों ही अपना कोई आत्मीय, स्नेही पास हो तो दिन अच्छा निकल जाता है। तुम्हें आना ही है, अब आ जाओगे तो अश्कजी को भी खुशी होगी और फिर हम इकट्ठे दिल्ली और तुम कहोगे तो जालंधर भी चले चलेंगे। रुपए की जरूरत हो तो तार दो, मैं तार से ही भेज दूँगी। ड्राफ्ट भेजने में 4-5 दिन लग जाएँगे।

तुम चाहो तो मैं तुम्हें अलग कमरा दे दूँगी। तुम अपना उपन्यास यहीं लिखो। कोशिश करूँगी कि तुम्हें किसी प्रकार का कष्ट न हो, न किसी प्रकार की disturbance होने दूँगी। अश्कजी अब अलग कमरे में काम करने की कोशिश कर रहे हैं। तुम निश्चय करो तो मैं कमरा ठीक कर दूँगी और तुम्हारी सुविधानुसार थोड़ा-बहुत सजा दूँगी।

निन्नी और स्वर्ण को एक भी पत्र नहीं लिख सकी, रुपया भेज दिया था। वे लोग नाराज होंगे। मिलो तो मेरा स्नेह देना। उन्हें भी पत्र लिखूँगी।

तसवीर तुम्हारी बहुत अच्छी आई है। उसे देखकर तो लगा कि 'कहीं' भेजने को खिंचवाई गई है। पत्र पढ़कर पता चला कि तुम्हें मेरी बात याद रही और तुमने मेरे लिए ही भेजी है। बहुत अच्छी है।

मैंने कहा था कि मैं तुमसे कपड़े लूँगी, पर कब, यह भी बताया था। अब प्रबंध करो, फिर मैं उन कपड़ों में तसवीर खिंचवाकर तुम्हें भेजूँगी।

माँजी को प्रणाम के साथ मेरा पत्र भी देना। उत्तर वापसी डाक से दो और अपना प्रोग्राम लिखो। मैं प्रतीक्षा करूँगी।

सस्नेह
तुम्हारी भाभी
कौशल्या

[83]

मोहन राकेश

जालंधर
7.12.58

भाभी,

पत्र मिलने पर इतने दिन उत्तर देने में लग गए—इसका खास कारण है। एक डिफ्रेंस ऑफ ओपीनियन पैदा हो जाने के कारण मैंने रिसर्च स्कॉलरशिप से भी त्यागपत्र दे दिया है। मदान ने मेरा त्यागपत्र रिकमेंडिड करके भेज दिया था—आज बारह-चौदह दिन हो गए। इस बीच में जालंधर से शिफ्ट कर जाने के बारे में ही सोच-विचार कर रहा था। खयाल था कि निश्चय करके ही आपको पत्र लिखूँ। आखिर मैं इसी निश्चय पर पहुँचा हूँ कि दिल्ली जा रहना ही ठीक होगा। इसके लिए 10 तारीख की रात को यहाँ से दिल्ली जा रहा हूँ। चार-पाँच दिन वहाँ रहकर जगह की देखभाल करूँगा। इलाहाबाद इसी वजह से नहीं आ पाऊँगा। जल्द सैट होकर बैठना बहुत जरूरी है क्योंकि अन्यथा बहुत कठिनाई का सामना करना पड़ेगा। आशा करता हूँ कि आपके दिल्ली आने तक मैं वहाँ शिफ्ट कर जाऊँगा। फिर भी निश्चित पता छह-आठ रोज बाद ही दे सकूँगा। आप पत्र का उत्तर मुझे केयर आफ राजकुमार दें, और ऐसे कि मुझे 12 तक मिल जाए। अन्यथा जालंधर के पते से ही दें। इधर डिप्रेस भी रहा हूँ—मगर वे सब बातें तो मिलने पर ही हो सकेंगी।

अपना दिल्ली का कार्यक्रम लिखिएगा। रुपए अभी न भिजवाएँ। ठिकाना हो जाने पर मैं मँगवा लूँगा। नरेंद्र को बीस रुपए पिछले महीने दिए थे, बीस रुपए और कल दे रहा हूँ। वे लोग घर शिफ्ट कर गए हैं।

अश्कजी के जन्मदिन पर मेरी बधाई लीजिए। एक छोटी-सी किताब भेज रहा हूँ। यह उन्हें उसकी दिन दीजिएगा।

बस इतना ही। इस समय भी डिप्रेस्ड न होता तो लंबा पत्र लिखता।

अश्कजी तथा उमेश, गुड्डे को मेरा स्नेह दें।

सस्नेह
राकेश

[84]

मोहन राकेश

416, देवनगर, नई दिल्ली
28.12.58

भाभी,

जालंधर से लिखा पत्र मिला होगा। मैं परसों सुबह सामान के साथ यहाँ पहुँच गया।

अभी मन सैटल्डाउन नहीं हुआ। कुछ दिन तो लगेंगे ही।

...माँजी भी आ गई हैं। उनका मन ज्यादा जल्दी लग गया है।

पत्र मिलने पर मनीऑर्डर भिजवा दीजिए। मनीऑर्डर फॉर्म पर पता इस प्रकार लिखवाइगा—

ब्लॉक नं. 4
स्ट्रीट नं. 6
हाउस नं. 5843
देवनगर, नई दिल्ली।

मैं कल से फिर लिखने-पढ़ने में लगूँगा।

अपने स्वास्थ्य के संबंध में लिखिएगा। और लोग कैसे हैं ?

अश्कजी आजकल इलाहाबाद में ही हैं या बाहर ? आप नया क्या छाप रही हैं ?

निन्नी और स्वर्ण ठीक-ठाक थे। स्वर्ण को रुपए दे आया था। आते हुए उन दोनों ने सामान सँभलवाने में वस्तुतः बहुत मदद की।

माँजी स्नेह भेजती हैं।

किताब अब-तक मिल गई होगी। अनायास की देरी के लिए क्या कहूँ ?

सस्नेह
राकेश

[85]

कौशल्या अश्क

इलाहाबाद
17.1.59

प्रिय राकेश,

बहुत दिनों से तुम्हारा कोई पत्र नहीं मिला। मैं एक-दो दिन के लिए दिल्ली आने की सोच रही हूँ। यहाँ से आगरा जाऊँगी, वहाँ भाई को देखकर दिल्ली आऊँगी और

वहाँ से दो दिन के लिए चंडीगढ़ जाऊँगी। सर्दी काफी है और मेरी सेहत बहुत अच्छी नहीं। आज बुखार हो गया है। 10-12 दिन तक आऊँगी। तुम दिल्ली में होगे न ? तुमसे मिलने की बहुत इच्छा है।

अश्कजी आंध्रा के दौरे से लौट आए हैं। बहुत थके हैं और अस्वस्थ भी हैं। तुम्हें स्नेह भेजते हैं।

देवनगर कहाँ पर है ? स्टेशन से कितनी दूर है ? तुम्हारा पत्र मिलने पर अपने प्रोग्राम का निश्चित पता तुम्हें दूँगी।

माँजी को हमारा प्रणाम कहना। अब वे दिल्ली आ गई हैं, शायद कभी उन्हें मेरा स्नेह प्रयाग भी खींच लाए।

तुम क्या कुछ लिख-लिखवा रहे हो ? और क्या हाल-चाल है ? व्यस्त भी हो तो चंद पंक्तियाँ लिख भेजो।

नीलाभ-उमेश याद करते हैं। नीलाभ पास हो गया है और अब सीनियर कैंब्रिज की तैयारी उसने शुरू की है।

उत्तर की प्रतीक्षा में,

सस्नेह
तुम्हारी भाभी
कौशल्या

[86]

मोहन राकेश

4/5843, देवनगर, नई दिल्ली
21.1.59

भाभी,

पत्र मिला, पहले नव वर्ष का कार्ड मिला था। मनीऑर्डर भी मिल गया था। मैं बहुत दिनों से पत्र के इंतजार में था। जालंधर और दिल्ली से दो पत्र लिखे थे। आपका यह पहला ही पत्र मुझे मिला है। नए साल की शुभकामनाएँ लीजिए।

यह जानकर खुशी हुई कि आप यहाँ आ रही हैं। देवनगर करोलबाग में है। यह घर ब्लॉक 4, गली 6 में है, टैक्सी स्टैंड के बिलकुल पास ही। माँजी यहीं हैं और आप को याद करती हैं।

अपने स्वास्थ्य के विषय में लिखें। मैं यहाँ से बाहर जाने की सोच भी नहीं रहा। विशेष बात मिलने पर ही होगी। अपना निश्चित कार्यक्रम लिखिएगा।

सस्नेह
राकेश

[87]

मोहन राकेश

4/5843, देवनगर, नई दिल्ली

4.2.59

भाभी,

पूरा पता लिखने का यह अर्थ क्योंकर हुआ कि आप स्टेशन से खुद पहुँच जाएँ ? वह तो मैंने इसलिए लिखा था कि आप कभी समय पर सूचित न कर सकें और दिल्ली पहुँच जाएँ तो कोई असुविधा न हो। आप आगरा से तार जरूर दे दें ताकि समय पर स्टेशन पर पहुँच जाऊँ।

और बातें मिलने पर ही होंगी। सबको मेरा स्नेह दें।

सस्नेह
राकेश

[88]

मोहन राकेश

4/5843, देवनगर, नई दिल्ली-5

26.2.59

भाभी,

पत्र मिला। मैं पहले एक पत्र लिख चुका हूँ। वह भी मिला होगा।

स्वास्थ्य के संबंध में जानकर चिंता हुई। अब कैसे हैं, लिखिएगा।

नाटक (आषाढ़ का एक दिन) मैं लखनऊ में भी नहीं देख पाया। वहाँ 10 और 21 जनवरी को हुआ था। खबर आई थी कि कांग्रेस सेशन पर रामपुर में भी हुआ था—मगर वहाँ से तो किसी ने मुझे लिखा तक नहीं। लखनऊ के लोग कुछ दिन हुए यहाँ आए थे। वहाँ का अभिनय भी सुना है कि काफी सफल हुआ। 'नाट्य समारोह' में उन्हें best production की trophy भी प्राप्त हुई।

आजकल उपन्यास में व्यस्त हूँ। दो महीने का संन्यास इसीलिए लिया है।

मई में शायद कुछ दिनों के लिए बंबई जाऊँ।

और सबके समाचार क्या हैं ? अश्कजी का 'गिरती दीवारें' कितना चला गया। उन्हें और शेष सबको स्नेह दें।

सस्नेह
राकेश

पी. एस.

संक्षिप्त पत्र लिखने का कारण यही है कि मन कागजों में उलझा हुआ है।

—राकेश

मोहन राकेश

4/5843, देवनगर, नई दिल्ली
13.3.59

अश्क भैया,

बहुत दिनों के बाद पत्र मिला। कहानी, लेख के प्रकरण को लेकर कुछ लिखने को मन नहीं होता। इलाहाबाद की स्थानीय राजनीति की बात मैं बहुत दिनों से जानता हूँ। मगर मैंने कुछ दिन पहले तक यह विश्वास किया था कि भैरव[1]—कम-से-कम मेरे साथ अपने संबंध में—उस राजनीति को नहीं बरतेंगे। मगर मुझे खेद है कि मेरा विश्वास गलत था। आज भैरव यह विश्वास करके खुश हो सकते हैं कि उन्होंने खूब अच्छी शतरंज खेली, और इस बात की घोषणा भी कर सकते हैं कि मैंने अपना लेख इसलिए मँगा लिया कि किसी और का लेख उन्होंने पहले छाप दिया—मगर वस्तुस्थिति वे भी जानते हैं, मैं भी जानता हूँ। भैरव के सभी पत्र मेरे पास सुरक्षित हैं। पढ़ना चाहें, तो भेज सकता हूँ।

भैरव ने मुझसे लेख माँगा था, तो मैंने लिखने से मना कर दिया था। मेरा खयाल था कि कहानी की बात जिस गंभीर स्तर पर होनी चाहिए, उस पर इन लेखों में नहीं हो पाएगी। मार्कंडेय का एक लेख कहानी-गोष्ठी में भी सुना था, उसके संग्रह 'भूदान' की भूमिका भी पढ़ी थी। मैं इस घटिया किस्म की 'तू-तू, मैं-मैं' मैं नहीं पड़ना चाहता था। भैरव ने लिखा था कि मार्कंडेय का लेख उनके पास आ गया है—और मुझे विश्वास था कि लेख से उनका मतलब 'भूदान' की भूमिका से ही है। मेरा एतराज उस तरह के स्वर में एक लेखमाला के आरंभ करने से था। भैरव किसी भी गंभीरतापूर्वक लिखे गए लेख से आरंभ करते, मैं लेखमाला के अंतर्गत जरूर लिखता। भैरव ने जोर दिया कि मैं तुरंत लेख जरूर लिखकर भेजूँ क्योंकि वे उसी से आरंभ करना चाहते हैं। मैंने समय न रहते हुए भी समय निकालकर लेख लिखा और भेज दिया। भैरव ने जो डेट लिखी थी, उससे एक ही दिन देर से लेख यहाँ से गया है। भैरव अब घोषणा जो भी करते रहें—यह उनका काम है। पहले या पीछे लेख छपने में क्या अंतर पड़ता है ? मतलब एक 'टोन' में था। जो दो लेख अब तक प्रकाशित हुए हैं, उनके 'टोन' से भैरव को प्रसन्नता हो सकती है—मैं उसे आलोचना नहीं, केवल दंतमंजन बेचनेवालों की घंटीबाजी समझता हूँ। शायद 'कहानी' ही एक पत्रिका है जिसमें यह चीज 'आलोचना' के नाम से चल सकती है।

...ग्राम कथा और शहरी कथा की बात को मैं व्यर्थ की खींचतान समझता हूँ। नए बादल की भूमिका में मैंने इस ओर संकेत भी किया था। और कुछ बातें मैंने अपने लेख

---

1. भैरव प्रसाद गुप्त

में लिखी थीं। लेख 'कृति' के चौथे अंक में है। आशा है वह अंक आपको मिला होगा। न मिला हो तो लेख की टाइपशुदा कापी आपने पढ़ने के लिए भेज दूँगा।

उपन्यास शायद जून तक छप जाएगा। 'आषाढ़ का एक दिन' के नेशनल ड्रामा के रूप में प्रसारित होने की बात चल रही है।

भाभी कैसी हैं ? मेरा स्वास्थ्य बीच में फिर कुछ दिन खराब हुआ था—अब ठीक है।

माँजी स्नेह भेजती हैं। गर्मी में कहाँ जाने का विचार है ?

भाभी, पुशी, उमेश और गुड्डे को स्नेह दें।

सस्नेह
राकेश

पी. एस.
'नई और पुरानी कहानी' का भाषण लिखने के लिए 'नई कहानी' के बादशाह (श्री राजेंद्र यादव) से कहूँगा।

—राकेश

[90]

उपेंद्रनाथ अश्क इलाहाबाद
18.3.59

प्रिय राकेश,

तुम्हारा पत्र मिला, मन किंचित उदास हो गया। भैरव ने जान-बूझकर वह सब किया है, इसे मैं नहीं मानता। वो Fanatic communist हैं, इस लिहाज से उनकी सीमाएँ हो सकती हैं, लेख उन्होंने मुझसे, विष्णु से, तुमसे, औरों से लिखने को कहा। जब कोई न लिखे तो क्या करें और मार्कंडेय क्या लिखते हैं, इसका दोष उन्हें कैसे है ? उसका जवाब यही था कि संयत लेख लिखकर उसकी tone को मोड़ जाता।

मैंने शिवप्रसाद को भी एक पत्र लिखा था—तुम्हारी बात को लेकर उसने जो उत्तर दिया है, वह अंश मैं यहाँ उद्धृस्ति करता हूँ—

"...लेख के बारे में आपकी राय जानी। राकेश के लेखन के प्रति मेरे मन में भी कम आदर नहीं है। 'मलवे के मालिक' की प्रशंसा भी मैंने की है। 'परमात्मा का कुत्ता', 'मंदी', 'मवाली' आदि कहानियाँ भी उनकी मुझे प्रिय हैं। जिस कहानी के बारे में मैंने

लिखा था, आपके शब्दों में 'गिराने की कोशिश' की है, उसे मैं उनकी कमजोर कहानी मानता हूँ। कहानी ऊपर के मोहक वर्णनों से पाठकों को अभिभूत करके अंत तक अपनी त्रुटि को छिपाए थी—पर कब तक ? एक बार आप बेचारी अनीता चटर्जी का भी तो सोचिए। भाई, मेरे मन में किसी प्रकार की ग्रंथि, इस संबंध में कम-से-कम नहीं थी। जो जैसी लगी, वैसी लिख दी। हाँ, यह सच है कि राकेश के प्रति कुछ औसत से ज्यादा तलखी आ गई है, वह केवल उस परिस्थिति के कारण, जिसमें वह लेख लिखा गया। वैसे गाँव की कई कहानियों की, जिनकी मैंने तारीफ की है, त्रुटियों को जानता हूँ, पर उनके खिलाफ इसलिए नहीं लिखा कि मैं उन्हें राकेश से घटिया कलाकार मानता हूँ। परिस्थिति पैदा राकेश ही ने की है। यदि वे गाँव की कहानियों के खिलाफ crusade न शुरू करते तो मैं शायद उतना तीखा न होता। खैर, उस लेख से यह कभी नहीं सोचना कि मैंने राकेश को गिराने की कोशिश की है। किसी को गिराने से कभी कोई नहीं गिरता...''

तुम समझदार आदमी हो। आशा यही करता हूँ कि इन बातों या लेखों का कोई असर मन पर न लोगे और लिखते जाओगे। तुम्हारे विरुद्ध जितना भी शोर मचे उसे इसी तरह लेना कि वह तुम्हारी शक्ति का परिचायक है।

नरेश यहाँ से पटना कुछ नाराज होकर गए थे। गुस्सा उन्होंने इस बात पर निकाला कि मुझे 'कृति' भेजना बंद कर दिया। मैंने कार्ड लिखा। उसका उत्तर नहीं दिया। मन का इतना छोटा मैं उन्हें नहीं समझता था। कम-से-कम वह अंक उन्हें भेजना चाहिए था, जिसमें मेरी कृति छपी थी। पत्रिका बंद करने की बचकानी हरकत पर मुझे हँसी ही आई। तुम लेख की टाइपशुदा कापी या 'कृति' का वह अपना अंक भिजवाना।

तुम्हारे उपन्यास का विज्ञापन नई कविता के रूप में प्रकाशन समाचार में देखा। यह कविता तुम्हारी है, यादव की या ओमप्रकाश की कुछ समय में नहीं आई। उपन्यास मैं जानता हूँ ऐसा दुरूह नहीं होगा।

और ठीक है, मेरा मन कुछ कौशल्या की बीमारी, कुछ दूसरी कई परेशानियों के कारण बड़ा उदास है। कभी मन होता है कि कुछ दिन को दिल्ली ही आ जाऊँ !

कौशल्या तुम्हें स्नेह भेजती है।

सस्नेह

अश्क

[91]

मोहन राकेश 21.3.59

अश्क भैया,

पत्र मिला।

मैं किसी भी लेख में अपने संबंध में प्रकट किए गए विचारों से प्रभावित होकर नहीं चलता—अपने लेखन के संबंध में मेरी दृष्टि बिलकुल स्पष्ट है। किसी व्यक्ति को मेरा लेखन अच्छा नहीं लगता या उसके मन में विपरीत भाव आता है तो मैं क्या कर सकता हूँ ? अगर कुछ लोग अपनी कमजोरियाँ इसी तरह हो-हल्ले की आड़ में छिपाना चाहते हैं तो उसका क्या इलाज है ?...मेरी सीमा इतनी ही है कि मैं उनके स्तर पर नहीं उतर सकता। यह बात बहुत मनोरंजक लगी कि ग्राम कहानी के विरुद्ध crusade खड़ा करने का श्रेय मुझे है। शायद कल को यही लोग यह भी कहने लगें कि लेखों में गाली-गलौज की शुरुआत भी मुझे से हुई है। यूँ यह बात अपने में कम मनोरंजक नहीं कि लोग जब बात करते हैं तो कुछ कहते हैं, पत्र लिखते हैं तो कुछ लिखते हैं और लेख लिखें तो कुछ लिख जाते हैं।

मैं इन दिनों उपन्यास में ही लगा हूँ। इन लेखों को सीरियसली लेने की न तो कोई बात ही है और न ही इस काम के लिए फुर्सत ही है। बाकी रही भैरव भाई की बात—वस्तुस्थिति सामने रखने पर उन्होंने भी सीधा उत्तर नहीं दिया, आपने भी नहीं दिया। उस स्थिति में कैसे मान लूँ कि जो कुछ हुआ है जान-बूझकर नहीं किया गया ? मेरे लेख में ऐसा कुछ तो था नहीं, जिससे भैरव के fonatic communist को धक्का पहुँचता। अगर ऐसी बात थी तो उन्हें अपने पत्र में लेख की प्रशंसा नहीं करनी चाहिए थी। और जिस पत्र में लेख की प्राप्ति की सूचना और प्रशंसा थी, उसी में यह भी लिखा जा सकता था कि लेख देर से मिला है इसलिए वह फरवरी अंक में नहीं जा सका। इस प्रकरण को पचा जाने की क्या बात थी ? बहरहाल, किसी के व्यवहार या उसूल से मेरे व्यवहार या उसूल का निर्धारण नहीं होता। मैं आज भी महसूस करता हूँ कि भैरव ने जो बात की वह गैर-जिम्मेदाराना है—बस इतना ही है। एक प्रौढ़ आदमी को लड़कों के हाथ नहीं खेलना चाहिए।

'कृति' का अजब किस्सा है। उसका चौथा अंक मुझे लगता है कि किसी को भी नहीं पहुँचा। मैं अपने लेख की टाइपशुदा कापी दो-एक दिन में भिजवा दूँगा। मेरी फाइल में वही एक कापी है, इसलिए पढ़कर मुझे लौटा दीजिएगा।

गर्मी बहुत हो गई है। यही रफ्तार रही तो समझ में नहीं आता कि कैसे कटेगी। सोच रहा हूँ कि कहीं चला जाऊँ मगर इन दिनों ज्यादा खर्च उठाते डर लगता है। अप्रैल के आरंभ में छोटा भाई भी सीलोन से आ रहा है। तब तक तो यहाँ रहना ही है।

अपने समाचार लिखें। भाभी हैं ?

सस्नेह
राकेश

[92]

उपेंद्रनाथ अश्क   इलाहाबाद
24.3.59

प्रिय राकेश,

तुम्हारा पत्र मिला। तुम व्यस्त हो, मैं भी परेशान हूँ, इसलिए लंबा पत्र न लिख करके चंद पंक्तियाँ लिखता हूँ।

'कृति' मिली। तुम्हारा लेख पढ़ा। मेरा खयाल है, इसी से वह माला आरंभ होनी चाहिए थी। सिवा दंतमंजन वाली पंक्तियों के सारा लेख मुझे बड़े संयत और अच्छा लगा। वे पंक्तियाँ न होतीं तो और भी अच्छा होता। मैं भैरव से जरूर कहूँगा कि उन्होंने इस लेख से माला न शुरू कर अन्याय किया है, पर मेरी बात वो मान ही लेंगे, यह मैं नहीं जानता।

मैंने तुम्हें जो पत्र लिखे या शिवप्रसाद को जो पत्र लिखा, वह अपनी इच्छा से। शिवप्रसाद के पत्र के उद्धरण की बात अपने तक ही रखोगे। वह व्यक्तिगत पत्र है, तुम्हारे जानने के लिए है, दूसरों के जानने के लिए नहीं। मालूम होता है तुम इस सारे प्रकरण से खासे विक्षुब्ध हो। मैंने तो तुम्हारा संग्रह नया-नया पढ़ा था, प्रसंगवश यह बातें लिख दीं। इलाहाबाद की राजनीति से मेरे पत्र का कोई संबंध नहीं। तुम तो जो उचित समझते हो, वही करो।

दिल्ली आया तब विस्तार से बातें करेंगे।

सस्नेह
अश्क

[93]

मोहन राकेश   26.3.59

अश्क भैया,

कार्ड मिला।

विशेष बातें तो मिलने पर ही होंगी—यह सिर्फ इतनी सूचना देने के लिए लिख रहा हूँ कि भैरव के लिए जब मैंने लेख लिखा था, उसमें वह पूरा पैराग्राफ ही नहीं था—वे पंक्तियाँ लेख 'कृति' के लिए देते समय उस विक्षुब्ध मानसिक स्थिति में ही एड की गई थीं जिसमें कि मैं उस समय था। तब कहानी की लेखमाला का पहला लेख आ

चुका था।

खैर छोड़िए इस प्रसंग को। और अपनी लिखिए। 'ज्यादा अपनी कम परायी' अभी नहीं मिली।

काम बहुत ज्यादा है और गर्मी मुझे अभी से परेशान किए है। इस ताक में हूँ कि कहीं से कोई सेकेंड हैंड कूलर मिल जाए तो इस कमरे को ही बहिश्त बना लूँ।

भाभी को स्नेह दें।

सस्नेह
राकेश

[94]

उपेंद्रनाथ अश्क इलाहाबाद
12.4.59

प्रिय राकेश,

आशा है तुम स्वस्थ हो और बड़े जोरों से लिख रहे हो। मैं भी इधर एक महीने से खूब काम कर रहा हूँ और कई कारणों से खूब ही परेशान हूँ (शायद इसीलिए लिख भी रहा हूँ)। मैं शायद 19-20 तक दिल्ली आऊँ तब तुम्हें विस्तार से सब सुनाऊँगा। तुम लिखो कि तुम दिल्ली ही में रहोगे ? मैं शायद 15-20 दिन के लिए आऊँ ! बहाने तो कई हैं, पर बड़ा मकसद तुम्हारे साथ कुछ वक्त गुजारने का है।

इधर मैंने दो पुराने एकांकी ठीक किए हैं, दो नए लिखे हैं, कुछ नई कविताएँ और 'कहानी' के लिए एक लेख लिखा है, जो शायद मेरे दिल्ली पहुँचने से पहले तुम्हारे पास पहुँच जाएगा।

कौशल्या ने तुम्हें शायद लिखा है कि हम सभी तुम्हारे यहाँ ठहरेंगे। मैंने उससे कहा कि जाने राकेश के पास इतनी जगह भी है या नहीं ? बहरहाल, वहाँ आकर देख लेंगे और जैसी व्यवस्था होगी कर लेंगे। तुम शायद व्यस्त होगे, कुछ वक्त हमारे लिए जरूर निकाल रखना।

कहीं पहाड़-उहाड़ जाने का इरादा इस बार है कि नहीं ? गर्मी तो बेहद पड़ने लगी है। मैं सोचता था कि दो-तीन महीने के लिए कहीं जाऊँ और 'गिरती दीवारें' को आगे बढ़ाऊँ।

और दिल्ली के कैसे हालचाल हैं ?

पत्रोत्तर अवश्य देना।

सस्नेह
अश्क

[95]

कौशल्या अश्क

इलाहाबाद
13.4.59

प्रिय राकेश,

पिछले शनि को छुट्टी पड़ गई थी और क्योंकि छुट्टी वाले शनि को आगरा अस्पताल वाले मिलने नहीं देते, इसलिए मैं नहीं आई। अब इस शुक्र को यानी 17.4.59 को यहाँ से चलूँगी, शनि को भाई से मिलकर उसी रात दिल्ली पहुँचूँगी। आगरा से तुम्हें तार देने की कोशिश करूँगी। दो ही गाड़ियाँ हैं—तूफान और पंजाब मेल। तूफान लगभग छह बजे शाम वहाँ पहुँचती है और पंजाब मेल रात को नौ बजे। एक-दो दिन मासीजी के यहाँ भी ठहरूँगी, नहीं (तो) वे नाराज हो जाएँगी। अश्कजी 19-20 को पहुँचेंगे, ड्रामा कंपीटीशन में जज बनने। नरेंद्र भी एक-दो दिन के लिए अवश्य आएगा। तुम्हारा संन्यास कुछ दिनों के लिए भंग करने का पाप जरूर मुझे लगेगा। पर उससे तुम्हें लाभ ही होगा। बहुत दिनों से तुम्हें मिले नहीं और तुम समाधि लगाए बैठे हो।

माँजी को हमारा प्रणाम कहना।

ज्यादा मिलने पर—

सस्नेह
तुम्हारी भाभी
कौशल्या

[96]

मोहन राकेश

केयर ऑफ दि पोस्ट मास्टर, श्रीनगर
21.4.59

अश्क भैया,

दिल्ली से आज आपका और भाभी का पत्र रिडायरेक्ट होकर आए हैं। मेरा तार और पत्र इलाहाबाद में मिल गए होंगे। यहाँ आने के बाद मैंने माँजी को भी तार दिया था और पत्र लिखा था। उनका कोई समाचार नहीं मिला। पता नहीं कि वे अमृतसर चली गई हैं या वहीं हैं। मुझे चिंता हो रही है। आप घर गए हों और वे वहीं हों तो मुझे सूचना दीजिएगा। अमृतसर चली गई हों तो लिखिएगा। वैसे मैंने एक पत्र आज अमृतसर के पते से भी लिखा है।

मैं जालंधर से दिल्ली आया था कि शायद वातावरण के बदलने से मन कुछ व्यवस्थित हो। हालाँकि वहाँ जीवन काफी व्यस्त रहा, मगर मन व्यवस्थित नहीं हुआ। शायद आदमी जिंदगी में एक बार उखड़ जाता है, तो फिर कभी जम नहीं पाता। मैंने बहुत-बहुत प्रयत्न किया है कि व्यवस्थित हो जाऊँ, स्थिर होकर काम करूँ—मगर कुछ समय के बाद फिर सब कुछ फीका-फीका लगने लगता है। वहाँ रहकर यह मुझे कभी नहीं लगा कि इससे तो जालंधर की जिंदगी अच्छी थी, मगर यह जरूर लगता रहा कि अब इससे आगे क्या है ? यहाँ से अब कहाँ जाने की सोच सकता हूँ ?

अपनी कुछ एक खामियों को पहचान रहा हूँ। मैं लेखन-कार्य में जी-जान से अपने को खपा देना चाहता हूँ—मगर इस साहित्यिक माहौल में एक लेखक में जो गुण होने चाहिए, वे मुझमें नहीं हैं। मैं लोगों की झूठी प्रशंसा नहीं कर सकता, रुपए-पैसे के मामले में छोटा दिल रखकर नहीं चल सकता, किसी को सरपरस्त बनाकर उसके इर्द-गिर्द नहीं घूम सकता। मुझे डिप्लोमैटिक ढंग से मुसकराना नहीं आता, किसी के मुँह पर कुछ और पीठ पीछे कुछ कहना नहीं आता, मित्रों से ईर्ष्या रखकर चलना नहीं आता। अपने मुँह अपनी प्रशंसा मुझसे नहीं होती और समय की स्ट्रेटजी को देखकर आलोचना लिखना मुझे नहीं आता। इन सब गुणों से रहित होते हुए भी अपनी जगह पर कायम रहने के लिए भी बहुत धैर्य चाहिए, या बहुत पैसा। मेरे पास दोनों ही नहीं हैं। अगर इनसान के जीवन में इमोशनल बैलेंस हो—उसके मन और शरीर में और कोई टेंशन न हो तो भी वह परिस्थिति से जूझ सकता है। मगर मुझे अपनी जिंदगी बिलकुल व्यर्थ लगती है—मतलब इस हाल में जिस हाल में कि इस समय मैं हूँ। दिल्ली में रहकर अपने बहुत-से मित्रों के गुण देखे हैं—इसलिए अपनी असमर्थता के बारे में और भी चेतन हूँ।

उपन्यास पूरा करना है—इस बात को सामने रखकर और सब कुछ भुला देने का प्रयत्न करता हूँ। मगर काम के उत्साह में दिन के कुछ एक घंटे ही बीतते हैं, सारा दिन तो नहीं बीतता। बस इसी वजह से मन उलझता है, अपने पर झुँझलाहट उठती है और कई बार दूसरे भी उस झुँझलाहट के शिकार हो जाते हैं।

मैं अचानक ही काश्मीर चला आया। गर्मी थी, यह एक कारण है। उपन्यास पूरा नहीं हो रहा था, यह दूसरा कारण है। मगर मैं अपना वातावरण फिर बदलना चाहता था, मुख्य कारण यही है। शायद यह escapism है। मगर मैं जिंदा रहने के लिए कोई कारण खोज रहा हूँ जो मुझे नहीं मिलता।

मैं यह उपन्यास जरूर पूरा करूँगा—इसमें दो महीने और लगें, चार महीने और लगें। मेरे पास जितने पैसे थे, वे लगभग ख़र्च कर चुका हूँ। आगे क्या करना है यह नहीं जानता मगर यह एसपैक्ट मुझे उतना चिंतित नहीं करता। जो एसपैक्ट मुझे चिंतित करता है, वह है कि क्यों—कुछ भी क्यों करना है ?

आने से पहले एक बात को लेकर दिल बहुत खराब हुआ था। रेडियो पर शायद 'आषाढ़ का एक दिन' के नेशनल ड्रामा के रूप में ब्रॉडकास्ट होने की बात उठी थी।

उसका स्रोत क्या है मैं नहीं जानता। श्री टंडन और गोपालदास के बुलाने पर मैं इस संबंध में बात करने गया था। उन्हीं दिनों कुछ लोगों ने नाटक के विरुद्ध प्रचार करना आरंभ किया। मैं नहीं जानता कि बाद में क्या हुआ—उन लोगों ने मुझे कोई सूचना नहीं दी, हालाँकि उन्होंने मेरे कुछ दिन उस पर बर्बाद करा दिए। मुझे नाटक के नेशनल ड्रामा में ब्रॉडकास्ट होने का कोई मोह नहीं था। मगर मुझे दुःख इसी बात से पहुँचा कि खामखाह इन लोगों ने मुझे इस मामले में इनवाल्व क्यों किया ? खामखाह मुझे एक आकवार्ड पोजीशन में क्यों डाल दिया ?

...मैंने पहले लिखा है—कि मुझमें धैर्य और बर्दाश्त नहीं है। जब कोई इस तरह की बात होती है तो मेरा खून दिमाग में चढ़ जाता है। अभी 'कहानी' वाला किस्सा होकर हटा था कि यह किस्सा सामने आ गया।

मैं खुद इलाहाबाद आना चाहता था कि आपके और भाभी के सामने खुलकर कुछ बातें कर सकता। फिर यही सोचकर यहाँ आने का तय किया कि नहीं, पहले यह किताब जरूर पूरी कर दूँ। शायद दिमाग की टेंशन की एक वजह यह भी है।

भाभी वहीं होंगी। उनसे नमस्कार कहें। मेरे दिल्ली से चले आने की वजह से वे नाराज तो नहीं ? मैं यहाँ से लौटकर इलाहाबाद जरूर आऊँगा।

आप गर्मी मे कहाँ जाने की सोच रहे हैं ? यहाँ आने के बारे में क्या खयाल है ? मैं जुलाई तक जरूर रहूँगा।

इस पत्र के कंटेंट्स आप तक और भाभी तक ही रहें...।

सस्नेह
राकेश

[97]

उपेंद्रनाथ अश्क — 27.4.59

प्रिय राकेश,

तुम्हारा 21 तारीख का पत्र कल मिला। पढ़कर मन उदास हो गया। तुम समझदार आदमी हो, मैं तुम्हें क्या लिखूँ ? मैं तो यहाँ आता ही तुम्हारे कारण था कि कुछ दिन इकट्ठे रहेंगे, नहीं तो इस गर्मी में पंद्रह-बीस दिन का प्रोग्राम कभी न बनाता। चलने के एक दिन पहले तुम्हारा तार मिला कि तुम श्रीनगर पहुँच गए। 'हो' कर चुका था, फिर इनकार करना बुरा लगा। हमें यहाँ तुम्हारी अनुपस्थिति बुरी तरह खल रही है, और तो कोई मित्र यहाँ है नहीं जिसके साथ दो-चार घंटे बैठा जाए। काम साथ ले आया हूँ, सो ऊबाहट नहीं होगी।

मैं और कौशल्या माताजी से मिलने गए थे। सौभाग्य से वे यहीं थीं और उसी दिन जाने का प्रोग्राम बना रही थीं। उन्होंने तो बहुत कहा कि हम वहीं रहें और वे जाने का प्रोग्राम कैंसिल कर रही थीं, पर मुझे स्वीकार नहीं हुआ। वे दूसरे दिन गई थीं। उनका पहला पत्र शायद इसलिए तुम्हें नहीं मिला कि उन्होंने पोस्ट मास्टर के बदले स्टेशन मास्टर की मार्फत भेजा था जो शायद डी. एल. ओ. से वापस होकर पहुँच जाएगा। बहरहाल, वे अमृतसर चली गई हैं।

एक दिन राजेंद्र यादव के साथ गुजारा। उसकी कहानियों को लेकर उसे खास खींचा। वही कौशल्या को स्टेशन पर छोड़ने भी गया था। मैं तो नाटक देखने चला गया था।

अपनी जिन कमजोरियों की ओर तुमने इशारा किया है, वे वास्तव में कमजोरियाँ नहीं गुण हैं। जिस लेखक के पास यह नहीं होतीं उसकी आग कई बार बुझ जाती है, क्योंकि जब एक बार वह समझौता करना शुरू कर देता है तो समझौते करता चला जाता है और आखिर में समझौते भरी जिंदगी बाकी रह जाती है और उसका अपना व्यक्तित्व कहीं नहीं रहता। लेकिन इन बातों से विक्षोभ के बदले strength आनी चाहिए। आज मेरे खिलाफ जो इतने लोग हैं कि कहीं कोई मित्र नजर ही नहीं आता तो क्या इसके कारण वही कमजोरियाँ नहीं, जिनका तुमने उल्लेख किया है। 'आषाढ़ का एक दिन' के संबंध में जो बातें हुईं, उनको मन पर नहीं लाना चाहिए। उस सिलसिले में बहुत लोगों से बातें हुई हैं, उम्मीद तो करता हूँ कि संगीत नाटक एकेडेमी से उसे prize मिल जाएगा, मैंने सबसे जी भरकर उसकी तारीफ की है। मेरा अपना नाटक भी है पर मैंने तो नगेंद्र, दिनकर, नेमि और निर्मला जोशी तथा दूसरे सबसे उसकी प्रशंसा की है और इस बात पर जोर दिया है कि अगर किसी नाटक को पुरस्कार मिलना चाहिए तो उसी को मिलना चाहिए। लेकिन इन मामलों में बहुत-से जोर लग जाया करते हैं। नरेश मेहता अपने नाटकों को हिंदी के सब नाटकों से श्रेष्ठ समझते हैं। विष्णु के 'डॉक्टर' और 'तथागत' पर भी जोर लग रहा है। पर उम्मीद तो यही है कि 'आषाढ़ का एक दिन' सफल हो जाएगा। न भी हो तो चिंता न करनी चाहिए। इन पुरस्कारों आदि से कुछ तय नहीं होता। आज ही शाम मैंने हबीब तनवीर से नाटक की तारीफ की थी। धीरे-धीरे नाटक अपनी सत्ता सिद्ध कर देगा।

माथुर साहब से अभी नहीं मिला। कौशल्या की अरदल में घूमता रहा। मिलूँगा तो बात चलाऊँगा। मैं सिर्फ यह कहना चाहता हूँ कि ये बातें दिल पर लगानेवाली नहीं हैं। मेरा नाटक 'कैद' दो बार रेडियो से reject हुआ और दो बार Natiomal Programme के तौर पर हुआ। बुखारी के जमाने में रेडियो की नौकरी के दौरान में मैंने उसे लिखा था। तभी वो reject हुआ था। उसी जमाने में वह Inter Station Play के तौर पर दो साल बाद हुआ। फिर आजादी के बाद यह एक बार reject हुआ फिर National Drama के तौर पर ब्रॉडकास्ट हुआ। सो भाई इन बातों को जरा भी मन पर नहीं लाना चाहिए और हट कर काम करना चाहिए।

हाँ, एक बात जरूर है। अपनी दयानतदारी और Integrity को अंतर में छिपाए दुनिया में चलना चाहिए, उसके बारे में कहना बेकार है। गुटबंदियों को तुम रोक नहीं सकते। सबसे मिलो और सबसे अलग रहो। इसके सिवा कोई चारा नहीं। एक-न-एक वक्त कोई-न-कोई गुट तुम्हें गाली देता रहेगा। मेरे साथ सदा ऐसा हुआ है। पर Ibsen ने एक जगह लिखा है—Strongest man is he who fights alone और मुझे तो इस पंक्ति से बड़ी शक्ति मिली है। लेकिन इसका यह मतलब नहीं कि आदमी जान-बूझ कर लड़ाई करता फिरे। जब आदमी दूसरों से कुछ पाना चाहता है तो उसके लिए दूसरों को कुछ देना बड़ा जरूरी है। यह समझौता करना नहीं, साथ की शर्त है। कहीं उसूल की बात पड़ जाए तो आदमी को डट जाना चाहिए, पर जरा-जरा-सी बात पर पिनक आना ठीक नहीं। तुम मानो चाहे न मानो पर मैं भैरव के निकट रहता हूँ। तुम्हारे लिए उनके दिल में बड़ी इज्जत है, पर उनके अपने विचार हैं और उन्हें रखने का उन्हें पूरा अधिकार है। आदमी को दूसरे का पक्ष सोचकर चलना चाहिए। मैं अभी तक तुमसे सहमत नहीं हुआ कि तुम्हारा वह लेख पहले नहीं छपा तो कोई कहर टूट गया। इस जरा-सी बात को इतना तूल देना मुझे (तुम चाहे मुझसे सहमत न हो) maturity का अभाव लगा। मेरे खिलाफ श्रीपत ने कितना सख्त नोट लिखा, पर मैंने तो co-operation से हाथ नहीं खींचा। कारण यह कि मैं 'कहानी' के महत्त्व को Personal egos से ज्यादा समझता हूँ। भैरव ने जितने बड़े पैमाने पर co-operation प्राप्त की है, उतनी दूसरा कोई नहीं कर सकता और उनके हाथ मजबूत करने चाहिए, क्योंकि कहानी का आंदोलन कहानी-लेखकों का ही आंदोलन है। आज कविता के मुकाबले में कहानी आगे आ गई है, इसका श्रेय 'कहानी' को है और सारे मतभेदों के बावजूद उससे सहयोग करना जरूरी है। मार्कंडेय अपनी बात चाहे जैसे कहें, तुम अपनी अपने ढंग से कहो और दूसरे अपने ढंग से। जिसकी बात जोरदार होगी, उसे पाठक स्वीकार कर लेंगे। दूसरी पत्रिकाओं में बात कहने के बदले उसी में कहनी चाहिए।

खैर, पत्रों में ये बातें नहीं हो सकतीं। तुम उपन्यास खत्म करके पंद्रह दिन-महीने को इलाहाबाद जरूर आओ। मन भी बहल जाएगा और बातें भी करेंगे।

रही तुम्हारी भटकन, तो भाई उसके लिए या तुम्हें घर बसाना चाहिए या अपनी तमाम वृत्तियों को लिखने में लगाना चाहिए। या घर का सुख हो या महत्त्वाकांक्षा—अंधी और दुर्दमनीय—महत्त्वाकांक्षा का दूसरा कोई मार्ग नहीं। अगर घर बसाए बिना मन कहीं नहीं टिकता तो घर बसाओ। थोड़ा-सा Practical होना बड़ा जरूरी है। वर्ना खंडित होना अनिवार्य हे। मैंने दोनों तरह की जिंदगी जी देखी है और अपने अनुभव के बल पर यह कहता हूँ। औरत बड़ी भारी शक्ति है और हमदर्द औरत तो आदमी को कहाँ से कहाँ पहुँचा सकती है।

मैं जितना ज्यादा परेशान होता हूँ उतना बेहतर लिखता हूँ। मुझे साहित्य ही में त्राण मिलता है। तुम्हारा मैं नहीं कह सकता। हर आदमी एक जैसा नहीं होता। यही

उम्मीद करता हूँ कि अब, जब तुम यहाँ की टुच्ची बातों से दूर चले गए हो तो उन बातों को भूलकर उपन्यास में मन लगाओगे और उसे लिखकर ही लौटोगे।

सस्नेह
उपेंद्रनाथ अश्क

पुनश्च :
श्रीनगर में तुम्हारा मन न लगे तो सीधे इलाहाबाद चले आओ। एक अलग कमरा, पंखा और खस की टट्टी का मैं प्रबंध कर दूँगा। वहीं जब मन लगे लिखो, जब मन न लगे तो पढ़ो या घूमो। मैं शायद ही पहाड़ जा पाऊँ। तुम आओ तो बिलकुल नहीं जाऊँगा। मन हो तो संकोच बिलकुल न करना।

—अश्क

[98]

कौशल्या अश्क

इलाहाबाद
2.5.59

प्रिय राकेश,

पहले तुम्हारा तार मिला, फिर पत्र ! बहुत दिनों से भाई को देखा नहीं था, इसलिए मैं यहाँ से 17.4.59 को आगरा गई और 19.4.59 को दिल्ली पहुँची। तुम वहाँ थे नहीं, इसलिए जिस उत्साह से दिल्ली जाने की बात सोची थी, वह यहीं पर ठंडा हो गया था। पत्र में तुमने माँजी के संबंध में कुछ भी नहीं लिखा था। मैं सोचती थी, वे अमृतसर चली गई होंगी। दिल्ली जाकर ढूँढ़ते हुए हम तुम्हारे घर गए और माँजी को अमृतसर जाने के लिए तैयार पाया। मुझे ठहरना नहीं था, सो माँजी को मैंने रोका नहीं। उन्होंने कहा भी कि मैं अब नहीं जाती, पर मैंने ऐसा नहीं करने दिया।

दिल्ली में तुम्हारा एक और पत्र मिला था। अश्कजी ने तो तुम्हें उत्तर दे दिया था, मैंने सोचा, अब इलाहाबाद पहुँचकर ही तुम्हें लिखूँगी। यहाँ कई तरह के झमेलों में फँसे रहने के कारण तुम्हें पहले न लिख सकी। फिर मैं लिखना विस्तार में और इत्मीनान से चाहती थी।

तुम्हारा पत्र पढ़कर मन बड़ा उदास हो गया। बात तुम किसी की मानते नहीं, सिवाय दुखी होने के और क्या कर सकती हूँ। शादी के लिए कहा तो उसे टाल गए। इलाहाबाद के लिए कहा तो श्रीनगर जा पहुँचे।

हम कई चीजें चाहते हैं—चाहते हैं कि हमारी कल्पना और हमारे सपने साकार होकर आएँ, पर कई बार ऐसा नहीं होता। लेकिन हम कल्पना और सपनों का साथ

नहीं छोड़ते। और कभी कल्पना साकार भी हो जाती है, सपने सत्य भी हो जाते हैं। हाँ, कुछ विभिन्न रूप से ऐसा होता है। फिर हमें उनका वही रूप अच्छा लगने लगता है। तुम किसी समझदार, पर सीधी-सादी लड़की से शादी करो और आराम से रहो। हो सकता है तुम्हारी कल्पना की लड़की जैसी उसकी रूप-रेखा न हो, पर यह भी बहुत संभव है कि तुम्हारी कल्पना से बहुत अधिक वह मनभावनी और स्नेहमयी हो। मैं अधिक पढ़ी-लिखी नहीं, लेखक और कवि नहीं, इसलिए तुम्हें समझा सकना शायद मेरे लिए संभव न हो। मैंने कोशिश की है कि तुम्हें मेरी बात समझ में आ जाए।

श्रीनगर में तुम बनबास लेकर चले गए हो। मन तुम्हारा वहाँ नहीं लग रहा। क्यों नहीं इलाहाबाद चले आते ? मैं तुम्हें एकदम अलग कमरा दे दूँगी, तुम अपना उपन्यास यहीं आकर समाप्त करो। जब तक तुम्हारा उपन्यास समाप्त न हो जाएगा, तुमसे हम बात नहीं करेंगे। मैं कोशिश करूँगी कि तुम्हें कोई कष्ट न हो। तुम यहाँ पर उपन्यास समाप्त होने पर होटल की तरह रहना। एकाग्रता और शांति तो मन से मिलती है, बाहर से नहीं।

मेरा स्वास्थ्य वैसा ही चल रहा है। वैसे ही मैं काम भी करती हूँ, पर अधिक नहीं। पलंग पर बीमार बनकर लेटना मुझे स्वीकार नहीं होता।

मित्रों की बात तुमने लिखी है, भाई, मित्र कहना जितना आसान है, निभाना उतना ही कठिन। तुम्हें इसका दुःख होना चाहिए। किसी के कहने से तुम्हारी कोई अच्छी रचना खराब नहीं हो सकती, न किसी की प्रशंसा से तुम्हारी कमजोर रचना श्रेष्ठ बनेगी। तुम्हारे हाथ कलम है और कलम में जोर है, अनुभवों की तुम्हारे पास कमी नहीं, लिखते चलो, लोग झख मारकर मानेंगे। मैं तुम्हारी आदत जानती हूँ, तुम्हें जिस बात का दुःख होता है, उसे समझती हूँ, मुझे स्वयं ऐसी बातों से बहुत दुःख होता है, पर मैं कटिबद्ध होकर इसके ऊपर उठ जाने की कोशिश करती हूँ और दुःख का दाग मन में चाहे रह जाता है, पर मैं निराशा नहीं होती। तुम्हें तो सरस्वती का वरदान मिला है, अपने दुःख को, क्षोभ को लिखने में भुला सकते हो। फिर वह दुःख, पीड़ा तुम्हारी अकेले की न रहकर सभी की हो जाती है।

मैं तो जाने क्या-क्या उपदेश लिख रही हूँ। इसे अब बंद करती हूँ। तुम्हें काफी बोर कर दिया है। अपने हालचाल लिखो और इलाहाबाद आने के संबंध में अपनी राय लिखो। तुम्हारा उपन्यास यहाँ लिखा जा सकेगा, ऐसा मेरा विश्वास है। मैं कुछ उठा न रखूँगी। जिस तरह तुम्हें अच्छा लगेगा, सुविधा होगी, वैसा प्रबंध हो जाएगा।

नीलाभ और उमेश परीक्षा दे रहे हैं। पुशी आज दिल्ली गया है। तुम्हें सब लोग याद करते हैं।

उत्तर जल्दी देना—

सस्नेह
तुम्हारी भाभी
कौशल्या

[99]

मोहन राकेश

श्रीनगर
6.5.59

भाभी,

पत्र आज दोपहर को मिला। यहाँ की ठंडी हवा का लोभ न होता तो तुरंत ही इलाहाबाद चला आता। मगर गर्मी मुझसे जरा भी बर्दाश्त नहीं होती। काम करने की तो बात ही अलग है। यहाँ से लौटकर इलाहाबाद आऊँगा। वहाँ आकर कमरे में बंद होकर बोर नहीं करूँगा, तब आऊँगा जब घूमने-फिरने और गप करने पर कोई अंकुश न होगा।

भाभी, उपदेश मुझे बुरा नहीं लगा। मैं कब कहता हूँ कि मैं ऐसा नहीं चाहता। मगर राम भरोसे दरिया में कूद पड़नेवाली बात का अब हौसला नहीं रहा। और अपनी तबीयत की extremist tendency का भी मैं कुछ नहीं कर सकता। Either I stay at this side or at that side—but not in the middle.

यह जानता हूँ कि हर आदमी के सपने पूरे नहीं होते—यथार्थ के रंग सपने के रंग से कहीं भिन्न होते हैं। मगर इनसान अपने मन की दिशा को तो जानता है। उस दिशा से विपरीत जाकर एक बार देख चुका हूँ। पाँच साल यही तो प्रयत्न करता रहा कि अपने को किसी तरह समझा लूँ, एडजस्ट कर लूँ। मगर नहीं हुआ। वही गलती फिर कैसे दोहरा लूँ ! अगर मुझे अपने मन की कोई लड़की आज मिल जाए, तो मैं आज ही ब्याह कर लूँ। मगर आँख मूँदकर किसी से भी ब्याह कर लेने से शायद इस तरह सुलगना कहीं बेहतर है।

कभी-कभी सोचता हूँ फिर नौकरी कर लूँ क्योंकि वीरेंद्र भी कोलंबों से छोड़कर आ रहा है। मगर उस दिशा में भी मन स्थित नहीं है। बहरहाल, ये दो महीने गुजर जाएँ, फिर सोचूँगा।

आज काफी देर सोचता रहा कि खामखाह क्यों अपना डिप्रेशन चिट्ठियों में उड़ेल देता हूँ ? मगर—लगता है इस पर भी मेरा वश नहीं है। वही एक्सट्रीमिस्ट हैबिट्स—या तो बिलकुल फॉरमल लेटर लिखता हूँ और या फिर अपना सब कुछ कह देना चाहता हूँ। आपको पत्र लिखते समय मुझसे यह नहीं होता कि अपने मन की बात रोककर कुछ ऊपरी मन की बातें लिख दूँ। मन को रिलीफ भी मिलता है। मगर मन से चाहता यही हूँ कि I should share my happiness and not my sorrows.

परसों पहलगाम चला जाऊँगा। वहाँ अकेलापन और भी अखरेगा क्योंकि यहाँ तो सेठी वगैरह की वजह से फिर भी शाम अच्छी कट जाती थी। बहरहाल, जा तो रहा ही हूँ। बड़ी वजह यह है कि जहाँ ठहरा हुआ हूँ, वह होटल 9 तारीख से एक पार्टी के लिए बुक है—और इस तरह की दूसरी जगह यहाँ मिलेगी नहीं, जहाँ एकांत भी हो।

यह होटल—बाम्बे हाऊस, बुलवार्ड पर डल के सामने है। पहलगाम जाकर कहाँ रहूँगा, यह अभी निश्चित नहीं।

माँजी वापस दिल्ली पहुँच गई हैं। मुझे कुछ चीजें मँगवानी थीं जिन्हें भेजने के लिए उन्हें आना पड़ा। अब वे वापस नहीं आ रहीं।

इस समय इतना ही। पुशी, उमेश और गुड्डे को स्नेह दें।

सस्नेह
राकेश

[100]

उपेंद्रनाथ अश्क

इलाहाबाद
6.5.59

प्रिय राकेश,

मैंने तुम्हें अप्रैल के अंतिम अथवा मई के पहले सप्ताह में पत्र लिखा था और मेरा खयाल था कि तुम्हारा उत्तर जल्द ही आएगा। लेकिन मैं मध्य मई तक दिल्ली रहा, पर तुम्हारा पत्र नहीं पाया। वापस आकर मैं बहुत-सी परेशानियों में उलझ गया—मालिक मकान से झगड़ा हो गया। मुकदमा चल रहा है। कौशल्या किसी expert की advice लेने बंबई गई हुई है। एक सप्ताह तक आएगी। इन्हीं सब परेशानियों में फँसा रहा। गर्मी बहुत पड़ने लगी और मन बेहद खिन्न और उदास हो गया।

आज पत्र छाँटते हुए तुम्हारा पत्र मिला। मैं समझता था कि तुम उपन्यास लिखने में व्यस्त हो इसलिए तुमने उत्तर नहीं दिया और तुमने उत्तर दिल्ली की बजाय इलाहाबाद दे दिया।

तुम्हारी बात मैं समझता न होऊँ, ऐसी बात नहीं। मैं स्वयं इस मानसिक स्थिति से गुजर चुका हूँ, लेकिन मेरे और तुम्हारे दृष्टिकोण में अंतर है। मैं love को अथवा sex को इतना महत्त्व नहीं देता। शॉ ने एक जगह लिखा है कि कला और विज्ञान के क्षेत्र में दुनिया को जो कुछ मिला है, वह प्रायः उन लोगों की देन है जिन्होंने sex को अपनी जिंदगी में गौण का दर्जा दिया। एक आर्टिस्ट की जरूरत यों भी आम लोगों से भिन्न है। उसे ऐसी संगिनी चाहिए जो उनकी परेशानियों को अपने ऊपर लेकर उसे कला की साधना के लिए स्वतंत्र छोड़ दे। सुंदरता की भूख मुझे न हो अथवा मुझे सुंदरता से चिढ़ हो, ऐसी बात नहीं, लेकिन मेरा यह निश्चित मत है कि साधारण सुंदर स्त्री किसी कलाकार को नीचे तो ले जा सकती है, ऊपर नहीं उठा सकती। मेरे खयाल में आर्टिस्ट को ऐसी संगिनी के साथ की वांछा करनी चाहिए, जिसे यदि वह थोड़ा-सा प्यार

दे (और अनवरत कला साधना करते हुए वह प्यार के लिए उतना वक्त नहीं निकाल सकता) तो वह संतुष्ट रहे। अभाव-मय जीवन में ऐसी लड़की मिलना कठिन नहीं। लेकिन तुम शायद संगिनी से बहुत-कुछ चाहते हो।...लेकिन खुदा शक्करखोरे को अवश्य शक्कर देता है ओर कोई कारण नहीं कि तुम्हें मनपसंद लड़की न मिले। मैं यही मानता हूँ कि शीघ्र-से-शीघ्र ऐसा हो और तुम भटकना छोड़ साहित्य-सृजन में पूरे मन से लग जाओ।

इधर 'आज की कहानी और आलोचक' शीर्षक से मेरा एक लंबा लेख 'कहानी' में छपा था। पता नहीं तुम्हारी नजर से गुजरा है या नहीं। इधर दिल्ली से लेकर पटना तक उसकी खूब चर्चा है।

इधर मैंने अपना एकांकी-संग्रह पूरा किया है। कुछ कविताएँ लिखी हैं और 'गिरती दीवारें' का sequal बढ़ाने का प्रयास कर रहा हूँ। दो-ढाई सौ पृष्ठ में चेतन की जिंदगी के दो-ढाई दिन का चित्र देने का इरादा है। नाम रखना चाहता हूँ—'जानी-पहचानी राहें' या 'परिचित राहें'—तुम लिखना, तुम्हें यह नाम पसंद है या नहीं। एक शे'र भी लिखा है—

मेरे पैरों के निशां अब भी परेशाँ हैं यहाँ
ख़ाक छानी है इन्हीं राहों की वर्षों मैंने।'

क्या तुम सारा जून पहलगाम रहोगे। कभी-कभी सोचता हूँ कि कौशल्या आ जाए तो मैं भी महीना-भर को काश्मीर आ जाऊँ। पर मैं पहाड़ जाता हूँ तो तीन महीने से कम में मेरा संतोष नहीं होता।

तुम जुलाई में निश्चिंत आओ तो फिर कहीं जाने का इरादा छोड़ दूँ।

सस्नेह
उपेंद्रनाथ अश्क

[101]

मोहन राकेश 6.5.59

अश्क भैया,

पत्र दिल्ली में मिला था—उत्तर इलाहाबाद के पते से दे रहा हूँ। जब तक आप इलाहाबाद पहुँच गए होंगे, ऐसा सोचता हूँ।

जिस दिन मैंने पिछला पत्र लिखा था, उस दिन मैं बहुत ही डिप्रेस्ड था। अब वैसी स्थिति नहीं है। इन दिनों काम कर रहा हूँ। परसों पहलगाम चला जाऊँगा। वहाँ का भी एड्रेस होगा—केयर ऑफ दि पोस्ट मास्टर।

आज भाभी का भी पत्र मिला है। भाभी का पत्र पढ़ते हुए बहुत बार ऐसा होता है कि मन भीग जाता है। मैं अपनी कमजोरियों को जानता हूँ। जहाँ तक हो सके, उन पर काबू भी पाना चाहता हूँ। मगर फिर अपनी सीमाएँ हैं।

एक बात मैं अच्छी तरह जानता हूँ कि असंतुलित रहने का सबसे बड़ा कारण है इमोशनल आउटलेट का न होना—या शायद एडजस्टिड लाइफ का न होना। पीछे जाकर सोचता हूँ तो इन इतने बरसों में ऐसा मौका आया ही नहीं, जब एक दिन के लिए भी मैंने अपने को एडजस्टिड, संतुष्ट, सुखी पाया हो। विवाहित जीवन की ट्रेजडी बहुत बड़ी ट्रेजडी थी। उससे मुक्त होना भी बड़ी बात थी। मगर उसमें बात केवल टाल-मटोल की नहीं है। मैं चाहता हूँ मेरा अच्छा-सा घर हो, सब कुछ हो। उसके लिए अगर जरूरत पड़ने पर नौकरी भी करनी पड़े तो कोई बात नहीं। मगर मैं जिंदगी को एक हारे हुए आदमी के दृष्टिकोण से ग्रहण नहीं कर सकता—कि जो कुछ मिलता है, वही सही। अगर मुझे कोई अच्छी लड़की—मतलब मेरी अपनी अपेक्षाओं की नजर में—मिल जाती, तो मैं जरूर ब्याह कर लेता। जिस एक लड़की की बात मैंने बताई थी, उससे बाद में और काफी बातचीत हुई—डॉ. मदान ने भी एक बार उससे बात की थी मगर स्थिति वहीं-की-वहीं रही। अब तो उसकी इंगेजनमेंट भी हो चुकी है। वह किस्सा यहाँ समाप्त हुआ।

और किसी से ब्याह करने के लिए मन ने हामी नहीं भरी। इसका यह मतलब नहीं कि मैं एक लकीर खींचकर बैठ गया हूँ। मगर मुझे जब तक कोई ऐसी लड़की नजर नहीं आती जिससे ब्याह करने के लिए मुझे अपने अंदर उत्साह दिखाई दे, तब तक मैं उस torture से गुजरने के लिए मजबूर हूँ। और यह भी हो सकता है कि इस torture के सिवा कुछ हासिल ही न हो।

अपने को साहित्य रचना में खो देने की बात वही है, मगर यह torture ही उसमें बाधा डालता है। फिर भी मैं यथासंभव प्रयत्न करता हूँ। मगर अब एंप्टीनेस बुरी तरह से धकेलती है तो अपना बस नहीं रहता। Then I feel kicking every thing.

तो फिलहाल स्थिति यही है। यह कब बदलेगी, यह कैसे कह सकता हूँ ? मई और जून के महीने तो अब यहाँ काटूँगा ही। जितना बन पड़ेगा, उतना लिखूँगा भी। जुलाई में शायद इलाहाबाद आऊँ। उन दिनों मौसम भी प्लेजेंट हो जाएगा।

साहित्यिक वातावरण में जो विक्षोभ पैदा होता है, वह तो अस्थायी होता है मगर यह अनफुलफिल्ड, uncompensated लाइफ बिताने का विक्षोभ—यह हर दूसरे-चौथे दिन आ लेता है। I am trying hard to right it out. But it is very much there.

और प्रयाग के क्या समाचार हैं ? पत्र लिखिएगा।

सस्नेह
राकेश

[102]

उपेंद्रनाथ अश्क इलाहाबाद

28.6.59

प्रिय राकेश,

लगभग पंद्रह दिन हुए मैंने एक लंबा पत्र तुम्हें पोस्ट मास्टर, पहलगाम के पते से लिखा था। आज तक तुम्हारे उत्तर की बाट देखता रहा, लेकिन लगता है मेरा पत्र तुम्हें नहीं मिला।

तुम्हारा पिछला पत्र जो तुमने मुझे लिखा था, मुझे दिल्ली से वापस आने पर मिला था। लेकिन मैं दिल्ली में 22 दिन लगाकर आया था और वहीं तुम्हारे उत्तर की बाट देख रहा था। जब नहीं मिला तो मैंने सोचा कि तुम शायद उपन्यास लिखने में व्यस्त हो और इसीलिए तुमने उत्तर नहीं दिया।

बहरहाल, लिखो कि क्या तुम अभी पहलगाम ही में हो या वापस दिल्ली आ गए हो, तुम्हारा उपन्यास पूरा हो गया है कि अभी चल रहा है और मन और शरीर से तुम स्वस्थ तो हो ?

मैं बिलकुल कहीं नहीं जा सका। कौशल्या बंबई गई हुई थी, एक महीने बाद लौटी है और यद्यपि यहाँ बेहद गर्मी पड़ रही है और वह जोर भी दे रही है कि मैं कहीं पहाड़ पर चला जाऊँ, लेकिन मैंने इस बीच में नॉवेल लिखने का मूड बना लिया है और डलहौजी में लिखे हुए उपन्यास को कुछ आगे बढ़ाया है और नए पाँच चैप्टर लिखे हैं। यद्यपि श्री जगदीशचंद्र माथुर से तय था कि वह शिमले जाएँगे तो मैं भी जाऊँगा और वहीं डी. पी. आई., हिमाचल प्रदेश मेरे मित्र हैं, उन्होंने मुझे बुलाया भी, लेकिन मुझे लगा कि अब जाऊँगा तो जाने-आने में मेरा मूड बिगड़ जाएगा, इसलिए सख्त गर्मी के बावजूद यहीं पड़ा हूँ और घोंघे की-सी गति से उपन्यास को आगे बढ़ा रहा हूँ।

कौशल्या बंबई से किंचित स्वस्थ लौटी है। बेदी दंपति ने बावजूद शादी की गहमा-गहमी और अत्यधिक व्यस्तता के उसका बड़ा खयाल रखा है और उसे विशेषज्ञों को दिखाया है। डॉक्टरों ने उसकी बीमारी का कुछ और ही निदान किया है—उनका कहना है कि खतरे की कोई बात नहीं, न ऑपरेशन की जरूरत है, आँतें नीचे आ गई हैं, पेटी लगाने और दोनों वक्त खाने के बाद आराम करने से आराम हो जाएगा। यह निदान ठीक है या नहीं, यह तो भगवान ही जानें, लेकिन इससे चिंता काफी घट गई है और वह अपेक्षाकृत स्वस्थ लौटी है।

तुमने जुलाई में इलाहाबाद आने के लिए कहा था, हम लोग अब यहीं हैं। दो-चार दिन में पानी बरस जाएगा और यहाँ मौसम बहुत अच्छा हो जाएगा, आओ तो बहुत अच्छा है।

माताजी को प्रणाम देना और पत्र का उत्तर जरूर देना।

सस्नेह

उपेंद्रनाथ अश्क

[103]

मोहन राकेश

केयर ऑफ दि पोस्ट मास्टर, पहलगाम

11.7.59

अश्क भैया,

पत्र मिला। पिछला पत्र भी मुझे यथासमय मिल गया था। परंतु उत्तर देने में जो देरी हुई उसका कारण कुछ तो अपनी सुस्ती ही थी—फिर इधर बाढ़ ने कई दिनों के लिए सब कुछ अव्यवस्थित कर दिया। बढ़ ने लिद्दर और चनाब की धाराओं को मिलाकर एक कर दिया है। क्लब के साथ ही अनेक्सी बाढ़ में बह गई। क्लब भी बह जाता और उसके साथ ही अपने दो-एक मित्र भी जो वहाँ फँसे थे—परंतु किसी तरह उनका बचाव हो गया।

मैंने 11 मई को उपन्यास नए सिरे से लिखना आरंभ किया था। अब तक कुल 100 पृष्ठ ही टाइप कर भेज पाया हूँ। अगस्त के अंत में यहाँ से चलूँगा और तब तक आशा है कि लगभग 200 पृष्ठ और चले जाएँगे। शेष भाग दिल्ली पहुँचकर पूरा करूँगा। मैंने पूरा उपन्यास एक कहानी की तरह ही कंसीव किया है और अंत तक की पूरी रूपरेखा इस समय मेरे मस्तिष्क में है। जो पन्ने पहले दिल्ली दे आया था, उन्हें मैंने कैंसिल करा दिया। यह किस्सा मिलने पर सुनाऊँगा कि क्यों मुझे अपने मैटर के साथ इतनी जद्दोजहद करनी पड़ी।

यहाँ से लौटने के बाद वस्तुतः एक आर्थिक संकट का सामना करना पड़ेगा। शायद फिर कुछ दिनों के लिए नौकरी ढूँढ़नी पड़े। बहरहाल कुछ तो करूँगा ही। अम्माँ को इस स्थिति का संकेत नहीं देना चाहता जिससे उन्हें व्यर्थ में घबराहट न हो। वीरेन भी कोलंबो से बंबई आ गया है और आजकल फिल्मी दुनिया के चक्कर में है।

मैं जल्दी ही इलाहाबाद आऊँगा, परंतु कब इसका ठीक अभी नहीं कह सकता। यहाँ से चलने से पहले शायद कुछ निश्चित लिख सकूँ। यहाँ आकर एक बात तो हुई कि पेट में जो दर्द उठा करता था उसका अटैक फिर नहीं हुआ। लौटने के बाद की बात कह नहीं सकता।

मैं अपने अनुभव से इस निष्कर्ष पर भी पहुँच रहा हूँ मैं कितना भी चाहूँ, ज्यादा जल्दी नहीं लिख सकता। जो कुछ भी हाथ से लिखा जाए, उसे छपवा दूँ, यह मुझसे नहीं होता। मगर अभी तो एक चीज में उलझा ही हूँ। दिल्ली लौटकर अपनी स्टॉक टेकिंग करूँगा।

और सब समस्याएँ इस समय भूली हुई हैं। भूली ही रहें, तो बेहतर है।

भाभी को अलग से अभी नहीं लिख रहा। दो-चार-छह दिन में इत्मीनान से लिखूँगा। उन्हें मेरा स्नेह और आदर दें।

उमेश, गुड्डे और पुशी को स्नेह।

सस्नेह
राकेश

[104]

उपेंद्रनाथ अश्क

इलाहाबाद
7.8.59

प्रिय राकेश,

तुम्हारा पत्र बहुत दिन हुए मिला था। मैं कई तरह की परेशानियों में उलझा रहा, इसलिए उत्तर शीघ्र न दे सका। आशा है तुम और माताजी पूर्णतः स्वस्थ और सानंद होंगी, उनकी सेवा में हम दोनों का प्रणाम देना।

और लिखो, लिखना-लिखाना कैसा चल रहा है ? उपन्यास कितना लिखा गया ? खत्म हुआ कि नहीं ?

मैं भी इधर कुछ उल्लेखनीय नहीं लिख पाया, उपन्यास के पाँच परिच्छेद और लिखे हैं, एक बड़ा नाटक लिखने का प्रयत्न कर रहा हूँ, लेकिन वैसा समय ही नहीं मिल पाता जिसमें कुछ एकाग्रता से काम कर सकूँ। अपने से और खीझ मिटाने को घरवालों से लड़ता-झगड़ता रहता हूँ।

इधर हमारे यहाँ से भैरव का वृहद उपन्यास निकला है। अब मेरे एकांकी-नाटकों का संग्रह और अब्बास का नॉवलेट प्रेस में है।

तुम्हारी बहुत याद आती है, इलाहाबाद आने का प्रोग्राम बनाते हो कि नहीं, हालाँकि 'जागृति' में तुम पर जो लेख छपा है, उसे पढ़कर मैं डर गया हूँ और मुझे लगता है कि तुम जो काश्मीर और डलहौजी में कुछ नहीं लिख सके, वह शायद मेरे कारण ही। और इसीलिए तुम्हें पत्र लिखते हुए भी डर लगता है कहीं तुम डिस्टर्ब न हो जाओ।

कौशल्या तुम्हें अलग से पत्र लिख रही है। अपनी गतिविधि का पता देना।

सस्नेह
उपेंद्रनाथ अश्क

पी.एस.
बहुत दिन बाद टाइपराइटर को हाथ लगाया है, वह भी नए मॉडल की टाइपराइटर को। बहुत-सी गलतियाँ हो गई हैं, पर बुरा न मानना।

—अश्क

[105]

मोहन राकेश

4/5843, देवनगर, नई दिल्ली
15.8.59

अश्क भैया,

तीन-चार दिन हुए पत्र मिला था। तार आज मिला। शायद 4/6 का पता होने से यह भटक गया था। डाकिए तो चिट्ठियाँ दे जाते हैं, मगर तारघर के हरकारे अकसर इस पाते से मेरे यहाँ नहीं पहुँच पाते। पहुँचते हैं, तो झल्लाते हुए। इसलिए चार दिन बाद तार पहुँचाने पर भी उन्हें कुछ नहीं कहा जा सकता।

...बधाई के लिए आपको और भाभी को धन्यवाद कैसे दूँ ? औपचारिक शब्दों का प्रयोग मुझे अखरता है। अलबत्ता, इन दिनों आप लोग यहाँ होते, तो ज़्यादा अच्छा लगता।

आदमी जो काम नहीं कर पाता, उसके लिए सैकड़ों बहाने ढूँढ़ता है। 'जागृति' के लेख का इससे अधिक अर्थ नहीं है, यह आप भी जानते हैं। इस साल जाकर ही क्या तीर मार लिये हैं ? अभी उपन्यास को पूरा होने में न जाने कितना समय लगेगा ? नए सिरे से आरंभ करने के बाद अभी तक लगभग 150 पन्ने ही टाइप हुए हैं। कम-से-कम इसमें दुगुना अंश बाकी है।

और इसी वजह से जल्दी इलाहाबाद नहीं आ रहा। पुरस्कार प्राप्ति का एक परिणाम यह भी हुआ कि छह-सात दिन से ऐसा चक्कर रहता है कि काम करने बैठने का मौका ही नहीं मिलता (बहरहाल, यह कहना भी चार-छह दिन ही और चल सकता है)। कम-से-कम इरादा नेक है और अपने लिए इतना ही काफी है।

अमरकांत ने कहानी की एक पत्रिका निकालने के लिए को-ऑपरेशन में शामिल होने के लिए लिखा है। मार्कंडेय ने भी राजेंद्र यादव को लिखा है। उन्हें शायद खयाल है कि हम लोगों को लेखों का बुरा लगा है। मेरा खयाल है कि अभी तक हम लोगों के व्यू प्वॉइंट को वहाँ समझा नहीं गया है। लेखों की बात को कौन महत्त्व देता है ? मगर मतभेद की बात तो दूसरी ही थी। वह बात सीधे श्री भैरव के और हमारे बीच की है। सुना है कि मार्कंडेय दिल्ली आ रहे हैं। तो उनसे व्यक्तिगत रूप में इस विषय में पूरी बात जानकर ही कुछ निश्चित किया जा सकता है। आप भी इस स्थिति पर कुछ प्रकाश डाल सकें, तो बेहतर होगा। इधर एक मित्र से सुना था कि इलाहाबाद में अफवाह है कि रामकुमार 'कहानी' कार्यालय में जा रहे हैं। अफवाह का एक रूप यह भी था कि रामकुमार नहीं, मैं जा रहा हूँ। इन सब बातों पर तो केवल हँसा ही जा सकता है। ये अफवाहें कैसे उपजती हैं और कहाँ से उपजती हैं यह नहीं कह सकता, मगर इन पर दाद देने का जरूर जी चाहता है।

...आपका और भाभी का स्वास्थ्य कैसा है ? मेरे पेट का तो काश्मीर के पानी ने

इलाज कर दिया—हालाँकि कल की नहीं कह सकता। शर्मन फोटोग्राफर आपको याद करता था।

कई और बातें दिमाग में थीं—मगर नींद ने बुरी तरह घेर लिया है, इसलिए इतना ही।

सस्नेह
राकेश

[106]

मोहन राकेश 16.8.59

भाभी,

पत्र मिला। बहुत दिनों से इलाहाबाद आने का मन है, मगर उपन्यास की उलझन कुछ ऐसी है कि न तो दिल्ली रहकर ही ज्यादा काम होता है, न यहाँ से जाकर ही फिर भी आशा कर रहा हूँ कि अक्तूबर के अंत तक इस काम को पूरा कर डालूँगा। और तभी इलाहाबाद आऊँगा।

उमेश पंजाब जाने से पहले मिला था। उन दिनों मुझे बुखार था। जालंधर में निन्नी के लड़के को देख आया था। दुबला बहुत है। वैसे अश्कजी जैसी मिसचीवियस एक्सप्रेशन उसके चेहरे पर भी है। So he might be the other writer of the family.

और कितनी भी बातें हैं जो मिलने पर ही होंगी। आप तो अक्तूबर तक दिल्ली नहीं आ रहीं ?

पुशी और नीलाभ को स्नेह दें।

सस्नेह
राकेश

[107]

कौशल्या अश्क इलाहाबाद
17.8.59

प्रिय राकेश,

तुम्हें पत्र लिखा था, एक तार भी भेजा था, पर तुम्हारा कोई पत्र इधर नहीं मिला। तुम्हारे पत्र की बड़ी प्रतीक्षा रही, पर शायद तुम दिल्ली में नहीं या फिर बेहद व्यस्त हो।

अश्कजी दो दिन के लिए दिल्ली आ रहे हैं। तुम्हारा कुछ पता नहीं इसलिए वे

मासीजी के यहाँ ठहरेंगे। तुम उपन्यास आदि में न जुटे हो और बहुत व्यस्त न हो तो वे शाम को उधर आ सकते हैं और रात को लेटे-लेटे तुम लोग बातें कर सकते हो। 21.8.59 की रात को वे यहाँ से चलेंगे, 22.8.59 सुबह दिल्ली पहुँचेंगे।

तुम्हारे हाल-चाल क्या हैं ? कुछ दिनों के लिए यहाँ आने का प्रोग्राम बनाओ तो बड़ा अच्छा हो। मन तुमसे मिलने को बहुत चाहता है। संभव हो तो अश्कजी के साथ चले आओ। लगता है जैसे मुद्दत से तुम नहीं मिले। तुमसे बहुत-सी बातें करनी हैं, हालाँकि मेरी बातें साहित्यिक नहीं, वही ऊल-जलूल होंगी जैसे मैं करती हूँ।

मैं सोचती हूँ, तुम शादी जरूर कर डालो। कई बार बैठे हम दोनों देखने लगते हैं कि शादी के बाद तुम कितने प्रसन्न होगे। कोई लड़की कमबख्त तुम्हें पसंद ही नहीं आती, पर हम पसंद भी खुद ही कर लेते हैं। पिछले दिनों भी ऐसा ही हुआ और मैं तुम्हें यहाँ बुलाने भी वाली थी, पर फिर चुप हो गई। तुम आओगे तो बातें होंगी।

माँजी कैसी हैं ? उन्हें हमारा प्रणाम कहना। उनसे पूछकर लिखो कि करवा चौथ कब है ? हो सकता है उन दिनों में दो दिन के लिए माँजी के पास आ सकूँ। पिछली बार तो उनसे संक्षिप्त-सी भेंट हुई थी, मन भरा नहीं था। उनके स्नेह की याद बराबर आती रहती है। मेरी बड़ी इच्छा है कि वे एक बार यहाँ आएँ।

वीरेंद्र आने वाला था, आया है या अभी नहीं ? वहाँ हो तो उसे हमारा स्नेह देना।

तुम्हें पुरस्कार मिला है, तुमने पत्र ही नहीं लिखा। क्यों, मिठाई नहीं खिलाना चाहते ? भाई मिठाई मैं खिला दूँगी, तुम पत्र तो लिखो। औपचारिक बधाई नहीं लिख रही। खुशी मुझे बहुत हुई और मुझसे भी अधिक अश्कजी को हुई। ऐसी ही अच्छी, इससे भी अच्छी चीजें लिखो और मान और यश पाओ। लेकिन हमें याद रखो !

अपनी गतिविधि और स्वास्थ्य का पता दो और पत्र शीघ्र लिखो।

सभी तुम्हें याद करते हैं और स्नेह भेजते हैं। अश्कजी तो आ ही रहे हैं।

सस्नेह
तुम्हारी भाभी
कौशल्या

[108]

उपेंद्रनाथ अश्क

इलाहाबाद
7.9.59

प्रिय राकेश,

पठानकोट से डलहौजी के मार्ग में यह पड़ाव पड़ता है, जहाँ गेट है और गाड़ियाँ गेट के दोनों ओर रुक जाती हैं, क्या तुम उसका नाम बता सकते हो ?

यदि सोमेश चौधरी का पता दे सको तो आभारी हूँगा। माताजी को मेरा प्रणाम देना। यादव को याद दिलाना।

सस्नेह
अश्क

[109]

मोहन राकेश 16.9.59

अश्क भैया,

खेद है कि मैं उत्तर तुरंत नहीं दे सका। उस जगह का नाम है दुनेरा—Dunera Barrier.

सोमेश इन दिनों अपने गाँव है और उसका पता इस प्रकार है—

P. o. Marara
Via Dina nagar
Distt. Gurdaspur

लंबा पत्र लिखना चाहता था पर शरीर और मन दोनों पर ही डिप्रेशन छाया है, इसलिए फिलहाल इतना ही।

सस्नेह
राकेश

[110]

मोहन राकेश 15.10.59

भाभी,

सोचा था आप शायद आएँगी, पर आपका पत्र भी नहीं आया। माँजी ने मनीऑर्डर भेजा था, उसकी रसीद पर भी उमेश के हस्ताक्षर थे। स्वास्थ्य के संबंध में मुझे चिंता हो रही है। लिखिएगा।

...इधर मैं भी दो बार बीमार पड़ा। पहले कुछ दिन पार्टियाँ-शार्टियाँ खाते रहे। काम कुछ नहीं किया। आज फिर शिखा बाँधकर अढ़ाई महीने के लिए कमरे में बंद हो रहा

हूँ। यहाँ के सब मित्रों से छुट्टी ले ली है—अगर अब भी काम नहीं किया तो अपने को किसी भी तरह क्षमा नहीं कर सकूँगा। स्वास्थ्य की अलबत्ता कह नहीं सकता।

कई बातें हैं—कहने की, न जानने की। मगर अब इस Intrument से निकलकर ही—

अश्कजी कैसे हैं ? पुशी, उमेश और नीलाभ को स्नेह दीजिए।

सस्नेह
राकेश

[111]

मोहन राकेश

26.10.59

भाभी,

पत्र मिला। मन उलझा हुआ है, इसलिए शायद विस्तार से न लिख सकूँ। उपन्यास पूरा होने में अभी काफी देर है—तीन-एक महीने तो लगेंगे ही। मगर मन एक क्षण के लिए भी उस टेनशन से मुक्त नहीं होता। पिछले दिनों तो कई रातें सो ही नहीं पाया। उस दिन देवराजजी से आरंभ के पौने दो सौ पन्ने ले आया था जो अब प्रेस में जाएँगे। इन दिनों उन्हीं को पढ़ रहा हूँ। परसों-तरसों में आगे की यात्रा आरंभ करूँगा।

...आपसे मिलना और बातें करना बहुत जरूरी है—मगर मेरी इस मनःस्थिति का बुरा नहीं मानिएगा। आप जब आएँगे तो बातें करके मन काफी हलका होगा। आपकी सेंसटिवनेस की बात मैं जानता हूँ। इसीलिए पहले से अनुरोध कर रहा हूँ कि मेरी कोई बात बेजा भी लगे तो उसे नजरअंदाज कर दीजिएगा। मैं इन दिनों नॉर्मल नहीं हूँ। कई दिनों से बाहर आना-जाना छोड़ रखा है। यों घर में बंद रहता हूँ, या एक मित्र के यहाँ जाकर काम करता रहता हूँ। जिन दिनों आप यहाँ होंगी, उन दिनों घर पर ही रहूँगा मैंने लिखने में ऐसे टेनशन का अनुभव पहले कभी नहीं किया जैसे आजकल कर रहा हूँ।...और इतनी बड़ी किताब में पहले हाथ ही कब डाला है ?

अपने आने का तार एक-डेढ़ दिन पहले दे दें तो अच्छा हो क्योंकि कई बार एक-एक, डेढ़-ढेढ़ दिन उस दोस्त के यहाँ ही रह जाता हूँ। वैसे 3-4 को घर पर ही रहूँगा।

माँजी सबको स्नेह भेजती हैं। मेरी ओर से भी सबको स्नेह दें।

और मिलने पर—

सस्नेह
राकेश

[112]

उपेंद्रनाथ अश्क

इलाहाबाद

9.11.59

प्रिय राकेश,

उम्मीद है तुम्हारा उपन्यास समाप्त हो गया होगा और tension खत्म हो गई होगी। उपन्यास खत्म कर कुछ दिन के लिए अपने-आपको एकदम relax होने के लिए छोड़ दो। अगर पहाड़-वहाड़ कहीं जाने का प्रोग्राम न हो तो यहीं आ आओ।

तुम लोगों के प्रयत्नों से 'कहानी' की पॉलिसी बदल गई है, इसका तुम्हें संतोष होगा। मैंने अभी नए अंक की back में विज्ञापन देखा है; लेकिन यह अच्छे के लिए हुआ है कि बुरे के लिए यह कहना कठिन है।

मैं पिछले तीन महीने से 'गर्म राख' के दूसरे संस्करण के revision में लगा रहा हूँ, परसों खत्म किया है, बेहद ऊब गया हूँ, लेकिन अब प्रूफ आने शुरू हो गए हैं। यह महीना इसी चकल्लस में निकल जाएगा।

तुम्हें यह जानकर खुशी होगी कि कौशल्या ने सिविल लाइंस में राजकमल की बगल में एक नई दुकान ले ली—एक बड़ा-सा हॉल है—महीने तक तैयार हो जाएगी और घर से दफ्तर का झंझट खत्म हो जाएगा। यों दफ्तर का खर्च तो काफी बढ़ जाएगा। पर केंद्रीय जगह में होने से शायद खर्च निकल आएगा। अपने स्वास्थ्य का पता देना।

सस्नेह

अश्क

[113]

मोहन राकेश

अश्क भैया,

पत्र मिला। नई दुकान के उद्घाटन के दिन के लिए मेरी मुबारकबाद लिख रखिए।

'कहानी' के विषय में लिखी आपकी बात ठीक से समझ में नहीं आई। हम लोगों के किस 'प्रयत्न' से 'कहानी' की नीति बदल गई, यह मैं नहीं जानता। मेरा श्री भैरव से व्यक्तिगत मतभेद था और है। मगर उससे 'कहानी' की नीति कैसे बदल गई ! श्रीपत भाई ने वार्षिकांक के लिए कहानी माँगी थी, मगर मैंने लिख दिया है कि उपन्यास की व्यस्तता के कारण नहीं भेज पाऊँगा। जनवरी तक तो मैं इसमें उलझा हूँ ही। मगर

वार्षिकांक के लेखकों की सूची पढ़कर सचमुच मुझे भी आश्चर्य हुआ। और बातें मिलने पर होंगी, मगर अनधिकार ही किसी 'प्रयत्न' का श्रेय आप हमें दें, तो यह ज्यादती होगी।

मैं अभी और कुछ भी नहीं लिख रहा। उपन्यास जब भी पूरा हुआ, तभी इलाहाबाद आऊँगा।

माँजी स्नेह भेजती हैं।

सस्नेह
राकेश

[114]

कौशल्या अश्क — इलाहाबाद
9.11.59

प्रिय राकेश,

तुम्हें एक पत्र दो-तीन दिन पहले लिखा है। कल रात सपने में तुम्हें बहुत अस्वस्थ और विक्षिप्त देखा। चिंता हो गई। अपने हाल-चाल लिखो। मैं 20 तक दिल्ली आऊँगी।

माँजी को प्रणाम !

पत्र शीघ्र देना।

सस्नेह
तुम्हारी भाभी
कौशल्या

[115]

मोहन राकेश — 4/5843, देवनगर, नई दिल्ली
10.11.59

भाभी,

दूसरा पत्र अभी शाम को ही मिला। पहले पत्र का उत्तर देने की सोच ही रहा था। अस्वस्थ नहीं हूँ, विक्षिप्त भी नहीं। आपको आने पर भला-चंगा ही मिलूँगा। सिर्फ उपन्यास पूरा न कर पाने का विक्षोभ जरूर है। जितना बन पड़े, उतना काम करता हूँ। घूमने भी लगभग नहीं ही जाता।

जनवरी के अंत तक लगातार इसी तरह काम करना है।

और बातें यहीं पर होंगी। मैं अभी और विषयों में कुछ सोचता नहीं। शायद सोचने की कुछ बात भी नहीं है। खैर...

एक पत्र साथ में अश्कजी के लिए है।

सस्नेह
राकेश

[116]

मोहन राकेश 13.11.59

भाभी,

पहला पत्र मिला होगा।

20-21-22-23-24-25 को एक दोस्त खींचकर बाहर ले जाना चाहता है। 26 को लौटना होगा। टाइपराइटर साथ जाएगा। वैसे भी निश्चित नहीं। आपका पत्र आने पर ही निश्चित करूँगा। आपका आना 26 तक हो, तब तो चला जाऊँ। वर्ना नहीं जाऊँगा।

सस्नेह
राकेश

[117]

मोहन राकेश 4/5843, देवनगर, नई दिल्ली
21.11.59

अश्क भैया,

तार मिला—अभी-अभी। मैं कोई घंटा-भर पहले ही दिल्ली स्टेशन से आया हूँ। गाड़ी के समय का पता नहीं था, रात फोन नहीं कर सका, इसलिए छह बजे ही चला गया था। दस बजे तक वहाँ सिगरेट और चाय पीता रहा। बहरहाल...

मगर एक बात की तरफ आपने ध्यान नहीं दिया जो मैंने बहुत पहले लिखी थी। 4/6 देवनगर के पते से चिट्ठी तो मिल जाती है, तार नहीं मिलता। पहला तार मुझे चौबीस घंटे की तलाश के बाद मिला—दूसरा अभी—दस घरों से घूमकर। ऑफिस में मेरा पता—4/5843 नोट करा दें तो बेहतर होगा। पहले भी तार के साथ ऐसा ही हो चुका है। आपका बधाई का तार मुझे तीन-चार दिन बाद बजरिया डाक मिला था।

भाभीजी के स्वास्थ्य के संबंध में लिखें। स्वास्थ्य ठीक न होने पर क्या किसी और को दौरे पर भेज देना उचित न होगा ?

कल-परसों नरेंद्र का भी पत्र आया था।

सस्नेह
राकेश

[118]

मोहन राकेश

4/5843, देवनगर, नई दिल्ली
27.11.59

भाभी,

अश्कजी और झा बाबू के पत्र मिले। उत्तर आपको दे रहा हूँ क्योंकि चिंता आपके स्वास्थ्य को लेकर है। खूब स्वस्थ हो जाइए, तभी सफर कीजिए। मुझे उपन्यास में कुछ दिन लगेंगे। खाली होकर इलाहाबाद जरूर आऊँगा। नई दुकान का उद्‌घाटन हो गया क्या ?

मुझे उपन्यास पूरा करते ही कोई-न-कोई काम करना पड़ेगा, ऐसा लगता है। अभी कुछ भी नहीं सोच पा रहा। चंडीगढ़ में यूनिवर्सिटी की नौकरी मिल सकती है, मगर वहाँ जाना नहीं चाहता। खैर, मिलकर बात होगी।

श्री नरेश मेहता आज इलाहाबाद के समाचार सुना रहे थे।

सस्नेह
राकेश

[119]

मोहन राकेश

4/5843, देवनगर, नई दिल्ली
12.12.59

अश्क भैया,

पत्र मिला। भाभी के स्वास्थ्य के विषय में जानकर चिंता हुई। इतने दिनों से यह ऐसे चला आ रहा है, इसलिए और भी चिंता होती है। क्या कुछ दिन इस माहौल से बाहर किसी प्राकृतिक स्थान पर वे रहें, तो उससे फर्क नहीं पड़ेगा ?

उद्‌घाटनावसर पर और अपने जन्मदिन पर मेरी शुभकामनाएँ लीजिए। मैं जरूर आता—जरूर ही आता—मगर नहीं आ पा रहा, तो उसके लिए कारण बताना भी फिजूल

ही है। मैं बहुत चाहता हूँ कि किसी तरह इस झंझट से मुक्त होकर बाहर निकलूँ, मगर मन पर एक ऐसा टेंशन है कि मुझे कुछ भी करने नहीं देता। मगर न आने की केवल यही वजह नहीं है। एक दोस्त अफ्रीका से आया था ब्याह कराने—आज सपत्नीक यहाँ आया है—कल और परसों रहकर 14 की रात को उसे यहाँ से रवाना हो जाना है—वापस। हालाँकि दिन-भर पति-पत्नी बाहर रहते हैं और मैं घर पर अपना काम करता हूँ—फिर भी एक औपचारिकता तो है ही। पहले सोचा था मद्रास चला जाऊँगा, मगर अब वह विचार भी स्थगित कर दिया है। मार्च के अंत तक भी अगर उपन्यास पूरा कर सकूँ, तो बहुत मानूँगा।

श्री नरेश मेहता को उनकी सूचना के लिए मेरा धन्यवाद दीजिए। अगर वे मुझे भी उस लड़की का नाम-पता लिख दें, तो मैं उससे एक बार मिल लूँ। ब्याह की खबर सब लोग जानते हैं, यह तो बहुत ही अच्छी बात है, मगर कब और किससे हो रहा है, यह जानने को मैं बहुत उत्सुक हूँ। यूँ कुछ लोगों की कल्पना में तो मेरा ब्याह कई बार हो चुका है।

मन्नू के संबंध में आपकी राय से मैं शत-प्रतिशत सहमत हूँ। बाकी, बहुत-कुछ यादव पर निर्भर करता है। आपका पत्र अभी उसे दिखा दूँगा।

सस्नेह
राकेश

[120]

मोहन राकेश 27.1.60

अश्क भैया,

पत्र अभी-अभी मिला। उमेश की सगाई की बात का पता कल ही यादव से चला था। मेरी और माँजी की बधाई लीजिए। मैं भरसक इस प्रयत्न में हूँ कि तब तक उपन्यास पूरा कर डालूँ और आशा है कि कर भी डालूँगा। उमेश के ब्याह में मैं जरूर आऊँगा, मगर कितने दिनों के लिए आऊँगा, यह इस वृहदारंडकोपनिषद् पर ही निर्भर करता है जिसे लिखना 350 पन्ने में चाहा था और लिखते-लिखते जो 600 पन्ने का हो रहा है। माँजी मेरे साथ ही आएँगी। हो सका तो इन्हें पहले भी भेज दूँगा। (मुझसे अपने लिए चाय की प्याली भी नहीं बनती, इसलिए।)

मैं उपन्यास पूरा करके तफरीह के लिए कुछ दिन बंबई जाऊँगा। वरीन वहीं है, उसकी गतिविधि भी देखूँगा। वह इन दिनों फिल्मी दुनिया के उन्हीं अनुभवों में से गुजर रहा है जिनमें से 22 साल की उम्र में हममें से बहुत-से बहुत पहले गुजर आए हैं।

श्री नरेश मेहता के इस गुरुभार को सँभालने पर उन्हें मेरी हार्दिक (और कॉनफीडेंशल) बधाई दीजिए। मैं यह गुप्त बात बिलकुल किसी को नहीं बताऊँगा (सिवाय दो-एक साहित्यिक बंधुओं के क्योंकि उनका तो इसमें भला होने जा रहा है और उन्हें उनके भले की खबर से वंचित रखना ठीक नहीं)। श्री नरेश मेहता यदि राजनीति में होते तो गवर्नमेंट और अपोजीशन दोनों के नेता होते। दुर्भाग्यवश राजनीति उनकी सेवाओं से वंचित है। जिस दिन से वे सर्वधर्म सम्मेलन का ध्वजारोहण करें, उस दिन मैं जरूर दर्शन करने आऊँगा, मुझे पहले से तीन पैसे का एक कार्ड डाल दीजिएगा।

भाभी से नमस्कार कहें और हमारी यह माँग उनके सामने रखें कि जल्दी से ठीक हों। उमेश, नीलाभ और पुशी को स्नेह दें।

सस्नेह

राकेश

[121]

मोहन राकेश

4/5843, देवनगर, नई दिल्ली

24.2.60

अश्क भैया,

उस रात सफर मजे में कट गया था।

दिल्ली आकर फिर से काम में जुट गया हूँ। परसों श्री माथुर[1] से मिलने गया था। एप्लिकेशन दे दिया है—आगे जो भी हो। इन दिनों आप यहाँ होते, तो शायद स्थिति का कुछ बेहतर पता चल जाता। बहरहाल, मार्च के आरंभ में तो आप आ ही रहे हैं (न आ रहे हों, तो मुझे लिखें), इस बीच शायद श्री माथुर की पंतजी से इस संबंध में बात भी हो जाएगी। वेतन को लेकर मुझे लगता है बात जरूर उठेगी। आपने श्री माथुर को पत्र लिख दिया होगा। न लिखा हो, तो लिख दें।

और प्रयाग के समाचार दें। भैरव भाई ने कहा था कि वे यादव को पत्र लिखेंगे। शायद अभी उन्होंने लिखा नहीं। मैं स्तंभ का नाम तय नहीं कर पाया। दो एक दिन में निश्चय कर लूँगा। पहला इंस्टालमेंट मार्च के पहले या दूसरे सप्ताह में लिख डालूँगा।

भाभी का स्वास्थ्य कैसा है ? उन्हें मेरी याद दें। वे कब आ रही हैं ? मैं 3-4-5 मार्च को शायद बाहर रहूँ। 4 को अमृतसर में सोमेश चौधरी की शादी है।

उमेश, गुड्डे और पुशी को स्नेह दें।

सस्नेह

राकेश

---

1. जगदीश चंद्र माथुर जो, उन दिनों आकाशवाणी में डायरेक्टर जनरल थे।

[122]

मोहन राकेश

अश्क भैया,

पत्र मिला। मैंने एक पत्र कल लिखा था। पुरस्कार तो आपको इस वर्ष संभवतः पंजाब सरकार से भी मिलेगा।—इस सारी धनराशि से एक साहूकार बैंक खोलकर रुपया मुझे उधार दे दीजिए।

भाभी के स्वास्थ्य के संबंध में जानकर चिंतित हूँ—उन पर वैसा ही अंकुश लगाइए जैसा वे दूसरों पर लगाती हैं—दफ्तर में काम का समय बाँध दीजिए—निश्चित समय पर सैर के लिए घर से धकेल दीजिए—इत्यादि। हो सकता है इससे वे आप पर एक अच्छा-सा एकांकी लिख डालें।

मुझे डॉक्टर ने बताया है कि फ्रस्ट्रेशन की बीमारी है। मैं अब उस फ्रस्ट्रेशन का विश्लेषण करने में लगा हूँ। मगर बात इतनी आसान नहीं है।

पुरस्कार से पुस्तक का मान बढ़ता है, यह मैं भी नहीं मानता। परंतु बैठे-बिठाए पैसा आ जाना बुरी बात नहीं है। प्रतिक्रियाएँ तो बहरहाल होती ही रहती हैं।

घर में रोगन-ओगन हो रहा है और पेंटर हुक्म दे रहा है कि जगह खाली कर दूँ।

सस्नेह
राकेश

[123]

मोहन राकेश 2.3.60

भाभी,

पत्र मिला था। मेरा पत्र पहले मिल गया होगा। मैं 3-4-5 को बाहर नहीं जा रहा क्योंकि मुझे फिर 13-14-15 को तीन दिन के लिए जाना पड़ेगा। इन दिनों मैं यहीं हूँ। आप किसी भी दिन आ जाएँ। मुझे पत्र द्वारा अपने कार्यक्रम का पता दे दें तथा आने से पहले तार द्वारा सूचित कर दें।

यादव कलकत्ते से लौट आया है। अप्रैल में वह विवाह में शामिल तो होगा ही—या वरपक्ष की तरफ से या कन्यापक्ष की तरफ से। उसने दिल्ली में ही रहने का निश्चय किया है। मन्नू मई में नौकरी छोड़कर आ रही है।

मैं कुछ दिन उपन्यास का काम छोड़कर एकाध कहानी लिखने में लग गया था।

कल से फिर उपन्यास में जुटूँगा।

आशा करता हूँ कि अब आपका स्वास्थ्य पहले से बेहतर होगा।

भाई साहब को मैंने आते ही फोन कर दिया था। उन्होंने कहा था कि वो आपको पत्र लिखेंगे।

'इन दिनों कुछ व्यस्त रहने के कारण नहीं लिख पाया'—उन्होंने कहा था।

अश्कजी को तथा उमेश-पुशी-गुड्डे को स्नेह दें।

सस्नेह
राकेश

पी. एस.

निमंत्रण-पत्र मैं समझता हूँ व्यक्तिगत पत्र के रूप में ही छपवा लेना चाहिए—अगर लिखे का ब्लॉक बनवा लिया जाए, तो और भी अच्छा हो। ऐसा निमंत्रण-पत्र हाल में जैनेंद्रजी की लड़की की शादी का आया था जो कार्ड पर छपा था। बेहतर होगा कि यह निमंत्रण-पत्र कार्ड पर न छपकर खुद अच्छे कागज पर ही छपे जिसके एक सिरे पर मौली-सूत्र हो और फोल्ड करने पर उसी मौली-सूत्र में उसे लपेटा जा सके। अगर हाथ का बना मोटा कागज मिल जाए, तो और भी अच्छा है।

—राकेश

[124]

कौशल्या अश्क

इलाहाबाद
19.3.60

प्रिय राकेश,

तुम्हारा पत्र अभी-अभी मिला है। आज सुबह अश्कजी ने तुम्हें पत्र लिखा था। मेरी तबीयत फिर तीन-चार दिन से खराब है और बेहद चिड़चिड़ापन हो गया है। तुमने इतनी जल्दी उत्तर दिया, इससे मुझे खुशी है। तुम समझ ही सकते हो क्यों तुम पर इतना depend कर रहे हैं। तुम्हें कष्ट देने में भी संकोच नहीं होता।

निमंत्रण-पत्र का नमूना मिल गया है। हमें बहुत ही अच्छा लगा है। वैसा ही छपवा लूँगी। तुम्हारा आना और जल्दी आना इसलिए जरूरी है कि बहुत-से काम तुम्हारे आने पर करने को छोड़ रखे हैं। फिर मेरा स्वास्थ्य बीच-बीच में धोखा दे जाता है और इसे कुछ कहा भी नहीं जा सकता। दवाइयों के संकेत कई बार यह समझता नहीं।

तुम्हारे मकान की बात से मुझे चिंता हो गई है। ईश्वर करे तुम्हें शीघ्र ही कोई

अच्छा मकान मिल जाए और तुम्हारी झुँझलाहट दूर हो। मैं अच्छी तरह समझ सकती हूँ तुम कितने परेशान हो। यों परेशानी और संघर्ष जीवन का जरूरी अंग हैं फिर भी लिखने-पढ़नेवालों को शांति भी जरूरी है।

अश्कजी दिल्ली आ रहे हैं, वहाँ से दो दिन के लिए इंदौर और दो दिन के लिए जालंधर जाएँगे। मैं भी साथ आने की सोच रही हूँ। हम 25 या 26 को यहाँ से चलेंगे और 2-3 अप्रैल तक लौट आएँगे। सीट बुक कराके तुम्हें तार दे दूँगी। तुम वापसी डाक से पता देना कि मकान की कुछ व्यवस्था हुई या नहीं। मैं तुम्हारे साथ ही ठहरना चाहती हूँ पर यदि तुम्हें दिक्कत हो तो मासीजी के यहाँ ठहर जाऊँगी। 3-4 दिन दिल्ली ठहरूँगी, संभवतः अश्कजी के साथ जालंधर जाऊँ। इंदौर अश्कजी जाएँगे तो मैं दिल्ली ही ठहरकर उनकी प्रतीक्षा करूँगी।

भाई साहब का पत्र आया था, कैलाश सपरिवार आएगा। परसराम का एक भी पत्र नहीं मिला। इंद्रजीत और नरेंद्र आएँगे ही। स्वर्ण मेरे साथ ही आ जाएगी। तुम और माँजी रहोगे ही, इसलिए मुझे उलझन नहीं होगी। जिनके साथ formality की जरूरत है, कर ली जाएगी। नरेंद्र और तुम सब सँभाल लोगे, इसका मुझे विश्वास है।

मंगल तक तुम्हारे पत्र की प्रतीक्षा करूँगी। उसके बाद पहुँचने की निश्चित सूचना तुम्हें दूँगी। पत्र क्योंकि राजकमल के पते पर ही भेज रही हूँ इसलिए हो सकता है, तुम्हें देर से मिले। फिर भी यदि समय से मिल जाए तो उत्तर दे देना।

बहुत-सी बातें हैं, मिलने पर होंगी। अश्कजी का स्नेह लो। सब तुम्हें बहुत याद करते हैं। माँजी को हमारा प्रणाम !

सस्नेह
भाभी
कौशल्या

[125]

उपेंद्रनाथ अश्क

इलाहाबाद
19.3.60

प्रिय राकेश,

कौशल्या के नाम तुम्हारा 2.3.60 का पत्र मिला। तीन किताबें इसी महीने आउट हो रही हैं, इसलिए हम सब उन्हीं में उलझे हैं और तुम्हारे पत्र का उत्तर नहीं दिया जा सका। दो-चार दिन में खाली हो जाएँगे और फिर केवल उमेश के ब्याह की तैयारी-भर करना है।

मेरे तीन भाई मेरे पत्र से कुछ नाराज हो गए थे। उन्हें इस बात का गुस्सा था कि मैंने सबको सपरिवार निमंत्रित क्यों नहीं किया। सो मैंने अपनी भूल सुधार ली है।

अब कुछ तो सपरिवार आएँगे ही। तुम्हारी कम-से-कम सात दिन पहले अशद जरूरत है। उम्मीद करता हूँ, तुम मुझे निराश नहीं करोगे। तैयारी-वैयारी मैं कुछ नहीं कर सका, बहुत-कुछ तो तुम्हारे आने पर ही होगा।

भाई साहब ने कौशल्या को दो दिन के लिए दिल्ली बुलाया है सो, इस महीने के आखिर में मैं और वो दो-चार दिन के लिए दिल्ली आएँगे, तभी बात करेंगे।

तुम्हारे आने पर यहाँ जो मीटिंग हुई थी, उसकी चर्चा अभी तक हो रही है। उसका और कोई लाभ हुआ हो या न हो, लेकिन लोग मिलकर बात-चीत जरूर करने लगे हैं।

कमलेश्वर होली पर आए थे और दो-तीन घंटे बातें करते रहे। मैंने उन्हें आश्वासन दे दिया है कि मैं उनके रास्ते की दीवार नहीं बनूँगा।

अपने पत्र में तुमने निमंत्रण-पत्र का जो आइडिया दिया है वह मुझे पसंद है, केवल मंगलसूत्र वाली बात मेरी समझ में नहीं आई। वह उसमें कैसे लगेगा, जरा समझाकर लिखो। संभव हो तो वापसी डाक एक पत्र में लगाकर भेज दो ताकि मैं वैसे ही बनवा लूँ।

कौशल्या तुम्हें स्वयं पत्र लिखती, लेकिन इस समय उसका सिर दर्द कर रहा है और ये पंक्तियाँ मैं ही लिखवा रहा हूँ।

माताजी को हम दोनों का प्रणाम देना।

सस्नेह
उपेंद्रनाथ अश्क

[126]

मोहन राकेश 10.4.60

भाभी,

आशा है आप विवाह की तैयारियों में व्यस्त हैं।

मैं 6 तारीख को हिसार चला गया था। 7 को लौट आया था। इधर कई दिन एक बात को लेकर बहुत परेशान रहा। वरीन को बंबई तीन-चार पत्र लिखे गए थे जिनका कोई उत्तर नहीं आया था। मनीऑर्डर भेजा था, उसकी रसीद पर भी उसकी जगह उसके लॉज वालों के हस्ताक्षर होकर आ गए थे। मैंने परेशानी में बंबई अपने मित्रों को पत्र लिखे, उसे तार दिया। खैर, उसकी स्वस्थता का समाचार अब आ गया है तो तसल्ली हुई है।

मकान के लिए दौड़-धूप अभी तक जारी है, मगर जगह नहीं मिल सकी। आज सुबह एक जगह मिलने की पूरी आशा हो गई थी, मगर मालिक मकान मद्रासी या

बंगाली के सिवा किसी और को मकान देने के लिए राजी नहीं हुआ। इतने काम एक साथ इकट्ठे हो गए हैं कि मेरी समझ में ही नहीं आता कि क्या किया जाए। जंगपुरा में एक मकान देखने कल जाना है। रोहतक रोड पर एक फ्लैट है, जिसका मालिक मकान आउट ऑफ स्टेशन है, 14 तारीख को आएगा। अगर जंगपुरा वाला मकान भी न मिला तो 14 तारीख को रोहतक रोड वाले व्यक्ति से बात करके ही यहाँ से चलूँगा। उधर माथुर साहब को फोन किया था, पता चला कि वे बाहर चले गए हैं, 12 को लौटेंगे। 12 को उन्हें भी फोन करके उनसे 13-14 को जब भी संभव हुआ, बात कर लूँगा। कल शशि को फोन करके अपना प्रोग्राम बता दूँगा कि मैं पंद्रह तक यहाँ से चलूँगा। मैंने मोहन से कहा था कि मैं 12 को चलकर रास्ते में कुछ घंटे कानपुर उतर कर इलाहाबाद जाऊँगा, मगर जब 15 को चलूँगा तो कानपुर नहीं उतरूँगा। लौटते हुए 20 की सुबह को वहाँ चला जाऊँगा और उन लोगों के साथ ही दिल्ली आ जाऊँगा। अगर यहाँ से चलने तक मकान का कोई भी प्रबंध न हुआ, तो राजेंद्र पाल के ऊपर छोड़ दूँगा कि मेरी गैरहाजिरी में कोई जगह मिल जाए, तो अपने-आप बदल दे। मगर उस हालत में माँजी का यहाँ रुकना आवश्यक हो जाएगा। अमृतसर से बुआ ने भी लिखा है कि वे 17-18 को आ रही हैं। आप पत्र मिलते ही लिखें कि माँजी के न आने का आपको बहुत बुरा तो नहीं लगेगा। अगर ऐसा हो, तो मैं माँजी को हर हालत में साथ लेता आऊँगा। आप पूरी स्थिति पर स्वयं ही विचार करके लिखें।

इस मनःस्थिति में मुझसे लिखना-पढ़ना क्या हो सकता है, यह आप सोच ही सकती हैं। फिर भी कुछ-न-कुछ करने का प्रयत्न कर रहा हूँ। कभी-कभी तो लगता है कि सबके-सब काम एकदम फलैट हो जाएँगे।

सस्नेह
राकेश

[127]

मोहन राकेश 27.4.60

भाभी,

यहाँ 23 की रात को पहुँच गया था। अलीगढ़ वाला काम नहीं हुआ। वह आदमी 22 की रात को निकल गया था।

राजपाल वाला चेक नरेंद्र ने आपको दे दिया होगा। वह मुझे भेज दें, तो मैं उसे लौटाकर दूसरा चेक प्राप्त कर लूँ। इस संबंध में मुझे याद से लिखें क्योंकि नरेंद्र शायद उस दिन मजाक में ही कह रहा था कि चेक वाला लिफाफा गुम हो गया है।

आज माँजी की cheek bone पर किसी लड़के का फेंका हुआ पत्थर लग गया है। मैं कनॉट प्लेस गया था। मेरे पीछे ही यह हुआ। बेचारी घंटा-भर डॉक्टर की दुकान पर पड़ी रहीं। मेरे आने तक घर आ गईं थीं। मन बहुत खराब हुआ।

आप अपने आने की तिथि की सूचना जल्दी दें। 4 तक तो आपको आ ही जाना चाहिए। कार्यक्रम तय करके वापसी डाक से मुझे लिख दें। तारीख वही है।

मैं 20-22 तक यहाँ रुककर रेडियो का निश्चय हो जाने के बाद ही पहाड़ पर जाने के संबंध में निश्चय करने की सोचता हूँ। गया तो रायसन (कुल्लू) ही जाऊँगा। अगर अश्कजी पहले से किसी और पहाड़ पर जाने का निश्चय करें तो वहाँ का कार्यक्रम रखा जा सकता है। वैसे तो यहाँ आने पर बात होगी ही—यह मैंने इसलिए लिखा है कि 20-22 तक दिल्ली में ही रहने की बात पर आपकी राय ले लूँ।

माँजी सबके लिए स्नेह भेजती हैं।

सस्नेह
राकेश

[128]

मोहन राकेश

1960
(अप्रैल का अंत या मई का शुरू)

अश्क भैया,

भाभी की तबीयत के संबंध में जानकर बहुत परेशान हूँ। अगर वे न आ पाएँगी, तो सारी चीज ही फीकी हो जाएगी। पत्र मिलते ही आप मुझे उनके स्वास्थ्य का समाचार दें। मेरी कुछ समझ में नहीं आ रहा कि उनकी अनुपस्थिति में सब कुछ कैसे होगा—हालाँकि इसका मैं पूरा प्रयत्न करूँगा कि उन पर किसी तरह का शारीरिक बोझ न पड़े। फिर भी आने से पहले उनका स्वस्थ होना तो आवश्यक है ही।

माँजी का स्वास्थ्य पहले से बेहतर है। अभी कमजोरी है और पट्टी हो रही है। शायद दो-एक रोज बाद पट्टी हट जाए।

जिन-जिन लोगों को सूचना देनी थी, दे दी है, मगर अभी कई बातें हैं जिनमें आपका मशविरा जरूरी है। कानपुर के लोग 4 या 5 तारीख को वहाँ से चल देंगे। दादी को मैंने 6 तारीख को बुलाया है। सोचता था कि आप भाभी के साथ 4 तारीख तक आ सकेंगे। अब आप उनके साथ 7 तक भी पहुँच जाएँ, तो ठीक है। जो भी हो उनके स्वास्थ्य की सूचना तुरंत दें—हो सके तो तार द्वारा। मैं प्रतीक्षा में हूँ।

सस्नेह
राकेश

[129]

मोहन राकेश

4/5843, देवनगर, नई दिल्ली
16.5.60

भाभी,

जाते हुए आप सबको विदा करने के लिए मैं रुक न सका, इसका मुझे बहुत खेद है। 14 की शाम को मैं आखिरी बस से माँजी के साथ हिसार से चला आया था। पुष्पा[1] अभी वहीं है, 25 को लौटेगी। आपके कहे के अनुसार 24 को मैं और माँजी फिर वहाँ जाएँगे।

दिल्ली में सप्ताह-भर फिर आपको वही मेहनत करनी पड़ी जो आपने इलाहाबाद में की थी। चाहता था कि आपको एग्जरशन ज्यादा न हो, मगर इस स्थिति में एग्जरशन बचा पाना शायद संभव ही नहीं था। आपके और अश्क भैया के यहाँ होने से सारा काम सुचारु रूप से हो गया। मैं तो इस तरह की स्थिति में बहुत ही घबरा जाता हूँ। जगह बहुत छोटी थी, फिर भी आपने सब कुछ व्यवस्थित कर लिया—यह आप ही कर सकती थीं। जगह की समस्या अभी ज्यों-की-त्यों है। डॉ. जग्गी से बात करके इस संबंध में जरूर पता दें।

मुझे लगता है कि आखिरी दिन आपका मन कुछ उदास हो गया था। ऐसे अवसरों पर कुछ-न-कुछ बात ऐसी हो ही जाती है। मन बुरा करने की कतई कोई बात नहीं है। पुष्पा काफी अनडेवलेप्ड है और अभी इस बात को समझती भी नहीं है। मगर उसे डेवेलप करने में एक-डेढ़ महीने से ज्यादा नहीं लगेगा क्योंकि बेसिकली वह बहुत भली लड़की है। कुछ दिन आकर आपके पास रहेगी, तो और बहुत कुछ जान-सीख जाएगी।

खर्च का हिसाब आप मुझे झा साब से बनवा कर भेज दें। मैं कल-परसों तक एक हजार का ड्राफ्ट बनवाकर भेज दूँगा। मेरी डायरी में जो छोटे-छोटे खर्चे लिखे हैं (उमेश के ब्याह के दिनों के) वे इस प्रकार हैं :

नरेंद्र-चप्पल	14-50
रिसेप्शन के दिन सिगरेटों के डिब्बे लाने के लिए नरेंद्र को	15-00
माली को एडवांस	10-00
18 अप्रैल को शॉपिंग करते हुए कैश	10-00
वरीन द्वारा कैश 13 मई को शॉपिंग करते हुए	10-00
	59-50

1. राकेश की दूसरी पत्नी

दो सौ रुपया जो उन दिनों (अप्रैल में) कपड़े-अपड़े खरीदने के सिलसिले में मैंने आपके पास रखा था, उसे भी मिलाकर यह कुल 1259-50 पैसे होंगे। शेष में से जितना और अभी भेज सकूँगा, भेज दूँगा। बाकी मेरे हिसाब में रखिएगा। यहाँ अपनी आदत के अनुसार सारा कुछ इस तरह अव्यवस्थित कर रखा है कि अभी सँभलने-सँभालने में एक सप्ताह और लगेगा।

रेखा कल बहुत याद कर रही थी। माँजी और बड़े माँजी भी कल दिन-भर आपकी ही बातें करते रहे।

काम मैं कल तक शुरू कर दूँगा। अपना आगे का कार्यक्रम अगले पत्र में लिखूँगा।

अश्कजी, उमेश, गुड्डे और बिम्मी को हम सबका स्नेह दें। उमेश और बिम्मी जब भी दिल्ली आएँ, उनसे कहें कि हमारे यहाँ आकर ही ठहरें।

सस्नेह
राकेश

[130]

मोहन राकेश 20.5.60

अश्क भैया,

एक पत्र सुबह लिखा था। आपके नाम का ड्राफ्ट 1,000 रुपए का इस पत्र के साथ भेज रहा हूँ। अब सोच रहा हूँ कि शायद ड्राफ्ट नीलाभ प्रकाशन के नाम का बनवाना ठीक होता। बहरहाल, अब तो बन ही गया है।

डॉ. जग्गी से चाबी लेकर आप स्वयं ही झा बाबू से पार्सल करवा दें, तो बेहतर होगा।

मैं आज से फिर नाटक में लग रहा हूँ। कोशिश करूँगा कि इन 10-12 दिनों में कुछ काम कर सकूँ।

वहाँ के समाचार दें।

सस्नेह
राकेश

[131]

मोहन राकेश

20.5.60

अश्क भैया,

पत्र मिला। सारी बातें नोट कर के पत्र के संबंध में आपने जैसा लिखा था, वैसा ही कर दिया है।

डॉ. जग्गी से कहें कि फ्लैट की चाबी मुझे भेज दें। फिलहाल मैं ऊपर के हिस्से में शिफ्ट कर जाता हूँ। बाद में निचले हिस्से में चला जाऊँगा। मुझे मकान का नंबर वगैरह भी लिख दें जिससे मैं सुविधापूर्वक जगह ढूँढ़ लूँ।

दो दिन हुए डॉ. नगेंद्र से और कल श्री माथुर से बातचीत हुई थी। डॉ. नगेंद्र का सुझाव यूनिवर्सिटी जॉब के लिए न होकर कॉलेज जॉब के लिए था। उसमें लगभग 525 रुपए मिल सकते हैं। काम मध्य जुलाई से होगा, मगर इस सिलसिले में प्रयत्न दिल्ली में रहकर ही करना होगा। इस तरफ माथुर साहब ने दिल्ली की साहित्यिक राजनीतिक स्थिति की चर्चा करते हुए कहा कि वे दिल्ली से बाहर किसी स्टेशन पर ही ड्रामा प्रोड्यूसर के तौर पर अप्वॉइंटमेंट देना चाहेंगे।

मेरा मन दिल्ली छोड़कर फिर से जालंधर या जयपुर जाकर रहने को नहीं होता। पंतजी यहीं हैं। मगर इस गहमा-गहमी में शायद उनसे बात न हो पाए। खैर, जो भी स्थिति होगी, उसका पता दो-तीन दिन में दूँगा।

भाभी का स्वास्थ्य अब कैसा है ? यह बात रह-रहकर मेरे मन में आती है कि वे पहले इलाहाबाद में ही काफी थक गई थीं, यहाँ आकर उन्हें और थकना पड़ा। मगर हम लोग उन्हें कभी भी विश्राम तो क्या देंगे, हमेशा थका-ही-थका सकते हैं।

इधर मोहन के घर में मोहन और राज के बीच कांता की वजह से काफी तनाव हो गया है। ऐसे अवसर पर यह तनाव बहुत दुःखदायी लगता है।

मैंने भाभी के पत्र में भी लिखा था कि हो सकता है मैं पहाड़ पर बिलकुल ही न जा सकूँ, और जाऊँगा तो शायद पंद्रह-बीस रोज के लिए ही। बहुत कुछ पी. सी. द्वादश श्रेणी वालों पर निर्भर करता है कि वे पैसे भेजते हैं या नहीं। आप लिखें कि आप कहाँ जा रहे हैं। मैं निकल सका, तो मैं उन थोड़े-से दिनों के लिए वहीं आने का प्रयत्न करूँगा। वैसे यह भी चाहता हूँ कि जगह ज्यादा महँगी न हो—अपना खाना बनाकर तीन-साढ़े तीन सौ में काम चल जाए।

घर में सबको मेरा स्नेह दें।

सस्नेह
राकेश

[132]

मोहन राकेश

Johnson's Orchard, Raison (Kullu)

14.6.60

अश्क भैया,

दस तारीख तक अनिश्चित रहने के बाद 500 रुपए की व्यवस्था करके मैं यहाँ चला आया हूँ। यहाँ कॉटेज घपले में ही मिल गई। मेरी बुकिंग नहीं थी, यहाँ पहुँच कर पता चला कि कॉटेज 11 तारीख से किसी और के लिए बुक्ड है। 11 की शाम तक वह व्यक्ति नहीं पहुँचा था। मैं क्योंकि यहाँ मौजूद था, इसलिए वह बुकिंग कैंसिल कराकर मैंने कॉटेज ले ली। दो कमरे हैं। एक में बेडरूम और किचन बना दिया है, दूसरे में अपने कागज फैला लिये हैं। पुष्पा खूब मस्त रहती है और काम करती है। जगह इतनी एकांत और खामोश है कि सिवाए लिखने और पढ़ने के और कोई चारा ही नहीं है। ज्यादा-से-ज्यादा कुछ देर दरिया में पाँव डालकर बैठा जा सकता है। वैसे आज कुछ देर नाई से भी गपशप करता रहा हूँ।

यहाँ 5 कॉटेज और हैं जो अभी रुके हुए हैं, मगर उम्मीद है कि एक कॉटेज 15 दिन तक खाली हो जाएगी। मैनेजर ने कहा कि वह उन लोगों से बात करके कल-परसों तक मुझे निश्चित पता देगा। मनाली में इस साल बहुत रश है इसलिए वहाँ तो सरकार लोगों को दो-दो, तीन-तीन दिन के लिए ही जगह एलॉट करती है। मुझे वहाँ एक कमरा दिखाया गया था जिसके साथ के कमरे में 25 बंगाली टिके हुए थे। कहा गया था कि वह कमरा भी 13 तारीख को खाली करना होगा। मैं सिर पर पाँव रखकर सीधा रायसन आ गया और अब यहीं हूँ—जिस दिन तक पैसे नहीं चुक जाते। टीचिंग की नौकरियों के लिए मैंने अप्लाई ही नहीं किया। रेडियो का काम हुआ तो देखूँगा, वर्ना नीचे जाते ही कुछ फास्ट ट्रांसलेशन करूँगा, वर्ना जो चीजें कुछ दिन पहले इतने चाव से बनवाई थीं, वही नीचे जाकर...। चाहता हूँ कि वैसी नौबत न आए, हालाँकि पुष्पा दिल्ली में ही हठ करती थी कि बाहर से कर्ज न लेकर इसी तरह पहाड़ पर चलने की व्यवस्था की जाए। मैं इस स्थिति को अभी बचाना ही चाहता हूँ।

डॉ. मदान से फिर आगे बात नहीं हुई। मैं यहाँ से पूरे विस्तार के साथ उन्हें कल पत्र लिखूँगा और जो भी पता आएगा, वह आपको लिख दूँगा। दिल्ली में उन दिनों गर्मी इतनी पड़ी कि मैं तो एक तरह से पागल ही हो गया था। कुछ सूझता नहीं था कि क्या किया जाए और क्या न किया जाए। यहाँ तक कि अपनी किताब के संबंध में ओमप्रकाश से बात भी नहीं कर सका। तीन-चार दिन हीट स्ट्रोक में पड़ा रहा और फिर अचानक ही चला आया।

मेरा पहला कार्ड मिला होगा जिसमें मैंने दिल्ली का नया पता लिखा था। कार्यालय में वह पता नोट करा दें। पत्र में अपना कार्यक्रम लिखें कि यदि यहाँ 15 दिन बाद कॉटेज मिल जाए, तो रिजर्व करा लूँ या नहीं। मैं अगस्त के समय तक तो यहाँ रहने के संबंध

में निश्चित हूँ, आगे की बात इस बीच जो भी डेवेलेपमेंट हों, उन पर निर्भर करेगी। अगस्त के बाद तो शायद किसी भी तरह नहीं रह सकूँगा।

यहाँ खाना पकानेवाला नौकर नहीं मिल सकता, बाकी काम के लिए आदमी मिल जाता है। सामान वगैरह कुल्लू से ही लाना पड़ता है। कल हम डबल रोटी, अंडे कुल्लू से लाए हैं। यह सब होते हुए भी यहाँ आकर मेरे मन को बहुत शांति मिली है और मुझे यहाँ रहना बहुत अच्छा लग रहा है। अगर मेरे पास साधन होते, तो मैं सचमुच साल-भर नौकरी-औकरी की बात भी न सोचता और यहीं रहकर काम करता।

अपने कागज आज खोले हैं और कल सुबह से काम में जुटने का इरादा है।

भाभी को पत्र पुष्पा लिख रही है। उनके स्वास्थ्य का समाचार दें। मैं समझता हूँ कि इस साल उन्हें भी दो-एक महीने पहाड़ पर काट लेने चाहिए। उमेश-बिम्मी और गुड्डे को स्नेह दें। भाभी को आदर और स्नेह दोनों।

सस्नेह
राकेश

[133]

मोहन राकेश

(कुल्लू)
24.6.60

अश्क भैया,

पत्र मिला। आप नाराज बहुत जल्दी हो जाते हैं। डॉ. मदान को मैं पत्र लिख चुका हूँ, हालाँकि पत्र कुछ देर से लिखा है। यह आलस्य मेरे स्वभाव में है—इसका आप दूसरा अर्थ लगाते हैं, तो मुझे दुःख होता है। अगर ऐसी ही बात होती, तो मैं दिल्ली में उनसे बात ही क्यों करता ? अपने कहानी संग्रह तथा आलोचना पुस्तक के संबंध में ओमप्रकाश को आज लिख रहा हूँ। आप मुझे अच्छी तरह जानते हैं और जान-बूझकर ऐसी बात लिखते हैं। यह जरूर है कि यहाँ आकर कुछ सेटल होने का चक्कर और कुछ हनीमूनिंग मूड रहा है।

मैंने टीचिंग जॉब के लिए अप्लाई नहीं किया। दो महीने में जो भी स्थिति होगी, पता चल जाएगा। मैं और रुपए आपसे ले सकता था, मगर मैंने जान-बूझकर ऐसा नहीं चाहा। अगर और ऐसी ही जरूरत पड़ जाए तो क्या मैं नहीं जानता कि मैं आप पर निर्भर कर सकता हूँ ?

रायसन बहुत एकांत और बहुत सुंदर जगह है—हाँ, खाने-पीने की तकलीफ काफी है। आज सुबह मुर्गी के नीचे से अंडा उठाकर लाया हूँ जिससे कोई और खरीदार मुझसे पहले न ले जाए।

इन दिनों नाटक में लगा हूँ और उम्मीद है 15-20 रोज में पूरा भी कर डालूँगा।

पुष्पा नमस्कार भेज रही है। उसने भाभी के नाम एक पत्र लिखा था। आशा है वह रिडायरेक्ट होकर उन्हें बंबई मिल जाएगा।

क्या सारी गर्मी वहीं रहेंगे ?

सस्नेह
राकेश

[134]

उपेंद्रनाथ अश्क

इलाहाबाद
28.7.60

प्रिय राकेश,

बहुत दिन पहले तुम्हारा पत्र मिला था। मैं उत्तर नहीं दे सका कि अत्यधिक व्यस्त था। जैसा कि तुमने पिछले पत्र में लिखा था, मैंने मदान साहब को स्वयं पत्र लिखा था और उन्होंने पुस्तक लिखनी स्वीकार कर ली थी। मैंने उन्हें उन सभी लेखों की सूची भेजी थी, जो इधर मयस्सर हैं। उन्होंने लिखा कि पहले केवल 'उपन्यासकार अश्क' के नाम से पुस्तक निकले फिर 'कथाकार अश्क' संकलित हो जाएगी।

नहीं, मुझे तुम्हारी सुस्ती का गुस्सा नहीं। केवल किंचित झुँझलाहट जरूर होती है। चूँकि मैं स्वयं बहुत तेजी से काम करता हूँ, इसलिए खीझ उठता हूँ।

मैं इधर एक महीना खूब काम करता रहा हूँ। कुछ कविताएँ लिखी हैं, उपन्यास के पाँच-एक परिच्छेद लिखे हैं, एक लेख लिखा है, एक कहानी लिखी है। इसीलिए पत्र का उत्तर नहीं दे सका। तुम भी खासे व्यस्त होगे। क्या नाटक लिखा गया ?

'नई कहानियाँ' में तुम्हारा लेख पढ़ा। कमलेश्वर ने सचमुच लाजवाब कहानी लिखी है। मैंने उसे बधाई दी है। एक-आध टेकनिकल त्रुटि उसमें है, पर वह ऐसी महत्त्वपूर्ण नहीं, यद्यपि न होती तो कहानी बहुत अच्छी बनती।

कौशल्या बंबई गई हुई थी। अभी लौटी है। रास्ते ही में सख्त बीमार हो गई थी। दिमाग बेहद परेशान है और यह पत्र मैं तुम्हें जल्दी में लिखवा रहा हूँ।

पुष्पा का एक पत्र कौशल्या के नाम आया था, जो मैंने बंबई भेजा था। उसने वहाँ से उत्तर भी दिया था, पर शायद वह उसे नहीं मिला। उसे हमारा स्नेह देना।

सस्नेह
उपेंद्रनाथ अश्क

पुनश्च

रेडियो में तुम्हारा जयपुर जाना शायद लगभग तय हो गया है। क्या तुम्हारे पास कोई सूचना पहुँची है?

—अश्क

[135]

मोहन राकेश

22 बी/5 ओरीजनल रोड, नई दिल्ली

31.7.60

भाभी,

मुझे उम्मीद है कि आप अब तक बंबई से लौट आई होंगी। मैं रायसन में एक महीना पूरा करके 14 को यहाँ लौट आया था। नाटक आधा लिखा था, पूरा नहीं कर पाया क्योंकि वहाँ और ठहर सकना संभव नहीं था। यहाँ आकर पूरा कर रहा हूँ। आशा है 15 अगस्त को मैनूस्क्रिप्ट दे दूँगा।

रायसन में एक महीना काफी अच्छा कटा—हालाँकि एकांत बहुत था और किसी भी कंपनी का न होना अखरता था। क्योंकि खुद लंबा नहीं ठहर सकता था, इसलिए अश्कजी को भी आग्रह के साथ नहीं लिख सकता था। डर था कि वे फिर कहेंगे कि यह हर बार मुझे बीच में ही छोड़कर भाग जाता है। उन्हें वहाँ से जो पत्र लिखा था, बहुत दिनों से उसके उत्तर की प्रतीक्षा रही है। शायद वे व्यस्तता के कारण नहीं लिख पाए। उन्हें इसकी याद दिलाइएगा।

पुष्पा कुछ दिनों से कानपुर गई हुई है। और वहीं से आपको पत्र लिखेगी। रायसन में काफी समय उसका 'मानसिक स्कूल' चलता रहा है। अब एक महीने की छुट्टी है। मैं बहुत चाहता हूँ कि वह कभी कुछ दिन आपके पास रह ले। उसकी वास्तविक स्कूलिंग तो वहीं होगी।

नौकरी की दास्तान यह है कि रेडियो में प्रोड्यूसर के तौर पर जयपुर अप्वॉइंटमेंट हुआ है—यद्यपि अप्वॉइंटमेंट लेटर दस-पंद्रह रोज में कागजात के मिनिस्ट्री से लौट आने पर इशू होगा। मगर मेरा इरादा जयपुर जाने का नहीं है। यहाँ यूनिवर्सिटी में अप्वॉइंटमेंट होने की संभावना काफी है—आठ-दस दिन में वह भी फाइनलाइज हो जाएगी। कुल मिलाकर पाँच सौ से ज्यादा रुपए यहाँ मिल जाएँगे—और फिर दिल्ली की हसीन गलियाँ तो हैं ही। यूनिवर्सिटी में अप्वॉइंटमेंट हो गया, तो यह मकान छोड़कर उसी एरिया में कोई जगह ले लूँगा। इसकी सूचना आपको अगले पत्र में दूँगा। वरीन भी बंबई छोड़कर स्थायी रूप से यहीं आ गया है। वह हबीब का प्रोफेशनल थिएटर—प्रोफेशनल बेसिस पर ज्वॉइन करने की सोच रहा है। वैसे इसका काम रेडियो में भी बन सकता है। उसका भी निश्चय आठ-दस दिन में हो जाएगा।

माँजी ठीक-ठाक हैं और आपको बहुत याद करती हैं। कितना अच्छा हो अगर आप कुछ दिनों के लिए दिल्ली आकर एक्सक्ल्यूसिवली इधर रहें और केवल रेस्ट करें। मेरा एक सुझाव है। काम में जब भी ज्यादा थकान हो जाए, तो चाहे एक हफ्ते के लिए ही सही, यहाँ चली आया करें। नौकरी करने लगा, तो जगह भी थोड़ी ले लूँगा। तो उम्मीद करूँ कि अगस्त-सितंबर में किसी समय आएँगी ? पीछे की ओर माँजी का पत्र है।

सस्नेह

राकेश

[136]

मोहन राकेश

22 बी/5 ओरीजनल रोड, नई दिल्ली

5.8.60

अश्क भैया,

पत्र अभी-अभी मिला है—रायसन से रिडायरेक्ट होकर। भाभी का पत्र रायसन में मिल गया था। उन दिनों हड़ताल का दौर था, और जेब खाली हो रही थी, इसलिए हम 14 को यहाँ आ गए। कुछ दिनों में पुष्पा कानपुर अपने भाई के यहाँ चली गई और मैं आकर नाटक पूरा करने के अतिरिक्त गर्मी के मारे चिल्लाने-कराहने में लगा रहा हूँ, इसलिए दूसरा पत्र नहीं लिख सका कि पूछता कि आपने उत्तर नहीं दिया, क्या बात है। आकर एक लंबा पत्र भाभी के नाम लिखा था। खूब लंबा पत्र था और उसमें सब तरह की बातें-समाचार लिखे थे। एक साइड माँजी के लिखने के लिए छोड़कर कहीं चला गया—और तब से उस पत्र को ढूँढ़ ही रहा हूँ। कई बार मेज पर और इधर-उधर ढूँढ़ने का भगीरथ प्रयत्न किया है, मगर कामयाबी हासिल नहीं हुई। आजकल में फिर किसी समय खोज करूँगा। नहीं, फिर दूसरा पत्र लिखूँगा। पुष्पा ने वहाँ से इलाहाबाद का पता माँगा था। वह उसे भेज दिया है।

रेडियो की नियुक्ति का तय हो गया है, इसका मुझे श्री माथुर से पता चल गया था। नियुक्ति-पत्र भी शायद दो-चार रोज में आने वाला है। परंतु कल शाम यहाँ यूनिवर्सिटी में भी नियुक्ति का तय हो गया है। वेतन, एलाउंस मिलाकर 550 के करीब पड़ेगा—पढ़ाना होगा शाम को डेढ़ घंटा। फिर दिल्ली का मोह तो है ही। मैं आज श्री माथुर को रेडियो की नियुक्ति स्वीकार न कर सकने के संबंध में पत्र लिख रहा हूँ। रेडियो का वेतन और जयपुर—दोनों को ही मन पचा नहीं रहा था।

वरीन (इसका रेडियाई नाम 'कुमार-कांत' है और कुल जोड़कर वरीन कुमार कांत) बंबई से आ गया है। यहाँ उसने रेडियो पर अनाउंसरशिप के लिए apply कर रखा है। मैंने श्री माथुर से उसके संबंध में बात भी की थी, पर पता नहीं कि उसका काम बनता है या नहीं। अगर उसको भी दिल्ली में काम मिल जाए, तो एक चिंता और कम हो जाएगी।

'बेबसी' पढ़ी है। क्या यह पहले के लिखे एक नाटक की (आया, कइसे आया ?) काफी हद तक याद नहीं दिलाती ? नफ्स और मातृत्व की एकरूपता पर कहानी प्रकाश डालती है, पर मुझे लगा इसका अंत कंवेंशनल है। कैसा होना चाहिए, यह नहीं सोच पाया। कहानी पर अगली बार यही टिप्पणी देने का विचार है। इस महीने तो ताजा कहानियों पर टिप्पणी की नहीं।

डॉ. मदान का पत्र मुझे उन्हीं दिनों रायसन में मिल गया था।

भाभी ने रेखा का पता माँगा था। उसका पता है : रेखा रेवरी, 14-बी, वेस्ट

निजामुद्दीन, नई दिल्ली।

नाटक अभी पूरा नहीं हुआ मगर 10-15 रोज में पूरा हो जाएगा।

यूनिवर्सिटी में काम करने की वजह से अब उसी तरफ घर भी लेने की सोच रहा हूँ। इस बार जरा खुली जगह लूँगा। यह भी इरादा है कि अपनी स्टडी घर से अलग बनाऊँ और सुबह भले आदमियों की तरह वहाँ जाकर काम किया करूँ।

अपने समाचार दें। भाभी से कहें कि उनका पत्र मैं ढूँढ़ रहा हूँ और इस बीच पचासों बार उन्हें याद कर चुका हूँ। आप लोग अब दिल्ली कब आएँगे ?

सबको स्नेह दें।

सस्नेह
राकेश

[137]

मोहन राकेश 5.8.60

भाभी,

अभी-अभी यह पत्र वरीन ने ढूँढ़ दिया है और माँजी के लिए सुरक्षित स्थान पर भी मैं ही लिख रहा हूँ। सोमवार से यूनिवर्सिटी जाने लगूँगा। फिर से उसी घेरे में लौट जाने में कोफ्त तो होती है, मगर क्या किया जाए ? रोटी तो 'किसी भाँति कमा खाए मछंदर...!'

वरीन का थिएटर के साथ सिलसिला नहीं चला। अब देखो अगर रेडियो पर इसका अप्वॉइंटमेंट हो जाए, तो।

आपका स्वास्थ्य अब कैसा है ? बंबई में रहकर कुछ तो फर्क पड़ा होगा।

हो सकता है सितंबर में कलकत्ता जाऊँ—'अनामिका' के अतिथि के रूप में। कह नहीं सकता कि यूनिवर्सिटी से छुट्टी की क्या स्थिति होगी।

पत्रोत्तर की प्रतीक्षा में हूँ।

सस्नेह
राकेश

[138]

उपेन्द्रनाथ अश्क

इलाहाबाद
9.8.60

प्रिय राकेश,

अभी-अभी कौशल्या के नाम तुम्हारा 31 तथा 5 का पत्र मिला। मैंने तो दस-पंद्रह दिन पहले तुम्हें कुल्लू के पते से एक खत लिखा था और उस पर यह भी लिख दिया कि अगर राकेश यहाँ से चले गए हों तो इस पत्र को निम्नलिखित पते पर दिल्ली भेज दिया जाए, दिल्ली का पता भी लिख दिया था। पता नहीं वह पत्र तुम्हें मिला कि नहीं।

कोई खास बात उसमें मैंने नहीं लिखी थी। सिर्फ जयपुर की तुम्हारी appointment के बारे में पूछा था कि तुम्हें order मिले हैं कि नहीं और तुम जा रहे हो कि नहीं ?

बहरहाल, जयपुर से दिल्ली विश्वविद्यालय की appointment बेहतर है, क्योंकि तुम दिल्ली छोड़ना न चाहते थे और दिल्ली रहकर तुम दो-तीन सौ रुपया महीना और कमा सकते हो। मेरी बधाई स्वीकार करो।

कौशल्या बंबई से आते ही सख्त बीमार हो गई थी, बल्कि गाड़ी से ही बीमार उतरी। चार-छह दिन उसने खासा परेशान किया। अब उसकी तबीयत पहले से बेहतर है। तुम्हारे पत्र का उत्तर वह तुम्हें स्वयं देगी। मैं तो तुम्हारी इस शिकायत के उत्तर में पत्र लिख रहा हूँ कि मैंने तुम्हारे पत्र का उत्तर नहीं दिया। वास्तव में यही शिकायत मुझे है।

पुष्पा का यह अपना घर है, जब तुम चाहो, उसे भेज दो, यद्यपि इसमें मुझे शक है कि कोई किसी को सिखा सकता है।

जब तुम एक बार यहाँ थे और (धर्मवीर) भारती से मिलने गए थे, मुझे मालूम हुआ है कि भारती ने तुमसे मेरे बारे में कुछ बातें की थीं—मेरे और क. के संबंध में जो उन दिनों मेरे यहाँ काम करती थी। तुमने मुझसे कुछ प्रश्न भी पूछे थे, ऐसा मुझे खयाल आता है, पर तुमने मुझे कुछ नहीं बताया। तुम कैसे दोस्त हो जो बताने लायक भी बातें नहीं बताते। बहरहाल, इस बार बंबई में भारती ने फिर कौशल्या को मेरे खिलाफ बहुत भरा और यह भी कहा कि अश्कजी से यह सब न कहिएगा। वह कैसा बेवकूफ आदमी है। बेवकूफ और सख्त कायर। क्योंकि उन्हीं दिनों वह इलाहाबाद आया और क्वालिटी में उसने मुझे दावत दी। वह यह नहीं समझता कि जिस स्त्री ने मेरे सब दोष जानते हुए (मेरे दोस्तों ने शादी से पहले उसे मेरे खिलाफ क्या नहीं कहा) मुझे अपना लिया, क्या वह भारती के भड़काने से मुझे छोड़ देगी। उसने अपनी बेवकूफियों और कायरता के कारण अपनी जिंदगी bungle कर रखी है और चाहता है कि दूसरों की भी हो जाए। खैर, हिसाबे दोस्ती दर-दिल। कभी अवसर मिलने पर उससे सुलटूँगा। पर तुम्हें वे बातें

मित्र की हैसियत से मुझे बता देनी चाहिए थीं। रेखा और चमन को मेरी याद दिलाना। कौशल्या रेखा को पत्र लिखना चाहती थी, पर मेरे पास पता नहीं।

सस्नेह
अश्क

पुनश्च
अगर कर सको तो इस पत्र को पढ़कर फाड़ देना।

—अश्क

[139]

मोहन राकेश — 22 बी/5 ओरीजनल रोड, नई दिल्ली
11.8.60

अश्क भैया,

आपके पत्र का उत्तर मैंने भाभी वाला पत्र पोस्ट करने से पहले ही दे दिया था। उसमें 'बेबसी' पर कुछ comments थे और यह लिखा था कि भाभी के नाम लिखा हुआ एक पत्र मुझसे गुम हो गया है—दूसरे दिन वह पत्र वरीन ने ढूँढ़ दिया, तो मैंने पोस्ट कर दिया। अब मैं हैरान हूँ कि आप वाला पत्र वहाँ क्यों नहीं मिला।

आपके इस पत्र में स्पष्ट ही कुछ झुँझलाहट है। मगर मैं नहीं समझता कि उस विषय को न छेड़कर मैंने कुछ बुरा किया है। मेरे विचार में उन बातों को न छेड़ना ही बेहतर था—और आपसे इस विषय में मेरी जो बातें हुई हैं, वे भी मैंने किसी भी तीसरे व्यक्ति से नहीं कहीं। यदि ऐसा करना बुरा है, तो निःसंदेह मैंने बुरा किया है। हालाँकि मैं ऐसा नहीं समझता।

अपने पिछले पत्र में मैंने रेडियो और यूनिवर्सिटी की नौकरियों के संबंध में पूरी स्थिति ब्यौरे से लिखी थी। आशा करता हूँ कि वह पत्र बाद में आपको मिल गया होगा।

भाभी के स्वास्थ्य के विषय में जानकर चिंतित हूँ—हालाँकि झुँझलाहट में आप यह भी लिख सकते हैं कि किसी के विषय में चिंता करने से कुछ नहीं होता, परंतु मैं सोचता हूँ—और हो सकता है कि गलत सोचता हूँ—कि आत्मीयता के संबंधों में सब कुछ 'कुछ हो' इसीलिए नहीं किया जाता। भाभी के स्नेह-सहयोग से मैंने बहुत कुछ पाया है, पुष्पा भी पा सकती है—और वह दो दिन यहीं उनके साथ घूमने में भी हो सकता है—और कोई भी पा सकता है। मुझे लगता है—और हो सकता है कि गलत लगता है—कि कोई

भी किसी के भी स्नेह-सहयोग से बहुत कुछ पा सकता है।

भाभी से मेरी ओर से अनुरोध करें कि स्वास्थ्य के कुछ सँभलते ही वे कुछ दिनों के लिए यहाँ आकर पूरा विश्राम करें।

आशा है कुछ नया लिखने में लगे होंगे। मैं नाटक अभी तक पूरा नहीं कर सका।

सस्नेह
राकेश

[140]

मोहन राकेश

भाभी,

पहली बात आपका स्वास्थ्य। यह रोज-रोज की शिकायत कब तक बनी रहेगी, कुछ समझ में नहीं आता। सत्तर-अस्सी की उम्र हो, तो मैं भी समझूँ कि हाँ उम्र का ही तकाजा है, क्या किया जा सकता है ? मगर इस वक्त यह स्थिति बिलकुल गलत है, गलत है, और इसे ठीक होना चाहिए। Please relax, relax, relax. When anything worries you, relax,. When anything tires you, relax. When anything overwhelms you, relax, and even when anything ails you, Please relax.

काम-धंधा शुरू कर दिया है। यह अच्छा है या बुरा, यह नहीं सोचना चाहता। मेरी आत्मा किसी भी काम से बँधती नहीं है। मगर और कामों से शायद अच्छा ही है। कम-से-कम आर्थिक चिंता तो फिलहाल दूर हो ही गई है।

पुष्पा को इलाहाबाद इन दिनों भेज देता, मगर कई दिन वह कानपुर में बीमार रही है। वैसे I have left her to herself for sometime. I think it will do her good. वह जिंदगी में कुछ सीख जाएगी, तो उसी का भला होगा। वैसे मैं तो फकीर आदमी हूँ ही...!

वरीन के काम का अभी कुछ निश्चित नहीं है। मैंने खुद रेडियो की नौकरी से इनकार करने के बाद पता भी नहीं किया। कुछ अजीब-सा लगता था।

माँजी आपके स्वास्थ्य के संबंध में चिंतित हैं और चाहती हैं कि आप जब भी हो सके, कुछ दिन यहाँ आकर आराम करें। आराम से मतलब आराम से है—इंगेजमेंट्स पूरी करने से नहीं। इस बात पर लड़ाई हो सकती है।

सबको मेरा स्नेह दें।

सस्नेह
राकेश

[141]

मोहन राकेश

22 बी/5 ओरीजनल रोड, नई दिल्ली
18.8.60

प्रिय अश्कजी,

पत्र मिला। बात नजदीक या दूर होने की नहीं है। अगर कोई भी व्यक्ति, वह मेरे निकट हो या दूर हो, यह विश्वास मुझसे लेकर कि उसकी कही हुई बात मेरे तक ही रहेगी, मुझसे कोई बात कहता है, मैं समझता हूँ कि या तो मुझे उसे ऐसा विश्वास देना नहीं चाहिए, और अगर दूँ, तो यह मेरा कर्त्तव्य हो जाता है कि मैं उस विश्वास का निर्वाह भी करूँ। मैं नहीं समझता कि आप इसमें मुझसे असहमत होंगे।

मैं receptivity की बात समझता हूँ। कुछ लोग दूसरों को देखकर ही सीख जाते हैं। कुछ बताने पर भी नहीं सीखते। मगर शायद इन दोनों के बीच भी एक स्टेज होती है। मगर खैर, यह तो बहुत छोटी-सी बात थी जिसे हम लोगों ने कुछ ज्यादा ही महत्त्व दे दिया है। आपकी किसी बात का मुझे कतई बुरा नहीं लगा। पुष्पा के इन दिनों वहाँ आने की बात मैंने नहीं लिखी थी। फिलहाल तो मैंने उसे खुली चाइस (choice) दे रखी है कि वह जितने दिन चाहे कानपुर में रहे और जब मन हो दिल्ली लौट आए। पिछले दिनों कानपुर में वह काफी बीमार भी रही। अभी तक भी शायद पूरी तरह स्वस्थ नहीं है।

'बेबसी' के संबंध में विस्तार से मिलने पर बात करूँगा। शायद सितंबर के तीसरे सप्ताह में कलकत्ता जाऊँगा (18 सितंबर को वहाँ 'अनामिका' की ओर से 'आषाढ़ का एक दिन' का प्रदर्शन है और उन्होंने बुलाया है)। यहाँ से चार-पाँच दिन ज्यादा की छुट्टी शायद नहीं ले सकूँगा...इसलिए चाहते हुए भी इलाहाबाद में कुछ घंटों से ज्यादा नहीं ठहर सकूँगा। अगर मुझे जाते हुए रुकना हुआ तो छुट्टी का निश्चय होने पर मैं आपको सूचित कर दूँगा कि आगे के लिए मेरी सीट किस गाड़ी से बुक करा रखें, क्योंकि जर्नी ब्रेक करने पर आमतौर पर आगे की ठीक सीट नहीं मिलती। और सब चर्चाएँ वहीं पर होंगी।

सबको मेरी ओर से स्नेह दें।

सस्नेह
राकेश

[142]

मोहन राकेश

आई-101, कीर्तिनगर, नई दिल्ली
22.9.60

भाभी,

मैं स्टेशन पर भी नहीं आ पाया, आपको जाने कैसा लगा होगा। घर में फिर वैसी ही स्थिति पैदा हो गई थी। अपने पर जबर किए रहा—मगर हिलने-डुलने को भी मन नहीं हुआ। यह भी सोचा कि जाते हुए आप और बोझ मन पर लेकर जाएँगी, पहले ही आप इतनी उदास हैं।...आज सुबह स्थिति शांत है मगर अब भी बहुत अस्थिर है। लंबा पत्र फिर लिखूँगा। माँजी ने सरगी के रुपए मुझे दिए थे कि स्टेशन पर आपको दे दूँ, अब मनीऑर्डर में भेजूँगा।

सबको मेरा स्नेह दें।

सस्नेह
राकेश

[143]

मोहन राकेश

आई-101, कीर्तिनगर, नई दिल्ली
10.10.60

भाभी,

मुझे खेद है कि इतने दिन पत्र का उत्तर नहीं दे सका। इस बीच कलकत्ता भी गया था, मगर प्लेन में जाने और आने के कारण बीच में रुकना नहीं हो सका।

घर की स्थिति पहले से काफी अच्छी है। मैंने बिलकुल नई एप्रोच से स्थिति को सँभालने का प्रयत्न किया है। अभी तक तो प्रयोग काफी सफल है। आगे के लिए भी आशा है कि अब वैसी स्थितियाँ पैदा नहीं होंगी।

निन्नी भाई के ऑपरेशन के विषय में आपने क्या तय किया है ? कल एक पिक्चर देखने गया था—Suddenly Last Summer. सारा समय इसी विषय में सोचता रहा।

नवंबर में फिलहाल 200 रुपए का एक चेक भेजूँगा। उसके संबंध में लिखें कि अश्कजी के नाम से भेजूँ या नीलाभ प्रकाशन के नाम से ?

मैं इन दिनों नाटक पूरा करने के प्रयत्न में हूँ। अभी काफी काम बाकी है। उम्मीद कर रहा हूँ कि आठ-दस दिन में पूरा कर लूँगा।

कभी-कभी मन बहुत उदास हो जाता है। काम-काज से झुँझलहाट भी होती है। मगर इसमें तो मुख्य दोष अपने स्वभाव का ही है।

जालंधर से निन्नी का एक पत्र आया है। आज उसे भी जवाब दे रहा हूँ।

अश्कजी, पुशी, उमेश, बिम्मी और गुड्डे को हम सबका स्नेह दें।

सस्नेह
राकेश

[144]

मोहन राकेश

आई-101, कीर्तिनगर, नई दिल्ली
17.10.60

भाभी,

कई दिन हो गए आपको पत्र लिखे हुए। उत्तर न आने से चिंतित हूँ। आपका स्वास्थ्य कैसा है ? निन्नी भाई के संबंध में आपने क्या निश्चय किया है ?

मुझे इधर कुछ लोगों की बातों से पता चला है कि आपको और अश्कजी को मुझसे कुछ नाराजगी है। अश्कजी तो हमेशा खुली बात करते हैं—वे नाराजगी की बात मुझी से डिस्कस कर लेते, तो ज्यादा अच्छा था। जो बात उन्होंने जाननी चाही थी, वह जितनी मैं जानता था, उतनी मैंने उन्हें बता दी थी। अपनी उलझन में मैं उस दिन स्टेशन पर नहीं आ पाया, यदि इसका आपको बुरा लगा हो तो मैं हृदय से उसके लिए खेद प्रकट करता हूँ। आप इतने दिनों से मेरे स्वभाव को जानती हैं, और ऐसी बातों को वैसे भी नजरअंदाज कर देती हैं। उस दिन के बाद से हमारा जीवन बिलकुल ठीक चल रहा है। जिन बातों पर पहले हम उलझते थे, उन पर अब हँस लेते हैं।

मैं आशा करता हूँ कि आप मुझे—यदि सचमुच कोई नाराजगी की वजह हो तो—बिलकुल स्पष्ट लिखेंगी। आवश्यक हुआ, तो मैं इलाहाबाद आकर भी आपकी नाराजगी को दूर करूँगा। खुलकर बात किए बिना किसी तरह की नाराजगी बनी रहे, यह तो अच्छा नहीं होगा न।

घर में सबको हम सबका स्नेह दें।

सस्नेह
राकेश

मोहन राकेश

आई-101, कीर्तिनगर, नई दिल्ली
31.10.60

भाभी,

पत्र मिला था। इस बीच अश्कजी का एक पत्र भी आया था जिसका उत्तर मैंने दे दिया है। मैं समझता हूँ कि किसी प्वॉइंट को लेकर हम लोगों में मतभेद हो, तो उसका प्रभाव आपके स्नेह पर कदापि नहीं पड़ना चाहिए। मेरी बहुत इच्छा होती है कि किसी दिन इलाहाबाद आकर आपसे बात कर सकूँ, परंतु यह तुरंत संभव नजर नहीं आता। आप अश्कजी को इतना विश्वास दिलाएँ कि भैरवजी[1] के साथ मेरा मतभेद किसी अव्यवस्था के कारण नहीं है। मुझे इस बात का विशेष दुख है कि उन्होंने कई एक लोगों के नाम भेजे गए पत्र में कुछ बहुत पर्सनल बातों की ओर संकेत किया है, जो शायद आवश्यक नहीं था। बहरहाल, मेरे मन में कोई मिसअंडरस्टैंडिंग नहीं है, न ही उनके मन में रहनी चाहिए।

यहाँ डॉ. ओझा[2] के साथ जो तनाव चल रहा था, उसका परिणाम यह हुआ है कि दो-एक दिन हुए मैंने यूनिवर्सिटी की नौकरी से त्यागपत्र दे दिया है—नोटिस की जगह वेतन देकर। हो सकता है कि इसको मेरी अव्यवस्था का परिणाम समझा जाए। मगर यह ऐसा है नहीं। मैं अपने आत्मसम्मान का समझौता करके कोई भी काम नहीं कर सकता। आज की जिंदगी में ऐसा स्वभाव एक बहुत बड़ा दोष है, यह मैं जानता हूँ, परंतु कुछ दोष ऐसे होते हैं कि उन्हें छोड़कर इनसान का जीवन पंगु जो जाता है।

मैं अभी शशि बहन के यहाँ नहीं जा सका। माँजी कुछ दिनों के लिए अमृतसर गई हैं। मैं आजकल में शशि बहन को फोन करके फिर उनके यहाँ जाऊँगा।

आपसे मिलने और बातें करने के लिए बहुत उत्सुक हूँ। आप कब इधर आ रही हैं ?

घर में सबको मेरा स्नेह दें।

सस्नेह
राकेश

1. भैरव प्रसाद गुप्त (संदर्भ के लिए देखें—'राकेश और परिवेश : पत्रों में', पृ. 488-989)

2. डॉ. दशरथ ओझा, रीडर, हिंदी-विभाग, दिल्ली विश्वविद्यालय, जो उस समय सांध्यकालीन कक्षाओं के इंचार्ज थे। सं.

[146]

मोहन राकेश

आई-101, कीर्तिनगर, नई दिल्ली
8.11.60

अश्क भैया,

पत्र मिला। भैरवजी कल से यहाँ हैं और उस संबंध में आज काफी खुलकर बातें हुई हैं। बात सुलह-सफाई से समाप्त हुई, इसकी मुझे खुशी है। भैरवजी के मन में कहीं कुछ गलत धारणा थी जो शायद अब दूर हो गई होगी। आपने भी अपनी सारी बात उसी धारणा को आधार मानकर लिखी है। मैंने अपने पहले पत्र में ही जिन दो प्वॉइंटस को लिया था, उनमें आप मुझे कैसे गलत मानते हैं, मैं नहीं जानता। कभी आपसे व्यक्तिगत रूप से पूरी बात होगी, तो शायद आप भी मेरे पक्ष को गलत नहीं मानेंगे। खैर, सबसे बड़ी बात तो यह है कि भैरवजी अब उस पक्ष को स्वीकार करते हैं। मैंने कभी उनके संपादकीय अधिकारों की अवमानना करना नहीं चाहा, यह आप भी पूरी स्थिति को ठीक से जानकर स्वीकार कर सकेंगे, ऐसा मुझे विश्वास है। देवजी से फोन पर हुई बात के संबंध में वास्तविकता क्या है, यह देवजी ही आपको बता देंगे। यहाँ भैरवजी के सामने भी उन्होंने यह स्पष्ट स्वीकार किया है कि कहानी उनके अनुरोध पर ही सेठी को दी गई थी। आप धैर्यपूर्वक कभी मेरा पक्ष सुन लें, तब तक मैं समझता हूँ कि हमें इस टॉपिक को बंद कर देना चाहिए—खासतौर पर अब भैरवजी के साथ स्थिति का स्पष्टीकरण हो जाने के बाद। मुझे बहुत दुःख है कि आप बीमारी के दिनों में इस वजह से परेशान रहे हैं। अब स्वास्थ्य कैसा है ? भैरवजी से यह जानकर और चिंता हो रही है कि इंजेक्शन असर नहीं कर रहे। भाभी से कहें कि इस संबंध में पूरी स्थिति लिखें।

नौकरी छोड़ने का मुझे तनिक भी दुःख नहीं है, हालाँकि बेतरह आर्थिक कठिनाई में घिर गया हूँ। उसकी भी पूरी स्थिति मिलने पर ही बताऊँगा। श्रीपतजी[1] यहाँ मिले थे, तो मैंने स्वयं उनसे कहा था कि मैं उनके लिए लिखूँगा। पिछले डेढ़ साल में तो आप जानते हैं कि मैंने एक भी कहानी किसी भी पत्रिका के लिए नहीं लिखी थी। हाल में ही दो-एक कहानियाँ लिखी हैं। मैंने कुछ दिन हुए उनके पत्र के उत्तर में भी उन्हें सूचित किया था कि यथाशीघ्र मैं उन्हें कोई-न-कोई रचना भेजने का प्रयत्न करूँगा।

आपसे इतना जरूर चाहूँगा कि मुझसे बात होने तक अपने मन में किसी तरह का पूर्वाग्रह न रखें।

सबको मेरा स्नेह दें।

सस्नेह
राकेश

---

1. 'हंस' और 'कहानी' को लेकर इस गलतफहमी/विवाद की कुछ झलक 'राकेश और परिवेश : पत्रों में' प्रकाशित अमृत राय, श्रीपतराय और भैरव प्रसाद गुप्त के पत्रों में देखी जा सकती है। सं.

[147]

मोहन राकेश

आई-101, कीर्तिनगर, नई दिल्ली
18.11.60

भाभी,

आपका एक पत्र परसों मिला था, एक आज मिला है। मैं कुछ लिखने का काम कर रहा था, इसलिए जल्दी उत्तर नहीं दे सका।

मेरी भी बहुत इच्छा है किसी दिन मिलने के लिए इलाहाबाद आऊँ, परंतु सोचता हूँ कि थोड़ा-सा काम हो जाए, तभी दिल्ली से निकलूँ। इस संबंध में अगले पत्र में आपको लिखूँगा।

शारीरिक रूप से मैं बिलकुल ठीक हूँ। हाथों पर एलर्जी से छाले हो गए थे, अब ठीक है। मानसिक परेशानी का एक कारण तो आर्थिक ही है, परंतु उसे मैं उतना महत्त्व नहीं देता। चार-छह महीने दिक्कत रहेगी, फिर सब ठीक हो जाएगा। दूसरी परेशानी की बात शायद आपको कुछ बुरी लगे। उसका संबंध अश्कजी के पत्रों से ही रहा है। आप भी शायद समझती हों कि उन्होंने जो कुछ किया, ठीक किया, मगर इस सारे प्रकरण में मुझे अधिक दुःख अश्कजी के एटीट्यूड के कारण ही हुआ है। ज्यादा बात मिलने पर ही होगी, इसलिए मैं इस प्रकरण को लंबा नहीं करूँगा। उनका अंतिम पत्र भी जिस व्यंग्यपूर्ण टोन में लिखा गया है, उसे पढ़कर केवल दुःख ही होता है। मेरी समझ में नहीं आता कि उसका उत्तर क्या दूँ ?

यूँ घर की स्थिति काफी अच्छी चल रही है। वरीन का प्रोडक्शन शुरू हो गया है, इसलिए वह बंबई चला गया है। माँजी दो-चार दिन में अमृतसर से आ जाएँगी। वे वहाँ हमारी मौसी की लड़की के ब्याह पर गई थीं। पुष्पा भी बीच में कुछ दिनों के लिए अपने पिता के साथ गुरदासपुर गई थी, आजकल यहीं है। घर का सब काम उसने सँभाला हुआ है।

मैं अपना आगे का कार्यक्रम अभी निश्चित नहीं कर पाया। दिल्ली का खर्च बहुत है, और मुझे फिलहाल दो-तीन महीने लगकर काम करना है। उसके लिए दिल्ली से बाहर ही रहना चाहता हूँ। इलाहाबाद में सब सुविधाओं में रहते हुए भी मेरा खयाल है कि वहाँ की 'साहित्यिक गतिविधियों' के कारण मैं जमकर काम नहीं कर पाऊँगा। इसके बाद बंबई, कलकत्ता और जमशेदपुर तीन जगहें और हैं जहाँ जा सकता हूँ। बंबई आने के लिए रमेशपाल का बहुत आग्रह है, और पुष्पा भी ज्यादा बंबई के ही हक में है, इसलिए शायद दो महीने वहीं चला जाऊँ। माँजी इस बीच अमृतसर में और पुष्पा गुरदासपुर में रहेगी। वह आजकल टाइप सीख रही है और गुरदासपुर में उसकी व्यवस्था का पता-अता भी कर पाई है। मैंने सोचा था कि इस बीच वह आपके पास रह जाए, मगर उसके छोटे भाई की शादी होने वाली है और उसके पिता कुछ दिन इस सिलसिले

में गुरदासपुर रहना चाहते हैं जहाँ किसी-न-किसी लड़की या बहू का उनके पास होना जरूरी है। बहरहाल, मैं चेष्टा करूँगा कि दिसंबर में किसी दिन इलाहाबाद जाऊँ और सारी बात वहीं डिस्कस करूँगा।

घर में सबको मेरा स्नेह दें।

सस्नेह
राकेश

[148]

मोहन राकेश 2.12.60

भाभी,

आपका पत्र अभी-अभी मिला है। मैं एक छोटा-सा संस्मरण शायद दो-एक दिन में ही लिखकर भेज दूँ। मगर जहाँ तक इलाहाबाद पहुँचने का संबंध है, आशा है आप मेरी स्थिति को समझने का प्रयत्न करेंगी। मेरा भरसक प्रयत्न होगा कि मैं समय पर पहुँच जाऊँ, मगर न पहुँच सकूँ, तो आप बुरा न मानें। मैं कई दिनों से बाहर की जिंदगी से बिलकुल कट कर घर में बंद हूँ और काम कर रहा हूँ। काम एकतार चल रहा है और मैं पूरा करके ही हटना चाहता हूँ। आगे जब भी कभी हाथ का काम बीच में छोड़कर कहीं गया-आया हूँ, तो वह काम फिर अधूरा ही रह गया है। यह आदत मेरी मजबूरी है। आशा है आप मेरी मजबूरी का कोई दूसरा अर्थ नहीं लेंगी। मैं काम पूरा करके उठूँगा, तो आपको प्रसन्नता ही होगी, यह मैं जानता हूँ।

मुझे अश्कजी से नाराजगी नहीं है—केवल दुःख है कि उन्होंने जो रोल अदा किया है, उन्हें नहीं करना चाहिए था, जिस तरह की बातें लिखीं, उन्हें नहीं लिखनी चाहिए थीं। मगर इस प्रकरण के विषय में मैं अब और बातें नहीं करना चाहूँगा—इलाहाबाद आकर भी नहीं। मुझे अच्छा नहीं लगेगा।

मैं आपको लिख चुका हूँ कि मुझे इस समय और कोई परेशानी नहीं है। घर में पुष्पा और माँजी के रात-दिन के प्रयत्न और सहयोग का ही फल है कि मैं लगकर काम कर रहा हूँ। मेरे नौकरी छोड़ने का जो अर्थ अश्कजी ने लिया था वह गलत है, केवल इतना ही कह सकता हूँ। इन दिनों जबकि मैं बाहर से परेशान हुआ, घर में मुझे सुख मिला है, सहयोग मिला है, जो कि बहुत बड़ी बात थी और मैं दिल्ली छोड़कर सदा के लिए बंबई-कलकत्ता नहीं जा रहा। कुछ दिन आर्थिक कठिनाई के आ गए हैं। मैं आर्थिक चिंता से मुक्त रहकर ये दो-तीन महीने काम कर लूँ, तो सब ठीक हो जाएगा। मार्च तक हम सब लोग फिर इकट्ठे हो जाएँगे। माँजी और पुष्पा इस दिशा में भी बहुत

सहयोग दे रही हैं, नहीं तो शायद इन दिनों मुझे पुष्पा की कई चीजें बच देनी पड़ता। जो अरेंजमेंट हमने किया है, उससे यह स्थिति शायद बच जाएगी। अब जब भी हम लोग इकट्ठे हुए, आपको मेरा घर ऐसा ही मिलेगा जहाँ आकर आप चंद दिन आराम और सुख से रह सकें—और ज्यादा-से-ज्यादा यह मार्च तक हो जाएगा। मुझे विश्वास है कि मैं तब तक जितना काम चाहता हूँ, उतना पूरा कर लूँगा।

परसों-तरसों मैंने मासीजी के घर फोन किया था, वहाँ से पता चला कि शशि एक दिन यहाँ चक्कर लगा गई है और यहाँ ताला बंद था। यह उन दिनों की बात होगी जब मैं घर में अकेला था। अगले दिन माँजी और पुष्पा को मंदिर की तरफ जाना था, मैंने उनसे कह दिया था कि वे मासीजी के यहाँ होती आएँ। वे अगले दिन वहाँ हो आई थीं। मासीजी ने आपकी चीज उन्हें दे दी थी।

घर में सबको मेरा स्नेह दें।

सस्नेह
राकेश

[149]

मोहन राकेश 15.12.60

भाभी,

मेरा पहला पत्र मिल गया होगा। मैं सोमवार तक कोई-न-कोई नई चीज यहाँ से लिखकर भेजने के प्रयत्न में हूँ। प्रकाशन के समय के संबंध में शीघ्र ही सूचित करें।

अश्क भैया को अर्द्धशती की आंतरिक शुभकामनाएँ फिर भेज रहा हूँ। यहाँ सब लोग ठीक-ठाक हैं। आशा है वहाँ सब सकुशल होंगे।

सबको मेरा स्नेह दें। मैं आज काफी ठीक हूँ। कल तक काम करने लगूँगा।

सस्नेह
राकेश

[150]

मोहन राकेश

आई-101, कीर्तिनगर, नई दिल्ली
6.1.61

भाभी,

आशा है आप सब सकुशल पहुँच गए होंगे। मैं आज चीजें (आपका सूट और स्टड्स की डब्बी) मासीजी के यहाँ नहीं पहुँचा सका। किसी और के हाथ भेज दूँगा, या स्वयं लेता आऊँगा।

लेख का अतिरिक्त पोर्शन सोमवार तक भेज दूँगा।

आज डॉ. मदान के पत्र से अश्कजी की उनके साथ हुई बातचीत के संबंध में पता चला। मैंने उस प्रकरण की चर्चा न उठाने का ही निश्चय कर रखा है; इसलिए उस पर टिप्पणी नहीं करूँगा। मगर बेहतर होता अगर अश्कजी उस विषय में चुप रह सकते। बात को बार-बार बिखेरने से हमें क्या हासिल होगा ? आदमी से कभी गलत बात हो जाए, यह तो समझ में आता है, मगर वह जिंदगी भर उसकी वकालत भी करता रहे, यह समझ में नहीं आता। और वकालत भी बिना कारण—क्योंकि मैंने तो उस प्रकरण को भुला देना ही चाहा है।

अश्कजी, उमेश, बिम्मा, गुड्डा और पुशी को हम सबका स्नेह दें।

सस्नेह
राकेश

[151]

मोहन राकेश

आई-101, कीर्तिनगर, नई दिल्ली
13.1.61

भाभी,

मेरे कार्ड मिले होंगे। लेख को आगे से बढ़ाकर कल भेज दिया है, बुक-पोस्ट में। लेख की जो कापी मेरे पास थी, वही भेज दी है, समय बचाने की दृष्टि से, क्योंकि अपना काम फिर शुरू कर दिया है। अश्कजी यदि इसे किसी पत्रिका में भिजवाना चाहें, तो कृपया वहीं से कापी कराकर भेज दें। मेरे रिकॉर्ड के लिए तो छपी हुई प्रति मेरे पास आ ही जाएगी।

और सब ठीक है। पुष्पा बहुत प्रसन्न है कि आपने पुस्तक 'स्नेहमयी पुष्पा' को भेजी है।

माँजी प्यार और आशीर्वाद भेजती हैं—सबके लिए।

सस्नेह
राकेश

[152]

मोहन राकेश

आई-101, कीर्तिनगर, नई दिल्ली
28.1.61

भाभी,

पत्र मिला। आशा करता हूँ कि आपका और अश्कजी का स्वास्थ्य अब पहले से बेहतर होगा। लेख ठीक हो गया, इससे आश्वस्त हुआ।

मैंने अपना उपन्यास परसों पूरा कर दिया था। कल से इसे रिवाइज करूँगा। उम्मीद है कि आठ-दस दिन में वह छपने चला जाएगा। इससे तुरंत बाद ही दूसरे काम में लगूँगा और अप्रैल के समय तक थोड़ा निश्चिंत होकर ही दिल्ली से निकलूँगा। तब हो सकता है कि कुछ दिनों के लिए किसी पहाड़ पर जाने का कार्यक्रम भी बन सके। मई में एक सेमिनार में कलकत्ता जाना है। आपका उन दिनों दार्जिलिंग का प्रोग्राम हो, तो मैं भी कंचनजंगा और टाइगर हिल के सूर्योदय का दर्शन करने की योजना बनाऊँ। मगर मैं 10-15 दिन से ज्यादा का प्रोग्राम नहीं बना सकूँगा। दिल्ली में 'आषाढ़ का एक दिन' का अभिनय करने की योजना बन रही है। इस सिलसिले में शायद मुझे यहाँ जल्दी लौट आना पड़े। जुलाई से उसका काम आरंभ हो जाएगा।

वहाँ के और क्या समाचार हैं ? माँजी आप सबको स्नेह भेजती हैं। पुष्पा आप को अलग से पत्र लिख रही है।

घर में सबको मेरा स्नेह दें।

सस्नेह
राकेश

[153]

मोहन राकेश

नई दिल्ली
10.2.61

अश्क भैया,

आपका पत्र मिला था। उपन्यास छपना शुरू हो गया है और मैं साथ-साथ पीछे के हिस्से रिवाइज कर रहा हूँ, इसलिए जल्दी उत्तर नहीं दे सका। रिवीजन शायद छह-सात दिन में पूरा हो सके। लिखना पूरा करने के बाद से ही इसमें लगा हूँ। आज पंद्रह दिन हो गए। इस तरह रात और दिन, दिन और रात मेहनत जिंदगी में कभी नहीं

की। इस वक्त तक तो लगभग ब्रेकडाउन की हालत आ गई है। मगर यह पूरा सप्ताह तो जैसे भी हो, काम करूँगा ही। उसके बाद आखिरी प्रूफ देखने का काम ही रह जाएगा। निश्चिंतता तो खैर उसके बाद भी नहीं होगी। 'शाकुंतलम्' में कालिदास की एक पंक्ति है—'आपरितोषा द्विदुषाम् न साधु मान्ये प्रयोगविज्ञानभू।' (जब तक विद्वानों का परितोष न हो, मैं अपने प्रयोग को कुछ नहीं समझता।) अपने अकिंचन रूप में अगर कह सकूँ तो मैं भी इस समय उसी स्थिति में हूँ। 'आपरितोष द्विदुषाम्...।'

इसके बाद भी दो-तीन दिन से ज्यादा विश्राम मुझे नहीं मिलेगा। तुरंत ही दूसरा काम प्रारंभ करना होगा। अप्रैल तक इसी तरह काम करूँगा, तो शायद ऐसी स्थिति में हो सकूँ कि महीना बाहर काट लूँ। इसलिए मुझे आगे के महीने बहुत छोटे प्रतीत होते हैं। मई का महीना मुझे बहुत दूर नहीं लगता।

श्री भँवरमल सिंधी उस दिन मिलने आए थे। सेमिनार की तिथियों का वे लोग निश्चय कर लें, तभी उधर जाने का कार्यक्रम बन सकता है। भाभी ने लिखा था कि आप शायद अफ्रीका जाएँ।

आशा है आपका स्वास्थ्य अच्छा है और खूब लिख-पढ़ रहे हैं।

सस्नेह
राकेश

[154]

मोहन राकेश 25.2.61

अश्क भैया,

पत्र अभी-अभी मिला है। दो-तीन दिन से तबीयत कुछ ज्यादा खराब होने से ज्यादा वक्त बिस्तर में लेटा रहता हूँ। काम अभी पूरा नहीं हुआ। एक चौथाई हिस्सा अभी दोहराने को रहता है। दिन में जितना बन पड़ता है, उतना काम ही करता हूँ।

इधर हमारे फूफा श्री जे. एस. छाबरा का लंदन से भारत आते हुए रास्ते में जहाज पर देहांत हो गया है। दादी इस सिलसिले में यहाँ आई थीं, इसलिए घर का वातावरण इन दिनों मातम का रहा है।

मैं भैरवजी के प्रकरण को लेकर बात नहीं उठाना चाहता था। आपने बात उठाई है, इसलिए संक्षेप में इतना ही लिख सकता हूँ कि लोगों के मुँह से जो कुछ सुनने को मिलता है, अगर उसी से नतीजे निकाले जाएँ, तो शायद कोई भी इनसानी संबंध बना नहीं रह सकता। जालंधर से आए कुछ लोगों के मुँह से सुना था कि वहाँ अश्कजी ने भैरवजी, 'नई कहानियाँ' और 'बकलम खुद' के बंद होने के प्रकरण को लेकर कई बातें

की हैं और इसमें मेरे कुछ मोटिव्ज भी बताए हैं। मैं नहीं जानता कि यह कहाँ तक सच है और विश्वास करना चाहता हूँ कि यह सच नहीं है। मुझसे कहीं ज्यादा तजुर्बेकार हैं और जानते हैं कि कई बार लोग मजा लेने के लिए या सिर्फ संबंध बिगाड़ने के लिए कई तरह की बातें करते हैं। 'बकलम खुद' का सारा प्रकरण बहुत अनफॉरचुनेट था। गलती मेरी थी जो मैं जानते हुए भी इस दलदल में फँसा। मेरी आपसे हर रोज और हर वक्त बात नहीं होती, कुछ दूसरे लोगों की होती है। आप उन बातों को सुनकर ही कुछ निष्कर्ष निकाल लें, तो सिवा दुःख का अनुभव करने के और क्या कर सकता हूँ ? कुछ लोगों को इस समय यही सूट करता है कि हम लोगों के संबंध बिगड़ जाएँ।

मैंने अपने पत्र में उन विद्वज्जनों की चर्चा नहीं की थी जिनकी आपने की है। मगर जब इनसान किसी को गलत समझने लगता है, तो उसके हर शब्द, हर कार्य को गलत समझता है। मैं इस संबंध में और विस्तार से लिखता, मगर इतना लिखते-लिखते ही थक गया हूँ। आशा है अपनी शुभकामनाएँ देंगे कि हाथ का काम पूरा करने तक स्वस्थ रह सकूँ।

जो चीज हुई थी वह इतनी बड़ी नहीं थी जितना बड़ा उसे बनाया जा रहा है। मुझे उस बात को लेकर आपसे गिला था, रहा है और है भी। मगर इससे ज्यादा अगर कोई कुछ कहता है, तो उसकी प्रतिभा का अभिनंदन ही करना चाहिए। मैं अपनी तरफ से उस बात को भुला देना चाहता हूँ। क्या आशा करूँ कि आप भी अब इस प्रकरण को दिमाग से निकाल देंगे ? यह एक प्रकरण, या इस तरह का कोई प्रकरण इतना महत्त्वपूर्ण नहीं कि उससे हमारे संबंध में अंतर पड़े। कम-से-कम मैं यही महसूस करता हूँ।

कलकत्ता में सेमिनार 10-15 मई के लगभग होगा, तो जाऊँगा। आप चल रहे हैं, तो इलाहाबाद से साथ ही चलेंगे। तब दार्जिलिंग की सूरत देखने जरूर चलूँगा। वहाँ रह सकूँगा या नहीं, यह इसी पर निर्भर करेगा कि इन दिनों कितना काम करता हूँ।

भाभी को और शेष सबको हम सबकी ओर से स्नेह दें।

सस्नेह
राकेश

[155]

मोहन राकेश

भाभी,

पत्र मिला था। काम में पहले नहीं लिख सका, क्षमा चाहता हूँ। पुष्पा का स्वास्थ्य ठीक नहीं। टांसिल्स और बुखार वगैरह है। वह ठीक होते ही आपको पत्र लिखेगी।

काम करते-करते इन दिनों सिर का कचूमर निकल गया है। रिवाइज करने को अभी 140 पन्ने बाकी हैं और वह काम भी पहाड़-सा लगता है। इसके बाद 'आखिरी चट्टान तक' को रिवाइज करना है और एक कहानी-संग्रह और एकांकी-संग्रह तैयार करना है। फिर नाटक पूरा करना है। राजपाल एंड संस के साथ जो एक लघु उपन्यास देने का कमिटमेंट है, उसे भी पूरा करना है। अप्रैल तक क्या इतना काम हो जाएगा ? संभव नजर नहीं आता। मगर जितना भी होगा, करूँगा। गर्मी के दिनों में तो मेरा दिमाग बिलकुल बेकार हो जाता है। मैंने तीन महीने बाद की बात इसलिए लिखी थी कि मैं तुरंत इलाहाबाद नहीं आ सकूँगा, उन्हीं दिनों आऊँगा। हम सबकी ओर से स्नेह लें और छोटों को स्नेहाशीष दें।

सस्नेह
राकेश

[156]

मोहन राकेश 9.3.61

अश्क भैया,

दोनों पत्र आज दो अलग-अलग डाकों से मिले। इन सब बातों को लेकर कई दिनों से ऐसी विकट मानसिक स्थिति में हूँ कि समझ नहीं आता कि क्या लिखूँ। पुष्पा को मैंने रोका था, फिर भी उसने वह बात लिख दी थी। शायद यह अच्छा ही हुआ कि बात मन में नहीं रही। मगर अब तो मुझे लगने लगा है कि बात, अच्छी हो या बुरी, वह मन में ही रखी जाए तो बेहतर है क्योंकि कौन कब उसे क्या रूप दे देगा, यह कह सकना असंभव है।

आपने पहले पत्र में लिखा है कि बात मिलकर कर लेंगे तो शायद स्थिति स्पष्ट हो जाए। मैं भी यही समझता हूँ। मगर पिछली बार मैंने जान-बूझकर बात नहीं की। मेरी स्थिति आपसे भिन्न इस रूप में है कि मैं आपको बड़ों की जगह मानता हूँ, इसलिए आपकी गलत बात को भी चुपचाप सह जाना ही फर्ज समझता हूँ। भाभी के सेंटीमेंट्स को भी मैं hurt करना नहीं चाहता। इसलिए सोचा था कि चुप ही रहूँ तो ठीक है। जो स्नेह देते हैं, उनकी दी हुई खरोंच भी कभी बर्दाश्त कर लेनी चाहिए।

आपकी डॉ. मदान से क्या बातें हुईं यह मैं नहीं जानता। वे इस बीच यहाँ आए नहीं, न ही मैं जालंधर गया हूँ। उन्होंने अपने एक पत्र में सिर्फ भैरवजी वाले प्रकरण का जिक्र किया था। जालंधर से कुछ दूसरे लोग आए थे—वहाँ की अखबारी दुनिया के लोग—जिन्होंने आपके नाम से कई तरह की बातें बतलाई थीं। उन्हीं बातों की

पुनरावृत्ति इन्हीं दिनों लखनऊ-इलाहाबाद से आए कुछ मित्रों ने भी की। एक मित्र ने यह भी कहा था कि मैंने सब बातें सुनकर अश्कजी से कहा कि अश्कजी, आप राकेशजी की तरफ से इतने बिटर दरअसल किसी और वजह से ही नहीं है ? और उसी बिटरनेस को इस तरह नहीं निकाल रहे हैं ? इस पर अश्कजी कुछ चुप हो गए। फिर बोले, हाँ हो भी सकता है और कुछ देर इधर-उधर की बात करके उठकर चले गए।

बातें लोग सौ तरह की करते हैं मगर दुःख नहीं होता। उनसे हमें किसी तरह की 'उम्मीद' भी नहीं होती। परंतु जिन्हें हम अपने आत्मीय मानते हैं, वे इस तरह की बात करें तो जरूर दुःख होता है। कम-से-कम मुझे तो होता है। हो सकता है यह मेरे स्वभाव की दुर्बलता है और मैं अभी उतना पका नहीं जितना आदमी को इस उम्र तक पक जाना चाहिए।

पुष्पा ने जो कुछ लिखा था, वह हाल ही में इलाहाबाद से आए एक मित्र से सुनकर लिखा था। अपने किसी भी दुःख या शिकायत के कारण वे बातें की हों, उनसे मुझसे कहीं ज्यादा चोट पुष्पा के प्रेस्टिज को ही पहुँचती है। मगर अब तो खैर बात फैल ही गई। वह बेचारी जिंदगी-भर मेरे लिए रात-दिन एक करे या मैं उसके लिए कुछ भी करूँ. ..हमारे मित्रों के दिल में एक धारणा बनी रहेगी—और यह इसी वजह से तो कि छोटे भाई के रूप में मैंने बड़े भाई से परामर्श माँगा था। पुष्पा बहुत सीधी लड़की है मगर वह जिन संस्कारों में पलकर आई थी, वे बिलकुल और तरह के थे। उसने इन छह-आठ महीनों में अपने को कितना बदला है, यह वह जानती है या मैं जानता हूँ। मेरे काम के इन चार महीनों में वह किस तरह मेरे साथ रात-रात-भर जागी है—इसलिए कि मुझे जरूरत पड़ने पर चाय-कॉफी बनाकर देती रहे—यह भी हमीं दोनों जानते हैं। मगर इस सबसे क्या है ? स्थिति तो यही है कि हमारे मित्र आकर बहुत आत्मीय भाव से पूछते हैं, 'पुष्पाजी, आपकी अम्माँ से पटती क्यों नहीं है ?' इन कुछ महीनों में घर में जो आपसी प्यार का वातावरण मैंने कड़ी मेहनत से पैदा किया है, उसे इससे बल मिलता है या क्या, मैं नहीं जानता। मित्र जो कुछ कहते हैं, सद्भाव से ही कहते होंगे।

मेरे मित्र ने आपकी बिटरनेस की जिस 'और' वजह का उल्लेख किया था वह इतनी निराधार है कि उसके संबंध में कुछ भी कहना व्यर्थ है। मगर आप मेरे दिल से पूछें तो मैं उस मामले में इसलिए चुप रहना चाहता था कि भाभी के दिल को उससे चोट न पहुँचे। मेरी आत्मीयता उनसे भी उतनी ही है जितनी आपसे और मैं उनके क्लेश का कारण नहीं बनना चाहता था। इस मामले में भी मेरे मित्रों ने बताया कि अश्कजी मेरे कुछ 'मोटिव्ज' समझते हैं। गलत बात को गलत कहने के सिवा और कोई सफाई देना तो व्यर्थ ही है। जिंदगी में स्वतः ही ऐसे अवसर आ जाते हैं जब हमारी सच्चाई की परीक्षा हो जाती है। आपको ऐसी बात कभी दूर से भी नहीं सोचनी चाहिए थी कि मैं कुछ करूँगा जिससे आपको क्षति पहुँचे। और यह बात आपके संबंध में ही नहीं, मैं भैरवजी के संबंध में भी कह सकता हूँ। मैं भी दिल में भैरवजी का हितचिंतक ही हूँ और ऐसा छोटा विचार कभी दूर-दूर तक मेरे मन में नहीं आया कि उन्हें किसी तरह

की क्षति पहुँचे। मगर क्योंकि एक ऐसी स्थिति उठ खड़ी हुई थी जिसमें मुझे अपने स्वाभिमान पर हुई चोट बर्दाश्त नहीं थी, इसलिए आपने भैरवजी का पक्ष लेकर उनकी वकालत करते हुए इस बात को नजरअंदाज कर दिया कि हम लोगों के संबंध केवल औपचारिक साहित्यिक संबंध नहीं हैं। मेरी एक कमजोरी यह भी है कि आपके साथ अपने संबंध को मैंने कभी इस रूप में नहीं देखा। कई लोग हैं जो एक वक्त पर आपका अहित और दूसरे वक्त पर अपनी 'स्ट्रेटेजी' की दृष्टि से मुझसे कहीं अधिक आपका हित कर सकते हैं। मगर मेरे आपके साथ संबंध में कहीं स्ट्रेटेजी नहीं है। इसलिए मैं एक छोटा भाई, एक मित्र ही हूँ और इस रूप में आपके साथ कई जगह असहमत भी हो सकता हूँ। दूसरे लोग हैं जो वक्त की जरूरत रखकर किसी के Stooge (पिट्ठू, कठपुतली—सं.) बन जाते हैं और दूसरे वक्त पर पीठ में खंजर भोंकने को तैयार हो जाते हैं। जब वे Stooge बनकर 'हित' करते हैं, तो अच्छा भी लगता है। मगर यह रोल आपकी जिंदगी में दूसरे लोग ही प्ले कर सकते हैं, मैं नहीं। आप अपने दिल में ऐसे लोगों की कितनी कद्र करते हैं, मैं जानता हूँ।

आपके व्यक्तिगत जीवन की जिन बातों का मुझे पता है और जिनको बाहर कहने में आपका या आपके आसपास के लोगों का अहित हो सकता है, या उनका प्रेस्टिज उनसे hurt हो सकता है, ऐसी बातें मैंने कभी बाहर किसी से नहीं कहीं—बावजूद इसके कि खुली तबीयत मेरी भी है और दोस्तों में बैठकर गप करने का शौक मुझे भी है। यह भी विश्वास दिला दूँ कि मैं आइंदा भी वे बातें बाहर नहीं करूँगा। जिस तरह का दुःख इस समय मेरे दिल में है, उस तरह का दुःख मैं आपको क्यों पहुँचाना चाहूँगा ? यह भी सूचना किसी ने आपको बहुत गलत दी है कि मैं आपके पत्र लोगों को दिखाता हूँ। आप मजा लेते-लेते लोगों को मजा देने भी लगें, यह आश्चर्य की बात है। हाँ, अगर कुछ बातें किसी स्थिति को साफ करती हैं तो उन्हें बता देने में कोई हर्ज नहीं समझता। आपके आज के पत्र में से दिनेश वाली बात—मात्र उतनी ही—मैं ओमप्रकाश को जरूर बताऊँगा। आपका नाम लेकर वह यहाँ इतनी बातें कह गया है कि स्वयं मेरे दिल को अपने साथ-साथ आपकी वजह से भी दुःख होता है।

आपको क्षमा की बात नहीं लिखनी चाहिए थी। आप बड़े हैं और बड़ों को ऐसी बात लिखना अच्छा नहीं लगता। जो कुछ हुआ है, उस सबके बावजूद मेरे दिल में कोई गलतफहमी नहीं है। मेरी अपनी रीडिंग यही है कि आप सही या गलत एक मित्र की वकालत करना चाहते थे और उसमें मेरे खिलाफ जितने प्रमाण उपयोग में लाए जा सकते थे, उन सबको उस आवेश में उपयोग में ले आए थे। गुस्से में और वकालत में इस तरह की स्थिति पैदा हो ही जाती है। मुझे दुःख है, क्षोभ है, गिला है, लेकिन गलतफहमी नहीं है। मैं जानता हूँ कि आप मन से मेरा अहित नहीं चाहते थे। हाँ, अहित चाहनेवालों को इससे मसाला जरूर मिल गया।

अब उपन्यास की बात। मैं उसके संबंध में कोई राय कैसे बना सकता हूँ ? आज से चार महीने बाद पढ़ूँगा तो ठीक से अपनी राय बना सकूँगा। अभी तो लिखा-ही-लिखा

है। मगर जहाँ तक मेरे संतोष-असंतोष का प्रश्न है, मैं इतना जरूर कहना चाहूँगा कि यह उपन्यास उसी आदमी ने लिखा और छपने के लिए दिया है जिसने अपनी सारी आर्थिक और दूसरी कठिनाइयों के बावजूद, असंतुष्ट होने पर एक उपन्यास दो साल तक छपने नहीं दिया।

हो सकता है कि कुछ बातें परेशानी में लिख गया हूँ। पत्र को पढ़ना भी नहीं चाहता कि यह न लगे इसमें कुछ ऐसा लिखा गया है जिसे बदल देना चाहिए। वह भी तो एक तरह की स्ट्रेटेजी होगी। मैंने जो कुछ लिखा है महसूस करके लिखा है—ठीक, गलत, या जैसा भी। मैं कुढ़कर रहनेवाला व्यक्ति नहीं हूँ, मगर अपने 'आत्मीय जन' का मजा लेना मुझे अभी नहीं आया।

कोई ऐसी बात हो तो जो बुरी लग जाए, तो बुरा मानने की बजाए मुझे लिख दें।

भाभी को आदर तथा स्नेह तथा और सबको स्नेह दें।

सस्नेह
राकेश

पुनश्च
दिनेश ही यहाँ यह भी कह गया था कि इलाहाबाद में लोग (मतलब मेरे मित्र लोग) दाँत तेज किए बैठे हैं कि कब यह उपन्यास आए और वे इस पर अपने दाँतों की तेजी निकालें। एक्सप्रेशन दिनेश का ही है। इसलिए इसका ठीक अर्थ भी वही बतला सकता है।

—राकेश

[157]

मोहन राकेश 15.3.61

भाभी,

एक पत्र पहले भी लिख चुका हूँ। उत्तर नहीं मिला।

कल शाम को घर लौटने पर अश्कजी का पत्र मिला था। पत्र आपने पढ़ा ही होगा। वे नहीं चाहते कि मैं उन्हें पत्र लिखूँ। अगर पत्र लिखकर मैं उनके कष्ट का ही कारण बनता हूँ, तो ऐसा करने से बचने की चेष्टा करूँगा। उनके पत्र में एक निहित संकेत और भी था। मैं तो इलाहाबाद आता ही बहुत कम हूँ। अगर कभी आना ही पड़े, तो इसका भी प्रयत्न करूँगा कि मुझे निकट से देखने के कारण उन्हें कष्ट न हो। जहाँ तक फीलिंग्स का सवाल है, वे इनसान की अपनी होती हैं। कोई आत्मीय मेरी फीलिंग्स को

नहीं समझता या गलत समझता है, तो उसके लिए क्या किया जा सकता है ? मैंने अश्कजी के पत्र में भी लिखा था कि इस बात का निर्णय वक्त अपने-आप कर देता है। बाकी आपका स्नेह-सद्भाव पहले की तरह बना रहे, आप इसी तरह मेरे यहाँ आती रहें, इसकी आशा भी करूँगा और कामना भी।

आपको भी दुःख नहीं पहुँचाना चाहता, मगर एक छोटा-सा अनुरोध कर रहा हूँ। आपको दुःख हो, तो मुझे क्षमा कर दें, मगर इसे स्वीकार जरूर कर लें। अश्कजी जिस तरह अपने को संबंध-मुक्त कर सकते हैं, मैं नहीं कर सकता—मगर इस तरह की बात बता दिए जाने पर आदमी रुपए-पैसे की नजर से कर्जदार बने रहने की स्थिति में नहीं रहता। (दूसरे कर्ज तो जिंदगी में चुकाए ही कैसे कब जा सकते हैं ?) रुपए-पैसे का कर्ज स्नेह में बहुत हलका लगता है, मगर वैसे वह बहुत भारी हो उठता है। इन दिनों मुझे कोई भी ऐसा व्यक्ति उधर आने वाला मिला जिस पर निर्भर करके उसके हाथ चीज भेजी जा सके तो मैं गहने का सैट उसके हाथ भेजूँगा। मैं उसे यहीं डिस्पोज-ऑफ कर देता, मगर पिछले दिनों कुछ और चीजें यहाँ बाजार में जाकर दी थीं तो उनकी दो तिहाई कीमत भी पल्ले नहीं पड़ी। अश्कजी को पाँच सौ रुपए का चेक भेज सकता तो मुझे ज्यादा अच्छा लगता। मगर दुर्भाग्यवश ऐसी स्थिति में नहीं हूँ—शायद एक अर्से तक नहीं हो सकूँगा। सैट में सोने की ठीक कीमत वहाँ से मिल जाएगी, इस लोभ के लिये ही इसे वहाँ भेजने की बात सोच रहा हूँ। बुरा न मानें, मेरे मन में कोई और भाव नहीं है। अश्कजी ने मुझे इस स्थिति में रहने ही नहीं दिया कि मैं उनका यह कर्ज सिर पर लिये रहूँ। (कर्ज उन्हीं का था। 'जब तुम्हारे पास हों, तुम मुझे लौटा देना,' उन्होंने ही कहा था। इसलिए इसका संबंध आप अपने साथ न जोड़ें।) पाँच सौ देकर जो बाकी रहेगा, उसमें कोई चीज पुष्पा को यहीं से खरीद दूँगा।

मैं यह बात पुष्पा की सहमति से ही लिख रहा हूँ। दूसरी तरफ वह अपनी तरफ से भी लिख रही है।

सस्नेह
राकेश

[158]

कौशल्या अश्क

इलाहाबाद
29.4.61

प्रिय राकेश,

मैं आते ही बीमार पड़ गई। परसों एक्स-रे के लिए जाऊँगी। इस बार दिल्ली इतने

दिन रही, पर मन बेहद उदास लेकर लौटी।

अभी तक कहीं जाने का प्रोग्राम निश्चित नहीं हुआ। जरा तबीयत ठीक हो जाए तो कुछ सोचा जाए।

इलाहाबाद तुम जरूर आओ। मैंने तुम्हें वहाँ पर भी कह दिया था। तुम न आना चाहो तो मेरा जोर नहीं, पर आओ तो मुझे खुशी होगी। बात तुमसे मैं नहीं करूँगी यानी उस विषय में। यों तो ढेरों बातें हैं और करूँगी भी, पर उस संबंध में नहीं क्योंकि मेरा मन बड़ा उदास हो जाता है। स्वभाव से मैं अपनी ही तरह की हूँ, मुझमें खामियाँ भी बहुत हैं, उन्हें दूर करने की कोशिश भी करती हूँ, अपनी ओर से जान-बूझकर किसी को दुःख पहुँचाना नहीं चाहती। इसलिए मैंने लिखा है कि उस संबंध में बात नहीं करूँगी।

तुम आओगे तो हमारी ओर से पूरा स्वागत-स्नेह पाओगे। यह लिखने की जरूरत नहीं थी, पर आदमी तुम सनकी हो इसलिए लिख दिया है। अब तुम जैसा चाहो, करो। तुम्हारी खुशी में ही हम खुश हैं।

माँजी को प्रणाम और वीरेंद्र को स्नेह देना।

मेरी तबीयत खासी खराब है, कोई ऐसी बात लिखी गई हो, तो तुम्हें बुरी लगे तो क्षमा कर देना।

सस्नेह
तुम्हारी भाभी
कौशल्या

पी. एस.

मासीजी के यहाँ जरूर हो आना और पूछ आना। वे बहुत उदास होंगी। मेरा ध्यान उधर ही लगा है। उधर हो आओ तो मुझे लिख देना।

—कौशल्या

[159]

मोहन राकेश

केयर ऑफ पोस्ट मास्टर, गुलमर्ग (काश्मीर)
8.5.61

भाभी,

पत्र दिल्ली में ही मिल गया था। मैं Ist को वहाँ से चलकर यहाँ आ गया था। यहाँ काफी सर्दी है और अभी बर्फबारी है। वैसे सारा गुलमर्ग लगभग खाली है।

आपके पत्र को पढ़कर मैं तय नहीं कर सका कि वह आपने किस मनःस्थिति में लिखा है। दिल्ली स्टेशन पर मैंने आपसे कहा था कि मैं इलाहाबाद आकर घर पर ही ठहरूँगा। मगर वह सवाल क्योंकि फिर से उठा है, इसलिए सोचता हूँ कि हो सकता है वहाँ आकर आपकी फिर अश्कजी से कुछ बात हुई हो। अगर घर में किसी के मन में भी कोई लकीर बनी रहती है, तो मेरा वहाँ आकर ठहरना गलत होगा। मैं टॉलरेट किए जाने की स्थिति में अपने को नहीं देखना चाहता। मैं तो इलाहाबाद आता ही बहुत कम हूँ। इसलिए एक अर्से तक तो शायद यह सवाल पैदा ही नहीं होगा।

जहाँ तक उस विषय में बात न करने का सवाल है, मैं तो पहले भी नहीं चाहता था कि यह बात उठाई जाए। इसीलिए जब आप अश्कजी के साथ जालंधर से आई थीं, तब मैंने कोई बात नहीं की थी। आने के लिए भी आपके आदेश का मैं अक्षरशः पालन करूँगा। मेरी तरफ से इस विषय में बात कभी नहीं उठेगी।

आशा है आपका स्वास्थ्य अब पहले से ठीक है। दिल्ली से चलते समय आप बहुत थकी हुई लग रही थीं।

पहाड़ पर कब जाने का इरादा है ?

अश्कजी तथा बच्चों को मेरा स्नेह दें।

सस्नेह
राकेश

[160]

मोहन राकेश

आई-101, कीर्तिनगर, नई दिल्ली
26.7.61

अश्क भैया,

पत्र परसों मिला था। मैं तीन सप्ताह हुए काश्मीर से लौट आया था। आने के कुछ ही दिन बाद पहले कान के बाहर और फिर अंदर एक्जीमा हो गया। अब पहले से काफी आराम है, मगर तकलीफ अभी पूरी तरह ठीक नहीं हुई। इलाज कर रहा हूँ। आशा है आप अब स्वस्थ हैं और स्वस्थ मन से काम कर रहे हैं।

मैं दो महीने गुलमर्ग में रहा और वहाँ रहकर नाटक के तीनों अंक फिर से लिखे। अब भी मन संतुष्ट नहीं है। छपने देने से पहले एक बार फिर दोहराऊँगा। इन दिनों और कुछ नहीं लिखा। यहाँ तो गर्मी में कुछ होता ही नहीं। आजकल एक अनुवाद कर रहा हूँ जिससे दाना-पानी चलता रहे।

आपको 'बेबसी' की टिप्पणी का बुरा लगा है, इसका अनुमान कुछ-कुछ मुझे था,

मगर सचमुच इतना बुरा लगा है, यह मैंने नहीं सोचा था। इस संदर्भ में अपनी 'मिस पाल' वाली टिप्पणी का हवाला देकर आपने मेरे साथ न्याय नहीं किया। मैंने किसी प्रतिशोध की भावना से वह टिप्पणी लिखी थी...यह आइडिया आपका पत्र पढ़कर पहली बार दिमाग में आया। आपकी 'मिस पाल' वाली टिप्पणी की मेरे ऊपर तो बिलकुल दूसरी ही प्रतिक्रिया हुई थी। मुझे बल्कि लगा था कि आपने एक आवेश में मेरी जरूरत से ज्यादा प्रशंसा कर दी है, आपके लेख में मेरा इतनी जगह और इस रूप में जिक्र था कि उससे मैं फलैटर्ड ही महसूस कर सकता था। आप न जाने क्यों आज तक यह स्वीकार नहीं कर सके कि मैंने जो टिप्पणी लिखी थी अपने मन की सच्चाई और ईमानदारी के साथ लिखी थी—उसी सच्चाई और ईमानदारी के साथ जिससे मैंने 'कैप्टेन रशीद', 'टेल्ल लैंड' और 'बच्चे' आदि की तारीफ की थी। आपकी कई एक कहानियों के साथ मेरा जो लगाव है, उसका कुछ पता आपको उस दिन भी शायद चला हो जिस दिन राजकमल में बैठे हुए आपकी श्रेष्ठ कहानियों के चुनाव की बात होने पर अचानक बिना कारण मैं कहानियों के नाम सुझाने लगा था। और जहाँ तक मुझे याद है, 'सत्तर श्रेष्ठ कहानियाँ' का सूत्रपात भी एक दिन डलहौजी में चौराहे की बैंच पर बैठे हुए मेरे ही एक सुझाव से हुआ था...। मगर खैर, एक बार इनसान की ईमानदारी पर संदेह पैदा हो जाए तो उदाहरण जुटाने से स्थिति बदल नहीं जाती। मेरी टिप्पणियों को लेकर और लोगों के मन में भी भ्रांतियाँ पैदा हुई थीं। निर्मल वर्मा वाली टिप्पणी को पढ़कर आपने कहा था कि मैंने निर्मल की अनुचित प्रशंसा की है। यहाँ निर्मल के मित्रों की आज तक यह राय है कि वह टिप्पणी निर्मल के खिलाफ लिखी गई थी। अच्छा हुआ जो शीघ्र ही मैंने टिप्पणियाँ लिखने के काम से छुटकारा पा लिया। अब यह काम बेहतर हाथों में है और बेहतर ढंग से हो रहा है, इसकी मुझे खुशी है।

उपन्यास के संबंध में आपकी राय का थोड़ा-बहुत पता श्री ओमप्रकाश से चला था। लोगों की दो बिलकुल अलग-अलग और विरोधी धारणाएँ हैं। नामवर और यादव ने तो उपन्यास को बिलकुल ही कंडम किया है। सर्वश्री चौहान, यशपाल, श्रीकांत, मदान तथा भगवान सहाय इत्यादि उसी मात्रा में इसके पक्ष में है। यहाँ ज्यादातर लोगों ने यूरोप वाले प्रकरण को सबसे ज्यादा पसंद किया है। वे कस्साबपुरा वाले प्रकरण को कमजोर बताते हैं। मैं स्वयं अभी तक उपन्यास को तटस्थ होकर नहीं पढ़ सका, इसलिए मेरी अपनी कोई राय नहीं है। हाँ, मेरी उपन्यास की परिकल्पना में दोनों ही कहानियों का एक संतुलन था जिसकी व्याख्या उपन्यास के अंतर्गत करना मुझे अभीष्ट नहीं हुआ, वह कला की दृष्टि से एक कमजोरी होती। दोनों कहानियाँ अलग-अलग हैं, इसमें संदेह नहीं परंतु दोनों ही एक-दूसरी के लिए (मेरी दृष्टि में) पृष्ठभूमि का काम करती हैं। आज हममें से बहुत-से व्यक्ति इन दोनों स्तरों पर एक-एक जिंदगी बिताते हैं—घर की देहलीज के अंदर उनकी निम्न-मध्यवर्गीय स्तर की जिंदगी है और घर की दहलीज के बाहर उत्तम मध्य वर्ग की जिंदगी उन्हें चुँधियाती है। दोनों स्तरों की विडंबनाओं के साक्षी के रूप में मैंने मधुसूदन की कल्पना की थी, मधुसूदन स्वयं निम्न-मध्यवर्ग के संस्कारों का

व्यक्ति है जो उच्च मध्यवर्ग के जीवन की ओर आकृष्ट है, परंतु साथ ही अपनी हीन-भावना का शिकार भी है। आज के जीवन में हमारा व्यक्तित्व एक वर्ग से निकलकर जल्दी से दूसरे वर्ग के जीवन को अपनाने की चेष्टा में किस तरह खंडित हो रहा है, 'सफलता' की पूजा की भावना हमें कहाँ लिये जा रही है, राजनीतिक स्वार्थ व्यक्ति की इस दौड़-धूप को कैसे उकसा रहे हैं, इस सब का साक्षी होकर भी मधुसूदन, उपन्यास का मुख्य भोक्ता नहीं है—मुख्य भोक्ता हरबंस और नीलिमा ही हैं जो मधुसूदन के सामने उस जीवन का चित्रपट प्रस्तुत करते हैं। अंत में मधुसूदन ठकुराइन के घर की तरफ लौट ज़ाता है—निराश होकर नहीं, दया के वश में पड़कर भी नहीं—बल्कि सिर्फ उस इनसानी भूख के कारण जो उसकी खुलेपन, सचाई और ईमानदारी की भूख है। इस तरह उपन्यास में 'कंवेंशनल' ढंग से चाहे एक कहानी न हो, परंतु सांकेतिक रूप से (मेरी दृष्टि में) एक ही कहानी है, और वह कहानी 'हरबंस और नीलिमा की' या पत्रकार मधुसूदन की न होकर 'हवा में झिलमिलाते हुए उस कोहेनूर' की है जिसे पाने के लिए आज हर आदमी पागल नजर आता है, और वह 'कोहेनूर' है किसी भी तरह प्राप्त होने वाली ख्याति, सफलता और सामाजिक प्रतिष्ठा ! सुषमा मधुसूदन के लिए भी उसी रास्ते का संकेत-चिह्न है जहाँ से वह लौट जाता है। परंतु यह सब उपन्यास के अंदर से पाठक को न मिले तो मेरे यह सब लिखने का कोई अर्थ नहीं है...।

'Conquest of Happiness' चार साल हुए किसी ने मुझे उपहार में दी थी। तभी पढ़ी थी। 'Scarlet and Black' भी तीन-साढ़े तीन साल पहले पढ़ी थी। मुझे दोनों पुस्तकें अच्छी लगी थीं हालाँकि रसेल की टोन कुछ अध्यापकीय लगी। इधर गुलमर्ग में काटे हुए दो महीनों में अपने बारे में बहुत कुछ सोचने का मौका मिला। मैं जितना अपने बारे में और जिंदगी के बारे में सोचता हूँ, उतना ही मुझे लगता है कि आदमी अपने मन में सुख और शांति प्राप्त कर सकता है, तो केवल Integerated Personality विकसित करके ही—अर्थात अंदर और बाहर की खाई को मिटाकर। मगर विडंबना यह है कि जितना ही इस चीज को अमल में लाने का प्रयत्न किया जाए (या शायद यह केवल मेरा ही अनुभव है) उतना ही आदमी गलत समझा जाता है, उतना ही लोग उसके motives पर संदेह करने लगते हैं। फिर भी यह ऐसी स्थिति नहीं है जिससे आदमी हार जाए...।

अभी जल्दी शायद दिल्ली से निकलना न हो। गुलमर्ग में जेब खाली कर आया था। अब दो महीने लगकर दो-एक पुस्तकों का अनुवाद कर डालना चाहता हूँ।

पुष्पा बिम्मा को याद करती है। माँजी स्नेह भेजती हैं। भाभी को गुलमर्ग से पत्र लिखा था। उनका उत्तर अभी नहीं आया।

आशा है अब बिलकुल स्वस्थ हैं।

सस्नेह
राकेश

[161]

मोहन राकेश

आई-101, कीर्तिनगर, नई दिल्ली
3.8.61

अश्क भैया,

पत्र मिला। आने के बाद से मेरा स्वास्थ्य अभी तक ऐसा-वैसा ही चल रहा है, जुकाम, खाँसी और कान-दर्द बारी-बारी से हमला करते रहते हैं। मगर सोचता हूँ कि इनसान को मुसीबतों की तरह बीमारियों की तरफ भी एक तटस्थ दृष्टि रखना सीखना चाहिए।

आप मेरी टिप्पणी के बारे में अपनी प्रतिक्रिया खुलकर लिखें, इसमें मुझे बुरा क्यों लगेगा ? मेरा मत है कि साहित्यिक स्तर पर प्रकट किए गए किसी मत का मित्रता पर असर नहीं पड़ना चाहिए, मित्रता पर असर तभी पड़ना चाहिए जब कोई हम पर या हम किसी पर व्यक्तिगत स्तर पर कीचड़ उछालने लगें। लेकिन यह मेरी व्यक्तिगत दृष्टि है। इसलिए आपकी, नामवर की और यादव की उपन्यास पर राय पढ़कर मित्रता के स्तर पर मुझे कुछ भी फर्क नहीं पड़ा। यही विचार अगर प्रकाशित रूप से प्रकट किए जाएँ तो भी फर्क नहीं पड़ेगा। यह दृष्टि मैंने धीरे-धीरे विकसित की है और अभी तक मुझे यह गलत नहीं लगती। उपन्यास महान उपन्यासों की श्रेणी में आ जाए, इसका भी मोह मुझे नहीं है। एक चीज हमें लिखने के लिए प्रेरित करती है और हम उसे लिख डालते हैं। उसके बाद वह अपना क्या स्थान बनाती है, यह बात गौण हो जाती है। मैंने अपनी तरफ से उपन्यास पूरा ही लिखा है। जानता हूँ कि उसके बारे में लोगों की राय अलग-अलग है। मगर किसी एक तरह की राय के मुताबिक मैं अपनी राय नहीं बना रहा। और कुछ अर्सा बीत जाए, तो उपन्यास को पढ़कर देखूँगा कि कैसा लगता है और कि जो बात मुझे कहनी थी वह कहाँ तक उसमें कही जा सकी है। इस समय मन एक और कथानक में उलझा हुआ है। नहीं जानता कि उसे कब लिखना आरंभ कर पाऊँगा।

नाटक को दोहराना आरंभ नहीं किया। इस रूप में उसे भेजकर मुझे संतोष नहीं होगा। वैसे मेरे जैसे आदमी के लिए बेहतर यही है कि चीज पूरी करके उसे छप जाने दे। एक बार मन उलझ जाए तो रचना बरसों तक फाइलों में पड़ी रहती है।

आपका उपन्यास कितना हो गया ? बिम्मा के लिए और अपने लिए हम सबका स्नेह लें।

सस्नेह
राकेश

[162]

उपेंद्रनाथ अश्क

Alpine House, Kalimpong
8.8.61

प्रिय राकेश,

तुम्हारा पत्र आज मिला। आज मैं सुबह से पत्रों के ही उत्तर दे रहा हूँ इसलिए इसी वक्त ये चंद पंक्तियाँ उत्तर स्वरूप लिख रहा हूँ।

क्या कौशल्या दिल्ली नहीं पहुँची ? तीन तारीख को तो उसे दिल्ली में होना चाहिए था। अगर तुम उससे मिले हो, तो मुझे जरा उसके स्वास्थ्य के बारे में लिखना। इधर वह अपनी बिसात के बाहर काम कर रही है, इसलिए उसके स्वास्थ्य की ओर से चिंता हो गई है।

मेरा उपन्यास क्या है—रेखा-चित्रों का एक एलबम है। चेतन एक दिन खिन्न मन हो घर से निकलता है, दिन-भर भटकता रहता है, बहुत-से लोगों से मिलता है, उन्हीं की तसवीरें 'गिरती दीवारें' के इस हिस्से में हैं। यह तुम ठीक कहते हो कि आदमी लिखने को विवश होता है, इसलिए लिखता है, बाद में रचना क्या स्थान बनाती है, इसकी चिंता उसे नहीं करनी चाहिए। मैत्री और आलोचना के बारे में जो बात तुमने लिखी है, वह भी ठीक है, कहूँ कि ideal है, मैंने जो बात लिखी थी, वह अनुभवजनित और व्यावहारिक थीं। तुमने निरपेक्षता की दृष्टि विकसित कर ली है, इसके लिए तुम्हारी दाद देता हूँ। आम इनसानों के बस की यह बात नहीं। मोह भी आम इनसान से नहीं छूटता। कैसे तुमने यह दृष्टि विकसित की है और कैसे मोह छोड़ा है, मुझे भी बताओ ताकि मैं भी उससे लाभ उठाऊँ !

और सब ठीक चल रहा है। मेरे पत्र की कोई बात बुरी लगी हो तो मन न लगाना। जैसे कुछ मेरे impressions थे, टिप्पणी के बारे में या उपन्यास के बारे में मैंने लिख दिए। यह मैंने पहले ही लिख दिया था कि तुम्हारे-मेरे दृष्टिकोणों में बड़ा अंतर है।

और सब ठीक है। बिम्मा सबको नमस्कार भेजती है, माताजी को प्रणाम और पुष्पा को स्नेह देना।

सस्नेह
उपेंद्रनाथ अश्क

[163]

मोहन राकेश

आई-101, कीर्तिनगर, नई दिल्ली
10.8.61

अश्क भैया,

पत्र मिला। भाभी के आने की सूचना मुझे पत्र लिखने के बाद मिली थी। दूसरे-तीसरे दिन वे हरिद्वार चली गई थीं। कल इलाहाबाद लौट गई हैं। व्यस्त थीं, मगर अस्वस्थता की बात उन्होंने जाहिर नहीं की। कह रही थीं कि वे इस महीने के अंत में कैलिंपाँग जा रही हैं।

मैं अनुवाद में और अपना नया कहानी संग्रह तैयार करने में व्यस्त हूँ। कहानी संग्रह और एक एकांकी संग्रह राजपाल एंड संस को दे रहा हूँ। नाटक के दोहराने में अभी हाथ नहीं लगाया।

नहीं जानता क्यों, मगर मुझे नहीं लगता कि लिखने में, लेखक होने में कोई बड़प्पन है। सब बहुत साधारण लगता है। सोचने की प्रक्रिया ऐसी क्यों हो गई है, नहीं जानता। हाँ, इसमें यह सुख जरूर है कि आदमी कई-कई ऊपरी झंझटों से मन को मुक्त रखकर लगन से अपना काम कर सकता है। वर्ना लिखना एक सुख न रहकर अस्तित्व के संघर्ष का एक भान बन जाता है। फिर मैं आलसी आदमी हूँ और लिखने में मुझे उतना प्रयत्न नहीं करना पड़ा जितना अपने लिखे की श्रेष्ठता प्रमाणित करने में। सोचता हूँ इससे कम प्रयत्न से कुछ बनता भी नहीं। आदमी अपने को थका लेता है, बस। और रचना में जान हो तो वह अँधेरे में नहीं पड़ी रहेगी। (अच्छा-खासा आलस्य-दर्शन है, मगर इससे रात को नींद ठीक से आ जाती है।)

वहाँ कब तक रहेंगे ? 'गिरती दीवारें' के अलावा और क्या लिख रहे हैं ? बिम्मा को सबकी ओर से स्नेह दें।

सस्नेह
राकेश

[164]

उपेंद्रनाथ अश्क

एलपाइन हाउस, कैलिंपाँग
23.8.61

प्रिय राकेश,

तुम्हारा 10.8.61 का पत्र मिला। उपन्यास खत्म करने में लगा था, इसलिए तत्काल

उत्तर नहीं दे सका। एक rough version —एक पूरा ढाँचा—तो बन गया है। और मेरे सिलसिले में यही सबसे मुश्किल काम है। अब इसे कुछ महीने के अंतराल के बाद फिर लिखूँगा और टाइप कराऊँगा। तब मेरी इच्छा है कि यदि संभव हो तो तुम एक नजर देखो और राय दो। किताब को प्रेस में देने से पहले मैं तुम्हारी राय और suggestions चाहूँगा। यों तो अपनी कोई भी रचना मुझे पूर्णतः संतुष्ट नहीं कर पाती। किसी में कोई दोष दिखाई देता है किसी में दूसरा कोई। लेकिन कुछ दोष होते हैं जो उपन्यास के एकदम नए treatment की, या उस दोष की दृष्टि से देखने पर दूसरा उपन्यास लिखने की माँग करते हैं, लेकिन कुछ ऐसे भी दोष होते हैं, जो लिखे हुए के पैटर्न को बिना छोड़े ठीक किए जा सकते हैं और उसे बेहतर बना सकते हैं, ऐसे दोष नजर पर चढ़ जाएँ तो मैं उन्हें दूर कर देना अच्छा समझता हूँ। 'पत्थर-अल-पत्थर' में तुमने एक-दो ऐसे ही दोषों की ओर संकेत किया था, और चाहे तुम्हें यह उपन्यास पसंद नहीं पर उस दोष के निकाल देने से वह पहले से निश्चय ही बेहतर बन गया। बहरहाल, अगर सुविधा और समय रहे तो इतना जरूर करना।

यह तुम ठीक कहते हो, लेखक होने में कोई खास बड़प्पन नहीं, पर इसे क्या किया जाए कि हर आदमी अपने-आपको मनवाना चाहता है—राशिद ने एक जगह लिखा है :

इनमें हर शख़्स के सीने के किसी गोशे में
टिमटिमाती-सी छिपी बैठी है
एक नन्हीं-सी ख़ुदी की क़ंदील !

कुछ ऐसी ही पंक्तियाँ हैं। आम आदमी की खुदी की क्रंदील प्रायः दिखाई नहीं देती, लेखक के पास साधन हैं, वह उसे सबको दिखा देना और उसकी जगमगाहट को मनवा लेना चाहता है। जो उसे छिपाने का या बुझाने का प्रयास करता है, वह योगी है। तुमने योगी का प्रमुख गुण अजाने ही आत्मसात कर लिया है, यह बहुत ही अच्छा है, यह बहुत ही अच्छा है। शांति इससे हर हालत में मिलेगी। इधर कुछ अर्से से मैं वेदांत और उपनिषदों का अध्ययन कर रहा हूँ। सूत्रों का सारा जोर अहं को मारने, सुख-दुख से, सफलता और असफलता से ऊपर उठकर निष्काम होकर कर्म करने या आगे बढ़कर भगवान को या आत्म को पाने पर ही दिया गया है। भगवान को आदमी पाए या न पाए, पर अपने को पा ले, इससे बड़ी और क्या बात हो सकती है। तुमने अपने अहं को जीतकर शांति पा ली है और सुख की नींद सोने का रास्ता सफलतापूर्वक खोज लिया है, इस पर मैं तुम्हें बधाई देता हूँ। यहाँ तो सब कुछ जान लेने पर भी सफलता नहीं मिली, कि संस्कार ज्ञान के राह की रुकावट बन जाते हैं और आदतें—जिनके बारे में पंजाबी लोकोक्ति है कि 'बादड़ियाँ सुजादड़ियाँ जान शरपराँ नाल।'...उन्हें बदल देना बड़ा ही कष्ट साध्य दिखाई देता है।

यह तुम बिलकुल ठीक सोचते हो कि सारा जोर रचना पर ही लगाना चाहिए, उसे

मनवाने में नहीं, चीज अच्छी होगी तो समाने आएगी ही—देर-सवेर की बात है और चीज अच्छी न होगी तो लाख प्रचार के बावजूद जहाँ की है अंततोगत्वा वहीं जा रहेगी। लेकिन जो लोग आसानी से लिख लेते हैं, उनके पास समय काफी बचा रहता है, उसका वे क्या करें ? पत्र-पत्रिकाओं में जो इतने लंबे-लंबे नोट छपते हैं, यह आखिर इसी बात के तो द्योतक हैं और यही कारण गुटबंदियों का है। जिनके पास लिखने के बाद कोई समय नहीं बचता, वे यह सब कहाँ कर सकते हैं।

यह तुम ठीक नहीं कर रहे कि अपनी चीजें दूसरी जगह दे रहे हो। एक जगह ही से आठ-दस पुस्तकें निकलनी चाहिए। मैं तजरबे से यह कहता हूँ। बहरहाल, तुम अपनी परिस्थिति को बेहतर जानते हो।

उमेश आया हुआ है। बिम्मी उसके साथ चली जाएगी, फिर कौशल्या आएगी और मैं दार्जिलिंग वगैरह देखता हुआ दस तक इलाहाबाद पहुँच जाऊँगा।

माताजी को प्रणाम और पुष्पा को स्नेह देना।

सस्नेह
अश्क

[165]

मोहन राकेश

आई-101, कीर्तिनगर, नई दिल्ली
31.8.61

भाभी,

पत्र मिला था। मैं कई दिनों से पूरी तरह स्वस्थ नहीं हूँ—कभी खाँसी, कभी नजला, कभी बुखार, यह सब चलता ही रहा है। लिखने में देर हो गई है, फिर भी आशा करता हूँ कि कैलिंपाँग के लिए रवाना होने से पहले यह पत्र आपको मिल जाएगा।

मेरा कार्यक्रम अपनी अस्वस्थता के कारण बहुत अनिश्चित है। काम भी काफी पिछड़ गया है। कह नहीं सकता कि दिल्ली से निकल भी पाऊँगा या नहीं। चमन को हर सप्ताह अगले सप्ताह आने के लिए लिखता रहा हूँ। परंतु अब तो लगता है कि जाने का इरादा अक्तूबर तक स्थगित करना ही पड़ेगा—उसके बाद भी शायद जाना न हो सके।

माँजी स्नेह भेज रही हैं। कह रही हैं कि अगली बार आप जाएँ, तो जरूर मिलें। पुष्पा और कमला भी स्नेह भेजती हैं। कमला कल अपने नए घर में—रूपनगर—जा रही है।

झा बाबू के स्वास्थ्य का क्या हाल है ? उमेश-बिम्मा-गुड्डा कैसे हैं ? उन सबको

हम सबका स्नेहाशीर्वाद दें।

मैं कई दिनों के बाद आज मेज पर काम करने बैठा हूँ। इसलिए यह संक्षिप्त-सा पत्र ही लिख रहा हूँ।

सस्नेह
राकेश

[166]

मोहन राकेश

आई-101, कीर्तिनगर, नई दिल्ली
31.8.61

अश्कजी,

पत्र मिला था। मैं कई दिनों से अस्वस्थ हूँ, इसलिए शीघ्र उत्तर नहीं दे सका।

आपने उपन्यास पूरा कर दिया है, यह जानकर प्रसन्नता हुई। पढ़ना तो मैं चाहूँगा ही, मगर राय देना जरा खतरनाक बात लगती है। विशेष रूप से जब दूसरा बुरा मानता हो। आपके कहानी संग्रह की भूमिका मैंने पढ़ ली है। जब एक कहानी की छोटी-सी टिप्पणी आपके मन में इतनी कटुता भर सकती है तो बड़ी रचनाओं की तो बात ही दूसरी है। यूँ मेरी नजर में इन चीजों का—मेरी टिप्पणी या आपके उत्तर का—व्यक्तिगत संबंधों पर कोई प्रभाव नहीं पड़ना चाहिए। परंतु जब कोई आत्मीय अपनी जरा-सी भी विपरीत आलोचना सहन न कर सकता हो, तो अपने संबंधों के बीच कटुता के अवसर लाने का कोई अर्थ नहीं है। जहाँ तक मेरे 'योग' का संबंध है, आपकी व्यंग्यात्मक शैली से अच्छी तरह परिचित होने के कारण, मैं इसे एक मित्र का विनोद समझकर इस पर आपके साथ हँस भी सकता हूँ। परंतु मैं जानता हूँ कि जिस उदासीनता की ओर मैंने संकेत किया था, वह एक व्यर्थ और खोखली प्रवृत्ति की वास्तविकता को जानने से पैदा हुई थकान ही है। जिस खेल को खेलने से कुछ लोग जिंदगी-भर नहीं थकते, उसमें कोई आदमी बहुत जल्दी भी थक सकता है। इसे उसकी कमजोरी भी कहा जा सकता है, मगर वास्तविकता को मैं अस्वीकार कैसे करूँ ?

नहीं जानता कि कैलिंपाँग कैसी जगह है। रमणीय तो होगी ही। आशा है उपन्यास पूरा करने के बाद खूब घूम-फिर रहे होंगे।

सस्नेह
राकेश

[167]

उपेंद्रनाथ अश्क — इलाहाबाद

प्रिय राकेश,

मैं 7 तारीख को ही यहाँ पहुँच गया था पर लंबे सफर में कुछ इतना थक गया और आते ही काम के अंबार ने इस तरह मुझे दबा लिया कि चाहने पर भी लिख न सका।

तुम्हारा पत्र आया है। यह तो तुम भी जानते हो कि मुझे विरोधी आलोचना से तकलीफ नहीं होती। मैं तो अपनी रचनाओं को सदा मित्रों को दिखाता हूँ और उनकी राय से लाभ भी उठाता हूँ (तुम्हीं ने मेरे उपन्यास 'पत्थर-अल-पत्थर' में कई suggestions दिए थे और कुछ मैंने उपन्यास में incorporate भी कर लिये थे)। रही 'बेबसी' की आलोचना, वह तुमने व्यक्तिगत रूप से मुझे दी होती तो शायद मुझे बुरा न लगता। तुमने मुझसे कह दिया होता कि मैं यह लिखने जा रहा हूँ, तो भी शायद मुझे बुरा न लगता, पर जैसे वह लिखी गई उससे स्वभावतः ही मुझे बुरा लगा। मैं विस्तार से इस संबंध में तुम्हें लिख चुका हूँ। किसी पत्रिका में कोई आलोचना छपती है तो उसकी प्रत्यालोचना का अधिकार लेखक को होना चाहिए। मैं उसका उत्तर देता तो साहित्यिक चर्चा रहती, पर वह अधिकार 'नई कहानी' के संपादक ने दिया नहीं। आलोचना चूँकि ठीक नहीं थी, और मुझे इस बात का गुस्सा भी था कि मेरी प्रत्यालोचना छापने से इनकार कर दिया, इसलिए मैंने भूमिका में उसका उल्लेख कर दिया। दिल में उस दर्द को पाले रखकर चुप भी लगा सकता था, पर वैसी मेरी आदत नहीं।

अगर तुम इससे यह अर्थ लगाते हो तो कि मैं मित्रतापूर्ण आलोचना का बुरा मानता हूँ, तो तुम्हारा खयाल गलत है। यों तुम उपन्यास न देखना चाहोगे तो मैं तुम्हें नहीं भेजूँगा। चाहता मैं जरूर था कि छपने से पहले तुम उसे एक नजर देख लेते।

और सब ठीक चल रहा है। उर्दू 'संकेत' छापने की तैयारी कर रहा हूँ। सारा दिन प्रेस में और सुबह-शाम प्रेस-कापी तैयार करने में बीत जाता है।

माताजी को प्रणाम और पुष्पा को स्नेह देना।

सस्नेह
उपेंद्रनाथ अश्क

[168]

मोहन राकेश

आई-101, कीर्तिनगर, नई दिल्ली
19.9.61

भाभी,

16.9.61 का पत्र आज मिला है। मैंने अश्कजी के पत्र का उत्तर कैलिंपाँग के पते से और आपके पत्र का उत्तर इलाहाबाद के पते से लगभग साथ-साथ ही दिया था। कह नहीं सकता कि पत्र क्यों नहीं मिला।

मैं स्वस्थ्य हूँ, माँजी भी अब स्वस्थ हैं। जमशेदपुर जाना अभी टलता जा रहा है क्योंकि कुछ काम पूरा कर लेना चाहता हूँ। जब घर जाऊँगा, तो आते या जाते हुए इलाहाबाद रुकूँगा। शायद अक्तूबर में जाना हो सकेगा। नवंबर में तो हर हालत में मैं दिल्ली में ही रहूँगा। नवंबर और फरवरी के बीच में अपने 'पहले' उपन्यास पर काम करने का इरादा है।

अश्कजी को हम सबका स्नेह दें—छोटों को स्नेहाशीष।

आशा है अब आपका और अश्कजी का स्वास्थ्य पहले से बेहतर है।

सस्नेह
राकेश

[169]

मोहन राकेश

कीर्तिनगर
22.9.61

अश्कजी,

पत्र मिला। सफर की थकान अब तक दूर हो गई होगी।

रिव्यू वाले प्रसंग को उठे साल-भर से अधिक हो गया। अब उसे हम लोग नजरअंदाज ही कर दें तो बेहतर होगा। वैसे एक बात का मुझे आश्चर्य है। आपको न जाने क्यों याद नहीं रहा कि अपना आखिरी स्तंभ लेख (हिंदी नैतिकता और बेजबान जिंदगी) मैंने आपके दिल्ली रहते ही लिखा था। आप पाठकजी के साथ किसी प्रकाशकीय मीटिंग के सिलसिले में यहाँ आए हुए थे। उसी लेख में 'बेबसी' की चर्चा थी। लेख मैंने अपने बैठक कमरे में आपको पढ़कर सुनाया था। आपने सुनकर कहा था, ''यही तो मैं कहता था कि इस स्तंभ के अंतर्गत ऐसी ही तेज चीजें आनी चाहिए।'' आप

उस समय मन में कुछ और सोच रहे थे, यह मैं कैसे जान सकता था ? या यह बात बाद में लेख को छपे हुए रूप में पढ़ने पर ही आपको महसूस हुई ? बहरहाल, यह बात गलत है कि मैंने आपको पहले नहीं बताया कि मैं क्या लिख रहा हूँ। लिखने के कुछ घंटे बाद ही मैंने लेख आपको सुनाया था और इसलिए सुनाया था कि आपकी सच्ची प्रतिक्रिया जान सकूँ। आगे के लिए मैं सावधानी इसीलिए बरतना चाहता हूँ कि इस तरह की गलतफहमियों के अवसर न आएँ।

भाभी को एक पत्र कल ही लिखा है। उन्हें तथा सबको हम सबका स्नेह दें।

सस्नेह
राकेश

[170]

मोहन राकेश 2.10.61

अश्कजी,

पत्र मिला। समझ में नहीं आता कि आप हर बात को एक गलत अर्थ में लेकर खाहमखाह ताव में क्यों आ जाते हैं। या शायद जब इलाहाबाद से बाहर रहते हैं तो और तरह से सोचते हैं और इलाहाबाद आकर फिर उसी तरह सोचने लगते हैं।

लेख सुनाने-न-सुनाने की बात को लेकर बहस करना फिजूल है क्योंकि मूल बात इतनी महत्त्वपूर्ण नहीं है कि उसे लेकर झगड़ा किया जाए। मैं अपनी तरफ से इस प्रकरण को समाप्त करने का ही प्रयत्न कर रहा हूँ, करना चाहता हूँ। क्या इस विषय पर अब विराम-चिह्न नहीं लगाया जा सकता ?

जहाँ तक मेरी 'मनोवृत्ति' और 'झूठ' का प्रश्न है—आपको किसी भी व्यक्ति के संबंध में कुछ भी राय रखने का पूरा अधिकार है—उसी तरह जैसे किसी भी रचना के संबंध में राय रखने का अधिकार है।

कुछ और बातें लिखना चाहता था, परंतु जहाँ एक का दूसरे पर विश्वास न हो, वहाँ वे सब बातें लिखना व्यर्थ ही है।

आशा है प्रसन्न हैं और व्यस्त हैं।

सस्नेह
राकेश

[171]

मोहन राकेश

5, इंडस कोर्ट, ए रोड, चर्चगेट रेक्लेमेशन, बंबई-1

1.12.61

भाभी,

पत्र दिल्ली से रिडायरेक्ट होकर मिला था। इतने दिन उत्तर न दे पाने का मुझे खेद है। बीच में कुछ दिन स्वास्थ्य ठीक नहीं रहा। कुछ काम भी करता रहा। इन दिनों अपना नया नाटक दोहरा रहा हूँ।

हम लोग दिल्ली वाला घर शीघ्र ही छोड़ देंगे। माँजी अभी अमृतसर में ही रहेंगी पुष्पा इन दिनों हिसार में ही है।

आशा है शशि की शादी ठीक से संपन्न हो गई होगी। मासीजी को मेरी ओर से बधाई भेज दें। मेरे पास उनका घर का पता नहीं है।

आशा है आपका और अश्कजी का स्वास्थ्य पहले से अच्छा होगा। घर में सबको स्नेह दें।

सस्नेह

राकेश

[172]

मोहन राकेश

5, इंडस कोर्ट, ए रोड, चर्चगेट रेक्लेमेशन, बंबई-1

21.12.61

अश्क भैया,

पत्र मिला। इन दिनों मैं डाक ऊपर के पते से मँगवा रहा हूँ—अगली बार इसी पते से लिखें।

आपने जो कुछ लिखा है, ठीक ही है। सद्‌भावना से लिखी गई बातों में व्यंग्य क्यों ढूँढूँगा ? जो भी उलझने पैदा हुई हैं, उनका बहुत-कुछ उत्तरदायित्व अपने ही ऊपर है, इसलिए तर्क करने की भी कोई बात नहीं है। किसी बात को लेकर थोड़ा-बहुत दृष्टि-भेद हो भी तो पूरे संदर्भ में वह एक गौण डिटेल ही होगी। मैं इतना साहसी और आशावादी नहीं हूँ कि फिर से निर्माण की बात सोच सकूँ। नियति में मुझे विश्वास नहीं है, हाँ अपनी असमर्थता का पूरा बोध अवश्य है। जीवन की पराजय में अपना जो चेहरा मैंने देखा है, उसे ईमानदारी से स्वीकार भी न करूँ, तो यह बददयानती होगी। मेरे पास इतनी

शक्ति नहीं है कि मैं वर्तमान की बागडोर अपने हाथ में ले सकूँ—वह बागडोर दिल्ली से चलने के दिन ही हाथ से छूट गई थी। अब तो जो जैसे होगा, उसे चुपचाप स्वीकार करता जाऊँगा। जो कुछ स्वीकार न हो सकेगा, उसे अस्वीकार करने के परिणाम को चुपचाप स्वीकार कर लूँगा। निर्माण की तरह संघर्ष का माद्दा भी अब मुझमें नहीं है। जो जैसे होगा, हो जाएगा। जानता हूँ कि दुःख मुझे ही नहीं, दूसरों को भी है ! परंतु जो दुःख मैं दूर नहीं कर सकता, उसे दूर करने की व्यर्थ जद्दोजहद भी क्यों करूँ ? जहाँ तक अपना सवाल है, अपने को दुःख के साथ—दुःख को अपने व्यक्तित्व का अनिवार्य भाग समझकर स्वीकार कर लेना चाहता हूँ। अपना या किसी का दुःख दूर करने के लिए—अपने या किसी के लिए किसी भी तरह की सुख की कल्पना के लिए—एक उत्साह चाहिए। वह उत्साह अब मुझमें नहीं है।[1]

आपका स्वास्थ्य कैसा है ? भाभी को तथा और सबको मेरा स्नेह दें।

सस्नेह
राकेश

[173]

कौशल्या अश्क

इलाहाबाद
2.1.62

प्रिय राकेश,

तुम्हारा 11.12.61 का पत्र यथासमय मिल गया था। मैं तभी उत्तर देना चाहती थी, पर लिख ही न पाई। कुछ काम की अधिकता, कुछ स्वास्थ्य की खराबी और कुछ अन्य परेशानियाँ रहीं। इस बीच तुम्हारी कहानी पढ़ी, अश्कजी को लिखा तुम्हारा खत पढ़ा ओर मन बेहद उदास हो गया।

बहुत-कुछ तुम्हारी कहानी से जान गई, कुछ इधर-उधर से सुना। अब क्या लिखूँ ? फिर पत्रों में वह सब कहा-सुना भी नहीं जा सकता। तुम्हें यहाँ आने को लिखा था, शायद अश्कजी ने भी लिखा है और फिर लिखने की बात ही नहीं। अपने भाई के घर यानी अपने ही घर आने में तुम्हें निमंत्रण की जरूरत नहीं। अश्कजी भी तुम्हारे लिए चिंतित हैं। मैं तुम्हें इतना विश्वास दिलाऊँगी कि यहाँ पर तुम्हें कोई परेशानी न होगी (जो है सो तो है ही, उसे शायद हम मिलकर कम करने का कोई रास्ता निकाल लें)।

---

1. यह पत्र अपनी दूसरी पत्नी पुष्पा से अलग होने के समय राकेश की मानसिक-स्थिति का महत्त्वपूर्ण साक्ष्य है।—सं.

जैसे पुशी, नरेंद्र ओर उमेश को परेशानी नहीं होने देते, वैसे ही तुम्हें भी नहीं होने देंगे। बात करने से शायद तुम्हारा मन कुछ हलका जाए।

माँजी को आज पत्र लिख रही हूँ। इधर भयानक सर्दी रही और इसका असर भी मेरे स्वास्थ्य पर अच्छा नहीं पड़ा। रोज माँजी को पत्र लिखने को सोचती रही, पर हाथ-पैर काम ही न करते थे। माँजी का सोचती हूँ तो मन और भी उदास हो जाता है। जहाँ उन्हें परिवार में—भरे-पूरे परिवार में रहना चाहिए था और उनके स्नेह का दान सबको मिलना चाहिए था, वहाँ वे अकेली पंजाब के एक कोने में बैठी हैं। कई बार हमें अपना जीवन, जीवन-धारा उन लोगों के लिए बदल लेनी चाहिए, जो हमें स्नेह करते हैं और जिन्हें हमारे स्नेह का संबल चाहिए। तुम इतना पढ़े-लिखे हो, लेखक हो, तुम्हें यह सब क्या लिखूँ। इतना जानती हूँ कि जरूरत पड़ने पर ऐसा कर सकती हूँ।

तुमने लिखा है कि तुम्हारे सिर में दर्द रहता है, treatment चल रहा है, पर एक बात तुम्हें बता दूँ—जब तक मानसिक रूप से तुम स्वस्थ नहीं होओगे (और इसके लिए अपनी पूरी इच्छाशक्ति से काम लेकर तुम्हें कोई रास्ता निकालना होगा) तब तक डॉक्टरों की दवाइयों और इंजेक्शनों से कुछ न होगा। परिस्थितियों पर तुम्हें काबू पाना चाहिए। जिंदगी में बड़ी-से-बड़ी मुसीबत का सामना आदमी कर सकता है। यों हाथ-पाँव छोड़कर नाव को नदी में छोड़ देना, कम-से-कम किसी पुरुष को शोभा नहीं देता। मेरी बातों पर विचार करके लिखो कौन-सा रास्ता तुम पकड़ रहे हो। माँजी का भी तुम्हें खयाल करना चाहिए और मैं कहती हूँ अपना भी खयाल करो। जीवन से भागना कायरता है। तुम कुछ दिनों के लिए यहाँ अवश्य आओ।

नया साल शुरू हो गया है। तुम्हारे लिए यह सुख-शांति लाए, यही कामना करती हूँ।

वीरेन कहाँ है ? उसे मेरा स्नेह और शुभकामनाएँ देना। उसका पता मुझे मालूम नहीं।

अश्कजी, उमेश, गुड्डा, बिम्मा और मिसेज डेविस—सभी तुम्हें याद करते और नए वर्ष की शुभकामनाएँ भेजते हैं।

बंबई में बेदी साहब से मिले हो या नहीं ? नहीं मिले तो उनसे अवश्य मिलो। उनसे बातें करके तुम्हें अच्छा लगेगा। वे बहुत ही स्नेही और हमदर्द मित्र हैं।

'अश्क : एक रंगीन व्यक्तित्व' लगभग तैयार है। अगले सप्ताह प्रति भेजूँगी।

और क्या कुछ लिख-लिखा रहे हो ? अपनी सेहत—शारीरिक और मानसिक दोनों—का खयाल रखो और सोचकर कोई रास्ता निकालो।

सस्नेह
तुम्हारी भाभी
कौशल्या

[174]

मोहन राकेश

अश्क भैया,

पत्र मिला। मैंने आपको किसी पहले पत्र में भी लिखा था कि बीतते हुए वर्षों के साथ मेरा यह विश्वास बढ़ता गया है कि यूँ तो किसी भी व्यक्ति के लिए—पर एक साहित्यकार के लिए विशेष रूप से यह आवश्यक है कि वह एक इंटेग्रेटिड व्यक्तित्व का विकास करे। परंतु यह विडंबना भी उत्तरोत्तर उसी मात्रा से सामने आती रही है कि जितना ही हम अपने अंतस और बाह्य में इंटेग्रेशन लाने का प्रयत्न करते हैं, उतना ही हम गलत समझे जाते हैं, उतना ही उस इंटेग्रेशन को तोड़ने का प्रयत्न दूसरों की ओर से किया जाता है। परंतु जीवन में सभी कुछ नहीं पाया जा सकता। इसलिए इस एक उपलब्धि के लिए जो कुछ भी खोना या होम करना पड़ेगा, उसे पहले से मन में स्वीकार करके चलना ही एक मात्र उपाय नजर आता है।

मैं इस अर्थ में पराजित महसूस नहीं करता कि मैं असमर्थ हूँ, अब कुछ नहीं कर सकता। हाँ, यह भाव मेरे अंदर जरूर है कि मैं जो कुछ जीवन में नहीं पा सका, उसे पाने का और प्रयत्न (घरेलू जीवन के क्षेत्र में) बेकार है। 'क' या 'ख' का बदलना असंभव है (मेरे हाथों—संभवतः इसलिए कि अपने धैर्य की परीक्षा ले चुकने पर धैर्य रखने का और धैर्य मुझमें नहीं रहा)—और किसी 'ग' के साथ वह कुछ मिल ही जाएगा, इसका क्या निश्चय है ? हाँ, मैंने अपने स्वभाव, अपनी प्रवृत्तियों और अपनी अपेक्षाओं को बदलने का प्रयत्न नहीं किया—ऐसा नहीं है। पिछला डेढ़ साल रात-दिन मैं अपने से लड़ा हूँ—मैं इस बार कतई हार स्वीकार नहीं करना चाहता था क्योंकि यह स्टेक मेरे ego का भी था। मगर जब उसमें भी कुछ नहीं हुआ (जिसका मुख्य कारण 'ख'[1] की मानसिक बेबसी ही है) तो मैं अपनी सीमा से आगे तक जाकर भी आखिर लौट आया। प्रयत्न इनसान कर सकता है मगर अपनी सामर्थ्य की सीमाओं में ही तो—और इसमें heredity का बहुत बड़ा हाथ रहा है। मैं अब इस झंझट में न पड़कर अपने को पूरी तरह दूसरे काम में लगाए रखना चाहता हूँ। कहाँ तक सफलता मिलेगी, कह नहीं सकता हूँ परंतु इस दिशा में मेरे अंदर विश्वास की कमी नहीं है। परसों मैं जमशेदपुर जा रहा हूँ। शायद कुछ अर्से के बाद इलाहाबाद भी आऊँ। ज्यादा बात मिलने पर ही हो सकेगी। मेरा जमशेदपुर का पता होगा : c/o Shri C. L. Revri, Research Director, Xavier's Labour Relations Instt. Jamshed Pur.

आशा है अब आपका और भाभी का स्वास्थ्य पहले से बेहतर होगा। मेरा स्वास्थ्य पिछले एक-डेढ़ सप्ताह से बेहतर चल रहा है। मैं इस समय अपने को ओरीजनल

1. पुष्पा

राइटिंग के लिए ताजा महसूस नहीं करता, इसलिए संस्कृत से कुछ अनुवाद कर रहा हूँ। सबको स्नेह दें।

सस्नेह
राकेश

[175]

मोहन राकेश

केयर ऑफ श्री आर एल रेवरी, रिसर्च डायरेक्टर
जेवियर्स लेबर रिलेशन इंस्टी., जमशेदपुर
11.1.62

भाभी,

बंबई से चलने से पहले ही आपका पत्र मिल गया था। मैंने वहाँ से उत्तर नहीं दिया—सोचा यहाँ पहुँचकर ही लिखूँगा। कल अश्कजी का पत्र भी यहाँ के पते से मिला है। दो-एक दिन में उन्हें भी लिखूँगा।

...पत्रों में ज्यादा बातें लिखी नहीं जा सकतीं—हाँ, इतना ही कह सकता हूँ कि आज की इस खानाबदोश जिंदगी के लिए इन दिनों मैं बिलकुल तैयार नहीं था। अपनी सीमाओं में जितनी कोशिश कर सकता था, उससे कहीं ज्यादा की, लेकिन बात नहीं बनी। माँजी की घर में जो दुर्गति हुई है, उसकी शायद आप कभी कल्पना भी नहीं कर सकतीं। अब कोशिश कर रहा हूँ कि किसी तरह उनके वीरेंद्र के साथ रहने की व्यवस्था हो जाए। और कोई उपाय नहीं है। शायद दो-एक महीने में ऐसा संभव हो सके। जहाँ तक अपना सवाल है, यह वर्तमान चाहे कितना भी बुरा है, उस जिंदगी से बुरा कदापि नहीं है। और भी जो बुरी-से-बुरी स्थिति हो सकती है, वह उस जिंदगी से बुरी नहीं होगी। अश्कजी ने बार-बार लिखा है कि मैं जिंदगी से सभी कुछ पाना चाहता हूँ। इस विषय में तर्क करने का भी मन नहीं होता। आखिर तर्क करके भी क्या होगा ?

इलाहाबाद आऊँगा—मगर कह नहीं सकता कब तक। इन दिनों कुछ काम शुरू कर रहा हूँ। शायद कुछ अर्से के बाद दो-एक दिन के लिए दिल्ली जाऊँ—तब इलाहाबाद रुकता हुआ जाऊँगा !

अश्कजी का स्वास्थ्य अब कैसा है ? और आपका ?

घर में सबको मेरा स्नेह दें।

सस्नेह
राकेश

[176]

मोहन राकेश

केयर ऑफ श्री आर एल रेवरी, रिसर्च डायरेक्टर
जेवियर्स लेबर रिलेशन इंस्टी., जमशेदपुर
29.1.62

अश्क भैया,

पत्र मिला था। कुछ दिन hack work में लगा रहा, फिर कलकत्ता चला गया था। लौटने के बाद से चेष्टा कर रहा हूँ कि नाटक 'लहरों के राजहंस' पूरा कर सकूँ। भाभी को पत्र लिखा था, वह उन्हें मिल गया होगा।

मैं फिलहाल यहीं हूँ—शायद कुछ सप्ताह और ठहरूँगा। आगे का जो भी कार्यक्रम होगा, आपको पता दूँगा।

पुस्तक मिल गई थी। बहुत अच्छी छपी है। जो लेख पढ़े हैं, उनमें बेदी, कृशनचंदर, मार्कंडेय और राजेंद्र यादव के लेख विशेष रूप से पसंद आए ! भाभी का लेख सबसे बाद में पढ़ूँगा।

यहाँ मौसम काफी अच्छा है और घर का-सा वातावरण भी है—इसलिए कोशिश करता हूँ कि काम में मन लगा रहे।

घर में सब छोटों और बड़ों को मेरा स्नेह दें। मिसेज डेविस को विशेष रूप से मेरी याद दिलाएँ।

सस्नेह
राकेश

[177]

मोहन राकेश

नई दिल्ली
17.2.62

भाभी,

मेरा पहला पत्र पहले मिल गया होगा। जमशेदपुर से एक पत्र अश्कजी को भी लिखा था।

मैं दो-एक रोज में यहाँ से चलकर कानपुर होता हुआ इलाहाबाद आऊँगा—मगर इस बार एक दिन से ज्यादा नहीं ठहर पाऊँगा। शीघ्र ही बंबई पहुँचकर मुझे पहली मार्च से माँजी और वरीन के लिए जगह की व्यवस्था करनी है। आप कृपया यह पत्र

मिलते ही 22 को तूफान से (और तूफान का टिकट न मिलने पर जिस किसी भी गाड़ी से) मेरी कलकत्ता की थर्ड की सीट रिजर्व करा दें। हो जाए, तो धक्कमक्के से बच जाऊँगा।

अश्कजी तथा शेष सभी को मेरा स्नेह दें।

सस्नेह
राकेश

[178]

मोहन राकेश

सारिका
कथा-रस-प्रधान सचित्र मासिक
12.3.62

अश्क भैया,

9 तारीख से मैंने यहाँ का कार्यभार सँभाल लिया है। आपकी कहानी बहुत शीघ्र आनी चाहिए। यदि इस मास के अंत तक भेज दें, तो मैं उसे जून अंक में दे सकूँगा।

आशा है अनुरोध को टालेंगे नहीं।

एकाध दिन में विस्तार से दूसरा पत्र लिखूँगा।

भाभी को नमस्कार कहें।

सस्नेह आपका,
मोहन राकेश
(राकेश)

[179]

मोहन राकेश

14.3.62

अश्क भैया,

मेरा एक पत्र आपको मिल चुका होगा। आकर सात-आठ दिन इतनी व्यस्तता रही है कि इत्मीनान से बैठकर दूसरा पत्र लिख नहीं पाया। पत्रिका का अप्रैल अंक छप चुका है और मई अंक प्रेस में है। मेरा पहला अंक जून का होगा जिसका मैटर मार्च

के अंत तक तैयार करके दे देना है। आपकी कहानी जून अंक के लिए मुझे अवश्य मिल जानी चाहिए। बेदी साहब उसी अंक के लिए अपना सेल्फ पोर्ट्रेट दे रहे हैं और उसे हम चित्रों के साथ छाप रहे हैं। आप अपनी कहानी तो भेजें ही—दूसरे मित्रों से भी अनुरोध करें कि वे अपनी कहानियाँ मुझे शीघ्र भेजें। मैंने सबको अलग से पत्र भी लिखे हैं। आठ-दस सप्ताह में यहाँ का काम कुछ व्यवस्थित करके ही उधर आऊँगा। रहने का इंतजाम अभी नहीं हुआ, इसलिए एक होटल में ठहरा हुआ हूँ। आशा है अप्रैल के आरंभ तक मुझे फ्लैट मिल जाएगा। आप कब तक आ रहे हैं, लिखिएगा। कुछ दिनों के लिए भाभी भी साथ आएँगी न ?

माँजी को मैंने पत्र लिखा था। उसका उत्तर दिया है दादीजी ने—कि 'बचन कौर अभी महीना-बीस दिन कहीं नहीं जा सकतीं।' इस हुक्म के बाद तो उनसे कुछ भी नहीं कहा जा सकता।

पत्र शीघ्र ही दें।

भाभी तथा सब बच्चों के लिए स्नेह सहित।

सस्नेह
राकेश

[180]

मोहन राकेश

5-इंडस कोर्ट, ए रोड, चर्चगेट रिक्लेमेशन रोड, बंबई-1
20.3.62

अश्क भैया,

पत्र मिल गया है। आपके स्वास्थ्य के संबंध में जानकर चिंता हुई। बेदी साहब से आज इसी विषय में बात होती रही। उन्होंने आपको पत्र लिखा है—यहाँ आने का अनुरोध करते हुए। आप जो भी कार्यक्रम बनाएँ, अपने स्वास्थ्य को ध्यान रखते हुए ही बनाएँ। हो सके तो कुछ अर्से के लिए भाभी को बाहर भी अपने साथ ही रखें।

आज बेदी साहब ने अपना 'सेल्फ पोर्ट्रेट' लिखकर दिया है। इतनी अनूठी चीज है कि क्या कहूँ। उनसे अनुरोध करके लिखवाना सचमुच सार्थक हो गया। सुबह उन्होंने खुद ही पढ़कर सुनाया था। मुझे सुनकर इतनी खुशी हुई कि मैं चाय की एक प्याली तोड़ बैठा।

आपकी मजबूरी को मैं समझता हूँ। मेरी हार्दिक इच्छा यही है कि आपकी एक चोटी की रचना पहले-पहले छापूँ। यूँ आपकी हर रचना का 'सारिका' में स्वागत है।

मैं 1-2 अप्रैल को एक कांफ्रेंस के सिलसिले में (जो टाइम्स ऑफ इंडिया की बुक-स्कीम के बारे में है) दिल्ली जाऊँगा। कोशिश कर रहा हूँ कि लखनऊ-इलाहाबाद होकर ही दिल्ली लौटूँ। उस हालत में जल्दी ही मुलाकात होने की संभावना है। अगर इन दिनों मेरा आना न हो सका, तो भी आप कहानी मेरे लिए जरूर भेजें—और जितनी जल्दी हो सके, उतनी जल्दी।

जून अंक से 'सारिका' में कुछ परिवर्तन होने लगेगा। अंक भेजूँगा। अपने कमेंट्स लिखिएगा।

भाभी तथा उमेश-बिम्मा-गुड्डे को स्नेह दीजिएगा। भाभी को अलग से पत्र दो-एक दिन में लिखूँगा।

सस्नेह
राकेश

[181]

मोहन राकेश

6, मेहता महल, बंबई-26
20.5.62

अश्क भैया,

बहुत चाहकर भी पहले पत्र नहीं लिख सका, इसके लिए शर्मिंदा हूँ। यहाँ आकर कुछ दिन काफी काम रहा—फिर दूसरी बार बीमार पड़ गया। बीमारी से उठा नहीं था कि पुष्पा वाला कांड फिर शुरू हो गया। इस तेरह को वह अचानक बंबई में नमूदार हो गई। जिन स्थितियों से बचना चाहता था, उनसे बच नहीं सका। आखिर मामला वकील के सुपुर्द करना पड़ा। तीन दिन उसे समझाया गया, मगर वह बाज नहीं आई। 17 को मैंने केस फाइल कर दिया। उसके बाद भी एक दिन वह धमकियाँ देती रही—केस की हियरिंग अब 25 जून को है। मामला कोर्ट में देने के बाद वह अपेक्षाकृत शांत है।

आपका स्वास्थ्य अब कैसा है ? पहाड़ पर जाने का क्या प्रोग्राम बना है ? बंबई वाला प्रोग्राम क्या बिलकुल स्थगित हो गया ?

भारती यू. के. गया है—छह सप्ताह के लिए। जून के तीसरे सप्ताह तक लौट आएगा। उसके आने पर पुस्तक के विषय में बात चलाऊँगा। कांता वाला मामला किसी तरह सुलझ जाए तो बहुत अच्छा है।

आपकी कहानी की प्रतीक्षा है। कभी दो दिन निकालकर लिख डालिए ? एक कहानी तो अब मुझे जल्दी मिल जानी चाहिए। अधिक-से-अधिक जून के प्रथम सप्ताह तक।

'सारिका' का अंक मिला होगा। पत्रिका का कलापक्ष अभी संतोषजनक नहीं हो पाया—उस पक्ष को सुधरने में दो-एक महीने और लगेंगे। अन्य दृष्टियों से आशा है अंक आपको पसंद आएगा। बेदी साहब का सेल्फ पोर्ट्रेट कैसा लगा ? उनकी एक बहुत अच्छी कहानी अगले अंक में जा रही है। उस अंक में कम-से-कम चार और कहानियाँ जा रही हैं जो बहुत अच्छी हैं !

अपना लिखना-लिखाना अभी कुछ नहीं हो रहा। भारती ने मेरा नया उपन्यास 'धर्मयुग' में शिड्यूल कर रखा है। आज से उसकी किस्तें लिखना आरंभ कर रहा हूँ।

'ग्लैमर' को मैंने एक पत्र लिखा था। उसने तसवीरों का बिल बिलकुल दूसरे हिसाब से बनाया है। यहाँ 'इलेस्ट्रेटिड वीकली' तक में श्रेष्ठतम फोटोग्राफरों की प्रकाशित तसवीरों पर अधिक-से-अधिक पंद्रह रुपए दिए जाते हैं—वह भी उन तसवीरों पर जो आधे पृष्ठ में छपती हैं। लखनऊ से बख्शी फोटोग्राफर ने (जिसका नाम 'ग्लैमर' ने ही सुझाया था) छह रुपए प्रति तसवीर के हिसाब से बिल भेजा है जिसका भुगतान हो गया है। दोनों बिलों में इतना फर्क होने से यहाँ मेरी स्थिति बहुत आकवर्ड हो रही है। अगर आप समझते हों कि उसने ठीक चार्ज किया है, तो दफ्तर से छह रुपए के हिसाब से पेमेंट करके जो बैलेंस बने वह मैं अपने पास से उसे भेज दूँगा। दूसरा तरीका यह हो सकता है कि जो तसवीरें हम प्रकाशित कर लें, उन पर पंद्रह रुपए प्रति तसवीर के हिसाब से पेमेंट करते जाएँ। मगर सबकी-सब तसवीरें इस्तेमाल नहीं हो पाएँगी क्योंकि कुछ तो ऐसी अनप्रिंटेबल तसवीरें हैं कि न जाने क्यों 'ग्लैमर' ने उनके तीन-तीन प्रिंट छापकर भेज दिए हैं। दूसरे, कुछ रिपीट तसवीरें हैं जिनमें दोनों-दोनों, तीनों-तीनों एक्सपोजर छाप लिये हैं। मैंने जुलाई में यह फोटो-फीचर प्रकाशित करने की घोषणा कर रखी है, मगर इस झगड़े की वजह से हो सकता है उसे अगले महीने तक स्थगित करना पड़े। आप उससे बात कर लें। जो भी फैसला आप करेंगे, मैं उसके अनुसार—यहाँ मामले को सुलझाने की कोशिश करूँगा।

भाभी को अलग से पत्र लिखूँगा—कल या परसों। उनसे इतना कह दें कि मेरा जो पाजामा-कुर्ता वहाँ है, उसके अनुसार ही नाप रखवा लें। वैसे सिविल लाइंस में दुकान के पास ही जो दर्जी है, उसने नाप लिया था।

घर में सबको मेरा स्नेह दें।

सस्नेह
राकेश

[182]

मोहन राकेश

6, मेहता महल, बंबई-26
27.5.62

भाभी,

पत्र मिला था। मैं यहाँ की रात-दिन की मारा-मारी में पहले पत्र नहीं लिख सका। अश्कजी के पत्र में मैंने संक्षेप में कपड़ों की बात लिख दी थी फिर भी अगर नाप की जरूरत हो तो लिख दें।

माँजी मथुरा से यहाँ पहुँच गई हैं। और स्थिति में कोई परिवर्तन नहीं है। मुझे मामला अदालत में इसलिए ले जाना पड़ा कि किसी भी तरह और कोई चारा नहीं रह गया था।

आपका क्या कार्यक्रम है ? अश्कजी का पहाड़ जाने का क्या प्रोग्राम बना है ? निकट भविष्य में बंबई कब आने का इरादा है ?

आपने कहा था कि आप शीघ्र ही अपनी कोई कहानी भेजेंगी। कब तक भेज रही हैं, लिखें।

मन इन दिनों काफी उदास है। यह अच्छा ही है कि बहुत-सा वक्त काम में निकल जाता है।

बेदी साहब से अकसर भेंट होती रहती है। तब आपका तथा अश्कजी का जिक्र हो जाता है। मेरे व्यक्तिगत मामले से भी वे परिचित हैं।

व्यक्तिगत पत्र घर के पते से लिखें तो बेहतर है।

उमेश, बिम्मा, पुशी तथा गुड्डे को हम सबकी ओर से स्नेह दें।

सस्नेह
राकेश

[183]

मोहन राकेश

6, मेहता महल, बंबई-26
28.5.62

अश्क भैया,

आज पत्र मिला। पढ़कर आश्चर्य हुआ कि आपको मेरा पत्र क्यों नहीं मिला। 'सारिका' की प्रति भी अब तक आपके पास पहुँच जानी चाहिए थी। मैं अभी इस

संबंध में पूछताछ करा रहा हूँ।

पत्र मैंने बहुत लंबा लिखा था और उसमें विस्तार से यहाँ का पूरा हाल दिया था। पिछले दिनों पुष्पा ने यहाँ आकर भी उसी तरह बखेड़ा मचाया था। स्थिति इतनी खराब हो गई कि मुझे पुलिस में रिपोर्ट भी करनी पड़ी और अदालत में मुकदमा भी। अब जो जैसे तय होना होगा, एक बार ही हो जाएगा।

आपका क्या प्रोग्राम बना है, लिखें। किस पहाड़ पर जा रहे हैं ? क्या बंबई आने का प्रोग्राम बिलकुल स्थगित हो गया ? मैंने फ्लैट ले लिया है जिसका पता ऊपर लिखा है। वार्डन रोड के पास है। भारती का फ्लैट इसी सड़क पर दूसरी बिल्डिंग में है। जगह ठीक है—आप आएँ, तो रहने के लिहाज से कोई असुविधा न होगी।

माँजी को यहाँ बुला लिया है। अब हालात जो भी करवट लें, मैं हर चीज के लिए तैयार हूँ।

आपको पिछले पत्र में मैंने 'ग्लैमर' के बारे में भी विस्तार से लिखा था। मैं खुद नहीं चाहता कि उसे नुकसान हो। तसवीरें मैं 29 में से 4-5 से ज्यादा नहीं लौटाऊँगा। शेष में से जो-जो छपती जाएँगी, उनके लिए 15 रुपए प्रति तसवीर के हिसाब से पेमेंट भिजवाता जाऊँगा। 6 तसवीरें जुलाई अंक में जा रही हैं। साथ 'लाइटर वेन' में उनका 'राइट-अप' रहेगा—'संतराम' के नाम से लिखा हुआ है।

बातें बहुत करने को हैं, मगर भेंट होने पर ही हो सकेंगी। बेदी का पोर्ट्रेट डॉ. मदान को छोड़कर और सबने बहुत पसंद किया है।

भाभी ने पाजामे-कुर्ते का नाप माँगा था। उनसे कहें कि जो पाजामा-कुर्ता मैं वहाँ छोड़ आया था, उसी के नाप के बनवा लें। वैसे सिविल लाइंस में दुकान के पास के एक दर्जी को नाप दिया था। तारीख उस दिन 6 या 7 अप्रैल थी।

घर में सबको स्नेह दें।

सस्नेह
राकेश

[184]

मोहन राकेश   8.6.62

अश्क भैया,

दोनों पत्र मिल गए। आप अगस्त-सितंबर में आ रहे हैं, यह जानकर प्रसन्नता हुई।

घरेलू परिस्थितियों के कारण इन दिनों मन काफी परेशान रहता है। फिर भी यथावत अपना काम किए जाता हूँ।

पाठकजी को कल तार दिया था। आज पत्र लिख रहा हूँ। मेरी ओर से उनसे अनुरोध करें कि वे मेरे पास ही ठहरें। मैं स्टेशन पर उनसे मिलूँगा।

भैरवजी का एतराज जुलाई अंक की घोषणा पर है—कुछ कहानीकारों के नामों को लेकर। इससे उन्होंने एक निष्कर्ष भी निकालने का प्रयत्न किया है। इस बात पर हँस ही लेता—मगर इन दिनों हँसी भी नहीं आती।

भारती आज लौट आया है। दोनों बातें करके अगले पत्र में लिखूँगा।

आप कहानी या अपने में संपूर्ण उपन्यास का अंश जिसे कहानी की तरह छापा जा सके—दोनों में से कोई भी चीज भेज दें। इन दिनों सितंबर अंक की तैयारी चल रही है और मेरी हार्दिक इच्छा है कि उसमें आपकी कोई चीज जरूर जाए। आप स्क्रिप्ट इन्हीं दिनों भिजवा दें—इस हफ्ते के अंदर-अंदर।

व्यक्तिगत परेशानियों की वजह से अभी कई योजनाएँ कार्यान्वित नहीं कर पाया। फिर भी कोशिश में हूँ।

आपका सेल्फ पोर्ट्रेट नवंबर में जरूर जाना है और उसका मैटर मुझे हर हालत में जुलाई में मिल जाना चाहिए। कहानी आप यहाँ आकर अगस्त में लिख दीजिएगा—सेल्फ पोर्ट्रेट के बाद उससे अगले अंक में कहानी भी जरूर देनी है।

मुझे बेदी का सेल्फ पोर्ट्रेट इसलिए पसंद है कि वह संस्मरणात्मक नहीं और अनुभूति तथा ईमानदारी के साथ बिना pretentions के लिखा गया है। बेदी की फिलॉसफी—वही जो 'अपने दुःख मुझे दे दो' में है—वह तो है ही।

भाभी से नमस्कार कहें तथा घर में सबको मेरा स्नेह दें। माँजी यहाँ आ गई हैं—पहले से बुढ़ियाई और थकी हुई।

सस्नेह
राकेश

[185]

मोहन राकेश 30.6.62

भाभी,

कुर्ते, पाजामे और जैकेट मिल गए।

अपने कुछ समाचार पाठकजी को बताए थे। मामला अदालत में दे देने से टेंशन कुछ कम ही हुआ है—रात-दिन वह भूत सिर पर नहीं मँडराता रहता। जहाँ तक परिणाम का सवाल है, उसकी चिंता मैंने छोड़ दी है। मन में अपने को हर तरह से तैयार भी कर लिया है।

नवनीत का समाचार आया था कि उसकी दाईं टाँग की हड्डी में कुछ खराबी आ गई है। उसके एक्स-रे भी आए थे। यहाँ के डॉक्टर वहाँ के डायनोसिस से सहमत नहीं हुए। वे बच्चे को खुद एक्जामिन करना चाहते हैं। मैंने यह बात वहाँ लिख दी है।

इलाहाबाद में मौसम कैसा है ? यहाँ बरसात शुरू है—दो महीने प्लेजेंट ही रहेंगे। अश्कजी के साथ आप भी आने का प्रोग्राम बनाइए !

घर में सबको हम सबका स्नेह दें।

सस्नेह
राकेश

[186]

मोहन राकेश

बंबई
30.6.62

अश्क भैया,

मेरे दोनों पत्र मिल गए होंगे।

जहाँ तक केस का सवाल है, मामला 25 जून से 10 जुलाई पर टल गया है। उनके वकील ने दो हफ्ते की मोहलत माँगी थी।

दिल्ली के तरह-तरह के समाचार आते रहते हैं। कभी वह कमला के यहाँ चक्कर लगाती है, कभी राजकमल, और धमकियाँ-अमकियाँ दे आती है। यहाँ भी कुछ अंडर हैंड तरीके इस्तेमाल करने की उनकी कोशिश है।...मगर अब तो मुझे आदत होती जा रही है।

...चमन और रेखा वहाँ आए थे, इसका पता मुझे पाठकजी से चल गया था।

उमेश का एक पत्र चंद दिन हुए आया था। उससे कहें कि अभी समीक्षा-स्तंभ मैंने आरंभ नहीं किया। जब यह स्तंभ आरंभ होगा तो मैं लिखकर पुस्तकें मँगवा लूँगा।

आप बंबई कब तक आ रहे हैं ? अपना निश्चित कार्यक्रम बनाकर मुझे पता दें। भारती से दोनों बातें मैंने कह दी थीं। उसने कहा है कि वह आपको लिखेगा। शायद अब तक लिखा भी हो। पुस्तकों की योजना आप यहाँ आने पर फाइनलाइज कर सकते हैं। बेदी भी आपके कार्यक्रम के बारे में पूछ रहे थे।

भाभी को अलग से पत्र लिख रहा हूँ।

सस्नेह
राकेश

पी. एस.
मैनूस्क्रिप्ट के लिए आज तार दिया है, वह तुरंत भेज दें—हर हालत में।

—राकेश

[187]

मोहन राकेश 3.7.62

अश्क भैया,

पत्र मिला है। इससे पहले मैं एक पत्र और लिख चुका हूँ।

स्थिति यह है कि आपके पिछले पत्र के आधार पर मैंने अगस्त अंक में आपकी रचना का शीर्षक 'जालंधर के गुंडे' घोषित कर दिया है। अगस्त अंक इस वक्त मशीन पर है और यह प्रोसेस कुछ ऐसा है कि हम इस वक्त कुछ भी बदल नहीं सकते।

आपका उपन्यासांश अभी नहीं पहुँचा–शायद आज ही डाक से मिले। यह पत्र मैं इसलिए लिख रहा हूँ कि अगर 'जालंधर के गुंडे' शीर्षक परिच्छेद ही मुझे भेज दें, तो छपी हुई अनाउंसमेंट गलत न होगी। मैनूस्क्रिप्ट मुझे...तारीख तक भी मिल जाए तो काम चल जाएगा। प्रस्तुत अंश मैं फिलहाल अपने पास रखूँगा। आपका पत्र मिलने पर ही उसे वापस भेजने-न भेजने की बात तय होगी। यदि दूसरा अंश नहीं आ सकेगा तो मैं इस अंश का उपयोग कर लूँगा। कोशिश जरूर करें कि मैं अनाउंसमेंट वाला अंश ही छाप सकूँ।

सेल्फ पोर्ट्रेट की उत्सुकता से प्रतीक्षा कर रहा हूँ। रंगीन चित्र बंबई में बन जाएगा। आप अगस्त में कब तक आने का विचार रखते हैं ?

भाभी के स्वास्थ्य के बारे में जानकर चिंतित हूँ। वे आपके साथ ही बंबई आएँगी या पहले आएँगी ? आपको और उन्हें ठहराना मेरे पास है, यह बात तय है।

'नए साहित्य के स्रष्टा' के संबंध में मैं लिख चुका हूँ कि आपके यहाँ आने पर योजना फाइनलाइज कर लेंगे। भारती का सहयोग प्राप्त करने में दिक्कत नहीं होगी, ऐसा मुझे लगता है।

केस की तारीख दस जुलाई है।

पत्रोत्तर शीघ्र दें। उपन्यासांश के बारे में तुरंत जानना आवश्यक है क्योंकि illustrations वगैरह के लिए भी समय चाहिए।

सबको मेरा स्नेह दें।

सस्नेह
राकेश

[188]

मोहन राकेश 4.7.62

अश्क भैया,

मेरे पहले पत्र मिल गए होंगे। उपन्यास का अंश कल तक नहीं मिला था। अगस्त अंक आज छप रहा है और शाम तक पूरा छप जाएगा, हालाँकि मार्केट में अभी दो सप्ताह बाद जाएगा। मैंने आपकी रचना का शीर्षक उसमें 'जालंधर के गुंडे' दे रखा था। (एनाउंसमेंट्स में) कल उसे बदलकर 'जिंदगी की एक कतरन' कर दिया है—जो कि उपन्यास के किसी भी अंश पर चल जाएगा। मैं नहीं चाहता था कि रचना का एनाउंसमेंट न जाए। इसीलिए यह स्वतंत्रता ली है। आशा है इसका बुरा न मानेंगे।

आपके बात कर लेने के बावजूद 'ग्लैमर' की तरफ से पत्र आ रहे हैं कि पूरी तसवीरों का पेमेंट उन्हें तुरंत चाहिए। मैं उन्हें पेमेंट 15 रुपए के हिसाब से ही भिजवा रहा हूँ, मगर तसवीरें छपने के साथ-साथ। इसी आशय का एक पत्र भी आज उन्हें लिख रहा हूँ। मुझे उनका इस तरह झगड़ा पैदा करना अच्छा नहीं लगा। आप ठीक समझें, तो एक बात हो सकती है। 10 तसवीरें उनकी छप चुकी हैं जिनका पेमेंट उन्हें कार्यालय से चला जाएगा। शेष में से 6 तसवीरें उन्हें लौटाई जा रही हैं। कुल 13 तसवीरें और बचती हैं। 13 तसवीरों के 195 रुपए मैं व्यक्तिगत रूप से आपको भेज देता हूँ, आप उन्हें पेमेंट करके उनसे इस आशय की रसीद ले लें कि उन 13 तसवीरों का रिप्रोडक्शन राइट आपके पास रहेगा। तसवीरें छपने पर मैं वाऊचर आपके नाम बनवा दूँगा और पेमेंट आपको भेज दूँगा। जब सब तसवीरें छप चुकेंगी तो आप मुझे हिसाब कर दीजिएगा। अगर उन्हें यह भी स्वीकार न हो, तो और क्या कर सकता हूँ, समझ में नहीं आता।

'ग्लैमर' ने कुछ रंगीन तसवीरें भेजी हैं जो सब टेकनीकल Deptt. ने रद्द कर दी हैं। ट्रांसपेरेंसियों के बारे में उनसे यही बात हुई थी कि वे तसवीरें भिजवाया करें, उनमें से अगर एक भी टेकनीकली ठीक होगी तो उस पर 35-40 रुपए का पेमेंट कराया जा सकेगा। मगर जो तसवीरें उन्होंने भेजी हैं, उनमें एक भी इस लायक नहीं कि उसे रिप्रोड्यूस किया जा सके। वे उन्हें लौटा रहा हूँ।

भाभी को तथा उमेश, पुशी, बिम्मा और गुड्डे को मेरा स्नेह दें।

सस्नेह
राकेश

[189]

सारिका

मोहन राकेश 13.7.62

अश्क भैया,

मेरा पहला पत्र मिला होगा। उपन्यास का अंश दो दिन पहले मिल जाता तो उसके असली शीर्षक की ही घोषणा की जा सकती थी। बहरहाल, अब छापने में आपका शीर्षक ही दूँगा। यह अंश विचार-प्रधान ज्यादा है। शुरू के हिस्से में से आपकी दी हुई छूट के अनुसार एक-डेढ़ पन्ना निकाल दिया है। बेदी साहब से मालूम हुआ कि आपने खुसरो बाग वाला घर खरीद लिया है, उसके लिए मेरी बहुत-बहुत बधाई।

नरेंद्र अभी वहीं होंगे। उन्हें और स्वर्ण को मेरा स्नेह दें।

भाभी का स्वास्थ्य अब कैसा है ? आप लोग बंबई कब आ रहे हैं ?

राजेंद्र आजकल यहीं है। दो-एक दिन में इलाहाबाद की ओर चलने की सोच रहा है। घर में सबको मेरा स्नेह दें।

सस्नेह आपका,
राकेश

पुनः

पिछला पत्र पोस्ट नहीं किया। अभी कागजों में मिला है। वह भी साथ भेज रहा हूँ।

[190]

मोहन राकेश 24.7.62

अश्क भैया,

पत्र मिला। सेल्फ पोर्ट्रेट भी आज की डाक से मिल गया है। भाभी के पत्र का उत्तर आज पोस्ट किया है।

उपन्यास का परिच्छेद 'जालंधरी मलजी योगी' छप रहा है। दूसरा अंश आने तक मैटर प्रेस में जा चुका था। वह अंश वापस भेज रहा हूँ। सेल्फ पोर्ट्रेट कल या परसों तक घर पर पढ़ूँगा। चाहता हूँ कि कुछ मैटर 'सारिका' के चार पृष्ठों (चित्रों सहित) आ सके। सत्रह पेज के लगभग साढ़े 5 पृष्ठ बनते हैं। मगर केवल इसी वजह से मैटर

को छेड़ना भी नहीं चाहूँगा। इस संबंध में विस्तार से 3-4 दिन में लिखूँगा। कहानी के संबंध में मेरा अनुरोध है कि उपन्यास का अंश न देकर कहानी ही दें। मैं जानता हूँ कि अच्छी कहानी जबर्दस्ती नहीं लिखी जाती है। उपन्यास का एक अंश पहले न गया होता तो बात दूसरी थी। एक अर्से से आपने कोई नई कहानी लिखी भी तो नहीं। इसी बहाने लिखी जाएगी। कहानी दिसंबर अंक में छपेगी, इसलिए अभी काफी समय है। दिसंबर अंक का मैटर अक्तूबर के प्रथम सप्ताह में प्रेस में जाएगा। आप 30 सितंबर तक भी कहानी भेज दें तो काम चल जाएगा। आशा है मेरा अनुरोध टालेंगे नहीं। सेल्फ पोर्ट्रेट के बाद हर लेखक की नई कहानी देने का सिलसिला इस तरह टूटेगा नहीं।

और बहुत-सी बातें करने को हैं और मैं उत्सुकता से आपके आने की प्रतीक्षा कर रहा हूँ।

भाभी से तथा सबसे यथायोग्य कहें।

सस्नेह
राकेश

[191]

सारिका

मोहन राकेश

31.7.62

अश्क भैया,

मेरा पहला पत्र मिल गया होगा। उपन्यास का 'गुंडे' शीर्षक अंश इस पत्र के साथ लौटा रहा हूँ।

सेल्फ-पोर्ट्रेट मैंने कल रात पढ़ा है। कई जगह तो बहुत ही सुंदर बन पड़ा है। जिन स्थलों पर तटस्थ आत्मविश्लेषण है, उनके लिए मैं विशेष रूप से बधाई देना चाहता हूँ। परंतु कुछ स्थलों से थोड़ा छोटा करना चाहूँगा। वे स्थल हैं, जहाँ दूसरों की चर्चा है। आपने यह अधिकार मुझे दिया है तो उसका कुछ-न-कुछ दुरुपयोग तो करूँगा ही।

भाभी के नाम पत्र अलग से लिख रहा हूँ।

आप बंबई कब तक आ रहे हैं ? यह इसलिए भी जानना चाहता हूँ कि आपका कलर-पोर्ट्रेट यहाँ स्टूडियो में बनवाने की इच्छा है। मैटर भेजने की आखिरी तारीख 10 सितंबर होगी। आप 7-8 सितंबर तक यहाँ आएँ तो काम हो सकता है। अन्यथा बाहर से आई हुई एक ट्रांसपेरेंसी इस्तेमाल करनी पड़ेगी, जो कि बहुत अच्छी नहीं है।

भाभी के तथा अपने स्वास्थ्य के संबंध में लिखें।

सस्नेह,
मोहन राकेश

संलग्न—उपन्यास का अंश

[192]

मोहन राकेश

6, मेहता महल, बंबई-26
31.7.62

भाभी,

कल रात आपका पत्र मिला। हैरान हूँ कि आपके पास खाली लिफाफा कैसे पहुँचा, मेरे पत्र का क्या हुआ। हो सकता है चपरासी से गलती हो गई हो। मगर पत्र यहाँ मेरी मेज पर भी तो नहीं है।

मैंने पत्र में यही लिखा था कि मैं तीन या चार तारीख तक एक हजार रुपए का ड्राफ्ट भेज रहा हूँ। चाहता था और ज्यादा भेज सकूँ, मगर एयरकंडीशनर और कार की किस्तें अदा करने में एक तो वैसे ही हिसाब बराबर हो जाता है—दूसरे मुकदमे के खर्च ने दबा रखा है। अगर पहले खयाल होता कि इस तरह मुकदमेबाजी शुरू करनी पड़ेगी तो कम-से-कम एयरकंडीशनर न लगवाता। मगर मेरी उतावली तबीयत तो आप जानती ही हैं। उन दिनों चाव-चाव में लगवा लिया। अब अपनी बेअक्ली पर रंज होता है—हालाँकि रात को ठंडे कमरे में सोकर यह रंज काफी हद तक दूर हो जाता है।

कल रात आपका पत्र पढ़ने के बाद आज सुबह तार दिया है। हजार रुपया जिस दोस्त से मँगवाया था (दिल्ली से) उसने ड्राफ्ट न भेजकर चेक भेज दिया था। चेक आठ-दस दिन हुए मैंने अपने हिसाब में जमा करा दिया था। उम्मीद है आज तक कैश होकर आ गया होगा। आज नहीं तो कल-परसों तक आ जाएगा। मैं ड्राफ्ट चार तारीख तक भेजूँ तो आपको छह या सात तक मिल जाएगा।

आप दादी बनने वाली हैं, इस खुशी में हम सबकी तरफ से बधाई स्वीकार करें।

माँजी फिलहाल यहीं हैं। बंबई के नौकरों के हाथों उन्हें खासा परेशान होना पड़ता है, इसलिए बीच-बीच में घबरा जाती हैं। एक नौकर ने मेरी घड़ी और कई और चीजें चुरा ली थीं। नौकर नहीं रहता, तो घर के काम में थक जाती हैं। मैं कोशिश में हूँ कि उन्हें अच्छा ईमानदार नौकर ढूँढ़कर दूँ। कई जगह कह रखा है। देखें।

अपने स्वास्थ्य के विषय में लिखें। बंबई कब तक आ रही हैं ?

अश्कजी को अलग से पत्र लिख रहा हूँ। एक पत्र उन्हें कल भी लिखा था।

सस्नेह
राकेश

[193]

मोहन राकेश

6, मेहता महल, बोमनजी रोड, बंबई-26
23.8.62

भाभी,

आपने लिखा था कि संक्षिप्त पत्र न लिखूँ, सो कई दिनों से पत्र लिखने की बात टलती रही। काम के अलावा मुकदमे की और दूसरी उलझनें भी थीं : साथ डायसेंट्री ने परेशान कर रखा था। तबीयत अब भी पूरी तरह ठीक नहीं है क्योंकि दवाई नियमित रूप से नहीं ले पाता।

नवनीत के पैरों की हड्डियों में कुछ नुक्स हो गया था, वह एक पैर से लँगड़ाकर चलने लगा था। अब भी वैसे ही चलता है। शीला ने देहरादून से उसके एक्स-रे भेजे थे। यहाँ विशेषज्ञों को दिखाया तो उन्होंने कहा कि वे स्वयं केस को देखना चाहेंगे। मैंने इसकी सूचना शीला को भेज दी थी। जिन दिनों यादव यहाँ था, उन्हीं दिनों वह भी नवनीत को लेकर आई हुई थी। शिवाजी पार्क में अपनी कजिन के यहाँ ठहरी थी। डॉ. ढोलकिया ने देखकर बताया कि साल-भर खास तरह का जूता पहनने से अपने-आप ठीक हो जाएगा। जूते वगैरह बनवा दिए थे।

नवनीत की पढ़ाई को लेकर भी एक मित्र के माध्यम से कुछ बातें हुई थीं। मेरी चेष्टा यह रही थी कि बच्चे के हित की बात को छोड़कर और कोई बात न उठे जिससे किसी तरह की गलतफहमी पैदा हो।

रुपयों की बात को लेकर आप मुझे शर्मिंदा न करें। हाथ में पैसे नहीं थे, इसलिए प्रबंध करने में थोड़े दिन लग गए। मैं डर ही रहा था कि कहीं रुपए समय के बाद न पहुँचे।

माँजी अभी यहीं रहने की सोचती हैं। अच्छा नौकर अभी नहीं मिला : काम चलाने के लिए एक माई है। आशा कर रहा हूँ कि शायद कोई आदमी जल्दी ही मिल जाए।

अपने बारे में ज्यादा नहीं सोचता : ज्यादातर अपने को व्यस्त रखता हूँ। जिंदगी में जो तोड़-फोड़ होनी थी, हो चुकी है। अब उसे लेकर सिर धुनने से क्या होगा ?

अभी तक मुकदमे की हियरिंग नहीं हुई। कागजी कार्यवाही चल रही है। अगली डेट 27 अगस्त है।

भारती से लेखों के बारे में बात की थी। उसने अश्कजी को उस विषय में लिखा होगा। एक लेख छप रहा है ? दूसरा शीघ्र ही छपेगा।

आप और अश्कजी कब आ रहे हैं, लिखें। और बातें मिलने पर होंगी। मैं 9 से 24 अक्तूबर तक कलकत्ता, गोहाटी और पटना जा रहा हूँ। आशा है कि उससे पहले ही आपसे यहाँ भेंट हो सकेगी। आने का प्रोग्राम सितंबर के तीसरे सप्ताह तक बना सकें तो बहुत ही अच्छा हो।

अश्कजी को तथा सब छोटों को स्नेह दें। अपने तथा अश्कजी के स्वास्थ्य के बारे में भी लिखें।

सस्नेह
राकेश

पी. एस.
माँजी सबको स्नेह भेज रही हैं।

[194]

मोहन राकेश

6, मेहता महल, बंबई-26
2.9.62

अश्क भैया,

कल एक पत्र दफ्तर से लिखा था। इस बीच अस्वस्थ रहने के कारण और कुछ हद तक मुकदमे की दौड़-धूप के कारण पत्र नहीं लिख पाया। भाभी के नाम एक पत्र लिखा था, मगर वह भी चार-पाँच दिन बैग में ही पड़ा रहा। आशा है अब तक उन्हें मिल गया होगा।

सेल्फ पोर्ट्रेट के लिए पहले चार की जगह पाँच पेज स्थान रखा था, मगर मैटर को देखते हुए एक फीचर निकालकर उसके लिए एक पेज और बढ़ाया। जिन कहानियों की घोषणा जा चुकी है, उन्हें देना तो जरूरी है ही। अब छह पेज में से एक कलर पोर्ट्रेट में चला जाएगा और बाकी पाँच में से लगभग पौन पेज दूसरी तसवीरें ले लेंगी। इस तरह सवा चार-साढ़े चार पेज बचेंगे जिनमें 4800 शब्दों से ज्यादा मैटर नहीं जा पाएगा।

लेख में से मैंने वही अंश निकाले हैं जो दूसरों के संबंध में हैं। सेल्फ पोर्ट्रेट के अंतर्गत दूसरों की आलोचना के लिए इतना अवकाश होना चाहिए या नहीं, यह एक अलग पक्ष है। इस संबंध में अलग-अलग राय हो सकती है। मैं व्यक्तिगत रूप से इसके हक में नही हूँ। ओरिएंटल कॉलेज वाले संस्मरण में से प्रोफेसर और उनकी रचना का नाम निकाल दिया है—अन्यथा उसे लेबलस (labelous) मैटर करार दिया जा सकता है।

जो मैटर जा रहा है, उसकी टाइपशुदा कापी आपकी स्वीकृति के लिए कल भेज दी है। आशा है आपको आपत्ति नहीं होगी। मैं आज से छुट्टी पर हूँ, इसलिए इस संबंध में पत्र घर के पते से ही लिखें। सेल्फ पोर्ट्रेट की घोषणा अक्तूबर अंक में छप गई है, फिर भी आपकी अनुमति प्राप्त होने पर ही मैं मैटर प्रेस में दूँगा। नवंबर अंक

का मैटर प्रेस में देने की आखिरी तारीख 10 सितंबर है, इसलिए पत्र मिलते ही मुझे इस संबंध में लिख दें। किसी कारण से आप पत्र न लिख सकें तो मैं समझ लूँगा कि आपको इसमें आपत्ति नहीं है।

आपकी कहानी मैंने दिसंबर की जगह जनवरी में शिड्यूल की है ताकि आप इत्मीनान से लिख सकें। अब कहानी 31 अक्तूबर तक भी मुझे मिल जाए तो ठीक है।

आशा है अब तक मकान-संबंधी दौड़-धूप से फुर्सत पा गए होंगे। बंबई का प्रोग्राम किन दिनों बना रहे हैं ? मैं 9 अक्तूबर तक टूर पर रहूँगा। ऐसा प्रोग्राम न बनाएँ कि आपके आने पर मैं यहाँ न रहूँ।

स्वास्थ्य कैसा है ?

घर में सबको स्नेह दें।

सस्नेह
राकेश

[195]

मोहन राकेश

10.9.62

अश्क भैया,

पत्र मिला। आपका एतराज बिलकुल ठीक है कि लेख बहुत दिनों से मेरे पास रखा था और मैं जल्दी आपको नहीं भेज सका। कारण मेरी व्यक्तिगत परेशानियाँ हैं। उनका सिलसिला कुछ इस तरह जुड़ता जाता है कि कई महत्त्वपूर्ण काम समय से नहीं हो पाते।

लेख की टंकित प्रति भेज रहा हूँ। पहले दो पेज जिनमें कोई काट-छाँट नहीं है, रख लिये हैं। कलर मैटर आज जा रहा है इसलिए वे पेज प्रेस में भेज रहा हूँ। शेष मैटर एक सप्ताह के लिए रोक लिया है। आप अपनी रुचि से संपादित करके भेज दें—मगर कृपया एकाध दिन में ही। देर मेरी तरफ से हुई है फिर भी यह मैटर मैं 17 तारीख को प्रेस में दूँगा। चिट्ठियों के देर से पहुँचने का कारण मैं नहीं जानता। आपका 7 का लिखा पत्र आज 10 को यहाँ मिला है। जो अंश निकाले गए थे—वे लाल पेंसिल के चौखटों में हैं। दूसरों से संबद्ध अंश स्याह पेंसिल से मार्जिन में रेखांकित हैं।

मेरा बाहर जाने का प्रोग्राम 9 से 24 अक्तूबर के बीच का है। आप अगर पहले न आ सकें तो 24 अक्तूबर के आगे का प्रोग्राम बनाएँ। उस हालत में मैं इलाहाबाद आ जाऊँगा और हम लोग साथ-साथ आ सकते हैं।

लेख मार्क करके कार्यालय में दे आया था। उसके बाद छुट्टी पर हूँ, इसलिए

टाइपशुदा कापी अभी नहीं देख पाया। आज दफ्तर से सहायक संपादक को बुलाया है—मैटर प्रेस में देने से पहले एक बार दिखा देने के लिए।

तबीयत बहुत ठीक नहीं है—मगर जैसे-तैसे अपने को घसीटने की कोशिश तो कर ही रहा हूँ। देखूँ कितने दिन इस तरह चलता है।

लेख मुझे पसंद नहीं है, यह आपने गलत सोचा है। हाँ, कुछ अंश 'सेल्फ पोर्ट्रेट' में जाने चाहिए या नहीं, इस संबंध में थोड़ा मतभेद जरूर है। इस संबंध में और चर्चा मिलने पर करेंगे ? कुछ और बातें भी विस्तार से करने को हैं—सवा-डेढ़ महीने में बंबई या इलाहाबाद में भेंट तो होगी ही।

भाभी से कहें कि वे जब भी चाहें आ जाएँ। मैं 9 को चला जाऊँगा मगर बाद में माँजी तो हैं ही। 9 से पहले आ सकें तो डॉक्टरों को दिखाने की सब व्यवस्था हो जाएगी ! अच्छा यही होगा कि वे जरा पहले आ जाएँ।

इस पत्र का उत्तर तथा लेख की संपादित प्रति कार्यालय के पते से ही भेजें।

सस्नेह
राकेश

[196]

मोहन राकेश

बंबई
11.9.62

भाभी,

अभी अदालत में पेशी भुगतकर आया हूँ और दस मिनट में फिर वकील के यहाँ जा रहा हूँ। एक बार एक पिक्चर देखी थी—'थ्री फेसिज ऑफ ईव', मगर पुष्पाजी के कितने चेहरे हैं, यह मेरे जैसा आदमी एक जिंदगी में नहीं जान सकता। जिस लड़की की वह कहानी थी, उसने अमरीका के अच्छे-अच्छे Psychiatrists को बौखला दिया था—मगर इस केस के सामने वह केस बहुत फीका और सीधा-सादा जान पड़ता है।

पत्र पुष्पाजी ने किसे नहीं लिखे—और किस-किस ढंग से नहीं लिखे। बच्चनजी से लेकर मेरे जालंधर के विद्यार्थियों तक, किस-किस के यहाँ वे स्वयं नहीं पहुँचीं ! किस-किससे उन्होंने अनुनय नहीं किया और किस-किसको धमकियाँ नहीं दीं !...और उनके दिल्ली परिभ्रमण में कांताजी भी उनके साथ थीं !

आप सितंबर में ही किसी तरह आ सकें तो बहुत अच्छा है। पूरी स्थिति आप मिलने पर ही जान सकेंगी। अपना प्रोग्राम जल्दी ही लिखें।

अश्कजी से कहें कि कम-से-कम इन दिनों किसी बात के लिए नाराज न हों। लेख

मैंने पूरा ही भेज दिया है—शुरू के हिस्से में भी कुछ निशान लगाकर। वे 4800 शब्दों तक जो भी मैटर चाहें भेज दें। मगर अभी स्थिति ऐसी है कि कुछ भी करने को मन नहीं होता। उपन्यास लिखना शुरू किया था, बंद कर दिया है। नौकरी भी निभ सकेगी या नहीं, नहीं जानता।

पत्र लिखें।

सस्नेह
राकेश

[197]

मोहन राकेश 1.10.62

अश्क भैया,

मैं 12 को दिल्ली चला गया था, 22 को सुबह लौटा हूँ। भाभी भी शायद 23 को वापस पहुँची होंगी। मुकदमे की स्थिति के बारे में पूरी बात उन्हें विस्तार से बता दी थी, उन्होंने आपको बताई होंगी।

आपके दोनों पत्र वापस आकर पढ़े हैं। मैंने जाने से पहले लिखा था कि लेख उसी रूप में छपेगा जिस रूप में आप उसे काटकर भेजेंगे। वह उसी रूप में छप रहा है। लेख रेखांकित करके कार्यालय में दे रखा था—उसमें निशान लाल पेंसिल की उलटी तरफ से लगे हैं, यह डिटेल याद न रखने के लिए भी दोषी हूँ। लेख वापस मँगवाने पर मुझे भी लगा था कि पहले हिस्से में से शायद आप कुछ काटना चाहेंगे। इसलिए कोई भी पृष्ठ यहाँ नहीं रोका था, पूरा लेख भेज दिया था। जाते हुए अपने सहायक से कहा था कि कवरिंग लेटर में यह बात एक्सप्लेन कर दे जो शायद उसने नहीं किया। मैं अपने सहायकों पर 'मैटर' के मामले में कहाँ तक निर्भर करता हूँ या कर सकता हूँ, यह बात केवल मैं ही जानता हूँ। आपने एक तरफ तो लिखा है कि काली पेंसिल के निशान लेख में नहीं थे और दूसरी तरफ कि वे अंश आपने निकाल दिए हैं ? लेख इस समय कार्यालय में है। स्ट्राइक के बाद फिर से आपको भेजूँगा ताकि काट-छाँट के अक्षरों की बनावट को भी एक बार देख लें।

मगर मुझे लगता है कि कहीं एक आधारभूत अविश्वास है जिसे मैं किसी भी प्रयत्न से दूर नहीं कर सकता। यह अविश्वास बार-बार और अलग-अलग परिस्थितियों में पैदा होता रहता है। उस अविश्वास से लड़ना भी मुझे गलत लगता है क्योंकि विश्वास होता जा रहा है कि उसे मैं दूर नहीं कर सकता।

नए और पुराने लेखकों के बारे में जिस रिजर्वेशन की बात आपने लिखी है उस

संबंध में अपना दृष्टिकोण मैं अगस्त अंक के संपादकीय में व्यक्त कर चुका हूँ और आपने अपने एक पत्र में उस दृष्टि का समर्थन भी किया था। राजेंद्र यादव से आपकी क्या बात हुई है यह मैं नहीं जानता, इसलिए उस पर टिप्पणी क्या करूँ ?

कहानी आप शीघ्र ही भेजें। पृष्ठ संख्या फीचर्स की बँधी हुई है, कहानियों की नहीं। कहानी आप सारिका के तीन पृष्ठों से लेकर आठ-दस पृष्ठों तक जितनी भी लंबी लिखी जाए, भेज दें। कहानी कब तक मुझे मिल जाएगी, लिखें।

भाभी को अलग से पत्र लिख रहा हूँ। दिल्ली में इस बार वे काफी कमजोर लगीं। मैं समझता हूँ कि उन्हें कुछ दिन जमकर आराम करना चाहिए—दवा से ज्यादा शायद यह 'हवा' कारगर हो।

सस्नेह
राकेश

[198]

मोहन राकेश 1.10.62

भाभी,

आशा है, ठीक-ठाक इलाहाबाद पहुँच गई होंगी।

मुकदमे की तारीख अब परसों है। आने के बाद से इसी सिलसिले में उलझा रहा हूँ। नरेंद्र का पत्र अभी नहीं आया। आपके पास आया हो तो लिखिएगा। साथ ही नरेंद्र का दिल्ली का पता भी।

स्ट्राइक की वजह से शायद कलकत्ता का प्रोग्राम बदलना पड़े। दो-एक दिन में निश्चय होगा। अगर कलकत्ता न गया, तो 21-22 को इलाहाबाद आना भी संभव नहीं होगा। वैसे अगर परसों तक भी स्ट्राइक खुल गई, तो मैं अपना प्रोग्राम बदलना नहीं चाहूँगा।

माँजी के लिए यहीं एक कमरा ले रहा हूँ। अभी कुछ अर्सा वरीन और वे साथ-साथ रहेंगे—छह-आठ महीने के बाद सोचेंगे कि आगे की क्या व्यवस्था ठीक होगी। मैं पहली तारीख को फ्लैट छोड़कर अपने लिए होटल में जगह ले रहा हूँ जैसा कि आपको बताया था। कार भी कंपनी को वापस कर रहा हूँ।

यहाँ आकर अश्कजी के दो पत्र पढ़े हैं। मुझे लगता है कि आपसी संबंध का जो आधार मैं मानता हूँ, वे बिलकुल नहीं मानते। उनके मन में एक गहरा अविश्वास है जिसे शायद मैं किसी भी तरह दूर नहीं कर सकता। दुःख होता है, मगर क्या किया जा सकता है ? विश्वास और अविश्वास तो इनसान के मन की चीज है—तर्क और

युक्तियों से उसे लादा नहीं जा सकता।

माँजी स्नेह भेजती हैं। करवा चौथ के लिए आशीर्वाद भी।

आशा है सब लोग सकुशल हैं। सबको हमारा स्नेह दें।

स्वास्थ्य की देखभाल चल रही है न ? बंबई कब आने का प्रोग्राम है ? अगर मैं 21-22 को वहाँ आ सका, तो मेरे साथ ही आएँगी न ? अगर न आ सका तो क्या प्रोग्राम होगा ?

पत्र दें।

सस्नेह
राकेश

[199]

मोहन राकेश 11.10.62

भाभी,

मेरा पहला पत्र मिला होगा। आपका उत्तर नहीं आया। स्वास्थ्य के संबंध में चिंतित हूँ। आशा है ठीक से देखभाल कर रही होंगी। काम-काज से छुट्टी लेना तो खैर आपके स्वभाव में है नहीं।

स्ट्राइक की वजह से मेरा कलकत्ता जाने का कार्यक्रम तीन सप्ताह के लिए टल गया है। लगता है कि अब नवंबर के पहले सप्ताह में ही जा पाऊँगा। नए कार्यक्रम का निश्चय आठ-दस दिन में होगा। निन्नी का पत्र आया था। उसे भी आज ही पत्र लिख रहा हूँ।

यहाँ के हाउस-रेंट के नियमों के कारण फ्लैट छोड़कर होटल में जाने के रास्ते में कठिनाई आ रही है। इन दिनों इस संबंध में कागजी कार्यवाही चल रही है। इस पहली तक बदलना तो अब असंभव ही है।

आपके बंबई आने का कार्यक्रम का क्या हुआ ? आप अक्तूबर-नवंबर में किन दिनों आ रही हैं, यह लिख दें तो मैं तदनुसार ही अपना कार्यक्रम बनाऊँ।

बेदी साहब मास्को से लौट आए हैं। मैं 15 दिन हुए मिसेज बेदी के साथ शशि के यहाँ हो आया था। कपड़े अभी भेजने हैं, दो-चार रोज में किसी दिन वरीन के हाथ भेज दूँगा या खुद दे आऊँगा।

अश्कजी ने भी पत्र का उत्तर नहीं दिया। उन्हें तथा अन्य सबको मेरा स्नेह दें। उनके लेख की ओरीजनल प्रति आज भिजवा रहा हूँ।

पत्र दें।

सस्नेह
राकेश

[200]

सारिका

मोहन राकेश 15.10.62

अश्क भैया,

मेरा पहला पत्र मिला होगा। झगड़े चलते रहेंगे, कहानी तो भेज ही दीजिए। नववर्षांक में जाएगी। इलस्ट्रेशन वगैरह बनवाने में भी समय लगेगा।

कहानी के लिए शब्द-संख्या का प्रतिबंध नहीं है। फीचर की पृष्ठ संख्या निश्चित होने से ही पिछली बार कठिनाई हुई थी।

भाभी के नाम पत्र जिस दिन भेजा है, उसी दिन की डाक से उनका पत्र मुझे मिला है। कल या परसों उन्हें दूसरा पत्र लिखूँगा।

पत्र दें।

सस्नेह
राकेश

[201]

मोहन राकेश 1.11.62

भाभी,

23 तारीख को कलकत्ता गया था। 28 तारीख को लौटकर आया हूँ।

नौकरी से मन उचाट हो रहा था, कई कारणों से, जिनमें से कुछ का आपको पता है। 16 अक्तूबर से छह महीने का नोटिस दे दिया है। उसी सिलसिले में कलकत्ता बुलाया गया था। चार दिन वहाँ बातें होती रहीं। मन मगर मानता नहीं है।

अपने आने के बारे में लिखें। अब जल्दी बाहर नहीं जाऊँगा। बहुत-सी बातें हैं करने को। आपके आने पर ही होंगी। अपना निश्चित कार्यक्रम बनाकर लिखें।

माँजी को आपका पत्र मिल गया है। वे अलग से आपको लिखेंगी। उनका कार्यक्रम भी आपके आने पर ही बनाएँगे।

घर में सबको स्नेह दें।

सस्नेह
राकेश

[202]

मोहन राकेश 1.11.62

अश्क भैया,

पत्र मिल गया था। मैंने पाठकजी को लिखा था कि कलकत्ते से आपको पत्र लिखूँगा। वहाँ इधर-उधर जाने-आने में लिखने का मौका नहीं मिला। नौकरी से त्यागपत्र की बात मैंने भाभी के पत्र में लिखी है।

आप कब यहाँ आ रहे हैं, लिखें। बेदी साहब से कल भेंट हुई थी। हम लोग उत्सुकता से प्रतीक्षा कर रहे हैं। कई बातें हैं, अब के और आगे के कार्यक्रम के बारे में जो आपके आने पर ही होंगी।

कहानी जरूर भेजें और जल्दी ही। वर्ना मुझे गिला रहेगा कि यहाँ रहते आपकी एक भी कहानी मुझे नहीं मिली।

पत्र शीघ्र ही लिखें। नवंबर में अब कहीं बाहर नहीं जाऊँगा, इतना तो निश्चय के साथ कह ही सक़ता हूँ।

और वहाँ के समाचार ?

सस्नेह
राकेश

[203]

मोहन राकेश 6, मेहता महल, बंबई-26
26.11.62

भाभी,

मैं बहुत दिनों से पत्र नहीं लिख सका—कारण अपनी मनःस्थिति के सिवा कुछ नहीं। अंदेशा था कि कहीं आप गलत अर्थ न ले लें और बंबई आने का कार्यक्रम फिर से न टाल दें, मगर कितनी ही बार कलम-कागज हाथ में लेकर भी कुछ लिखते नहीं बना। मनःस्थिति ऐसी क्यों हो गई है—खासतौर से पिछले दो-तीन महीनों से—मैं खुद भी ठीक से नहीं समझ पाता। मगर सच बात यह है कि जिंदगी की विडंबनाओं से लड़ना भी अब एक 'रूटीन'-सा लगने लगा है : केवल कर्त्तव्यवश वह 'रूटीन' पूरा किया जाता है—किसी आशा या उत्साह का स्पर्श उसमें प्रतीत नहीं होता।

दिल्ली से आने के बाद यहाँ अपना वातावरण और भी hollow प्रतीत होने लगा

था, खामखाह उसमें अपने को घसीटते जाना संभव नहीं जान पड़ा। आशा है दिसंबर के अंत या जनवरी के मध्य तक यहाँ से छुट्टी मिल जाएगी। फ्लैट दिसंबर के अंत में खाली कर रहा हूँ। इसके लिए नोटिस दे दिया है। माँजी वरीन के साथ रहेंगी, उनके लिए जगह की व्यवस्था भी दिसंबर के अंत तक हो जाएगी। अब रहा अपना सवाल, सो अपने लिए अभी तक कोई निश्चय नहीं किया। केस का फैसला होने तक रहना तो बंबई के आसपास ही होगा। दो-तीन हफ्ते बाद इस संबंध में निश्चय करूँगा।

आप कब तक बंबई पहुँच रही हैं, लिखें। अश्कजी से कहें कि मेरे पत्र न लिख पाने का गलत अर्थ न लें और जिस दिन भी चाहें मुझे गाड़ी के संबंध में तार देकर वहाँ से चल दें। अभी महीना-भर और यहाँ 'निश्चिंतता' है ही—कार्यक्रम इन्हीं दिनों का बने तो ज्यादा अच्छा रहेगा।

अश्कजी ने पुष्पा के पत्र तथा अपने उत्तर के संबंध में लिखा था। नरेंद्र तथा भैरवजी के पत्रों से मालूम हुआ कि वह इन दिनों दिल्ली में है। इसके बाद उसकी अगली मंजिल कौन-सी होगी, यह कहना मुश्किल है। मेरा खयाल है कि कानपुर, इलाहाबाद और कलकत्ता—इन तीनों में से किसी एक जगह की तरफ उसका प्रस्थान होगा। जालंधर और दिल्ली की गतिविधियों के साथ जो कार्यवाही बंबई में हो रही है, उसका ब्यौरा मिलने पर ही बता सकूँगा।

एक बात और। दिसंबर के अंत में इस व्यवस्था को समेटने और नई व्यवस्था करने के सिलसिले में शायद रुपए की जरूरत पड़े।

घर में सबको स्नेह दें।

सस्नेह
राकेश

[204]

मोहन राकेश — 29.11.62

अश्क भैया,

भाभी के नाम मेरा पत्र मिला होगा। कल भैरवजी के पत्र में पता चला कि आप दिल्ली नहीं गए, दो दिसंबर को जा रहे हैं।

मैं आपके बंबई आने की प्रतीक्षा में हूँ। हो सके तो दिसंबर में जरूर कार्यक्रम बनाएँ। फ्लैट 31 दिसंबर तक मेरे पास है। 1 जनवरी से मैं होटल में शिफ्ट कर जाऊँगा।

कहानी फरवरी के अंक में जा रही है। अन्य व्यस्तताओं के बीच समय निकालकर

आपने कहानी लिख ही डाली। मुझे बहुत पसंद आई। केशव प्रसाद मिश्र की कहानी भी उसी अंक में जा रही है।

मैं यहाँ से 15 फरवरी तक रिलीव हो जाऊँगा। आगे की बात मिलने पर...

पुष्पा की तरफ से केस के लिए प्रमाण जुटाने की जी-तोड़ कोशिश जारी है। आपका पत्र भी शायद वह इस प्रमाण में पेश करेगी कि इसका 'नॉर्मल पत्र-व्यवहार' सब लोगों से है। इस स्थिति को आप ध्यान में रखें, इसीलिए यह बात यहाँ लिख रहा हूँ।

अपने कार्यक्रम की सूचना दें। मैं पत्र की प्रतीक्षा में हूँ।

सस्नेह
राकेश

[205]

मोहन राकेश

31.12.62

भाभी,

कल नए साल का पहला दिन है। आपके, अश्कजी के तथा सारे परिवार के लिए मेरी हार्दिक शुभकामनाएँ। माँजी से मेरा प्रणाम भी कहें।

माँजी का प्रोग्राम बहुत अचानक बना—सब प्रोग्रामों की तरह। उन्होंने आपको बताया होगा। अब इरादा यही है कि स्थायी घर इलाहाबाद में रहे—स्थायी घर मतलब माँजी का निवास-स्थान। फिलहाल उन्हें एक कमरा और किचन ले दीजिए—25-30 रुपए तक का। बाद में मेरे हालात जरा ठीक होने पर, 50 रुपए तक की कोई बेहतर जगह ले दीजिएगा। अपनी किताबें और मोटा सामान भी तब वहीं शिफ्ट कर दूँगा ...अपने लिए घुमक्कड़ी का स्थायी पेशा बना लूँगा।

आपकी नाराजगी (मेरे कलकत्ता जाने को लेकर) बजा भी है, बेजा भी। मालिकों का फरमान जितने दिन नौकरी है, उतने दिन मानना ही होगा। उन्हीं की वजह से कलकत्ता में दो दिन ज्यादा रुकना पड़ा। श्री एल. सी. जैन का संदेश आया था कि वे कलकत्ता आ रहे हैं, मैं उनके लिए अवश्य रुकूँ।

अपने प्रोग्राम के बारे में विस्तार से अश्कजी के पत्र में लिखूँगा।

माँजी से कहिएगा पत्र लिखें। घर में सबको स्नेह।

सस्नेह
राकेश

[206]

मोहन राकेश

5, इंडस कोर्ट, ए रोड, चर्चगेट, बंबई-1
10.1.63

अश्क भैया,

कई दिनों से हर रोज पत्र लिखने की सोच रहा था, मगर किसी-न-किसी वजह से बात टल जाती थी। माँजी का इलाहाबाद का प्रोग्राम कुछ अचानक ही बना। यहाँ जगह देख रहा था, मगर ठीक किराए में कोई ढंग की जगह मिली नहीं। फ्लैट छोड़ने का नोटिस दिया जा चुका था। मगर कारण यही एक नहीं था। सारी स्थिति को दृष्टि में रखते हुए यह भी सोचा कि दो-एक साल जब तक मेरा कार्यक्रम अनिश्चित रहता है, तब तक बेहतर होगा यदि इलाहाबाद को ही अपना बेस कैंप बना लिया जाए। सामान और किताबें वगैरह वहाँ रखकर मुझे फिर जहाँ कहीं भी जाना-रहना होगा, मैं निश्चिंत होकर जा-रह सकूँगा। भाभी के और आपके पास रहने में माँजी के संबंध में भी निश्चिंतता रहेगी। इसीलए कुछ सामान माँजी के साथ भेज दिया है और किताबें वगैरह जगह मिलते ही वहाँ लाकर छोड़ जाऊँगा। मुझे विश्वास है कि आप खुद दिलचस्पी लें तो कोई-न-कोई अच्छी जगह शीघ्र ही मिल जाएगी। एक कमरा और रसोई या दो कमरे और रसोई की जगह होनी चाहिए। किराया 30 रुपए से 50 रुपए के बीच तक हो तो अच्छा है। मैं खुद तो ज्यादा अर्सा बाहर ही रहूँगा इसलिए जगह लेने में माँजी की सुविधा का ही विशेष रूप से ध्यान रखना है। माँजी भी सोचती थीं कि दिल्ली और अमृतसर की अपेक्षा वे इलाहाबाद में ही ज्यादा आराम से रह सकेंगी क्योंकि वहाँ भाभी के पास होने से उन्हें अकेलेपन का आभास नहीं होगा। आशा है आप समय देकर इसकी व्यवस्था कर देंगे। मैं किताबें जगह का प्रबंध होने के बाद ही भेजूँगा।[1]

राकेश

[207]

मोहन राकेश

11.1.63

भाभी,

पत्र अभी-अभी मिला है। मैं कल एक पत्र अश्कजी के नाम लिख चुका हूँ। परसों

1. इस पत्र का अंतिम अंश नहीं मिल सका।—सं.

एक पत्र माँजी के नाम लिखा था। मगर याद नहीं पड़ता कि वह पोस्ट कर दिया था या नहीं। पत्र लिखा था, यह याद है, मगर लिफाफे पर पता लिखने की बात याद नहीं आती। इधर-उधर खोजा है, मगर वह पत्र मिल भी नहीं रहा। माँजी के नाम दूसरा पत्र साथ भेज रहा हूँ।

मैं भी अभी उलझनों के कारण ही एक लंबे अर्से तक पत्र नहीं लिख सका था। जगह बदलनी थी, कुछ लोगों का हिसाब-किताब करना था। इन दिनों बाहर से भी लोग आते रहे। किसी को ठीक से अटैंड नहीं कर पाया, इसका भी दुःख है।

माँजी के स्वभाव को आप जानती हैं। यदि वे उतावली दिखती हैं (मकान के मामले में) तो उसका कारण भी आप समझ सकती हैं। बेटों के काम-काज में जुटे रहने की उन्हें ऐसी आदत बन चुकी है कि किसी और व्यवस्था में, सब तरह के सुख, और कहीं ज्यादा सुख मिलने पर भी कुछ अर्से के लिए उनका अपने को ठीक से जमा न पाना अस्वाभाविक नहीं। दूसरे, इस बुढ़ापे तक काम-काज करती हुई भी वे अकेली रहती रही हैं। इस तरह जो Introvert प्रकृति बन गई है, उसके कारण भी वे शायद अकेली जगह में रहने की जरूरत महसूस करती हों। मगर उन्होंने अमृतसर जाकर अपनी माँ और बहन के पास रहना पसंद नहीं किया, इसलिए मैं अच्छी तरह जानता हूँ कि आपके लिए उनके मन में क्या भाव है और उन्होंने इलाहाबाद में रहना ही क्यों पसंद किया है। आप समझदारी से इस स्थिति को स्वयं एनालाइज कर सकती हैं, मेरे लिखने की इसमें कोई बात नहीं है।

ढंग की जगह कुछ ज्यादा में—अर्थात 40,45,50,55 में भी मिले तो ले लीजिए। मैं नहीं चाहता कि माँजी को अकेली रहते हुए किसी तरह की असुविधा हो। हाँ, जगह आपके बहुत पास होनी चाहिए। पास में एक कमरा पचास में मिले, यह मुझे ज्यादा पसंद होगा बजाए इसके कि कमरा हो 30 रुपए का मगर दूर हो। 50 रुपए तक छोटे-छोटे दो कमरे की जगह हो तो ज्यादा अच्छा है क्योंकि उस हालत में मुझे भी उस घर को अपना बेस कैंप बनाने में सुविधा रहेगी। मैं इसके बाद नौकरी नहीं करना चाहता, इसलिए ऐसी जगह लेना ज्यादा अच्छा रहेगा जहाँ जरूरत पड़ने पर मैं दो-चार महीने रहकर काम भी कर सकूँ। अपनी किताबें-विताबें भी वहीं रख देना चाहता हूँ। मैं 15 फरवरी के बाद सीधा वहाँ आ जाऊँगा। मगर जगह का इंतजाम उसके पहले हो सके, तो इस दृष्टि से अच्छा होगा कि मैं यहाँ की जगह खाली करके किताबें वगैरह चलने से पहले यहाँ से भेज सकूँगा। मेरा इरादा मार्च में कलकत्ता और दिल्ली रहने का है और अप्रैल में किसी पहाड़ पर चले जाने का। जगह के संबंध में जितनी सावधानी आप बरतेंगे, मैं नहीं बरत सकता। आप देखें अगर लूकरगंज में 50-55 तक कोई जगह मिल सके—या फिर जो भी व्यवस्था आपको बेहतर लगे। मेरे अप्रूवल की उसमें कोई जरूरत नहीं। आप माँजी की जरूरतों को भी अच्छी तरह समझ सकती हैं और मेरी भी।

...शीला के संबंध में आपने जो कुछ लिखा है, वह स्थिति को देखने की एक दृष्टि

है। मगर मेरी दृष्टि इससे बिलकुल अलग है। पश्चात्ताप से, वह कितना भी वास्तविक क्यों न हो, बिगड़ी हुई जिंदगी सँवर नहीं जाती। मैंने जब शीला से शादी की थी मेरी उम्र 26 साल की थी। इन 21 सालों में जिंदगी जिन परिस्थितियों में से गुजरी है, उनके सूत्रपात का श्रेय किसे है ? मेरे अंदर इतनी क्षमा या उदारता नहीं है कि जिस व्यक्ति के कारण जिंदगी के सबसे खूबसूरत सालों की तबाही हुई हो, उसके पश्चात्ताप को उसका Compensation मान लूँ। साथ में माँ और भाई की जिंदगी का जो डिरेलमेंट हुआ, सो अलग ! इतना पराजित भी मैं नहीं हूँ कि अब 'बुढ़ापे के दिन शांति में' 'गुजारने के लिए या बच्चे का मुँह देखकर जीने के लिए' गुजरे हुए दिनों की कड़वाहट को नजरअंदाज कर दूँ। जिस दिन मन में इस तरह का पराजय का भाव जागेगा, उस दिन मेरी जिंदगी समाप्त हो चुकी होगी। शीला को यदि सचमुच पश्चात्ताप है, तो मैं इतना ही कह सकता हूँ कि पूरी एक जिंदगी भी उसके पश्चात्ताप के लिए काफी नहीं है। उसने मुझसे विवाह साधारण परिस्थिति में साधारण रूप से नहीं किया था—कुछ खोखले शब्दों का ताना-बाना बुनकर मुझे उसमें उलझाया था। यह मेरी अनुभवहीनता थी कि मैं उसमें उलझ गया। उस अनुभवहीनता का फल मैं आज तक भोग रहा हूँ। इसमें अगर आज उसे भी तकलीफ महसूस होती है, तो उसका इलाज क्या है ? पुष्पा वाले episode में मुझे बहुत तकलीफ हुई है, मगर उसमें विश्वासघात की चुभन नहीं है क्योंकि वहाँ 'विश्वास' का कोई सवाल नहीं था। That is a case of misplaced pity but with sheela it was a case of faith betraye दूसरा जख्म पहले जख्म को भर नहीं देता। विश्वासघात का जख्म और सब जख्मों से गहरा होता है। मैं नहीं जानता कि बात ठीक से कह पा रहा हूँ या नहीं मगर जिस विश्वास के साथ मैंने उसे अपनाया था, उसकी हत्या कब की हो चुकी है। अब 'कुम्हलाए हुए चुहेरे' (चेहरे) से उस मुर्दा विश्वास में जान नहीं पड़ती। वह अपनी जिंदगी जी रही है और मैं अपनी। दर्द दोनों जिंदगियों में हो सकता है, मगर उस दर्द में अब कहीं किसी तरह की साझेदारी नहीं है। लड़का बड़ा होकर मेरी बात को समझे या न समझे, मैं उसे भी महत्त्व नहीं देता। उसके लिए भी उसका ज्यादा महत्त्व नहीं होगा। समय के संदर्भ में, गुजरी हुई जिंदगियों का महत्त्व रह ही क्या जाता है ?

जन्मदिन की शुभकामनाएँ मिली थीं। कामना करें कि 'झूठ' और 'समझौते' से अपने को ज्यादा-से-ज्यादा बचाए रख सकूँ।

बच्ची को स्नेह दें।

सस्नेह
राकेश

[208]

उपेंद्रनाथ अश्क इलाहाबाद
20.1.63

प्रिय राकेश,

तुम्हारा पत्र समय से मिला गया था। तुम्हें कौशल्या ने उत्तर भी दे दिया था। माताजी स्वस्थ और प्रसन्न हैं। उन्होंने तुम्हें पत्र दिया होगा।

मैं इधर लगातार बीमार रहा हूँ, इसलिए चाहकर भी तुम्हें पत्र नहीं लिख सका। दिमाग कुछ बेतरह परेशान रहा है। दुनिया-जहान की दवाएँ खाने के बावजूद आराम न आ रहा था और इसी कारण मैं अशक्त होता जा रहा था और समझ में न आता था कि क्या करूँ। आखिर कुछ दिन पहले डॉक्टर ने एक्स-रे कराने को कहा। एक्स-रे के बाद ब्लड टेस्ट हुआ और पता चला कि मेरी पुरानी बीमारी ही कुछ उभर आई है। और मुझे जरा सावधानी बरतने की जरूरत है। इसे कहते हैं गरीबी में आटा गीला। मैं तो पहले ही कुछ कर्ज के कारण, कुछ कारोबार की मंदी के कारण बेतरह परेशान था, अब इसकी कसर रह गई थी। बहरहाल, डॉक्टर ने लंबा नुस्खा लिख दिया है। आज से स्टेप्टोमाइसिन-पेंसिलिन के इंजेक्शन लगेंगे और गोलियाँ, टॉनिक, कैलशियम और विटामिन बी-1 के इंट्रवीनस इंजेक्शन और take this life a little easy आदि-आदि...

सो इधर जो जिंदगी अनजाने ही कुछ fast हो चली थी, उस पर ब्रेक लगा दी है। और कोशिश कर रहा हूँ कि life को easily लेने का प्रयास करूँ, हालाँकि बड़ा कठिन लगता है—विशेषकर वर्तमान स्थिति में। लेकिन वह सब तो करना ही होगा, अगर जीना है।

माताजी पहले कुछ उतावली हो गई थीं। कौशल्या तीन-चार दिन मकानों के लिए घूमती रही। कहीं बरामदे को दो कमरों में परिवर्तित कर दिया गया था, कहीं बिजली न थी। खासी परेशानी हुई। फिर कौशल्या ने तय किया कि जहाँ हम रहते थे, वहाँ एक बड़ा कमरा और दो छोटे कमरे और बाथरूम और किचन खाली कर दिए जाएँ और वहाँ से किताबें दुकान पहुँचा दी जाएँ। और दुकान अभी न छोड़ी जाए। इस सूरत में जैसा तुम चाहते हो, वैसा भी हो जाएगा और जैसा माताजी चाहती हैं, वह भी हो जाएगा। वे चाहती थीं कि कभी कमला या वीरेन या तुम या कोई और आ जाए तो इतनी जगह तो होनी चाहिए कि सामान भी रखा जा सके और दो आदमी रह भी सकें।

मुझे तो इसमें कोई आपत्ति नहीं थी। पाठकजी ने भी यही कहा था। मैंने सिर्फ यही कहा कि एक महीने में कोई फर्क नहीं पड़ता है, माताजी घर ही में तो बैठी हैं, राकेश आ जाएगा तो पाँच-सात दिन में सब कुछ हो जाएगा। उन कमरों में छत का खपड़ा (खपरा) बदलने वाला है। थोड़ी worry और बीस-तीस रुपए का खर्चा है। अभी तो वहाँ किताबें भरी हैं, पर रहना होगा तो ढंग से सब ठीक करना होगा। चूँकि किताबों को सिविल लाइन

पहुँचने की बात है और अभी एक महीना उन्हें ढोकर यहाँ लाया गया और छाँटा-छँटाया गया है इसलिए मैं चाहता हूँ कि तुम इस arrangement को पसंद करो तो यह सब तरद्दुद किया जाए। अगर तुम्हें उन कमरों की याद है और तुम चाहते हो कि तुम्हारे आने से पहले सब हो जाए तो पत्र से लिख देना। बेहतर यही है कि जब आओ तो इच्छानुसार सब करा लेना। इस बहाने कुछ दिन यहाँ रहोगे ही।

सस्नेह
अश्क

पुनश्च
मेरी बात का कुछ गलत अर्थ न लगा लेना। तुम impulsive आदमी हो, इसलिए डरता हूँ कि तुम्हारी मनपसंद बात न हुई तो तुम्हें सब कुछ रद करने में देर नहीं लगती, इसलिए देख-जाँचकर arrangement किया जाए ताकि माताजी कुछ दिन इच्छानुसार शांति से रहें।

—अश्क

[209]

मोहन राकेश 3.2.63

भाभी,

मेरा तार मिल गया होगा। इतने दिन पत्र न लिख पाने के लिए अब क्या एक्स-प्लेनेशन दूँ ? एक्सप्लेनेशन कोई है भी तो नहीं।

माँजी का दिल वहाँ लग गया है, आपके पास हैं इसलिए चिंता की कोई जरूरत नहीं—असावधानी का प्रधान कारण यही था। मगर जानता हूँ कि इससे मेरी गैर-जिम्मेदारी कम नहीं होती।

जगह के संबंध में जो बात आपने सोची है, उससे अच्छी और और क्या चीज हो सकती है ? मैं समझता हूँ कि सबसे अच्छा सुझाव यही है कि माँजी उस घर के एक हिस्से में ही रहें। आप चाहे उसे अभी फाइनलाइज कर लें। मेरे आने पर ही फाइनलाइज करना चाहें तो वैसा कर लें। मैं 15 की जगह 19 की रात को चलूँगा—19 को मुकदमे की तारीख है। 20 की शाम को कलकत्ता मेल से इलाहाबाद पहुँचूँगा।

और सब बातें मिलने पर। अश्कजी को अलग से पत्र लिख रहा हूँ।

माँजी का पत्र साथ में है।

सादर सस्नेह
राकेश

[210]

कौशल्या अश्क

इलाहाबाद
6.2.63

प्रिय राकेश,

बहुत प्रतीक्षा के बाद आज तुम्हारा पत्र मिला। मैं सोच रही थी, तुमने विस्तार से लिखा होगा, किंतु तुमने बेगार ही टाली है। खैर, लंबा पत्र तो मन से ही लिखा जाता है, और मन को मजबूर नहीं किया जा सकता—कई बार अपने मन को मजबूर करना भी कठिन हो जाता है, फिर दूसरे के मन को कैसे मजबूर किया जाए।

मकान के बारे में तुमने अपनी सम्मति दे दी है। अब मैं पहले हो सका तो पहले नहीं तुम्हारे आने पर सब ठीक करा दूँगी। मुझे दिल्ली जाना है—15-16 फरवरी को—एकाध जरूरी काम है और फिर भाई साहब के लड़के की शादी भी है। अश्कजी तो शायद नहीं जा सकेंगे, पर हमें वहाँ पहुँचना जरूरी है। सो मैं और बिम्मा जाएँगे।

तुम जो सामान भेजना चाहो, बुक कराके भेज दो और बिल्टी रजिस्ट्री से भेज दो। तुमने अपने पिछले पत्र में लिखा था कि तुम दिल्ली और फिर कलकत्ता आओगे। बंबई से तुम सीधे दिल्ली आओ, 8-10 दिन वहाँ रहकर घूम-फिर लो और तब हम इकट्ठे इलाहाबाद आ जाएँगे। तुम कुछ दिन ठहरकर और माँजी की व्यवस्था देखकर कलकत्ता चले जाना। यों भी पहले बंबई से इलाहाबाद, फिर इलाहाबाद से दिल्ली, फिर दिल्ली से कलकत्ता—यह रूट उलटा पड़ता है। तुम सीधे इलाहाबाद आओ तो मेरे आने की प्रतीक्षा करना। मैं शादी के दूसरे ही दिन आ जाऊँगी।

एक बात कहना चाहती हूँ—विस्तार से मिलने पर करूँगी—तुम माँजी को एक जगह टिकने दो। तुम जगह-जगह भटकते फिरते हो, वे भी भटकती हैं। परेशाान भी होती हैं। उन्होंने काफी दुःख पा लिया है। अब शांति से उन्हें एक जगह रहने दो। तुम भी उसी जगह स्थायी घर बनाओ। मैं नहीं जानती यह सब लिखने का अधिकार मेरा है या नहीं, पर प्यार के अधिकार से मैं लिख रही हूँ। माँजी को दुखी और परेशान देखना मैं नहीं चाहती और यह भी चाहती हूँ कि तुम भी बेकार में न भटको, न परेशान हो। पता नहीं मैं अपनी भावना ठीक से व्यक्त कर पाई हूँ या नहीं, पर तुम मुझे misunderstand नहीं करोगे तो जरूर समझ गए होगे। मिलने पर बातें करेंगे।

अश्कजी को तुम्हारा कोई पत्र नहीं मिला। मेरे पत्र में तुमने लिखा है कि अश्कजी को अलग से लिख रहा हूँ, वे पूछ रहे थे। स्वास्थ्य उनका बहुत अच्छा नहीं। दवा, इंजेक्शन आदि बकायदा चल रहे हैं। बाहर आना-जाना बंद ही है। दुआ करो, वे शीघ्र ही स्वस्थ हो जाएँ।

अश्कजी का स्नेह लो। माताजी ने तुम्हें अलग से पत्र लिखा है, वह भी Post कर रही हूँ। वीरेन को हमारा स्नेह देना।

उत्तर जल्दी देना, लिखना बेकार है। तुम अपने ही ढंग से करोगे।

सस्नेह
तुम्हारी भाभी
कौशल्या

[211]

मोहन राकेश 7.2.63

अश्क भैया,

आजकल सिवाए हवाखोरी (या हरामखोरी) के कुछ काम नहीं। दफ्तर में एक हफ्ता और जाना है, मगर काम पूरा कर चुका हूँ, इसलिए सुबह जाने के बाद ही उठ आता हूँ। फिर दिन-भर मटरगश्ती, सिनेमा, समुद्रतट !

कभी-कभी मन मारकर लिखना-पढ़ना पड़ता है वर्ना वह भी नहीं। मुकदमे की तारीख 19 को न पड़ जाती तो 15 की शाम को ही यहाँ से रवाना हो जाता।

अम्माँ का दिल लग गया है, यह जानकर इतना रिलीफ हुआ कि चिट्ठी लिखने की जरूरत ही महसूस नहीं हुई। जगह की व्यवस्था जैसे ठीक समझें, कर लें। मेरे आने पर करना चाहें तो मैं यह पत्र लिखने के ठीक बारहवें रोज पहुँच जाऊँगा।

भाभी से कहूँ कि कबूतर के नाम लिखा उनका पत्र मिल गया है।

माँजी तथा भाभी को आदर तथा शेष सबको मेरा स्नेह दें।

सस्नेह
राकेश

[212]

मोहन राकेश

5, इंडस कोर्ट, ए रोड, चर्चगेट, बंबई-1
15.2.63

प्रिय भाई,

मैं आज 15 फरवरी से 'सारिका' के कार्यभार से मुक्त हो गया हूँ। यहाँ ग्यारह महीने के कार्यकाल में आपका जो स्नेह-सौहार्द तथा सहयोग प्राप्त हुआ है, उसके लिए आभार प्रकट करना अपना कर्त्तव्य समझता हूँ। मुझे विश्वास है कि यह स्नेह-सहयोग जीवन के अन्य संदर्भों में और भी सार्थक रूप ग्रहण करेगा।

सस्नेह साभार,
आपका,
राकेश

[213]

मोहन राकेश

20.2.63

अश्क भैया,

मेरा पहला पत्र मिला होगा। कल शाम श्रीयुत डॉक्टर धर्मवीर भारती ने काफी रस ले-लेकर यह बात बताई कि मैंने अपने पत्र में आपकी अस्वस्थता का जिक्र नहीं किया—और कि उसकी शिकायत आपने उसके पास भेजी है।

आपको बुरा लगा होगा, मैं मान सकता हूँ। मैंने पहले भी शायद लिखा था कि इन दिनों दिमाग की कुछ ऐसी हालत हो गई है कि पत्र लिखकर पोस्ट करना याद नहीं रहता और पोस्ट करके यह याद नहीं रहता कि पोस्ट कर दिया है या नहीं। उस दिन पत्र लिखने बैठा था इसी इरादे से कि यहाँ से हालात बयान करके अस्वस्थता में आपको और depress न करूँ—ऐसा कुछ लिखूँ जो थोड़ा cheer up कर सके। मगर लगता है कि जो मुख्य बात ध्यान में थी, वही लिखना भूल गया। मेरी यह बीमारी ऐसी है कि किसी डॉक्टर से इसका इलाज भी नहीं कराया जा सकता।

बहरहाल...आपका स्वास्थ्य आपके लिए उतना महत्त्वपूर्ण नहीं जितना सबके लिए है। औपचारिक बातों में आप विश्वास नहीं रखते—मैं भी नहीं रखता। दो पंक्तियाँ लिखना बहुत छोटी बात है—मगर मैं किसी भी रूप में कुछ कर सकूँ—इसके लिए आपका या भाभी का सिर्फ कह देना, या संकेत मात्र कर देना काफी है, यह आप जानते

हैं। मैं यह जानता हूँ कि अस्वस्थता जिंदगी की उन चुनौतियों में से है जिन्हें आपने बार-बार हराया है, हराते रहेंगे। मुझे वर्तमान की स्थिति के बारे में शीघ्र ही लिखें। सप्ताह-भर के लिए यहाँ और रुकना पड़ रहा है। कुछ कागजात फाइल करने हैं। शायद पहली मार्च तक चल पाऊँगा और सीधे इलाहाबाद आऊँगा। पत्र मुझे तीन-चार दिन में मिल जाएगा, इसकी पूरी आशा है।

घर में सबको स्नेह दें।

सस्नेह
राकेश

[214]

राजकमल प्रकाशन प्रा. लि.
मोहन राकेश
लिंक हाउस, नई दिल्ली
5.3.63

अश्क भैया,

बंबई से चलने से पहले मैंने तार दिया था। आज सुबह मैं यहाँ पहुँचा हूँ। भाभी से अभी टेलिफोन पर बात हुई थी। कुछ देर बाद उनसे भेंट होगी।

पहले यहाँ आने का कारण है नाटक की पांडुलिपि के संबंध में ओमप्रकाश का आग्रह। चार-पाँच दिन में काम पूरा करके संभवतः भाभी के साथ ही इलाहाबाद आऊँगा।

भैरवजी से आजकल में भेंट होगी ही। मैं नहीं जानता कि उनकी वास्तविक प्रतिक्रिया क्या है। परंतु 'सारिका' छोड़ने के बाद मैं आज भी चाहता हूँ कि मेरे सब मित्र 'सारिका' के लिए लिखें। इन मामलों में इतना सपोर्टिंग दृष्टिकोण तो होना ही चाहिए।

माँजी के नाम अलग से पत्र लिख रहा हूँ।

अब स्वास्थ्य कैसा है ? कृशन और बेदी भाई से वहाँ बात हुई थी। आशा है उन दोनों ने पत्र लिखे होंगे।

मेरा आगे का कार्यक्रम अभी अनिश्चित है। इलाहाबाद आऊँगा तो पूरी स्थिति डिस्कस करेंगे। फिलहाल विचार दो-एक महीने के लिए पहाड़ पर जाने का है।

सस्नेह
राकेश

[215]

राजकमल प्रकाशन प्रा. लि.

मोहन राकेश 13.3.63

अश्क भैया,

कल पहुँच गया। सफर आराम से कटा। बिस्तर नहीं था, ठंड जरूर लगी।

शीला के अंकल से दो घंटे बात हुई। मैंने उन्हें अपनी स्थिति स्पष्ट समझा दी थी कि (i) या तो शीला नवनीत की पूरी जिम्मेदारी मेरे ऊपर छोड़ दें; (ii) या अपनी जिम्मेदारी में उसे शिक्षा-दीक्षा दें और 100-150-200 जो भी रकम हर महीने उसके लिए मुझसे चाहिए, मुझे स्पष्ट बता दें। मैंने उनसे यह भी कहा कि इस विषय में वह जहाँ जिस समय बात करना चाहें, मैं चल सकता हूँ, मगर आपसी संबंधों को लेकर कोई और बात उसे करनी हो तो उसके लिए मैं तैयार नहीं। बाद में उन्होंने फोन पर बताया कि ऐसी स्थिति में शीला मिलने का कोई अर्थ नहीं समझती। मैंने नवनीत को बुला लिया और कुछ घंटे साथ रखकर वापस भेज दिया।

पुष्पा के जो रिश्तेदार मध्यस्थता कर रहे थे, उनका आज इस समय तक फोन नहीं आया। इसका मतलब यही है कि मामला कोर्ट में रहेगा।

आज से काम शुरू कर दिया है। कृशन को पत्र भी लिख दिया है। आप अपना प्रोग्राम लिखें।

राजेंद्र अवस्थी को पत्र डाल दिया है। वह आपको लिखेगा। नाम मेरे खयाल में ये ठीक रहेंगे—1. मोहन राकेश, 2. राजेंद्र यादव, 3. निर्मल वर्मा, 4. मन्नू भंडारी, 5. कमलेश्वर, 6. मार्कंडेय, 7. अमरकांत, 8. शेखर जोशी, 9. रामकुमार 10. रेणु, 11. शिवप्रसाद सिंह 12. हरिशंकर परसाई। और आप सोच लें।

सस्नेह
राकेश

पी. एस.

माँजी तथा भाभी से नमस्कार कहें। बच्चों को स्नेह दें। पाठकजी वाला काम हो गया ? उन्हें कल पत्र लिखूँगा।

—राकेश

[216]

मोहन राकेश 15.3.63

भाभी,

पत्र मिला। अश्कजी के नाम एक पत्र लिख चुका हूँ। शीला वाली बात उसमें लिख दी थी। पुष्पा के जो रिश्तेदार बात कर रहे थे, उनका फोन नहीं आया। मतलब, मामला जहाँ था, तहाँ है। मैं ज्यादा महत्त्व नहीं देना चाहता। मुकदमा चल रहा है, चलता रहेगा।

कुछ एक चीजें तुरंत पूरी करने की हैं—नाटक और दो कहानियाँ। नौकरी छोड़ने के बाद बिना कुछ किए-धरे महीना गुजर गया है। खर्च तीन-चार जगह का मीट करना है—बिना जमकर काम किए चल नहीं सकता। रोज-रोज के झगड़े-झंझटों में अनुकूल मनःस्थिति बनाकर काम करना मेरे जैसे आदमी के लिए यूँ भी आसान नहीं है। दो महीने से दादी माँ को पैसे नहीं भेज पाया। जैसे भी हो, ये 15 दिन मुझे काम के लिए निकालने ही हैं।

संकेत मैंने न समझा हो ऐसी बात नहीं। माँजी कभी अलग नहीं रहीं, इसलिए उनकी समस्याओं को, साथ ही उन्हें एट हाउस महसूस कराने की आपकी समस्याओं को अच्छी तरह समझता हूँ। मुझे इतनी जल्दी वहाँ से क्यों आना पड़ा, यह आप अच्छी तरह जानते हैं। यह बेघर-बार की जिंदगी मुझे सुख देती है, ऐसी बात नहीं।

मैं 15 दिन काम करके पहली तारीख के बाद—23 तारीख तक इलाहाबाद आ सकता हूँ। मगर मेरी वजह से अश्कजी का प्रोग्राम रुके, यह मैं नहीं चाहूँगा। अगर वे मार्च में पहाड़ पर जा रहे हों तो मुझे तार से सूचित कर दें, तुरंत चला आऊँगा। वर्ना अप्रैल के पहले हफ्ते में आकर माँजी को सैट करके और कहीं का प्रोग्राम बनाऊँगा। ओमप्रकाश से यह जानकर कि उन दिनों के...[1] का अश्कजी के स्वास्थ्य पर बुरा प्रभाव पड़ा, दुःख हुआ। आशा है अब स्वास्थ्य बेहतर होगा। उन्हें ज्यादा एग्ज़र्ट न करने दें। वे कुछ बातों को लेकर बहुत उत्तेजित हो जाते हैं जो कि उनके स्वास्थ्य की वर्तमान स्थिति में ठीक नहीं है।

एक बात और। आप माँजी के स्वभाव को जानती हैं, अब और जान गई हैं। आप बिलकुल frankly मुझे लिखें। विश्वास रखें मैं जरा भी misunderstand नहीं करूँगा। आपका अभीष्ट है कि माँजी को किसी तरह का कष्ट न हो। मेरा भी यह अभीष्ट है—साथ ही यह भी कि अनेकानेक और उलझनों के साथ आप एक और उलझन में न पड़ जाएँ। कुछ स्थितियों में आंतरिक भावना के रहते हुए कुछ practical कठिनाइयाँ आ जाती हैं। आप समझें कि यह बात और discuss कर लेनी चाहिए, तो वैसा भी कर सकते हैं। मुझे विस्तार में लिखें। हर दृष्टि से श्रेयस्कर होगा, इसकी गवाही आपका

---

1. मूल पत्र में यह शब्द पढ़ा नहीं जाता। संभवतः यहाँ Tension शब्द रहा होगा—सं.

मन देता है न ? यह इसलिए लिख रहा हूँ कि शीला का मामला वहाँ होने से तथा दूसरे कारणों से पैदा होनेवाले टेंशन का अश्कजी के स्वास्थ्य पर विपरीत प्रभाव पड़े ये चीजें उतना मैटर नहीं करतीं, मगर वर्तमान स्थिति में करती हैं।

बच्चों को स्नेह दें। अश्कजी को नमस्कार कहें।

सस्नेह
राकेश

[217]

मोहन राकेश

केयर ऑफ दि पोस्ट मास्टर, शिमला
20.3.63

भाभी,

पत्र मिला। मैं 15 रोज के लिए यहाँ चला आया हूँ। 2-3 तारीख तक दिल्ली आऊँगा। 7 की शाम को या 8 की सुबह इलाहाबाद पहुँचूँगा।

मकान के संबंध में जो दिक्कत है, उसे देखते हुए सारी स्थिति पर फिर से विचार कर लेंगे। निर्णय ऐसा ही करना चाहिए जिससे माँजी शांति से रहें और हम सब भी निश्चिंत हो सकें।

पत्र संक्षिप्त-सा ही लिख रहा हूँ जिससे अभी डाक से निकल जाए।

मन्नू के लिए कहानी लिख रहा हूँ—साथ-साथ नाटक रिवाइज कर रहा हूँ। आशा है चलने तक दोनों काम पूरे हो जाएँगे।

अश्कजी का स्वास्थ्य अब कैसा है ? मुकदमे के चक्कर में उन्हें ज्यादा एक्साइट न होने दें। एक्साइट होकर वे अपने स्वास्थ्य की बात भूल जाते हैं।

घर में सबको मेरा स्नेह दें।

सस्नेह
राकेश

[218]

मोहन राकेश

केयर ऑफ दि पोस्ट मास्टर, शिमला
23.3.63

भाभी,

पत्र मिला। मेरा यहाँ से लिखा हुआ पहला पत्र अब तक मिल गया होगा।

मैं यहाँ आते ही काम में व्यस्त हो गया था हालाँकि ज्यादा काम हो नहीं पाया। पहले मन्नू के लिए कहानी पूरी कर रहा हूँ। उसके बाद दस दिन लगकर नाटक का काम करूँगा। मेरे आने की तिथि में थोड़ा हेर-फेर हो सकती है, मगर मैं आऊँगा जरूर। 18 से तीन-चार दिन पहले ही। यहाँ कोशिश कर रहा हूँ कि वाई. एम. सी. ए. में तीन महीने रहने का इंतजाम हो जाए। ऐसा हो सका तो अभी दिल्ली में कमरा नहीं लूँगा, जुलाई के बाद ही देखूँगा। अपनी पॉकेट के लिहाज से वाई. एम. सी. ए. मुझे सूट भी करेगा। खाना-वाना साधारण होता है, मगर जगह मिल जाए तो रहने-खाने का कुल खर्च 155 रुपए महीना आता है। अभी उन लोगों ने निश्चित उत्तर नहीं दिया, लंबे अर्से के लिए वे सीजन के दिनों में लोगों को नहीं रखना चाहते। कल-परसों तक मुझे पता चल जाएगा। कृश्नचंदर ने प्रोग्राम कैंसिल कर दिया है, इसलिए अब काश्मीर जाने का सवाल नहीं है।

माँजी के लिए बिसारिया वाली या और भी (जो) जगह मिले, ले लें। मेरे आने तक इंतजार करने की जरूरत नहीं। आपने लिखा था कि माँजी की सांत्वना के लिए मेरा आना जरूरी है, इसलिए मैं आकर उनके पास चार-पाँच रोज रह जाऊँगा। अश्कजी का स्वास्थ्य अब कैसा है ? भैरवजी के पत्र के संबंध में जानकर दुःख हुआ। कोई उन्हें समझा कैसे सकता है ?

अश्कजी तथा अन्य सबको मेरा स्नेह दें। माँजी तथा मिसेज डेविस से मेरा प्रणाम कहें।

सस्नेह
राकेश

[219]

मोहन राकेश

केयर ऑफ दि पोस्ट मास्टर, कुफ्री (वाया शिमला)
8.4.63

भाभी,

पत्र दिल्ली से रिडायरेक्ट होकर मिला। परसों माँजी के नाम एक पत्र लिखा है जिसमें मैंने जिक्र किया था कि बहुत दिनों से आपका पत्र नहीं आया।

मैं 31 तारीख को शिमला से यहाँ चला आया था। शिमला में बहुत से 'साहित्यानुरागी' मिलने आने लगे थे जिससे काम नहीं हो पाता था। यहाँ आकर आठ रोज से एक तरह से रात-दिन काम कर रहा हूँ। मन्नू को कहानी लिखकर भेज दी है और अब नाटक 'लहरों के राजहंस' नए सिरे से लिख रहा हूँ। यहाँ आकर पहले का version पढ़ा तो

पसंद नहीं आया। उन दिनों की मनःस्थिति का प्रभाव और स्ट्रेन उस पर भी था। सो तय किया कि बिलकुल नए सिरे से लिखना चाहिए। कल दूसरा अंक पूरा हो जाएगा। तीसरा अंक अगर जल्दी हो गया तो 13 तारीख को कमलेश्वर और 'नई कहानियाँ', के फंक्शन में दिल्ली पहुँच जाऊँगा, वर्ना 15 को यहाँ से चलूँगा। लिखा हुआ हिस्सा साथ-साथ दिल्ली भेजता जा रहा हूँ जिससे छपाई शुरू हो जाए।

कमलेश्वर और ओमप्रकाश एक दिन के लिए शिमला आए थे, तभी कमलेश्वर के ज्वॉयन करने की बात तय हुई। जहाँ तक भैरवजी का सवाल है, उन्हें बड़े दिल या व्यक्तित्व का मालिक मैंने कभी नहीं समझा। अश्कजी को मुझसे इख्तिलाफ था, इसलिए मैंने बहुत बार सोचना चाहा कि शायद मैं ही गलती पर हूँ। उन्होंने जो कुछ लिखा या कहा है, वह अप्रत्याशित नहीं है—हालाँकि यह मैं जरूर सोचता था कि अश्कजी ने उनके लिए जो कुछ किया है, उसे नजर में रखते हुए वे कम-से-कम उन्हें स्पेयर करेंगे। 'धर्मयुग' वाली कहानी मैं नहीं पढ़ पाया। जब ओमप्रकाश ने मुझे बताया, उसके बाद बहुत कोशिश की, पर अंक नहीं मिला। दिल्ली जाकर पढ़ूँगा।

मैं 15 को भी यहाँ से चला तो एकाध दिन दिल्ली रुककर 19, हद-से-हद 20 तक इलाहाबाद पहुँच जाऊँगा। माँजी के लिए घर का इंतजाम आप कर लें। उसके लिए मेरे आने तक इंतजार करने की जरूरत नहीं।

अश्कजी से कहें कि वे ज्यादा परेशान न हों। इसका अर्थ इतना ही है कि चार-पाँच सौ रुपए की नौकरी कुछ लोगों के लिए सब सिद्धांतों और इनसानी मूल्यों से बड़ी चीज है। वे इस तरह के लोगों के बीच ज्यादा रहे हैं और उन्हें ज्यादा पहचानते हैं। वैसे जिंदगी में हिसाब-किताब सब बेबाक हो जाते हैं। पिछले पाँच-छह सालों में अपनी हरकतों से इन लोगों ने जो कुछ कमाया है, वह सामने ही है।

भोपाल से यह समाचार मिला है कि भैरवजी इलाहाबाद से 'युगकथा' निकाल रहे हैं। लिखनेवाले ने साथ यह टिप्पणी लिखी है : "वैसे 'युगव्यथा' नाम भी कुछ बुरा न रहता।"

अश्कजी तथा अन्य सबको मेरा स्नेह दें।

पत्र आपको 10 तक मिलेगा। उत्तर दिल्ली के पते से ही दें तो बेहतर है।

इलाहाबाद में गर्मी तो खूब पड़ रही होगी।

सादर सस्नेह
राकेश

[220]

मोहन राकेश 13.5.63

अश्क भैया,

उस दिन फोन पर मैंने कुछ चीजें लाने के लिए कहा था। अब सोचा है कि अच्छा होगा अगर माँजी आकर 15-20 दिन में मेरी जगह सेट कर दें। जगह ले लेने पर भी अभी यह बात यहाँ लोगों पर जाहिर नहीं की कि मैंने दिल्ली शिफ्ट कर लिया है। जितने भी दिन पुष्पाजी के प्रकोप से बचा जा सके, उतना ही अच्छा है। यहाँ लोगों से यही कहा है कि 15-20 दिन में पहाड़ पर जा रहा हूँ। इलाहाबाद में भी फिलहाल लोगों से यह न कहें कि मैंने दिल्ली में जगह ले ली है और यहाँ शिफ्ट कर गया हूँ। मुकदमे के हक में भी यह जरूरी है। मेरा पता अभी बंबई का ही रहना चाहिए।

आपके ड्राफ्ट के आधार पर दूसरा ड्राफ्ट आपके आने तक तैयार रहेगा। एक-एक प्वॉइंट पर हम सबने काफी विचार किया है। यह चीज छपनी जरूर चाहिए। और डिटेल्स आपके आने पर डिस्कस कर लेंगे।

भाभी से नमस्कार कहें तथा घर में सबको मेरा स्नेह दें।

सस्नेह
राकेश

पी. एस.

अगर माँजी के लिए उसी गाड़ी में सीट न मिले, तो उनसे कहें किसी भी बाद की गाड़ी से आ जाएँ।

—राकेश

[221]

मोहन राकेश नई दिल्ली-5
29.5.63

अश्क भैया,

भाभी से कहा था उसी दिन पत्र लिखूँगा, दो दिन लेट हो गया। चंडीगढ़ जाने का इरादा था, फिर वहाँ से कसौली आने का। कल डॉ. मदान से यहीं भेंट हो गई, सो चंडीगढ़ का रिजर्वेशन अभी कैंसिल करा दिया है। उधर बंबई से एयरकंडीशनर के आने

में कुछ दिक्कत है, शायद खुद उधर जाना पड़ेगा। इसलिए परिपत्र की सारी सामग्री डाक से परसों भेज दूँगा। देख लीजिएगा। राजेंद्र को भी अभी पत्र लिख रहा हूँ। भैरवजी के ओरीजनल लेटर भी साथ होंगे, वे भी उसे दिखा दीजिएगा। उसके बाद वह जैसा ठीक समझे। दिल्ली में भैरवजी की ज्यादतियों को लेकर अब प्रायः सभी के मन में सख्त रिज़ेंटमेंट है—दो-एक ऐसे लोगों को छोड़कर जो लोक-परलोक दोनों साधे रहना चाहते हैं। ऐसे लोगों के लिए भी उनके दोस्तों के मन में काफी रिज़ेंटमेंट है।

उस दिन अचानक 'युगकथा' के मिस्टर महाजन से भेंट हो गई। वे जिन शब्दों में अपने संपादक महोदय को याद कर रहे थे, वह अपने में एक अनुभव था।

बहरहाल, हम लोग एक नैतिक स्टैंड ले रहे हैं, जिसके लिए किसी को मजबूर करना ठीक नहीं। 'कहानी' प्रकरण में भैरवजी ने गंदे पत्र यादव को लिखे थे, मुझे नहीं। मगर उस वक्त उसके साथ मिलकर स्टैंड लेना और उन पत्रों के लिए भैरव का विरोध करना मेरे लिए एक नैतिक स्टैंड था। आज यादव जो भी नैतिक समझे, उसे वही करना चाहिए।

आपके पत्र की प्रतीक्षा रहेगी।

सस्नेह
राकेश

[222]

मोहन राकेश

8ए/54 डब्ल्यू. ई. ए., नई दिल्ली-5
8.7.63

भाभी,

एक अर्से से पत्र नहीं लिख पाया। कारण, गर्मी। सिवाए पड़े-पड़े हूँकने के इन दिनों काम ही नहीं। बीच में कुछ दिनों के लिए बंबई चला गया था। वापसी पर एक दिन उमेश से भेंट हुई थी, अचानक। सुना था नीलाभ भी आया था। दोनों में से मिलने कोई नहीं आया।

मुझसे लिखना-पढ़ना कुछ नहीं हो रहा। इस तरह जो स्थिति कुछ दिन बाद आनी चाहिए थी, वह लगता है जल्दी ही आ जाएगी। मगर नौकरी-औकरी तो करूँगा नहीं। जैसे चलेगा, चलाऊँगा। अम्माँ फिलहाल यहीं हैं। बरसात यहाँ शुरू नहीं हुई, सोचता हूँ मौसम जरा और अच्छा हो जाने पर 20-25 रोज बाद ही उन्हें भेजना ठीक होगा। असुविधा न हो तो इन दिनों मुझे 200 रुपए भिजवा सकेंगी ? भेजें तो एम. ओ. से ही भेजें। चाहता नहीं था कि लिखूँ, मगर इन दिनों जरूरत कुछ ऐसी है कि—मगर

सुविधा न हो तो तकलीफ में न पड़ें, मुझे सूचित कर दें।

और इलाहाबाद के क्या हाल हैं ? परिपत्र गर्मी की ही वजह से लेट हो गया है। उस संबंध में और अगले पत्र में लिखूँगा।

आंटी से प्रणाम कहें तथा शेष सबको मेरा स्नेह दें।

सस्नेह
राकेश

[223]

कौशल्या अश्क

6, मौरिस होटल, कसौली,
(इलाहाबाद)[1]
17.7.63

प्रिय राकेश,

तुम्हारा पत्र यथासमय मिला था, मैं उत्तर पहले ही देना चाहती थी किंतु मेरी तबीयत खासी खराब रही। आज कई दिनों के बाद दफ्तर आई हूँ।

तुमने 200 रुपए भेजने को लिखा है, मैं उसी समय भेज देती, किंतु बस कर ही नहीं सकी। एकाध दिन में जितना भी हो सकेगा, भेज दूँगी। तुमने जरूरत के वक्त मेरी सहायता की और मैं तुम्हारा ऋण भी समय से नहीं उतार सकी। आशा है तुम मेरी मजबूरी समझोगे और क्षमा कर दोगे।

माँजी आई नहीं। यहाँ पर 3-4 दिन मूसलाधार वर्षा होती रही। मकान दिखवा दिया था, एक दिन मैं भी गई थी। छत काफी टपकती है। पानी भरा था। निकलवा दिया है। आटे में कीड़ा लग गया है, बू भी आ रही है। सोचती हूँ किसी को दे दूँ। माँजी के आने तक तो पीपे में आटे की जगह कीड़ा-ही-कीड़ा हो जाएगा।

बिम्मा और उमेश 3-4 दिन तक दिल्ली पहुँचेंगे। भाई साहब के यहाँ ही ठहरेंगे। तुम्हारा घर उन्हें मालूम नहीं इसलिए तुम्हीं कष्ट करके उधर आ आओ तो अच्छा हो। या फिर उमेश कमलेश्वर के साथ आएगा। एकाध दिन रुककर वे कसौली जाएँगे।

मेरी तबीयत भी ठीक नहीं और जी भी अच्छा नहीं। बेहद थकान-सी लगती है। इंजेक्शन ले रही हूँ।

तुम भी माँजी के साथ कुछ दिनों के लिए चले आओ। तुमने कहा भी था कि जुलाई में आओगे।

1. यह पत्र कसौली के पैड पर है, लेकिन लिखा इलाहाबाद से ही गया है।—सं.

पत्र तुम्हारा मेरे पास नहीं इस समय। शायद तुमने कोई बात पूछी हो। इस समय लिखने बैठ गई हूँ कि पहले ही देर हो गई है। पत्र तुम्हारा पर्स से मिल गया है।

माँजी का सामान मैंने खोलकर नहीं देखा। तुम उनसे पूछ लो कि कोई खराब होनेवाली चीज तो नहीं। वर्षा के दिनों में उनका यहाँ रहना जरूरी है ताकि सामान वगैरह खराब न हो। बहरहाल, सलाह कर लो माँजी से।

माँजी को हम सबका प्रणाम कहना। आंटी तुम्हें प्यार भेजती हैं। माँजी को याद करती हैं।

यादव का क्या हाल है ? मन्नू की नौकरी का क्या हुआ ? उसे मेरी याद दिलाना और मन्नू वहीं हो तो मेरा स्नेह देना।

और कोई समाचार हो तो लिखो।

सस्नेह
तुम्हारी भाभी
कौशल्या

[224]

उपेंद्रनाथ अश्क

इलाहाबाद
17.7.63

प्रिय राकेश,

क्यों भई, दिल्ली जाकर बिलकुल ही भुला दिया। क्या कर रहे हो ? अपने हाल-चाल दो।

भैरव वाले पत्रों की तो अब कोई जरूरत नहीं रही होगी। कृपा कर रजिस्ट्री से भेज दो।

अपने नए नाटक की प्रति भी भेजो।

मेरा उपन्यास तो तुमने क्या पढ़ा होगा, पर जिसने भी पढ़ा हो, उसके impressions दो।

और क्या कर रहे हो, क्या लिख रहे हो ? बंबई गए थे, चंद्रगुप्त से मिले होंगे, क्या बातें हुईं ? विस्तार से लिखो।

सस्नेह
अश्क

पी. एस.
मेरा उपन्यास घोंघे की गति से चल रहा है। अभी तक केवल दस चैप्टर हुए हैं। पर लगा हुआ हूँ, कभी तो खत्म होगा ही।

—अश्क

[225]

मोहन राकेश — 8ए/54/ वेस्टर्न एक्सटेंशन एरिया, करोलबाग, नई दिल्ली-5

20.7.63

भाभी,

पत्र मिला। सोच ही रहा था कि तबीयत ठीक हो। बहुत दिनों से मेरी धारणा है कि आपको कभी महीने-दो महीने काम-धाम से अलग रहकर आराम करना चाहिए। मगर आप अपने को और-और उलझाए जाती हैं। न जाने कब आप बात सुनेंगी और अपने लिए कुछ वक्त निकालेंगी।

मुझे रुपए के लिए लिखना पड़ा, इसका सच मुझे बहुत दुःख है। बहुत कोशिश कर रहा था किसी तरह निभा लूँ, मगर इस महीने कमंद टूट ही गई। बहुत कोशिश करने पर भी नया काम कुछ हो नहीं पाया। पहाड़ पर जा नहीं सका, गर्मी में कुछ हुआ नहीं। पिछले महीने अपने बंबई के दोस्त (राज बेदी) से कुछ रुपए मँगवाकर काम चलाया था। इस बार फिर उसे लिखना अच्छा नहीं लगा। मगर आप किसी तरह की दुविधा में न पड़ें। जितना भेजना संभव हो, भेज दें और ज्यादा कठिनाई हो, तो रहने दें। मैं जैसे-कैसे कोई-न-कोई प्रबंध कर लूँगा।

माँजी को न भेजने में एक कारण यह भी था। अगले महीने के शुरू में शायद कुछ काम देकर पैसे ले सकूँ। तभी उन्हें भेजूँगा। बहुत करके वे 3-4 अगस्त को यहाँ से चलेंगी। मैं नहीं आ सकूँगा क्योंकि अब महीने-दो महीने जमकर काम करना बहुत जरूरी है। आजकल शाम को भी बहुत कम बाहर निकलता हूँ। उमेश से कहें कि कमलेश्वर को टेलिफोन पर अपना प्रोग्राम बता दे। उसी के अनुसार हम लोग मिलने का तय कर लेंगे।

माँजी सबके लिए स्नेह भेजती हैं। आंटी से मेरा तथा उनका नमस्कार कहें।

सस्नेह
राकेश

[226]

मोहन राकेश

8ए/54/ वेस्टर्न एक्सटेंशन एरिया, करोलबाग, नई दिल्ली-5
21.7.63

अश्क भैया,

पत्र मिला। कसौली से आने के बाद मैं बंबई चला गया था। फिर यादव और मन्नू आ गए। बातें रोज होती रहीं, मगर चिट्ठी नहीं लिख पाया।

'युगकथा' का एक अंक जो छप चुका था, दो-चार रोज में अगस्त अंक के रूप में छपकर आ जाएगा। सुना है पहला और आखिरी अंक वही होगा।

परिपत्र का काम लेट हो जाने से ढीला पड़ गया। इस वक्त उसकी उपयोगिता कितनी होगी, नहीं जानता। सोचता हूँ कि क्यों न इस सारी सामग्री को एक मेनिफेस्टो की शक्ल दे दी जाए ? अपने विचार लिखिएगा। नई कहानी और प्रगतिशील आंदोलन को लेकर काफी लंबी बातचीत बंबई में बन्ने भाई से हुई थी। और बातचीत यहाँ होगी। वे इस दिसंबर में लेखकों की एक कांफ्रेंस बुलाने की सोच रहे हैं।

चंद्रगुप्तजी से बंबई में खूब मजे की बातचीत हुई, उसके बाद वे यहाँ आए और यहाँ भी खासी गर्मागर्मी हुई। पूरा हाल मिलने पर बताऊँगा।

मौसम कैसा है ? यहाँ तो लगता है इस साल बरसातें पड़ेंगी ही नहीं।

सस्नेह
राकेश

[227]

कौशल्या अश्क

इलाहाबाद
26.7.63

प्रिय राकेश,

तुम्हारा स्नेह-भरा पत्र मिला, आभारी हूँ। तुम्हारा कहना ठीक है कि मुझे महीने-दो महीने काम-धाम से अलग हो आराम करना चाहिए, मैं भी ऐसा सोचती हूँ किंतु परिस्थितियाँ कुछ ऐसी उलझ जाती हैं कि अश्कजी के कहने पर भी मेरा मन नहीं मानता। मेरे उलझाने से कुछ नहीं होता, जाने कैसे चीजें उलझ जाती हैं। और तब मन होता है कि पहले यह सब कर लूँ, फिर किसी दूसरी बात का सोचूँ। काम ढीला हो, कोई मुसीबत आ पड़े तो अस्वस्थता में भी मन होता है—झपटकर काम करके रख दूँ।

सोचती हूँ, उमेश पूरी तरह सँभाल ले, गुड्डा 4-5 वर्ष में पढ़ाई खत्म कर ले तो एकदम ही छुट्टी ले लूँ और बैठकर पढ़ूँ-लिखूँ...तुमने इतना अच्छा पत्र लिखा है कि तबीयत खुश हो गई। अश्कजी का पत्र आया था कि मेरी तबीयत ज्यादा खराब हो तो वे चले आएँ। उन्हें लिख दिया है कि आप वहीं आराम करें और लिखें। मेरी तबीयत पहले से काफी अच्छी है और मैं एक जरूरी काम से 2 अगस्त को बंबई जा रही हूँ।

कमलेश्वर के पास मेरा 100 रुपया है जो उसे मासीजी को भेजने को कहा था। उसने अभी तक भेजा नहीं। मैंने कल ही उसे लिखा है कि वह 100 रुपया तुम्हें दे दे। मैंने तो उसे 50 रुपए और भी देने को लिखा है जो मैं उसे भेज दूँगी, लेकिन 100 रुपया तो मेरा उसके पास है ही। तुम मुझे लौटती डाक से पता दो कि उसने 100 रुपए तुम्हें दिया या नहीं। यदि न दिया हो तो मैं जैसे भी होगा, तुम्हें यहाँ से भेज दूँगी। मैं पहले ही भेज देती, किंतु बस...भेज ही नहीं सकी...मुझे कितना बुरा लगा होगा, इसका तुम अनुमान लगा सकते हो। लेकिन अब तुम मुझे लौटती डाक से लिखो। मुझे बहुत चिंता है।

मकान का तीन महीने का किराया नहीं दिया, यह संदेशा मुझे मिला था। अब माँजी आ जाएँगी तो दे दिया जाएगा। मरम्मत भी करा ली जाएगी। यह भी हो सकता है कि तुम 100 रुपए कमलेश्वर से ले लो, माँजी को यहाँ भेज दो, मैं उन्हें शेष रुपया यहाँ दे दूँ। मैं न भी होऊँगी तो रुपया मिसेज डेविस के पास छोड़ जाऊँगी। तुम जैसा लिखोगे, वैसा ही हो जाएगा।

उमेश और बिम्मा आते समय तुम्हें नहीं मिल सके। 4-5 अगस्त तक वे दिल्ली लौटेंगे और एकाध दिन रुककर चले आएँगे। आते-आते मिलेंगे भी। भाई साहब के यहाँ ही ठहरेंगे।

और सुनाओ, श्रीमतीजी का क्या हाल है ? तुम माँजी के साथ नहीं आ सकते, काम करना चाहते हो, ठीक है काम करो और तब कुछ दिन के लिए आओ।

माँजी को मेरा प्रणाम कहना। वीरेन को लिखो तो मेरा स्नेह भेजना। उसका पता भी मुझे लिखना और पत्र लौटती डाक से देना।

सस्नेह
तुम्हारी भाभी
कौशल्या

पुनश्च

आंटी माँजी को याद करती हैं और स्नेह-नमस्कार करती हैं। तुम्हें प्यार भेजती हैं। गुड्डे की माँजी को प्रणाम, तुम्हें प्रणाम भी और प्यार भी।

—कौशल्या

[228]

उपेंद्रनाथ अश्क

6, मौरिस होटल, कसौली
30.7.63

प्रिय राकेश,

तुम्हारा 21.7.63 का कृपापत्र मिला। यदि 'युगकथा' का एक ही issue भैरव के संपादकत्व में निकल रहा है, तो उस परिपत्र को छापने की जरूरत नहीं, यों भी यदि वह उनके परिपत्र के साथ ही निकल जाता तो उपयोगी होता। अब उस रूप में नहीं छापना चाहिए, ऐसा मेरा खयाल है, तुमने बेकार ही इतनी मेहनत करा ली। कम-से-कम सात पूरे दिन तो उस पर नष्ट हुए ही होंगे। खैर, उस समय की भावनाएँ कलमबंद हो गईं, यही काफी है।

अब पत्रों की तो जरूरत नहीं होगी, उन्हें रजिस्टर्ड पैकेट से भेज दो।

हाँ यदि मेनीफेस्टो में इस सामग्री का उपयोग कर सको तो अच्छा है।

मैंने तो चंद्रगुप्तजी को दो पत्र लिखे थे, अपनी स्कीम भी लिखी थी, पर उन्होंने लिखा कि उन्हें एक भी पत्र नहीं मिला। खैर, चार-छह महीने में कोई फर्क नहीं पड़ता। मेरा उपन्यास खत्म हो जाए तो यदि ओमप्रकाश और कमलेश्वर चाहेंगे तो ये 12 लेख 'नई कहानियाँ' में ही लिख दूँगा और ऐसे जमकर लिखूँगा—मेहनत से—कि सब मान जाएँ !

पिछले दो अंक 'नई क़हानियाँ' के मैंने देखे हैं, उनका get-up मुझे बहुत अच्छा लगा है, चित्र भी और रंग भी। कमलेश्वर और ओमप्रकाश को बधाई देना। पत्रिका के लेखकों में विस्तार और विभिन्नता भी आई है और यही होना भी चाहिए। पुराने लेखकों की कहानियों को पाठकों के सामने न जाने देकर, यदि तुम लोगों ने अपनी कहानियाँ जमाईं तो क्या तीर मारा। उनकी कहानियाँ भी छापो ताकि पाठकों को पता चले नए लेखक कहाँ उनसे आगे हैं। फिर वे चाहे जैनेंद्र और अज्ञेय की हों, चाहे यशपाल और नागर की या भगवती बाबू की। पुराने लेखकों की कहानियाँ यों भी तकरीबन (प्रसाद स्वरूप) छापनी चाहिए !

तुम्हारा पिछला कॉलम भी पढ़ा और यह भी। पिछला कॉलम मुझे अच्छा लगा और उससे मैं सहमत हूँ। केवल एक बात उस सिलसिले में कहनी है, 'शब्द किसी भी भाषा से लिखा जाए', प्रेमचंद ने एक बार मुझे परामर्श दिया था, 'उर्दू-फारसी, अंग्रेजी, अरबी कहीं से भी, खयाल यह रहे कि भाषा की रवानी और विचारों का क्रम बना रहे।' मैं प्रेमचंद के इसी परामर्श पर अमल करता आया हूँ, लेकिन नए लेखक उर्दू के शब्द गलत लिखते हैं और वर्षों से पुल्लिग में लिखे जाते शब्दों को स्त्रीलिंग और स्त्रीलिंग वालों को पुल्लिग लिखते हैं। और गलत या सही शब्दों में कोई नियम नहीं, इसे तुम कहाँ तक ठीक मानते हो ? क्या भाषा लिखते समय जरा भी क्रम की अपेक्षा नए लेखक

से तुम नहीं करते ? लिख सको तो इस विषय पर अपने कॉलम में लिखना।

इस बार का कॉलम भी मुझे अच्छा लगा। किंचित तिक्त हो गया है। बात कहो—उसी हास-परिहास, हलके व्यंग्य के लहजे में, तिक्तता मत आने दो।

दिल्ली के बारे में तुम्हारा कॉलम बहुत अच्छा लगा—विशेषकर उसका टी-हाउस के बाद का भाग—ये बुजुर्ग क्या जैनेंद्र थे अथवा विष्णु प्रभाकर। खैर, खूब खाका खींचा है उनका तुमने।

सस्नेह
अश्क

[229]

उपेंद्रनाथ अश्क

इलाहाबाद
13.8.63

प्रिय राकेश,

तुम्हारा पत्र कसौली में यथासमय मिला था। मेरी आँखें सहसा खराब हो गई थीं—ज्यादा काम करने के कारण—सोच रहा था कि तनिक ठीक होने पर तुम्हें लिखूँगा कि कौशल्या का तार मिला—27 को चंडीगढ़ पहुँचो। मैं 26 की शाम ही को पहुँच गया कि पौने पाँच बजे सुबह उसे स्टेशन पर receive कर सकूँ। चार दिन वहाँ काम निबटा कर लौटा तो कसौली पहुँचते ही पड़ गया। सर्दी खा गया। कौशल्या चार-पाँच दिन सामान बाँधती रही और फिर हम चल दिए। रास्ते में दो दिन चंडीगढ़ और दो दिन दिल्ली रुकते हुए परसों यहाँ पहुँचे। बेहद थक गए हैं, पर काम का अंबार है कि लगता है मरने पर ही मुक्त करेगा। उसमें हाथ लगाने से पहले तुम्हें ये पंक्तियाँ लिखने बैठ गया हूँ।

मैं उपन्यास नहीं खत्म कर सका। दो परिच्छेद हर कोशिश के बावजूद रह गए। आँखों ने आगे चलने से इनकार कर दिया। कोई खास तकलीफ नहीं, न कुकरे न कुछ और बस exhanstion। यों अब यह अगले वर्ष खत्म होगा। तो भी 18 परिच्छेद वहाँ लिखे। अब नाटक के अनुवाद में हाथ लगाऊँगा।

मदान साहब के यहाँ ठहरा था। वे तुम्हारे संबंध में बेहद चिंतित थे, और तुम्हारे खाते हिंदी लेखकों को कोस रहे थे। उनका खयाल है कि हमारे लिए औरत की कोई value नहीं और हम उसे केवल chattle समझते हैं। उसकी भावनाओं का हमारे निकट कोई मूल्य नहीं और हम निहायत गैर-जिम्मेदार हैं। तुम्हारे संदर्भ में वे केवल तुम्हारी स्थिति के आर्थिक पहलू से वे चिंतित थे, शेष को व्यक्तिगत बात समझते हैं। लेकिन

चिंतित बहुत हैं। मैंने उनको आश्वासन दिया था कि तुम प्रतिभासंपन्न आदमी हो और कहीं और नहीं तो फिल्म में कमा लोगे। तब उन्होंने कहा कि वह साहित्यकार नहीं रहेगा। तुम्हारी बात न सुनने या करने का फैसला करके भी वे सुनते, करते और चिंतित होते थे।

दिल्ली में मैं दो दिन रहा। ज्यादा आदमियों से नहीं मिला। पर जहाँ भी गया, तुम्हारी ही बात सुनी and you have succeeded in creating a sensation and I think you will be quite satisfied and happy about it.

हालाँकि मुझे तो तुम्हारे इस किस्से का केवल आभास-भर ही था, पर एक-दो जगह यह भी सुनना पड़ा कि जैसे मैं ही इसका कारण हूँ और मैंने ही तुम्हें बढ़ावा दे रखा है।...यह बात मैं कहने से अपने-आपको नहीं रोक सका कि यदि तुम इस बार के प्रयास में settle हो जाते हो, सफल होते हो, तो यह कितनी भी बड़ी बुराई क्यों न हो, मुझे कोई एतराज नहीं।[1]...मेरी यह बात किसी को पसंद नहीं आई। पर मैं ऐसा ही महसूस करता हूँ। लोगों को विश्वास नहीं कि तुम चला ले जाओगे। सफल होगे और सुख से रहोगे। तुम्हारी पिछली जिंदगी को देखते हुए लोगों का सोचना कुछ गलत भी नहीं, पर यह तो तुम्हीं पर निर्भर है कि तुम यह सिद्ध कर दो कि सब लोग गलत हैं और तुम ठीक हो। मैं तुम्हारी सफलता, सुख-शांति की कामना करता हूँ और मनाता हूँ कि तमाम परेशानियों के बावजूद तुम इस बार सफल हो जाओ।

मैं शारीरिक और आत्मिक परेशानियों में उलझा हूँ। विस्तार से फिर लिखूँगा। माताजी आई थीं। मैं किसी को फोन कर रहा था। ऐनक उतार रखी थी। समझा कौशल्या बैठी है। ऐनक लगाई तो माताजी को देखा। वे जल्दी में थीं। फिर आने को कहकर चली गईं। कल या परसों उधर जाऊँगा। अनीता को स्नेह देना।

सस्नेह
अश्क

[230]

मोहन राकेश

5, इंडस कोर्ट, ए रोड, चर्चगेट, बंबई-1
21.8.63

अश्क भैया,

इतने दिन पत्र न लिख पाने के कई एक कारण रहे हैं। भाभी के यहाँ रहते एक

1. संदर्भ-राकेश का अनीता औलक से प्रेम संबंध-विवाह

पत्र लिखा भी था, पर वह चार दिन बाद जेब में ही पड़ा मिल गया।

कुछ समाचार आप तक पहुँचे होंगे। दिल्ली में हुई वारदात ने दिल्ली छोड़ने पर मजबूर कर दिया—खास तौर पर इसलिए कि गुंडे को सजा हो जाने से उसका सारा गिरोह खिलाफ हो गया था।[1] अब इरादा फिर से कुछ अर्सा बंबई में रहने का है।

अनीता दिल्ली से साथ आई थी।[2] बंबई में उसका मन लग गया है। भाभी उससे मिली भी थीं।

मालूम हुआ था कि आप सितंबर में लौटकर आ रहे हैं। मैं आज दिल्ली जा रहा हूँ। 24-25 को लौटूँगा। उसके बाद 3-4 महीने जमकर काम करने का इरादा है।

साहित्य और साहित्यिक राजनीति से इन दिनों बिलकुल कटा हुआ हूँ। अभी तक रहने के लिए जगह भी नहीं ढूँढ़ पाया। फिलहाल एक दोस्त (राज) के यहाँ ठहरा हूँ।

घटनाएँ और उनकी प्रतिक्रियाएँ काफी कॉम्पलीकेटिड हैं। विस्तार से मिलने पर बताऊँगा।

उपन्यास आधा पढ़ा था जब दिल्ली से चलना पड़ा। बंबई में जमकर उसके संबंध में विस्तार से लिखूँगा।

परेशानियाँ काफी हैं, मगर अब आदत हो चुकी है।

पत्र बंबई के पते से ही दें।

सस्नेह
राकेश

[231]

मित्र प्रकाशन प्राइवेट लिमिटेड, इलाहाबाद

माया
वार्षिक विशेषांक अतिरिक्त अंक

उपेंद्रनाथ अश्क

विशेष संपादक : उपेंद्रनाथ अश्क
कैंप शेठिया सदन, माटुंगा, बंबई-19
1.9.63

प्रिय राकेश,

आशा है तुम और अनीता पूर्णतः स्वस्थ और सानंद हो।

मैं यहाँ 24 को पहुँचा था। 25 को पुणे चला गया। दो दिन वहाँ रह कर वापस आया हूँ। यहाँ दो-एक जगह महाराष्ट्र के रंगकर्मियों के सामने मैंने नाटक सुनाया है।

संदर्भ-1. राकेश की कहानी 'ठहरा हुआ चाकू' 2. चंद सतरें और...—अनीता राकेश

उसमें कुछ टाइप की गलतियाँ हैं, कुछ पुनरावृत्तियाँ हैं, और भी दो-एक त्रुटियाँ, जो मैं ठीक कर रहा हूँ। मैं दिल्ली में ज्यादा दिन गुजारना चाहता था, पर मेरी सीट 5 तारीख को बुक हुई है। मैं पाँच तारीख को डीलक्स में सवार होकर छह तारीख को साढ़े दस बजे नई दिल्ली पहुँचूँगा और 9 की शाम को इलाहाबाद के लिए चल दूँगा। मैं आते ही तुम्हें contact करूँगा। यदि तुम इस बीच में नेमि से मेरा नाटक लेकर पढ़ डालो तो मैं बहुत आभारी हूँगा। यों मैं एक script revise करके जाऊँगा, पर तुम्हारी suggestions मैं चाहता हूँ। मैं नाटक के इतना नजदीक हूँ कि उसकी सारी त्रुटियाँ नहीं देख सकता। यों बंबई में लोगों ने पसंद किया है। पुणे में भी पसंद किया है, पर सुनाते समय मुझे इसमें कुछ दोष दिखाई दिए हैं, जो मैं ठीक कर दूँगा।

जैसा कि तुम Pad से जानोगे, दूधनाथ, ज्ञान वगैरह मित्रों के जोर देने पर, इच्छा न होते हुए भी, मैंने 'माया' का विशेषांक संपादित करना स्वीकार कर लिया है। 'नई कहानियाँ' के लिए पूरी लेखमाला, एक पूरा नाटक और एक कहानी, बिना जरा भी आराम किए लगातार लिखने के कारण मेरा दिमाग बेहद थक गया था। और मैंने सोचा कि कुछ diversion हो जाएगा। अब लिया है तो मैं अपनी तरफ से पूरी मेहनत करूँगा और विशेषांक को आज की हिंदी कहानी का आईना बना दूँगा। यह भी मैंने तय किया है कि मैं कोई कमजोर कहानी नहीं दूँगा। जिन मित्रों से मैंने अब तक बात की है, उन्होंने आश्वासन दिया है कि चाहे उन्हें दो-तीन कहानियाँ लिखनी पड़ें पर वे मुझे बढ़िया कहानी ही देंगे। मैं नहीं जानता कि तुम्हारे मित्रों में कौन मुझे co-operate करेगा, लेकिन तुम पर मैं depend करता हूँ। मैं यह जानता हूँ कि साल-भर से तुमने कहानी नहीं लिखी, लेकिन मेरे लिए तुम्हें कहानी लिखनी है और बहुत अच्छी लिखनी है और यदि मेरे खिलाफ तुम्हें कोई शिकायत है, तो उसके बावजूद लिखनी है। दो महीने मैं तुम्हें देता हूँ। अक्तूबर के अंत तक मुझे एक बहुत बढ़िया कहानी लिख दो। 'माया' के दो पृष्ठों का एक interview भी चाहिए। कौन लेगा, यह मैं तुमसे आकर discuss कर लूँगा।

कमलेश्वर और यादव बहुत नाराज लगते हैं। दो-दो पत्र (इस संदर्भ में नहीं) मैंने उन्हें लिखे हैं, पर उन्होंने सनद नहीं दी। दुर्भाग्य से दोनों immature हैं, केवल तारीफ सुन सकते हैं, कितना भी well intentioned क्यों न हों criticism बर्दाश्त नहीं कर सकते। मैं कहूँगा तो उन्हें जरूर, पर मैं तुम पर depend करता हूँ और तुम्हारी कहानी चाहता भी हूँ और कमजोर नहीं बहुत अच्छी कहानी चाहता हूँ, क्योंकि मैं यथासंभव कमजोर कहानी नहीं दूँगा।

मैंने अनीता की सारी कहानियाँ पढ़ ली हैं। 'न जाने क्यों' और 'पंक्चर' मैंने पहले पढ़ रखी थी। 'पंक्चर' मुझे पहले भी अच्छी लगी थी। अब भी अच्छी लगी है। 'चरागाहों के बाद' भी अच्छी कहानी है, पर सबसे अच्छी मुझे 'लाल पराँदा' लगी है। 'लाल पराँदा' हर तरह से आधुनिक है। खासे संयम से अनीता ने कहानी लिखी है, understatement से काम लेकर उस situation को उभार दिया है, और जहाँ पुराना

कथाकार कोई भावुकतापूर्ण अंत कर देता, अनीता ने बड़ा ही यथार्थवादी अंत किया है। पुरानी कहानियों में इसका अंत यह होता कि बड़ी बहन छोटी के हक में दस्तबरदार हो जाती। पर अनिता ने जो अंत किया है वह यथार्थ ही नहीं व्यंग्य-भरा भी है। पराँदा जो करतारो लाई है, वह दोनों के लिए है। यह वाक्य बड़ा suggestive है।

'बेगजल' भी बहुत अच्छी कहानी है। बड़ा ही सुंदर चित्रण उसने 'खुशी' का किया है। इन सुंदर कहानियों पर मेरी बधाई उसे देना।

'चरागाहों के बाद' कहानी बहुत अच्छी है। थीम भी अच्छी है, पर मेरे खयाल में उसमें थोड़ा-सा हाथ रोकने की जरूरत थी। भावना और किंचित आक्रोश उसमें शामिल हो गए हैं जिसने जहाँ कहानी को पापुलर बना दिया है, वहाँ उसकी कला से कुछ detract कर दिया है।

मेरे ये impression कहानियों को एक बार पढ़ने ही से हैं। अनीता से कहना यदि वह मेरे लिए 'लाल पराँदा' या 'बेगजल' जैसी कोई चीज लिखे तो बहुत अच्छा हो।

दिमागी तौर पर बहुत थक गया हूँ। इसीलिए मैं बंबई चला आया और इसीलिए 'माया' का यह काम ले लिया। नए—यानी सातवें दशक के कथाकारों की काफी कहानियाँ मैं साथ लाया हूँ। जाकर एक लेख लिखूँगा और उसमें अनीता की कहानियों का विस्तार से उल्लेख करूँगा।...इधर क्या उसने लिखना बंद कर दिया है। उसकी कोई कहानी नहीं पढ़ी।

शेष मिलने पर। कौशल्या तुम दोनों को स्नेह भेजती है। वह इधर खासी बीमार रही है, इसलिए मैं उसे भी ले आया हूँ। इरादा है कि इस बार मामाजी के यहाँ ठहरूँगा। वहाँ का फोन नंबर 220120 है।

सस्नेह
उपेंद्रनाथ अश्क

[232]

कौशल्या अश्क

इलाहाबाद
14.9.63

प्रिय राकेश,

मैं सोच रही थी कि अश्कजी के प्रोग्राम का पता चल जाए तो तुम्हें लिखूँ कि मुझे ही उधर चले जाना पड़ा। दो दिन पहले ही लौटे हैं। चंडीगढ़ या कसौली से भी तुम्हें पत्र न लिख सकी। घूम-घूमकर परेशान हो गए। कसौली 3-4 दिन पैकिंग में लगी

रही और बेहद थककर इलाहाबाद पहुँचे हैं।

मुझे पता चला था कि तुम दिल्ली गए हो, उस समय मैं चंडीगढ़ में थी। अश्कजी आ गए हैं, काफी कमजोर हो गए हैं। उन्हें भेजा था कि यहाँ की बक-बक से दूर वे आराम करें और स्वस्थ होकर लौटें, लेकिन कसौली जैसी एकांत जगह में वे बड़े उदास रहे और इस उदासी में उपन्यास पर जुटे रहे। क्या किया जाए ? वे अपनी आदत से मजबूर हैं। मैं भी बेहद थक गई हूँ। तबीयत भी अच्छी नहीं, लेकिन काम तो करना ही है।

जाने से पहले माँजी को 70 रुपए दिए थे, अबके 80 रुपए दे दूँगी। इसके साथ तुम्हारा रुपए का ऋण खत्म हो जाएगा, लेकिन तुम्हारे स्नेह और सद्भावनाओं का ऋण शायद कभी नहीं चुक सकेगा। तुमने समय पर खुद तकलीफ उठाकर भी मेरी मदद की, उसका हिसाब कैसे चुका सकती हूँ ? क्योंकि नहीं चुका सकती, इसलिए चुप रहना ही बेहतर है।

तुम अपने हाल-चाल लिखो। अश्कजी ने कल रात को तुम्हें पत्र लिखा था, सुबह पोस्ट भी कर दिया, मैंने कहा था कि मैं भी लिखूँगी, पर वे भूल गए। दोपहर को तुम्हारा पत्र मिला अश्कजी के नाम। तुम खूब काम कर रहे हो, यह जानकर अच्छा लगा। इलाहाबाद कब आओगे ?

बंबई में तुमसे अच्छी तरह बातें भी न हो सकीं। अब यहाँ आओगे तो करेंगे।

माँजी कल आई थीं, मैं हाथ-मुँह धोने बाथरूम में गई थी, बाहर आने पर पता चला कि आईं भी और चली भी गईं। कल इतवार है, मैं खुद जाकर उनसे मिल आऊँगी।

आशा है तुम और अनीता प्रसन्न हो। अनीता को स्नेह देना। भाभी और भाई बेदी को नमस्कार तथा बच्चों को प्यार।

तुम दीवाली पर आ सको तो इस बार यहीं दीवाली मनाओ। तब तक तुम लिख-लिखा लोगे। अश्कजी इंजेक्शन ले रहे हैं। अभी यहीं रहेंगे।

सस्नेह
भाभी कौशल्या

[233]

उपेंद्रनाथ अश्क

इलाहाबाद
17.9.63

प्रिय राकेश,

आशा है तुम और अनीता स्वस्थ और सानंद हो।

मैंने यहाँ आते ही तुम्हें एक पत्र लिखा था। आशा है तुम्हें मिल गया होगा। उस

सिलसिले में जो भी बातें हैं, जब तुम लोग इलाहाबाद आओगे तो बताऊँगा। मेरी बुद्धि में जो भी आता है, कहूँगा, बाकी तुम जानो। तुममें बुद्धि है, चतुराई है—सब कुछ है—सिर्फ (धैर्य) और प्लानिंग नहीं, इसलिए कभी-कभी डर लगता है।

एक बात मैंने तुम्हें कसौली से लिखी थी। मुझे भैरव वाले पत्र बड़े जरूरी तौर पर चाहिए। मुझे एक बड़ा नाटक लिखना है। थीम पक गई है और मुझे उन पत्रों की जरूरत है। ओमप्रकाश ने टाइप भी कराया था, पर उसने दिए नहीं। कहा है कि राकेश के पास हैं। तुम मुझे वापसी डाक रजिस्टर्ड बुक-पोस्ट से अथवा रजिस्टर्ड पत्र में भेज दो।

मेरी तबीयत ठीक नहीं। चश्मा बदलवा लिया है। आँखों में दवाई डालनी शुरू की है, इंजेक्शन लेने लगा हूँ। आशा है कुछ दिनों तक स्वस्थ हो जाऊँगा और काम में हाथ लगाऊँगा। ओ' नील के एक और नाटक का अनुवाद करना है, अक्तूबर और नवंबर यहीं काम करूँगा।

तुम लोग दीवाली पर इलाहाबाद आओ तो अच्छा रहे। अनीता को मेरा स्नेह देना।

सस्नेह
उपेंद्रनाथ अश्क

पी.एस.
यार तुम्हारा नाटक मैं पढ़ना चाहता था। उपन्यास 'नीली रोशनी की बाँहें'[1] भी। पर तुमने भिजवाया नहीं।

—अश्क

[234]

कौशल्या अश्क

प्रिय राकेश,

तुम्हें एक पत्र लिखा था, एक और लंबा पत्र लिखना चाहती थी, पर पहले बंबई और फिर चंडीगढ़-कसौली चले जाने से दफ्तर का ढेरों काम इकट्ठा हो गया है। सेहत अच्छी नहीं, काम ज्यादा हो नहीं पाता और तबीयत में चिड़चिड़ाहट तथा मन में उदासी भर जाती है। बहरहाल, माँजी आई थीं, उनकी भी इच्छा है कि अनीता करवा चौथ से दो दिन पहले यहाँ पहुँच जाए, तुम चाहे 8-10 दिन बाद दीवाली के निकट आओ और

1. यह उपन्यास 'धर्मयुग' में धारावाहिक छपा था। यही उपन्यास संशोधित-परिवर्द्धित होकर 'अंतराल' के नाम से पुस्तकाकार प्रकाशित हुआ। सं.

दीवाली यहीं मनाओ। मेरी भी यही इच्छा है। यह शायद जरूरी भी है। क्यों ? यह मिलने पर बताऊँगी। बहुत-सी बातें हैं, पत्रों में लिख पाना न संभव है, न उचित और न ही मेरे स्वभाव के अनुकूल ! तुम अपना और अनीता का प्रोग्राम लिखो। अनीता को मेरा प्यार देना। बेदी भाई और भाभी को नमस्कार तथा बच्चों को प्यार।

पी. एस.

मैं बंबई गई थी तो दर्जी से कपड़े सिलवाए थे। एक साड़ी-ब्लाऊज बना न था। वह तुम लोग (भाभी को फोन करके पूछ लेना और) लेते आना। मैं यादव और मन्नू को भी दीवाली पर आने को लिख रही हूँ। सब इकट्ठे हो जाएँगे।[1]

सस्नेह
कौशल्या

[235]

उपेंद्रनाथ अश्क

इलाहाबाद
23.9.63

प्रिय राकेश,

चूँकि मदान को तुमने इस बारे में कुछ नहीं लिखा, केवल सूचना-भर ही शायद उन्हें मिली है, इसलिए उन्होंने भी नहीं लिखा। वे दूसरे के व्यक्तिगत मामलों में दखल देनेवाले भी नहीं दिखते। तुम्हारे लिए चिंता में उनका आंतरिक स्नेह ही झलकता था, जो मुझे बहुत अच्छा भी लगा।

मैं कसौली में जरूरत से ज्यादा काम करता रहा और यादव के कापीराइट कैरेक्टर्ज से बचने में अकेला पड़ गया, इसलिए बीमार पड़ गया। फिर उस सूरत में जब मुझे आराम करना चाहिए था, यदि मैंने उतना काम किया तो इस मूर्खता का खमियाजा मुझी को भुगतना था। बाकायदा इंजेक्शन ले रहा हूँ और एक-दो दिन से तबीयत कुछ सँभली हुई लगती है।

चूँकि मैं भुक्तभोगी हूँ, इसलिए तुम्हारी व्यथा पूरी तरह समझता हूँ। समाज-कानून और धर्म के बारे में जो तुमने लिखा है, उससे भी मैं सहमत हूँ। तुम्हारे पत्र की tone भी मुझे अच्छी लगी। मुझे केवल तुम्हारी impatience, impulsiveness और स्थितियों को केवल अपने ही कोण से देखने के स्वभाव से भय है। एक बार गलती हर इनसान

1. दोनों पत्र एक ही अंतर्देशीय पर लिखे गए हैं। परंतु लेखक और कथ्य अलग होने के कारण उन्हें यहाँ पत्र संख्या 233 और 234 के रूप में दिया गया है।—सं.

कर सकता है, पर दूसरी बार जो गलती करता है, वह मूर्ख है, पर जो बार-बार करे, उसे क्या कहा जाए। हालाँकि मूर्ख भी इनसान ही है, वह मूर्ख है, पर जाने क्यों बार-बार गलती करनेवाले से मुझे सहानुभूति नहीं होती। इसीलिए मनाता हूँ कि इस बार तुम चला ले जाओ, सफल और सुखी होओ, ताकि कहने का अवसर मिले कि राकेश ठीक था और बाकी लोग गलत थे।

'नई कहानियाँ' के संबंध में राजेंद्र यादव का एक बहुत लंबा खत मिला है। ओमप्रकाश में और उसमें हिसाब को लेकर कुछ झगड़ा हो गया है। मैं तो भाई उसमें नहीं पड़ सकता, क्योंकि यह ऐसे ही होगा जैसे ओमप्रकाश नीलाभ प्रकाशन के किसी मामले में पड़ें।

रहा 'नई कहानियाँ' से सहयोग का प्रश्न, सो मेरा वैसे भी पहले कोई सहयोग नहीं था। तुम लोग अब उससे परे हट रहे हो तो भैरव, मार्कंडेय और नामवर उसमें लिखने की सोच रहे हैं। कमलेश्वर ने लगातार उन्हें पत्र लिखे हैं। मैं राय तो नहीं देता कि 'नई कहानियाँ' को एकदम छोड़ो, पर अब, जब ओमप्रकाश ही नहीं चाहते तो कैसे लिखा जाएगा। तब 'सारिका' में तुम लोगों का सहयोग देना उचित ही है। मेरा तो चंद्रगुप्तजी से पुराना संबंध है, इसलिए मैंने उन्हें लिखा था कि मैं सहयोग दूँगा, हालाँकि लिखना-लिखाना मेरे लिए कठिन है क्योंकि मैं इधर नाटक के अनुवाद में व्यस्त हो जाऊँगा, लेकिन तुम लोग लिखोगे तो मैं भी लिखूँगा और मेरे संबंध में यदि तुम कोई जिम्मेदारी ले लोगे तो निभाऊँगा।

सस्नेह
उपेंद्रनाथ अश्क

पुनश्च
कौशल्या तुम दोनों को स्नेह देती है। अनीता को मेरा प्यार देना।

—अश्क

[236]

कौशल्या अश्क

इलाहाबाद
30.9.63

प्रिय राकेश,

पहले भी मैंने तुम्हें एक पत्र लिखा था। अश्कजी के पत्र में भी लिखा, किंतु उत्तर आज तक नहीं मिला। अश्कजी को तुम्हारा एक पत्र मिला जिसका उत्तर उन्होंने कल

ही दिया है। माँजी आज आई थीं। वे तुम्हारे और अनीता के पत्र की प्रतीक्षा कर रही हैं। तुमने न खुद लिखा, न अनीता को लिखने दिया। तुम लिखने में लगे हो और वह तुम्हारे लिए चाय-कॉफी बनाने में, लेकिन पाँच मिनट भी तुम न निकाल सको, यह मैं नहीं मान सकती। जहाँ अपना, अपनी भावनाओं का खयाल रखते हो, वहाँ दूसरों का और उनकी भावनाओं का खयाल रखना भी सीखो।

माँजी की इच्छा है कि अनीता करवा चौथ यहीं आकर करे। तुम भी आ जाओ और दीवाली मनाकर चले जाओ। मैंने भी तुम्हें लिखा था, पर वही पुराना अनिश्चय तुम्हारे पत्र में झलकता है। 'काम खत्म हो गया तो आऊँगा' मैं जानती हूँ तुमने क्यों ऐसा लिखा है। अभी महीना-सवा महीना बाकी है, उसमें काम कर लो और मन पक्का करके, प्रोग्राम निश्चित करके माँजी को लिख दो कि तुम और अनीता जरूर पहुँच जाओगे। न भी आना हो (हालाँकि मैं लिखना चाहती हूँ कि जरूर आओ) तो उन्हें पक्का पता दे दो। वे सरगी भेजना चाहती हैं, तुम लोग आ रहे हो तो वे वहाँ नहीं भेजेंगी। यदि किसी सूरत न आ सको (तुम चाहो तो जरूर आ सकते हो) तो उन्हें लिख दो, वे वहीं अनीता को सरगी भेज देंगी।

मुझे आशा थी कि तुम उत्तर दोगे। मैं प्रतीक्षा भी करती रही लेकिन लगता है, अब तुम सचमुच बड़े आदमी हो गए हो। मेरी कोई शिकायत नहीं, गुस्सा-गिला नहीं। न लिखो पत्र। मैं देखूँगी पत्र न लिखने से ही तुम कितने बड़े आदमी बन जाते हो !

अब अपने हाल-चाल सुनाओ। क्या लिख रहे हो ? मानसिक और शारीरिक स्वास्थ्य कैसा है ? अनीता कैसी है ?

बहुत-सी बातें हैं, मिलने पर ही होंगी। मैं तो चाहती हूँ कि तुम दोनों भी आओ और यादव और मन्नू भी आएँ। तुम भी यादव को लिखो कि इस बार दीवाली पर वह इलाहाबाद आ जाए, मन्नू के साथ। मैं भी लिखूँगी, तुम मेरी सिफारिश कर दो। हम सब इकट्ठे हो जाएँगे तो कितना अच्छा लगेगा ! क्या तुम्हारा मन नहीं करता कि हम सब इकट्ठे मिलकर माँजी का स्नेह पाएँ और उन्हें खुशी और संतोष दें ?

अब निश्चित बात करना। असमंजस को छुट्टी दे दो। अनिश्चय और असमंजस में तुम काफी देर रह चुके हो। मैंने यह सब लिखा है और मैं यह भी जानती हूँ कि आने की पक्की बात करके भी तुम ऐन मौके पर लिख दोगे—Unable to come.

अश्कजी ने तुम्हें लिखा था कि गुप्तजी वाले पत्र लौटा दो। ओमप्रकाशजी ने कहा था कि वे राकेश के पास हैं, तुम्हीं अश्कजी से लेकर गए थे। तुमने इसका उन्हें उत्तर नहीं दिया। भाई मेरे, पत्र भेज दो ! तुम्हें क्या करने हैं ? ओमप्रकाशजी के पास ही हों तो भी तुम्हीं उनसे मँगा दो।

उत्तर देने को लिखूँ या न लिखूँ माँजी को तो तुम और अनीता दोनों तुरंत लिख दो। मुझे लिखने की सोच लो। बेदी साहब के यहाँ फोन करके या Mrs. Raj Bedi से पूछ लो कि उधर वे लोग करवा चौथ कब कर रही हैं ? यहाँ तो नवंबर में दीवाली मनाई जाएगी और उसके 10-12 दिन पहले करवा चौथ ! माँजी क्योंकि चिंतित हैं,

इसलिए मैंने तुम्हें यह लंबा पत्र लिखा है। तुम उन्हें लिख दोगे तो वे उसके अनुसार कर लेंगी। मैं एक बार फिर कहूँगी कि तुम लोगों को आना चाहिए।

सस्नेह
तुम्हारी भाभी
कौशल्या

[237]

उपेंद्रनाथ अश्क

इलाहाबाद
7.10.63

प्रिय राकेश,

आज चंद्रगुप्त के पत्र से मालूम हुआ कि तुम उनके लिए नए कथा-लेखकों पर एक लेखमाला लिख रहे हो। तुम्हारी जरूरत को मैं समझता हूँ, पर क्या तुम्हें इससे पहले मुझे सूचित नहीं करना चाहिए था। तुमने यह कैसे स्वीकार कर लिया, मैं इस पर हैरान हूँ।

तुम्हारे ही जोर देने पर 'सारिका' के लिए लेखमाला लिखने को तैयार हुआ था। मैंने सूची भी भेजी थी। चंद्रगुप्त के आने पर भी पत्र लिखा था। तुम्हें लेना था तो कोई और कॉलम लेना था। चंद्रगुप्त यदि यह लेखमाला छापने को तैयार हो गए थे तो उन्हें मुझे ही लिखने को कहना चाहिए था, या मुझे confidence में ले लेना चाहिए था। क्या अपनी जरूरत के लिए तुम कुछ भी sacred नहीं समझते ?

मैं तुम्हारी जरूरत को समझता हूँ। मैं तो व्यस्त भी हूँ और अस्वस्थ भी और शायद तुम्हारे ही कारण कहीं लिखता भी। पर तुम्हारी इस insincerity से मुझे दुःख हुआ। इधर जो रवैया तुम लोगों ने महज स्वार्थवश इख्तियार किया है, उसमें और भैरव के रवैए में क्या अंतर है, यह मेरी समझ में नहीं आया। मैंने राजेंद्र यादव को भी पूछा था। वह मुझे कोई संतोषजनक उत्तर नहीं दे सका।

बहरहाल, मैं दिल में बात नहीं रखता। मुझे बहुत बुरा लगा। सिर्फ तुम मुझे पहले पत्र लिख देते (चंद्रगुप्त द्वारा मुझे सूचित कराके मेरा अपमान करने की अपेक्षा) तो मुझे बुरा नहीं लगता।

सस्नेह
उपेंद्रनाथ अश्क

पी. एस.

पर तुम पुराने गैर-जिम्मेदार आदमी हो, नई equations बनाने में तुम्हें देर नहीं लगती, पर उर्फे-आम में इसे ही insincerity का नाम दिया जाता है।

—अश्क

[238]

मोहन राकेश 12.10.63

अश्क भैया,

पत्र अभी-अभी बंबई से रिडायरेक्ट होकर मिला है।

चंद्रगुप्तजी ने आपको क्या लिखा है, मैं नहीं जानता। मुझसे उन्होंने इस बारे में कहा जरूर था, पर मैंने उनसे यही कहा था कि यह लेखमाला आपसे लिखवानी चाहिए। (सौभाग्यवश उस वक्त भारती भी वहाँ उपस्थित थे।) चंद्रगुप्त भी इस प्रस्ताव से सहमत नहीं हुए और हठ करते रहे कि मैं लिखूँ। मैंने फिर भी लिखना स्वीकार नहीं किया—यही क्यों, और भी कोई कॉलम लिखना स्वीकार नहीं किया। बंबई में चलने से पहले मैंने उनसे यही कहा था कि लेख-कहानी कुछ भी लिख सकूँगा या नहीं, यह मैं उन्हें अगले महीने तक बताऊँगा। सोचा था कि नवंबर के शुरू में इलाहाबाद जा सका, तो वहीं तय करेंगे कि 'सारिका' को किस रूप में सहयोग देना चाहिए।

आप बीच-बीच में बिना स्थितियों को जाने, बिना उनके बारे में दूसरे से पूछे, ऐसे पत्र लिख देते हैं कि हैरान रह जाता हूँ। इस तरह अचानक बरसों के संबंधों को तोड़-मरोड़ देने, मसल देने में न जाने आपको क्या मजा मिलता है। खैर, खातिर जमा रखें कि मैं ऐसी कोई लेखमाला 'सारिका' में नहीं लिख रहा। जरूरतों का जिक्र करके आप अपमान कर सकते हैं, मुझे इसका कोई उत्तर नहीं देना है। आपके अपने निष्कर्ष हैं, उनके बारे में कुछ भी कहना व्यर्थ होगा।

आशा है घर में सब लोग स्वस्थ हैं। भाभी से नमस्कार कहें और सबसे यथायोग्य।

आपका
मोहन राकेश

[239]

कौशल्या अश्क

इलाहाबाद
17.10.63

प्रिय राकेश,

काफी प्रतीक्षा के बाद तुम्हारा पत्र मिला, मुझे खेद है कि मैं पहले उत्तर न दे सकी। अनीता का पत्र भी मिला था, उसे भी नहीं लिख पाई। अश्कजी की तबीयत अच्छी नहीं। वे उपन्यास तो लिख लाए हैं, लेकिन स्वास्थ्य उनका काफी गिर गया है कि खासे

थके-चिड़चिड़े रहते हैं। फिर बिम्मा भी सप्ताह-भर बुखार में पड़ी रही। आजकल खाना बनानेवाला नौकर है नहीं, उसकी बीमारी के दिनों में बर्तन माँजनेवाली ने भी छुट्टी मनाई। दफ्तर का काम, तीमारदारी और खाना बनाना-बर्तन माँजना। तुम अनुमान लगा ही सकते हो कि मेरी क्या हालत होती होगी। बेहद थकान महसूस करती रही। इन्हीं सब बातों के कारण चाहने पर भी तुम्हें पहले पत्र न लिख सकी।

खाना बनाते समय तुम्हारी याद आती है। घर के सब लोग सामने बैठकर खाएँ तो थकान कम महसूस होती है। खैर, अब तुम और अनीता आओगे तो किसी दिन खुद खाना पकाऊँगी।

यादव और मन्नू आगरा गए हैं। उतरे नहीं, कह गए हैं कि नवंबर में दीवाली पर आएँगे क्योंकि उन दिनों तुम भी यहीं पर होगे। तुम अपना प्रोग्राम बनाकर मुझे पता दो और यादव को भी लिख दो।

दो-तीन दिन पहले माँजी आई थीं। उन्हें भी दो-तीन दिन बुखार आता रहा। उस दिन वे मुझे कुछ उदास-सी लगीं। मैंने उनसे बहुतेरा पूछा कि माँजी, किसी चीज की जरूरत हो तो मुझे बताइए, पर उन्होंने कुछ बताया नहीं। तुम उन्हें लिखो कि मेरे साथ वे संकोच न करें। गत मास मैंने उन्हें 80 रुपए दिए थे। उसके बाद अपने लिए उन्होंने नहीं लिये। मैंने उस दिन कहा भी था। अब कल उनके पास जाऊँगी और पूछकर दे दूँगी। तुम भी उन्हें पत्र लिख देना।

और क्या कुछ लिख-लिखा रहे हो ? तुमने अपना नया नाटक भी नहीं भेजा। कुछ दिन पहले मैंने खरीद लिया है। एक प्रति तो मैं तुमसे माँग ही सकती हूँ। खैर, छोड़ो। अब खरीद लिया है।

कब तक माथेरान रहोगे ? नवंबर की किस तारीख तक यहाँ पहुँचोगे ? माँजी भी बड़ी अधीरता से तुम लोगों की प्रतीक्षा कर रही हैं। बिम्मा भी कई बार पूछ चुकी है। यादव और मन्नू भी आ जाएँगे और तुम और अनीता भी। घर में कितनी रौनक हो जाएगी। तुम मेरी खुशी का अनुमान नहीं लगा सकते।

अश्कजी का स्नेह लो। सभी तुम्हें याद करते हैं। आंटी प्यार भेजती हैं।

सस्नेह
तुम्हारी भाभी
कौशल्या

[240]

उपेंद्रनाथ अश्क इलाहाबाद

18.10.63

प्रिय राकेश,

तुम्हारा 12.10.63 का पत्र कल शाम मिला।

चंद्रगुप्त का पत्र इतना अचानक और उसमें लिखी बात इतनी अप्रत्याशित थी कि पढ़कर मेरा दिमाग चकरा गया। मैं उनके शब्द दोहराता हूँ—

"राकेशजी यहीं हैं, उनसे अकसर मुलाकात होती है। आज उनका इलाहाबाद जाने का इरादा था, पर अब वह स्थगित हो गया है। उनसे यह निश्चय हुआ है कि वे एक लेखमाला नए कहानी लेखकों पर लिखेंगे। यह लेखमाला दिसंबर से शुरू होगी..."

तुम्हारी इलाहाबाद आने की कोई बात न थी। पहले महाबलेश्वर और फिर माथेरान जाने के सिलसिले में तुम्हारा पत्र आ चुका था। इस पत्र से मुझे यही लगा कि जब चंद्रगुप्तजी से तुम्हें offer मिला तो पहले तुमने तत्काल मुझसे बात करना जरूरी समझा। फिर चंद्रगुप्त द्वारा ही यह information भिजवा देने पर बस कर दी।...तुम अपने-आपको मेरी पोजीशन में रखो और यह पत्र पढ़ो। तुम मुझसे भी ज्यादा sensetive आदमी हो। तुम्हारा दिमाग चकराएगा या नहीं ? हाँ, जरूरत वाली बात मुझसे अनुचित लिखी गई, लगा कि बिना अशद जरूरत के तुम ऐसा नहीं कर सकते। बहरहाल, उसके लिए मैं तुमसे क्षमा माँगता हूँ। पर एक बात समझ लो। यदि मैं तुमसे स्नेह न करता और तुम्हें छोटे भाई-सा न समझता तो ऐसी सख्त बात नहीं लिखता। इतने मित्र इतनी ज्यादतियाँ आए दिन करते हैं मैं क्या सबको पत्र लिखता हूँ। चुप लगा जाता हूँ।...तुमने मुझ पर इतना जोर दिया था तो मैं तुम्हें खुश करने के लिए series लिखने को तैयार हो गया था। चंद्रगुप्त तैयार नहीं हुए तो मैं 'ज्ञानोदय', 'नई कहानियाँ' और 'हिंदुस्तान' से बात चला रहा था। चूँकि मैं दिसंबर तक खाली नहीं, जनवरी से लिखना चाहता था इसलिए कहीं बात पक्की नहीं थी। यही मैंने ओमप्रकाश से भी कहा था। ओमप्रकाश चाहते थे कि मैं कुछ पुराने कहानीकार भी लूँ। मैं तैयार नहीं हुआ। 'हिंदुस्तान' वाले चाहते थे मैं नए कथाकारों पर लिखूँ तो सुरेंद्र मल्होत्रा और मनहर चौहान पर भी लिखूँ—यह भी मुझे स्वीकार नहीं हुआ। कुछ दिन पहले शरद देवड़ा का पत्र आया था। प्रकट है कि जब चंद्रगुप्तजी ने सबको पत्र लिख दिए तो मेरी तबीयत बेकार हो गई। इस तरह की लेखमाला लिखने का मुझे मोह नहीं। केवल तुम्हारी प्रसन्नता अभीष्ट थी। वर्ना यह काम दूसरे-तीसरे दर्जे का है। जिसके पास लिखने को इतना कुछ है वह क्यों ऐसा onerous काम करेगा। इसीलिए इस 'निश्चय' से मेरा दिमाग बौखला गया। विशेषकर उस सूरत में जब मैं राजेंद्र अवस्थी के लिखने पर मान गया था और चंद्रगुप्त को भी मैंने पत्र लिखा था। मेरी आपत्ति तुम्हारे लिखने पर नहीं, केवल मुझे पहले से

confidence में न लेने पर है। यदि मुझे पता होता कि तुम्हारा जरा भी ऐसी series लिखने को मन है तो मैं बड़ी सफाई से पीछे हट जाता। इसलिए इस खबर से, वह भी चंद्रगुप्त द्वारा, मुझे सख्त आघात लगा और उसी वक्त मैंने पत्र लिख दिया। हो सकता है, दोबारा पत्र पढ़ता तो उसे न भेजता। या बात वही लिखता, लेकिन सँभालकर, लेकिन चंद्रगुप्त का पत्र पढ़कर उन सब स्थितियों में मेरा दिमाग अपना संतुलन खो बैठा। अब तुम मुझे बड़ा भाई समझते हो तो उस बात के लिए जो अनजाने ही क्रोध में लिखी गई, तुम्हें मुझे क्षमा कर देना चाहिए। मुझे खुशी हुई कि तुमने सख्ती से पत्र लिखा। लगा कि तुम मुझे अपना मानते हो। चुप लगा जाते तो बहुत बुरा लगता। तुम करवा चौथ पर आओगे तो मैं चंद्रगुप्त का पत्र तुम्हारे सामने रख दूँगा।

अनीता को स्नेह देना। माताजी ठीक हैं। दो दिन पहले ही मैं उनसे मिला था। इधर मेरी आँखें बहुत ही जल्दी दुखने लगती हैं, काम नहीं होता। बारह इंजेक्शन ले चुका हूँ, लाभ नहीं हुआ। लगता है, वक्त बेकार चला जा रहा है, और तबीयत बड़ी झुँझला रही है।

मन्नू और यादव ने दीवाली से दो-तीन दिन पहले आने को कहा है। तुम लोग भी कुछ दिन पहले ही आना।

सस्नेह
उपेंद्रनाथ अश्क

[241]

उपेंद्रनाथ अश्क

इलाहाबाद
30.10.63

प्रिय राकेश,

तुम्हारा माथेरान से लिखा हुआ 23 तारीख का पत्र और उसी दिन चंद्रगुप्तजी के नाम लिखे तुम्हारे पत्र की कापी मिली। चंद्रगुप्तजी का भी एक पत्र आया है, मैं उनको जवाब भी दे चुका हूँ। तुमको भी मैं एक पत्र लिख चुका हूँ, जो तुम्हें अब तक मिल गया होगा। और इन सबके बाद अब कुछ लिखने को बाकी नहीं है। सिर्फ एक-दो बातों के लिए ये पंक्तियाँ लिख रहा हूँ।

क्या तुम सचमुच यह महसूस करते हो कि मैंने महज शगूफा छोड़ने के लिए वह पत्र लिखे और क्या सचमुच तुम यह सोचते हो कि मैंने यह प्रवाद फैलाया है कि तुम फिल्म में काम कर रहे हो। अगर ऐसा है तो मेरे साथ ही नहीं, तुम अपने साथ भी ज्यादती कर रहे हो।

कमलेश्वर और शरद देवड़ा तुम्हारे मित्र हैं। उनसे पूछ लो कि इस सिरीज को लिखने के सिलसिले में उनसे मेरी बात चीत हुई कि नहीं ? कमलेश्वर का पत्र तो अभी कल आया है और उसने बारहों नाम लिखकर भेजे हैं। प्रकट है कि ओमप्रकाशजी ने कमलेश्वर से बातचीत करके पुराने लेखकों पर भी लिखने की बात छोड़ दी है। ये भी प्रकट है कि यदि मुझे पता चल जाता कि कहीं तुम्हारे साथ भी सिरीज लिखने की बात चल रही है तो मैं बात न चलाता। और इसी बात का दुःख है। राजेंद्र यादव उन्हीं दिनों आगरा जाते हुए स्टेशन पर मुझे मिला था और उसने मुझे बताया था कि राकेश सिरीज लिख रहा है। जहाँ तक मुझे याद पड़ता है, उसने यही कहा था कि राकेश का पत्र आया है, लेकिन हो सकता है चंद्रगुप्तजी ने ही पत्र लिखे हों। मार्कंडेय आदि को भी पत्र मिले हैं। मैं यह मान लेता हूँ कि मैंने वो पत्र आवेश में लिखा, जल्दबाजी की बात भी मैं मान सकता हूँ, क्योंकि दो-चार ही दिन पहले ओमप्रकाश के सिरीज के सिलसिले में बातचीत हुई थी, इसलिए मुझे सहसा चंद्रगुप्तजी का पत्र पढ़कर आघात लगा, लेकिन इस बात को मानना मेरे लिए मुश्किल है कि मैंने महज तुम्हारा दिल दुखाने या शगूफा छोड़ने के लिए आवेश-भरा हुआ पत्र लिख दिया।

प्रवाद की बात भी उतनी ही सच्ची है, जितनी कि मैंने तुम्हें लिखी थी। अब कोई मेरा नाम लेकर क्या तुम्हें लिख देता है, यह मेरी जिम्मेदारी नहीं। लोग प्रायः ऐसा करते हैं कि जो बात स्वयं कहना चाहते हैं, किसी दूसरे के मुँह रखके कह देते हैं। यह दूसरे पर निर्भर करता है कि वो कितना सच माने या झूठ। तुमने मुझ पर जो यह अभियोग लगाया है वह ऐसा ही है, जैसे मैं तुम पर यह अभियोग लगाऊँ कि तुमने चंडीगढ़ में ये प्रवाद फैलाया है कि कौशल्याजी ने अश्कजी को छोड़ने का फैसला कर लिया है। मुझे जब कहा गया कि राकेश ये कहता है तो मैं हँस दिया। क्योंकि मुझे विश्वास था तुम कभी ऐसा नहीं कह सकते और इसलिए मैंने तुम्हें वह बात लिखी भी नहीं। तुम्हारे संबंध में मदान साहब से जितनी बात हुई थी वो मैं तुमको लिख चुका हूँ। यों फिल्म में काम करने को मैं कुछ बुरा नहीं समझता। मैं स्वयं काम कर चुका हूँ और मुझसे बेहतर लिखनेवाले अभी तक उसमें फँसे हुए हैं। ये तो जिंदगी का संघर्ष है और उसे काटने के लिए लेखक कई तरह के काम करता है। झूठ बोलने, बददयानती करने, किसी की जेब काटने और दुनिया-जहान के दंद-फंद करने की अपेक्षा, आड़े वक्त में, फिल्म के लिए काम कर लेने को मैं बुरा नहीं समझता। कल मुझ पर यदि विपत्ति आ जाए तो मैं फिर ऐसा कर सकता हूँ। हाँ, उस काम को अपना ओढ़ना-बिछौना बना लेना किसी भी सृजनशील लेखक के लिए गलत है। मदान साहब ने जब मुझसे ये कहा था कि राकेश वहाँ कैसे खर्च चलाएगा तो दूसरी बातों के इलावा मैंने ये कहा था कि वो फिल्म में काम कर सकता है। 'फिल्म में काम कर सकता है' और 'फिल्म में काम कर रहा है' ये दोनों भिन्न बातें हैं इतना तुम्हें समझ ही लेना चाहिए था।

मुझे और कुछ नहीं कहना, सिर्फ इतना कहना है कि यदि तुम इलाहाबाद न आए और जैसा कि मैं तुम्हारे चरित्र को जानता हूँ मैंने यादव को स्टेशन पर कहा भी था

तुम आने से कन्नी कतराओगे, तो मुझे और भी बुरा लगेगा और मैं इसे adding insult to injury समझूँगा। यों तुम मालिक हो, जो उचित समझो करो !

सस्नेह
उपेंद्रनाथ अश्क

पुनश्च
कमलेश्वर को माला के सिलसिले में मैं कोई जवाब नहीं दे रहा हूँ। जिस उत्साह से मैं लिखना चाहता था, वही मर गया है। मैंने ही कसौली से आते ही उससे बात चलाई थी। इसीलिए ओमप्रकाश ने मुझसे यहाँ बात की थी। जब कमलेश्वर ने पक्की बात लिखी है तो मन ही बुझ गया है। अगर तुम समझा सको तो उसे तुम मेरी स्थिति समझा देना या मुझे राय देना कि मैं क्या करूँ। चंद्रगुप्तजी के इस नए पत्र से यह भी आभास मिलता है कि शायद तुम ऐसी सिरीज 'धर्मयुग' के लिए लिख रहे हो। हो सकता है ये भी गलत ही हो, पर मेरी तुम्हारी कोई स्पर्धा नहीं। और तुम कहीं लिख रहे हो तो मेरे लिखने की बात नहीं उठती। तुम अगर कमलेश्वर को किसी तरह समझा दो तो बहुत अच्छा होगा। अनीता को मेरा स्नेह देना।

—अश्क

पुनश्च
चूँकि अब 'नई कहानियाँ' में भी सब...इसलिए मैं राय दूँगा कि तुम लिखो तो 'नई कहानियाँ' में ही लिखो। तुम्हारा पत्र आने पर मैं कमलेश्वर को समझा दूँगा। यों वह 'दीवाली' में यहाँ आ रहा है। यादव भी आने को कहता था। अब शायद न आए। तुम आते तो मिलकर बात कर लेते।

—अश्क

[242]

उपेंद्रनाथ अश्क — इलाहाबाद
17.12.63

प्रिय राकेश,

तुम्हारा पत्र मिला। मैं शायद तुम्हें लिख ही चुका हूँ कि मुझे acute gastiritis है और मैं बहुत कमजोर हो गया हूँ क्योंकि खुराक कुछ नहीं रही, केवल दूध पर हूँ। आज बहुत दिनों बाद तुम्हारे काम से लीडर प्रेस तक गया, वर्ना बँगले के बाहर नहीं निकला इतने ही से थकावट महसूस हो रही है।

यद्यपि कल पाठकजी का फोन आया था, पर तब मुझे तुम्हारा पत्र नहीं मिला था, इसलिए कोई बात नहीं हुई। आज जब लीडर प्रेस गया तो मालूम हुआ कि वे सात

दिन के लिए कलकत्ता चले गए हैं।

बहरहाल, मैं ठाकुर साहब के पास गया और बातों-बातों में मैंने तुम्हारे translation की बात चलाई (सो confidential ही यह बात है) कि जब ठाकुर साहब ने तुमको पत्र लिख दिया था तो बाद में वे पहले 132 पृष्ठ भारती भंडार की किसी अलमारी से मिल गए थे, पर शायद यह कहा गया है कि यह rough है, राकेश fair साथ ले गए थे और वही भेजने के लिए उनसे कहा गया है। मेरा अपना खयाल है कि पाठकजी वे 132 पृष्ठ रखकर भूल गए होंगे और तुम्हारा पत्र आने पर उन्होंने निकाले होंगे। बहरहाल पाठकजी तो यहाँ नहीं हैं और मैंने ठाकुर साहब से जो confidentially मालूम किया है, तुम्हें लिख रहा हूँ। तुम्हारी जरूरत और रुपए की बात भी मैंने कही थी, सो ठाकुर साहब already शारदाजी को लिख चुके हैं और सलाह करके अंदर-अंदर तुम्हें रुपया भेज देंगे, इसकी तुम चिंता नहीं करो।

'मित्रो मरजानी' की एक प्रति मैंने आज ही तुम्हें भिजवाई है।

मैं पंद्रह-बीस दिन और यही इलाज करूँगा, यदि मुझे लाभ न हुआ तो फिर मैं बंबई आकर डॉक्टर सेठ को दिखाऊँगा। सोचता था बिन्नी की शादी तक ठीक हो जाता तो उसे करके ही बंबई जाता, पर स्वास्थ्य इसी तरह रहा तो शायद मैं जा ही न सकूँ और मुझे पहले ही बंबई आना पड़े।

बहरहाल, दस-पंद्रह दिन तक कुछ स्वास्थ्य का ठीक पता चलेगा, अभी तो शीशा देखने पर चेहरा पीला और कल्लों की हड्डियाँ काफी उभरी दिखाई देती हैं। काफी कमजोर हो गया हूँ।

ओ' नील के नाटक का अनुवाद मैंने समाप्त कर दिया है, केवल टाइप कराके दे देना है, फिर मेरे सिर पर इधर का कोई काम नहीं।

सस्नेह
उपेंद्रनाथ अश्क

पुनश्च

अनीता की तबीयत का लिखना कि अब बिलकुल ठीक हो गई है, या अब भी कसर है। और उसे हमारा स्नेह देना।

सस्नेह
अश्क

[243]

उपेंद्रनाथ अश्क

इलाहाबाद
31.12.63

प्रिय राकेश,

अपने और अनीता के लिए नववर्ष की शुभकामनाएँ स्वीकार करो।

तुम्हारा बड़ा ही प्यारा पत्र मिला जिससे मालूम हुआ कि तुम चाहो तो कितने प्यारे पत्र लिख सकते हो।

मेरा खयाल है कि मैंने तुम्हें अपनी बीमारी के संबंध लिखा था। मैं यार लंबे चक्कर में फँस गया हूँ। कसौली में मैंने काम ज्यादा किया। बारिश में दिन को लाइट जलाकर काम करता रहा जिससे मेरी आँखों पर इतना जोर पड़ा कि लाख कोशिश करने पर भी मैं अपना उपन्यास पूरा नहीं कर सका। वापस आकर मैंने आँखों का इलाज शुरू किया। एक tonic फासफोमिन की दो शीशियाँ लीं, पहले तो तबीयत सुधरती लगी, फिर सहसा गड़बड़ा गई। एक रात मेरी साँस रुक गई और रात-भर मैं कमरे में टहलता रहा। इतनी तकलीफ मुझे जिंदगी में कभी नहीं हुई। दूसरे दिन मैंने खून test कराया कि शायद ईओसिनोफीलिया है। वह निकला नहीं। डॉक्टर से छह दिन दवा ली, पर कोई लाभ नहीं हुआ और मेरे पेट में कुछ ऐसी तकलीफ हुई जो न तो दर्द था न जलन। उसे शब्दों में व्यक्त नहीं किया जा सकता। इतना समझ लो, मैं इस हद तक nervous हो गया कि उसी समय बंबई चलने को तैयार हो गया। तब कौशल्या ने दूसरा डॉक्टर बुलवाया। उसने दिल, urine, stool तथा gasteric test लेने को कहे। वे test लिये, तब मालूम हुआ कि gastirites है। पेट में ulcers हैं। सो इलाज शुरू हुआ। दिन में पाँच-छह बार दूध पीना और उतनी ही बार दवाइयाँ लेना। बहुत कमजोर हो गया। रंग एकदम पीला पड़ गया। फिर सर्दी के कारण ब्राँको स्पैज्म की भी शिकायत रही। जब दौरा पड़ता तो आध घंटे में निढाल कर जाता। सो गरीब अश्क का हाल पतला हो गया। चूँकि इसी बीच में मैंने रमन के आने पर खासी बड़ी चाय दी (कैसे दी और कितने strain में दी, यह केवल मैं ही जानता हूँ) इसलिए इलाहाबाद के मेरे प्रिय मित्रों का खयाल है कि मैं नाटक कर रहा हूँ और पाठकजी को छोड़कर शायद ही कोई ऐसा मित्र हो, जिसे मुझसे सहानुभूति हो। हो भी नहीं सकती। क्योंकि 'सत्य कहो, पर प्रिय सत्य कहो !' मैं इस पर नहीं चलता।...डॉक्टर ने कहा है कि यह बीमारी मानसिक परेशानी से होती है। भैरव के किस्से का मुझ पर बुरा असर पड़ा। कुछ आर्थिक चिंता भी रही। मेरी struggle बीमारी से ठीक होना ही नहीं, अपने-आपको bitter होने से बचाना और अपनी sense of humour को बरकरार रखना भी है। तुम relax करने को कहते हो। वह इलाहाबाद में रहकर संभव नहीं। जब मैं काम नहीं करता तो दिमाग हर तरह की उलझनों में ग्रसित हो जाता है। इसीलिए मैं चार-छह महीने को बंबई आना

चाहता था। पर दिन में छह-सात बार दवाई लेता हूँ। यहाँ तो मिसेज डेविड याद से दवाई देती हैं, बाहर ऐसा होना मुश्किल है। और पिछले डेढ़ महीने की दवाई से मुझे थोड़ा ही सही, पर कुछ आराम भी महसूस होता है। और इसीलिए सोचता हूँ कि लंबे सफर के योग्य होकर ही चलूँ।

बिन्नी के विवाह पर मेरा भी जाने को मन है, पर लगता नहीं कि मैं जा पाऊँगा। आज दो महीने बाद कौशल्या के साथ सिविल लाइंज गया था, पर बेतरह थक गया। क्यों भाई तुम बिन्नी की शादी पर आओ (मैं न पहुँचा तो कौशल्या जाएगी) तो इलाहाबाद भी आओ। माताजी आज आई थीं और तुम्हारे आने के बारे में पूछ रही थीं। तब यदि मेरी तबीयत कुछ ठीक हुई तो हो सकता है, मैं तुम्हारे साथ ही बंबई को चल दूँ। अनीता को स्नेह देना।

सस्नेह
अश्क

पुनश्च
दूसरी बातें दूसरे letter में लिख रहा हूँ।

—अश्क

[244]

उपेंद्रनाथ अश्क

इलाहाबाद
31.12.63

प्रिय राकेश,

अब बीमारी के अतिरिक्त दूसरी बातें सुनो। भैरव यहाँ आकर कुछ दिन एकदम अकेले पड़ गए। वही मार्कंडेय, शेखर जोशी और अमरकांत। उन्होंने सबसे बगलगीर होने का भी प्रयास किया, जब सब तरह असफल रहे तो अब वे 3-4 को यशपाल का अभिनंदन करने जा रहे हैं। लक्ष्मीनारायण लाल उनके साथ मिल गए हैं और अपने शब्दों में अब उन्होंने कायरता छोड़ दी है। उस समारोह में होनेवाली कहानी गोष्ठी में वे 'नई कहानी' पर एक लेख लिखेंगे। बहस का आरंभ उन्हीं के लेख से होगा और फोन पर उन्होंने मुझे सूचित किया है कि वे राकेश वगैरह को साफ-साफ सुनाएँगे। यह कहने की जरूरत नहीं कि मुझे उन लोगों ने इस समारोह के बारे में सूचित नहीं किया।

दो दिन पहले चंद्रगुप्त यहाँ आए थे। गाड़ी से उतरने के वक्त से लेकर गाड़ी में चढ़ने के वक्त तक मार्कंडेय या लक्ष्मीनारायण लाल उन्हें घेरे रहे। चूँकि चंद्रगुप्त ने मुझे

तीन पत्र लिखे थे, इसलिए एक चाय मैंने भी दी थी जिसमें उन्होंने कहानी का भाषण दिया। लक्ष्मीनारायण लाल, जो (cowardice) छोड़ चुके हैं, बदस्तूर उनकी हाँ-में-हाँ मिलाते रहे और उन्हें open मस्का लगाते रहे। किसी ने जाने उन पर कोई remark कस दिया कि आगबबूला हो उठे और उन्होंने चंद्रगुप्तजी से अपील की कि टाइम्स ऑफ इंडिया का कोई संपादक आए तो उन्हें इस तरह की गोष्ठी नहीं करनी चाहिए और open गोष्ठी करनी चाहिए ! और बड़े हास्यास्पद रूप से रूठकर चले गए। भैरव की लड़ाई अब वे लड़ रहे हैं। उन लोगों की यह कोशिश रही कि सोबती वाली कहानी और भैरव के मामले में चंद्रगुप्त कोई नोट न लिखें।

परिमल की गोष्ठी का मुझे ज्यादा इल्म नहीं। मैं घर से तो कहीं जाता नहीं। पर इतना जानता हूँ कि उसमें जो नई कहानी पर बोलेंगे, वे भी तुम्हारे खिलाफ बोलेंगे। और सचमुच तुम्हारी इस importance से मुझे ईर्ष्या होने लगी है।

जहाँ तक सीरीज का संबंध है, कमलेश्वर ने निम्नलिखित 12 नाम भेजे हैं :

रेणु, राकेश, राजेंद्र यादव, अमरकांत, निर्मल वर्मा, लक्ष्मीनारायण लाल, मन्नू भंडारी, हरिशंकर परसाई, शिवप्रसाद सिंह, मार्कंडेय और कमलेश्वर;

मुझे इन नामों में लक्ष्मीनारायण लाल और मार्कंडेय पर लिखने में कठिनाई होगी, क्योंकि इन दोनों मित्रों की एक भी ऐसी कहानी नहीं जिसे मैं ए-वन कह सकूँ। इनके बदले यदि कृष्णा सोबती, अथवा रामकुमार even नरेश मेहता के नाम हों तो मुझे आसानी होगी। ओमप्रकाश डॉ. लाल को खुश रखना चाहते हैं और कमलेश्वर मार्कंडेय से अपनी पुरानी दोस्ती निभाना चाहता है। सो तुम उससे और ओमप्रकाश से discuss करके यदि नाम बदलवा सको तो मुझे आसानी हो और मन पर जोर नहीं डालना पड़ेगा।

दूसरा snag यह है कि ओमप्रकाश इन लेखों में केवल 75 रुपए देना चाहते हैं। मैंने प्रति लेख 100 रुपए माँगा था। मैं सभी लेखकों की कहानियों को दोबारा पढ़े बिना लिख नहीं सकता और इसमें मेहनत पड़ेगी। दूसरे, मैंने ओमप्रकाश से कहा था कि मुझे 1000 रुपए पेशगी दे दे। चाहे पाँच सौ-पाँच सौ की किस्तों में। तभी मैं मन से लिख सकता हूँ। वर्ना मुझे उद्रेक नहीं होगा।

ओमप्रकाश यह पुस्तक राजकमल से छापना चाहता था। कौशल्या प्रायः ऐसा नहीं करने देती। पर वह चाहेगा तो मैं यह उसे छाप लेने दूँगा। मुझे अभी भैरव का 500 रुपए देना है, फिर बीमारी पर 15 दिन में 300 रुपए लग गया है। सो अगर पेशगी नहीं मिलती तो मैं नहीं लिख पाऊँगा। 1000 रुपए पेशगी मिल जाए तो 500 रुपए अपने लिए रख लूँ। यदि तुम कोशिश करके यह करवा दो तो मैं बहुत अच्छी series लिख दूँगा। नहीं तो मैं एक दूसरी जगह धारावाहिक उपन्यास लिखना शुरू कर दूँगा। इच्छा मेरी है, लिखना भी चाहता हूँ पर गुनाहे-बेलज्जत नहीं कर सकता।

सस्नेह

—अश्क

[245]

मोहन राकेश 5, इंडस कोर्ट, ए रोड, चर्चगेट, बंबई-1

भाभी,

नए वर्ष के अवसर पर अश्कजी तथा सारे परिवार के लिए मेरी तथा अनीता की ओर से शुभकामनाएँ स्वीकार करें।

अश्कजी के स्वास्थ्य के संबंध में समाचार दें। उनका बंबई आने का प्रोग्राम कब का बन रहा है ? ओमप्रकाश की लड़की की शादी की तिथि शायद जनवरी के मध्य में होगी। मुझे डर है कि मेरे हाथ का काम तब तक पूरा नहीं होगा। अगर 20-22 के बाद की तिथि हुई तब तो जरूर जाऊँगा, वर्ना शायद न जा पाऊँ।

माँजी को भी मैंने लिखा है कि जनवरी के अंत से पहले उधर आ पाना संभव न होगा। नाटक पूरा करके दिल्ली और इलाहाबाद का चक्कर जरूर लगाऊँगा।

घर में सबको स्नेह दें।

सस्नेह
राकेश

[246]

मोहन राकेश 5, इंडस कोर्ट, ए रोड, चर्चगेट, बंबई-1

अश्क भैया,

पत्र मिला। Gestro-enteritis के संबंध में कुछ बातें पिछले पत्र से मालूम हुई थीं, कुछ इस पत्र से मालूम हुईं। बीमारी काबू में आ गई, यही बड़ी बात है। दुनिया के संतोष के लिए आदमी अपनी सेहत को या अपनी जिंदगी को बेकार हो जाने दे, यह तो कोई बात न हुई। हिंदी के साहित्यिक जगत की प्रतिक्रियाओं के संबंध में आपको बताने की जरूरत नहीं। बहुत-कुछ मैं व्यक्तिगत अनुभवों से जानता हूँ। इस समय आवश्यक यह है कि इस सर्दी में और काम न करके पहले अपनी सेहत ठीक करें। काम कितना भी important क्यों न हो, ऐसा कभी नहीं होता कि उसे दो-चार महीने के लिए टाला न जा सके। खासतौर से जब सेहत इजाजत न देती हो।

ओमप्रकाश के जनवरी के शुरू में लौट आने के बारे में सत्यजी ने अपने पत्र में लिखा था। मैंने एक पत्र दिल्ली के पते से ओमप्रकाश को लिखा है जिसका अभी उत्तर नहीं आया। बिन्नी के विवाह की तिथि का भी अभी पता नहीं। अगर इन्हीं दिनों की

कोई तिथि हुई, तब तो मैं नहीं जा सकूँगा। जनवरी के अंत या फरवरी के शुरू में होगी, तो जरूर जाऊँगा।

बंबई में रहने का खर्च बहुत है और फिलहाल साधन इतने हैं नहीं, इसलिए काफी कठिनाई का सामना करना पड़ रहा है। इलाहाबाद में ज्यादा दिन टेंपरामेंटली नहीं रह सकता और दिल्ली में जाकर रहना अभी सेफ नहीं है। बहरहाल, अपनी तरफ से जी-तोड़ कोशिश कर रहा हूँ किसी तरह चल सके। परिमल की कहानी गोष्ठी का छपा हुआ परिपत्र मिला था। बाद में पाठकजी ने अपने के लिए लिखा था। परंतु वही कठिनाई है जो इन दिनों दिल्ली जाने में है। मैंने पाठकजी को अपनी स्थिति का पता दे दिया है।

अनीता सबको स्नेह भेजती है, मेरी ओर से भी सबको स्नेह दें।

सस्नेह
राकेश

पी. एस.
माँजी को भी मैंने लिखा है कि जनवरी के अंत या फरवरी के शुरू में जरूर आऊँगा।

—राकेश

[247]

कौशल्या अश्क

इलाहाबाद
9.1.64

प्रिय राकेश,

तुम्हारा पत्र 3-4 दिन पहले मिला था। मैं तुम्हें तभी लिखना चाहती थी, किंतु चाहने पर भी ऐसा न कर पाई। यशपालजी आए हुए थे। ठहरे तो वे आलोक मित्र के यहाँ थे, किंतु एक दिन हमारे यहाँ भी आए थे। एक दिन उनके षष्ठी-पूर्ति-समारोह में गई। अश्कजी इतने स्वस्थ नहीं कि कहीं आ-जा सकें, इसलिए मेरा जाना जरूरी था। कल सुबह छोटे मामाजी दिल्ली से आ गए। भाभीजी ने दो-तीन पत्र लिखे थे, मैं उन्हें पत्र न लिख सकी, उन्होंने मामाजी को अश्कजी के स्वास्थ्य का पता लगाने भेज दिया। कल रात मामाजी चले गए और आज सुबह तुम्हें पत्र लिखने का संकल्प करके दफ्तर आई हूँ।

विनीता की शादी 14 जनवरी को है। अश्कजी बहुत कमजोर हैं। दवा से कुछ

लाभ है, किंतु उन्हें स्वस्थ नहीं कह सकते। ज्यादा बात चीत करने से भी निढाल हो जाते हैं। मामाजी ने कल कहा कि वे मिलने के लिए दिल्ली आ जाएँ। उनका मन विनीता की शादी में जाने को भी बहुत करता है। कल मामाजी के कहने पर उसी समय सीटें बुक करा लीं, लेकिन आज सुबह उन्हें बहुत कमजोरी और थकन महसूस होने लगी। सीटें बुक हैं, पर मैं अश्कजी को दिल्ली नहीं ले जा रही। बिन्नी की शादी में मैं जाऊँगी, शायद उमेश या बिम्मा मेरे साथ जाएँ।

बीमारी से अश्कजी ऊब गए हैं। कोई आ जाता है तो बातें करने का मोह संवरण नहीं कर पाते और बाद में थककर लेट जाते हैं। दिल्ली की यात्रा भी उनके लिए उचित नहीं, वहाँ सीढ़ियाँ उतरना-चढ़ना और फिर बातें...वे बहुत ज्यादा बीमार हो जाएँगे, ऐसा मुझे लगता है। इसी कारण बंबई का उनका प्रोग्राम भी नहीं बनाया। तुम आओगे तो तुम्हारे साथ इन्हें तैयार कर दूँगी। तब तक कुछ और ठीक भी हो जाएँगे।

विनीता की शादी में जाना तो तुम्हें जरूर चाहिए। शादी 14 जनवरी की है। बार-बार अवसर आता नहीं। आगे तुम सोच लो। मैं सीधे मामाजी के यहाँ जाऊँगी। वहाँ से जीत को लेकर जहाँ पर ओमप्रकाशजी ने शादी का प्रबंध किया होगा, चली जाऊँगी। तुम आ रहे हो या नहीं, इसकी सूचना मुझे मामाजी के पते पर दे देना। पता है...

कल माँजी ने दूसरे जन्मदिन की मिठाई खिलाई। तार तुम्हें भेजा था, पत्र कल लिखना चाहती थी, पर नहीं लिख सकी। हमारा ढेर-सा प्यार और शुभकामनाएँ !

माँजी वैसे तो ठीक ही हैं। उनका अकेले रहना मुझे ज्यादा ठीक नहीं लगता। तुम अपना ठौर-ठिकाना अच्छी तरह बनाओ तो वे तुम्हारे पास रहें। यह मैं लिख रही हूँ, माँजी ने कभी इस संबंध में चर्चा नहीं की। तुम आओगे तो मैं विस्तार से बात करूँगी।

शीला दो दिन के लिए आई थी। नवनीत को मिलाने माँजी के पास भी एक दिन थोड़ी देर को गई थी। छुट्टी शायद उसकी ज्यादा थी नहीं, इसलिए मिले बिना ही चली गई हालाँकि उसने कहा था कि वह मिलकर जाएगी।

अनीता को हमारा स्नेह देना। उसे साथ लाओ और कुछ दिन इलाहाबाद रहो। आशा है अब वह बिलकुल स्वस्थ होगी। क्या कर रही है ? क्या कहानी-वहानी लिख रही है ?

सब तुम्हें याद करते हैं। आंटी प्यार भेजती हैं और अश्कजी बहुत याद करते हैं।

सस्नेह
कौशल्या

[248]

कौशल्या अश्क इलाहाबाद

9.1.64

प्रिय राकेश,

आज सुबह तुम्हें एक पत्र लिखा है। उसे पोस्ट कर देने के बाद मुझे एक बात का खयाल आया है। मैं नहीं जानती, मुझे यह बात तुम्हें लिखनी चाहिए या नहीं, लेकिन इस विश्वास के साथ लिख रही हूँ कि तुम बुरा नहीं मानोगे।

विन्नी की शादी पर तुम नहीं जा रहे, लेकिन मैं समझती हूँ कि तुम्हें जरूर जाना चाहिए। ओमप्रकाशजी से तुम्हारी पुरानी मित्रता है और छोटी-छोटी बातों का खयाल रखना भी पड़ता है। मुझे खयाल आया कि कहीं ऐसा तो नहीं कि अनीता के साथ जाने में तुम्हें कोई धर्मसंकट हो। यदि ऐसी बात है तो तुम्हें ओमप्रकाशजी को धर्मसंकट में डाले बिना विन्नी की शादी में शामिल होना चाहिए। अनीता को तुम दिल्ली में मेरे पास छोड़ सकते हो। भाभीजी या मासीजी के यहाँ उसे कोई कष्ट न होगा। अश्कजी के छोटे भाई की शादी में ऐसी ही स्थिति आई थी तो मैं बेदी साहब के यहाँ ठहर गई थी और अश्कजी ने शादी attend की थी। अपनी ओर से गलती नहीं करनी चाहिए। यदि तुम अनीता के साथ इस समय दिल्ली जाना उचित नहीं समझते तो अनीता को इलाहाबाद छोड़ते हुए चाहे एक दिन के लिए ही, तुम शादी attend करो। यह मेरी राय है और भाभी की हैसियत से मैंने अपनी बात तुम्हें लिख दी है। बुरा लगे तो क्षमा कर देना और मेरी बात ठीक लगे तो वैसा कर लेना।

ओमप्रकाशजी तुम्हारे मित्र हैं, मित्र के नाते तुम्हें जो करना चाहिए। शेष तुम सोच लो अश्कजी की भी यही राय है, हालाँकि इस संबंध में ज्यादा बातचीत अभी उनसे नहीं हुई।

अनीता को स्नेह। शेष मिलने पर—

सस्नेह
भाभी
कौशल्या

[249]

उपेंद्रनाथ अश्क

इलाहाबाद
12.3.64

प्रिय राकेश,

जब से तुम गए हो, तुमने अपनी कुछ खैर-खबर नहीं दी।

माताजी का एक कार्ड दिल्ली से आया था, जिससे मालूम हुआ कि तुम दिल्ली आ गए हो।

यह पत्र मैं पाठकजी से अनुरोध पर लिख रहा हूँ। उन लोगों ने गोष्ठी 21-22 को रखी है। पहले किसी को किराया वगैरह देने की बात नहीं थी, पर मेरे समझाने पर बाहर के आनेवालों को कम-से-कम थर्ड का किराया देना उन्होंने मान लिया है और अपने ही में चंदा भी इकट्ठा हो रहा है।

तुम्हें पत्र बंबई के पते पर लिखा गया था, जो अब तक तुम्हें मिल चुका होगा। तुम पेपर जरूर लिखकर लाओ। अब यह गोष्ठी पुराने-नए कथाकारों की न होकर नए कथाकारों की है। पुराना यदि कोई होगा तो महज सजावट के लिए। सो भाई तुम पहुँचो और अपने आने के बारे में पता दो। कमलेश्वर को साथ लेकर आओ।

जैसा भी तुम्हारा प्रोग्राम हो, एक पंक्ति जरूर लिख देना।

तुम्हारा आगे का क्या प्रोग्राम है, यह भी लिखना। शिमला तुम कब जा रहे हो? यहाँ तो अभी से गर्मी पड़नी शुरू हो गई है और मेरी तबीयत घबराने लगी है, पर कुछ ऐसी आर्थिक परिस्थिति से गुजर रहा हूँ (और मेरे पास तुम्हारे जैसी बेपरवाही नहीं) कि हाथ का काम निपटाए बिना जाना गुनाह के बराबर लगता है।

अनीता को स्नेह, माताजी को प्रणाम देना।

सस्नेह
उपेंद्रनाथ अश्क

[250]

मोहन राकेश

8ए/54, डब्ल्यू ई. ए., करोलबाग, नई दिल्ली-5
19.3.64

अश्क भैया,

पत्र मिला। अपने को कोसता रहा हूँ कि इतने दिनों से पत्र क्यों नहीं मिल सका।

बंबई जाकर कई दिन मन ढुलमुल रहा कि दिल्ली शिफ्ट करना चाहिए या नहीं। जब फैसला किया तो सामान पैक करने और भिजवाने की मुसीबत ने दम तोड़ दिया। रोज सोचता रहा कि आज लिखूँगा, आज लिखूँगा, और बात टलती रही।

फिर पहुँचे दिल्ली। कई दिन जगह का ही नहीं तय हो पाया। आखिर इसी घर में ऊपर बरसाती का कमरा 110 रुपए में ले लिया। यह प्रबंध अस्थायी है और शीघ्र ही बदलना होगा।

जितनी मुसीबत सामान पैक करने में हुई थी, उतनी ही खोलने में हुई। तब तक कमलेश्वर ने गला पकड़ लिया कि उपन्यास का इंस्टालमेंट दो। परसों का काम निपटाया है।

'परिमल' की गोष्ठी में आ पाता, पर तुरंत के कितने ही काम अभी सिर पर हैं। तीन-चार हफ्ते के लिए शिमला जाना चाहता हूँ, पर उससे पहले जगह की व्यवस्था करनी है। 'सारिका' के लिए सेल्फ पोर्ट्रेट इन्हीं दिनों भेजना था, वह भी नहीं भेज पाया। अप्रैल-मई के लिए 'नई निगाहों के सवाल' के इंस्टालमेंट भी नहीं भेज पाया। खैर इतनी ही है कि क या ख कोण से अभी अभियान नहीं हुआ। किसी भी दिन ये नए फ्रंट भी खुल सकते हैं। फिलहाल शांति है क्योंकि पुष्पा दिल्ली में नहीं है।

भाभी से विशेष रूप से क्षमाप्रार्थी हूँ। वे अपने सेंटिमेंट में बहुत जल्द बुरा मान जाती हैं। कैसे विश्वास दिलाऊँ कि पत्र न लिख पाना केवल सुस्ती ही नहीं थी ? पूरे एक महीने के बाद आज पहली बार पैर निकाल पाया हूँ।

स्वास्थ्य कैसा है ? पुरस्कार के लिए मेरी ओर से बधाई ! डॉ. मदान आए थे। याद कर रहे थे।

माँजी और अनीता का मन यहाँ खूब लग गया है। कोशिश में हैं कि कमलेश्वर वाले हिस्से से सब-टेनेंट अगर चला जाए, तो फिर से उसी हिस्से में अपनी व्यवस्था कर लें।

भाभी से 40 रु. माँजी ने लिये थे। कुछ उन्होंने शायद देहरादून भेजे हैं। कुल कितने हैं, मुझे लिख दें। जरूरत हो तो अभी भेज दूँगा।

इस वक्त 'काँपता हुआ दरिया' पूरी तरह दिमाग को घेरे है। उसे जल्दी से पूरा कर देना चाहता हूँ।

माँजी सबके लिए स्नेह भेजती हैं। अनीता स्नेह और नमस्कार। पूछ रही है कि बिम्मा कब तक आ रही है।

सस्नेह
राकेश

[251]

मोहन राकेश

भाभी,

अम्माँ राजी-खुशी पहुँच गई हैं। सामान भी ठीक से आ गया है। श्री आप्टे के साथ होने से उन्हें तकलीफ नहीं हुई। अम्माँ को भिजवाने के सिलसिले में जो कष्ट आपने किया, उसके लिए आभार कैसे प्रकट करूँ ? उनका आप पर भी उतना ही अधिकार है जितना मुझ पर।

हम सब यहाँ ठीक-ठाक हैं। नरेंद्र से भेंट होने पर अकसर वहाँ के समाचार मिल जाते हैं।

उमेश का पत्र मिल गया है। कमलेश्वर, शिवदानसिंह चौहान तथा कालिया की प्रतियाँ मैं दे दूँगा। डॉ. देवीशंकर अवस्थी को भी भिजवा दूँगा। डॉ. महीपसिंह से बहुत कम मुलाकात होती है। उनका कॉलेज यहाँ से दूर नहीं है। उन्हें लिख रहा हूँ कि कभी मेरे यहाँ से अपनी प्रति ले जाएँ। जबानी संदेश भी भिजवा दूँगा। न हुआ तो रवींद्र कालिया के हाथ भिजवा दूँगा। वे खालसा कॉलेज के पास ही रहते हैं।

और अपने समाचार लिखें। दिल्ली कब आ रही हैं ?

अश्कजी से नमस्कार कहें। आंटी से भी। शेष सबको स्नेह दें—हम तीनों की तरफ से।

सस्नेह
राकेश

[252]

मोहन राकेश 8ए/54, डब्ल्यू ई. ए., करोलबाग, नई दिल्ली-5

2.5.64

भाभी,

इतने दिन पत्र नहीं लिख सका, नाराज तो नहीं हैं न ?

आजकल नियमित रूप से काम करना शुरू कर दिया है। रोज सुबह तीन या चार घंटे जमकर चौकी पर बैठता हूँ। मई-जून यहीं रहने का इरादा है।

आज ही अश्कजी के नाम भी पत्र लिखा है। उसमें एक बात लिखना भूल गया। अक्तूबर में एक समारोह की योजना बना रहे हैं जिसकी रूपरेखा कुछ दिनों तक उन्हें

भिजवाऊँगा। लोग चाहते हैं कि अश्कजी के अतिरिक्त सर्वश्री यशपाल, नागर, जोशी, बेदी तथा कृश्न को भी बुलाया जाए। नए लोग तो होंगे ही।

स्वास्थ्य कैसा है ? वहाँ के समाचार दें।

सस्नेह
राकेश

[253]

मोहन राकेश 8ए/54, डब्ल्यू ई. ए., करोलबाग, नई दिल्ली-5
2.5.64

अश्क भैया,

इलाहाबाद से आने के बाद पत्र नहीं लिख सका। पहले कुछ दिनों के लिए शिमला-कुफ्री चला गया था। लौटकर आया तो गर्मी से बेहाल रहा। अब मशीन चल गई है तो कुछ शांति मिली है।

दिल्ली में इधर 'कहानी : नई कहानी' को लेकर खासी सरगर्मी रही है, अब भी है। नामवर ने यहाँ आकर काफी मजेदार भूमिका अदा करनी शुरू की है। एक तरफ तो भाई जैनेंद्र कुमार के साथ गठबंधन कर रहे हैं, दूसरी ओर रघुवीर सहाय इत्यादि के साथ और तीसरी ओर मुद्राराक्षस और धर्मेंद्र गुप्त इत्यादि के साथ। नारा शायद उनका है : 'राकेश-कमलेश्वर को गाली देने वालो, एक हो जाओ।' यहाँ तो तो फिर भी गनीमत थी। मगर दिल्ली में नागर, मार्कंडेय, अमरकांत को भी बिलकुल भूल गए हैं। प्रजा सोशलिस्ट पार्टी, स्वतंत्र पार्टी तथा जनसंघ के मिले-जुले मोर्चों का-सा मोर्चा वे 'परिमल विचारक मनीषा' का खड़ा करने की कोशिश में हैं। इलाहाबाद में परिमल की गोष्ठी में जो सूरत नामवर की थी, यहाँ उसमें बिलकुल दूसरी ही सूरत लिये घूम रहे हैं। काश कि मार्कंडेय, अमरकांत इन महोदय को यहाँ इस रूप में भी देख पाते। सिद्धांतों को तिलांजलि देकर कोई व्यक्ति इस तरह की कलाबाजियों में अपने को पूरी तरह खो दे सकता है, इसकी तो कल्पना भी नहीं की जा सकती थी। मजेदार बात यह है कि जिन-जिनके साथ नामवर जो-जो बातें करते हैं, वे सब दो घंटे बाद अंदर हमें बता जाते हैं। यही नहीं—नामवर हमारे साथ बैठकर इन लोगों को गाली भी दे जाते हैं।

इलाहाबाद में खूब गर्मी पड़ रही होगी। कहाँ का प्रोग्राम बना रहे हैं ?

भाभी से मेरा व अनीता का नमस्कार कहें। मिसेज डेविड से भी। शेष सबको हमारा स्नेह दें। माँजी की ओर से सबको। डॉ. निगम को मैं किराया एम. ओ. से भेज दूँगा—दो-एक रोज में।

सस्नेह
राकेश

[254]

उपेंद्रनाथ अश्क इलाहाबाद

5.5.64

प्रिय राकेश,

तुम्हारा 2 तारीख का पत्र मिला। गर्मी से तो मैं भी बेहाल हूँ तो भी चूँकि अभी इतना महान नहीं हुआ कि निकटस्थ मित्रों के उत्तर टाल जाऊँ इसलिए वापसी डाक से उत्तर दे रहा हूँ।

कौशल्या बंबई गई है। कल उसका फोन आया था, परसों तक आ जाएगी। मैं यहीं हूँ, और यहीं रहूँगा। भैरव का रुपया चुका दिया है, एक-आध हजार और कर्ज रह गया है, उसे भी चुका लूँ तो सुख की साँस लूँ। यों भी स्वास्थ्य इस योग्य नहीं कि यात्रा करूँ चाहे फिर उसके दूसरे सिरे पर ठंडा पहाड़ ही क्यों न हो।

तुमने कौशल्या के पत्र में मुझे अक्तूबर में दिल्ली बुलाया है, तुम लोग बुलाओगे तो मैं जरूर आऊँगा, लेकिन यदि तुम लोग मेरी मानो—याने तुम तीनों—तो एक बात कहूँ। कुछ दिन नेतृत्व करना छोड़कर चुपचाप पाँच-सात अच्छी कहानियाँ लिखो—वैसी ही कि जिनके लिए तुम लोग प्रसिद्ध हो। और इस बीच में बनने दो जो नई कहानी का नेता बनता है। मैं जानता हूँ, तुम लोग मेरी बात मानोगे नहीं और वक्त बर्बाद करोगे, लेकिन कहना मैं अपना कर्तव्य समझता हूँ।...यह न समझना मैं आने से कन्नी काट रहा हूँ। तुम बुलाओगे तो मैं चला आऊँगा, लेकिन मन में जो है, मैंने कह दिया है।

नामवर अज़ली (अनादि काल से) कंफ्यूज्ड और बददयानत आदमी है, उसके संबंध में तुमने जो लिखा है, उससे ताज्जुब नहीं हुआ।

इलाहाबाद में ये लोग मेरे लेख से सख्त खार खाए हैं और इधर व्यक्तिगत रूप से मुझ पर कीचड़ उछाल रहे हैं। मैंने अपना निबंध—कहानियाँ और फैशन—सँवार लिया है, उसे पुस्तक रूप में डॉ. सुरेश सिन्हा प्रस्तुत कर रहे हैं।

कमलेश्वर को मेरी याद दिलाना।

सस्नेह
उपेंद्रनाथ अश्क

[255]

मोहन राकेश

8ए/54, डब्ल्यू ई. ए., करोलबाग, नई दिल्ली-5
12.6.64

अश्क भैया,

कल शाम किसी अन्य प्रसंग में हो रही बातचीत के दौरान कमलेश्वर से आपके 'नए वक्तव्य' की स्थापनाओं के विषय में जाना। ये स्थापनाएँ किसी नई स्ट्रेटजी का हिस्सा हैं या कि राकेश से बदगुमान इंटर्व्यूकार को ह्यूमर करने की कोशिश—कह नहीं सकता। खैर, आपका जो भी 'आज का' मत है, उसी को आपका प्रामाणिक मत मानना चाहिए—हालाँकि 'नई कहानी' संबंधी इन स्थापनाओं में वह मत डॉक्टर नामवर जैसे व्यक्ति के मत से ज्यादा भिन्न नहीं है। नहीं जानता कि नई पीढ़ी के किसी-न-किसी व्यक्ति के साथ अपने को या अपने साथ उस व्यक्ति को आईडेंटीफाई करना आपको इतना आवश्यक क्यों रहा है ? आपका कृतित्व बिना इस आईडेंटीफिकेशन के भी अपना महत्त्व रखता है।

यहाँ इस विषय को लेकर लंबी बहस में नहीं पड़ना चाहता। लेख मैंने पढ़ा नहीं है—विशेष कुछ तो पढ़ने के बाद ही कहा जा सकता है। हाँ, इतना जरूर कहना चाहूँगा कि नई कहानी के संबंध में मेरी धारणाएँ मेरी रचनाओं से अलग और कटी हुई नहीं हैं। बेहतर होता यदि आप या तो उन धारणाओं की ओलचना करते या उन धारणाओं के संदर्भ में मेरी रचनाओं की। बहरहाल, आपका लेख एक शुरुआत तो है ही—उस रचना-भेद के स्पष्टीकरण की, जो कि लिहाज की एक दीवार के कारण अब तक काफी हद तक बचाया जाता रहा है। आशा है इसमें मुझे अपनी स्थिति और स्पष्ट कर लेने का अवसर मिलेगा—रचना और मान्यता दोनों के स्तर पर।

मैं फिलहाल दिल्ली में ही हूँ। शायद कुछ दिनों तक कुछ दिनों के लिए बाहर जाऊँ। अभी कार्यक्रम निश्चित नहीं है। अनीता को सितंबर में बी. ए. की परीक्षा देनी है—बाहर जाने में सबसे बड़ी बाधा यही है। उसने यहाँ पर एक प्राइवेट कॉलेज ज्वॉइन कर रखा है। पिछले दिनों गुलमर्ग का प्रोग्राम बनाया था, पर अकेले जाने को मन नहीं हुआ। ज्यादा-से-ज्यादा दस-पंद्रह रोज के लिए बंबई का चक्कर लगा आऊँगा।

भाभी बंबई से लौट आई होंगी। उन्होंने पत्र का उत्तर नहीं दिया। मेरी शिकायत पहुँचा दें।

डॉ. निगम को देने के लिए दो महीने के किराए का मनीऑर्डर भाभी के नाम भेज रहा हूँ। दो महीने का किराया जुलाई में भेजूँगा। माँजी अनीता की परीक्षा के बाद सितंबर में कुछ अर्से के लिए वहाँ आएँगी। शायद हम लोग भी आएँ।

भाभी से नमस्कार कहें तथा शेष सबसे यथायोग्य।

सस्नेह
राकेश

पी. एस.
लेख की एक प्रति भिजवा सकेंगे ? कमलेश्वर तो जल्दी प्रेस में देने के नाम पर अभी प्रति दबाए है।

—राकेश

[256]

उपेंद्रनाथ अश्क

इलाहाबाद
20.6.64

प्रिय राकेश,

तुम्हारा 12.6.64 का पत्र मिला। मालूम नहीं तुम किस बात से नाराज हो। मैंने तो कोई ऐसी बात नहीं लिखी जो तुमसे व्यक्तिगत रूप से कही न हो। तुम यहाँ होते तो मैं तुम्हें लेख दिखा भी लेता। नई पीढ़ी के किसी व्यक्ति के साथ अपने-आपको identify भी मैंने नहीं किया। उसकी मैं जरूरत ही नहीं समझता। नई कहानी के बारे में तुम्हारी मान्यताओं या धारणाओं की रोशनी में तुम्हारी कहानियों की आलोचना की बात भी नहीं थी। सिवा एक पंक्ति तुम्हारी दोनों नई कहानियों के बारे में लिखने के, मैंने तुम्हारी किसी कहानी की आलोचना की ही नहीं। प्रशंसा जरूर की है।

कमलेश्वर कहता था कि आप राकेश को बड़ा कहानीकार मानते हैं, नया नहीं मानते, इसका उसे दुख है। अब यह मेरी फीलिंग है कि तुम बहुत अच्छे कहानीकार हो और उस तरह नए नहीं हो जैसे कि यादव या कमलेश्वर या निर्मल या नरेश मेहता। तुम्हारी तो बात दूर रही, मैं दूधनाथ की 'आईसबर्ग' को भी उस संदर्भ में नई नहीं, पुराने शिल्प की कहानी मानता हूँ, जिस संदर्भ में कि रवींद्र कालिया या देवेन गुप्त की कहानियों को मैं नया मानता हूँ।

यह विवादग्रस्त प्रश्न है। हो सकता है, कभी मिलो और तुम समझा दो तो बात समझ में आ जाए, पर इतनी सारी कहानियाँ पढ़ने पर तो समझ में नहीं आई। कमलेश्वर ने कहा था कि शिल्प नहीं संवेदना नई है जो राकेश को अलग करती है। मेरा सिर्फ इतना कहना है कि यह भी नहीं होगा तो राकेश को इतना महत्त्व ही कौन देगा ? जो कथाकार आगे आता है और नाम पाता है और विशिष्ट कहलाता है, उसे इतना तो (महत्त्व) अपना दूसरों से अलग देना ही चाहिए। पुराने और नए के संबंध

में मेरी अपनी मान्यताएँ हैं। मैं नए को इतना महत्त्व नहीं देता, जितना अच्छे को। 'लहर' के कथा विशेषांक में मैंने पंक्तिबद्ध किया था। उन्हीं को मैंने दोहरा-भर दिया था। यह हो सकता है कि जहाँ दूसरे हर लेखक के बारे में (भैरव को छोड़कर) मैंने प्रश्नों का उत्तर दिया है, तुम्हारे बारे में चुप लगा जाता, जबकि प्रश्न सीधा तुम्हारे बारे में किया गया था। पर मैं समझता हूँ यह तुम्हारे और मेरे दोनों के लिए गलत होता।

बाकी तुम लिखो, लिहाज के कारण तुम कोई सच्ची बात कहने से अपने को न रोको, ऐसा करना गलत होगा।

मैं यदि समझूँगा कि तुम्हारी मान्यताएँ या धारणाएँ गलत हैं तो जवाब दूँगा। (अभी तो मान्यताएँ या धारणाएँ नहीं केवल मेरी राय माँगी गई थी।) अगर समझूँगा तुम ठीक कहते हो तो मान लूँगा।

सस्नेह
उपेंद्रनाथ अश्क

पुनश्च
मैं तो परिमल की गोष्ठी के लिए लेख लिखकर खासा पचड़े में पड़ गया। जिसको देखो मुँह फुलाए घूम रहा है।

बहरहाल, पुस्तक प्रेस में चली गई है। अब चंद दिन बाद उपन्यास पर जुटूँगा। अनीता को स्नेह। माताजी को प्रणाम ! कौशल्या अस्वस्थ रही है। तुम्हें लिखेगी।

—अश्क

[257]

उपेंद्रनाथ अश्क

इलाहाबाद
30.6.64

प्रिय राकेश,

तुम्हारा पत्र आया था और उसका उत्तर मैंने दे दिया था। कौशल्या की तबीयत इधर बड़ी सुस्त रही है, इसलिए वह तुम्हें पत्र नहीं लिख रही। स्वस्थ होकर लिखेगी।

तुम्हारा भेजा हुआ मनीऑर्डर मिल गया था। मैं परसों स्वयं जाकर किराया दे आया था। रसीद डॉक्टर निगम कल भेजेगा, तभी मैं तुम्हें भिजवा दूँगा। चूँकि इधर म्युनिसिपल कमेटी ने प्रापर्टी टेक्स लगा दिया है, इसलिए उसने एक रुपया दस नए पैसे किराया बढ़ा दिया है। सभी मालिक मकानों ने किराए बढ़ा दिए हैं। मैं डॉ. निगम को दो रुपए

बीस नए पैसे भेज दूँगा और रसीद मँगा लूँगा। यह तुम्हारी सूचना के लिए लिख रहा हूँ। उस समय वर्षा होने लगी थी और डॉक्टर निगम शायद सोया-सोया उठकर आया था, इसलिए उसने कहा था कि कानपुर से आकर रसीद भेजेगा। आज तो नहीं, कल गुड्डे को उसकी तरफ भेजूँगा।

और तुम्हारी कोई सूचना नहीं मिली, क्या कर रहे हो, क्या लिख-लिखा रहे हो ? मैं इधर 'धर्मयुग' में छपी सभी कहानियाँ पढ़ गया हूँ—एक भी कहानी ऐसी नहीं लगी जिसे प्रथम कोटि की कहा जा सके। कुछ दिन पहले राजेंद्र की कहानी भी पढ़ी। बहुत गुस्सा आया। बिना अपने-अपने अजनबी वाले दर्शन की कहानी लिखे उससे रहा नहीं जाता। और यह दर्शन भी उस कहानी में उसने ऊपर से उढ़ा दिया है, उस कहानी से स्वतः निःसृत नहीं। उससे कहना कि 28 जून के 'धर्मयुग' में छपी ज्ञानरंजन की कहानी 'शेष होते हुए' पढ़े। कहानी में शिल्प और भाषागत कुछ दोष हैं, पर कहानी यादव की कहानी से अच्छी है। उसे अपनी ओर से किसी तरह का भाषण देने की जरूरत नहीं पड़ी—वह भाव अपने आप उस कहानी से पाठक के मन पर पड़ता है। यदि तुमने और कमलेश्वर ने भी अच्छी कहानियाँ नहीं लिखीं तो मैं उस कथामाला को एकदम असफल मानूँगा।

मैं कहानियों पर पुस्तक छपवाने में लगा हूँ। फिर कुछ कविताएँ लिखूँगा या उपन्यास पूरा करूँगा।

अनीता को स्नेह देना, माताजी को प्रणाम।

सस्नेह
अश्क

[258]

मोहन राकेश

8ए/54, डब्ल्यू ई. ए., करोल बाग, नई दिल्ली-5
5.7.64

अश्क भैया,

पत्र मिले। भाभी के स्वास्थ्य के विषय में जानकर चिंता हुई। अब स्वास्थ्य कैसा है ?

डॉ. निगम ने जितना किराया बढ़ाया है, वह अगली बार साथ जोड़कर भेज दूँगा। लगभग दो हफ्ते तक।

मैं उपन्यास के काम में लगा था, इसलिए पहले नहीं लिख सका। अगस्त के अंत तक इसे पूरा कर लेना चाहता हूँ। इसके अलावा कुछ और काम भी अधूरा पड़ा है जिसे पूरा करना है।

जैसा कि मैंने पहले पत्र में भी लिखा था, माँजी सितंबर में अनीता की परीक्षा के बाद कुछ दिनों के लिए इलाहाबाद आएँगी। जुलाई तक का किराया मैं यहाँ से भेज दूँगा। अगस्त-सितंबर का वे आकर दे देंगी।

पाठकजी से नमस्कार कहें। भाभी को हम सबकी ओर से स्नेह दें।

सस्नेह
राकेश

[259]

उपेंद्रनाथ अश्क

इलाहाबाद
8.7.64

प्रिय राकेश,

तुम्हारा पत्र अभी मिला। मैं तुम्हें लिखने ही जा रहा था। परसों बाजार में डॉ. निगम मिल गए थे। वह पूछ रहे थे कि राकेश की माताजी कब गई हैं। उनका मतलब यह था कि माताजी ने उन्हें किस महीने का किराया दिया है और ये दो महीने का किराया किस-किस महीने का है। तुम्हारे पत्र से मालूम होता है कि यह किराया जो तुमने भेजा है, मई-जून का है और जुलाई का किराया तुम भेजोगे। कृपा कर वापसी डाक से कन्फर्म करो। माताजी के पास से देख लो कि किस महीने की आखिरी रसीद उनके पास है ताकि मैं उनसे रसीदें लेकर तुम्हें भिजवा दूँ।

पत्रोत्तर वापसी डाक से देना।

सस्नेह
उपेंद्रनाथ अश्क

पुनश्च
बारिश आ गई है। अव्वल तो कोई उम्मीद नहीं कि कमरा कुछ भीगेगा। सोचा था कि चाभी होती तो एक बार जाकर देख लेता। अनीता को स्नेह और माताजी को प्रणाम देना।

—अश्क

[260]

उपेंद्रनाथ अश्क

इलाहाबाद
14.8.64

प्रिय राकेश,

अभी सुना है कि तुम दिल्ली वापस आ गए हो। तुम्हारे बंबई जाने से पहले मैंने तुम्हें एक पत्र लिखा था। तुमने जो दो महीने का किराया भेजा था, वह मैं स्वयं डॉक्टर निगम को दे आया था। रसीद अभी तक नहीं ली गई, क्योंकि तुमने यह नहीं लिखा—कब तक माताजी डॉक्टर निगम को किराया दे गई हैं ? और किन दो महीनों की रसीद उससे ली जाए। एक रुपया दस नया पैसा प्रति मास उन्होंने किराया बढ़ा दिया है। सो वो उन्हें दे दिए जाएँगे।

तुम बंबई कैसे गए थे, तुमने नहीं लिखा। अनीता और माताजी कैसी हैं ? अनीता को मेरा स्नेह और माताजी को प्रणाम देना।

मेरी पुस्तक—कहानियाँ और फैशन—छप गई। तुमने देखी हो और राय दे सको तो देना। यादव और कमलेश्वर को एक-एक प्रति भेजी थी। तुम दिल्ली में नहीं थे।

लगता है तुम लोगों और संचेतनवादियों में ठन गई है। कमलेश्वर कहता था—वे लोग गुंडई करते हैं। मेरे यहाँ उनमें से दो-एक लोग आए थे—वे कहते थे तुम लोग उनके मुँह पर उन्हें दो कौड़ी का कथाकार कहते हो। विष्णु प्रभाकर तक को शिकायत है—राजेंद्र ने कहा कि उन्होंने एक भी कहानी अच्छी नहीं लिखी।...यदि यह सब तुम लोग वाद-विवाद बढ़ाने और यों प्रचार करने के लिए करते हो तो कोई हर्ज नहीं, लेकिन यदि स्नॉबरी के कारण ऐसा करते हो तो बुरा करते हो। young लेखक अत्यधिक sensitive होता है, उसकी sensitivity का खयाल रखना चाहिए। संभव हो तो उसे प्रोत्साहित करते हुए उसका पथ-निर्देश करना चाहिए।

एक बुरी खबर है। दूधनाथ को टी. बी. हो गई है। 26 को उसने निर्मला से विवाह किया और 5 तारीख को उसे T. B. declare कर दी गई। 10 को उसे चार घंटे में 5 बार खून की कय हुई। हम सब लोग दिन-रात उसी में लगे रहे हैं। कल उसे फाफाभाऊ के टी. बी. सेनेटोरियम में दाखिल कराया। काम मुश्किल था लेकिन मिसेज उषा राव की लगातार कोशिश से हो गया। अब वह बच जाएगा।

सस्नेह
अश्क

पुनश्च
दूधनाथ का केस काफी advanced है। डॉक्टर कहता है कि उसे साल-डेढ़ साल से तकलीफ होगी। इसे ignorance कहूँ या बेपरवाही कि उसने खयाल नहीं किया और अपने साथ बेचारी उस लड़की को भी परेशानी में डाल दिया। बहरहाल, अब आशा है वह ठीक हो जाएगा। मैं प्रयत्न में हूँ कि किसी प्रकार उसे भुवाली भिजवाया जा सके।

—अश्क

[261]

मोहन राकेश

8ए/54, डब्ल्यू ई. ए., करोलबाग, नई दिल्ली-5
20.8.64

अश्क भैया,

राजकमल के पते से भेजा पत्र मिला। मैं इससे पहले एक पत्र दे चुका हूँ।

दूधनाथ सिंह की बीमारी के विषय में जानकर बहुत दुःख हुआ, चिंता भी। रोग का निदान हो गया है तो उसका इलाज करने के लिए भरसक प्रयत्न किया जाना चाहिए। मैं वहाँ की स्थिति के संबंध में नहीं जानता, परंतु यदि किसी तरह की सहायता यहाँ से अपेक्षित हो तो लिखें—हम सब अपना पूरा सहयोग देंगे। एक पत्र मैं दूधनाथ सिंह को भी लिख रहा हूँ—लीडर प्रेस के पते से। वह उन्हें पहुँचवा दें।

मैंने लिखा था कि किराया कितना बाकी है, इसका ब्यौरा डॉ. निगम से ही पूछ लें। मैं फिलहाल तीन महीने के किराए का एक पोस्ट-डैटिड चेक : 8 सितंबर का : भेज रहा हूँ। बैंक चार्ज का एक रुपया इसमें और शामिल कर दिया है ताकि डॉक्टर साहब को नुकसान न हो। उनका पूरा नाम नहीं जानता, इसलिए चेक खाली क्रास करके भेज रहा हूँ। शेष किराया माँजी अक्तूबर में वहाँ आकर दे देंगी।

कहानी संबंधी चर्चा-परिचर्चाओं से मुक्त रहकर इन दिनों मैं अपना लेखन-कार्य कर रहा हूँ। दो-तीन महीने काम कर चुकने के बाद ही अब उस मगजपच्ची में पड़ूँगा।

आशा है स्वस्थ हैं। भाभी का स्वास्थ्य कैसा है ? उनसे नमस्कार कहें। अनीता भी नमस्कार भेजती हैं। अम्माँ स्नेह।

बंबई गया था जिस तरह कहीं भी जाता हूँ। तीन महीने लगतार दिल्ली में रहने के बाद चेंज के लिए।

सस्नेह
राकेश

[262]

उपेंद्रनाथ अश्क

इलाहाबाद
25.8.64

प्रिय राकेश,

तुम्हारा पत्र और चेक मिला। दो दिन मैं एक लेख लिखवाने में व्यस्त था, आज

धारासार पानी बरस रहा है, कल-परसों स्वयं डॉक्टर निगम से मिलूँगा और तुम्हारा चेक दे आऊँगा और 5 महीने के किराए की रसीद ले आऊँगा।

यह बहुत अच्छा है कि तुम नई कहानी के पचड़े से छुट्टी पाकर उपन्यास लिखने में संलग्न हो। मेरी आँखें कुछ ठीक हो जाएँ तो मैं भी उपन्यास में लगूँ। परिमल की परिगोष्ठी के कारण बेकार में मेरे तीन-साढ़े तीन महीने जाया हो गए, आँखें खराब हो गईं और मित्रों की नाराजगी घाते में। जाने कितने motives लोगों ने impute नहीं किए ? जिनकी निंदा हुई, उनके लिए तो स्वाभाविक ही था, जिनकी प्रशंसा हुई, उन्होंने भी इसे बदनीयती पर ही महमूल (कल्पित, आरोपित) किया। बहरहाल, this is all part of the game और फँसे पर फड़फड़ाना और गुनाह करके पछताना मैं उचित नहीं समझता। तुम्हें पुस्तक की प्रति भेजनी थी, पर तुम्हारा पता नहीं था कि तुम दिल्ली हो या बंबई या कहीं और ! हालाँकि तुम्हारी पुस्तकें तो कई बार मैंने खरीदकर ही पढ़ीं है, पर इस मामले में, कम-से-कम, मैंने तुम्हें शिकायत का अवसर नहीं दिया।

यह पत्र मैं तुम्हें दूधनाथ के सिलसिले में लिख रहा हूँ। तुम्हारा पत्र आज निर्मला को मिला है। पानी थमा और मैं दूधनाथ से मिलने गया तो आज उसे दे आऊँगा। दूधनाथ अब लीडर प्रेस में नहीं, इसलिए अच्छा हो यदि उसके पत्र मेरी मार्फत भेजो। उसे जल्दी मिल जाएँगे।

मैंने श्रीमती उमा राव की सहायता से उसे फाफाभाऊ अस्पताल के emergency ward में भर्ती करा दिया है। उसकी तबीयत पहले से किंचित बेहतर है। उसका case काफी advanced है। Big sized cavity थी। तीन महीने उसे भरने में लगेंगे और साल-दो साल उसे आराम-इलाज कराना पड़ेगा। हम कोशिश करेंगे कि उसे भुवाली सेनेटोरियम में जगह मिल जाए। वहाँ वह दो महीने से ज्यादा नहीं रह सकता।

निर्मला बाहर अकेली रहती है। उसके घरवाले नाराज हैं। उसने रेडियो में फिर कुछ काम करना शुरू कर दिया है। पाँच-छह मील जाने में, फल-वल ले जाने में, अपना खर्च चलाने में उसे आर्थिक सहायता की जरूरत है। संकोची और स्वाभिमानी लड़की है। तुम लोग अगर मिलकर कुछ रकम ऐसे स्नेह से भिजवा सको कि वह इनकार न कर सके तो बहुत अच्छा हो।

कमलेश्वर से कहकर उसकी कहानी और लेख के कम-से-कम 100 रुपए मनीऑर्डर से मेरी मार्फत भिजवाओ ताकि उसे समय से मिल जाएँ।

सबसे बड़ी बात जो तुम कर सकते हो, वो यह है कि चार-छह साहित्यिकों का एक डेप्युटेशन लेकर केंद्रीय शिक्षा मंत्रालय के श्री प्रेमनाथ धीर से मिलो और दूधनाथ की सहायतार्थ उनसे कुछ आर्थिक सहायता दिलाओ। उनके पास इस संबंध में फंड रहता है। श्रीमती उमा राव ने उन्हें लिखा है। तुम लोग वहाँ से जोर लगाओगे तो यह काम आसानी से हो जाएगा।

इसके अलावा तुम या यादव या कमलेश्वर यदि उसके यहाँ आकर मिल जाओ तो उसका साहस बढ़ेगा। वह हताश हो गया था, पर यहाँ के साहित्यिक बरादर उससे

मिलने जा रहे हैं और अब वह अपेक्षाकृत प्रसन्न है। मैं स्वयं जानता हूँ कि पंचगनी में पड़ा मैं कितना चाहता था कि कोई मित्र मुझे आकर मिल जाए और पाठकजी जब मुझसे मिलने गए थे तो मैं जानता हूँ, मुझे कितनी खुशी हुई। वह तुम लोगों के निकट है और यह तुम्हारा कर्त्तव्य है कि एक-आध दिन के लिए आकर उसे देख जाओ, उसे और उसकी पत्नी को तसल्ली बँधा जाओ। मैं तो बहरहाल सब करूँगा ही, यथाशक्य उसे कष्ट न होने दूँगा, पर तुम लोगों का दिल्ली से चलकर केवल उसकी मिजाजपुर्सी को आना दवाइयों से ज्यादा काम कर सकता है।

सस्नेह
राकेश

पुनश्च
कमलेश्वर यदि निर्मला से कुछ आलोचनात्मक लेख लिखवा सके तो अच्छा हो।

—अश्क

[263]

मोहन राकेश 8ए/54, डब्ल्यू ई. ए., करोल बाग, नई दिल्ली-5
27.8.64

अश्क भैया,

पत्र मिला। दूधनाथ सिंह के स्वास्थ्य के बारे में सभी मित्र बहुत चिंतित हैं। कलेश्वर से कहानी तथा लेख का पारिश्रमिक तुरंत भिजवाने की बात की है। दो दिन में ही भिजवा दिया जाएगा। श्री प्रेमनाथ धीर से भी दो-एक दिन में अप्वॉइंटमेंट लेकर मिलने जाएँगे। और क्या करना चाहिए, इस संबंध में साहित्यिक मित्रों में बातचीत चल रही है।

मैं समझता हूँ कि इस अवसर पर भारती भंडार की ओर से दूधनाथ सिंह का एक कहानी-संग्रह निकलवा देने की व्यवस्था करनी चाहिए। उसका 500-600 रुपया उसे एडवांस मिल जाए, तो काफी काम आ सकता है। वहाँ से संभव न हो, तो यहाँ किसी प्रकाशक से बात की जाए—हालाँकि उचित इस समय संग्रह का वहीं से प्रकाशित होना है। इस बारे में एक पत्र पाठकजी को भी लिख रहा हूँ।

मेरी एक उँगली आज दरवाजे में पिस गई है, इसलिए ठीक से नहीं लिख पा रहा। मैं इन्हीं दिनों वहाँ आता, पर दीदी : कमला : का ट्यूमर का ऑपरेशन इन्हीं दिनों

होना हैं—उनका भी काफी एडवांस्ड केस है ! इस हफ्ते पता चलेगा कि सितंबर की डेट मिलती है या अक्तूबर के पहले हफ्ते की। सितंबर में मैं न आ सका, तो कमलेश्वर आएगा। मैं उस हालत में ऑपरेशन के चार-छह रोज बाद जब भी हुआ आऊँगा।

भाभी से नमस्कार कहें। शेष सबको यथायोग्य।

सस्नेह

राकेश

[264]

उपेंद्रनाथ अश्क

इलाहाबाद

1.9.64

प्रिय राकेश,

तुम्हारे दोनों खत मिले। तुम्हारा चेक मैं डॉ. निगम को दे आया था। उनको मैंने समझा भी दिया कि इसमें राकेश ने 1-10 न. पै. प्रति मास के हिसाब से किराया बढ़ा दिया है, तब उन्होंने कहा कि जब से राकेश की माताजी ने मकान लिया है, तब से 1-10 न. पै. प्रतिमास किराया बढ़ेगा, क्योंकि सरकार ने मकान का कर 1962 से बढ़ाकर ले लिया है। मैं उनको पिछले दो महीने के भी 2-20 न. पै. दे रहा था, सो भी उन्होंने नहीं लिया और कहा कि जब राकेश की माताजी आएँगी तो सारा हिसाब हो जाएगा।

तुम्हारी जानकारी के लिए यह बता दूँ कि डॉक्टर निगम कहते हैं यहाँ के सभी मकान मालिकों ने 1962 से किराया वसूल कर लिया है हमारी दुकान का भी किराया पाँच रुपए बढ़ गया है, जो हमने 1962 से ही दिया है।

कल डॉक्टर निगम मेरे यहाँ आए थे। वो तुम्हारा चेक वापस दे गए हैं। तुमने उनके नाम के लिए जो लाइन खाली छोड़ दी थी, उस पर नाम भरने से स्याही फैल गई। यह चेक वापस आ जाएगा और बेकार में रुपए की डज पड़ जाएगी। मैंने उन्हें आश्वासन दिया कि मैं चेक वापस भेजकर रुपया मँगा लूँगा।

मैं इस पत्र के साथ वह चेक संलग्न कर तुम्हें वापस भेज रहा हूँ। तुम कृपा करके राया का मनीऑर्डर भेज दो। डॉक्टर निगम के हिसाब से जो दो महीने का किराया उन्हें दिया था वह मार्च और अप्रैल का था। ये तीन महीने का मिलाकर जुलाई तक का किराया होता है। सिद्धांततः उन्हें अगस्त का किराया भी मिल जाना चाहिए। यहाँ मालिक मकान किराया पेशगी ले लेते हैं। डॉक्टर निगम भले आदमी हैं और परेशान नहीं करते। तुम अपनी सुविधा से तीन या चार महीने का किराया भेज दो, लेकिन भेजो

मनीऑर्डर से अथवा ड्राफ्ट से, यही मेरा अनुरोध है। तुम उनके नाम का ड्राफ्ट बनवा कर भी पत्र में भेज सकते हो, मैं उनको देकर उनसे पाँचों महीनों की रसीद लेकर तुमको भिजवा दूँगा।

डॉक्टर निगम पूछ रहे थे कि राकेश की माताजी कब आएँगी। उनका कोई तहखाना उस कमरे के नीचे है, जिसमें उनका सामान पड़ा रहता है। माताजी के होते शायद वे निकाल लेते थे। अब उन्हें उलझन होती है। मैंने उनसे कहा था कि माताजी अक्तूबर में आएँगी और अगर आपको ज्यादा दिक्कत हो तो मैं चाभी मँगा दूँ।

दूधनाथ की तबीयत पहले से किंचित अच्छी है, लेकिन उसके लिए कम-से-कम छह महीने सेनीटोरियम में रहना जरूरी है। मैंने रमेश बक्षी के द्वारा श्री लक्ष्मीचंद्र जैन को कहलवाया है, अब उनका पत्र आया है कि वे वृंदावन सेनीटोरियम में उसका प्रबंध कर सकते हैं। तुम भी बक्षी को पत्र लिखना और मैं लिख रहा हूँ कि वे वहाँ प्रबंध करे दें, क्योंकि फाफामऊ सेनीटोरियम में दूधनाथ इमर्जेंसी वार्ड में है और दो महीने से ज्यादा नहीं रह सकता। यों हम महादेवीजी के द्वारा इस बात की कोशिश में भी हैं कि हेल्थ मिनिस्टर से कहकर उसे यहाँ ज्यादा देर रखे जाने की इजाजत मिल जाए।

जहाँ तक उसके संग्रह का संबंध है, तुम्हारा यह सुझाव बहुत अच्छा है, लेकिन उसका संग्रह भारती भंडार से नहीं छप सकेगा। पाठकजी की इच्छा होने के बावजूद ! बहुत-से कारण हैं, जो मैं पत्र में नहीं लिख सकता। उसकी व्यवस्था राजपाल अथवा भारतीय ज्ञानपीठ में ही हो सकती है। मैं भी लक्ष्मीचंद्र जैन को लिखूँगा, तुम भी लिखो। बात हो जाने पर सुरेंद्रपाल से कहकर रचनाएँ संकलित कर दी जाएँगी।

निर्मला सुरेंद्रपाल के यहाँ चली गई है। यहाँ वे एक दोस्त के यहाँ पड़े हुए थे। उसका कोई संबंधी उसके साथ रहने को तैयार नहीं हुआ। सोच-सोचकर यही हल निकाला गया कि वह सुरेंद्रपाल के यहाँ रहे, क्योंकि वहाँ से अस्पताल नजदीक है।

मेरी आँखें बदस्तूर खराब हैं। कभी सोचता हूँ कि कुछ दिन के लिए दिल्ली चला आऊँ और इसी बहाने आँखों को आराम मिल जाए। यहाँ काम किए बिना रहा नहीं जा सकता और काम हो नहीं पा रहा है। लेकिन दिल्ली में जैसा वातावरण है, उससे जी घबराता है। मैंने 'गिरती दीवारें' को पॉकेट बुक के लिए तैयार करना स्वीकार कर लिया है। बस वही काम है, जो मुझे करना है। इसके बाद मैं निश्चित रूप से कुछ दिन के लिए आराम करूँगा।

मैंने अपनी पुस्तक की एक प्रति डॉ. सुरेश सिन्हा के हाथ तुम्हें भिजवाई है। वह तुमसे घर पर मिलेगा। आशा करता हूँ कि तुम उससे दुर्व्यव्हार नहीं करोगे। मैंने उसे भी समझाया है और उसके द्वारा मनहर चौहान को भी कहलवाया है कि वह इस तरह के वाहियात लेख न लिखे। उनसे उसी का अहित होगा और राकेश को कोई हानि नहीं पहुँचेगी। मैंने उसका एक लेख पढ़ा था और मुझे वह अच्छा नहीं लगा था।

सचेतन कथाकारों के इलाहाबाद आकर कांफ्रेंस करने के संबंध में राजेंद्र यादव ने अपने पत्र में एक ताना दिया है। मैंने तो उन्हें नहीं बुलाया ! डॉक्टर और सुरेंद्रपाल

से उनकी बात हुई थी। लेकिन यदि वे इलाहाबाद आएँगे और मेरा योग चाहेंगे तो मैं जरूर दूँगा। मैं नहीं समझता कि किसी दल को काटने से कोई लाभ हो सकता है। मेरे खयाल में उनका यथासंभव पथ-निर्देश करना चाहिए ताकि वे गाली-गलौज छोड़कर कुछ ढंग का काम करें। युवक लोग अत्यधिक भावप्रवण होते हैं। उनकी भावनाओं का खयाल रखकर, उनकी पीठ ठोंकते हुए, उनकी रचनाओं में जो कुछ अच्छा हो उसकी प्रशंसा करते हुए ही उनका पथ-निर्देश किया जा सकता है। मैं नहीं समझता कि वे लोग चिल्लाकर तुम लोगों को कोई नुकसान पहुँचा सकते हैं। या तुम लोग ही उन्हें काटकर उनका कोई अहित कर सकते हो। अपना अहित हम स्वयं ही कर सकते हैं, यदि हम अच्छा लिखना छोड़ दें। जब तक हम अपने प्रति दयानतदार हैं, तब तक कोई हमारा अहित नहीं कर सकता। महज तिकड़म या गुटबाजी या शोर या बावेला किसी कथाकार को कुछ देर के लिए पीछे तो डाल सकता है, विक्षुब्ध कर सकता है, लेकिन उसे मार नहीं सकता। मरेगा तो वह अपने ही हाथों। इसलिए मेरे खयाल में दोनों ही पक्ष थोड़ा-थोड़ा गलती पर हैं। कौशल्या दिल्ली बहुत आना चाहती है। अगर मैं दिल्ली आया तो तुम लोगों से सविस्तार बात करूँगा। न आया तो तुम लोग ही आना।

राजेंद्र यादव का तानों से भरा हुआ खत आया था। उसका जवाब मैं विस्तार से दूँगा या अगर दिल्ली आया तो स्वयं मिलकर बात करूँगा। उससे कहना कि अपने से हटकर देखना बेहद जरूरी है और यदि वह इस दृष्टि से देखेगा तो मेरी पुस्तक के बारे में उसने जो मेरी नीयत पर शक किया है, उसे वह दिखाई नहीं देगा।

कमला की तबीयत का हाल पढ़कर चिंता हुई। यदि उसके कहीं रसौली है तो उसका ऑपरेशन जल्दी ही करा लेना चाहिए, लेकिन यह देख लेना कि मौसम में गर्मी न हो।

माताजी को मेरा प्रणाम और अनीता को स्नेह देना।

सस्नेह
उपेंद्रनाथ अश्क

[265]

मोहन राकेश

नई दिल्ली
5.9.64

अश्क भैया,

पत्र मिला। आँखें खराब हैं, जानकर चिंता हुई। क्या हाल है, लिखें।

डॉ. निगम के लिए मनीऑर्डर 8 या 9 तारीख को भेजूँगा। हो सका तो चार महीने

का, नहीं तो फिलहाल तीन का। आपके पते से ही। उन्हें चाबी की बहुत जरूरत हो तो उनसे कहें कि संकोच न करें।

कमला के पेट में रसौली है—काफी बढ़ चुकी है। उसी का ऑपरेशन होना है। मौसम को देखकर ही रुके हुए हैं। या तो सितंबर के तीसरे हफ्ते में होगा या फिर अक्तूबर की 10-12 को क्योंकि इस बीच अनीता की परीक्षा आ पड़ेगी। ज्यादा खयाल अक्तूबर का ही है क्योंकि गर्मी भी नहीं रहेगी। और माँजी के साथ अनीता भी देखभाल में मदद कर सकेगी।

दूधनाथ सिंह का भी दूसरा पत्र आज मिला है। उसे अलग से लिख रहा हूँ। लक्ष्मीचंद्रजी को भी पत्र लिखूँगा। यदि संग्रह का प्रकाशन ज्ञानपीठ से संभव न हुआ, तो दिल्ली में व्यवस्था करेंगे। जैसे और जहाँ भी हो सका।

श्री राव को मैंने लिखा था कि मिस्टर धीर के नाम लिखें। उमाजी के पत्र की एक प्रतिलिपि भिजवा दें जिससे उसके रेफ्रेंस से हम बात कर सकें। उन्होंने अभी उत्तर नहीं दिया। उन्हें फोन पर भी व्यक्तिगत रूप से याद दिला दें।

कहानी संबंधी विवाद से मैं दिसंबर-जनवरी तक के लिए अलग हूँ। मेरा बहुत-सा काम रुका हुआ है। ये बातें बाद में होती रहेंगी।

डॉ. सिन्हा मुझसे नहीं मिले। किताब अलबत्ता पहुँच गई है। कभी फुर्सत से पढ़ूँगा। काम पूरा करने के बाद।

भाभी से नमस्कार कहें। माँजी स्नेह तथा अनीता नमस्कार भेजती हैं।

सस्नेह
राकेश

[266]

उपेंद्रनाथ अश्क इलाहाबाद

26.9.64

प्रिय राकेश,

तुम्हारा पत्र मिल गया था। मनीऑर्डर भी समय से मिल गया था। मैं स्वयं जाकर किराया दे आया हूँ और पाँच महीनों के किराए की रसीद ले आया हूँ, जिसे इस पत्र के साथ संलग्न भेज रहा हूँ। तुमने मुझे लिखा था कि तुम काम में रत हो और कहानी वगैरह—सचेतन अथवा अचेतन—के झगड़े से दूर, साहित्य-साधना में रत हो। लेकिन दिल्ली से आनेवाले पत्रों से मालूम होता है कि ऐसा नहीं है। तुमने जाने किससे कहा है कि सचेतन कथाकारों की कांफ्रेंस इलाहाबाद में हो रही है और अश्कजी उसकी अध्यक्षता कर रहे हैं। यादव ने भी यही बात लिखी थी। उसको तो मैंने यों ही टाल

दिया था। पर तुम जिम्मेदार आदमी हो, क्यों बेपर की उड़ाते घूमते हो ? दूसरों की बात नहीं जानता, लेकिन मुझसे सचेतन कथाकारों ने यह नहीं कहा, न लिखा कि वे कांफ्रेंस इलाहाबाद में करेंगे, उसमें योग देने अथवा उसके अध्यक्ष होने की तो बात ही दूर रही। इस संबंध में मेरा इतना ही दोष है कि जब सुरेश सिन्हा के नाम को लेकर मुझसे प्रश्न पूछा तो चूँकि मैंने उन लोगों की कहानियाँ पढ़ रखी थीं इसलिए मुझे जो जैसी लगीं वैसा लिख दिया। कमलेश्वर के कहने पर मैंने सचेतन शब्द काट दिया था, पर जब सुरेश सिन्हा ने आग्रह किया और नाम लेकर प्रश्न पूछे तो उत्तर न देना मुझे गलत लगा। मैं यहाँ बैठा दिल्ली की राजनीति से अनभिज्ञ हूँ।

आज मैं दूधनाथ से मिलने गया था। तुम्हारा भेजा हुआ लक्ष्मीचंद्रजी जैन का पत्र उसे मिल गया है। दूधनाथ की इच्छा है कि उसकी 9 कहानियाँ तैयार हैं, उनका संग्रह अलग से हो जाए और उसकी कविताओं और खंडकाव्य का अलग से। मुझे मालूम नहीं था कि उसने इतनी कहानियाँ लिखी हैं, इसलिए मैंने ही रमेश बक्षी के पत्र में यह सुझाव भेजा था। लेकिन जब उसकी इतनी कहानियाँ छपी हुई हैं, जिनमें एक लंबी कहानी भी है तो अच्छा यही हो कि उसकी कहानियों का एक संग्रह अलग से छप जाए और कविताओं का अलग से। मैं भी इस सिलसिले में लिखूँगा और तुम भी लिखो।

दूधनाथ की तबीयत पहले से बेहतर है। वजन भी उसका कुछ बढ़ गया है लेकिन अभी पाँच-छह महीने उसे अस्पताल में रहना ही चाहिए। हम लोग इसकी कोशिश कर रहे हैं। लक्ष्मीचंद्रजी जैन ने भी उसे वृंदावन के सेनीटोरियम में भेजने का वायदा किया है।

मैं 27 को बंबई जा रहा था, लेकिन बेदी का फोन आया कि वह दस-बारह दिनों के लिए जालंधर जा रहा है, सो मैं रुक गया हूँ। यहाँ कदाचित अक्तूबर को 'विवेचना' की गोष्ठी हो रही है, जिसमें मेरे उपन्यास 'शहर में घूमता आईना' पर डॉ. बच्चन सिंह निबंध पढ़ रहे हैं। इसलिए भी रुक गया हूँ कि लोग यह न समझें, मैं अपनी आलोचना हँसते-गाते नहीं सुन सकता। और भी बहुत-से लोग उस दिन इकट्ठे हो रहे हैं—आशिक का जनाजा है जरा धूम से ही निकलेगा।

माताजी को प्रणाम और अनीता को स्नेह देना।

तुम्हारा
उपेंद्रनाथ अश्क

संलग्न : मार्च 64 से जुलाई 1964 तक की रसीद।

पुनश्च

डॉक्टर निगम 1962 से एक रुपया 10 पैसे किराया माँग रहे थे। म्युनिसिपल कमेटी ने सब मकान-मालिकों से वसूल कर लिया, सो उन्होंने किराएदारों से। हमने भी दुकान का किराया पिछला सब दिया है। मैंने कह दिया है कि पिछला किराया राकेश के आने पर मिल जाएगा।

कमला की तबीयत का पता देना।

—अश्क

[267]

उपेंद्रनाथ अश्क

इलाहाबाद
3.10.64

प्रिय राकेश,

कौशल्या सोमवार दिल्ली पहुँच रही है। किस गाड़ी से ? इसकी सूचना तार से दूँगा, पर तार पत्रों की अपेक्षा देर से पहुँचते हैं, सो पत्र भी लिख रहा हूँ। वह अनीता और माताजी से मिलना चाहेगी। एक शाम उसे ले जाना। कमलेश्वर और गायत्री से भी मिल लेगी और आराम भी कर लेगी। जरूरी काम से वह चंद दिनों के लिए दिल्ली जा रही है। स्वास्थ्य उसका ठीक नहीं।

तुम भाई, मेरे बारे में गलत बातों का प्रचार नहीं करो। लोगों को करने दो, पर स्वयं नहीं करो। यों तो अपने संबंध में उड़ाई जानेवाली हर गलत बात मैं स्वीकार कर लेता हूँ, पर मित्र उड़ाएँ तो अच्छा नहीं लगता। मैं सचेतन कथाकारों को अच्छी तरह नहीं जानता। उन्होंने मुझसे इलाहाबाद में सम्मेलन करने की बात नहीं कही। जब कालिया यहाँ आए थे, तभी कुछ बात हुई थी या सुरेंद्रपाल से, उनमें से किसी की बात हुई थी, मुझसे नहीं हुई। न मुझसे किसी ने अध्यक्ष-पद स्वीकार करने को कहा और न मैं कभी किसी मीटिंग में यह पद स्वीकार करता हूँ। मुझे कुछ व्यक्तिगत सनकों से यह पद बड़ा हास्यापद लगता है। सही बात तुम्हें लिख दी है। अब तुम जानो। यों कोई इलाहाबाद में सम्मेलन करना चाहे तो तमाशा देखना मुझे बुरा नहीं लगता। फिर मैं तो महीने-दो महीने के लिए इलाज कराने बंबई जा रहा हूँ।

शिवदान ने एक लंबा पत्र लिखा है कि मिल-बैठकर फिर से स्थितियों का मूल्यांकन किया जाए। मैंने उन्हें लिख दिया है कि वे नामवर, राकेश से मिलकर पहले तय कर लें फिर अपने साथियों को समझाकर कोई राह निकालें तो शायद बात बने। यों कोई बात नहीं बनेगी। मुसीबत यह है कि सब लोग reservation से बातें करते हैं। डिप्लोमेसी के साथ। इस तरह घपला ही होता है और कभी बात सिरे नहीं चढ़ सकती।

अनीता को स्नेह और माताजी को प्रणाम देना।

सस्नेह
अश्क

[268]

मोहन राकेश — 8-ए/54, डब्ल्यू. ई. ए. करोलबाग, नई दिल्ली-5

8.11.64

अश्क भैया,

बहुत दिनों से पत्र लिखने की सोच रहा था, पर एक-न-एक वजह से बात टलती गई। कमला के ऑपरेशन की तिथि दो-तीन बार बदली...ज्यादा उसके डर की वंजह से। उसके साथ और भी चीजें टलती गईं।

आपने अपने मन में कुछ लोगों के साथ बैठकर बात करने के बारे में लिखा था। जिस तरह की मनःस्थिति में सब लोग हैं, उसमें उसका विशेष लाभ तो नजर नहीं आता, पर मुझे उसमें कोई एतराज नहीं होगा।

मैं पिछले कुछ अर्से से अपने काम में लगा हूँ, और चाहता हूँ कि इस सर्दी में एक उपन्यास तो किसी तरह हो ही जाए।

बंबई के डॉक्टरों ने आँखों के बारे में क्या बताया है, लिखें।

बंबई का पता न होने से पत्र इलाहाबाद के पते से भेज रहा हूँ।

श्री बेदी तथा मिसेज बेदी से नमस्कार कहें।

सस्नेह
राकेश

[269]

कौशल्या अश्क — 12.11.64

प्रिय राकेश,

तुम्हारा पत्र मिला। अश्कजी को तुम्हारा पत्र भेज दिया है। यों मैं भी 14 नवंबर को जाने की सोच रही हूँ।

कमला को ऑपरेशन के लिए तैयार करो, उसे हिम्मत बँधाओ। आजकल मौसम भी अच्छा है और ऑपरेशन समय से हो जाए तो ठीक है। उसकी सेहत की चिंता है। उसके स्वास्थ्य का पता देते रहो।

आजकल मेडिकल साइंस इतनी आगे बढ़ गई है कि ट्यूमर का ऑपरेशन मामूली ऑपरेशन ही गिना जाता है। फिर दिल्ली में अच्छे-से-अच्छे डॉक्टर हैं। तुम उसे समझाओ। माँजी भी परेशान होंगी। उन्हें भी घबराने न दो।

अब तो सर्दी हो गई है। तुम लोगों की प्रतीक्षा करती रही। चाबी बिम्मा के पास है। मेरे लौटने से पहले माँजी आएँ तो तार दे दें, उमेश स्टेशन से उन्हें ले आएगा। तुम दोनों भी आओ, तब तक शायद मैं भी लौट जाऊँगी।

अनीता को मेरा प्यार देना और माँजी को प्रणाम। कमला से मिलो तो मेरी ओर से उसका हाल पूछना और स्नेह देना।

सस्नेह
तुम्हारी भाभी
कौशल्या

[270]

उपेंद्रनाथ अश्क

माटुँगा, बंबई-19
7.12.64

प्रिय राकेश,

तुम्हारा 8.11.64 का पत्र समय से मिल गया था। मैं उत्तर नहीं दे सका। मेरी तबीयत तो यहाँ आकर काफी ठीक हो गई थी, अचानक खराब हो गई और हफ्ता-भर तक मैं घर से नहीं निकल सका। वही पुराना गेस्ट्राइटिस का दौरा पड़ा था। फिर पूना चला गया। तीन-चार दिन पहले लौटा हूँ। कौशल्या आ गई है और वापस चलने की जल्दी मचा रही है और काम समेटने की जल्दी में समय का पता नहीं लगता।

मैंने जरूर तुम्हें लिखा था कि कुछ लोगों के साथ मिलकर बात कर लो। लेकिन बाद में नामवर से बात हुई थी। मैं भी समझता हूँ कि उससे कुछ नहीं होगा। ठीक है, तुम डटकर काम करो। अच्छा लिखना, उत्तरोत्तर लिखने का प्रयास करना ही सब बातों का पक्का जवाब है।

आँखें मैंने यहाँ दिखाई थीं। उन्होंने कहा कि मैं देर से आता तो अंधा हो जाता। उन्होंने आँखों की खराबी का कारण पान में तमाखू (तम्बाकू) खाना बताया है। कोई फेफंड स्टिक पुतली के पीछे होती है, वह पीली हो गई है और पुतली की बारीक नसों में spasm होता है, जिस कारण आँखों में mist आ जाती है। मैंने उन्हें पूछा था कि मेरे मित्र बीस-बीस पान रोज खाते हैं। कुछ तो ऐसे हैं जो पचास-पचास खाते हैं और हर बार पान में तमाखू खाते हैं, पर डॉक्टर ने कहा कि यह अपनी-अपनी nerves पर निर्भर करता है, आपकी नसें सेंसिटिव हैं। बहरहाल, उसी दिन से पान खाना बंद कर दिया। एक ही यह 'ऐयाशी' मैं करता था, सो वह भी बंद हो गई।...इससे कुछ लाभ तो हुआ है, लेकिन यह निदान ठीक है, इसका पता तो कुछ दिन बाद ही लगेगा।

लगातार काम करता हूँ तो अब भी तकलीफ होती है। कुछ दवाइयाँ खाने को भी हैं। बीच में गेस्ट्राइटिस का attack होने से छूट गई थीं, अब फिर शुरू करूँगा।

आशा है कमला का ऑपरेशन सफलतापूर्वक हो गया होगा। हमें उसकी चिंता है। हम यहाँ से 13 तक चले जाएँगे, तुम इलाहाबाद में एक पंक्ति इस संबंध में जरूर लिखना।

माताजी को प्रणाम और अनीता को स्नेह देना।

तुम्हारा
उपेंद्रनाथ अश्क

[271]

उपेंद्रनाथ अश्क

इलाहाबाद
28.1.65

प्रिय राकेश,

आशा है तुम, अनीता, माताजी, कमला—सब पूर्णतः स्वस्थ और सानंद हैं। इधर बहुत दिनों से तुम्हारा कोई समाचार नहीं मिला। तुम इलाहाबाद आने वाले थे। बीच में दूधनाथ तथा दूसरों से पता भी चला था कि तुम आ रहे हो। फिर उन्हीं से पता चला कि नहीं आ रहे।

इधर कई पत्रिकाओं में तुम्हारी कहानियाँ आई हैं। लगता है, बहुत व्यस्त हो। समय निकालकर एक-आध पंक्ति में अपनी कुशल-क्षेम देना। यह भी लिखना कि कमला के ऑपरेशन का क्या हुआ ? हो गया कि नहीं ?

डॉक्टर निगम आए थे। उनका 100 रुपए से ऊपर किराया हो गया है। मैंने उनसे कहा था कि राकेश आने वाले हैं।

मेरा अपना इरादा फरवरी में दिल्ली आने का था, पर वह कार्यक्रम रह गया।

स्वास्थ्य मेरा पहले से किंचित बेहतर है, आँखें अब भी कष्ट देती हैं। रात को काम करना बिलकुल बंद कर दिया है।

कौशल्या तुम सबको स्नेह भेजती है और माताजी को प्रणाम कहती है। माताजी की सेवा में मेरा प्रणाम और अनीता को स्नेह देना।

सस्नेह
उपेंद्रनाथ अश्क

पुनश्च
इधर केवल कविताएँ लिखी हैं।

[272]

मोहन राकेश 2.2.65

भाभी,

इतने दिन पत्र नहीं लिख सका इसका संकोच मन में है। कमला का ऑपरेशन आज-कल करते टलता ही गया। कोशिश करके भी उसके मन से डर निकाला नहीं जा सका।

आप फरवरी में आने वाली थीं। अश्कजी के पत्र से पता चलता है कि शायद नहीं आएँगी। मैं सात-आठ दिन तक एक हफ्ते के लिए बंबई जाऊँगा। कोशिश करूँगा कि लौटते हुए इलाहाबाद होकर आऊँ।

'सात सफर' बहुत रोचक पत्र रहा है। पुस्तक रूप में इसे और भी बड़े पैमाने पर लिखा जाए, तो बेह्तर होगा।

माँजी फरवरी के अंत तक जरूर इलाहाबाद पहुँच जाएँगी। किराए का चैक मैं उससे पहले भेज दूँगा। अगर डॉ. निगम नकद चाहें, तो मैं खुद इलाहाबाद में दे दूँगा। पैसे 12 तारीख से पहले हाथ में नहीं होंगे, वरना आज ही मनीऑर्डर से भेज देता।

स्वास्थ्य के विषय में लिखें। घर में सबको हमारी ओर से स्नेह दें। अम्माँजी अनीता याद करती हैं।

सस्नेह
राकेश

[273]

मोहन राकेश 2.2.65

अश्क भैया,

पत्र मिला। कल-परसों हम लोग चंडीगढ़ में थे। डॉ. मदान ने हिंदी-विभाग की ओर से एक छोटी-सी गोष्ठी की थी।

आपकी शिकायत सही है। बहुत दिनों से पत्र नहीं लिख पाया। लेखन के अलावा और तरह से भी व्यस्त रहा। बहुत-से लोग बाहर से आते रहे।

कमला का ऑपरेशन नहीं हुआ। वह हर बार उसी तरह टालती रही। माँजी का इलाहाबाद आने का प्रोग्राम इसलिए भी टल गया था कि डॉ. मदान उन्हें चंडीगढ़ साथ लाने के लिए बहुत अनुरोध कर गए थे। उन्हें साथ ले गया था। डॉ. निगम के लिए 12 तारीख को 138 रुपए 60 पैसे का चेक भेज रहा हूँ। 6 महीने का किराया है,

जनवरी के अंत तक का। बहुत संभव है तीसरे सप्ताह में किसी समय मैं खुद भी इलाहाबाद आऊँ। माँजी उसके बाद आएँगी। घर खाली करने से पहले महीना-डेढ़ महीना वहाँ रहेंगी। तब तक मैं यहाँ पर दूसरी दो-ढाई कमरे की जगह देख लूँगा।

आँखों के संबंध में जीत से पूछा था। स्वास्थ्य जितना बर्दाश्त करे, उससे ज्यादा काम आपको बिलकुल नहीं करना चाहिए।

माँजी स्नेह भेजती हैं, अनीता प्रणाम। भाभी को अलग से पत्र लिख रहा हूँ।

सस्नेह

राकेश

[274]

मोहन राकेश — 8-ए/54, डब्ल्यू. ई. ए. करोलबाग, नई दिल्ली-5

5.2.65

अश्क भैया,

मेरा पहला पत्र मिला होगा। बंबई से होकर मैं दो दिन के लिए इलाहाबाद आऊँगा ...कमलेश्वर की भतीजी की शादी के अवसर पर। तभी डॉक्टर निगम के किराए का पूरा हिसाब कर दूँगा। सोचा था कि 8 मार्च से हम इलाहाबाद वाली जगह छोड़ दें। मेरे दिल्ली वापस आने पर माँजी कुछ दिनों के लिए इलाहाबाद आ जाएँगी और वहाँ से सामान लेकर चली आएँगी। डॉ. निगम को आप अभी से सूचित कर दें कि हम वह जगह 8 मार्च से छोड़ देंगे। मैं जब आऊँगा तभी मार्च तक का किराया देकर उनसे पूरी रसीद ले लूँगा।

अपने स्वास्थ्य के बारे में लिखें। और सब कैसा चल रहा है ? इधर कोई नई पुस्तक प्रकाशित हुई ?

माँजी स्नेह भेजती हैं। अनीता नमस्कार कहती है।

भाभी से नमस्कार कहें।

सस्नेह

राकेश

[275]

मोहन राकेश

8-ए/54, डब्ल्यू. ई. ए. करोलबाग, नई दिल्ली-5

26.2.65

अश्क भैया,

तार मिल गया था। पर वक्त पर बुकिंग न मिलने से शादी के दिन नहीं पहुँच सका, इसलिए आने का कार्यक्रम टल गया। कोशिश करूँगा कि मार्च में किसी वक्त आऊँ।

अनीता को उज्ज्वला भाभी ने हफ्ते-भर के लिए अपने पास रोक लिया है। वह 3-4 को आएगी। उसी दिन माँजी यहाँ से चलेंगी। तीन-चार दिन में मकान खाली करके चली आएँगी। डॉ. निगम का पूरा हिसाब उनके हाथ भेज दूँगा।

इधर बहुत दिनों से आपकी कोई रचना 'नई कहानियाँ' में नहीं छपी। ओमप्रकाश ने बताया था कि आप इकट्ठा एडवांस चाहते हैं जो दे सकने की स्थिति में वे नहीं हैं। इतनी-सी वजह से आप 'नई कहानियाँ' के लिए लिखना ही छोड़ दें, यह ठीक नहीं। 'नई कहानियाँ' का मई अंक 'वर्षगाँठ' विशेषांक होता है। उसके लिए आपको इस बार अपनी कहानी जरूर भेजनी चाहिए। ऐसी कि साल-भर उसकी चर्चा हो सके। कमलेश्वर से भी आपसे बात करने को कहा था। उसने पहले लिखा भी होगा। लिखें कि कब तक भेज रहे हैं।

भाभी से नमस्कार कहें। आंटी से भी। शेष सबको स्नेह दें।

माँ प्यार भेजती हैं।

सस्नेह
राकेश

[276]

उपेंद्रनाथ अश्क

प्रिय राकेश,

मैं पहली फरवरी को आ गया था। इरादा था बंबई होकर दिल्ली आने का। लेकिन बंगलौर में बीमार हो गया और मैसूर से आगे जाने की हिम्मत नहीं हुई इसलिए डेढ़-पौने दो महीने बाद लौट आया। फिर भी कन्नड़, तमिल और कर्नाटक के महत्त्वपूर्ण शहर, कन्याकुमारी, पैरियार लेक, कोवलम बीच, ऊटी और कोड़ाई कनाल, महाबलीपुरम और

पांडिचेरी सब देख आया हूँ। कौशल्या को वहाँ से सब तीरथ करवा आया हूँ। इतने लंबे दौरे का खमियाजा भुगतना अनिवार्य था। सो जब से आया हूँ बीमार पड़ा हूँ। पहले कुछ दमा रहा, अब दस-बारह दिन से तेज बुखार है।

तुम्हारी किताब आज ही मिली है। उसी की पहुँच में यह पत्र लेटे-लेटे लिखवा रहा हूँ। पढ़कर विस्तार से फिर लिखूँगा।

मेरी और कौशल्या की तरफ से माँजी को प्रणाम देना और अनीता को स्नेह।

सस्नेह
उपेंद्रनाथ अश्क

[277]

कौशल्या अश्क

इलाहाबाद
1.3.65

प्रिय राकेश,

तुम्हारा पत्र मिला था और बहुत दिनों बाद मिला था। तुमने आने की बात लिखी थी, इसलिए उत्तर न देकर मैं प्रतीक्षा करती रही। पता चला था कि अनीता भी तुम्हारे साथ बंबई गई है तो तुम्हें तार भी भेजा था। तुम दोनों आते तो अच्छा होता, लेकिन आज तक तुम मौन ही रहे। आज तो तुम दिल्ली पहुँच गए होगे, यह पत्र दिल्ली के पते से भेज रही हूँ।

कब आ रहे हो ? माँजी कब आएँगी ? तुमने लिखा था कि 8 मार्च के बाद यहाँ का मकान छोड़ देना है। आज पहली है और अभी तक तुम्हारा कोई पत्र भी नहीं मिला। मकान की तो खैर कोई बात नहीं। चार दिन बाद भी छोड़ा जा सकता है, लेकिन तुम अपने हाल-चाल लिखो और प्रोग्राम का पता दो।

क्या लिख-लिखा रहे हो आजकल ? कौन-सी नई पुस्तक छपी है ? एक प्रति भेज सको तो जरूर भेजो या आते-आते लेते आओ।

पिछले महीने 8-10 दिन सख्त बीमार रही। अब पहले से काफी ठीक हूँ। परेशानी जरूर है, कई तरह की चिंताएँ घेरे हैं और मन उदास भी हो जाता है, लेकिन शायद ये परेशानियाँ न हों तो मन और भी उदास हो जाए।

अश्कजी की आँखों में अभी तकलीफ है, लेकिन पहले से आराम है। वे भी तुम्हारी प्रतीक्षा करते रहे। आज भी कह रहे थे कि राकेश को आना था, वह आया नहीं। तुम्हें और अनीता को स्नेह भेजते हैं।

अनीता का क्या हाल है ? लगता है, तुम्हारी तरह वह भी लिखने-पढ़ने में लगी रहती है। उसका भी पत्र इधर मुद्दत से नहीं मिला। उसे मेरी याद दिलाना और प्यार देना।

माँजी कैसी हैं ? हम सबका उन्हें प्रणाम कहना और कहना कि हम उनकी भी प्रतीक्षा कर रहे हैं। आंटी प्यार भेजती हैं।

बहुत-सी बातें हैं, मिलने पर करेंगे।

तुम्हारे पत्र की प्रतीक्षा रहेगी।

सस्नेह
तुम्हारी भाभी
कौशल्या

[278]

उपेंद्रनाथ अश्क

इलाहाबाद
1.3.65

प्रिय राकेश,

तुम्हारा पत्र अभी-अभी मिला। तुम लोगों के न आने से निराशा हुई। मैंने डॉक्टर निगम से कह दिया था कि राकेश 8 मार्च को मकान खाली कर देंगे। जब से तुमने मकान लिया है, तब से 1.10 नए पैसे महीने किराए का और जुड़ेगा। वह भी बस जोड़ लेना और माताजी को समझा देना।

कमलेश्वर ने कुछ महीने पहले मुझे कहानी भेजने को लिखा था। मैंने उसे अपनी स्थिति समझा दी। फिर वह चुप लगा गया।

कहानियाँ मेरे दिमाग में हैं, मैं लिखना भी चाहता हूँ। पर मैं कुछ वर्षों से घोर आर्थिक और मानसिक संकट से गुजर रहा हूँ। या तो तुमने समझने का प्रयास नहीं किया या समझकर भी नहीं समझा। आँखों की बीमारी और स्वास्थ्य की खराबी के बावजूद घोर श्रम कर रहा हूँ। यदि मैं कहानी पहले लिख लूँ तो अनायास ही वहाँ देने को मन चाहेगा, जहाँ से ज्यादा पैसे मिलते हैं, ख्याति-कुख्याति का महत्त्व मेरे लिए नहीं रहा। इसीलिए कमलेश्वर से कहा था कि वह रुपए पहले भिजवा दे ताकि मैं बँधकर लिख दूँ। रुपए पेशगी लेकर मैंने कभी किसी को letdown नहीं किया, इसे ओमप्रकाश भली-भाँति जानते हैं। चार कहानियों के पैसे इसलिए माँगे थे कि तब मैं उपन्यास लिखना छोड़कर कहानियाँ लिखने लगूँगा और नीलाभ को उपन्यास न सही, कहानी-संग्रह

दे दूँगा। **Neelabh को feed करने की भी समस्या मेरे सामने रहती है। वैसे मेरी कोई नाराजगी नहीं।**

सस्नेह
अश्क

पुनश्च

ओमप्रकाश चार कहानियों के पैसे नहीं दे सकते तो अभी दो के भेज दें और फिर दो के दे दें। मैं यह नहीं मानता कि वे यह नहीं कर सकते।

—अश्क

[279]

मोहन राकेश

4.3.65

अश्क भैया,

मेरा पत्र मिला होगा। अम्माँ 8 तारीख को डॉ. निगम का मकान खाली कर रही हैं। डॉ. निगम के किराए का ब्यौरा इस प्रकार है—

	रु. पै.
7 महीने का किराया	161-70
8 दिन का किराया	6-0
पिछली जुलाई से फरवरी तक 8 महीने का टैक्स 1-10 रुपए महीना के हिसाब	8-80
कुल	**176-50**

चालीस रुपए अम्माँ ने पिछली बार आते हुए आपसे और भाभी से लिये थे। 10 रुपए भाभी से, 30 रुपए आपसे। इस तरह वे कुल 216 रुपए पचास पैसे आपको देंगी। डॉ. निगम से रसीद बनवाकर अम्माँ को ही दे दें।

सामान वहाँ से ट्रक पे बुक कराना है। उमेश-गुड्डा तो हैं ही—आप स्वयं भी देख लीजिएगा। उधर से अम्माँ जिस गाड़ी से आ रही हैं, उसके बारे में तार दे दीजिएगा।

पिछले पत्र के उत्तर की प्रतीक्षा है।

सस्नेह
राकेश

तार फोन नं. से दें—
फोन नंबर है : 52167

—राकेश

[280]

मोहन राकेश

8-ए/54, डब्ल्यू. ई. ए. करोलबाग, नई दिल्ली
13.3.65

अश्क भैया,

पत्र रिडायरेक्ट होकर मिला। इससे पहले अम्माँ ने बताया था कि पत्र यहाँ आकर लौट गया था।

आपका पत्र आने से पहले ही ओमप्रकाश से बात की थी। विशेषांक के लिए कहानी का पारिश्रमिक अग्रिम भिजवाने की बात तय हो गई थी। आशा है आप एक कहानी तो भेज ही सकेंगे। कठिनाइयों के बावजूद कुछ तकाजे पूरे किए जाते हैं, किए जाते रहेंगे। मुझे विश्वास है कि वापसी डाक से अपनी स्वीकृति भेज देंगे जिससे कि विशेषांक की घोषणा में नाम दिया जा सके। स्वीकृति की सूचना कमलेश्वर को दें। मैं कल-परसों तीन हफ्ते के लिए बाहर चला जाऊँगा—शिमला।

माँजी सकुशल पहुँच गई हैं। भाभी को मेरा पत्र मिल गया होगा। उन्हें दूसरा पत्र शिमला से लिखूँगा।

स्वास्थ्य के संबंध में पता देते रहें—अपनी सारी नाराजगियों के बावजूद।

भाभी तथा आंटी से नमस्कार कहें। शेष सबको स्नेह दें। अम्माँ व अनीता की ओर से भी।

सस्नेह
राकेश

[281]

उपेंद्रनाथ अश्क

इलाहाबाद
25.3.65

प्रिय राकेश,

'नई कहानियाँ' के लिए कहानी लिखने के सिलसिले में तुम्हारा पत्र मिला था। ठीक है तुम अपनी बात अपनी शर्त पर ही मनवाना जानते हो और जानते-समझते भी कुछ नहीं करना चाहते तो मैं क्या कर सकता हूँ, कहानी लिख दूँगा। वह ऐसी कहानी होगी, साल-भर जिसकी चर्चा होती रहे, यह कहना कठिन है, ऐसी कहानियाँ रोज-रोज नहीं लिखी जा सकतीं। तो भी ऐसी कहानी जरूर भेजूँगा, जिस पर तुम्हें नदामत, लज्जा,

पश्चात्ताप न हो और जो 'नई कहानियाँ' के विशेषांक के अनुरूप हो।

कमलेश्वर को मैंने उसी दिन लिख दिया था। इसको गालिबन छह-सात दिन हो गए हैं। उसने तो सनद नहीं दी, न रुपए ही भिजवाए। मैंने उसे लिखा था कि मुझे रुपए भिजवा दो और अंतिम तारीख बता दो, जिस तक तुम्हें कहानी पहुँच जानी चाहिए। लेकिन उसका कोई उत्तर नहीं आया। सो भाई मैंने अपना कर्त्तव्य पूरा कर दिया।

आज बनारस से पाठकजी का पत्र आया है, वहाँ नवलेखन की कोई गोष्ठी हो रही है, यदि तुम्हारा प्रोग्राम बदल नहीं गया और तुम दिल्ली में ही हो तो तुम उसमें जरूर शिरकत करो। तुम्हारे अन्य साथियों को तो नहीं, पर तुम्हें अवश्य वैसे ही किराया दिला देंगे, जैसे इलाहाबाद में दिला दिया था। यदि तुम न भी आ रहे हो, क्योंकि नोटिस बड़ा कम है, तो पाठकजी को पत्र अवश्य लिख देना और मेरे पत्र का हवाला भी दे देना। शायद इस सिलसिले में पहले भी तुम्हारी-उनकी खत-किताबत हुई है।

यों कहानी मैं आजकल में शुरू कर दूँगा, लेकिन यदि कमलेश्वर अथवा ओमप्रकाश का पत्र अथवा मनीऑर्डर न आया तो मैं न भेज पाऊँगा और तुम मुझे क्षमा कर देना और फिर कभी इस संबंध में नहीं लिखना।

इधर मैंने बहुत-सी कविताएँ लिखी हैं, दो-चार दिन तक संग्रह प्रेस में दूँगा।

सस्नेह
उपेंद्रनाथ अश्क

[282]

मोहन राकेश

8-ए/54, डब्ल्यू. ई. ए. करोलबाग, नई दिल्ली-5
28.4.65

अश्क भैया,

पत्र मिल गया था। इधर कुछ दिन तबीयत ठीक नहीं रही, इसलिए लिखने-लिखाने का काम भी नहीं हो पाया। खास कुछ नहीं था—बस हर वक्त हलका सिरदर्द।

कहानी का शीर्षक बदल नहीं सका। जब तक आपका पत्र मिला, वह फॉर्म छपने जा चुका था। कमलेश्वर से कहा था किसी तरह हो सके, तो तब भी परिवर्तन कर दिया जाए। पर संभव नहीं था।

आपने 'आईने के सामने' के लिए अपनी अनुमित भेज दी, इसके लिए विशेष रूप से आभारी हूँ। पुस्तक शीघ्र ही छपने जा रही है। शायद जून तक तैयार हो जाएगी।

इसके बदले आपकी पुस्तक के लिए नया शीर्षक सुझाने का जिम्मा मुझ पर है। मैं सोच कर अगले पत्र में जरूर लिखूँगा।

मई अंक में नए स्तंभ 'कोई गुनाह नहीं' के अंतर्गत बेदी का लेख गया है। स्तंभ का 'स्कोप' अप्रैल अंक में छपा है। क्या आप इसके अंतर्गत लिखना पसंद करेंगे? मोटे तौर पर यह है कान्फैशंस ऑफ ए शार्ट स्टोरी राइटर। स्तंभ में सेल्फ जस्टीफिकेशन या सेल्फ ग्लोरीफिकेशन न होकर अपनी कहानियों के पात्रों और परिस्थितियों के साथ लेखक के रूप में अपने संबंध का विश्लेषण रहे, या कहानी लिखने के सिलसिले में पैदा होनेवाली ऑड परिस्थितियों का उल्लेख–तो ज्यादा अच्छा रहेगा। इसी में लेखक के जीवन-दर्शन के संकेत भी रह सकते हैं। मुझे व्यक्तिगत रूप से बेदी का लेख बहुत पसंद है। आप देख लीजिएगा। ओमप्रकाश से रुपया भिजवाने को कहा है। आपका लेख 6-7 मई तक मिल सके तो इसे जुलाई के शिड्यूल में घोषित कर दिया जाए।

पत्र शीघ्र दें।

अनीता भाभी के पत्र का उत्तर अलग से दे रही है। उनसे मेरा नमस्कार कहें। आंटी से भी। शेष सबको स्नेह दें।

मैं 8 मई के करीब दो-ढाई महीने के लिए बाहर चला जाऊँगा। कहाँ जाऊँगा, इसका अभी निश्चय नहीं किया।

बीस रुपए माँजी ने आते हुए भाभी से लिये थे। उन्हीं के बारे में मैंने लिखा था।

सस्नेह
राकेश

[283]

मोहन राकेश — 8-ए/54, डब्ल्यू. ई. ए. करोलबाग, नई दिल्ली
4.4.65

अश्क भैया,

पत्र मिला। ओमप्रकाश ने बताया था कि रुपया भिजवाया जा चुका है। कहानी 8 तक भेज रहे हैं, यह जानकर खुशी हुई। मुझे विश्वास था कि आप आग्रह टालेंगे नहीं। चाहता था इस अंक में आपकी कहानी जरूर जाए।

मैं 15 मार्च को कुफ्री चला गया था। 29 को लौटकर आया हूँ। इस बीच वहाँ काफी बर्फ पड़ी, थोड़ा एक्सपोजर भी हो गया। पर बरसों के बाद इस तरह बर्फ में रहा, इसलिए काफी अच्छा लगा। आगे का प्रोग्राम अभी नहीं बना। मई-जून के लिए

शिमला में कोई जगह मिल गई तो अनीता को साथ लेकर वहीं जाऊँगा। काफी हद तक हाथ की पांडुलिपियाँ पूरी होने पर निर्भर करता है। पर आशा है इस महीने से एक-एक करके पुस्तकें तैयार करके देना संभव होगा।

'नई कहानियाँ' के इस अंक में दो नए स्तंभों की घोषणा छपी है। कुछ और स्तंभों की घोषणा मई अंक में छप रही है। क्या आप इनमें से किसी एक के अंतर्गत लिखना चाहेंगे ? अवश्य पता दें।

हाँ, इस सिलसिले में एक और बात। डॉ. मदान की पुस्तक में आपने आगामी प्रकाशनों की जो सूची दी है, उसमें एक पुस्तक है 'आईने के सामने तथा अन्य निबंध'। मैंने एक बार शायद आपसे जिक्र किया था : बंबई से आने पर : कि 'आईने के सामने' शीर्षक से प्रकाशित 11 निबंधों को मैं एक संग्रह के रूप में दे रहा हूँ। आपसे आपके निबंध की अनुमति के लिए कहा था क्योंकि शेष लोगों से अनुमति मैं ले चुका था। वह पुस्तक अपने संपादित रूप में तैयार करके दी हुई है। एक तो आपको अपने निबंध के लिए प्रकाशन की अनुमति भेजनी है[1]. दूसरे नाम के संबंध में बताना है कि क्या किया जाए ? आप सहमत होंगे कि 'आईने के सामने' यह शीर्षक उन सभी निबंधों का है, इसलिए इसे ही पुस्तक पर जाना चाहिए। एक ही नाम से दोनों पुस्तकों का प्रकाशन ठीक नहीं होगा। आप अपने संग्रह का नाम किसी और निबंध के आधार पर रख लें तो यह दुविधा दूर हो सकती है।

पाठकजी का पत्र भी मुझे कुफ्री से आने पर मिला। यदि पहले पता होता कि पाठकजी मेरा वहाँ जाना इतना आवश्यक समझते हैं, तो मैं जरूर पहुँच जाता। अब तो वक्त निकल गया। मैंने पाठकजी को इस संबंध में पत्र लिख दिया है।

स्वास्थ्य अब कैसा है। मुझे बीस रुपए का एक मनीऑर्डर भेजना है जो 12-13 तारीख के लगभग भेजूँगा।

भाभी को नमस्कार कहें। शेष सबको स्नेह दें।

सस्नेह
राकेश

पुनश्च
अनुमति के लिए फॉर्म साथ भेज रहा हूँ।

—राकेश

1. मूल्य दो हजार प्रतियों के हर संस्करण पर 50 रुपए भिजवाने की बात।

[284]

मोहन राकेश

अश्क भैया,

मेरा पहला पत्र मिला होगा। यह पत्र जल्दी में लिख रहा हूँ। कहानी मुझे खूब पसंद आई। उसका शीर्षक 'समुद्र फेन' मेरे विचार में बहुत उपयुक्त रहेगा। 'एक उदासीन शाम' सुनने में अच्छा है, गीतात्मक भी है, पर कहानी की दृष्टि से 'समुद्र फेन' जितना अच्छा शायद नहीं है। वैसे दोनों हेडपीस बन रहे हैं। आप पत्र पाते ही तुरंत लिखें। अगर आप 'एक उदासीन शाम' ही चाहते हैं, तो वही जाएगा। पर ज्यादा अच्छा 'समुद्र फेन' ही रहेगा।

पत्र शीघ्र दें।

सस्नेह
राकेश

[285]

उपेंद्रनाथ अश्क

इलाहाबाद
8.4.65

प्रिय राकेश,

तुम समझते हो कि कहानी का नाम 'समुद्र फेन' ठीक है तो वही रखो। मुझे भी यह नाम पसंद था।

शेष फिर लिखूँगा।

सस्नेह
अश्क

पुनश्च
तुम्हें कहानी पसंद आ गई मुझे संतोष हुआ।

—अश्क

[286]

उपेंद्रनाथ अश्क

इलाहाबाद
17.4.65

प्रिय राकेश,

तुम्हारा 4.4.65 का पत्र मिला। इसके बाद के पत्र का मैं उत्तर दे चुका हूँ।

इस पत्र की दो बातों का उत्तर देना बाकी है सो लिख रहा हूँ।

जहाँ तक नई कहानियों के स्तंभों का सवाल है तुम यदि किसी के लिए लिखवाना चाहोगे और रुपया भिजवा दोगे तो मैं जरूर लिख दूँगा। मेरा हाथ तंग है और पैसे की बड़ी जरूरत है, लेकिन यदि कॉलम के बदले तुम मुझसे एक कहानी और लिखवा लो तो मुझे ज्यादा अच्छा लगेगा, क्योंकि कहानियाँ दिमाग में पक गई हैं और इस बहाने एक और लिखी जाएगी। लिख मैं अभी दूँगा, तुम चाहे दो-चार महीने बाद छाप देना। वैसा न कर सको तो फिर कॉलम ही सही। कॉलम के संबंध में कुछ सजेशन भी देना। जो लिखवाना चाहो, जून से पहले-पहले लिखवा लो ! जून के अंत में मैं कसौली जाऊँगा और तीन-चार महीने वहीं रहूँगा और 'गिरती दीवारें' का तीसरा भाग लिखूँगा।

जहाँ तक 'आईने के सामने' की बात है, तुम लेख अपने संग्रह में ले लो, मुझे कोई आपत्ति नहीं और रुपए जितने उचित समझो, भेज दो। फॉर्म में हस्ताक्षर करके वापस भेज रहा हूँ।

रही नाम की बात, तो मेरी समझ में नही आता, मैं क्या करूँ ? 'नीलाभ प्रकाशन' वाले उसका बहुत प्रचार कर चुके हैं। मदान साहब की किताब पर ही नहीं, और भी किताबों और सूचियों में इसका विज्ञापन गया है। मुझे तुम्हारी बात की याद नहीं है। 'नीलाभ प्रकाशन' का विज्ञापन तो दो-तीन साल से चल रहा है, लेकिन तो भी मैं यह मानता हूँ कि उस शीर्षक पर तुम्हारा पहला हक है, क्योंकि यह शीर्षक तुम्हारा दिया हुआ ही है। अब क्या किया जाए, तुम्हीं लिखो। स्थिति ये है कि मैं उस निबंध को दूसरे निबंधों के साथ छाप रहा हूँ। वह सौ-सवा सौ पृष्ठ की एक अलग पुस्तक होगी।

अब या तो यह हो सकता है कि तुम भी उसी नाम से छाप लो और मैं भी उसी नाम से छापूँ, या फिर कोई इसी वजन का दूसरा नाम सुझाओ। और तो कुछ समझ में नहीं आता। तुम मुझे अच्छा-सा नाम सुझा दोगे तो जब तक मैं उस किताब को पूरा करूँगा, उसका प्रचार कर लूँगा और तुम्हें भी दिक्कत नहीं होगी—अपने से साक्षात—जिसमें कुछ यह ध्वनि आ जाए, ऐसा नाम सुझाओ। मैंने इधर इतना काम किया है कि मेरा दिमाग बिलकुल ठस हो गया है और मुझे कोई नाम नहीं सूझ रहा है।

बीस रुपए की बात मेरी समझ में नहीं आई।

एक अनुमति तुम्हें भी देनी है। अर्से से मैं एक प्रतिनिधि कहानी संग्रह-छापना चाहता हूँ, लेकिन भूमिका लिखने के लिए समय नहीं निकाल पाया। उसके लिए तुम्हें

एक कहानी देनी है। एक सौ एक रुपया मैं तुम्हें उस खाते में भिजवा दूँगा क्योंकि यही प्रायः प्रकाशक देते हैं। ऐसा न चाहो तो 'आईने के समाने' वाली रॉयल्टी तुम रखते जाओ और मुझे अनुमति दे दो।

यह भी लिखो कि यदि प्रेमचंद से लेकर आज तक तेरह लेखकों को लिया जाए तो कौन-से लेखक लेने चाहिए ? अपनी कहानी के संबंध में भी लिखना कि कौन-सी दी जाए। यूँ तो 'मलबे का मालिक' होनी चाहिए या 'आर्द्रा' लेकिन उसमें नया तत्त्व भी हो, यह मैं चाहता हूँ।

सस्नेह
उपेंद्रनाथ अश्क

संलग्न : हस्ताक्षरित अनुमति-पत्र।

पुनश्च
टाइपिस्ट ने गलती से पृष्ठ के दोनों ओर टाइप कर दिया है, mind न करना।

—अश्क

[287]

उपेंद्रनाथ अश्क

इलाहाबाद
30.4.65

प्रिय राकेश,

तुम्हारा 28.4.65 का पत्र मिला। कहानी का शीर्षक यदि बदल नहीं सका तो कोई बात नहीं। दोनों शीर्षक एक जैसे अच्छे थे। हम सबके-सब दोनों में से एक तय नहीं कर पा रहे थे, मुझे यही किंचित ज्यादा पसंद था।

मेरी पुस्तक के लिए कोई बढ़िया-सा नाम सुझाओ जिसका प्रचार किया जा सके।

तुम चाहते हो तो मैं लेख लिख दूँगा। बात समझ गया हूँ। बेदी का लेख भी देख लूँगा। तुम ओमप्रकाश से कहकर जल्दी रुपया भिजवा दो। बिम्मा अस्पताल गई हुई है। इसके अलावा मैंने पिछली दीवार तुड़वा दी है और वहाँ दो कमरे बन रहे हैं। क्योंकि उस तरफ पाँच फुट के अंतर पर एक दो-मंजिला मकान बन गया था और प्राइवेसी खत्म हो गई थी। हाथ में पैसा नहीं। दिमाग बेहद परेशान है। लेकिन पैसा आते ही लेख लिखना शुरू कर दूँगा और कोशिश करूँगा कि अच्छा ही बने।

तुम लोग मुझे रचना लिखने के लिए कम-से-कम सात दिन तो दिया करो। 'नई कहानियाँ' तो अभी आई नहीं। बेदी के लेख वाला छपा हुआ तराशा (कटिंग) भेज दो। एक नजर देख लेना चाहूँगा।

मैंने अपनी पुस्तक 'प्रतिनिधि कहानी' के लिए तुम्हारी अनुमति और सुझाव माँगा था, वह बात तुम एकदम टाल गए। उस सिलसिले में एक पंक्ति लिखना।

बीस रुपए मनीऑर्डर से भेजने की जरूरत नहीं। गुड्डा दिल्ली गया है। दो-तीन दिन जयपुर रहकर वह फिर दिल्ली वापस आ जाएगा। उसे शायद जरूरत पड़े। तुम यदि बाहर जा रहे हो तो अनीता को कह देना, वह उसे दे देगी। वह संकोची लड़का है, शायद न माँगे। सो अनीता से या माताजी से कहना कि उसे दे दें। मैं तुम्हें कुछ ज्यादा रुपए उसे देने के लिए लिखता, पर तुम्हारा हाथ भी तंग ही होगा, इसलिए नहीं लिख रहा हूँ।

माताजी को प्रणाम और अनीता को स्नेह देना।

सस्नेह
उपेंद्रनाथ अश्क

[288]

मोहन राकेश

आर-522, न्यू राजेंद्रनगर, नई दिल्ली
15.5.65

अश्क भैया,

पत्र लिखने में कुछ दिन लग गए। कारण—मकान बदलना। मेरा कार्यक्रम 1 मई को बाहर जाने का था, पर 8 को इस जगह का दलाल से पता चला—और तब से अब तक का वक्त सामान बाँधने-खोलने और ढोने में ही गया है।

लेख आपका अब तक तैयार हो गया होगा। कमलेश्वर मिला भी होगा। ओमप्रकाश के दिल्ली से बाहर रहने : और आकर बीमार पड़ जाने के कारण रुपया नहीं भिजवाया जा सका। वह सोमवार तक जरूर भेज दिया जाएगा। आप रुपया मिलते ही लेख भेज दें।

मेरी कहानी की अनुमति के लिए आपने लिखा था। पिछली बार पत्र लिखते समय यह बात दिमाग से उतर गई थी। पर आपको भी मुझसे अनुमति लेने की जरूरत है क्या ? आप जो कहानी चाहें, ले लें : मैं अपनी ओर से सुझाव 'सुहागिनें' लेने का दूँगा : जहाँ तक रुपए का सवाल है, आप जितना और जैसे चाहें भिजवा दें। 'आईने के सामने' का प्रकाशन 'अक्षर प्रकाशन' : जवाहर चौधरी, राजेंद्र यादव : की ओर से

होगा। मेरी एक चीज का पारिश्रमिक आपकी एक चीज के पारिश्रमिक से एडजस्ट हो, यह मुमकिन भी नहीं, और वैसे भी गलत लगता है। हाँ, आप कहानी का पारिश्रमिक मुझे उसी आधार पर दे सकते हैं—मुझे सहर्ष स्वीकार होगा।

गुड्डा मेरे घर बदलने से दो दिन पहले आया था। उस शाम को इस जगह का तय होना था, और यह मैंने उसे बताया था। उसने कहा था कि अगले फोन पर पता कर लेगा, पर परसों टेलिफोन उखड़ने तक उसका कॉल नहीं आया। यह भी हो सकता है कि उसने कॉल किया हो, और उस वक्त कोई घर पर न रहा हो। वैसे ज्यादातर वक्त माँजी वहीं पर थीं। माँजी ने उस दिन गुड्डे को बीस रुपए दे दिए थे। मेरा बाहर जाने का कार्यक्रम अब अनिश्चित है। पहाड़ जाने का खर्च मकान बदलने में ही चला गया। अब कुछ दिन यहीं रहकर हाथ का काम पूरा करने की कोशिश करूँगा।

आप दादा बन गए, इसकी सूचना आपने नहीं दी। गुड्डे ने बताया था। मकान बदलने की दौड़-धूप में मैं तार नहीं दे सका। माँजी, अनीता और मेरी तरफ से सबको बहुत-बहुत बधाई—विशेष रूप से भाभी और बिम्मा को। बच्ची को हम सबका स्नेह दें।

माँ व अनीता सबके लिए स्नेह भेजती हैं।

भाभी का स्वास्थ्य कैसा है ? उनसे नमस्कार कहें।

सस्नेह
राकेश

[289]

उपेंद्रनाथ अश्क

इलाहाबाद
18.5.65

प्रिय राकेश,

तुम्हारा 15-5-65 का पत्र मिला। यहाँ तो इलाहाबाद से लेकर कलकत्ता तक शोर है कि तुम शिमला चले गए हो और नई कहानी लिख रहे हो।

लेख मैंने लिखना शुरू किया था, पैसे आ जाते तो मैं जुट जाता, लेकिन ओमप्रकाश आए भी और गए भी और सोमवार को बीते भी जमाना हो गया और मनीऑर्डर आया नहीं और उत्साह मंद हो गया। बहरहाल, जिस दिन पैसे पहुँचे, उसके चार-पाँच दिन के अंदर-अंदर लेख लिखकर डिस्पैच कर दूँगा। मेरे हाथ में कई काम हैं और कई उलझनें हैं। पता नहीं, तुमने गुड्डे को लिफ्ट दी है या नहीं, वर्ना वह सच बता देता। वह पास हो गया है, फर्स्ट डिवीजन में, उसकी पीठ ठोंक देना।

'नई कहानियाँ' के विशेषांक के संबंध में मैंने एक लंबे पत्र में अपने इम्प्रेशन लिखे थे और वह पत्र ऐसा बन गया था कि मैंने कमलेश्वर से उसे 'नई कहानियाँ' में उसे छापने को कहा था और यह भी कहा था कि न छापना हो तो वापसी डाक से लिखे ताकि दूसरी जगह भेज दूँ। उसने उत्तर ही नहीं दिया।

शेष बातें जरा फुर्सत से लिखूँगा।

सस्नेह
उपेंद्रनाथ अश्क

[290]

मोहन राकेश

आर-522, न्यू राजेंद्र नगर, नई दिल्ली-5
19.5.65

अश्क भैया,

ओमप्रकाश के राजकमल छोड़ने की सूचना अब तक आपको पहुँच गई होगी।

लेख आपने लिख लिया होगा—पर इस स्थिति में अब भेजने का आग्रह कैसे करूँ ?

कल-परसों में कमलेश्वर भी पत्र लिखेगा। लू लग जाने से दो दिन से उसकी तबीयत ठीक नहीं है।

वहाँ के समाचार ?

सस्नेह
राकेश

[291]

उपेंद्रनाथ अश्क

इलाहाबाद
1.6.65

प्रिय राकेश,

तुम्हारा पत्र मिला था। मैंने यह भी सुना है कि तुमने और कमलेश्वर ने भी त्यागपत्र दे दिए हैं। यहाँ यह भी अफवाह है कि भैरव या मार्कंडेय वहाँ जाने के प्रयास में हैं। मैं इस tactical गलती मानता हूँ। तुम दोनों को अभी वहीं रहना चाहिए

था। तुम नहीं रह सकते थे तो कमलेश्वर को वहाँ रहने के लिए विवश करना चाहिए था।

मैं इधर बहुत व्यस्त रहा हूँ। गालिबन इस महीने के अंतिम सप्ताह में दिल्ली आऊँगा तभी विस्तार से बातें होंगी। माताजी को प्रणाम और अनीता को स्नेह देना।

सस्नेह
उपेंद्रनाथ अश्क

[292]

मोहन राकेश — आर-522, न्यू राजेंद्रनगर, नई दिल्ली-5

26.6.65

अश्क भैया,

ओमप्रकाश के नाम लिखे पत्र की प्रतिलिपि मिली थी। उसके अलावा इधर-उधर से कई बातें भी सुनने को मिलीं। इस बात के इतने रुख और इतने पक्ष सामने हैं कि कभी मिलने पर ही उन पर बात की जा सकती है।

घर में सब लोग स्वस्थ होंगे। भाभी से नमस्कार कहें तथा शेष सबको स्नेह दें।

सस्नेह
राकेश

[293]

उपेंद्रनाथ अश्क — 6, मौरिस होटल, कसौली

12.7.65

प्रिय राकेश,

तुम्हें पत्र लिखना चाहता था, पर तुम्हारा पता पास नहीं था। कौशल्या से मँगाया है, सो यह पत्र लिख रहा हूँ।

तुम खासे फॉर्मल हो (याने जब चाहो फॉर्मल बन जाते हो और जब मन हो इन्फॉर्मल) सो भाई तुम्हें लिख रहा हूँ कि कुफ्री जाओ तो जाते हुए अथवा आते हुए

कसौली अवश्य आना।

मैं उसी सात नंबर के कमरे में हूँ। चूँकि पिछली बार होटल का खाना सूट नहीं किया था, इसलिए नौकरी ले आया हूँ; बहुत अच्छा नहीं पकाता, पर मेरा काम चल जाता है।

तुम चाहो तो कुफ्री की बजाय सात-दस (दिन) (याने यदि तुम्हारा पढ़ने का प्रोग्राम नहीं हो तो) के लिए कसौली आ सकते हो। तुम लोगों को तकलीफ नहीं होगी और अनीता नौकर से अपने मतलब का खाना पकवा लेगी। और मुझे बहुत खुशी होगी।

और सब ठीक है। दिमाग को शांत करके उपन्यास में लगा रहा हूँ। अभी शुरू ही किया है।

उत्तर जरूर देना। माताजी को प्रणाम और अनीता को स्नेह देना।

सस्नेह
उपेंद्रनाथ अश्क

पी. एस.
यदि अनीता ने कसौली देख रखी है, तब तो नहीं कहता, पर न देखी हो तो उसे साथ लाकर घुमा जाओ।

—अश्क

[294]

मोहन राकेश

आर-522, न्यू राजेंद्र नगर, नई दिल्ली-5
14.7.65

भाभी,

पत्र मिला। कल ही अश्कजी का भी एक पत्र आया है। मेरा कुफ्री का प्रोग्राम टल गया है क्योंकि समय पर रुपए को कहा था, नहीं कर पाया। पिछले एक हफ्ते से अपने नए नाटक में लगा हूँ जो आशा है इस महीने के अंत तक पूरा हो जाएगा। उसके बाद 'सारिका' वाला उपन्यास पूरा करने में लगूँगा।

अकसर सफर के बाद आपका स्वास्थ्य खराब हो जाता है। काम करते हुए भी थोड़ा-बहुत विश्राम तो करना ही चाहिए।

मैं अगर अब भी शिमला, कुफ्री गया (जिसकी कि फिलहाल कोई संभावना नजर नहीं आती) तो दो दिन के लिए कसौली जरूर जाऊँगा। नाटक पूरा करने तक जो खैर, किसी भी तरह निकलना नहीं हो सकेगा। उधर गया तो जाने से पहले अश्कजी को

सूचना दे दूँगा।

घर में सबको हम सबकी ओर से स्नेह दें। अम्माँ, अनीता बहुत याद करती हैं।

सस्नेह
राकेश

पुनश्च
आज अश्कजी को भी पत्र लिख रहा हूँ।

—राकेश

[295]

मोहन राकेश

आर-522, न्यू राजेंद्र नगर, नई दिल्ली-5
14.7.65

अश्क भैया,

पत्र मिला। कुफ्री जाने का प्रोग्राम स्थगित करके यहीं नाटक पूरा करने में लगा हूँ। आशा है जुलाई के अंत तक पूरा कर लूँगा। फिर भी अगर उधर आने का प्रोग्राम बना तो दो-तीन दिन के लिए कसौली जरूर आऊँगा। इधर गर्मी की वजह से माँजी का स्वास्थ्य कुछ ठीक नहीं है, इसलिए अनीता वैसे भी उन्हें अकेली छोड़कर बाहर नहीं जाएगी। यूँ एक बार वह कसौली देख भी चुकी है।

आप उपन्यास के काम में लग गए हैं, यह जानकर खुशी हुई। आशा है इस प्रवास में पूरा कर पाएँगे।

दिल्ली में इन दिनों खासी गर्मी पड़ रही है। बारिश अभी नहीं हुई। देखें कितने दिन और तरसना पड़ता है।

एक चुटकुला—

'अक्षर प्रकाशन ? जी हाँ...जवाहर चौधरी उसमें एक्टिव पार्टनर है, कलकत्ते के तीन-चार लोग स्लीपिंग पार्टनर हैं और यादव वह पार्टनर है जिसे इनसोमनिया हो रहा है।'

मजे में होंगे।

अम्माँ स्नेह भेजती हैं। अनीता नमस्कार कहती है।

सस्नेह
राकेश

[296]

उपेंद्रनाथ अश्क

7, मौरिस होटल, कसौली

18.7.65

प्रिय राकेश,

माताजी की अस्वस्थता का सुनकर चिंता हुई। उनके स्वास्थ्य की खबर देना।

एक बात मैं पिछले पत्र में लिखना भूल गया था। मैं 'गिरती दीवारें' का तीसरा खंड लिख रहा हूँ। मुझे उसका नाम चाहिए। जो नाम दिमाग में आते हैं, नीचे लिखता हूँ—क्या उनमें से कोई अच्छा है, अपनी राय देना।

(1) चंदा की तेरी चाँदनी

(2) चंदा

(3) ख़ुदी की क़ंदील

(4) अहम् की क़ंदील

(5) नन्हीं-सी अहं ख़ुदी की क़ंदील

(6)...कि हर तक़दीर से पहले

(7) प्रेरणा और स्रोत

यदि इनमें से कोई नाम पसंद हो तो लिखो। कोई भी पसंद न हो तो भी लिखो। इन्हीं की तर्ज पर कोई सूझे तो लिखो।

यदि कसौली लिखने के लिए आना चाहो तो साथ के फ्लैट में रह सकते हो। यों ही आओ और मेरे साथ रह सको तो फिर कोई बात नहीं, पर तुम्हारे काम में खलल पड़ता हो तो नहीं कहता। आते तो बहुत अच्छा होता।

मैंने कभी कैलिंपाँग से तुम्हारे उपन्यास के संबंध में दो पत्र लिखे थे। क्या तुम उनकी प्रतिलिपि मुझे भिजवा सकते हो ? Rough लिखे तो शायद किसी file में हों, पर यदि तुम पत्र भेज दो या उनकी प्रतिलिपि तो बहुत अच्छा हो। मैं इधर नए लेखकों के 10 उपन्यासों पर लिखने की सोचता हूँ। यादव का 'उखड़े हुए लोग', रेणु का 'मैला आँचल' और 'परती परिकथा, नरेश मेहता का 'वह पथ बंधु था', निर्मल का 'वे दिन'—ये सब उपन्यास मैंने ध्यान से पढ़े हैं और इन पर नोट्स ले रखे हैं। यदि तुम वे पत्र या उनकी प्रतिलिपि भेज दो तो बहुत अच्छा हो, यदि उन पर अपने comments भी भेज सको तो क्या बात है। उपन्यास तो मैं फिर दोबारा पढ़ूँगा, हो सकता है, मुझे final राय बनाने में सुविधा हो।

चुटकुला खूब है। यों तो मेरे पिता कहते हैं—A man can do what a man has done लेकिन मैंने देखा है, हर आदमी हर काम नहीं कर सकता। यादव प्रकाशन करके बेख्वाबी का शिकार हो तो आश्चर्य नहीं। फिर वह कहता है कि लोग चुटकुले क्यों बनाते हैं। तुम लोगों ने उसे इतना भर दिया है कि जो लेख मैंने बड़ी sympathatically

लिखा है, उसे लगता है कि मैंने malice से लिखा है। ऐसे भोले आदमी कहाँ मिलेंगे।

सस्नेह
अश्क

पुनश्च
माताजी को प्रणाम और अनीता को स्नेह देना। यादव मिले तो उसे कहना कि कसौली वाले उसे भूले नहीं। सतबंत बहुत बीमार रही है और लकड़ी-सी हो गई है। बरसात की शामें बेहद खूबसूरत होती हैं, आ सके तो दो-चार दिन को आए। कमलेश्वर मिले तो उसको भी याद दिलाना। कसौली आने को कहना।

—अश्क

[297]

मोहन राकेश
आर-522, न्यू राजेंद्रनगर, नई दिल्ली-5
20.7.65

अश्क भैया,

पत्र मिला। अपने उपन्यास के जो सात शीर्षक आपने सोचे हैं, उनमें से छठा मुझे अच्छा लगा—'...कि हर तक़दीर से पहले'। तीसरे, चौथे, पाँचवें 'एक नन्ही-सी क़ंदील' या सिर्फ 'क़ंदील'[1]

मैं कुछ अर्से के लिए इधर-उधर जाकर अब दिल्ली में रहकर ही कुछ काम पूरा करने की कोशिश में हूँ। बीच में कभी मन कर आया, तो एकाध दिन के लिए चला आऊँगा। पर अभी कुछ कह नहीं सकता। आना हुआ, तो पहले पता दूँगा।

माँजी का स्वास्थ्य अब ठीक है। वे स्नेह भेजती हैं।

'अँधेरे बंद कमरे' पर आपने दो पत्र लिखे थे, मुझे याद है। पर पिछले तीन साल में सामान इतनी बार बंबई से दिल्ली और दिल्ली से बंबई आया-गया है कि वे कहाँ, यह काफी वक्त लगाकर देखने का काम है। चिट्ठियाँ मैंने कभी फाइलों में नहीं रखीं, ऐसे ही बाँधकर डाल रखी हैं और अब सब तरह की चिट्ठियाँ बार-बार सफर में इस तरह मिल गई हैं कि सोचता हूँ कभी 15 दिन लगाकर उन्हें छाँटूँगा। फिर कुछ चिट्ठियाँ जो

1. अश्क ने अंततः अपने इस उपन्यास का नाम 'एक नन्ही क़ंदील' ही रखा। 'क़ंदील' फ़ारसी का शब्द है और 'क़िंदील' अरबी का। दोनों का अर्थ दीपक, चिराग़ या दिया ही है—सं.

कीर्तिनगर के घर में छोड़ गया था, उनका कुछ ठिकाना ही नहीं है। यूँ भी मेरे खयाल में उपन्याय फिर से पढ़ने पर जो भी आज की प्रतिक्रिया हो, उसके अनुसार लिखना ही ठीक होगा। नहीं ? उपन्यास की प्रगति कैसी है ? अनीता नमस्कार कहती है।

सस्नेह
राकेश

[298]

कौशल्या अश्क

इलाहाबाद
26.7.65

प्रिय राकेश,

तुम्हारा पत्र काफी दिन पहले मिला था। मुझे खेद है कि उत्तर देने में इतनी देर हो गई। उमेश अभी तक टूर से लौटा नहीं, गुड्डे की तबीयत अच्छी नहीं, दो-तीन दिन से सेतु भी अस्वस्थ है। मैं कसौली जाने से पहले यहाँ के कुछ जरूरी काम निपटा देना चाहती हूँ, उसी में लगी रही। काम लगभग खत्म हो गया है, उमेश की प्रतीक्षा कर रही हूँ। वह आए तो मैं चल दूँ। 30 तक उसके आने की आशा है। मैं अगस्त के पहले सप्ताह में कसौली जाऊँगी। तुम दो-चार दिन के लिए जरूर आना, अनीता को साथ लाओ तो और भी खुशी होगी।

मैं बेहद थक गई हूँ। पिछले 12-15 दिन से यहाँ से बाहर जाने की कोशिश में हूँ—कंबल नहीं छोड़ता वाली बात है, लेकिन अब कंबल को छोड़ना ही होगा।

यहाँ से चलने का प्रोग्राम निश्चित हो जाए तो तुम्हें सूचना दूँगी। दो दिन दिल्ली रुकने का विचार है।

नया नाटक तुमने लिख-लिया होगा, या समाप्ति पर होगा। छप जाए तो एक प्रति भेज देना। हालाँकि यह लिखना बेकार है, फिर भी लिख रही हूँ। तुम सूचना दे देना मैं यहाँ से खरीद लूँगी।

अनीता को मेरा स्नेह देना। माँजी को हम सबका प्रणाम ! बिम्मा याद करते हैं और आंटी प्यार भेजती हैं।

शेष मिलने पर—

सस्नेह
कौशल्या

[299]

मोहन राकेश 16.10.65

अश्क भैया,

पत्र मिला। यह जानकर प्रसन्नता हुई कि आप 19 को आ रहे हैं।

कथा-समारोह के लिए वे लोग हवाई यात्रा का व्यय किसी को भी नहीं दे पा रहे हैं। हाँ उनसे फर्स्ट क्लास का व्यय लेकर और शेष अपने पास से देकर आदमी जा सकता है। आप ऐसा कर सकें तो सचमुच आपके वहाँ होने से हम सबको बहुत खुश होगी।

मेरा स्वास्थ्य पहले से बेहतर है। आपका स्वास्थ्य कैसा चल रहा है ? नरेंद्र ने बताया था कि दूध के इंजेक्शन लेने से कुछ फर्क पड़ा है।

अनीता नमस्कार कहती है। अम्माँ स्नेह भेजती हैं।

सस्नेह
राकेश

[300]

उपेंद्रनाथ अश्क 3.11.65

प्रिय राकेश,

तुम्हारा 31 अक्तूबर का पत्र मिला। मैं स्वयं तुम्हें पत्र लिखने की सोचता था, पर राजेंद्र के पत्र से मालूम हुआ कि तुम अज्ञातवास में हो और कोई नाटक लिख रहे हो।

मैं कसौली में सख्त बीमार हो गया था। याद तो पड़ता है कि तुम्हारे पत्र का उत्तर दिया था, पर हो सकता है बीमारी में न दिया हो। बहुत कमजोर हो गया हूँ। लगातार बीमारी से लगता है कि मेरी सेंस ऑफ ह्यूमर भी खत्म हो गई है, क्योंकि परसों जब मैं डॉक्टर के पास गया और वापसी पर दो क्षण को लोक-भारती में गया कि रमेश बीमार था और वहाँ किसी ने कह दिया कि मैं बीमार नहीं, महज नाटक करता हूँ तो मैं नाराज हो गया और जोर से बोलने के कारण मुझे रात फिर दौरा पड़ गया।

डॉक्टर कहते हैं कि मुझे दमा हो गया है। दमा इतना तकलीफदेह रोग है, यह पहली बार पता चला है। बहुत कमजोर हो गया हूँ, जाना-आना तो खैर इस कमजोरी में क्या होगा, ज्यादा बातें करना भी मना और और यही सबसे बड़ी यातना है। बहरहाल, इस फेर में हूँ कि किसी तरह इसे कंट्रोल कर लूँ और जब इसी बीमारी के साथ शेष

जिंदगी गुजारनी है तो अपनी आदतें बदल लूँ और दौरों के इस दरम्यानी समय में किसी ~~~ हाथ का काम निपटाने की सबील (यत्न, उपाय, तदबीर) करूँ।

कसौली में उपन्यास के केवल 8-9 परिच्छेद लिख पाया था। अब लंबी सीटिंग्स तो असंभव है, धीरे-धीरे लंबी प्लानिंग करके उसे बढ़ाना होगा। कुछ पृष्ठ रोज रिवाइज करता हूँ। लगता है कि दूसरी बार के लिखने पर ठीक चल निकला है। यह लिखा ,रवाइज हो जाए तो फिर एक घंटा रोज इसे दूँगा और दो-दो तीन-तीन पृष्ठ बढ़ाऊँगा।

रातें जगकर कट जाती हैं। दौरा ऐसा भी होता है जो सिर तक चढ़ जाता है और साँस नहीं आती। जब ऐसा नहीं होता—याने हलका दौरा होता है तो कविता लिखने का प्रयास करता हूँ। दो अच्छी कविताएँ लिखी हैं।

कौशल्या जाहिर है कि बहुत थकी और परेशान है। मैं यथासंभव उसे रात को नहीं जगाता। इससे वह और भी परेशान होती है।

अनीता को हमारा स्नेह, माताजी को प्रणाम देना। कमलेश्वर, यादव और मन्नू को याद दिलाना।

सस्नेह
अश्क

पुनश्च

~त्र कुछ विस्तार से लिखना चाहता था। पर रात दो बार अटैक हुआ। सख्त नहीं था; तो भी था। थक तो गया ही। जरा कुछ सँभल जाऊँ तो लिखूँगा।

—अश्क

[301]

,हन राकेश 26.11.65

अश्क भैया,

मुझे पत्र लिखने में कई दिन लग गए। मुझे इधर कई रोज से सिर दर्द और इनसोमनिया की शिकायत रही है। रोज सोचता था कि आज पत्र लिखूँगा और फिर बात कल पर टाल देता था।

सबसे पहले 'संगीत नाटक अकादमी' के पुरस्कार के लिए बधाई। समाचार कल 'स्टेट्समैन' में पढ़ा था।

इलाहाबाद से आनेवालो लोगों से अकसर समाचार मिल जाते हैं। पता चला था

कि अब स्वास्थ्य पहले से बेहतर है।

उपन्यास की प्रगति कैसी चल रही है ? कलकत्ता चलने का प्रोग्राम है या नहीं ? इधर संगीत नाटक अकादमी का समारोह भी शायद 24 दिसंबर को है।

भाभी कैसी हैं ? उनसे नमस्कार कहें। शेष सबको स्नेह दें।

सस्नेह
राकेश

[302]

उपेंद्रनाथ अश्क — 4.12.65

प्रिय राकेश,

तुम्हारे इनसोमनिया का जानकर चिंता हुई। माताजी से कह कर 11 बादाम, थोड़ी खुशखाश, आटे के छान का वितार, 4 छोटी इलायची और 8 काली मिर्च इनको पीसकर दूध की दोघी बनाकर सात दिन पियो। घी गाय का और अच्छा छटाँक-भर उसमें डलवाना। 7 दिन पीने से दोनों तकलीफें दूर हो जाएँगी। मानसिक और शारीरिक दोनों रूपों में लाभकर है।

हाँ, मेरी तबीयत पहले से कुछ बेहतर है। और आशा तो बँधती है कि मैं 20 के करीब सात दिन के लिए दिल्ली आ सकूँगा।

उपन्यास चल तो पड़ा था, पर रोक दिया है। एक सामाजिक कॉमेडी लिख रहा हूँ—जरा जायका बदलने के लिए। आशा करता हूँ, फरवरी-मार्च तक खत्म कर दूँगा। अब तुम धड़ाधड़ नाटक लिखे जाओ और हम कुछ भी न करें, यह कैसे संभव है।

सस्नेह
अश्क

[303]

मोहन राकेश — 16.12.65

भाभी,

पत्र मिला था। उत्तर देने में तीन-चार दिन लग गए, इसके लिए क्षमा चाहता हूँ। मैं आपके आने पर नहीं रहूँगा। कलकत्ता जाने का विचार तो है। इसलिए 24 के

फंक्शन में शामिल न हो सकूँगा। उसके लिए अभी से मेरी बधाई स्वीकार करें।

यहाँ आजकल खासी सर्दी पड़ रही है—दूधनाथ के अनुसार इलाहाबाद से कहीं ज्यादा।

सेतु को साथ ला रही हैं न ? उसे देखने की बहुत उत्सुकता है।

अम्माँ स्नेह भेजती हैं। अनीता नमस्कार कहती है।

सस्नेह
राकेश

[304]

उपेंद्रनाथ अश्क

इलाहाबाद
30.5.66

प्रिय राकेश,

इधर अर्से से तुम्हारी खबर नहीं मिली। कमलेश्वर के पत्र से मालूम हुआ था कि दार्जिलिंग गए थे, अब लौट आए हो।

सुरेश अवस्थी ने जो लेख यहाँ पढ़ा था, वह मैंने तो नहीं सुना, पर साही कह रहे थे कि उसकी टोन केवल मेरे खिलाफ थी। सुरेश अवस्थी का यह कहना था कि प्रसाद के बाद नाटक के क्षेत्र में कुछ नहीं हुआ, अब राकेश से नाटक शुरू होता है। मेरे लिए यह नई बात नहीं थी, क्योंकि सुरेश अवस्थी बता चुका था कि वह यही कहेगा। यदि मेरी cost पर तुम जम जाओ तो मुझे आपत्ति नहीं, हालाँकि लेखक दूसरे की cost पर नहीं, अपने कृतित्व पर ही जमता है। न जाने तुमने यह racket क्यों शुरू किया है, क्या शोर-शराबे के लिए जैनेंद्र से लोहा लेना काफी नहीं था ? अथवा उसमें तुम कोई तत्त्व नहीं समझते।

मैंने 'धर्मयुग' में तुम्हारा लेख पढ़ा था, उसमें तो कहीं मेरा जिक्र नहीं था। हो सकता है भारती ने काट दिया हो।

इधर तुम्हारी कोई नई कहानी नहीं पढ़ी ? तुम क्या कर रहे हो ? तुम्हारा नाटक लिखा गया क्या ? कब छप रहा है ?

मैंने नाटक लिखना शुरू कर दिया है। नाटक लिखे मुद्दत हो गई है, इसलिए कठिनाई पेश आ रही है। यह लिखा जाए तो दूसरा इससे बेहतर लिखूँगा।

एक बहुत अच्छी कहानी लिखी है, लेकिन कहीं भी छप पाएगी, इसका विश्वास नहीं !

लेखमाला के पाँचों लेख मैंने खत्म कर दिए हैं। अब सातवें दशक के कथाकारों

पर एक लंबा लेख लिखने की सोच रहा हूँ। उसी में अनीता की अच्छी कहानियों का उल्लेख करूँगा। दस-पंद्रह दिन बाद उसके लिए कहानियाँ पढ़ना शुरू करूँगा। सारा matter एक मेज पर सजा दिया है, बारी-बारी सब पढ़ डालूँगा।

इसके बाद कहानी को लेकर यह लेखबाजी खत्म कर दूँगा और सोचता हूँ कि देश में जो नाट्य-क्षण आ गया है, इसका लाभ उठाकर कुछ नाट्य संबंधी लेख लिखूँ। इस नाट्य-क्षण को स्थायी बनाने के लिए तुम सुरेश अवस्थी के कंधे पर ही रखकर बंदूक चलाओगे अथवा स्वयं भी कुछ लिखोगे ?

माताजी को प्रणाम और अनीता को स्नेह देना। अपनी गतिविधि का पता देना।

सस्नेह
उपेंद्रनाथ अश्क

पुनश्च
ओमप्रकाश सुना खासा बीमार है। उसके स्वास्थ्य के बारे में पता देना।

—अश्क

[305]

उपेंद्रनाथ अश्क

इलाहाबाद
13.8.66

प्रिय राकेश,

आशा है तुम और अनीता स्वस्थ और सानंद हो।

पाँच तारीख तक इलाहाबाद में तुम्हारी बड़ी प्रतीक्षा रही, फिर लोगों को विश्वास हो गया कि तुम नहीं आ रहे। मुझे तुमसे एक जरूरी बात करनी थी और सलाह लेनी थी। मैं तो तुम्हें पत्र लिखने वाला था, पर दूधनाथ ने कहा था कि तुम कलकत्ता होगे और अपना नाटक खेलवाकर ही आओगे। मैं नाटक लिख रहा था, इसलिए तुम्हारी आमद की प्रतीक्षा करता रहा। मैं तुम्हें दिल्ली ही पत्र लिख रहा हूँ। यदि मिल जाए तो लिखना कि सितंबर में तुम कहाँ रहोगे। बंबई या दिल्ली। मैं इस महीने के आखिर में या सितंबर के शुरू में बंबई जाना चाहता हूँ। पाँच-सात दिन वहाँ रहकर फिर दिल्ली पाँच-सात दिन गुजारना चाहता हूँ। तुम जब दिल्ली होगे तभी आऊँगा।

पिछले तीन महीने लगातार नाटक लिखने में लगा रहा हूँ। दस वर्ष तक मैंने एक भी नाटक नहीं लिखा, इसलिए एक निहायत आसान घरेलू चीज उठाई थी कि हाथ चल निकले। सोचता था एक महीने में खत्म कर दूँगा, पहला बहुत अच्छा बन गया था, लेकिन अटक गया और पूरे तीन महीने खा गया। बहरहाल, रात खत्म किया है और

तुम्हें पत्र लिखने बैठा हूँ।

मैं तुम्हें नाटक सुनाना चाहता था और तुम्हारी राय लेना चाहता था। उसके नाम के संबंध में भी मैं द्विधा में हूँ। मैं सात-दस दिन तक नाटक 'नटरंग' में भेज दूँगा। क्या तुम्हारे लिए संभव है कि तुम नेमि से लेकर पढ़ लो (मैं उसे लिख दूँगा) और मुझे राय दे सको। यह भी लिख सको कि नाम उसका ठीक है या नहीं। अक्तूबर-नवंबर में मैं उसे प्रेस में दूँगा। उससे पहले तुमसे राय हो जाती तो अच्छा था। यहाँ कोई ऐसा आदमी नहीं, जिसे नाटक की सही समझ हो।

एक बात तुमसे और करनी है, पर वह मैं तुमसे मिलकर ही करूँगा।

अनीता यदि तुम्हारे निकट हो तो उसे मेरा स्नेह देना। और माताजी को प्रणाम !

तुम्हारा
उपेंद्रनाथ अश्क

[306]

उपेंद्रनाथ अश्क — इलाहाबाद

10.10.66

प्रिय राकेश,

नाटक का पहला अंक ठीक कर लिया है। दूसरे के पहले दो पृष्ठ काट दिए हैं। उस कारण सारे-का-सारा अंक दोबारा लिखना पड़ेगा ? अब की (अवधि) घटाकर केवल शादी के सात दिन पहले कर दी है। अब तुम्हें पसंद आएगा या नहीं, यह तो नहीं कह सकता, पर दो-तीन बार नाटक सुनाते हुए, मुझे जो दोष दिखाई दिए, वे तो मैं निकाल ही दूँगा।

साथ ही सातवें दशक के कथाकारों वाला लेख भी दोबारा लिख रहा हूँ। एक-तिहाई लिख लिया है। अगर तुम मुझे वापसी डाक से अनीता की कहानी 'लाल पराँदा' भेज दो तो बहुत अच्छा हो। मैं एक सप्ताह बाद तुम्हें वापस कर दूँगा। साथ ही 'बेगजल' भी भेज दो तो बहुत अच्छा हो। 'लाल पराँदा' का उल्लेख मैं खासतौर से करना चाहता हूँ और मुझे कुछ ब्यौरे भूल गए हैं।

सस्नेह
अश्क

पुनश्च
कहानियाँ पत्र मिलते ही भेज देना।

—अश्क

[307]

उपेंद्रनाथ अश्क

इलाहाबाद
5.11.66

प्रिय राकेश,

तुम्हारा पत्र मिल गया था और कहानियाँ भी। कहानियाँ मैं इस पत्र के साथ वापस लौटा रहा हूँ ताकि गुम न हो जाएँ। मैं अनीता की कहानियों पर खासा लंबा पैरा लिखा है। मुझे इसी बात का अफसोस है कि ममता और कालिया को बुरा लगेगा। मुझे दोनों प्यारे लगते हैं, लेकिन मैं क्या करूँ कि ममता की कहानियाँ अनीता के मुकाबले में मुझे कमजोर लगीं। यद्यपि मैं चाहता था कि वे अच्छी लगें और उनकी भरपूर प्रशंसा कर सकूँ। बहरहाल, लेख लगभग 40 पृष्ठों का बना है। गुड्डा कहता है कि मैं इतना अपार श्रम व्यर्थ करता हूँ, मुझे अपनी रचनाओं में समय लगाना चाहिए। लेकिन मैं नहीं समझता कि इतना श्रम वृथा ही जाएगा। इन सब कहानियों में जो नई दृष्टि और संवेदना है, उससे मुझे स्वयं लाभ भी हुआ है। यदि मैं यह सब न पढ़ रहा होता तो 'आकाशचारी' अथवा 'मौत के रंग' जैसी कहानियाँ न लिख पाता। ये दोनों कहानियाँ मेरे कहानी-साहित्य में सिग्नीफिकेंट रहेंगी इसका मुझे पक्का विश्वास है। कहीं कुछ नजदीक होते तो मैं तुम्हें लेख सुनाता और तुम्हारी राय लेता, पर अब जब छपे तो पढ़ कर राय देना।

कमलेश्वर अचानक दूधनाथ के यहाँ मिल गया था। ताने कस रहा था कि मैंने दिल्ली में होनेवाली किसी नाटक-संबंधी कांफ्रेंस में हिस्सा न लेकर एक महान चांस खो दिया है। उसे जिंदगी-भर यही बात समझ में नहीं आ सकती कि अच्छा लिखने से इन कांफ्रेंसों वगैरह में हिस्सा लेने का कोई संबंध नहीं और अगर नाटक अच्छा होगा तो आज नहीं तो कल खेला जाएगा। लेकिन कमलेश्वर की समझ में बहुत-सी बातें नहीं आएँगी। मैंने इधर उसकी बहुत-सी चीजें फिर पढ़ीं—और मेरा यह निश्चित मत है कि साहित्य उसके लिए मात्र एक सीढ़ी है—अपने कैरियर में ऊपर चढ़ने के लिए।

'नई कहानियाँ' में यादव का लेख पढ़ा। अपनी तमाम स्वाशबकलिंग (दंभ, शेखीबाज़ी) के बावजूद वह कायर ही रहेगा। उसको अपने मित्रों पर आक्रमण करना था तो नाम लेकर करना चाहिए था और उसमें अपने-आपको भी बख्शना न चाहिए था।

अनीता को मेरा स्नेह, माताजी को प्रणाम और कहानियों की पहुँच देना।

सस्नेह
उपेंद्रनाथ अश्क

पुनश्च

लेखों की पुस्तक छप गई तब तुमने राय दी तो मेरे किस काम आएगी ? मैं चूँकि सारे-के-सारे लेख जनवरी में फिर से लिखूँगा, इसलिए, तुम्हारी राय दरकरार थी। बहरहाल, तुम नहीं देना चाहते तो इसे छोड़ो।

सतीश कुमार का पत्र आ गया था कि वह यथावत मेरा पत्र छाप रहे हैं। यह जानकर संतोष हुआ। हालाँकि अब लगता है कि बेकार ही में इतनी परेशानी उठाई। केवल एक पंक्ति में भी यह काम चल सकता था। मेरी अतिरिक्त भाव-प्रवणता में उमर बढ़ जाने के बावजूद लगता है कोई अंतर नहीं आया।

—उपेंद्रनाथ अश्क

[308]

उपेंद्रनाथ अश्क

इलाहाबाद
21.11.66

प्रिय राकेश,

तुम्हारा 16.11.66 का पत्र मिला। इसका ठीक उत्तर तो मैं चार-पाँच साल बाद ही दे सकूँगा। अभी सिर्फ इतना ही कि तुम निश्चिंत रहो। मैं अब तुम्हें कभी इस तरह का कोई कष्ट नहीं दूँगा। न अपने लिए किसी को कुछ कहने के लिए कहूँगा और न तुमसे कोई राय माँगूँगा।

...मैं सिर्फ इतना ही जानना चाहता था कि वह बात किस हद तक सच्ची थी। तुम्हारे पत्र से मालूम हुआ कि झूठी नहीं थी, क्योंकि मेरे नाटक की जगह रेगे का नाटक छपेगा, यह तो तुमने मुझे फोन पर ही बता दिया था। मेरे नाटक का संशोधित वर्णन (वर्शन) आगामी अंक में छपने की बात थी, सो उनके लिए तुमने अपना यह नाटक दे दिया। क्योंकि जब मैं दिल्ली में था तो तुमने अभी उसे फाइनल भी नहीं किया था और यों जिसने भी बात उड़ाई गलत नहीं उड़ाई।

नेमि से मुझे कुछ नहीं कहना। उसने मुझे नाटक लिखने को कहा। मैंने दस काम छोड़कर दिया। उसे अच्छा नहीं लगा। वह नहीं छापना चाहता, उसकी मर्जी। मैं उसे पत्र लिख चुका हूँ, अब और नहीं लिखूँगा। इस किस्से से और कोई लाभ हो या न हो, नाटक तो पूरी तरह रिवाइज हो गया। बहुत-से संवाद मैंने काट दिए, बहुत से संक्षिप्त कर दिए।

रहा मेरा अपमान, तो अपने अपमानों से भी लाभ उठाना मैंने बहुत पहले से सीख रखा है और इससे भी मेरा लाभ ही होगा, हानि नहीं।

गुड्डे ने कविताएँ बहुत अच्छी लिखी हैं। अगर लिखता रहा और अपने-आपको कुछ समझने न लगा और भटक न गया तो बहुत आगे जाएगा, लेकिन गालिब ने कहा है—

जाने क्या गुज़रे है क़तरे पे गुहर होने तक।

अनीता को स्नेह, माताजी को प्रणाम !

सस्नेह
उपेंद्रनाथ अश्क

[309]

उपेंद्रनाथ अश्क

इलाहाबाद
28.11.65

प्रिय राकेश,

तुम्हारा 23.11.66 का पत्र मिला। तुम्हारा नाटक 'नटरंग' के सातवें अंक में छपे अथवा आठवें में, मुझे इसका कोई रंज नहीं। चूँकि यहाँ किसी ने कमलेश्वर के हवाले से बात की थी, मैं स्थिति जानना चाहता था, इसलिए मैंने तुम्हें लिखा था कि तुम अपना नाटक मत दो। तुम्हारे उत्तर से मैं स्थिति जान गया और मुझे कुछ अपेक्षित नहीं। यों तुम्हारी जगह मैं होता तो सारी स्थिति की डेलीकेसी को समझते हुए जल्दी न करता।

सातवें या आठवें ही में नहीं 'नटरंग' के हर अंक में यदि तुम्हारा एक नया नाटक छपे तो मुझे खुशी ही होगी। हो सकता है तुम्हारे नाटक से प्रेरणा पाकर मैं भी दो-एक अच्छे नाटक लिख ले जाऊँ ! नाटक के क्षेत्र में एकदम सन्नाटा है और अच्छे नाटकों की बड़ी जरूरत है और दस-पंद्रह वर्षों बाद नाटक का दौर पूरी तरह आएगा। नीलाभ, दूधनाथ और ज्ञान तक नाटक लिखने की सोचते हैं (प्रकट है कि मुझसे और तुमसे भिन्न नाटक लिखेंगे।) सो नए नाटकों से मुझे प्रेरणा ही मिलेगी।

मेरे और नेमि के बीच क्या बात है, मैं नहीं जानता। उन्होंने नाटक लिखने के लिए कहा, मैंने लिख दिया। वहाँ तुम्हारे सामने उन्होंने यही कहा था कि उसी रूप में भी वे नाटक छापने को तैयार हैं। वह नहीं छापना चाहते तो संपादक के नाते उनका यह अधिकार है। सिर्फ इतना उन्हें चाहिए था कि नाटक मिलते ही कह देते। वह सब नाटक करने की क्या जरूरत थी ? बाकी मेरी व्यक्तिगत राय को नाटक छापकर या न छाप कर बदलना उनके वश में नहीं ! यदि यह निर्णय मेरे दिल्ली से आने के बाद उन्होंने मेरे पत्रों में—'धर्मयुग' के अपने लेख या 'नटरंग' के अग्रलेख के बारे में मेरी राय को जानने के बाद लिया है तो अपने छोटेपन ही का सबूत दिया है। 'नटरंग' में किंचित

पब्लिसिटी का स्वार्थ मेरी राय नहीं बदल सकता। मैं वैसा कमजोर हूँ भी नहीं और न वैसा अवसरवादी हूँ।

पहले वे लोग लाल को लेकर मेरा अपमान करने का प्रयास करते थे, पर वह मोहरा कमजोर था। अब तुमने इस काम के लिए अपने-आपको पेश कर दिया है। मेरा कुछ बिगाड़ सकना उनके वश में नहीं है। लेकिन जैसे इतने दूसरों ने प्रायः कोशिश की है, वे भी कर देखें।

तुम्हारी उनकी मैत्री और तुम्हारी स्थिति को या दूसरे स्वार्थों या तुम्हारे भविष्य की बात को मैं न समझता होऊँ, ऐसी बात नहीं है। मैं सब समझता हूँ, लेकिन थोड़ी डेलीकेसी बरती जा सकती थी (यदि उस मीटिंग में तुम नहीं होते तो मुझे तुम्हें पत्र लिखने की जरूरत न पड़ती और न कोई डेलीकेसी की बात ही उठती)। तुम उसे नहीं बरतना चाहते तो मैं तुम्हें मजबूर नहीं कर सकता। मैं नहीं मानता कि इन छोटे-छोटे स्वार्थों की पूर्ति से या इनके लिए मित्रों की पीठ में छुरा भोंकने से ही आदमी महान बन सकता है; कुछ आर्थिक या सामाजिक लाभ तो उसे हो सकता है, लेकिन ऐसे कोई बड़ा लेखक बन जाए, मुझे संदेह है। आदमी महान होता है अपने व्यक्तित्व और कृतित्व के ठोसपन से।

बहरहाल, यह तुम्हारा अपना मामला है। तुम अब प्रौढ़ हो गए हो, मैं तुम्हें क्या बता सकता हूँ।

अपनी लड़ाइयाँ मैं लड़ लूँगा, मुसीबत यही है कि तुम्हें आगे करके मुझसे लड़ना चाहते हैं। और तुम्हारे पत्रों से लगा है कि तुम्हें इसमें कोई आपत्ति नहीं और तुम इस 'सुनहरे अवसर' का भरसक लाभ उठा लेना चाहते हो। यों इसमें भी कोई बुराई नहीं, यदि तुम इस स्थिति का लाभ उठाकर बढ़िया नाटक लिख ले जाओ और दो-एक नाटक स्टेज कराकर या कुछ नाम पाकर या विदेश जाकर या किसी निर्जीव सरकारी संस्था के मेंबर होकर संतुष्ट न हो जाओ।

सब कुछ करो पर इतने सादा न बनो। मेरा तुमसे और तुम्हारा मुझसे कुछ छिपा नहीं है।

अनीता को स्नेह, माताजी को प्रणाम !

सस्नेह
उपेंद्रनाथ अश्क

पुनश्च

इस पत्र का उत्तर नहीं देना। बेकार में मन खराब होता है। मैं दिल्ली आऊँगा तो बात करेंगे। नाटक छप गया है। काफी परिवर्तन किए हैं। पहले से यकीनन बेहतर हो गया है। जनवरी में आउट होगा तो भेजूँगा। भूमिका लिखना शेष है।

—अश्क

[310]

उपेंद्रनाथ अश्क

इलाहाबाद
19.5.67

प्रिय राकेश,

आशा है तुम, अनीता और माँ सब स्वस्थ और सानंद हैं। अनीता के बारे में इत्तिला देते रहना। कई कारणों से मैं मानसिक रूप से बहुत परेशान हूँ, इसलिए शायद तुम्हारे पत्र का उत्तर नहीं दे सका। मुझे किसी ने बताया था और मुझे बड़ी खुशी हुई थी। समय से खबर देना न भूलना। आनेवाला प्राणी तुम दोनों की जिंदगी और भी सुखी बनाए और तुम्हारे अभाव भरे, यही मानता हूँ।

'हिंदी कहानी : एक अंतरंग परिचय' नाम से मैं अपने लेखों की एक पुस्तक संकलित कर रहा हूँ (संकलित क्या समझो बहुत-कुछ दोबारा लिख रहा हूँ)। तुम्हारे बारे में बुरा-भला उसमें बहुत-कुछ है, जरूरत से ज्यादा। पर मैं एक पैरा तुम्हारे बारे में अलग से लिखना चाहता हूँ।

मैंने तुम्हारी कहानी 'ग्लास टैंक' को आज फिर से पढ़ा है—बड़े ध्यान से। अंतिम पृष्ठ से नीरू की ममी यह क्यों कहती है ?

"तू मेरी तरह मत होना...तेरी ममा...तेरी ममा..."

और दूसरे पैरे में—

"अरे जैसी भी होना, अपनी ममा जैसी मत होना।"

मैंने इस वाक्य का जो अर्थ पहली बार लगाया था, आज भी वही मेरी समझ में आता है, पर दूधनाथ उससे सहमत नहीं। शायद उसने तुमसे बात की हो।

बहरहाल, तुम कहानी के सर्जक हो, तुम्हारी बात जानना चाहता हूँ।

उत्तर वापसी डाक से देना। यह जरूरी है। मुझे पुस्तक प्रेस में देनी है। अपने हाल-चाल भी देना। तुमने मुझे वादा किया था कि 'आईने के सामने' के लिए कोई दूसरा नाम सुझाओगे। कभी मैं उस पुस्तक के लिए एकाध किस्सा (हिस्सा) dictate करा देता हूँ। वह काफी बढ़ गई। कभी उस पर बैठूँगा और अंतिम वर्णन (वर्शन) तैयार कर दूँगा। सो भाई नाम सुझाओ—समय से।

सस्नेह
उपेंद्रनाथ अश्क

पुनश्च
एक बात और लिखना कि 'ग्लास टैंक' से नीरू और उसकी माँ का क्या संबंध है—याने यह सिंबल उन पर कैसे fit होता है ?

—अश्क

[311]

उपेंद्रनाथ अश्क | इलाहाबाद
5.6.67

प्रिय राकेश,

तुम्हारा 22-4-67 का पत्र मिल गया था। बात तुम्हारी ठीक है। लेकिन मुझे वहम हो गया है कि मेरा नाम हिंदी साहित्य का पर्याय है। अब तुम बताओ कि मैं कैसे साहित्य के भूत, भविष्य और वर्तमान की चिंता को भूल जाऊँ—बस यही मुसीबत है।

यह जानकर कि तुम उपन्यास लिखने में लगे हो, मैंने तय किया है कि मैं भी दिन-रात उपन्यास में लगकर उसे पूरा करूँ। अभी दो महीने के श्रम से 'हिंदी कहानी : एक अंतरंग परिचय' नामक पुस्तक संकलित की है। इमें मेरे पुराने लेख हैं, लेकिन जितना मैटर पहले लिखा था, उतना ही और लिखा है और पुस्तक तैयार कर दी है।

तुमने 'ग्लास टैंक' की जो व्यवस्था की है, मैं भी वही समझता था, यद्यपि दूधनाथ कहता था कि माँ उस लड़के को प्यार करती है इसलिए मैं जानना चाहता था। तुम मुझसे सहमत नहीं होगे और हो सकता है मेरी बात तुम्हें ठीक न लगे, लेकिन तुम्हारी इस कहानी में कुछ दोष रह गया है। ग्लास टैंक का प्रतीक आरोपित लगता है। अगर पहले का एक पेज काट दिया जाए तो कहानी में कोई अंतर नहीं पड़ता। प्रतीक ऐसा होना चाहिए जो कहानी में घुल-मिल जाए और यह अलग से लिखा लगता है। बहरहाल, किताब छपेगी तो भिजवाऊँगा।

अनीता को मेरा स्नेह और माताजी को प्रणाम देना। जब भी कोई शुभ सूचना मिले, तार से खबर देना। मुझे और कौशल्या को चिंता रहेगी। यही मनाता हूँ कि सब कुछ कुशलतापूर्वक हो और अनीता के साथ तुम्हें बहुत-बहुत सुख मिले।

सस्नेह
उपेंद्रनथ अश्क

पुनश्च
तुमने वादा किया था कि 'आईने के सामने' का कोई दूसरा बदल सुझाओगे। यों तो मैं उपन्यास में लगूँगा, पर कभी-कभी एक-आध किस्सा उसमें भी जोड़ देता हूँ। सौ-डेढ़ सौ पृष्ठ हो गए तो पुस्तक में छपवा दूँगा। नाम तुम कोई सुझाओ। लेख तो तुमने पढ़ ही रखा है।

—अश्क

उपेंद्रनाथ अश्क

इलाहाबाद
18.8.67

प्रिय राकेश,

तुम्हारा 4 अगस्त का पत्र यथासमय मिल गया था। मैं हाथ का काम निपटाने में बहुत व्यस्त था, इसलिए तत्काल उत्तर नहीं दे सका।

'अपना चेहरा अपनी आँखों से' तो नहीं, 'अपना चेहरा : अपनी आँखें' नाम अच्छा लगता है । एक ही दिक्कत है, इसमें किंचित पुरानेपन की बू आती है। बहरहाल, तुम भी सोचो, मैं भी सोचूँगा। यदि कोई और अच्छा नाम सूझ गया तो भला, नहीं तो यही रख लूँगा।

तुम्हारी पुस्तक 'परिवेश' को देखने का तो मन है, लेकिन अब वहीं आकर देखूँगा। तुम एक कापी मेरे लिए सुरक्षित रखना।

इधर मैंने एक बहुत लंबा लेख 'हिंदी हास्य-व्यंग्य : एक शोभायात्रा' लिखा है। लगभग सातवें दशक जितना ही लंबा। यों तो यह मेरी पुस्तक में संकलित हो रहा है, लेकिन 'नई कहानियों' में छपने को भेज दिया था, सो वहीं छप रहा है। समय मिले और तुम पढ़ो तो राय देना। कुछ कट गया होगा क्योंकि पूरा छापने का साहस भीष्म में नहीं।

तुम्हारे पत्र से तुम्हारे घोर साधना में रत होने की बात जानी। बड़ी खुशी हुई। लिखने और अच्छा लिखने के लिए दूसरा कोई रास्ता नहीं कि आदमी चारों तरफ से अपने को हटाकर मेज पर बैठे और लिखे। इतनी उमर पर बहुत से अनुभव इकट्ठे हो जाते हैं और अनुभूतियों के लिए भटकने की जरूरत नहीं रहती। हाँ, लिखने के लिए समय और एकाग्रता की जरूरत है।

हम लोग—मैं और कौशल्या—4 तारीख को दिल्ली आ रहे हैं। 8 को कौशल्या के मौसेरे भाई की शादी है। उसमें शामिल होने का बहाना है। हालाँकि मेरे आने का एकमात्र कारण तुम लोगों से मिलना-मिलाना है। बहुत काम किया है और बेहद थक गया हूँ। लेकिन चूँकि तुम बहुत व्यस्त हो, इसलिए मैं नहीं चाहता कि मेरे कारण तुम्हारा किसी भी तरह का हर्ज हो। सो मुझे वापसी डाक लिखो कि तुम 4 तारीख के बाद किस सोमवार को खाली होगे ताकि हम उस दिन तुमसे मिलने का प्रोग्राम बना सकें। 15 दिन दिल्ली ठहर हमें आगे चल देना है।

इस बीच में क्या-क्या लिख लिया है, यह भी लिखो।

सस्नेह
उपेंद्रनाथ अश्क

[313]

उपेंद्रनाथ अश्क इलाहाबाद

1.9.67

प्रिय राकेश,

तुम्हारा पत्र मिला। मैं 8 तारीख को कौशल्या के साथ जनता से पहुँच रहा हूँ और कौशल्या की भाभीजी के यहाँ 15, हसन बिल्डिंग में ठहरूँगा। वहाँ का फोन नं. 220120 है।

मैंने यात्री के हाथ अपनी नई दोनों किताबें भेजी थीं। तुमने पहुँच नहीं दी। शायद तुम तक नहीं पहुँची। यात्री ने कहा था कि वह तुमसे जरूर मिलेगा और चूँकि वह सीधा दिल्ली जा रहा था, इसलिए मैंने किताबें उसके हाथ में भेज दी थीं। लगता है वह तुमसे मिल नहीं पाया। बहरहाल, अब तो मैं आ रहा हूँ। स्वयं दूँगा।

माताजी को नमस्कार देना।

सस्नेह

उपेंद्रनाथ अश्क

[314]

उपेंद्रनाथ अश्क इलाहाबाद

10.10.67

प्रिय राकेश,

चलने से दो दिन पहले शीलाजी से मिला था तो उस टेलिफोन का मालूम हुआ जो किसी ने शरारत अथवा विद्वेषवश तुम्हें कर दिया था और जिसके कारण तुम बहुत परेशान रहे। मैं लगातार तुम्हें टेलिफोन पर कॉन्टेक्ट करने की कोशिश करता रहा, एक शाम तो काफी देर तक टेलिफोन बजता भी रहा, लेकिन किसी ने उठाया नहीं। आशा करता हूँ कि अब तुम मन और तन से स्वस्थ हो। अनीता के संबंध में जब भी सूचना मिले, तत्काल लिखना। हम लोगों को चिंता रहेगी।

दिल्ली में बहुत घूमा हूँ, इसलिए थक गया हूँ। लेकिन यह परिवर्तन मेरे लिए नितांत आवश्यक था। यों तो मुझे तत्काल उपन्यास पर जुट जाना है, लेकिन हो सकता है कि दो-एक महीने के लिए फिर दिल्ली आऊँ। नाटक देखने से मेरा मन अभी भरा नहीं।

सस्नेह

उपेंद्रनाथ अश्क

[315]

उपेंद्रनाथ अश्क इलाहाबाद

2.12.67

प्रिय राकेश,

तुम्हारे पत्र तथा अनीता के संदर्भ में सूचना की निरंतर प्रतीक्षा रही है। तुम्हारा पत्र और कोई सूचना नहीं मिली, इसलिए स्वभावतः चिंता हो गई। मैं इधर अस्वस्थ हो गया था। अब कुछ बेहतर हूँ। यही मानता हूँ कि तुम, माताजी और अनीता—सब स्वस्थ और सानंद हैं।

मैं कदाचित 5 की शाम को दिल्ली पहुँचूँगा। तबीयत तो ठीक नहीं है और सर्दी भी बहुत होगी, तो भी कुछ अच्छे नाटक देखने की अभिलाषा है। मैं नरेंद्र के यहाँ निभरी कॉलोनी में रहूँगा। प्रोग्राम तो दो-तीन महीने दिल्ली ठहरने का है, आगे सब स्वास्थ्य पर निर्भर करता है। माताजी को प्रणाम देना।

सस्नेह

उपेंद्रनाथ अश्क

[316]

उपेंद्रनाथ अश्क 338, निभरी कॉलोनी, दिल्ली-7

26.12.67

प्रिय राकेश,

परसों मैं 'हिंदी कहानी : एक अंतरंग परिचय' की एक प्रति इस गरज से अपने साथ श्रीमती शीला संधू के यहाँ ले गया था कि वहाँ से चलते वक्त तुम्हें दे दूँगा। लेकिन तुम आए ही नहीं। शायद अपनी डायरियों को साफ करके लिखने में व्यस्त हो।

मेरा कुछ जरूरी सामान इलाहाबाद रह गया था। वह सब आ गया है। अब आज-कल में मैं भी थोड़ा-बहुत काम रोज करने का प्रयास करूँगा, हालाँकि मुझे लगता नहीं कि दिल्ली में ज्यादा काम कर ले जाऊँगा। मुझे नरेंद्र का कुछ काम करना है और थोड़ी आर्थिक तंगी के कारण मैं घर से कुछ ज्यादा मँगाना नहीं चाहता सो कुछ वह भी काम करूँगा। तो भी पाँच-सात चैप्टर और लिख ले जाऊँगा और साल के अंत तक यह उपन्यास खत्म कर दूँगा, ऐसा सोचता हूँ।

मेरी बड़ी इच्छा है कि तुम दोपहर—याने पूरा दिन मेरे साथ यहाँ गुजारो। मैं तुम्हें

उपन्यास के कुछ चैप्टर सुनाना चाहता हूँ। खाना यहीं खाओ और शाम तक रहो। यहाँ काफी एकांत है और कोई desturbance नहीं।

यों तो कनाट प्लेस में मिला जा सकता है, पर उससे तसल्ली नहीं होती। या मैं तुम्हारे यहाँ आऊँ या तुम एक दिन को आओ। मैं तो इतनी बार आ चुका हूँ। एक दिन तुम्हें भी आना चाहिए। यहाँ फोन न होने से असुविधा है इसलिए पत्र लिख रहा हूँ।

पुस्तक का जैसे कहो करूँ। नरेंद्र के दफ्तर भिजवा दूँ अथवा शीलाजी को भेज दूँ, अगर तुम वहाँ से ले लो। जल्दी इधर का प्रोग्राम बना सको तो यहीं ले लेना।

दो पंक्तियों में उत्तर जरूर देना।

माताजी को प्रणाम और अनीता तथा बच्ची को स्नेह देना। आशा है तीनों स्वस्थ और प्रसन्न हैं।

सस्नेह
उपेंद्रनाथ अश्क

[317]

उपेंद्रनाथ अश्क

इलाहाबाद
27.3.68

प्रिय राकेश,

तुम्हारा 18 का पत्र हमें 22 को मिला। तब तुम निकल चुके थे। यों भी यहाँ कर्फ़्यू लगा था, पर समय से तुमने तार दिया होता तो हम पास बनवा लेते। अब जाने तुम वापसी पर आते हो तो या नहीं। तुम्हारे पास तो फोनोग्राम की सुविधा है, एक तार दे देते। पर यहाँ फिसाद चल रहे थे। शायद तार भी ऐसे ही मिलता।

उम्मीद करता हूँ तुम्हारी यात्रा सफल रही होगी।

सस्नेह
उपेंद्रनाथ अश्क

[318]

उपेंद्रनाथ अश्क

इलाहाबाद
27.4.68

प्रिय राकेश,

आशा करता हूँ, इस वक्त तुम उड़ीसा की यात्रा से वापस दिल्ली पहुँच चुके होगे।

मैं जिस दिन से आया हूँ, काम में लगा हूँ। मैं और कौशल्या दिल्ली चले गए, पीछे उमेश ने फरवरी-मार्च कहीं दौरा नहीं किया। यों भी कारोबार क्राइसिस से गुजर रहा है, ऊपर से कोढ़ में खाज सरीखा इलाहाबाद में एक महीने से कर्फ्यू लगा हुआ है। चार-चार, छह-छह दिन डाक नहीं आती। वी. पी. पड़े इकट्ठे होते रहते हैं, जब डाकिए पोस्ट ऑफिस में आते ही नहीं, तो वे क्या करें। अभी दो दिन पहले दिन का कर्फ्यू हटा था, आज शहर में फिर बड़ी tention है।

मै जिस दिन से इलाहाबाद पहुँचा हूँ तुम्हें पत्र लिखने की सोचता रहा हूँ। लेकिन आते ही ओ' नील के एक बड़े नाटक का अनुवाद करने में लग गया। परसों खत्म किया है, अब कुछ दिन आराम करके, यदि और कुछ विघ्न-बाधा न हुई तो उपन्यास के तीसरे खंड को हाथ लगाऊँगा। उम्र घट रही है, जिंदगी में एक उपन्यास तो मन-मुताबिक पूरा हो जाए !

मैं उस दिन तुम्हारे यहाँ बेहद मानसिक परेशानी की स्थिति में गया था। तुम्हारे साथ दो घंटे बात करके मुझे बहुत शांति मिली और उसके बाद इस सिलसिले में कोई भी बात मेरे मन को दुविधाग्रस्त नहीं कर सकी। गुड्डे के भाग्य में क्या है, यह तो मैं नहीं जानता, लेकिन तुमने जो बातें कीं वे जैसे मेरे ही मन की प्रतिध्वनि थीं और तुम्हारे तर्क भी मेरे मन के तर्कों के अनुरूप थे, इसलिए मेरा मन पूर्णतः शांत हो गया। वर्ना उससे पहले मैं लगभग दो रात बिलकुल नहीं सोया था। इस सबके लिए मेरी कृतज्ञता स्वीकार करो। यों भी मैं तुम्हारी राय को सदा महत्त्व देता हूँ, इसलिए उसे मानने में ज्यादा दुविधा नहीं होती। सचमुच दिमाग बेहद परेशान हो गया था।

आशा करता हूँ अनीता और बच्ची[1] पूर्णतः स्वस्थ और सानंद हैं। उन्हें मेरा स्नेह देना और माताजी को नमस्कार।

सस्नेह
उपेंद्रनाथ अश्क

1. पुर्वा

[319]

मोहन राकेश 2.4.69

कुछ मजा नहीं आया, सोचा था सभी पत्र कम-से-कम बीस-बीस पन्नों के तो होंगे ही। इतने छोटे-छोटे पत्रों का क्या उपयोग हो सकता है ?

सस्नेह
राकेश

[320]

उपेंद्रनाथ अश्क इलाहाबाद
17.4.69

प्रिय राकेश,

हालाँकि मेरी वांछा थी कि तुम्हें उन पत्रों में मजा आए और तुम दाद दो, पर वैसी चीज पर दाद देना तुम्हारे बस का नहीं। तुममें सेंस ऑफ ह्यूमर का नितांत अभाव है। और जो आदमी स्वयं अपने ऊपर हँस नहीं सकता, वह उन पत्रो में मजा नहीं पा सकता। तुम राजेंद्र यादव या कमलेश्वर, भारती या अश्कजी की किसी बात को लेकर मित्रों में खूब ठहाके लगा सकते हो, पर अपनी किसी मूर्खता पर हँसते हुए मैंने तुम्हें कभी नहीं देखा और जो आदमी अपनी मूर्खता पर नहीं हँस सकता, वह उन पत्रों में मजा नहीं पा सकता।

प्रकट ही वे पत्र छपने के लिए नहीं, नमूने के लिए लिखे गए थे। तुम रॉयल्टी पेशगी भिजवा देते हो तो मैं बीस-बाईस लंबे पत्र भी लिख भेजता। तुमने मुझे वैसे पत्र लिखे होते तो मैं चाहे अपने पास से ही क्यों न करता, तुम्हें 200 रुपए पेशगी भिजवा देता कि लो बच्चू, लिखो बीस-बाईस लंबे पत्र। पर तुममें वैसे प्रेक्टिकल मजाक करने की हिस नहीं।

सो ठीक है, तुम नहीं चाहते तो मैं नहीं लिखता। मेरे पास वैसा खाली समय भी नहीं। मैं उपन्यास लिखने लगा हूँ और चाहता हूँ कि इस वर्ष तो खत्म हो जाए। तुम लोगों ने दो-दो उपन्यास पूरे कर लिये और मेरा एक भी उपन्यास खत्म नहीं हुआ।

एक राय तुमसे पूछनी थी इसीलिए मैंने तुम्हें एक लंबा पत्र लिखा था, जो तुम्हारा वैसा आवेश-भरा पत्र आने से मैंने नहीं भेजा।

गुड्डा पर जोर दे रहा है कि हमें 'संकेत'[1] का एक अंक फिर से निकालना चाहिए।

1. अश्क ने 1956 में हिंदी में और 1962 में उर्दू में 'संकेत' नामक पंजिका का का संपादन किया था। यहाँ उसी को फिर से निकालने का संदर्भ है। सं.

मैं झिझकता हूँ, क्योंकि पैसे के अलावा इसमें खासी परेशानी होती है और बड़ा समय नष्ट होता है; पर उसने दो-तीन बार कहा है।...उतना बड़ा नहीं, तीन-चार सौ पृष्ठों का निकालना चाहता है और यह भी चाहता है कि मैं संपादन करूँ। तुम इस पत्र-प्रसंग को एक ओर रखकर मुझे राय दो—मेरी ओर से स्थितियों को सोचकर !

यदि अंक निकालने की बात हो तो क्या तुम उसके लिए नाटक या एकांकी लिख सकोगे ?

यदि नया अंक निकालने की राय नहीं देते तो क्या पुराने 'संकेत' को काट-छाँटकर और परिशिष्ट जोड़कर उसका दूसरा संस्करण निकालने की राय देते हो ? यह प्रस्ताव भी दो-तीन बार आया है। जरा ठंडे दिल से विचार करके राय भेजो। मैं पहले ही बता दूँ कि मेरी राय नहीं है। बड़ी लंबी इनवेस्टमेंट होती है और बेपनाह सिर दर्दी; पर गुड्डा बहुत चाहता है।

अनीता और बच्ची को प्यार देना। माताजी को प्रणाम !

सस्नेह
उपेंद्रनाथ अश्क

[321]

कौशल्या अश्क 8.12.69

प्रिय अनीता,

राकेश के आकस्मिक और असामयिक देहावसान की दुखद सूचना से हम सब स्तब्ध रह गए। कुछ पल तो समझ में ही नहीं आया कि यह क्या है ? 15 नवंबर को reception में राकेश को देखा था—हँसते-बोलते और ठहाके लगाते हुए। विश्वास ही नहीं होता कि अब वह कभी उस तरह न हँसेगा न बोलेगा। बार-बार उसकी वही सूरत आँखों के आगे आती है।

उस रात ख़बर सुनकर भी विश्वास नहीं हुआ तो पत्रिका के दफ्तर में फोन किया। वहाँ भी यह दुखद समाचार पहुँच गया था। मन बेहद परेशान और उदास हो गया। बार-बार मन में उठता—हाय, यह क्या हो गया है, क्यों हो गया है ?

तुमने सबको छोड़कर उसे अपनाया था, पर क्रूर नियति ने उसे तुम्हारा साथ निभाने का अवसर न दिया। तुम्हारे दुःख की बात सोचती हूँ, बच्चों के मुरझाए मुख, तुम्हारा उदास चेहरा आँखों में घूमता रहता है और मन भर-भर आता है। समझ में नहीं आता, तुम्हें कैसे, किन शब्दों में सांत्वना दूँ। तुम्हारे ऊपर तो जैसे दुःख का पहाड़ ही आ गिरा

है। ईश्वर तुम्हें यह दुःख सहने की शक्ति दे ! राकेश की धरोहर दो बच्चे[1] तुम्हारे पास हैं जिन्हें तुम्हें अकेले पालना-पोसना और पढ़ाना-लिखाना है। अपना दुःख-दर्द और उदासी मन में दबाए नन्हें बच्चों को माँ का प्यार और पिता का संरक्षण देना है। परमात्मा तुम्हें साहस और बल दे कि तुम अपने को सँभाल सको और बच्चों को उनके पिता की यशस्वी परंपरा का अधिकारी बनाओ। इसी से राकेश की आत्मा को शांति मिलेगी।

राकेश 16-17 बरस का था जब मैंने उसे पहली बार देखा था, अश्कजी तो उससे भी पहले से उसे जानते हैं। गत 30-32 वर्षों का साथ था और अश्कजी उसे अपना छोटा भाई मानते रहे हैं—तमाम मतभेदों के बावजूद। राकेश के आकस्मिक निधन से वे बहुत दुखी हैं, उसी की बातें करते रहते हैं, किसी काम में उनका मन नहीं लगता।

अभी तो सब तुम्हारे पास हैं, लेकिन जब सब लोग चले जाएँगे तो तुम और भी उदास, और भी दुखी होगी। तुम्हारे सामने शायद कुछ समस्याएँ भी आ खड़ी हों। राकेश तो चला गया, उसकी कमी को तो कोई पूरा कर नहीं सकता, पर कभी तुम हमारी जरूरत महसूस करो या समझो कि हम तुम्हारे किसी काम आ सकते हैं तो सूचना पाते ही हम तुम्हारे पास होंगे।

वीरेन मद्रास से आ गया होगा। वह भी कितना दुखी और उदास होगा। पिताजी की तरह प्यार करनेवाला संवेदनशील भाई चला गया। कमला कितनी उदास और दुखी होगी भाई को खोकर। उसे पत्र लिखना चाहती हूँ, पर मुझे कमला का पता मालूम नहीं। हमारी ओर से वीरेन और कमला को बहुत-बहुत अफसोस करना और हमारी संवेदना उन तक पहुँचा देना।

मैं कई कारणों से इस समय तुम्हारे पास पहुँच नहीं सकी पर मन से मैं वहीं हूँ, तुम सबके पास, और तुम लोगों की बातें करती रहती हूँ, राकेश की बातें, उसके साथ इकट्ठे बिताए दुःख-सुख की बातें ! तुम मन से जरा स्वस्थ हो जाओ तो मुझे पत्र लिखना, अपने हाल-चाल देना। मैं कुछ दिन बाद दिल्ली आने की कोशिश करूँगी। इस समय कुछ ऐसी ही विवशता है कि मन दुखी है, पर मैं आ पाने में असमर्थ हूँ।

हम सबकी हार्दिक संवेदना स्वीकार करो। ईश्वर राकेश की आत्मा को शांति दे और तुम्हें यह असह्य दुःख सहने की शक्ति !

तुम्हारी दुखी भाभी
कौशल्या

---

1. बेटी पुर्वा और बेटा शालीन—सं.

नाम संदर्भ सूची

साहित्यकार

1. कालिया—रवींद्र कालिया
2. चंद्रगुप्त—चंद्रगुप्त विद्यालंकार
3. जोशी—इलाचंद्र जोशी
4. दुष्यंत—दुष्यंत कुमार (त्यागी)
5. दूधनाथ—दूधनाथ सिंह
6. नागर—अमृतलाल नागर
7. नामवर—नामवर सिंह
8. निर्मल—निर्मल वर्मा
9. नेमि—नेमिचंद्र जैन
10. पाठकजी—वाचस्पति पाठक
11. प्रेमी—हरिकृष्ण प्रेमी
12. बन्नें मियाँ—सज्जाद ज़हीर
13. बेदी—राजेंद्र सिंह बेदी
14. भारती—धर्मवीर भारती
15. भीष्म—भीष्म साहनी
16. भैरव—भैरव प्रसाद गुप्त
17. मदान—इंद्रनाथ मदान
18. मन्नू—मन्नू भंडारी
19. ममता—ममता कालिया
20. माथुर—जगदीशचंद्र माथुर
21. यादव—राजेंद्र यादव
22. यात्री—से.रा. यात्री
23. लाल—लक्ष्मी नारायण लाल
24. शिवदान—शिवदानसिंह चौहान
25. सत्येंद्र—सत्येंद्र शरत्
26. साही—विजय देवनारायण साही
27. ज्ञान—ज्ञानरंजन

परिवारिक सदस्य एवं मित्र

1. अनिता/अनीता—राकेश की तीसरी पत्नी
2. आंटी/मिसेज़ डेविस—अश्क परिवार की सम्मानित सदस्य एक ईसाई आया।
3. इंद्रजीत शर्मा—अश्क के चौथे भाई जो जालंधर में आयुर्वेद और एक्यूप्रेशर के नामी डाक्टर हैं।
4. उज्ज्वला—बंबई में राकेश के अभिन्न मित्र राज बेदी की पत्नी।
5. उमा—अश्क और उनकी दूसरी पत्नी माया की बेटी।
6. उमेश—अश्क और उनकी पहली पत्नी शीला का पुत्र।
7. कमला—राकेश की बड़ी बहन।
8. कांता—धर्मवीर भारतीय की पहली पत्नी।
9. गुड्डा/नीलाभ—अश्क और उनकी तीसरी पत्नी कौशल्या का पुत्र।
10. निनी/निन्नी/नरेन्द्र—अश्क के सबसे छोटे भाई, जो आजकल दिल्ली में वरिष्ठ पत्रकार हैं।
11. नीत/नवनीत—राकेश और उनकी पहली पत्नी सुशीला का बेटा।
12. पुष्पा—राकेश की दूसरी पत्नी।
13. बेदी दंपति—बंबई में राकेश के मित्र राज बेदी और उनकी पत्नी उज्ज्वला बेदी।
14. वरीन/विरेन/वीरेंद्र—राकेश के छोटे भाई।
15. शीला/सुशीला—राकेश की पहली पत्नी।
16. स्वर्ण—अश्क के भाई नरेंद्र शर्मा की पत्नी।

●●●